本书系国家社科基金一般项目"转型视域下新世纪乡土文学与农民现代体验研究"(编号:15BZW042)的结项成果。

现代转型体验
新世纪乡土文学研究

廖 斌 ◎ 著

EXPERIENCE OF
MODERN TRANSFORMATION

A STUDY OF LOCAL LITERATURE
IN THE NEW CENTURY

中国社会科学出版社

图书在版编目(CIP)数据

现代转型体验:新世纪乡土文学研究/廖斌著. —北京:中国社会科学出版社,2021.7
ISBN 978-7-5203-8461-2

Ⅰ.①现… Ⅱ.①廖… Ⅲ.①乡土文学—文学研究—中国 Ⅳ.①I207

中国版本图书馆 CIP 数据核字(2021)第 092672 号

出 版 人	赵剑英
责任编辑	郭晓鸿
特约编辑	杜若佳
责任校对	师敏革
责任印制	戴 宽

出 版	中国社会科学出版社
社 址	北京鼓楼西大街甲 158 号
邮 编	100720
网 址	http://www.csspw.cn
发 行 部	010-84083685
门 市 部	010-84029450
经 销	新华书店及其他书店

印 刷	北京明恒达印务有限公司
装 订	廊坊市广阳区广增装订厂
版 次	2021 年 7 月第 1 版
印 次	2021 年 7 月第 1 次印刷

开 本	710×1000 1/16
印 张	27.75
插 页	2
字 数	455 千字
定 价	158.00 元

凡购买中国社会科学出版社图书,如有质量问题请与本社营销中心联系调换
电话:010-84083683
版权所有 侵权必究

目 录

导 言 ……………………………………………………………（1）
  第一节　社会转型 ……………………………………………（1）
  第二节　新世纪乡土文学 ……………………………………（8）
  第三节　现代体验 ……………………………………………（12）
  第四节　研究现状 ……………………………………………（16）

第一章　现代体验的四个维度 ………………………………（20）
  第一节　怨羡：农民现代体验与情感嬗变的主基调 ………（20）
  第二节　焦虑：追逐现代化的失衡魂灵 ……………………（34）
  第三节　浮躁：加速社会的心灵体验 ………………………（48）
  第四节　疾病：我们都是"有病"的人 ……………………（65）

第二章　传统观念的现代转型 ………………………………（83）
  第一节　土地意识：从热恋到别恋再到失恋 ………………（83）
  第二节　性观念：大世事乱了，大家都就那么个 …………（96）
  第三节　人际关系：从熟人社会到疏离再到"扯秧子" …（110）
  第四节　宗教信仰：现代性迷思中的隐秘追寻 ……………（127）
  第五节　乡村文化：小传统的溃散和消逝 …………………（141）

第三章　德先生赛先生的乡村之旅 …………………………（154）
  第一节　民主意识：从他治到自治的艰难嬗变 ……………（154）
  第二节　向科学进军：乡村现代性转型的"科学"形象与话语 …（167）
  第三节　法制观念：从畏讼到维权的啼声初试 ……………（180）

第四节　传媒现代性:乡土文学中的风景发现、现代启蒙、
　　　　　　人格塑造与消费导向 ················ (192)

第四章　进城与在乡的多维体验 ················ (204)
　　第一节　与时俱进:农民进城的现代转型与时间转换 ······ (204)
　　第二节　异形空间:农民进城的现代转型与空间转换 ······ (218)
　　第三节　知识观念:"梁庄猪场,教书育人"的吊诡 ······· (231)
　　第四节　消费观念:有车有房与文化反哺 ··········· (244)

第五章　传统与现代之子:农民的艰难嬗变 ··········· (258)
　　第一节　村干部形象:圣徒殉道、强人治村、多元致富 ···· (258)
　　第二节　新时期小说"乡下人进城"形象的社会学解读 ···· (271)
　　第三节　被压抑的现代性:新时期文学中乡村妇女的
　　　　　　微观表达与叙说结构 ·················· (279)
　　第四节　新世纪文学现代性转型视域中的留守儿童及其
　　　　　　留守经验 ·························· (291)

第六章　熟悉的陌生人:新农民形象谱系 ············ (304)
　　第一节　熟悉的陌生人:新世纪返乡新农民形象 ········ (304)
　　第二节　现代新乡绅:乡村振兴的筑梦人 ··········· (315)
　　第三节　扶贫叙事中的"贫农"形象 ·············· (328)
　　第四节　新世纪乡土小说中的"村霸"形象 ·········· (342)

第七章　反思:未完结的现代性 ················· (357)
　　第一节　边际人:城乡文化的"混血儿" ············ (357)
　　第二节　代际差异中的现代性追求 ··············· (370)
　　第三节　分层与流动:在亲爱的深圳大声呼吸 ········· (383)
　　第四节　新世纪乡土小说农民"新国民性"考察 ········ (396)

结语　户口还乡:新世纪农民的"后寻根"体验 ········ (411)
参考文献 ····························· (429)
后　记 ····························· (438)

导　言

第一节　社会转型

一

"要想对于一种理论以及这一理论有关的所有概念做出可靠的解释，就必须先从解决一个中心问题入手，即先从确立一个关键概念的确切含义入手。"[①] 众所周知，由于生物物种在"物竞天择　适者生存"的漫长进化中，会出现变异，生物学家称之为"转型"，后来被借鉴到社会学领域，形成"社会转型"的概念，用以描述具有方向性、根本性、实质性的社会结构变革。台湾社会学家范明哲在其《社会发展理论》一书中，把"Social Transformation"直接译为"社会转型"，并认为"发展就是由传统社会走向现代化社会的一种社会转型与成长过程"。[②]

"社会转型"，是指人类社会由一种存在类型向另一种存在类型的转变，它意味着社会系统内在结构的变迁，意味着人们的生产方式、生活方式、心理结构、价值观念等各方面发生全面而深刻的革命性变化。在当代，对于包括中国在内的所有发展中国家来说，社会转型是指在特定的国际环境中由某种非市场经济社会向市场经济社会的转变，或者用当代发展理论的术语来说，是由传统社会向现代社会的过渡。"这里的'型'指的是事物的形态结构，'转型'就是社会结构的转变。因此，并非所有社会

[①] [美]苏珊·朗格：《艺术问题》，滕守尧、朱疆源译，中国社会科学出版社1983年版，第3页。

[②] 孙立平：《社会转型：发展社会学的新议题》，《社会学研究》2005年第1期。

结构的变动都是社会转型。"① "转型"不是局部、个别、零星的碎片化变革或者是暂时的、头痛医头脚痛医脚的权宜性变化，强调的是总体性、全局性、深层次、全方位、根本性、方向性的社会结构嬗变，它是一个变动相对剧烈、时间相对短暂、连接两个结构相对稳定的社会的过渡性时段。需要指出的是，社会转型中其社会结构的某些转变有先有后。

按照有关学者的分析，社会转型是以实现"现代化"为发展方向和价值目标为旨归的转型。在经典现代化的理论中，现代化被概括为一句话："从农业经济向工业经济、农业社会向工业社会、农业文明向工业文明转变的历史过程。"② 落实到中国的现实语境中，正如有学者所指出："中国社会正处于前所未有的转型时期。这是每一个普通中国人都可以通过自己的生存而亲身感受到的、不容置疑的现实。这表明，缠绕我们民族百余年的现代化进程终于开始从理论层面切入现实层面。中国社会正在以市场经济的建构为中介从传统农业文明向现代工业文明转型；中国民众正从传统深处走出来，与新的生存方式和文化价值观念会面，从而由传统的自在自发的活动主体向现代的自由自觉的活动主体转型。……尽管不同研究者的视角和切入点不同，但有一点是共同的，即发展理论的宗旨是使中国社会真正获得现代性或实现现代化的目标：以科学和民主为内涵的理性化与以自由和平等为内涵的个体化。"③

作为本课题研究的主体、历史、现实、理论维度和文学文本描述的背景而言，1978年后大致有以下几个方面作为与转型同步的"现代性后果"和背景。

——工业化。如果说，在传统社会中反映农业文明的生活方式总体上是以延续"传统"为特征，那么，在现代社会中，反映工业文明的生活方式则是以变易创新为特征，并因此使人类社会结束了以往缓慢进化的方式，人类社会进入了一个以"快""加速"为基本特征的时段。马克思说："工业的历史和工业的已经产生的对象性的存在，是人的本质力量的打开的书本，是感性地摆在我们面前的心理学。"④ 工业的发展不仅日益创造出巨量的物质财富，使社会生活的各个方面普遍依赖于工业进步的成果，同

---

① 徐家林：《社会转型理论的范式构建》，《探索与争鸣》2008年第12期。
② 罗荣渠：《现代化新论》，北京大学出版社1993年版，第16页。
③ 衣俊卿：《论中国社会转型的特殊历史定位》，《哲学动态》1995年第2期。
④ 马克思：《1844年经济学—哲学手稿》，人民出版社1979年版，第88页。

时还不断更新生产和生活的物质条件和手段,使人们不再囿于某种既定的生产方式、生活方式,而是使之不断发生革命性变化,因为"现代工业从来不把某一生产过程的现存形式看成和当作最后的形式。因此,现代工业的技术基础是革命的,而所有以往的生产方式的技术基础本质上是保守的"。①

——商品化。工业化的直接后果就是物品的商品化。农民的精神结构中,被强力楔入了"契约思想""交换思维",并由此引发了其旧有文化思想秩序的改变。在社会关系、社会权利和地位全面物化的条件下,个人虽然摆脱了对他人或共同体的直接依附,但却陷入了对自己的创造物的直接依赖,并被这些创造物支配。个人能否建立同他人的社会联系以及建立怎样的社会联系,他能否获得自己的生存条件和他所期望的社会地位,不取决于他个人的意图和目的,而是取决于他的活动和结果能否成为商品同他人进行交换。这样,个人之间的全面依赖性使物化了的社会关系成为外在于每一个个人的异己力量。在市场经济的基础上,"不仅生产方式改变了,而且一切与之相适应的旧的、传统的人口关系和生产关系,旧的、传统的经济关系都解体了"②,整个社会生活都发生了革命性变化。

——城市化。机器大工业和商业的发展逐渐改变了城市的性质,使之成为工商业的中心,并最终战胜了乡村。同时,由于农业生产的商品化也使农业经济对市场和工业品的依赖表现为乡村对城市的依赖。因此,"现代的历史是乡村城市化,而不是像古代那样,是城市乡村化"。③ 城市化所具有的历史进步意义在于,城市依靠其集中的市场,使社会各种生产要素向自身转移,从而"聚集着社会的历史动力"④ 城市化把商业的统治权和大工业的生产联系在一起,带来了社会生产力的伟大进步,也吸引着无数的乡下人进城;城市化造就了以农民工、手工业者、服务业人员等为主体的城市外来阶层,改变着城乡力量对比,进一步以"磁体/容器"的虹吸效应"掏空"日益凋敝的乡村;城市化所带来的人口集中也极大推动教育、科学、艺术等社会精神文化事业的高速发展。最后,现代城市也是区域经济、政治、文化交流的中心或枢纽,它比较集中、比较快捷地反映、

---

① 《马克思恩格斯全集》第23卷,人民出版社1979年版,第533页。
② 《马克思恩格斯全集》第46卷(下),人民出版社1979年版,第485页。
③ 《马克思恩格斯全集》第46卷(上),人民出版社1979年版,第408页。
④ 《马克思恩格斯全集》第23卷,人民出版社1979年版,第552页。

传播、显示着现代经济、政治和科学文化发展成果，因而，城市化在改变乡村现代化的过程中起着重要作用。

——科技化。从现代社会的智力基础上看，现代化过程本身亦表现为生产活动以及整个社会生活的科学技术化。时至今日，饱含现代科技的工业产品流向社会生活的各个领域，从根本上改造着人们的生产方式和生活方式，使人们的经济生活、政治生活和精神文化生活普遍依赖于现代科技的发展成果。特别是20世纪以来，科学技术的加速发展已使成为现代生产的主导力量，每一次科学上的重大发现和技术上的重大发明，都会引发生产力的飞跃和社会生活的深刻变革。

二

有学者认为，当代中国经历了三次转型。谢晖认为，第一次转型是以辛亥革命为契机的政治领域革命，推翻了中国"皇权国家"与"宗法社会"两分的局面，建立了一个由"政治国家"统揽全局的政治结构体系。第二次是中华人民共和国的成立，进一步地强化国家与社会在中国合一的情形。第三次是改革开放，在很大程度上讲，其使命是为了使统揽一切的"国家主义"有所改观，实现"政治国家"与"市民社会"的分野。[①]

目前的中国正处于历史的深刻转型时期。这是一种时间长、成效慢的转型时期，在政治、经济和文化剧烈变动中，各种变革与人们休戚相关，触动着人们的切身利益，新的社会状况层出不穷，新的危机纷至沓来。其中，现代体验危机是一种带有总体性从而具有深刻历史影响的精神文化与心性价值危机。中国民众真正陷入了"旧的神祇纷纷离去，而新的上帝尚未露面的时代"（马斯洛语）。转型期，人们所面临的体验危机除了媒体热议的诸如道德失范、生活失序、变革失能等经验现象之外，它透过社会发展的政治制度、经济制度、思想文化层面，表征在民众的精神价值、文化心理等"为人之本"的深层悸动、改变。这也正是本书要谈及的人的"心性"和"价值秩序"的位移。转型社会的各种嬗变对民众、对乡村及农民的文化心理、精神世界、价值观念乃至稳固笃定的"国民性"的冲击是全方位、多领域、持久与深刻的。

---

① 谢晖：《当代中国的乡民社会、乡规民约及其遭遇》，《东岳论丛》2004年第4期。

导 言

　　社会的制度模式实际上是稳固化、物质化和自觉化了的各种社会规范、准则、习俗和惯例等的总和，一定的制度模式是依据一定的价值目标和要求而理性地建立起来的行为规范和关系的系统，它是社会观念体系的表现和外化。就此意义上可以说，人类社会的发展是一系列的不同的制度模式产生、发展和演变的过程。社会转型实质上也就是新旧模式之间的根本性转变，这个过渡阶段表征为各种利益、文化思想的激烈冲突，破/立频繁，以旧换新的代价的付出难以避免。因此，"乡村凋敝""空心化""农耕文化湮灭""乡村生态恶化""乡村道德伦理失范失序"等现实中发生的问题都作为"代价"，被专家学者、社会公众、媒体广为讨论，"代价论"和"怀疑论"等不同的思想令人莫衷一是，也促进了人们更深层次的思考，进一步校正了乡村改革开放的航标。我们可以将社会转型代价划分为两种基本的类型：模式代价和过程代价。社会转型发展的代价是模式代价和过程代价的统一，社会转型过程是这两种代价都显著地凸现出来的时期。

　　代价问题作为人类实现和创造价值的过程中所产生的价值损失和牺牲，与社会转型、社会改革如影随形，相伴相生。可以说，只要人类满足其生存和发展需要的价值活动不停止，代价现象就不会消失，关键之处是如何最大限度地减少代价的发生。艾恺曾一针见血地指出，"现代化是一个古典意义的悲剧，它带来的每一个利益都要求人类付出他们仍有价值的其他东西作为代价"[1]。在中国的现实语境里，社会转型就是"现代化"的意思。艾恺对后发国家选择现代化道路的原因和背景做了一语中的的揭示："现代化一旦在某一国家或地区出现，其他国家或地区为了生存和自保，必然采用现代化之道。……换言之，现代化本身具有一种侵略能力，而针对这一侵略力量能做的最有效的自卫，则是以其矛攻其盾，即尽快地实现现代化。"[2]

　　20世纪80年代以来，"现代化"喻示了一种仿佛颠扑不破的真理，它是社会进步、文明开化、科技发达、文化繁荣、物质富裕、民主自由等一切美好词语的总集和代名词，是一种"神话"般的存在，读者可以在

---

[1] [美]艾恺：《世界范围内的反现代化思潮——论文化守成主义》，贵州人民出版社1991年版，第231页。

[2] 同上书，第3页。

《哦，香雪》《人生》《叶小灵的病史》等小说中一窥全豹。但在热烈拥抱现代性的时候，人们相继发现，现代化也带来了与古典时代迥然不同的社会图景：乡村凋敝、生态恶化、道德滑坡、性泛滥、阶层分化、激烈的生存竞争、紧张的生活节奏、疾病丛生等，新世纪前后的乡土小说对此多有描写。然而，无论民众如何看待社会转型，对现代化有着怎样的爱恨交织，现代化既是前现代国家孜孜以求的目标，也是全球化背景下必然的"命运"、难以抗拒的历史潮流。因此，人们在社会变革给自身带来的喜悦和痛楚的同时，也在深深地思考着，找寻这一历史过程的内在根据、未来路径。

三

大约从 1978 年开始，以中国实行"改革开放"为标志，乡村社会进入新的一轮的转型期，这是一个承前启后、开创未来的历史节点。随后，从 1987 年中共十三大、1992 年邓小平南方谈话以及全党的历次代表大会，都一以贯之地"坚持党在社会主义初级阶段的基本路线"，其中的关键词就是：经济建设、改革开放、现代化。因此，从现代性的层面看，中国确立了实现现代化为转型变革的总体战略发展目标，乡村开始在真正意义上加速推进"现代化"的转型。

改革开放之后的变革是深层次、革命性的，对于乡村的政治、经济、文化、社会乃至后来的生态建设的影响是前所未有的。特别是进入 21 世纪以来，一场全方位、整体性、根本性的"后革命""后启蒙"正在持续展开，我们可以稍稍历数：分产到户、兴办乡镇企业、村级自治选举、开放搞活农副业、广播电视"村村通"工程、科技特派员制度、社会主义教育、计划生育、扶贫工作、乡村撤点并校乃至后来的城市户口出售、农民工大潮、土地流转、文化科技卫生三下乡、下派村支书、林权改革、厕所革命、美丽乡村建设、乡村旅游、脱贫攻坚、乡村振兴……所有的这些政策措施，都是为了让农民致富、农业发展、乡村繁荣，也都在农民身心上烙刻下了深深浅浅的印痕。乡土中国正是在以"经济建设"为主导的历史进程中，从外而内地接触、感受、咂摸、体验和融入现代化。其中，在农民心中，发生作用的无论是宏观、中观、微观的感受，都值得以文学的方式一一考察。贾平凹就曾以"浮躁"二字来涵括对于中国社会 20 世纪 90 年代以来转型的整体印象："我想怎样才能把握目前这个时代，这个时代

导 言

到底是个啥,你可以说是生气勃勃的,也可以说是很混乱的,说是摸着石头过河的,你可以有多种说法,如果你站在历史这个场合中,你如果往后站,你再回过头来看这段时间,我觉得这段时间只能用'浮躁'这两个字来概括。"① 这种文学化、感受式的抒发,描写了改革开放初始阶段暴露出来的问题以及整个社会的浮躁状态和浮躁表面之下的空虚,一方面虽然能够表达出若干比较精准的感觉;另一方面,却过于浮光掠影,尚需要仔细甄别和用心分析。更何况,当下乡村社会完全进入"无名"时代,这种变化是一种深层的结构性、系统性、方向性和整体性的转型变革,各种思潮百花齐放,各种转型层出不穷,各种体验猝不及防,很难用一两个词来概括这个时代乡村的精神走向与农民的整体心性感受、文化心理转型。

从总体看,迄今为止,乡村社会的现代性转型——与20世纪80年代人们的欢呼、神往、拥抱的姿态大相径庭——带来的是学者,特别是乡土文学作家普遍的怀慕、悼挽、忧心与焦虑,期待与信心。有研究者认为:"在改革时代,国家现代性的标志是转轨和接轨,使中国加入到全球资本主义市场经济中去……这个重大世界观调整和随之而来的社会政治经济结构的调整引发了一个以农村虚空化为代价,以城市发展为目的的发展方向……农村虚空化的过程使农业生产没落了,使农村生活萧条了,使农村的脊梁给抽掉了,这个过程夺走了农村从经济到文化到意识形态上所有的价值。"② 这个代表性看法,读者可以从陈应松、胡学文、贾平凹、孙惠芬、荆永鸣、刘庆邦、侯波等众多的乡土作家的小说中得到表现与确证。

四

转型是从文学维度上研究乡村变革的一种观察问题的视角。首先,转型意味着"比较"的视域:一是"前现代"与"现代"的比较;二是横向的比较方法。

当下乡土中国的整体性、多样性和丰富性:乡村治理、农民增收、农业发展、劳动力转移、土地制度、农村金融、农村市场消费、乡村基础设

---

① 王愚、贾平凹:《长篇小说〈浮躁〉纵横谈》,《创作评谭》1988年第1期。
② 严海蓉:《虚空的农村和空虚的主体》,《读书》2005年第7期。

施建设、乡村生态环境、义务教育、社会基本保障制度、农民自组织、农村文化建设、农民工群体、农民价值观念和农民心理等问题，以及"空心村"的疲敝凋零、"留守村"的老弱病残、"候鸟村"的治理困境、"城中村"的尴尬处境和"经济强村"的富裕繁荣、现代新乡绅召唤，如此等等，都可以成为作家们艺术观照的对象。

其次，转型表征了"嬗变"的思维。成、住、坏、空是佛家"无常"思维的体现。实际上，乡村从改革开放以来，就一直处于剧烈、巨大、变动不居的嬗变之中。这些变化，有宏观、中观，也有微观，有整体也有局部；既有外在的物质层面的变化，更有内在的精神世界、文化心理、价值观念的嬗变。

最后，转型说明了"过渡""边际"的特征。在关于《日头》的采访中，关仁山说："农村与城市的落差很大，农村发生巨变，写农村最大的难度是认知的困难，其次是关注现实题材如何艺术表达的问题。"[①] 作家的这段话恰好是对乡村转型的复杂性、丰富性和过渡性的最好诠释。

第二节　新世纪乡土文学

一

鲁迅是中国现代乡土小说的先驱之一。

"鲁迅是我国现代文学中把平凡的农民，连同他们褴褛的衣着、悲哀的面容和痛苦的灵魂一道请进高贵的文学殿堂的第一人。他以一颗先驱者炽热的心，写下了占中国人口绝大多数的农民的苦难生活史。"[②] 正是鲁迅最早"发现"并身体力行抒写关于故乡的小说，第一次在"启蒙"的现代性意义上和"批判"的视角呈现出百业凋敝的前乡土世界，以此为滥觞，开启了与沈从文的乡土小说路数完全不一样的写作传统。在20世纪20年代甚至此后大多数以"三农"（农村、农业和农民）为书写对象的文学文本，其创作理念、思想主题、叙事功能、文本结构、价值规范、意象体系和审美内蕴，都潜在地继承了鲁迅的遗风。1935年，在为《中国新文学大

[①] 张晓娟：《关仁山〈日头〉关注转型期农民》，《石家庄日报》2014年8月29日第6版。
[②] 杨义：《中国现代小说史》第1卷，人民文学出版社2005年版，第168页。

系·小说二集》所写的序言中，鲁迅陈述了他对乡土文学的理解："蹇先艾叙述过贵州，裴文中关心着榆关，凡在北京用笔写出他的胸臆来的人们，无论他自称为用主观或客观，其实往往是乡土文学，北京这方面说，则是侨寓文学的作者。但这又非如勃兰兑斯所说的'侨民文学'，侨寓的只是作者自己，却不是这作者所写的文章，因此也只见隐现着乡愁，很难有异域情调来开拓读者的心胸，或者炫耀他的眼界。许钦文自名他的第一本短篇小说集为《故乡》，也就是在不知不觉中，自招为乡土文学的作者，不过在还未动手来写乡土文学之前，他却已被故乡所放逐，生活驱逐他到异地去了，他只好回忆'父亲的花园'，而且是已不存在的花园，因为回忆故乡的已不存在的事物，是比明明存在，而只有自己不能接近的事物较为舒适，也更能自慰的。"[①]

在学者杨义看来，以"文摊家"著称的赵树理的"问题小说"绝非横空出世，而是具有历史继承性的现代中国文学属性的自然表现："问题小说是一个宽泛的概念。任何具有社会价值和社会反响的文学作品，都或深或浅地提出一些社会问题。……广义地说，思想性和社会针对性强的小说，都可以归入'问题小说'，在作家以文学参与历史发展的自觉性非常高的新民主主义时代，这种广义的问题小说从鲁迅到赵树理，实在是举不胜举。"[②] 也就是说，中国乡土小说关怀现实的品格自是一脉相承、源远流长。这些乡土的问题，放在 21 世纪的当下考量，就是在现代化、工业化、城镇化、市场化背景下和进程中聚焦农业、农村和农民，以或整体或局部的叙事角度，以或现实或隐喻的叙事手段，展现 2000 年前后中国农业的潮起潮落、问题丛生及其未来路径，呈现当下乡村社会的政治、经济、文化、社会及生态等诸方面的历史、现实和改革发展，表现乡土及其子民在急遽转型的巨大社会变革中的尴尬处境、内心冲突、致富焦虑、文化心理嬗变、心理创伤及其精神更新。在作家们的笔下，乡村社会及其子民是多维交叉的、纷繁复杂的、浮躁不安的、怨羡多病的、过渡边际的，呈现了面目模糊、质地不均、过渡性、两面性、两极化的特征。乡村既是"沉重的肉身"得以安顿的心灵家园，又是农民痛失家园的"废乡"；既是"乡下人进城"、农村资金等流动到城市而造成农村人才及资源匮乏、农田大

[①] 鲁迅：《中国新文学大系·小说二集序》，上海文艺出版社 1981 年版，第 3 页。
[②] 杨义：《中国现代小说史》，人民文学出版社 1998 年版，第 229 页。

面积撂荒、村务事业衰败的"空心村",又是乡村振兴背景下农民急切地"户口还乡"且日益复苏的"新乡";既是乡村古典生活的消逝与再现"乡愁",又是乡村道德伦理的溃散与乡村农耕文化的重建;既是风俗民情、乡情乡谊的消退与嬗变,又是新农民和现代新乡绅的再造与凸显。在作家们的笔下,凸显了传统农业的凋敝、现代农业的新生,以及乡村在走向现代化、产业化、信息化、智能化过程中所面临的危险处境、薄弱局面及其"彷徨、呐喊与新变";在作家们的笔下,呈现了农民的保守与激进、边缘与边际、精神与欲望、富裕与穷困、勤劳与投机、选择与背弃、欢乐与苦闷、希望与绝望、幸福与苦难,以及由此导致的人性、国民性质素的裂变与新生。

二

关于"乡土文学"的看法。雷达等人认为:"所谓乡土文学指的应该是这样的作品:一、指描写农村生活的,而这农村又必定是养育过作家的那一片乡土的作品。这'乡土'应该是作家的家乡一带。这就把一般描写农村生活的作品与乡土文学作品首先从外部特征上区别开来了。二、作者笔下的这片乡土上,必定是有它与其他地域不同的,独特的社会习尚、风土人情、山川景物之类。三、作者笔下的这片乡土又是与整个时代、社会紧密地内在联系着,必有'与我们共同的对于命运的挣扎',或者换句话说,包含着丰富广泛的时代内容。"[①] 1992 年,丁帆在《中国乡土小说史》中进一步提出:"如果忽视了鲁迅和茅盾用'地方色彩'和'异域情调'特征来规范乡土小说外部特色的深刻见地,乡土小说就很难在与农村题材的分界线上画上一条红线。"由此可见,"地方色彩"和"异域情调"成为划分是否为"乡土小说"的重要标志。

到了 20 世纪 90 年代之后,在前现代、现代、后现代多元交混的时代文化语境中,丁帆意识到"中国乡土小说的外延和内涵都发生了巨大的变化,如何对它的概念与边界重新予以厘定成为中国乡土小说亟待解决的问题",并提出"典范意义上的现代乡土小说,其题材大致应在如下范围内:其一是以乡村、乡镇为题材,书写农耕文明和游牧文明生活;其二是以流

[①] 雷达、刘绍棠:《关于乡土文学的通信》,载刘绍棠、宋志明《中国乡土文学大系》(当代卷),农村读物出版社 1996 年版,第 2207—2208 页。

导　言

寓者（主要是从乡村流向城市的'打工者'，也包括乡村之间和城乡之题材），书写工业文明进击下的传统文明逐渐淡出历史走向边缘的过程；其三是以'生态'为题材，书写现代文明中的人与自然的关系。"[1] 在另一篇文章中，丁帆进一步指出："乡土外延的边界在扩张，乡土文学的内涵也就相应的要扩到'都市里的村庄'中去，城市中的'移民文学'无论内容还是外延来说，都仍然是属于乡土文学范畴的。"[2]——也就是说，打工文学或者说"乡下人进城文学"也应该纳入大的、广义的"乡土文学"的范畴。

2000年前后，乡土小说因应时代变迁、社会转型的深入，其叙事内容进一步深化与拓展，乡村文化建设、乡村治理、乡村振兴、乡村扶贫、乡村新人诞生等成为新的抒写对象。

三

"新世纪乡土文学"的时间起点，学术界观点不一，一种观点将时间起点定在20世纪90年代，如学者李兴阳、张未民等就持这种观点；[3] 另一种观点基本遵从公元纪年法，以2000年为起点。本课题研究采用前一种说法，将20世纪八九十年代的乡土小说纳入"新世纪"中。笔者以为，原因有如下几个方面：一是新世纪乡土文学作为一个特定的学术概念，既隐含有时间的、历史的维度，也包括属性、理论的维度；它是历史与内在价值、逻辑理路的统一。从时间上限而言，其叙事内容客观上上承20世纪八九十年代以降发轫的基于农村改革开放而产生的"三农"的多面向问题，也包括了离乡在城的"打工文学"，后者实际上是乡土文学在"疆域"的延展和新形态，有学者称之为"脱域"的乡土文学；下接21世纪之后尚未完结的美丽乡村建设、扶贫攻坚、乡村振兴、全面建成小康社会等。从20世纪八九十年代迄今，客观上存在乡土小说叙事内涵的内在属性的延续性，乡村追求现代化的连贯性，它们都是乡土中国从前现代转型到现代的伟大变革的不可分割的整体。作为乡村现代化建设这一历史进程与时代宏大主题，其追求与转型尚未完结，2000年前后三十多年的乡土小说构成前后内涵基本一致、性质统一的，近乎"一体化"的整体。套用"没有晚

---

[1] 丁帆：《中国乡土小说史》，北京大学出版社2007年版，第18—19页。
[2] 丁帆：《新世纪乡土文学创作现象面面观》，《百家评论》2016年第3期。
[3] 李兴阳：《"新世纪"的边界与"新世纪乡土小说"的边界》，《扬子江评论》2008年第1期。

清,何来五四"的理路,当可看出,乡村现代性转型早在20世纪八九十年代已然萌动,因此,我们将之统称为"新世纪乡土小说";二是在本课题展开研究时,必然需要从历时和共时的两个方面进行比较,作为既是对比参照物又是历史连续统一体的20世纪八九十年代乡土小说势必被划入研究、比较的范畴。

第三节　现代体验

一

勃兰兑斯（Georg Morris Cohen Brandes）指出"文学史,就其最深刻的意义来说,是一种心理学,研究人的灵魂,是灵魂的历史。一个国家的文学作品,不管是小说、戏剧还是历史作品,都是许多人物的描绘,表现了种种感情和思想。感情越是高尚,思想越是崇高、清晰、广阔,人物越是杰出而又富有代表性,这个书的历史价值就越大,它也就越清楚地向我们揭示出某一特定国家在某一特定时期人们内心的真实情况"[①]。从这个意义而言,乡土小说书写农民心灵和现代体验,就是研究农民灵魂的历史、精神史。

2000年前后,文学中农民形象的塑造就如同当下中国呈现的炸裂、浮躁、差异、无名的经济文化语境一样,其形象谱系和人物群像层出不穷,与时代同构着,以更加繁多而复杂、丰富而多元著称。其中,既有汲取现代思想质素的新农民,有艰难蜕变的传统农民,又有愚顽不化的老农民,也还有大量游走于城乡、现代与传统夹缝之间的"中间农民"和"边际人";既有在希望的田野上创新创业创造的在乡者,有固守土地之上苦苦挣扎的恋乡者,也有投机钻营于乡村权力的各类灰色势力、恶霸势力;既有辗转流浪于城市、陷入身份认同危机和身心俱疲的打工者,也有往返于城乡之间的候鸟、两栖人,还有要求户口还乡的新农民,崛起于陇亩之间的新乡绅……可以说,新世纪乡土小说中的农民形象之复杂性、丰富性,超过此前任何一个历史阶段,带来了乡土中国的新经验。这些形象既是中国乡村现代性转型的历史产物,又是当代作家富于个体化体验的必然结

---

① ［丹麦］勃兰兑斯:《19世纪文学主流》第一分册,张道真译,人民文学出版社1980年版,第2页。

导 言

果。这是农民形象最鲜明、最多样化的一个历史时期,农民形象的塑造最重要的就是建构农民的精神世界。转型时期农民身上所携带和蕴含的现代体验是最丰富的、最精妙、最鲜活、最具有时代辨识度的,能够为与中国同处第三世界国家的乡村现代化提供"中国方案",新农民是值得研究并从中提炼经验和教训的文学群像。

1967年,当孟德拉斯(Henri Mendras)的《农民的终结》一书出版时,作者在篇首写道:"20亿农民站在工业文明的入口处:这就是20世纪下半叶,当今世界向社会科学提出的主要问题。"[1] 1984年,这本书再版时,作者在"后记"中沉痛地写道:"这本书是一个文明的死亡证明书,这个文明在生存了10个世纪之后死去了。它是科学的诊断,而不是思辨的发问。20年之后,结局证明我是有道理的:在一代人的时间里,法国目睹了一个千年文明的消失,这个文明是它自身的组成部分。"[2] 但是,历史的洪流能否阻挡?在一个现代文明、工业文明主导的社会,农业文明注定要发生嬗变,传统意义上的"小农"必定随之转型、终结,我们可以唱着怀旧的牧歌,却不得不接受随波逐流并汇入时代前进浪潮,这不仅是"老中国儿女"的命运,也是全人类的命运。

二

新世纪乡土文学对20世纪90年代前后开始的乡村改革开放所衍生的问题及其消极后果进行发掘、思考与展望。乡村现代性转型启动后的新体制、机制深入实施,伴随着市场经济在乡村的全面推进,伴随农村包产到户责任制而降的一系列"三农"新政,乡土中国被整体性地纳入"乡村现代性"的改革框架中,中国农村改革在着力实现产业兴旺、生态宜居、乡风文明、治理有效、生活富裕的同时,也蔓生了从内部到外部的诸种问题,从计划经济、小农经济、古典乡村文化中走出的农民面临来自物质与精神双重层面的各种各样的挑战。

马克斯·舍勒(Max Scheler)认为,现代性首要关注的是现代精神气质的品质及其体验结构,因为生活世界的现代性不能仅从社会的政治/经

---

[1] [法]孟德拉斯:《农民的终结》,李培林译,社会科学文献出版社2005年版,第1页。
[2] [法]孟德拉斯:《农民的终结》,李培林译,中国社会科学出版社1991年版,第13页。

济结构来规定和把握，必须通过人的体验结构加以把握。① 因此，体验在乡村现代性转型中具有重要作用，它表现在中国现代性转型同时呈现为体验的转型，后者是现代性转型过程的根本层面。现代体验和精神变异相较于外部显在嬗变更加隐秘，却是考察乡村现代转型、农民实现现代化的独特指标。本课题相较于前人从"悲悯书写""底层""叙事思想""农民（工）形象""伦理""村庄叙事"等"外部"或"个案""症候"等研究，直指人心，植根农民心灵史、人格类型、体验结构，直抵农民精神质素、性格特征、行为倾向、新人系谱等现代转型的核心部位和潜在、根本层面，以现代学、群众心理学、文学社会学、社会转型理论等进行整体、系统、交叉、探幽发微的专项研究。

对农民而言，现代性不但是社会文化的深刻嬗变，政治、经济上的巨大转型，在本质上来说现代性还是农民自己、人的本源性的哗变。传统人的文化心理提前缴械、精神世界不断染污，农民被日渐改造成为首鼠两端的"现代人"。在现代人的心目中，高尚的、形而上学的精神以及生命价值不再是人生命的主宰，过去被弃如敝屣的"唯身体"意识广受欢迎，有用性、适意性成为衡量一切的标准。舍勒认为，在现代社会，人们对于较低的两个等级的价值，即适意性和有用性的追求远远超过对于生命价值、精神价值等较高等级价值的追寻，实用价值与生命价值的结构性位置发生了根本转换，而这样一种人心秩序的极大失调即体验结构的转型，必然导致世界客观的价值秩序产生根本性变动。② 正是颠倒的价值观成就了农民这一群体特殊的现代性心性。

在以往乡土小说研究中，人们习惯聚焦《暴风骤雨》《山乡巨变》《创业史》《陈奂生进城》《人生》等革命叙事、现代性叙事等宏大叙事模式，而对表现在农民日常生活方面那些潜移默化的、矛盾渐变的、熟悉而又陌生的现代体验缺乏必要的关注，更忽视它们身后隐含的社会意义和现实价值。王一川指出，"往往只盯紧那些大政治家、思想家、学问家等的思想演变，而忽略了他们本身以及普通老百姓的日常生活体验"③。与社会转型的政治、经济、文化之巨变相比，当下的现代体验表征

---

① 冯凡彦：《舍勒价值秩序理论及当代启示研究》，中国社会科学出版社 2015 年版，第 39 页。
② 同上书，第 51—55 页。
③ 王一川：《文学理论讲演录》，广西师范大学出版社 2004 年版，第 293 页。

导 言

在普通农民对乡村现代性转型的各种细微却是异常复杂的感受上。法国年鉴派认为，这种叙事才是真正触及了历史的深层结构，揭示了大时空中普通人的心态和生活，具有永恒而持久的价值。因此，从农民日常生活体验出发，研究中国乡村现代性的过程理应成为研究当下乡村叙事的一种剖析范式。

我国著名的社会学家周晓虹在考察中国改革开放四十年的经验后指出："中国社会发展的最主要特性并不表现在宏观的'中国经验'之上，而具现在微观的'中国体验'之上。'中国体验'，体现在这个翻天覆地时代13亿中国人民的精神世界所经历的巨大的震荡，表征在他们在价值观、生活态度和社会行为模式上的变化。"① 本课题认为，怨羡、焦虑、浮躁、边际乃至心疾成为其主基调，它们具化在乡村及其子民对待"科学""民主""法律""时间""空间""土地""阶层流动""知识""性伦理""宗教"等与农民平常生活紧密相连的、日用常行之道的畛域，这些因现代性在乡村开疆辟土的或深或浅的嬗变深刻地嵌入农民的心性结构、文化心理，改造着农民曾经稳固笃定的旧式精神世界，生成新的国民性因子，值得关注和考察。

农民的现代体验及其结构嬗变是深层次的精神结构的变迁，相较之乡土中国政治、经济、文化与社会的嬗变，具有更本质的特征，是观察乡村及农民现代化的独特视角。体验结构（心性结构）的现代转型比政治经济文化的历史转型更为根本，一旦体验结构的品质发生变化，对世界之客观价值秩序之理解必然产生根本性变动。② 就当下乡土文学的表现而言，农民从传统社会转型到现代社会，在其价值秩序中，感官价值、实用价值取代了精神价值、生命价值、神圣价值，日渐生成新的精神版图。

透过对农民的现代体验的研究认为，从前现代过渡到现代的农民，是"文化的混血儿"，具有变动不居的边际人格，而边际人格具有如下的双重性：农民在向现代化进军的进程中，呈现出"过渡""边缘"的双重性，体现了其现代体验的双重人格。边际人格是众多人格类型之一，是现代化

---

① 周晓虹：《中国经验与中国体验：理解社会变迁的双重视角》，《天津社会科学》2011年第6期。
② 冯凡彦：《舍勒价值秩序理论及当代启示研究》，中国社会科学出版社2015年版，第39—40页。

过程中社会文化环境急剧变动下的产物，是群体共生的，多元文化交织并存的，不断取向变动的一种特殊人格。

现代体验催生了新农民。新人（农民）与现代化的关系如下：现代体验历练着农民，也考验着农民，推使他逐渐从古典体验趋向现代体验，并跨越"边际人"状态，成为一个新的真正的现代人。农民的现代性对于乡土中国的现代化极端重要。如果农民的心理和精神处于传统意识之中，如果他对现代体验表现出拒绝与抵抗，他就构成了对经济和社会发展的严重障碍，乡村暂时的"颓败"及其子民的焦灼、受伤——在这场举世罕见的中国社会巨大转型中，农民的现代化备受关注：首先，农民的现代化既是整体中国实现现代化的前提条件，意即一个社会要平稳正常地进入现代化，它的占人口绝大多数的农民必须率先习得与具备某种品质、态度、价值观念、习惯和意向；其次，农民的现代化又是中国现代化的目标。乡村现代化虽然追求经济繁荣、农民增收、农业兴旺、乡村发展，其根本目的还是在于农民作为"旧人"的现代化和自由、解放，农民的现代性是中国社会现代化最有价值的目标之一。总之，中国现代化问题的实质就是农民问题，中国文化实质上就是农民文化，我国的现代化进程归根结底是个农民社会改造过程，这一过程不仅是变农业人口为城市人口，更重要的是改造农民文化、农民心态与农民人格。[①] 改造乡村文化、农民文化，如果农民无法真正实现现代化，即使城市化程度再高也是徒然。因此，乡村振兴既是任何"三农"问题研究者都必须面对的基本问题，也是今后新世纪文学中乡村叙事所需重点面对的时代性主题。

第四节　研究现状

一　学术史梳理

文献查阅显示，截至2019年12月底，以"新世纪乡土文学"为关键词的搜索共326条。

[①] 秦晖：《耕耘者言——一个农民学研究者的心路》，山东教育出版社1999年版，第63页。

导　言

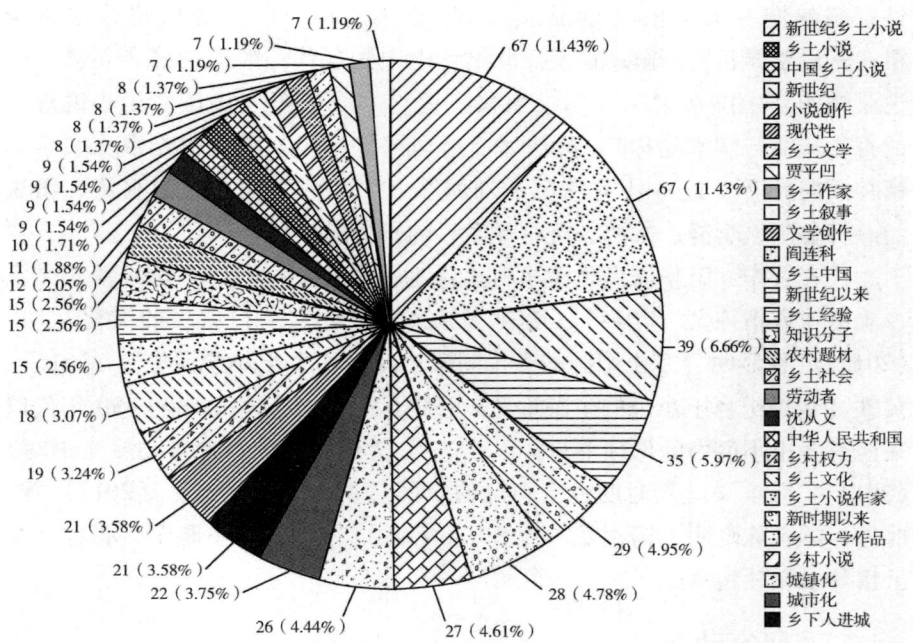

知网查询链接如下：

https://kns.cnki.net/kns/brief/result.aspx?dbprefix=SCDB&crossDbcodes=CJFQ，CDFD，CMFD，CPFD，IPFD，CCND，CCJD）

其中，相关研究的硕士学位论文141篇，含婚恋欲望化抒写、农民形象、强人形象、李佩甫、孙惠芬、新乡贤形象、民俗、生命意识、知识分子还乡等专论，在主题和内容上较之前几年的研究，有了较大的突破与转移。标志性综论有：周鹏的《"去乡村化"时代语境下的肖江虹小说研究》、妥东的《新时期以来乡土文学中的新乡贤形象书写研究》（2019）等。

博士学位论文34篇，含土地书写、历史重构、西部书写、伦理书写、叙事研究等专论，标志性综论有李伟《论20世纪90年代以来西部乡土小说中的伦理书写》（2015）、盛翠菊《百年"乡下人进城"小说叙事研究》（2017）、宋学清《"新乡土写作"的发生：新世纪长篇乡土小说研究》（2018）、刘文祥《衰落与拯救——论20世纪90年代以来乡土小说民俗书写的转型》（2018）等。

期刊论文140篇，代表论文：丁帆《中国乡土小说研究的百年流变》、徐德明《乡下人进城的一种叙述——论贾平凹的〈高兴〉》、贺仲明《地域性：超越城乡书写的文学品质》、李丹梦《新中国道德构建的地方契机——论李佩甫》、张丽军《新世纪乡土中国现代性蜕变的痛苦灵魂——论梁鸿的〈中国在梁庄〉和〈出梁庄记〉》、李兴阳《中国乡土小说理论的百年流变与学术建构》、黄轶《由格非〈望春风〉谈新世纪乡土文学的精神面向》等，此外还有雷鸣、刘海军、李伟、李明燊、周水涛、秦香丽、韩鲁华、李静、梁鸿、黄灯等学者的研究成果显著。

代表著作：王华《新世纪乡村小说主题研究》（2011）、李丹梦《文学乡土的地方精神》（2014）、李静《城市化进程与乡村叙事的文化互动》（2015）、谷显明《乡土中国的当代图景：新时期乡土小说研究》（2016）、黄轶《新世纪乡土小说的生态批评》（2016）、李伟《论20世纪90年代以来西部乡土小说中的伦理书写》（2017）、贺仲明《乡村伦理与乡土书写》（2017）、张连义《新时期乡土小说的农民意识的现代转型》（2017）等。此外，学者陈晓明、杨剑龙、孟繁华、南帆、范伯群、王晓明、张柠、李云雷等也有独到贡献。

二　研究动态

最近5年相关选题国家基金项目：魏家文《莫言与沈从文乡土小说比较研究》（2015）、李兴阳《新世纪乡土小说与中国农村变革》（2016）、贺仲明《当代乡村小说审美变迁研究1949—2015》（2016）、李静《中国现代文学中的乡贤文化研究》（2016）、李伟《当代中国乡土小说中的伦理问题研究1978—2016》（2017）、郭文元《新世纪乡土小说书写与中国乡村社会转型》（2018）、郭俊超《台湾当代乡土小说流变研究1965—2015》等。上述专家学者从各自角度掘进，取得丰硕成果。

归纳上述对新世纪乡土文学的研究，基本从如下几个角度展开。一是乡村变革。对乡村祛魅，批判乡村蒙昧落后，渴望现代文明洗礼。二是文化守成。守望田园牧歌，对现代化进程中乡村文化和传统社会崩解唱挽歌。三是反思现代。立足"转型"或"嬗变"，质疑现代化带来的乡村文化溃败、道德伦理恶化、礼仪丧失等；怀慕与疑虑兼具，对乡村充满同情悲悯，对现代文明欲拒还迎。四是乡村新人叙事。从乡村治理、乡村振兴角度出发，对"新乡绅""返乡新农民"等进行研究。五是乡土文学艺术风格或审美流变、发展动向的研究。

已有研究成果是本课题展开的基础，但笔者认为，前期研究多集中乡村嬗变的"面子",鲜有从社会转型理论、现代学、群众/社会心理(态)学等角度研究农民复杂的现代体验及其转型,且深入"里子"垦殖农民心态情绪、体验结构、情感嬗变、价值秩序、精神气质、文化人格、新国民性等方面的拓展性、全方位、系列性、关联性的专题研究。

三 本课题研究成果

在前期研究(立项前期成果为17篇系列论文并均已刊发,其中C刊2篇,C刊扩展版6篇)并立项的基础上,紧扣研究关键,凸显主题,系统梳理持续深化思考,撰写了20余万字的篇幅,并先后在《海南大学学报》(C刊)、《北方论丛》(北大核心)、《海南师范大学学报》(其"20世纪中国文学研究"栏目系教育部第一批高校学报名栏)、《重庆师范大学学报》、《社会科学动态》、《深圳社会科学》、《南宁师范大学学报》等专业学术期刊发表系列16篇论文,进一步拓展了研究畛域,挖掘了研究深度。

研究成果主要围绕"转型社会""新世纪乡土文学"和农民的"现代体验"展开,一是提炼了"怨羡""焦虑""浮躁""心疾""边际"作为农民体验的总体特征和"一级观测指标";二是在文学文本中涵括、梳理出在现代化进程中农民遭遇的诸如:民主观念、法制意识、知识观念、性伦理、阶层意识、土地意识、宗教意识、乡村文化、人际观念、消费观念等最能够表征其文化心理冲突、文化秩序重建、文化人格嬗变的13个"二级观测指标"和"表现载体",通过文本细读,分析新世纪前后农民在这些方面的表现形式、前后差异与现代特质;三是提炼出新世纪乡土小说特有的新人形象:村霸、新乡绅、边际人、扶贫叙事中的贫农、返乡新农民等(立项前期成果的文章中,还系列论述了留守妇女、留守儿童、村干部、进城乡下人等形象系谱),从启蒙叙事、文化叙事、乡村治理和政治经济学等方面分析加以评述;四是从"代际"的纵向和"阶层"的横向角度,对新世纪乡土小说中农民现代体验的直接或间接"后果"予以文学方式的蠡测和展望——社会转型形塑了农民怎样的,簇新的文化心理、精神图谱以及"新国民性"质素;五是从部分农民的"后寻根"(返乡)来看新世纪乡土文学中农民现代体验的细微却又是必然的转向,预示了叙事内容的嬗变和新的美学风格。

第一章 现代体验的四个维度

第一节 怨羡:农民现代体验与情感嬗变的主基调

新时期以来,中国迈上向现代化进军的征程,农民再次成了前仆后继、疲于奔命的追赶者,文学中的"乡下人"形象也得到充实与延伸,考察他们情感和生命体验后面的历史、文化与命运的内涵,有助于反思中国式现代化境遇的特殊性,而作为与现代化建设相伴相生、互为表里的现代性体验也成为时代嬗递的巨大线索之一。体验问题在西方现代性问题中具有重要地位,对体验的关注是马克斯·舍勒对现代性的"独特性"思考,他企图通过建构"哲学人类学"以解决现代人的生命价值问题。"舍勒首要关注的是现代精神气质的品质及其体验结构……生活世界的现代性不能仅从社会的政治——经济结构来规定和把握,也必须通过人的体验结构来把握和规定。现代现象是一场'总体转变',它包括社会制度层面(国家组织、法律制度、经济体制)的结构转变和精神气质(体验结构)的结构转变。在这一视角下,现代现象应理解为一种深层的'价值秩序'的位移和重构,现代的精神气质体现了一种现代型的价值秩序结构,它改变了生活中的具体的价值评价。"现代性的转变作为一场"总体转变",归根到底要体现为人的"体验"的结构性转变。"舍勒的一个基本论点是:心态(体验结构)的现代转型比历史的社会政治经济制度的转型更为根本……就现代学的任务来讲,重要的是,从知识学的角度审视心态的形式结构。"[①]体验在中国的现代转型过程中具有重要作用,它表现在,中国现代转型本

---

① [德]马克斯·舍勒:《资本主义的未来·中译本〈导言〉》,刘小枫译,上海三联书店1997年版,第5—7页。

第一章 现代体验的四个维度

身也呈现为体验的转型。体验的转型正是现代转型过程的一个根本层面。体验的转型或现代性体验的发生涉及现代转型的根本，这种根本在于，现代性转型作为一种"总体转变"，归根结底要在人的生存境遇或生活方式的转型上显示，而内里的情感嬗变与生命体验，无疑正是现代性转型的基础。正是在此，体验呈现出与古典殊异的现代形态——它表明乡下人对自身在现代化进程中的生存境遇或价值，别具深层意味。

一

中国的基本经济格局是城市搞工业、农村搞农业的二元经济结构，社会结构也是典型的二元结构，即城市和市民、农村和农民，除考大学、当兵能使极少数农民进入城市，农民被长期隔离在城门之外。城乡分割大大延缓了中国的城市化进程，也造成城乡差别背景下的社会身份等级及其对立。在20世纪中国的城乡二元对立中，城市无疑代表着高度发达和现代化，布罗代尔（Fernand Braudel）在叙述威尼斯、伦敦等城市领先地位时强调："城市是流通的工具、转运站和受益者"，是商业的中心，并认为在"由中心城市、次级城市以及这一区域的腹地形成的等级制系统内，中心城市在经济上剥削和统治次级城市和乡村。"[①] 因此，城市通过长期积累的繁荣富足、物质充裕、人口集中、信息交互、文化多元、精神丰茂、交通便利、物流发达，与日渐凋敝、饱受盘剥的乡村区隔开来。在乡下人眼里，城市化约为现代化，是美好的"他者"，充满迷人风姿，是实现现代化必须进入的实体；城市的生活方式，充满情调、体面富足的生活，丰富多彩的精神文化活动等现代性体验无不吸引乡下人。他们站在农村，眺望遥远的城市而心驰神摇，渴望进城务工，发家致富，与城里人共享现代文明、都市文明，实现人生转型。基层政府"致富有捷径　进城去务工"的召唤就流露了乡下人过上现代生活的强烈诉求。但有论者指出："对于乡下人来说，现代化的城市是一个无形的堡垒，除了体制因素外，防守它的城门的最为有力者就是'城乡意识形态'。""这种意识形态给乡下人的无形困扰，某种意义上比皮肉受苦的生活更值得叙述。"[②]

[①] ［法］布罗代尔：《15—18世纪的物质文明：经济与资本主义》第3卷，顾良、施康强译，生活·读书·新知三联书店1993年版，第86页。
[②] 徐德明：《"乡下人进城"叙事与城乡意识形态》，《文艺争鸣》2007年第6期。

二

刘易斯·芒福德（Lewis Mumford）提出城市"磁体/容器"的隐喻，指出城市的精神本质（磁体）和储存（容器）的融合功能。在他看来，城市形成发展过程中，磁体优先于容器。他说，"在这个定义中，精神因素较之于各种物质形式重要，磁体的作用较之于容器的作用重要。"[①] 虽然城市的高度发展越发敞开其作为容器的物质面，但磁体的精神作用仍无所不在，并为个体提供更多的机会与发展空间，以及多样性的生活方式与自由选择的可能。乡下人以城市为乐土，艳羡城市的精神文化，并从中感到文化自卑，这里除了他们的想象，更有文化觉醒和现代性体验——以全新的物质、精神生活为参照系，进而有对"都市文明"的追求，与乡土的关系产生紧张。现代的财富诱惑与精神文化双重的虚拟心理吸引，是城市磁体远胜于自然界任何一块磁石的根本原因。正是磁体的吸引使城市睥睨凋敝的乡村，使高加林、妙妙、叶小灵们趋之若鹜。芒福德指出："周而复始的农业生产活动把人们束缚于日常任务：使他们沉湎于普通的事物，并习惯于自己狭小的天地和短浅的眼界。而在城市中，连最卑微的人也能假想自己参与重要的事物，并声言这是他的权利。"正如人们把现代都市称为冒险家的乐园一样，"它突破了农村的局限和狭小天地，它是社会的活力、权力和财富广泛动员的产物。"[②]

纵观20世纪文学，《子夜》《故乡》《边城》《骆驼祥子》《我们夫妇之间》《霓虹灯下的哨兵》《陈奂生进城》《人生》《平凡的世界》《城的灯》《高兴》等小说谱系以及当前大行其道的底层文学，都深浅不一地涉及"乡下人进城"的主题，一路迤逦表征了乡下人从现代化震惊到怨羡，从觉醒到追赶的情感体验和人生嬗变。这些体验相互缠绕，成为乡下人的基本情感结构和生命体验，而丰富复杂的文本无疑提供我们观照和理解中国社会转型与变革的一个内在视角：现代化如何征召千万个原子式的农民，并让他们心悦诚服地服膺于它所承诺和展示的现代化图景；在现代化的进程中，乡下人如何"将个人和社会的生活体验为一个大漩涡，在不断

[①] ［美］刘易斯·芒福德：《城市发展史》，宋俊岭、倪文彦译，中国建筑工业出版社2005年版，第36页。

[②] 同上书，第74页。

第一章 现代体验的四个维度

的崩解和重生、麻烦和痛苦、模棱两可和矛盾之中找到自己的世界和自我",又是如何"成为一个现代主义者,让自己在某种程度上在这个大旋涡中宾至如归,跟上它的节奏,在它的潮流内寻求它那猛烈而危险的大潮所允许的实在、美、自由和正义"[①]。

前现代有乡下人的古典体验,在最初的体验中,城市作为乡村的"他者",是与乡村并置的。在他们看来,城市固然繁华和方便,但是对以农业立国和重本抑末为宗旨的乡下人而言,城市往往与消极事物联系。如城市是民众前去纳税和诉讼的官衙所在地,是奸商、市井、地痞流氓、无赖恶霸聚集处;灾荒战乱时百姓到此避难,留下的却是卖儿鬻女的悲惨回忆。因此,城乡间没有巨大差别,城市与乡村相比并没有绝对优势,生活方式、文化和情趣没有凸显过多优越感和特殊性,甚至在官僚文人从生活和政治角逐等角度反倒将城市视为喧嚣、尘腥和燠热的,是网罟和樊笼,进而产生与此相左的乐山林、鄙城市的田园观念,形成影响深远的隐逸思想。

但随后,伴随着资本主义在城市的萌芽,城市拉开与乡村的距离,挤上了第一趟现代化列车,逐渐成为现代物质财富和精神生产的巨型"抽水机"和容器,吸纳了促进自身繁荣富足的大量的人、财、物,迅速发展发达起来,二者的这一平等关系被打破,城市与乡村的等级关系就此排定,并当仁不让地与现代化画上等号。在现代化的体验中,早在李宝嘉、王韬、黄遵宪时代的20世纪初,文学与历史中的人们已流露出对现代化(城市)的震惊,但主要还是基于西方世界的舶来品,即西方先进器物,如电灯、电话、留声机、照相机、蒸汽机车、教堂、图书馆、博物馆、坚船利炮、先进的自来水系统等,都令作家和游历者深感"震惊"与眼花缭乱。乡下人在拥挤不堪的都市漫步,"张望"决定了他的思维方式,一如他在车水马龙的街道上穿行,"震惊"成为他沉思的唯一内容,而漫步的特征则是"向前却又犹疑,是迈步与耽搁的奇怪的混合"。因此,大城市并不在那些由它造就的人群中的人身上得到表现,相反,却是由在那些穿过城市,迷失在自己的思绪中的人那里被揭示出来。此时,乡下人虽难进城,但开始极大关注城市的现代化器物(象征物),并乐此不疲地吸收,

---

① [美]马歇尔·伯曼:《一切坚固的东西都烟消云散了:现代性体验》,徐大建、张辑译,商务印书馆2003年版,第15页。

表现了开放与羡慕的姿态:

> 贾子猷更拍手拍脚地说道:"我一向看见书上总说外国人文明的证据,然而我还看见报上说,上海地方还有什么自来火、电气灯,他的光头要抵得几十支洋烛,又不知比这洋灯还要如何光亮?可叹我们生在这偏僻地方,好比坐井观天,百事不晓,几时才能够到上海去逛一趟,见见世面,才不负此一生呢?"兄弟三个自此以后,更比从前留心看报,凡见报上有外洋新到的器具,无论合用不合用,一概拿出钱来,托人替他买回,堆在屋里。他兄弟自称自赞,以为自己是极开通、极文明的了,然而有些东西,不知用处,亦是枉然。(第十四回)①

接下来,茅盾续写了城乡这一不平等关系和对现代性的否定性体验,即对城市表现出反感。《子夜》以反映20世纪30年代的城市生活著名,作品描写了乡下地主进城的故事,这类似于巴尔扎克所表现的老贵族的陷身资本主义生产关系。尽管在进城前,这些乡绅也很坏,但他们在做人的准则上却或多或少地保留了传统的美德,温情脉脉,尊老爱幼,不失体面,然而一旦来到了城市,新的生产关系、文化环境给了他们怎样的影响?给他们的只是罪恶,使他们变得什么道德也没有了。《子夜》中的冯云卿即如此。在乡下,这个地主虽然作恶不少,可他还被"诗礼"道德观念表面支配着,尤其是在家庭生活、人伦感情上,不无温情与和善。但进城后,城市给他的昭示则是:为了生存,为了获得金钱,什么都可以做。所以,他为了达到自己的目的,连女儿的色相也决心出卖。在他的身上,人类因血缘关系而形成的最坚实的人伦情愫——父女情感,也丧失殆尽,他彻底成为一头走兽,一个毫无任何亲情伦理的人渣。文本还抒写了对城市这个现代化恐龙的惊惧和犹疑,其中资本家吴荪甫父亲进城饱受惊吓的细节可堪玩味,"吴老太爷从乡下乘轮船来到上海,怀中紧抱着《太上感应篇》,坐进30年代的汽车里,像一具刚从棺材里爬出来的僵尸……南京路上,到处是光怪陆离的灯光和高耸的摩天大楼。最让吴老太爷大受刺激的,是一位身穿高开叉旗袍、连肌肤都能看得分明的时髦少妇。那少妇高坐在一辆黄包车上,翘起了赤裸裸的一双白腿,简直好像没有穿裤子。这情

---

① 李宝嘉:《文明小史》,《李伯元全集》,江苏古籍出版社1997年版,第131页。

第一章　现代体验的四个维度

形,不禁让吴老太爷全身发抖。终于,吴老太爷大叫一声,昏死过去……""机械的噪音,汽车的臭屁,和女人身上的香气,霓虹电管的赤光,一切梦魇似的都市的精怪,毫无怜悯地压到吴老太爷朽弱的心灵上,直到他只有目眩,只有耳鸣,只有头晕!直到他的刺激过度的神经像要爆裂似的发痛,直到他的狂跳不歇的心脏不能再跳动!"①——吴老太爷就是被城市这只怪兽——典型的现代化震惊吓死的。

20世纪30年代,现代作家极力思索城市文明的性质,试图为它提供一个发展的参照系,这个参照系由《边城》完成。沈从文认为保存着正直朴素的人情美的农村社会,是城市文明的对立者,也是现代化应当发展的价值方向。到了五六十年代,两个典型文本不约而同地指涉了城市的"尴尬"属性,表达了对现代化的某种疑虑。《霓虹灯下的哨兵》表面上的政治蕴含下,真实反映了乡下人进城后如何认识以及管理城市的问题,它是农村包围城市胜利后,乡下人亟须解决的问题。在此,他们与城市的"香风妖雾"保持了一种刻意的敌意与紧张关系,认为现代化的城市天然地与"资产阶级腐朽生活方式"联系在一起,是罪恶的根源,道德堕落的渊薮,并时刻警惕以现代化为根基的"城市意识形态"的入侵。而《我们夫妇之间》则以转喻的方式,进一步强化了这种指认。夫妇关系即城乡关系,表面上是知识分子与工农干部的生活方式、兴趣爱好、精神文化需求的矛盾,实质是城乡关系、乡村文化与城市文明关系的变体。在此,夫强妇弱、阳盛阴衰无不影射这种关系的等级差序和优劣之别。但是,这部作品的饱受争议与批判,一定程度上反过来指证了特定历史阶段,乡村文化的不自信和对现代化的排拒,也说明了革命政治前提下的悖论:既要求经济建设上的高速发展和现代化,又防止和敌视精神、道德层面的,与"资本主义"几乎等同的生活方式和现代化影响,城市的不堪与被动地位由此可见。此后,陈奂生、孙少平以及底层文学的无数乡下人都以各自的人生际遇与进城经历,或讲述了对现代化的震惊炫目、顶礼膜拜;或书写了追求现代化的自惭形秽、颠簸磕碰和不懈奋斗。

三

在众多的文学文本中,形塑了农民追寻现代化、怨羡现代化的典型形

---

① 茅盾:《子夜》,长江文艺出版社2010年版,第3页。

象。其中，高加林是令人难以忘怀的代表。本质上说，高加林是非常渴慕现代化的城市的，这种向往来源于他对城市的直观体认和知识结构。事实上，他在城里就读时，从外表到内心就已逐渐脱胎换骨为"城里人"，慢慢与生养他的乡村拉开距离，并养成许多颇具现代色彩和城市文明的惯习：打篮球、读书、剪报、刷牙、写通讯报道、关心国家大事等，老同学黄亚萍一语中的地指出："你实际上根本不像个乡下人了。"① 在恋爱婚姻上，"他良心非常不安"但又"觉得他不能为了巧珍的爱情，而贻误了自己生活道路上这个重要的转折——这也许是决定自己整个一生命运的转折！不仅如此，单就从找爱人的角度来看，亚萍也可能比巧珍理想得多！他虽然还没和亚萍像巧珍那样恋爱过，但他感到肯定要更好，更丰富，更有色彩！"② 因而，当面临乡土与现代的抉择时，"他尽量使他的心变得铁硬，并且咬牙切齿地警告自己：不要反顾，不要软弱，为了远大的前途，必须做出牺牲。"③ 他终结了与刘巧珍的古典式爱情，迫不及待投入现代化的怀抱。正如小说描写，"五天以后，高加林从刘家湾公社返回县城，就和黄亚萍开始了他们新恋爱生活。他们恋爱的方式完全是'现代'的。他们穿着游泳衣，一到中午就去城外的水潭里去游泳，游完泳，戴着墨镜躺在河边的沙滩上晒太阳。傍晚，他们就到东岗消磨时间；一块儿天上地下地说东道西；或者一首连一首地唱歌。"④ 在此，高加林几乎直觉式将"远大前程"与城市联系在一起，并认定，这个命运转折对攀附现代化的极端重要性，也先验地以为与满蕴现代化因子的黄亚萍的结合"肯定"会"丰富""有色彩"——与黄亚萍的恋爱，其实就是与"现代化"的短暂蜜月。文本给予了高加林毫不掩饰的偏爱，把许多美好的词赋予了他：才能、潇洒、惹眼、标致的漂亮小伙子、吸引力、姑娘给他飘飞眼、篮球主力、英姿勃发、篮球技术一流⋯⋯，"高加林立刻就在县城成了一个引人注目的人物。他的各种才能很快在这个天地里施展开了。⋯⋯在一个万人左右的山区县城里，具备这样多种才能、而又长得潇洒的青年人并不多见——他被大家宠爱是很正常的。⋯⋯高加林简直成了这个城市的一颗明

---

① 路遥：《人生》，《路遥文集》，甘肃人民出版社 1998 年版，第 83 页。
② 同上书，第 99 页。
③ 同上书，第 100 页。
④ 同上书，第 106 页。

第一章 现代体验的四个维度

星。"① 尽管高加林被塑造成一个内心世界丰富、有强烈精神追求的有为青年，但城乡二元对立的壁垒击溃了他融入五彩缤纷现代化生活的梦想，他的个人奋斗遭到组织清退。因此，面对几乎固化的阶层结构，缺乏上升的通道，高加林的"自我期许（认同）"和"他人认同"产生巨大落差，他所在的环境强迫他认同这种给定的农民身份，而他"潇洒标致"和"多种才能"又促使他在攀比中愤恨，"他心中燃烧着火焰，望着悄然寂静的城市，心里说：我非要来这里不可！我有文化，有知识，我比这里生活的年轻人哪一点差？我为什么要受这样的屈辱呢？"② 他代表了一个阶层的失落和愤怒，他决定离弃乡土，执意进入现代化所寄寓的城市，改变他在历史进程中的位置。与此相仿，王润滋《鲁班的子孙》讲述了乡下人在乡村进行现代化改造而失败的故事，它与《故乡》有相似的"出走/归来/出走"的叙事模式——都看到了乡村的百业待兴、保守落后，都与乡土所执守的观念势不相容。小木匠秀川是 20 世纪 80 年代受到新思想洗礼的乡下人，与高加林追求精神文化和人生自我实现有所不同的是，他将现代化的追求定位在"挣钱"，思路开阔、头脑活络、敢于竞争，并且进城见了"大世面"，返乡后成立私营的木匠铺单干，他是市场经济规则的先行者，既敢为人先，又讲求优胜劣汰，凭着精湛技术赚了大把钞票，背弃了乡村敬老爱老、扶危济困的传统，在与养父老木匠产生了无论是观念的还是道德伦理的重大分歧后重返城市。他的黯然离去，是带着对乡村旧传统、落后观念的怨恨和不满负气出走的。因为现代化已使他成为与乡村格格不入的"新人"，传统与现代的冲突是这一文本的肌理，其中暗含了求变的挫败。一句话，从《故乡》到《鲁班的子孙》，如果说前者还寂静停留在前现代阶段，外在于历史发展，那么后者已开始现代化追逐，以小木匠为先锋的乡下人已然探头探脑地尝试将一只脚踏入陌生的现代化域景。小木匠的遭遇说明：现代的观念只能在现代化的城市才可以找到生存的土壤。朱杰指出："小木匠正是属于那种在作者看来十分难得的、具有'商品经济'头脑的、'素质'很高的人——既然'农村正处在由自给自足经济向大规模商品生产，由传统农业向现代农业发展的历史性转折之中。'既然实现'现代化'的关键，正在于所谓'人的现代化'，那么，小木匠这样的人，

---

① 路遥：《人生》，《路遥文集》，甘肃人民出版社 1998 年版，第 86 页。
② 同上书，第 68 页。

不正是弥足珍贵的吗?!"①

到了21世纪,在贾平凹的《高兴》中,阳光开朗、内心强大、心无芥蒂的刘高兴耐心开导五富,主张让后者放下对立情绪,无条件地拥抱城市,以自己的安忍去重建新型城乡伦理。他说:"不要怨恨,怨恨有什么用呢……咱要让西安认同咱。""比如,前面即便停着一辆高级轿车,从车上下来了衣冠楚楚的人,你要欣赏那锃光瓦亮的轿车,欣赏他们优雅的握手、点头和微笑,欣赏那些女人的走姿,长长吸一口飘过来的香水味。"刘高兴的这种一厢情愿式的认同与付出显然是自作多情的,随后他自己的遭遇便暗示了城乡差异的难以抹平,农民的怨恨无处释放。梁鸿《出梁庄记》里,描绘了一个对城市、对社会充满"仇视"的新生代农民工,"这个叫民中(三轮车夫)的年轻人,……他恨我,他一瞥而来的眼神,那仇恨、那隔膜,让我意识到我们之间无比宽阔的鸿沟。他为他的职业和劳动而羞耻。……他不愿意重复父辈的路。"梁庄青年农民民中为自己在城市当三轮车夫感到深深的"耻辱",对自己沦为农民阶层感到无比"愤怒"。社会比较是人类的一种本能,在过去相对平等均质的环境里,由于城乡差距小,对民中来说,贫穷、职业卑微、卖苦力等不是那么难以忍受,因为大家都是如此;而在一个不那么平等的社会里,农民会不自然地以城市人、富人的生活方式作为参照系,就算整体生活水平比过去提高了,他们仍然会心怀不满。正是在与城市青年的对比中,民中感到了前所未有的怨恨。社会学者熊易寒指出:"改革开放以来,中国社会的贫困程度大大降低,但是有'贫困感'的人却越来越多,原因正在于中国社会的阶梯变得越来越长了。……1994年至今,中国社会成为一个'精细分层社会',阶层划分越来越细致,阶层与阶层之间的界线越来越清晰。精细分层社会的主要特点是:收入和财产差距扩大;阶层之间存在居住隔离与消费区隔;跨阶层的社会流动变得更为困难。社会分层越是精细,就意味着阶梯越长,人们感受到的焦虑和'贫困感'也就更为强烈"②——由此引发的怨恨感也就越来越强烈。

纵观此类农民,多有块垒郁结,精神、心理的贬抑与异化,逐渐蕴集

---

① 朱杰:《父子冲突的背后:再读〈鲁班的子孙〉》,《上海文学》2007年第12期。
② 熊易寒:《穷人心理学:社会不平等如何影响你的人生》,雪球网,https://xueqiu.com/8952115082/135112761,2019年11月3日。

第一章 现代体验的四个维度

"怨恨"情绪。舍勒论述了怨恨的群众心理学基础,怨恨作为普遍存在的情感,有其产生的社会、心理机制,他宣称:"原则上所有的人彼此都能进行全面比较的社会,绝对不可能是无嫉妒和无怨恨的社会。"舍勒的观点可概括为:(一)怨恨型人格是现代社会的一种主要人格类型;(二)现代怨恨型人格产生的土壤是现代社会的文化结构与政治结构。舍勒将现代社会定位为"普遍攀比"的社会,其意是,现代个人只有将自己与他者进行比较时才能确定自身的价值。[①] 因而,现代政治所承诺的平等和乌托邦与城乡之间存在的不平等,一旦在攀比的价值量度中被衡量,理想与现实间的落差就会酝酿社会怨恨。王一川对怨恨理论做了进一步的符合中国现代化语境的引申,他指出:怨恨与羡慕相交织的心态构成中国人的现代性体验的基调。[②] 也就是说,人们追问中国现代性精神如何,怨羡情结正可成为支点。因而,与怨羡情结相伴随的求变动力,是中国现代性精神的实质所在。怨羡情结是一种怨恨与羡慕相交织的深层体验,尤其能传达高加林们的特殊生存状态,包括与此相连的焦虑、嫉妒、失落、不甘、迷茫等心态。这种生存体验可从两方面看。一方面,当贫困乡村的破败凋敝停滞不前时,人们产生怨恨:既怨自己贫穷,恨自己无能,也怨恨城市对乡村的过度汲取和无情冲击。在此,怨恨具有乡村具体历史内涵:表现为对乡村自身状况的怨贫恨弱心态和对城市的怨强恨霸心态。另一方面,人们在怨贫恨弱时会更加急切渴望实现现代化目标,即羡慕城市的繁荣富强,并以此为目标渴望尽快追赶现代化。当这种赶超一时难以实现时,人们也容易加倍缅怀和羡慕乡村古典性文化往昔的繁荣和强盛。所以,羡慕也具有乡村具体历史内涵:它时而呈现为对城市现代化状况的极度倾慕和向往,时而表现为对乡村古典性文化的怀慕和叹惋。

伯曼(Marshall Berman)强调,建设真正现代社会的希望,就在于适应不断的变化。"无论哪个阶级的人们,若要在现代社会中生存下去,他们的性格就必须要接受社会的可变和开放的形式。现代的男女们必须要学会渴望变化——不仅要在自己的个人和社会生活中不拒绝变化,而且要积极地要求变化,主动地找出变化并将变化进行到底。他们必须学会不去怀

[①] [德] 马克斯·舍勒:《道德建构中的怨恨》,刘小枫选编《舍勒选集》,上海三联书店1996年版,第404页。

[②] 王一川:《中国现代性体验的发生》,北京师范大学出版社2003年版,第55页。

念存在于真正的和幻想出来的过去之中的'固定的冻结实了的关系',而必须学会喜欢变动,学会依靠更新而繁荣,学会在他们的生活状况和他们的相互关系中期待未来的发展。"① 从这个意义上说,高加林、小木匠的尝试具有先知先行性质,虽以失败告终,但他们的努力,求变求新的付出并不值得从道德层面加以挞伐。相反,从融入现代化宏景看,这种怨羡与主动的姿态无疑契合历史要求。他们生长在不够宽宥的时代,决定了其跌宕起伏的运命。

四

自 20 世纪 80 年代肇始,占中国最大多数人口的农民对现代化的追索成为中国社会最壮观的景观之一,而深深楔入现代化、城市化的进程,这是一条从古典体验进入现代性体验的必由之路,是追赶现代化的艰难进程。此间,乡下人历经最初的震惊、怨羡后,有了最深切的物质欲望和文化自觉,他们渴望纳入现代化的荣景中共享高度发展的精神、物质文明,这种觉醒动力伴随暴风骤雨式的狂飙突进,虔敬真诚的笨拙学习、遍体鳞伤的摸爬滚打、竭尽全力地疲于追赶,抗争/矛盾、含混/痛楚、分裂/重生、成长/变化都成为这条路上的印痕。巴赫金(Mikhail Bakhtin)认为,有两种成长小说,一种"成长的是人,而不是世界本身",另一种"人与世界一起成长,他自身反映着世界本身的历史成长。他已经不在一个时代的内部,而处于两个时代的交叉点,处于一个时代向另一个时代的转折点上,这一转折寄寓他身上,通过他来完成。他不得不成为前所未有的新型的人。"② 这个新人是成长中的人物,成长的首要条件是个体心灵的自觉,只有在自由的条件下,成长才成为可能,在传统社会向现代转型过程中始终关注的是:我是什么?而乡土小说的历史就是回答这一追问的历史。这一回答的有效途径之一,就是行动。通过行动,进入到广阔的世界图景中、并寻找与自我的统一。巴赫金在此提出此类成长小说蕴含的开展意义——不仅人在世界成长,且由于人的成长也促使世界改变。在我看来,乡下人正是与世界共同成长的"沉默大多数",他们身处跨入现代化

---

① [美]马歇尔·伯曼:《一切坚固的东西都烟消云散了:现代性体验》,徐大建、张辑译,商务印书馆 2003 年版,第 16 页。

② [俄]巴赫金:《长篇小说的话语》,《巴赫金著作集》,白春仁、晓河译,河北教育出版社 1998 年版,第 223 页。

第一章 现代体验的四个维度

的转折点上，中国社会的进步无疑也寄托在他们身上，他们身上缠绕着如此复杂的质素，背负着传统、历史的重担，艰难穿行在时代的"接缝处"求变——将由农民转化为市民，由农民工转型为工人、公务员、知识分子。

广大农民的现代性体验和跌跌撞撞的追赶，当下的底层文学、乡土文学对此有真实记录。概括来说，有自食其力者、坚韧顽强者；有铤而走险者，心理畸变者；有饱尝苦难者、成功进入者；有融入不得者、重返乡村者，等等。不管怎样，进城、扎根、融入仍然是乡下人追赶、接近、体验现代化的切实可行的目标，和通过自身努力可能实现的唯一途径，城市确然是他们心目中的那个"现代化"。汗牛充栋的文本中，学者余世存的《歌拟奥登》[①]触及了21世纪早期乡下人追赶、渴慕进入"现代化"的严肃命题，深刻表达现代化蓝图中，乡下人被冷落、遗忘的处境与吁求：

> 据说这个城市有一千万人口，
> 有的住花园别墅，有的住胡同平屋，有的住在海里头；
> 可是我们没有一席之地，弟兄们，我们没有一席之地。
>
> 据说这里是我们的历史和梦想，是我们的骄傲，
> 我们像亲戚来串门，却也引起它的懊恼；
> 让我们待在原地不动，弟兄们，它让我们原地不动。
> ……
> 我们逃离饥饿，寻找幸福，交通部门要走我们的所有，
> 让我们挤在一起窒息，疯狂，死去，认清自己
> 不如他们眼里的一条狗，弟兄们，我们不如一条狗。
>
> 我们没有身份，派出所的人抓住我们说活该，
> "如果不交钱你就没有三证，对我们来说你就不存在。"
> 可是我们存在，我们还活着，兄弟们，我们还存在。
> ……

[①] 余世存：《歌拟奥登》，管雪的博客，http://blog.sina.com.cn/s/blog_a8b1e18f0101evpv.html，2012年10月31日。

去到一个科研院所，他们论证说
目前还没有我们的现代化计划，等下辈子再来找它；
但这辈子我们怎么化，弟兄们，这辈子我们怎么变化？

我们交纳了增容费，暂且安身。报纸表达得暧昧，
老太太的小脚跑来可真是敏捷，逢年过节地喊着防贼；
她指的是你和我呀，弟兄们，她指的是你和我。

有人说我们太笨，素质太低，为什么禁止我们进入
很多行业？他们明明知道中关村里的电脑是我们攒的。
有人说我们到城里来只是出丑，同样是修路，扫地，
……
我们流浪，从80年代到又一个世纪，
我看见这个城市日新月异，万家灯火；
没有一盏属于我，弟兄们，没有一盏是我们的……。

追赶中，两种意象深刻抒发农民的现代性体验。一是"下一站"意象，由于"没有一席之地"，到处漂泊流浪，永远在路上；城市是途经的驿站，缺乏平安稳定，更无慰藉与悦纳；二是"双栖人"情结，站在"空壳"的乡下遥望繁华城市，心向往之却无法进入，多年的都市生活早已涤荡他身上"乡下"基因与农耕文化，他既回不到承载童年梦想的宽宥的皇天后土，钢筋水泥的丛林又令他无所适从，城市是埋葬他"历史和梦想"的"悲情城市"。有人指出，心理危机是社会高速发展的产物，在社会结构剧烈变化、社会利益猛烈分化的时代，出现了马克思所说的"茅舍样小房子旁边忽然耸立一座宫殿"等贫富收入反差，乡下人的心灵世界再也无法驻足"边城"世界的平和宁静，焦虑、紧张、被抛弃、被剥夺的心态由之而生；与此同时，"北漂""蜗居""蚁族"大量出现，这些总体的大众情绪容易转为疑惧、迷茫、失落、愤青思维。这些复杂难言的情感体验和生命经验，是古典时代的人们远无法感受和理解的。要追求现代化，就要直面现实人生，就需接受挫折和苦难，就会遭遇成长如蜕的煎熬、破茧而出的漫长、化蛹为蝶的惊艳。从乡下来到城里，从传统到现代，无论奋斗、温饱还是融入、重生，在在改写乡下人对城/乡、现代/传统、富裕/

第一章 现代体验的四个维度

文明的认识,也重塑他们开拓土地以外都市生存空间的多元人生。正如伯曼所说,"所谓现代性,就是发现我们自己身处一种环境之中,这种环境允许我们去历险,去获得权力、快乐和成长,去改变我们自己和世界,但与此同时它又威胁要摧毁我们拥有的一切,摧毁我们所知的一切,摧毁我们表现出来的一切。——它将我们所有的人都倒进了一个不断崩溃与更新、斗争与冲突、模棱两可与痛苦的大旋涡。"[①] 伯曼透彻看到,身处大旋涡的人,一方面会产生痛失前现代乐园的怀旧性感受,另一方面,又别无选择,仍然一如既往地要通过这个大旋涡;一方面,乡下人强烈感到,现代性从根本上威胁自己的全部历史与传统,另一方面,现代化进程中,它又发展出自己的内容丰富的历史和传统。伯曼正是试图探测和表明这些传统,并"要理解这些传统能够以哪些方式培养并且丰富我们自己的现代性,以及它们可能以哪些方式遮掩或减损我们对现实的现代性和可能的现代性的认识"[②]。

五

现代化是迈向现代文明国家所不可避免的过程,是充满悖论的过程,这个过程远未完结,需要正确对待和深刻反思。中国近代以来多次遭遇现代化,反反复复有过这样的深切体验:惶恐与向往、进步与倒退、激进与保守、激情与失望、理想与现实,种种矛盾体验塑造我们对现代性的理解和判断。伯曼宣称,"现代化的过程,即便当它剥削和折磨我们的时候,也给我们带来了力量和想象,鞭策我们把握和面对现代化所带来的世界,并努力将它变成我们自己的世界。"[③]

农民对现代性的追赶、乡村社会转型是迄今为止,当代中国最为波澜壮阔的现代化追索,就里充满艰辛的蜕变、撕心裂肺的苦痛。渴望脱贫、进城务工、城乡平权、创新创业……都是实现这一艰难转型的抉择,只要他们还心存梦想,只要他们还心有不甘,只要他们不愿意被这趟轰隆隆的现代化列车甩下,被抛入断裂社会的底层,他们就不会放弃前进的步伐。在这个过程中,无论是震惊、怨羡,还是觉醒、追赶;无论是

[①] [美] 马歇尔·伯曼:《一切坚固的东西都烟消云散了:现代性体验》,徐大建、张辑译,商务印书馆2003年版,第123页。
[②] 同上书,第461页。
[③] 同上书,第464页。

焦虑、浮躁，还是迷惘、怨恨，乡下人从未停止过追逐的脚步，这些富于鲜明时代特色的情感嬗变和生命体验，深深镌刻于当下乡土文学光谱。因此，现代化把农民变成为现代化的主体的同时，也在把他们变成现代化的对象。换言之，现代性赋予人们改变世界的力量的同时也在改变人自身。追求现代化的物质、精神文化生活，既是时代的必然要求，更是乡下人自身的权利，今天的乡下人已经无可挽回地卷入这一巨大历史行为中，承载他们应有的光荣与梦想，接受现代化铺天盖地的洗礼，恰如伯曼指出："成为现代的就是发现我们自己身处这样的境况中，它允诺我们自己和这个世界去经历冒险、强大、欢乐、成长和变化，但同时又可能摧毁我们所拥有、所知道和所是的一切。它把我们卷入这样一个巨大的旋涡之中，那儿有永恒的分裂和革新，抗争和矛盾，含混和痛楚。""成为现代就是成为这个世界的一部分，如马克思所说，在那里，'一切坚固的东西都烟消云散了'。"①

第二节 焦虑:追逐现代化的失衡魂灵

"中国进入'全民焦虑'时代，白领精英和底层蚁族最焦虑"，2012年2月23日《广州日报》如是说。而根据《中国青年报》社会调查中心一项由2134人参与的调查显示，焦虑已成为现代人的生活常态：34.0%的受访者经常产生焦虑情绪，62.9%的人偶尔焦虑，只有0.8%的人表示从来没有焦虑过。一夜之间，似乎"全民焦虑"的阴影悄悄降临。② 正是如此真实而可怖的现实指向"全民焦虑"的"亚历山大"生存图景。"亚历山大"是谐音，意即压力像山一样，实在太大，而这种全民性"焦虑"，与发端于20世纪80年代的"现代化"相伴相生。有专家认为，"这是必然要经历的一个过程，因为对后发国家来说你处在追赶的状态，你的生活就是一种病态状态，你肯定有很多的焦虑。另一方面外界的情况也发生非常多的变化，所以在这样一个过程当中全民性的这种焦虑状态是非常普遍的。这种全民的焦虑状态就是一个工业化、现代化和追赶的过程当中的一

---

① [美]马歇尔·伯曼：《一切坚固的东西都烟消云散了：现代性体验》，徐大建、张辑译，商务印书馆2003年版，第479页。

② 《中国进入"全民焦虑"时代》，新浪财经频道，http://finance.sina.com.cn/money/lczx/20120223/074611435937.shtml. 2012年02月23日。

第一章　现代体验的四个维度

个必然阶段。"[1] 特别在当下，中国处于由传统农业社会向现代社会转型，在向现代化进军的征程中，乡村再次成了前仆后继的跟进者，农民成为疲于奔命的追赶者，考察他们情感和生命体验的历史、文化内涵，有助于反思中国式现代化的特殊性。作为与现代化建设如影随形、互为表里的现代性体验也成为时代嬗递的隐秘线索。"现代性焦虑"正是当代乡村与农民的基本症候与体验。

舍勒对"性情"这一现象学进行分析，将人心秩序称为"性情气质"，并将它描述为一种体验结构。作为世界的"价值等级秩序"的基石，"性情气质"的现代转型比政治经济制度的现代转型更为根本。一旦人心的体验结构发生转变，人间生活世界的道德秩序必然发生根本变动。在舍勒看来，现代人的"性情气质"的基本特征是：工商德性的心性气质战胜并取代了神学——形而上学的心性气质，这意味着生命价值与实用价值的高低秩序发生了结构性颠转。按舍勒的现象学直观，"性情气质"是一个实质的价值偏爱系统，具体的、实际的价值偏爱构成了生活中某种实质价值优先或后置的规则（伦理），进而规定了某个政治共同体的世界观乃至生活在其中的每个个体的世界观的结构和内涵，给政治共同体打上时代的伦理印记。古人的"性情气质"与现代人的"性情气质"不同，就因为价值偏爱不同，或者说，对某种实质价值的优先或后置不同。"性情气质"是每一时代和民族赖以做出具体价值评价的基础[2]。因此，通过舍勒的"体验结构"理论观照中国现代转型意义重大，它表现在中国现代转型本身也呈现为体验的转型。体验的转型正是现代转型过程的根本层面，这种根本在于，现代性转型作为一种"总体转变"，归根结底要在人的生存境遇或生活方式的转型上显示，而内面的心灵嬗变与生命体验，无疑正是现代性转型的基础。正是在此，焦虑呈现出与古典殊异的现代形态——它表明乡下人对自身在现代化进程中的生存境遇或价值，别具深层意味。

一

一般认为，焦虑是由紧张、不安、焦急、忧虑、担心、恐惧等感受交

---

[1] 《中国步入全民焦虑时代，专家称是现代化必经过程》，中国广播网，http://news.sohu.com/20110914/n319299441.shtml. 2011 年 9 月 14 日。

[2] ［德］马克斯·舍勒：《道德意识中的怨恨与羞感·中译本〈导言〉》，刘小枫译，北京师范大学出版社 2014 年版，第 5—6 页。

织而成的复杂情绪状态。美国的迈耶·格罗斯（W. Mayer-Gross）等人对焦虑有较完整描述，把焦虑反应看作带有不愉快情绪色彩的正常的适应行为，把它们描述为包含着对危险、威胁和需要特别努力但对此又无能为力的、苦恼的、强烈的预期。由于个体对多种生活环境的担忧或对各种现实危险性的认识，直接导致焦虑症；个体的威胁感和焦虑不安表现得非常明显。① 现代性转型中，对生存的焦虑使农民大多处于紧张、忧虑和恐惧不安中：对人际关系敏感、信心不足、抑郁困顿、被剥夺感、丧失感强、自卑怨恨、迷茫失落、紧张不安，……这些惊惧、幻想、过敏感以及无端的担心使他们处于一种不能放松、失望和不满的状态中。他们的焦虑水平与他们对伤害的不现实的期望和幻想有关——所期望或幻想的伤害越严重，焦虑水平越高，亦即"现代性焦虑"集中表现在对贫困的关注、对人的主体能力的怀疑。在前现代乡村的《边城》甚至"葛川江"里，自给自足的小农经济、日出而作日落而息的农耕生活、节奏舒缓的生活方式、俯仰自得的悠游心态、平均主义的基本收入，很少带来根本性的生存危机和焦虑。20世纪80年代以后，农民的生存焦虑大幅攀升，融入了社会性、现代性、现实性的众多意涵，成为一种集体无意识，也成为一种鲜明的时代特征。

以当代乡村"现代性"转型为参照，考察新时期以来农民的"精神史"，对于现代性转型，有十分重要的意义。卡林内斯库（Matei Calinescu）认为，"作为一个心理学范畴，现代性不仅再现了一个客观的历史巨变，而且也是无数'必须绝对地现代'的男男女女对这一巨变的特定体验。这是一种时间对空间、自我与他者、生活的可能性与危难的体验。"② 新时期以来农民的"心灵世界"里，融入许多"新"质素，作为"半新半旧"的人物，显示转折时代赋予的鲜明"过渡性"文化性格和精神特质。对于"现代化"，他们怀着复杂难言的矛盾体验：既真诚想"变"又担心"变"带来的无所适从和不安全感与稳定感的消逝，既力挽颓势想"守"住乡村最后一点熟稔、婉约的风俗民情、田园情调，又"青山遮不住，毕竟东流去"。对于他们来说，想"变"的是，希望生活改善，安康富足；

---

① 王文静：《个案社会工作在治疗大学生焦虑中的运用研究》，硕士学位论文，西北师范大学，2013年，第9页。

② 周宪、许钧：《现代性的五副面孔·总序》，载［美］马泰·卡林内斯库《现代性的五副面孔》，顾爱彬、李瑞华译，商务印书馆2002年版，第3页。

第一章 现代体验的四个维度

希望老有所养，居有其屋，幼有所教，劳有其业，病有所医；害怕"变"是因为，"不是我不明白，是这世界变化快"，现实的嬗变每天都令农民无地彷徨，生存焦虑由此而生。

马秋芬《朱大琴，请与本台联系》(《人民文学》2008 年第 2 期) 是极佳的"生存焦虑"镜像：被生活折磨得痛苦不堪的朱大琴、刘旺田夫妇进城务工，"每月的薪水虽然微薄，但是比起乡下也还是强了不少。再加上朱大琴做家政服务赚来的散钱贴补家用，二人的日子过得虽然清贫，但也算无忧"。但是，"自从刘旺田欠了包队长的钱，朱大琴的家里就再也没有了往日的宁静。刘旺田丢了建筑工地的工作。为了多赚点钱，朱大琴又向家政公司多申请了一份工作。"为躲避债务，"蜷缩在城市角落的朱大琴和刘旺田夫妇已经走投无路。无奈之下，刘旺田决定用仅剩下的一点钱买两张长途车票，先回老家躲一阵子再说。"懵懂中，朱大琴就在躲避债务与赢取彩电的乍惊乍喜、思念家乡与贫困艰难的逆来顺受、稀里糊涂被安排利用中，成了楚丹彤、翁小淳炒作电视栏目，获取经济利益和轰动效应的道具，而楚丹彤、翁小淳擅自许诺奖励的大屏幕液晶彩电也成为泡影。这个文本表征出农民工无论是在城市或乡村，都无法摆脱的巨大生存焦虑与伤痛。在现代化进程中，乡下人不仅要忍受贫穷的煎熬，还要承受城里人的差遣、戏弄与利用，不论是有心或无意无心的伤害，农民工进城的历程也就成了不断体味城市伤害的过程。

小说抒写的虽是"农民工"，但作为乡村"逃离者"，他们"欠债躲避""电视台寻人""奖励大屏幕彩电""上电视接受采访"等现代体验十分典型，并与乡村"留守者"合成了更为复杂的生存焦虑。新时期文学文本，无论《最后一个渔佬儿》中的福奎、李生 (《李生记》，魏微，《当代》2007 年第 12 期)，还是薛文化管理的北檫村 (《薛文化当官记》，和军校《人民文学》2007 年第 12 期)、村长霍品统辖的黄村 (《逆水而行》，胡学文《当代》2007 年第 6 期)，或因"现代"步步紧逼，或因致富躁动，或因城市挤压，或因工业蚕食，都处于大变动时代的焦虑中。此间，不仅乡村作为精神原乡的自在性、自然性和完整性，在现代文明和市场经济冲击下瓦解，农民的平和心态与宁静体验也为感愤、怀慕情绪所替代——乡土中国已失去往昔的温馨、田园牧歌式的诗意和美好。新时期以来，随着现代化在乡村的全面展开和现代意识的洗礼，农民的生存焦虑和发展意识发生井喷。王安忆指出，"我们这个时代好像一下子从现代化生活中领了一个很大的秘籍，这个秘籍就是不能落后，我觉得这给大家都带来一种紧迫感"。① 最直观的是，今天的农民已掌握一套"现代化"的话语符码，并渗透着深刻的迫感焦虑："欠债""竞争""赚钱""受累""没闲""赶工""合约"等现代社会潮流性词成为交流常用语，而"唠嗑""做媒"等"旧式"的日常语言淡出。这些变化标志以现代化为内核与驱动的社会动员中，一个由"现代性"神话支配与询唤的乡村生产生活模式、发展图景逐渐形成，并孕育乡村新的社会文化结构。"现代化"不仅克服传统农业社会国家行政力量的话语主导相对有限，无法有效抵达基层民众的局限，且开始形成对底层社会从心理体验到思想灌输再到话语惯习的改造。重要的是，"一要生存 二要发展"已成为农民自我规训的力量，并内化为思想行动和新国民性的一部分。在这样的背景下，由生存、攀比、发展、竞争、不服输、追赶等带来的焦虑日益弥漫。"这样看来，我们今天所体验到的四处蔓延的'焦虑'，也许倒是一种随社会急剧变迁而出现的社会心理特征，或者说是一种齐美尔所说的'现代性体验'。"②

"不换思想就换人"的竞争思维、"落后就要挨打"的改革逻辑不仅响彻城乡，也深入农民的内心世界，他们爆发出纳入现代化荣景中共享高度文明的极度渴望、憬悟，这种觉醒动力伴随加速社会的全力追赶，亦步亦趋地虔敬学习，屡屡试错的代价付出无处不在的生存焦虑抗争/矛盾、含混/痛楚、分裂/重生、成长/变化都成为乡村的普遍创伤。人们开始从原来的古典诗性步入现代化带来的前所未有的、轰轰烈烈的体验中。竞争的残酷性被赋予了一种合理性，农民在震惊、怨羡、迷茫、感愤、断零、叹惋之余紧张、压力、奋起、追赶、创造等诸种心理随之而生，读者可以从文学文本中强烈感受到现代化转型留给乡村的生存焦虑。舍勒论述了现代性之于人的改变。随着对现代性问题探究的深入，舍勒逐渐意识到，现代性问题的根本在于人的实存类型转变或"人的观念"的转变：古代文明的"人观"已然彻底动摇，以至于"在历史上没有任何一个时代像当今这样，人对于自身如此困惑不解"。现代性标明的不仅是政治秩序、经济制度或知识系统的转变，更是人自身的转变——人的身体与心性气质的内在统一

---

① 王安忆、王雪瑛：《夜宴中看现代城市的魅与惑：关于〈夜色撩人〉的对话》，《当代作家评论》2010 年第 3 期。
② 周晓虹：《焦虑：迅疾变迁背景下的时代症候》，《江苏行政学院学报》2014 年第 6 期。

第一章 现代体验的四个维度

体构造本身的转变。人自身的转变不仅是人的实际生存的转变,更是人的生存尺度的转变,以至于在现代生活世界中,人的个体身位找不到自己的安身之位。① 因而,正是因为人在现存社会中找不到安身之所,加之贫富差距、城乡对立、利益矛盾等,都会酝酿社会焦虑和怨恨。王一川对舍勒的理论做了符合中国现代化语境的引申,他指出:怨恨与羡慕相交织的心态构成中国人的现代性体验的基调。② 也就是说,追问中国现代性精神如何,怨羡情结正可成为支点。因而,与怨羡情结相伴随的求变动力,是中国现代性精神的实质所在。在此,焦虑是一种怨恨、羡慕、嫉妒、失落、不甘、迷茫等心态相交织的总体的生存体验,具有特定的历史、文化与现实内涵,尤能传达当下农民的特殊生存状态。巴赫金认为,有两种成长小说,一种"成长的是人,而不是世界本身";另一种"人与世界一起成长,他自身反映着世界本身的历史成长。他已经不在一个时代的内部,而处于两个时代的交叉点,处于一个时代向另一个时代的转折点上,这一转折寄寓他身上,通过他来完成。他不得不成为前所未有的新型的人"。这个新人是成长中的人物,"不是静态的统一体,而是动态的统一体。主人公本身、他的性格,在小说中成为变量,有了情节意义。时间进入人的内部,进入人物形象本身,极大改变人物命运及其他意义"③。巴赫金在此提出成长小说蕴含的展开意义——不仅是人在世界成长,且由于人的成长也促使世界改变。在我看来,新世纪前后的农民正是与世界共成长的"新人",既区隔于"老中国的儿女",又生发出现代文明赋予的"新内涵";他们身处乡村现代化转型,缠绕复杂的质素,背负传统、历史、现实的重担,艰难穿行在时代"接缝处"求变——将由"老魂灵"转化为"新农民"——他们似曾相识,是"熟悉的陌生人"。当代乡村的现代转型史就是农民的体验史,乡村现代乌托邦的建构史就是农民的心灵史、情感史。

二

"焦虑"是乡村"现代性转型"的主要病症,它与后者具有极强的亲

---

① [德]马克思·舍勒:《哲学人类学·序言》,《舍勒作品系列》,刘小枫选编,北京师范大学出版社2014年版,第1页。
② 王一川:《中国现代性体验的发生》,北京师范大学出版社2003年版,第55页。
③ [俄]巴赫金:《长篇小说的话语》,白春仁、晓河译,《巴赫金著作集》,河北教育出版社1998年版,第223页。

缘关系，作为"现代化"的代偿物，如影随形铭刻在乡村及其子民身上。对乡村及农民来说，他们可能无法清晰辨识、仔细言说这种"生命体验"，缺乏这种自省能力，但实实在在的，"致富焦虑"极具生命张力。后现代主义理论家詹明信（Fredric Jameson）说："金钱是一种新的历史经验，一种新的社会形式，它产生一种独特的压力和焦虑，引出新的灾难和欢乐，在资本主义市场经济获得充分发展之前，还没有任何东西可以与它产生的作用相比。"[①] 联系前述的现代化"压抑"，在当下乡村现代化建设语境中，尤其是"美丽乡村建设""乡村振兴"过渡期，市场经济进入农村后，理性经济和等价交换思想占据主导地位，货币度量农村的活动，片面追求发展、富裕加重经济交换理念带来的对经济公平的追求和对社会公平、乡村责任的漠视，对弱势群体的忽略。于是，没有"远亲不如近邻"，有了"亲兄弟明算账"；没有"一个篱笆三个桩"，有了"亲是亲，财是财"，缘此，精神归依在现代化转型悬置，恒常的幸福感崩解，两无依傍的心理产生，焦虑开始弥漫。"致富焦虑"成为这一时期的主导心因性状态。

《柳乡长》（阎连科）以夸张的方式勾勒了令人忧心的价值转向。柳乡长以招工哄骗的方式将椿树村的农民驱赶到城里：他给椿树村的男女老少每个人都派发了一张盖有乡里公章的空白介绍信，强迫农民到城里去打工，甚至放言，即使是男的当"午夜牛郎"，女的做"街头流莺"，年迈无用的老人、体弱不更事小孩用舌头为城里人"擦屁股"，也不准回到村里。这部小说表征出：自 2000 年前后，面对强大的"致富、先富意识形态"，贫富分化、生存困境、发展焦虑已深深嵌入现代化的肌理，也传达出农民的"不安全"感与焦虑——就像早先《鲁班的子孙》中"懦弱无用"的富宽的老婆追问："难道这个社会不要我们这些穷人了吗？"在此，与商品经济和市场逻辑这一现代性历史前提相适应的"经济人"，作为利己动机至上的人格，和"道德人"是分裂的，个人获得经济与政治上的独立意识，但并未获得文化意义上"个体人格"的独立与完整。在梁鸿的《出梁庄记》、黄灯的《大地上的亲人——一个农村儿媳眼中的乡村图景》等"非虚构写作"文本中，随着新世纪发展至今，乡村和农民的致富渴望与焦虑延续了公社党委书记庞发昌（《冷娃致富》，邹志安）和"柳乡长式"

[①] 詹明信：《现实主义、现代主义、后现代主义》，《晚期资本主义的文化逻辑》，生活·读书·新知三联书店 1997 年版，第 299 页。

第一章 现代体验的四个维度

的思路：一切向钱看，只要发财，其他的可以让道，哪怕是投机倒把、小错不断。于是，乡村农民受着致富梦的驱使，前赴后继地参与到野火烧不尽的传销中，他们有的明知是一条绝路，也想要蹚一蹚，怀着侥幸的心理赌一票。有社会学家指出了当下农村的"新四害"（彩礼、赌博、邪教、传销）。这四害中，除了"邪教"是精神控制，其他三样都与钱有关，都体现了农民致富的焦虑、发财的渴求、走捷径的心理。最具代表性当属遍及城乡大地的"传销"。在梁庄的农民当中，几乎各村各户都有人做传销，梁庄的韩小海不惜一切手段，将父母、哥哥、姐姐、亲戚拉进组织，在外姓又发展了4个，自己成为其中的骨干和上线；梁庄隔壁的史庄的东子，被亲戚骗进传销组织，卖健身器材，他把亲戚朋友邻居也都忽悠到了传销组织里，结果最后以失败告终，同去的王氏兄弟和一个妹妹最惨，返乡途中被骗到一个砖厂干活，干了大半年才伺机逃脱，回到村里后扬言再见到东子，一定要打断他的腿，而牵头人东子是爬火车、走小路，一路风餐露宿几乎靠乞讨才回到家中。史庄这个老实巴交的男生，做了传销后，西装革履，巧舌如簧，失败的经历则将他重新打回农民的原形，从此他沉默寡言，偏居一隅……。尽管活生生的事例如此，梁庄的文哥的弟弟、吴镇的宋林、黄灯在湖北乡下的亲人等，仍然如飞蛾投火般地加入春风吹又生的传销中去，一次次体验着沉重、荒诞而又蛊惑人心的致富神话。在作家黄灯的采访实录中，表妹鸿霞受家乡长乐街大环境的影响，加入"买码"的行列，一个星期赚几万块钱，胆子越来越大了，也就越买越大，最多的时候，一个星期亏了20多万元，深陷其中差点无力自拔。

樊纲指出，"在这个过程当中，我还有个概念：当我们处在中间状态的时候，既不是此岸，又不是彼岸，处在中间过渡阶段，各种利益矛盾又很复杂，这时候会出现一种改革焦虑症。……这种焦虑症也是可以理解的，但我们希望大家能够更理性地来看待这个过程，理解它的艰难，理解它的漫长，理解历史不是一天完成的。"[①] 因此，心理焦虑有着很强的现实意义和文化价值，对于农民来说，致富焦虑、发展焦虑、追赶焦虑、竞争焦虑、成功焦虑等，最后演变为我们这个时代的全民焦虑症候。有人指出，心理焦虑是社会高速发展的产物。在现代化列车呼啸前行，社会利益猛烈分化的时代，浮躁、冲动甚至铤而走险成为可能。阎连科笔下"炸裂

---

① 樊纲：《克服改革焦虑症，坚持渐进式道路》，《南方都市报》2008年11月25日第12版。

村"村长孔明亮为代表的民众欲望的极度"炸裂",梁鸿笔下梁庄在西安蹬三轮车的父老乡亲的被欺负、被羞辱后的心态,《湖光山色》中楚王庄的子民对金钱不顾一切地疯狂攫取和自甘堕落行径……,都可视作这一"焦虑"的变体和表征,这些弥散在农民中的总体情绪容易转为心理危机。因此,乡村总体的心理状态、感觉结构是辨识乡村现代性转型的独特视阈,是真实的历史焦虑,这些复杂难言的焦虑心理体验和生命经验,是"老中国的儿女"远无法感受和理解的。

总之,焦虑是个体情感的一种总体性状态,焦虑不像恐惧那样有具体的对象,它不是对特定威胁的反应。相反,它通过无意识所形成的情感紧张而丧失其对象,这种紧张表达的是"内在的危险"而不是外在的威胁。因此,是"焦虑"而不仅仅是"发展"构成乡村心理体验的整体性,它揭示乡村"个人命运的焦虑"与"民族国家现代化"之间的持久的痛苦联系。在这条历史逻辑的话语脉络,"焦虑记忆"成为精神黑洞,我们可用"焦虑"置换"发展"、"竞争",将之普适化和典律化。在此意义上,"发展"远不及"焦虑"具有涵盖幅度和时代深度。"焦虑记忆"已逾越历史成为中国现代性心理体验的坚实硬核。比如,南方夜雨的长篇小说《月挂花枝头》[1]紧贴大都市人们的实际生活,真实地描述了高节奏社会重压下人们的生活和心理状态,给予极尽人性的提示和关怀。该小说的最大价值在于第一次以长篇叙事的方式关注心理焦虑症,填补了小说领域中相关题材的空白。但是,关心农民的心理焦虑症的文学却鲜少呈现。20世纪90年代后,中国社会全面步入现代化快速发展轨道,逐步确立了社会主义市场经济体制,城乡之间的交流日益开放宽松,同时落后的生产方式与保守的经营理念使农村与城镇的差距也越来越大。面对日益开放、充满诱惑的外部世界,"这一代人明白,要想致富,村庄是不可能提供资源和机会了,村庄已经丧失了经济上的重要意义,不再是一个终身依托的锚地"。[2] 因此,农民一路迤逦,浩浩荡荡加入进城追赶"现代化"的行列,"乡下人进城"就此成为新世纪最为壮丽的社会学、文学景观之一,"现代性焦虑"也由此异化为各式各样的表征,进一步潜入社会发展的纹理与褶皱中,亟待人们梳理。

---

[1] 南方夜雨:《月挂花枝头》,广西人民出版社2009年版。
[2] 吴毅:《记述村庄的政治》,《读书》2003年第3期。

第一章 现代体验的四个维度

三

安全需要是人的基本生存需要，尤其是本体性安全，是更为重要的安全形式。本体性安全通过习惯的渗透作用与常规密切相连，所以，人们在心理上经常希望能预料到日常生活中那些微不足道和周而复始的东西。"如果这种惯常性的东西没有了——不管是因为什么原因——焦虑就会扑面而来，即使已经牢固地建立起来的个性，也有可能丧失或改变。"① 可见，确定性是个体获取本体性安全的基础，对确定性的追求，成为人类的梦想和持续追求的对象。在吉登斯（Anthony Giddens）看来，本体性安全是自我心理组织系统的基础，是大多数人对其自我认同之连续性以及对他们行动的社会与物质环境之间恒常所具有的信心，其功能在于控制或排解焦虑，使个体获得安全和可靠的感觉。本体性安全的获得还取决于自我所处的生存环境，包括自然环境和社会环境。新时期以来，乡村被现代化洪流代入深刻与复杂的转型中，当代文学多有表征：传统与现代、美好与糟粕、共时与历时都在文本中具现，这些嬗变既有乡村伦理的剧变，世外桃源的污染，也有价值观念的裂解；既有人际关系的冲突，也有担心发展落后的心理紧张，还有乡村最大群体——留守妇女、儿童的不安全感等，大大改变从前的"确定性""连续性""可靠性"，从而成为乡村与农民不自觉、却是更为根本的内在体验。李云雷指出，"如果说对于鲁迅来说，他的痛苦在于故乡是'不变'的而自己已经发生了变化，那么对当代的'离乡者'来说，痛苦不是来自于故乡没有变化，而是变化得太快了，而且以一种意想不到的方式在发生变化：迅速的现代化与市场化不仅改变了农村的面貌，也改变了农村的文化以及人们相处的方式，而外出打工、土地摆荒，以及转基因食品、全球化市场与中国农村的关系等问题，动摇了人们对传统农村的想象。……在这个意义上，我们或许可以说'故乡'已经消失了，与'故乡'相联系的一整套知识——祖先崇拜、宗族制度、民间风俗等等，在现代化的冲击下已经或正在慢慢消失，而这一变化对现代中国人的影响，似乎还未得到充分的重视与表现。"②

进入 21 世纪以来，随着乡村大量青壮年男性的外出打工，遗留在乡的

---

① ［英］安东尼·吉登斯：《现代性的后果》，田禾译，译林出版社 2000 年版，第 80 页。
② 李云雷：《〈故乡〉与现代知识分子的"乡愁"》，《文艺报》2011 年 9 月 16 日第 3 版。

弱势的留守妇女和儿童的安全便成了乡土最重要的心理焦虑和社会事件，成为广袤乡村的普遍性问题、最大公约数。在众多的小说中，我们看到，乡村异化权力的滥用、乡村中老年男性的觊觎、窥探、欺辱乃至性骚扰，对留守妇女构成了实实在在的威胁；一人独处的寂寞无助、对丈夫在外的担忧，都会转化为内心的强烈焦虑、不安全感。正如人本主义心理学家马斯洛认为，安全感指的是"一种从恐惧和焦虑中脱离出来的信心、安全和自由的感觉，特别是满足一个人现在（和将来）各种需要的感觉"。[1] 吴治平的《中国乡村妇女生活调查——随州视角》、涂春奎的小说《锦江湾》、孙惠芬《歇马山庄的两个男人》等文本叙述了这样的"安全焦虑"故事。在小说《一个人的村庄》以"我"的经历，书写了乡村留守妇女不安全感、焦虑、无助和愤怒。独自留守乡村的"我"成为被村里众多男人觊觎、性骚扰的对象，不管白天黑夜，不断有男人像幽灵和饿狼一样游荡在"我"家后院，他们有的死皮赖脸地用话语调戏，有的隔窗公然窥视，有的动手动脚揩油，有的半夜敲门、翻墙，有的甚至直接强行躺在"我"的床上。这一切令我无助、恐惧和焦虑，不安全感使我时时处于高度紧张、戒备、自卫的状态，"我"痛苦无助、疲惫不堪却只能默默忍受，勉力支撑，最后，"我"终于爆发了，用菜刀将床上的人砍死，这一瞬间，"我"感到了前所未有的释放解脱和久违的快乐。可以说，处于法律缺位的乡村，性骚扰是普遍存在的社会性问题，所带来的家庭、社会、心理问题层出不穷。"我"的"施暴"也反映了她们真实的心理困境、沉重不堪的心理焦虑。

此外，身份认同的焦虑也日益成为农民本体性安全的新焦虑和现代新体验之一。由于农民大量离乡离土进城，他们作为城市外来阶层，城市的无法融入、乡村返而不得的"悬置"状态，常常会让他们感受到精神文化的错乱和苦闷焦虑。读者在尤凤伟的《泥鳅》、贾平凹的《高兴》、张继的《到城里受苦吧》等新世纪乡土小说中，随处可见这样的城乡"零余者"、文化"边缘人"，他们在城乡交叉地带颠沛流离、张皇四顾，呈现了这一特殊群体的长久而痛苦的身份焦虑。自我所处的生存环境，包括自然环境和社会环境以及自我身份认同的丧失，是身份焦虑的根源。阿兰·德波顿

---

[1] ［美］阿瑟·S. 雷伯：《心理学词典》，李伯黍、杨尔衢、孙名之等译，上海译文出版社1996年版，第765页。

第一章 现代体验的四个维度

(Alain de Botton)认为:"新的经济自由使数亿中国人过上了富裕的生活。然而,在繁荣的经济大潮中,一个已经困扰西方世界长达数世纪的问题也东渡到了中国:那就是身份的焦虑。"[1] 德波顿援引艺术家、思想家及作家的观点与作品探索身份焦虑的根源,他告诉我们,身份焦虑的本质是一种担忧:担忧我们无法与社会设定的成功典范保持一致,担忧我们失去身份与地位而被夺去尊严与尊重。身份焦虑在中国各阶层普遍存在,但在离开赖以生存的村庄去城市或者其他地方打工的农民工身上尤为明显。说到底,身份焦虑实质上是生存焦虑的象征性表达。农民与曾经熟悉又巨变的乡村及打工的城市发生着错位,"农民"身份让他们尴尬,得不到应有的尊重与尊严,甚至更多的是偏见与歧视。他们实实在在发生身份转换、认同涣散——当代"新农民"谱系的裂解以及由此带来的身份迷失与错乱随处可见。此间,乡村呈内在分裂:乡村文化/城市文化、愚昧/文明、富裕/贫困、宗法伦理秩序/道德失范失序、乡规民约/法律法规、邻里情谊/人际疏离、田园风光/污染圈地、跨越发展/节奏缓慢、笃守平静/心理失衡等。无论是生活方式,还是生产方式;无论是精神形态,还是感觉结构,都远离古典时代,当代农民被"现代化"转型塑造成"新农民"或"历史中间物"。"农转非"过程中,裂解为"新农商""新农工"等多面向角色。这是农民在应对现代化出现的由表及里、新旧杂糅的身份混乱与文化冲突。其所新者不全新,有农民艰难获得的现代性因素,也有畸形发展所形塑的变异;其所旧者不是传统的简单延续,又与国民劣根性纠结,撕扯得鲜血淋漓,显露文化根性相同的一面。新旧杂糅,传统与现代锯齿般啮合,带来现代性转型期间的分殊与焦虑。

比如,现代性转型中,"老中国的儿女"进城又返乡,身份与认同逐渐裂解为"新式"的"士、农、工、商",当代文学里既有"新农商""新农工""新农干""新农氓",也有返乡的"新农学"(如:放弃高考,返乡游荡在乡村的人数众多的年轻人,支农、支教、支医等"三支一扶"的大学生、村官助理)等群像的刻画[2],他们的加盟也给转型的乡村带来现代气息和活泼变化。总之,现代性转型中,曾经笃定、凝固的农民身份

---

[1] [英]阿兰·德波顿:《身份的焦虑》,陈广兴、南治国译,上海译文出版社2007年版,第12页。

[2] 廖斌:《熟悉的陌生人:现代性转型的返乡"新农民"形象谱系》,《海南师范大学学报》2012年第3期。

发生裂变，曾经信守的与乡土以及自然、世界的主客体关系产生扭曲，曾经乐享的淳朴的民俗风尚、文化传统逐渐消散，更进一步带来他们安全感、连续性、可预见性、确定感的动摇。这其中，既有农民自我的追求，也有身不由己的精神危机。新的身份、生活参照系建立起来后，纷繁复杂的生活理念、文化冲突刺激着、启蒙着他们，使农民开始对"后乡村"及其生活方式充满新奇、犹豫和怀疑，又交织着寻求稳定和渴望改变的矛盾愿望。进一步说，农民的身份裂变，暗示着他们正在历经一场脱胎换骨的"后启蒙"，正是基于他们与20世纪80年代迄今现代性转型的"历史"互动是激烈的、整全的，"历史"无情摧毁伴随农民一生的乡土，改造了与其相守一生的文化基因和身份认同。他们身上铭刻的迷失状态，焦虑性、失败性的颓丧心态，是"现代性"转型大时代的隐秘部分。有学者指出，"文化危机与现代焦虑问题是现代社会发展中的一种普遍现象和文化问题。……恐惧、焦虑体验是启蒙自身的产物，是启蒙吊诡式存在的情感根基，与启蒙以来的文化危机形影相随。一方面，它是在文化工业的迷雾中自我主体的反思形式，是主体渴望逃离文化危机的征兆，另一方面是现代人解决生存危机和寻找审美启蒙的内在驱力，是审美乌托邦世界的建构性力量，也是应对工具理性对人的压制的渴望性和反抗性力量。"[1] 转型期巨变的农民"心灵史"不是孤立精神事件，可在西方现代知识谱系找到知音。芝加哥学派学者阿兰·库隆（Alain Coulon）在论及"现代性转型"中，痛苦并焦虑生存在城乡对立夹缝中的农民时指出："'边缘人'是适应与同化之间的过渡，他们是从原来的文化群体中出来的人，被两个世界分割，受这一分割的煎熬。但他们同时也是两个群体，两个社会的接触点。"[2] 因此，考察乡村现代性转型的农民"心灵史"，也在体察时代转折处这些"边缘人"的"精神史"。

时代的结构性、内在性转折剧烈改变每个人的生存处境和命运，作为大时代的一分子，农民们早已不再是"愚顽"守旧、首施两端却偏不识时务的"多余人"，他们在"嬗变"与"守常"中，一方面，真心实意、谦卑虔敬地努力克服妨碍新生活变革的历史"惰性"；另一方面，积极跟进，竭尽全力追赶现代化，他们终于被时代洪流裹挟着前进，他们的焦虑与大

---

[1] 辛楠：《文化危机与现代焦虑：一种批判理论视角》，《文化研究》2017年第2期。
[2] [法]阿兰库隆：《芝加哥学派》，郑文彬译，商务印书馆2000年版，第47页。

时代变迁发生着深沉的同构同质。

四

现代化是任何迈向现代文明的国家所不可避免的过程，这个过程充满悖论，需要正确对待和深刻反思。其实，现代性的诸种弊端并不在现代化或现代性本身，而在于现代性所带给人的现代体验改变了人与物的关系，改变了人与自然的关系，尤其是改变了人与自己的关系。中国的现代性来自自身发展的要求。改革开放与现代化建设的关系，就是现代性和现代民族国家的关系在新的历史时期的体现。在这个残酷而迅捷改变的现代化进程中，处于弱势的农民远比他人更加深刻地体验到了来自方方面面的压力进而生发出持久的焦虑。社会学家周晓虹指出："几乎所有的个人、群体或组织都希望能有更为迅疾的改变，恨不能自己的生活、自己的状态或自己的行动都能够'一步到位'。这种深切的期待，以及因此形成的巨大的超越他人或怕被他人超越的精神压力，日积月累，慢慢演化成一种四处蔓延的'全民焦虑'，或者说成为一种波及全社会的时代症候"①。伯曼发明了一个形象的比喻，他认为现代性最典型的表征就是它的"液化状态，是其永恒不变的'流动性。'"②正是这种变动不居的"流动性"，引发了乡村及子民深刻的"现代性焦虑"。周晓虹和伯曼是从心理体验层面界说和描述现代性的。在他们看来，现代性不仅是再现一个客观的历史巨变，焦虑也是这一历史巨变的特定体验、时代特征。即"一种关于时间和空间、自我和他人、生活的各种可能和危险的体验。"伯曼将这种体验称之为现代性。

现代化是一柄双刃剑，它把人变成现代化的主体的同时，也把人变成现代化的客体。人的现代化和社会转型（现代化）是一个双向互动的关系过程，但两者在发展过程中存在着迟滞的一面：社会现代化不能自然而然地导致人的现代化，在特定时期或地区人——农民的现代化可能滞后于社会现代化。正是这种严重的"滞后性"诱发了农民的持久焦虑。党的十九大报告指出：新时代我国社会主要矛盾是人民日益增长的美好生活需要和不平衡不充分的发展之间的矛盾。当下，唯有加快乡村现代化建设，"牢

---

① 周晓虹：《焦虑：迅疾变迁背景下的时代症候》，《江苏行政学院学报》2014年第6期。
② 周宪：《审美现代性批判》，商务印书馆2005年版，第2页。

记人民对美好生活的向往就是我们的奋斗目标，坚持以人民为中心的发展思想，努力抓好保障和改善民生各项工作，不断增强人民的获得感、幸福感、安全感，不断推进全体人民共同富裕。"① 才能抚平乡土子民那一刻也难以安宁的、时刻进取的、躁动焦虑的心。

第三节　浮躁：加速社会的心灵体验

著名作家贾平凹的长篇小说《浮躁》直面农村社会转型，作为一种整体上象征对时代情绪的把握，他在考察改革开放以来的乡土中国现代化进程时，对农民的精神嬗变和"现代体验"做了如下的细致分析："我想怎样才能把握目前这个时代，这个时代到底是个啥，你可以说是生气勃勃的，也可以说是很混乱的，说是摸着石头过河的，你可以有多种说法，如果你站在历史这个场合中，你如果往后站，你再回过头来看这段时间，我觉得这段时间只能用'浮躁'这两个字来概括。"② 《浮躁》以乡村青年男女金狗与小水的恋爱历程为主线，揭示了改革开放肇始期的农民心理及整个社会的浮躁状态和浮躁表面之下的空虚。笔者以为，这种印象式、描述式的说法，抓住了转型时期的社会心态，也比较准确地刻画了农民的现代体验及其情绪反映。浮躁与怨羡、断零、怀慕、焦虑……构成了近40年间中国人（农民）发育不全的精神图谱。改革开放40年，是一个极其纷繁复杂的社会巨变与转型过程，"这样的时期具有多层面的变化和发展不平衡以及一个新时代喷薄欲出所伴随的分娩阵痛之特点"③，对于农民而言，也是一个多元共存的"无名"时代，难以用"共名"来加以概括，怨羡（王一川语）也罢、焦虑（樊纲语）也罢、浮躁也罢、失神（刘继明语）也罢，作家和社会学家们都尝试从最大公约数、从某一侧面来涵括这一时期人们的独特体验。

一

《浮躁》是贾平凹"商州系列"的一部杰作，小说以金狗和小水的爱

---

① 习近平：《在十九届中共中央政治局常委同中外记者见面时的讲话》，中共中央党校网，https://www.ccps.gov.cn/zt/sjdtbzt/sjdtt/201812/t20181210_115738.shtml，2017年10月25日。
② 王愚、贾平凹：《长篇小说〈浮躁〉纵横谈》，《创作评谭》1988年第1期。
③ ［美］斯蒂芬·贝斯特、道格拉斯·科尔纳：《后现代转向》，陈刚等译，南京大学出版社2002年版，第38页。

第一章 现代体验的四个维度

情故事为主线，抒写了改革开放之初农村青年人以及周边发生的事件：爱情、金钱、尔虞我诈。也写了旧体制机制的松动，世道人心的热望与躁动，旧有秩序的动摇，对脱贫致富的渴求以及人们顽强的奋斗与不懈的挣扎，它是20世纪90年代一幅真实壮美的社会画卷，读者可以从中鲜活地感受到新生活的浪潮、各种机遇扑面而来，诱惑着人们不平静、不安分的心。《浮躁》实际上是作家反思20世纪80年代以来改革开放大潮中乡村及农民精神历险、嬗变及其现代体验的佳构。

什么是"浮躁"，根据百度百科，指急躁，不沉稳，引证解释指轻浮急躁。① 语出《晋书·应詹传》："玫浮躁有才辩，临漳人士无不诣之。"宋·叶梦得《避暑录话》卷上："李文靖公沉为相，专以方严重厚镇服浮躁。""躁"的意思是：心里有众多的东西要动，而"浮"的意思是"漂流"，两个字组合在一起的意思就是"心里有众多的东西要动，而又没有地方可以让他们落脚，因此到处飘荡不得安心"。"浮躁"又指轻浮，做事无恒心，见异思迁，不安分守己，总想投机取巧，成天无所事事，脾气大。浮躁作为当代中国社会情绪的"关键词"，表现为一种病态心理，具有如下特点：一是心神不宁。面对加速裂变的时代，由于难以适应而忐忑不安，心慌意乱，不知所措，身心无处安放。二是焦躁不安。在社会转型进程中一切都未定型，慌乱中找不到方向，无所适从；贫富差距、阶层分化等现实又进一步刺激普通民众并降低了他们的耐受阈值，焦虑、担忧接踵而来。三是盲动冒险。成功学、致富经促使人们四处寻找捷径，唯恐落后，担心掉队的心理推使人们敢于、甘于冒险尝试，非理性战胜了理性，盲动情绪超越了冷静思考。正如有人指出，"这是个'嫌贫爱富'的年代。当商品经济这张看不见的手控制了社会机体，穷怕了的中国人终于意识到金钱的可贵、可爱，同时领略了其可憎与可恶。"②

浮躁心理从何而来呢？这需要从时代背景中寻找答案：改革开放之后开启的社会变革，导致社会体制、结构形态、思想观念发生巨变。社会转型期的阶层分化、机制改革、市场经济等深刻地影响人们的利益调整与位置改变，每个人都被身不由己地卷入现代性强大的旋涡中，面临着失重、失根、失语、失神的困境，心神不宁、焦躁不安、冒险盲动就不可避免地

---

① 百度百科：https：//baike.baidu.com/item/浮躁/15450? fr = aladdin。
② 编者：《看不见的手》，《人民文学》1994年第8期。

成为一种普遍的社会心态。此外，个人间的攀比也是产生浮躁心理的直接原因。舍勒认为，现代社会是一个透明社会，也是一个普遍攀比的社会，个体之间客观上存在财富、社会地位、权力等差异，"人比人，气死人"。通过攀比，与社会现实环境关系发生紧张，对活在当下百般不满，怨恨型人格就此产生。这个时候的人们心理充满易爆、脆弱、敏感和戾气，稍有"诱惑"就会躁动、盲从和冒险。浮躁是一种冲动性、情绪性、盲从性相交织的病态社会心理，它与安忍笃定、理性平和、脚踏实地、安分守己、有主见是相对立的。浮躁使人失去对自我的准确定位，使人随波逐流、好高骛远、盲目行动。

纵观《浮躁》一书，可以说作品中除圣母般的乡村女性小水之外，大多数人物是"浮躁"的，作家聚焦描绘了两种浮躁及其运命：一种是金狗式的，他"浮躁"于权力争斗、欲望张扬和公平正义，但他最终战胜"浮躁"、超越各种欲望，成为一个重新返回州河、拥抱大地、复归真实情感的"浮躁者"；另一种是雷大空式的，他的浮躁是非理性的、纯粹欲望的，他没能够战胜"浮躁"，而最终在"狂躁"中走向灭亡。《浮躁》形象地摹写出关于农民精神世界的一种感性描述兼具理性判断，在前无古人的改革开放实践中，浮躁难以避免，从传统迈向现代的农民，是徘徊与农耕文化与工业文化之间的"边缘人"，是"精神早产儿"，他们需要与时俱进，以巨大的理性和精神、神圣价值的力量克服浮躁，才能真正成长为"社会主义新人"。

作为一种显而易见的社会情绪，浮躁具有很强的传染性、裹挟力，伴随着物质欲望的膨胀、致富先富的合法化以及数十年低水平造就的普遍贫困，挣脱了制度羁绊和道德约束的农民瞬间迸发出了无穷的拼闯力量，"让一部分人先富起来"的号召激发了农民的创造性、蛮力、伟力，而价值天平倾斜、任由对金钱追逐的非理性、对现代城市文明艳羡不已的羡慕嫉妒恨占了上风，急功近利的浮躁也就此广泛传播，在曾经安详笃定的乡村安营扎寨，在农民的心中野蛮生长。作为人，怕苦怕死都是本能，要克服这些本能，必须有强有力的诱因，而人们最抵挡不住的就是所谓的伟大高尚。因为名利权势虽为人之所欲，人类社会的道德舆论却不利于赤裸裸地去追求它们，这就是为什么人们作恶时往往要作伪君子状。然而在伟大高尚的名义下——不论是做"致富带头人"的《炸裂志》中炸裂村村主任、县长、市长的孔明亮，还是在"致富奔小康"号召下争当男盗女娼的炸裂村村民——他们做出可怕、邪恶的事，却自以为正当合理，无上光荣。

第一章　现代体验的四个维度

实际上,"浮躁"之风,还可以在新时期以来的乡土小说,诸如《农民帝国》①《柳乡长》②《受活》③《炸裂志》④《天上人间》⑤《出租屋里的磨刀声》⑥《发疯的村庄》⑦ 等文本中得到非常直观、强烈的印证。浮躁不仅是20世纪八九十年代的总体社会氛围,进入21世纪后,随处可见的"开局就是决战,起步就是冲刺""百日攻坚""五加二,白加黑""弯道超车""实现跨越式发展"等大干快上、催人奋进的口号,躁动鼓劲、狂热急促的标语,都表征着以"快""多快好省"为特征之一的"浮躁"并没有舒缓,反而随着"加速社会"的到来,整个社会对现代化、对金钱的追逐,仍然一如当年香雪⑧、妙妙们⑨对代表"现代"的列车的向往一样过犹不及,也造就了与往昔古典农耕社会迥然不同的"边际人""过渡人"的"怨恨型""躁动型"人格,诸如渴望一夜暴富、随波逐流、心神不宁、迫不及待、冒险投机、从众心理、不择手段……。冷纳(Daniel Lernen)指出:"过渡人与传统者的区别在于他们的倾向于态度的潜在结构的差别。他们的倾向是移情作用——他能看到别人看不到的事物,他生活在传统者无法分享的幻想世界里。他的态度是一种欲望——他真正想看到他的'心灵的眼睛'所看到的,真正想生活在他一直幻想着的世界里。"他继而指出,"现代化主要是——心灵的状态——进步的期望,成长的倾向以及让自己适应变迁的准备,……要走向现代化,必须在人格系统上有所调整,也即必须要具有一种心灵的流动及移植能力"。⑩ 但在今天,乡村及其子民的"进步期望""成长倾向"无一例外地导向和化约为对于"金钱"的"欲望"和绝对获取,并且在万众创业、万马奔腾的群体中失去了理性分析与价值判断,这是当下浮躁的根源之一。

弗洛伊德(Sigmund Freud)在《群体心理与自我的分析》中,对个体

---

① 蒋子龙:《农民帝国》,人民文学出版社2008年版。
② 阎连科:《柳乡长》,《上海文学》2004年第8期。
③ 阎连科:《受活》,春风文艺出版社2004年版。
④ 阎连科:《炸裂志》,上海文艺出版社2013年版。
⑤ 徐则臣:《天上人间》,作家出版社2018年版。
⑥ 王世孝:《出租屋里的磨刀声》,《作品》2001年第6期。
⑦ 徐庄:《发疯的村庄》,《人民文学》2001年第9期。
⑧ 铁凝:《哦,香雪》,中原农民出版社1987年版。
⑨ 王安忆:《王安忆中篇小说系列·文工团》,上海文艺出版社2013年版。
⑩ Daniel Lernen, *The Passing of Tradtional Society*, *Modernizing the Middle East*, New York, The Free Press, 1958, p.73.

心理如何在群体中变异的过程和原因做了极为精辟的解释，而勒庞（Gustave Le Bon）的《乌合之众》似乎验证了他的推理。弗洛伊德认为，在群体中个人意识趋向最小化乃至完全消失，万众一心听凭某一种"意识形态"的询唤。群体中的个人与国家之间由超我纽带连接，亦即个人以神圣的国家使命为自我理想，将其价值观与愿望内化成自己的。与其他群众理论家一样，弗洛伊德也认为群体具有倒退的特点。群体不仅不会提升个体的水准，反而可能将个体降到低于群体中的最低者。个人意识是相当现代的产物，群体中个人意识重新失落，可视为一种返祖现象。群体如同北美的野牛，成群结队地跟随几只带头牛在大草原上狂奔。个人意识消失后，群体行为完全受制于某一人的心智、判断、欲望，乃至妄想，意即独尊一人，而自我纠正能力从此丧失，不到头碰南墙决不罢休。一个人不敢做的事，群体做起来可以名正言顺。一个人做事会患得患失，一个人去触碰道德伦理感到畏惧罪孽，这正是他在考虑自己行为的后果，掂量法律和舆论的制裁。但群体行动就不同了，只要有响亮的"致富光荣"的鼓励，有"农民企业家""万元户"头衔的支撑，一切都可以肆无忌惮。如周大新的《湖光山色》里的旷开田就驱使农民为了钱无所顾忌，根本意识不到是在颓败与堕落。正如贺仲明指出："由于乡村生活的贫困和文化水平的普遍低下，物质文化在乡村社会所产生的影响甚至要比城市更强烈，它极大地冲击了传统乡村社会的宁静和静谧。……甚至由于现存长期以来的贫穷落后，人们对于金钱和物质欲望的压抑比城市更为厉害，乡村人对于金钱的意义和重要性有着更深刻的体会，物质文化对乡村文化的影响更为外在而深刻。"①

可以说，经过从个体向小众再到大众的传播，浮躁作为一种社会心理，像西方社会的带菌者"伤寒玛丽"，已经从个体意识上升到群体意识，从亚社会文化发展为主流社会文化。阎连科《柳乡长》写乡村为了"致富"，从代表国家主流意识形态的基层乡镇干部，到普通农民的思想认识统统交付给了先验的、不证自明的"致富优先论"，乡村所有人都认可了那个时代的宏大论述，有了干部的撑腰站台，"浮躁"自然就成为集体无意识，也理所当然成为社会主导型的共有文化。小说写到，因为椿树村成为远近闻名的"贼王村""婊子村"（这使我们想到《中国在梁庄》里，

---

① 贺仲明：《中国心像：20世纪末作家文化心态考察》，中央编译出版社2002年版，第67页。

第一章　现代体验的四个维度

北京火车站的铁路警察把河南穰县人统统指认为"倒票王"），柳乡长被警察叫去派出所领人，在遭到警察一番羞辱后，柳乡长将这些村民从拘留所领出来，对着他们连哄带骂，苦口婆心、哀其不幸怒其不争的诱导与思想教育场景：首先，柳乡长公开"教导"村民不要去偷窃比白菜萝卜还便宜的窨井盖、钢管，现在就算是电视机也不够值钱，要偷就要去市里、省城、去北上广深这些大地方作案；其次，公然为村民们的这些不法行为撑腰。让村民大胆去做，做了贼不仅不丢人，更不会因此惩罚他们，因为大家是为了致富发家；再次，柳乡长为了村民致富，实行了目标考核，下达了硬指标和奖惩措施，那就是两年内必须将偷盗、卖淫等所得的浮财、凶财在村里办起几个工厂来，否则就要被押着头戴高帽去游街示众。末了，柳乡长还给椿树村的农民打气加油，要他们树立雄心大志，争口气儿，远景目标是自个儿当老板，让外乡外县的姑娘跟着村民去做"鸡"，近的目标是整一整刚刚在派出所里数落柳乡长，看不起椿树村农民的那些警察，让他们妻离子散家破人亡，让村民上位去当警察的老婆，让他们一辈子不好过……。在柳乡长的带领下，椿树村的农民终于实现了跨越发展，依靠种种非法手段致富了。村里家家户户楼上楼下电灯电话，空调暖气一应俱全；面粉厂、机砖厂拔地而起，一派繁荣景象。柳乡长在村里召开全乡村干部现场会，推广致富经验。这部小说的描写虽然有夸张的成分，未必就是现实的真实，但是，一段时期以来，基于现代化的"致富优先"的绝对意识形态的确曾经深深地植入了民众的内心世界，畸形的发展观念、价值理念虏获了所有人，也助长了农民的发展焦虑和浮躁行为，争先恐后、无助担忧、偏狭狂躁、价值攀比、羡慕嫉妒、怨恨恐惧、实用主义成为这个加速发展社会的新体验。从这个意义上说，《柳乡长》具有某种历史和艺术的真实性。

进一步，社会价值观念的开放进化使农民降低了对自身心理、行为的检视。作为亚社会认同，在社会大众群体里去个性化的状态诱使他们观察学习、效仿从众已有的种种"浮躁"行为。小说中最常见的情节就是小保姆从职业带娃到偷用女主人的化妆品，并与同行串通一气对付主人（如刘震云的《一地鸡毛》）、从捡垃圾到顺手牵羊……，"浮躁"开始逐渐从个体现象向群体现象发展、蔓延。刘庆邦小说《到城里去》中拾荒涉嫌盗窃被抓，实际上有4个相互照应的情节，一是同村的杨二郎在北京拾荒，经常带回牛仔裤、皮鞋等稀罕物贱卖给村民；二是杨成方在北京涉嫌盗窃被扭送到派出所;三是杨成方、宋家银夫妇在北京街头看到一个农民妇女以拾荒为名偷院子晾晒的衣服被主人发现后不断下跪求饶;四是杨的女儿进城务工把厂里生产的勺子偷埋在结冻了的猪油罐子里带回家。对越熟悉的东西越喜欢的现象,心理学上称为"多看效应"。农民大多集聚居在相对封闭的乡村,大家在熟人社会长期碰面,彼此了解和熟悉。集中密集的"群居"生活和相对透明的现代社会给部分农民创造了"相互攀比"的条件。俗话说"君子爱财",左邻右舍的骤然暴富、物质财富的绚丽夺目、高广大床与锦衣玉食的诱惑,最终使人心浮气躁、跟风效仿就不是什么奇怪的事了。

二

浮躁具有如下表现形式:一是对目标不够专注;二是对现有目标耐心度不足;三是现有目标不切合实际。[①] 早在20世纪80年代,敏锐的作家已经发现了以"致富"为唯一"政治正确"的观念、律令在不断膨胀、鼓动着农民的欲望之情、浮躁之心。小说《冷娃致富》[②]中,在公社党委书记庞发昌看来,一切向钱看!他说:"我们当前最大的政治任务就是把经济搞上去,就是先富起来,就是发财发财再发财!"一切都围绕"富了没有""是不是万元户"作为考核各村干部工作得失成败的唯一标准,否则就不能当干部。甚至为了致富,神圣的道德、情感乃至法律都可为之让路或大开绿灯:"我说句老实话,矫枉必须过正。为了发财,有人虽然不偷不抢,可是采取的手段不那么正道,比如投机倒把呀,比如卖点假药面子呀,比如求神算卦呀,这都没有什么!他没钱嘛!他现在看起来在搞迷信挣钱,可是一旦他的腰包装满了,他有了物就变成唯物主义者了,他就信马克思呀,就再不信迷信了……因此,我们今后的战斗口号是:只要不明抢暗偷,咋富起来都行!不管你咋富的,统统给戴大红花!"在此——勤劳致富让渡给了投机倒把,循序渐进逊位给了大干快上,按规章办事完败给了敢于突破,人们的耐心、定力、脚踏实地的工作节律、春播秋收的自然定律统统输给了"跨越思维""超常规手段",敢富冒富、拜金主义、物质追求、GDP至上成为日益蛊惑人心的询唤令、动员令、冲锋号,人们由此

[①] 百度百科:https://baike.baidu.com/item/浮躁/15450?fr=aladdin。
[②] 邹志安:《冷娃致富》,《朔方》1984年第4期。

第一章　现代体验的四个维度

躁动不安、枕戈待旦甚至无所畏惧。

到了21世纪,《炸裂志》中的村民通过男盗女娼赚钱致富之后,村长孔明亮也是以同样的形式给他们戴上了大红花。有评论认为,《炸裂志》是作家阎连科以"深圳"为原型,对改革开放近40年发展历史的抒写和"中国故事"的隐喻,具有深刻的批判意识。阎连科以"炸裂"这一具象词形容中国这三十多年来的整体内外的嬗变,具有相当涵括力和表现力:炸裂既是外在社会高速发展、一日千里的光鲜表象,又是内在人心欲望的极度膨胀与攫取。① 笔者以为,"炸裂"和"浮躁"其实是互为表里的,炸裂是果,浮躁是因,都是这个转型时代的典型性症候。《炸裂志》写的是一个名叫炸裂村的小村子,村长孔明亮朱颖夫妻组织村民男的扒火车盗窃,女的外出卖淫而攫取了第一桶金后,通过不断的非正常运作,小山村由村而乡到县到市再到超级大都市的喷发式、爆炸式的发展、膨胀历程,在炸裂村加速发展的过程中,生态环境、世道人心、道德伦理、社会秩序分崩离析,畸形繁荣与扭曲人性开出了深具魅惑力的恶之花。小说在历史仿写与戏拟、现实与魔幻穿越互动中刻画出人心人性的极其浮躁及恶果,是社会转型期剧烈嬗变的寓言,也是人们从政治崇拜迁移到物质崇拜的寓言。小说美其名曰"史志",实则是正史之流下潜伏的农民的"心灵史",乡土中国急速城镇化的另一"变形记",更是荒诞不经的乡村发家致富史、农民的人格分裂的创伤史、美丽又有毒的罪恶史。小说虚构与夸张的背后沉潜着一个繁华时代最不堪的创痛、最隐秘的部分。鲁迅先生在《人生论》写道:"即使无名肿毒,倘若生在中国人身上,也便红肿之处,艳若桃花;溃烂之时,美如乳酪。"② 讽刺的正是"打肿脸充胖子"的浅薄以及外实里虚、雕琢粉饰的虚伪。显然,乡土中国的现代转型还不是高质量的转型,农民的现代化不是真正意义上的现代化,它们的转型、发展亟待科学引导、建设、振兴。程德培指出:"《炸裂志》以一种浓缩了的点试图揭示'高速发展'的悖谬和荒唐。"③

在市场经济发展过程中,作为"效率/公平"论调的变体——物质财富增长优先于人本身发展的原则被广为接受,于是,"代价论"也就合符逻辑地在社会实践中畅通无阻。但是,"人的价值的牺牲"以否定的方式

---

① 尚晓岚:《新书"炸裂市"是以深圳为原型的》,《北京青年报》2013年9月16日第12版。
② 《鲁迅全集(一)·随感录三十九》,人民文学出版社1981年版,第315页。
③ 程德培:《"读药"》,《凤凰周刊》2014年10月23日第113期。

指出了人类社会发展的新的目标和方向。马克思对"发展/代价"这种矛盾做过批判性的揭示,他指出:"在现代世界,生产表现为人的目的,而财富则表现为生产的目的。事实上,如果抛掉狭隘的资产阶级形式,那么,财富岂不正是在普遍交换中造成的个人的需要、才能、享用、生产力等等的普遍性吗?财富岂不正是人对自然力——既是通常所谓的'自然'力,又是人本身的自然力——统治的充分发展吗?财富岂不正是人的创造天赋的绝对发挥吗?这种发挥,除了先前的历史发展之外没有任何其他前提,而先前的历史发展使这种全面的发展,即不以旧有的尺度来衡量的人类全部力量的全面发展成为目的本身。"①

阎连科另一文本《黄金洞》也是关于"浮躁"的隐喻。由山上发现"金矿"而演绎出黄金所代表的巨大物质财富对人性和欲望的检测、考验,黄金诱使人们(城里人和乡下人)蜂拥而至,狂躁地投入对黄金的开采,对金钱物质的亢奋攫取与抢夺中,所有的人都被浮躁所驱使,像打了鸡血、永远不知疲倦的"永动机",红了眼似的追逐利润。在这里,没有一个人是冷静的、理性的,良善在这里泯灭,亲情在这里失重,爱情在这里变质。因为黄金,和谐的乡邻关系早已抛到九霄云外,贡贵和他的儿子贡老大之间反目成仇,贡贵和他的情人桃儿相互算计,貌合神离……。小说中,"黄金"是人和人关系、人性的"试金石","洞"是吞噬人的旋涡与黑洞,只要一靠近这个罪恶的黑洞,人就将被吸引而陷入其中万劫不复。"黄金洞"实际上就是欲望化抒写,隐喻性表征。

《黄金洞》也喻示了乡村及其子民将人生的航船从此驶上了追名逐利的快车道,一刻也无法消停。"快"成了乡村现代化转型的冲锋号角。至此,"速度病"成为浮躁病在现代社会的另一种典型症状。在人们眼中,衡量现代化的标志是财富、速度、科学、民主等一系列名词的组合,为了加速现代化,快速通道、轻轨高铁、手机飞机等通信设备、交通方式都促使生活节奏提速。乡村古典生活方式成为了历史,舒缓的心灵生活被速度驱赶。"非虚构写作"作家王磊光、黄灯都写到了一切以"快"为中心的乡村"浮躁"生活。

——拜年的时候,现在大家要么骑车要么开车,拎着礼物在亲戚家门口站了几分钟,寒暄几句后急匆匆赶赴下一场。平时的生活啊、情感啊什

---

① 《马克思恩格斯全集》第 46 卷(上),人民出版社 1979 年版,第 486 页。

第一章　现代体验的四个维度

么的，都没有来得及交流。

——口里的礼节还在，但年味儿早已烟消云散。拜年成为徒具其表的形式，速度比打火还快。到亲戚家敷衍式地与长辈客套完，猴急的心就被牵扯着上了三缺一的牌桌，大家凑在一起，昏天黑地地赌博，没日没夜。这个年就算过完了。

——过了初八，这个年算是过完了，村里的男女老少拖着行李箱、大包小包各赴前程，外出打工、上班，"荡十五"的习俗冷冷清清、名存实亡。

法国小说家米兰·昆德拉在他的《慢》中写道："啊，古时候闲荡的人到哪里去啦？民歌小调中的游手好闲的英雄，这些漫游各地的磨坊，在露天过夜的流浪汉，都到哪里去啦？他们随着乡间小道、草原、林间空地和大自然一起消失了吗？这些闲荡的人的消失，意味着田园牧歌从此不再。"[1]——乡村子民并未意识到，他们已经搭上飞速奔驰的现代化列车，再也难以确立心灵的节奏并寻觅到遗失已久的主体性，随之而来的就是现代生活对人性的异化和工具理性对心灵的摧残。

此外，梁晓声的《荒弃的家园》也抒写了农民被浮躁的心驱赶着，舍妻别子，撂下田里的农事，争相奔赴遥不可知的城市、未来。乡土田园将芜，魂神俱失。小说写到，在远近百里，翟村地势平整，沃土连片，良田一望无际，也哺育和回馈了村民一度富足的生活。但是，在市场经济的影响下，翟村的中青年农民并不安分，相约着一拨一拨进城打工，他们浩浩荡荡地奔跑在到城里的路上。将近六百人口的翟村，现在总共剩下不到六十人，还是一些老弱病残，他们奄奄一息无望地等待着与"荒弃的田园"一起走进历史。

总之，上述文本中被致富欲望驱使的农民，不论是为穷所迫，还是向城而生，再也无法安顿自己的魂灵，安守在乡村过活，他们躁动着、气喘吁吁地追逐着现代的潮流，争先恐后地奔忙在致富的路上。丁帆指出，"在城市文明和乡村文明的极大落差中，作为一个摆脱物质和精神贫困的人的生存本能来说，农民的逃离乡村意识成为一种幸福和荣誉的象征。"[2]

在21世纪的乡村，因为急功近利、浮躁的价值观驱使，天价彩礼、赌

---

[1] 吴锡平：《慢的乐趣》，《人民日报》（海外版）2004年8月4日第7版。
[2] 丁帆：《中国乡土小说史论》，江苏文艺出版社1992年版，第30页。

博、传销、邪教成了乡村新"四害",成为农民不切实际的幻想。这"四害"中,前三位都与"金钱"密切相关,表征着部分农民对金钱不劳而获的攫取,对一夜暴富的向往。农民渴望从赌博、传销和女儿近似"卖身"的彩礼中,得到暂时的物欲满足。马斯洛(Abraham H. Maslow)指出,"人是一种不断需求的动物,除短暂的时间外,极少达到完全满足的状态。一个欲望满足后,另一个迅速出现并取代它的位置;当这个被满足了,又会有一个站在突出位置上来。人几乎总是在希望着什么,这是贯穿他整个一生的特点。"①

  侯波《春季里来百花香》抒写了乡村空心化之后,精神空虚的女性农民大量被吸引到邪教中,男女老少都沉迷在牌桌上,赌博成为他们唯一的娱乐。黄灯的《大地上的亲人》揭露了乡亲进城后给乡村带回来的最深远的变化,不是40年前高加林式的基于乡村卫生、用于饮水安全的"漂白粉"及其卫生观念,也不是新的传媒——广播电视所传播的法律知识与科学种养技术。在传统价值观念已然破坏新的观念体系尚未建立的过渡期,凤形村的赌博之风已经到了无孔不入的境地,"从男人到女人,从年轻人到老年人,从儿童到成年人,赌博、打牌还只是最常见的也最不刺激的常规节目,香港流行的六合彩才是泛滥到了触目惊心的程度。"② 与此同时,凤形村的人还被哄骗去了参加传销,他们在贵阳金阳新区发现,传销组织无处不在,家乡的很多农民,比如黄灯的几个亲戚就被连哄带骗去了贵阳做传销;村里聪明有主见的细良叔叔和儿子兵兵,也参与其中,投进去了一生赚取的血汗钱。"③

  在梁鸿的《出梁庄记》中,除了进城打工讨生活的乡里乡亲,还有干传销的。传销在2000年前后进入河南乡村,迅速传播开去。在极盛时期,开始是个人参与,然后蔓延到家庭,父子、兄弟、姐妹齐上阵,然后是忽悠亲戚、朋友,一个骗一个,有的全家沦陷,有的荡尽家财,有的反目成仇,有的家破人亡。梁鸿采访了同乡的文哥,在这个富有读书人气质的农民看来,他入伙传销是因为在其中找到了"成功、实现价值、家的感觉、平等"④,而这四点恰恰是挣扎在温饱线的农民所匮乏与渴盼的,他们大多数人终其一生就是吃喝拉撒睡,奋斗在为小康生存和繁衍

---

① [美]马斯洛:《动机与人格》,许金声、程朝翔译,华夏出版社1987年版,第29页。
② 黄灯:《大地上的亲人》,台海出版社2017年版,第138—139页。
③ 同上书,第198页。
④ 梁鸿:《出梁庄记》,花城出版社2013年版,第96页。

第一章 现代体验的四个维度

后代的不断劳作与四季轮回之中,富裕、成功、高雅、平等——传销组织所宣扬的价值观念和金钱快速回报正是农民极度向往和追求的,这又如何不让他们为此焦虑、迷狂、浮躁呢?在这个通过个体努力越来越难以向上位阶层流动的固化社会,传销给普通农民获得金钱、地位、尊重提供了不切实际的诱惑力,为他们摆脱贫穷、自卑、低微的命运,改变人生提供了"近期规划"与"远景想象",而农民兄弟则以失败、返贫乃至丧命为传销的"致富成功学"做了最残酷和无告的诠释。"发财"以发展之名,以经济算计为内核,假成功学为包装,以浮躁为动力,成为新的现代迷信,如果我们将"传销"视为当下新的、普遍国民性的典型外化,它的背后表征的是"道德缺失",这条逻辑链是:道德沦丧—瞒与骗—挣钱—成功—实现个人价值。正如梁鸿在最后感慨:"传销在中国的生机勃勃恰恰显示出我们生活内部一种惊人的发育不全:过于丰盈的肢体和不断萎缩的内心。"[1]

贾平凹在谈及《秦腔》时,不无感慨地说:"这几年回去发现,变化太大了,按原来的写法已经没办法描绘。农村出现了特别萧条的景况,劳力走光了,剩下的全部是老弱病残。原来我那个村子,民风民俗特别醇厚,现在'气'散了,我记忆中的那个故乡的形状在现实中没有了。农民离开土地,那和土地联系在一起的生活方式将无法继续。解放以来农村的那种基本形态也已经没有了,解放以来所形成的农村题材的写法也不适合了。"[2]

三

一直以来,儒家思想的教化,倡导恬淡虚无、节制有度、凝神静气、以静制动、一念专注的生命观,人们养成一种人贵语迟、淡定从容、谋定后动、严谨认真、心存敬畏的行动观,舍身求义、贫贱不移、重义轻利、君子固穷等的价值观,表现在待人接物和做人处世哲学上就是讲究富贵不淫、坚守底线、从容不迫、含蓄蕴藉、进退有据,这些教化与当下的以"浮躁""加速"为特征的敢于拼闯、急争抢之"拜物教"行为南辕北辙。在圣贤教育中,《弟子规》的"谨"部教言,诸如"怡吾色,柔吾声。言语忍,忿自

---

[1] 梁鸿:《出梁庄记》,花城出版社2013年版,第100页。
[2] 贾平凹、郜元宝:《秦腔和乡土文学的未来》,《文汇报》2005年4月10日第6版。

泯。步从容，立端正。揖深圆，拜恭敬。勿践阈，勿跛倚。……执虚器，如执盈。入虚室，如有人。事勿忙，忙多错……。"实际上都是对人的言谈举止、态度行事方面的要求，换而言之，是对人的内心世界安稳笃定、谨慎谦恭的把控，规范的是弟子们认真严肃、恭敬自律的态度与思想情操。因为，未养成或失去了这些人生观、行为观、价值观的指导，人们就会在现实中焦躁冒进，不仅对金钱的追求如此，对情感的态度也会因为浮躁、匆忙而不再认真专注并显得无所顾忌和凑合、随便。因此，在乡村青年农民追求现代化的过程中，传统婚姻模式功能弱化或者趋于解体，性生活、家庭生活与生育三位一体出现分离倾向，人们有更多的盲目与浮躁的选择。

首先是以"情感零度介入"，以肉体换取金钱。市场经济是契约经济、交换经济，"交换"成为社会的典型特征。在商业社会，一切事物，包括人的身体都有可能被当作商品而被赋予价值，进而进入交换和流通的环节。对于心浮气躁的农民而言，如果不能安守本分，加上市场诱惑与现实困难的前后夹击，身体"交换"则成为首选。魏微的《回家》，小凤在城市做小姐，以期实现城市梦。被警察抓住后遣返回农村，可是，小凤已经无法将身心安顿在乡村，家乡已经唤不起她一丝心动的温情。当小凤走过村里的荒地，就像走过任何一块毫无关联的荒地，她熟视无睹，麻木与冷漠。小凤在家里稍事休整后决定再次进军城市，还带上了新人李霞。于是，某天清晨，扮相一洋一土的两个姑娘毅然决然地踏上了实现城市梦的路。"她们并排走着，早晨的阳光照在她们年轻光洁的脸上，……她们神采奕奕，一副对未来充满信心的样子"。小说的这个细节使小凤们具有某种圣洁和殉难的悲壮意味，她们昂首阔步走在大路上，明明知道不是去从事一项光荣、正确的事业，却目光坚定地走向未知的世界，并就此蹈向沦落——这不能不让读者震惊与感伤。何其相似，吴玄的《发廊》中，妓女方圆在工厂里干了一个星期后不堪忍受逃回发廊，临走时还带走了厂里的一个女工，更关键的是，在丈夫意外死亡后，她回农村老家短暂休整了一个月，毅然回城重操旧业……。这些抒写重返历史语境，读者仿佛看到了年轻懵懂又满不在乎、甘心情愿跳火坑的千百个小凤逐渐被阳光敛灭的青春背影。这样的"牺牲"是悲剧还是无知？是浮躁抑或从众？程光炜指出，"1992年后贯穿至今的社会规则是什么？我认为是'交换'。它遍布社会的各个领域，对中国人的历史观、人生观、地缘和血缘观产生了根本

第一章 现代体验的四个维度

影响。"① 20世纪90年代乡土小说中,存在大量的抒写底层、农民工进城的文本,不少小说都集中展示了乡村女子进城沦落的血泪史,由此博得了人们的同情。但是,在另一层面来说,进城之后深受"现代"蛊惑的农民,类似小凤、方圆、米东风(刘庆邦《东风嫁》)的女子,半是糊涂半是自愿地加入风尘女子的行列,不能不说,其中就有眼红、从众、决绝的参与。有学者指出:"资本主义强调的是投机冒险,而不是安全稳定;是寻求新的生财之道,而不是守财保财、坐守家业的传统。就这样,资本主义破坏了城市生活的结构,把它放在一个新的不具人格的基础上,即放在金钱和利润这个基础上。"②

班杜拉社会学习理论认为,个体可以通过观察有共同特征的他人的行为和后果来学习各种行为、行为规范和行为方式。通过外显学习或内隐学习,个体的观念与行为向大多数人相一致的方向变化时,则会产生从众行为。③ 反观新时期以来的乡土文学,当部分进城的乡村女子急需金钱或情感生活长期处于缺位的状态,贫困和孤独就促使会观察和学习同样境况群体的思想行为,模仿她们解决问题的方式,从众行为产生。她发现学习的对象在城里充当"午夜流莺",是一个既经济又有效的方法,不仅能够解决物质与情感的需求,还可以在这个陌生人社会保持"不洁"的秘密,对自己而言,也显得安全又高效。于是,李霞式的新人在浮躁欲望的怂恿下"前赴后继",而后这种行为相互传染,彼此效仿,从个体向群体蔓延。

其次,是对"幸福"的理解因为轻率浮华而简化为"有钱花有人疼"。侯波小说《郎的诱惑》侧写乡村剧团团长袁青子的徒弟兼远房亲戚、团里的"台柱子",年轻漂亮的红霞被房地产大老板包养。其中,师徒/代际(新时代的"父子冲突")之间的价值观念龃龉是这一小说的暗线。小说抒写青年一代乡村女性在激烈的时代转型中,因浮躁而认同"红霞式"的抉择,首肯"性"与"爱"的分离,"性"的功利倾向、交换逻辑在乡村大行其道。小说写到,袁青子有做人准则和道德操守,他的徒弟说"这个世

---

① 程光炜:《文学讲稿:80年代作为方法》,北京大学出版社2009年版,第291页。
② [美]刘易斯·芒福德:《城市发展史》,宋俊岭、倪文彦译,中国建筑工业出版社2005年版,第432页。
③ 何雯、曹成刚:《农民工"临时夫妻"现象的社会心理学解析》,《广西社会科学》2014年第7期。

道已经变了",而他坚守底线,认为红霞掺和到高玉海的家庭是不道德的,年轻的徒弟彩霞却认为,"现在都什么年代了呀,早就没人管这号事了。大家都认钱哩,当个小三有什么啊,小三说不定还能得到更多呢,又有钱花又有人心疼",徒弟天明也说,"师傅,法律上规定十八岁就算成年人了,个人做事个人担哩,她红霞自己长着脑袋,今年二十四了,她个人的事咱们掺和什么哩",这些充满浮躁心理、交换思想的辩解嘲笑了袁青子的"顽固不化",表征着文化价值的代际冲突。斯宾格勒(Oswald Arnold Gottfried Spengler)对此有着形象的描述,"金钱还试图闯入乡村,把不动的土地变为动产。此外,它还对工业施加压力,并成功地控制了企业家、工程师和劳动者的工作,使他们成为其战利品。机器与人类共同面临着一个更强大的统治力量——金钱。"①

　　社会心理学认为,亚社会是个体的首属群体和个体社会化的直接背景,个体首先以亚社会为出发点,并在其被要求、期望和奖罚的环境中被引导。② 在乡村,也会产生特有的亚社会群体,比如隐约成型的"午夜流莺"和"小三"群体。在亚社会共同体中,彼此熟悉或不熟识的成员有着相似的家庭背景、教育情况、生活经历、工作履历,也有着趋同的类心理需求,她们会在这一"精神共同体"中寻求认可和支持,反过来,亚社会群体的理解、安慰支持了她对自身行为的信心。当个别乡村女性迫于无奈,突破了现实社会的道德樊篱,她们的"浮躁"行为更能得到对她影响最大的亚社会共同体的接纳和认同,由此,个体选择做出"浮躁"的行为得到进一步强化,于是她也就心安理得、奋不顾身。打工作家王十月曾无奈地谈道:"回到家,人们谈论的,除了钱,好像不再会有别的什么。……我听到的是谁谁谁的女儿在外面,一年给家里盖了一栋楼。谁又被哪个香港人包了起来,谁家的夫妻俩在外面搞色诱抢劫一年赚了多少……我的父老乡亲们说起这些时眉飞色舞眼睛发亮,他们不会再去指责别人赚钱的方式,而是嘲讽那些老老实实却没有发财的人。"③

　　再次,乡村青年男女对婚姻、择偶随着价值观念的改变而显得随意、

---

① [德]斯宾格勒:《西方的没落》,韩炯译,北京出版社2008年版,第163—164页。
② 邓欣媚、林佳、曹敏莹、黄玄凤:《内群偏私:自我锚定还是社会认同?》,《社会心理科学》2008年第5期。
③ 程贤章等:《关注农业关心农村关爱农民——广东作家四人谈》,《文学报》2009年9月6日第7版。

第一章 现代体验的四个维度

匆忙、凑合。为成家而成家,一切迁就父母亲和家人的心意,抱着无所谓的态度,放弃理想随大流,成为现在乡村青年的婚恋观。王磊光在《在风中呼喊》中认为,过去乡村年轻人对婚姻的态度是审慎和长时间考察的,除了父母之命媒妁之言之外,还有青年人的自由接触、恋爱,这个过程短则一年长则两三年,还有传统的乡村婚事的套路:提亲、定亲、父母见面等,恋爱双方有比较充足的时间对对方和家庭进行跟踪了解。乡村文化、风俗在其中发挥着较大的作用,而现在却不同了,一切以"快"为前提,"浮躁"虏获了人们的心,年轻人只有在过年回家才有短暂的几天进行快速的、走马灯似、眼花缭乱的相亲,看对眼了,马上定亲、结婚,过完年女方跟着男方外出打工,过了半年女方怀孕,立即回家奉子成婚。这一切都建立在"匆忙快速"的基础上,由于男女双方接触不多,性格爱好、脾气人品、教育学识、身心健康……,一切的一切都寄托在一个"靠碰"的小概率上,遇到良人一生幸福,所遇非人则分崩离析。作者无限感慨道,在这样一个快速流动的社会,婚姻也遭遇到了严重的考验,这寄寓了新生代农民一生幸福的大事,就在举手投足之间被匆忙地决定了,而随后的后代也不得不承受婚姻所带来的颠沛流离或分分合合。事实上,乡村婚姻的离婚率正在大幅攀升。梁鸿在《出梁庄记》中,采访了 26 岁的农村"大龄青年"向学,经过春节走马灯似的相亲,向学找到了媳妇,他说:"就跟买菜一样,也挑挑拣拣,但是决定得很快。"对于相亲,向学说:"我是啥都行,只要人家愿意。……如果行了,就凑合着过算了。"春节是农村婚姻介绍市场方面最红火的……,就像一个大市场,没有结婚的年轻男女,大的三十多岁,小的还不到十八岁,像上街赶集买菜一样,挑挑拣拣,要赶着在这短短的十几天内挑好,定下来,赶紧结婚。过完春节,就可以一起出去了。"前前后后总共十四天,从介绍、见面、送彩礼到结婚。俺们还不算最快的,人家还有从见面到结婚,总共七天。现在农村相亲,一般都是在年前,从农历腊月二十开始,到正月初十之前定下来。还有人从见面到结婚,就四天时间。"

总之,乡村青年对自身恋爱、婚姻、家庭的幸福,已经降低到"悉听尊便"的地步,一切从简、从快,浮躁的心理使他们像是赶工或者是为了履行人生过程中的某个必备手续一样,随波逐流、无奈被动。20 世纪 80 年代,我们艳羡诸如电影《我们村里的年轻人》的乡村青年那样,有权利、有定力大胆追求自己的幸福,关心双方的"三观""人品",对方是否有上进心……，那是多么感人至深和纯真无瑕的爱恋！现在，父辈们曾有的甜蜜、温馨、烂漫的花前月下的"拍拖"（"拖"有慢节奏的意思）逊位给了加速社会的"速溶即食"思想和快餐化了的相亲、结婚、生子，重蹈了爷爷辈"先结婚，后恋爱"的覆辙。当下乡村青年的婚姻似乎又穿越回前现代的"父母之命媒妁之言"，一句话，人是现代的人，婚姻却是前现代的，原因就是当下的人们陷入了加速社会的浮躁，旋涡之中身不由己、饱受困扰、无力驻足。

四

德国学者哈特穆特·罗萨（Hartmut Rosa）在《加速——现代社会中时间结构的改变》中提出"社会加速理论"。他认为，人是一种时间性存在，时间是人的精神肉身，时代的加速带来的不仅是时间改变，更是精神和心灵结构的变化。他指出，社会加速有三重面向。一是加速科技的进步。二是社会变迁的加速。三是生活步调的加速。[①] 由于现代人被交代的事务越来越多，完成时间越来越短，因此被加速的生活步调就只能借助加速科技来处理。但如此一来，加速科技的广泛使用，就会再促使加速科技的进步，社会变迁又因此被再加速，最后，生活步调也随之被加速再加速。三个面向循环反复，就造成现代社会在各方各面不断被加速的原因。罗萨指出，加速带来了现代生活新的"异化"形式。他将异化定义为"人们自愿做某些不是人们自己真的想做的事情"的情况。他认为，由于社会加速，使人类在五个根本的生活方面产生大规模异化，这五个面向分别是空间、物、行动、时间、自我。正是这五个新的异化形式，让现代人对于不断加速的生活节奏感到困扰不堪。

其实，生活节奏加速、科技加速、社会变迁精神带来的浮躁只是表象，更关键的是人们需要以内心世界的安稳笃定来抵抗浮躁、加速，坚持自身的理性和神圣价值、精神价值，以"八风吹不动"的定力，按照自己的节奏、事物发展的规律行事，就会在"慢下来"的同时，找到生命的价值和意义所在。

---

① ［德］哈特穆特·罗萨：《新异化的诞生——社会加速批判理论大纲》，郑作彧译，上海人民出版社2018年版，第4—5页。

第四节　疾病:我们都是"有病"的人

"疾"是汉语常用字,始见于商代甲骨文,其字形像人腋下中箭的样子。本义当为伤病、外伤,这个象形字譬喻为人受到突如其来的外来伤害,犹如被冷箭射中,引申到疾病上,诸如伤寒、感冒等这些外来因素引起的不适就叫"疾"。由于人受箭伤或生病后是一件十分痛苦的事,所以"疾"又引申出"痛苦"的意思。"病":生理上或心理上发生的不正常的状态。"疾病"是引申义,就是身体内外所受到的病变。

苏珊·桑塔格(Susan Sontag)曾说过:"疾病是生命的阴面,是一重更麻烦的公民身份。每个降临世间的人都拥有双重公民身份,其一属于健康王国,另一则属于疾病王国。尽管我们都乐于使用健康王国的护照,但或迟或早,至少会有那么一段时间,我们每个人都被迫承认我们也是另一王国的公民。"[1] 进入21世纪以来,乡土小说关于"疾病"抒写的作家人数众多,他们或以如椽大笔揭示乡村及其子民的"肉身疾病",或以隐喻方式抒写因社会急剧转型而导致的"病态情绪""偏执个性",或写出农民的种种幽微隐秘之"心疾"以唤起疗治的注意,而当"疾病"发展到极致,生命受到严重威胁时,就不得不面临人生最后终点——死亡。"在整个现代历史中,有关疾病的思考都倾向于不断扩大心理疾病的范畴。事实上,当代文化中对死亡的否弃,部分是因为这种疾病范畴的极大扩展所致。"[2] 新世纪乡土小说疾病抒写中,展示了从肉身病到心理障碍再到心疾乃至死亡的各色形态,映照出社会转型发展中愈来愈多的问题,必须唤起人们疗治的重视,提供解决农民身心问题的良策。

一

中国现代文学史上不乏对农民"疾病"的抒写:许钦文《疯妇》、叶绍钧《潜隐的爱》、茅盾《腐蚀》、鲁迅《药》《祝福》、萧红《生死场》《呼兰河传》《弃儿》《莲花池》、鲁彦《病》、老舍《骆驼祥子》……,显然,近现代中国因为积贫积弱、饱受西方列强侵略凌辱,革命先行者哀其

---

[1] [美]苏珊·桑塔格:《疾病的隐喻》,程巍译,上海译文出版社2003年版,第55页。
[2] 同上书,第51页。

不幸怒其不争，往往将"新青年""现代中国"等国家、社会、民族、群体等抽象的意象"肉身化"了，并以文学想象的方式与"疾病"紧密联系在一起，"东亚病夫"的指涉就隐喻着希望"肌体健康""强大有力""求新求变"和亟待拯救的急切心理和"革命意涵"。有研究者指出："每当中国社会明白自己在做什么，'中国人病了'的讲述就处处出现，'东亚病夫'就成为中国人激烈的自我批判的武器；每当中国社会不明白自己在做什么，中国人就没有病了，中国文学也就不写疾病。"[1]

延安时期，"疾病"被引申到"社会卫生学"范畴，直指人们的心灵和精神世界的"肮脏"和"病灶"，也就产生大量的譬喻和"驱邪清污"的治疗仪式："抢救运动""脱胎换骨""挖心""自我剖析""洗澡""脱了裤子割尾巴""武斗只触及皮肉、文斗才触及灵魂"……"在无数这样的'驱邪'场面中，'不干净'的人站在中间，'最干净'的人们被发动起来围在四周。"[2]

中华人民共和国成立后，再度写"疾病"则多是或"卫生"或者"病理卫生学"角度展开，以便普及医学（科学）知识，比如中华人民共和国成立后的消灭疟疾、血吸虫运动中产生的文学，也有从政治视角影射，身体病变是旧社会罪恶的象征，一旦进入新中国必然将马上疗愈，这一病体的康复过程被赋予了神圣的政治正确的意味，就像青年农民《白毛女》的翻版：旧社会把人逼成鬼，新社会把鬼变成人——农民由此翻身得解放。到了新时期之后，疾病抒写渐渐疏离"隐喻"和"象征"功能，回归与实写疾病，诸如，读者熟悉的毕淑敏《拯救乳房》、残雪《赤脚医生》、阎连科《受活》《丁庄梦》、莫言《蛙》以及盛可以、肖江虹、黄咏梅、鬼金、艾玛、戴来、张楚、阿乙、弋舟、李修文、东君、哲贵、东紫、鲁敏的小说等，此外，还有"非虚构写作"的梁鸿、黄灯、王磊光、吴治平等人的采访实录。有研究者统计，在鲁敏从2001年到2012年的小说中，共出现了88位病人、约100多种疾病，这个数字是惊人的。[3] "疾病"抒写一方面固然与作家身心感受、生活经验、生命痛感的外化有莫大关联，与此同

---

[1] 赵毅衡：《症状的症状·序》，谭光辉：《症状的症状：疾病隐喻与中国现代小说》，中国社会科学出版社2007年版，第2页。

[2] 黄子平：《病的隐喻与文学生产——丁玲的〈在医院中〉及其他》，载王晓明主编《批评空间的开创》，东方出版中心1998年版，第332页。

[3] 朱昱熹：《论鲁敏小说中的疾病叙事》，硕士学位论文，南京大学，2014年，第4页。

第一章 现代体验的四个维度

时,也是他们利用"疾病"这一特殊主题表达对农民苦难命运和人生独到思考的途径,对于农民在现代转型时代于"病"("死")与"生"之间特殊际遇,反向地折射着社会之病、时代之病。

从"疾病"关联上家国命运、淑世情怀,并非是中国现代作家的专利,西方早已有之。苏珊·桑塔格在其《疾病的隐喻》一文,聚焦于附着在疾病概念之上的那层隐喻面,考察了人们对结核病、艾滋病、癌症等疾病的阐释。她发现,借着对疾病的阐释过程,"原本仅仅是身体的一种病,最终被隐喻加工成了一种道德批判、心理评判或政治压迫。"[①] 她认为,应该从层层迷雾之中为"疾病"昭雪真相,进而抛开"意义阐释"。在此祛魅的过程中,桑塔格揭示了意义"阐释"的欺骗性和抑制性,而这些恰恰源于人们自以为是与引以为豪的文学想象、政治正确和文化传统,在经年累月的引导下,这些隐喻对许多无辜患者造成了伤害,而人们却毫不知情。比如,对结核病患者的考察。结核病被认为能带来亢奋的情绪、好的胃口和强烈的性欲;患结核病的人,通常被想象成贫困的、单薄的,其死亡却是优雅的,令人肃然起敬的。正是因为结核病被赋予死亡道德、怜悯、悲情、高贵等的色彩,穷小子、诗人济慈则可以因为死于肺痨而变得令人爱惜甚至歆羡,并以此来升华肉身,获得崇敬。身患肺痨的济慈与其诗歌一样具有敏感而优雅的风格,这样才具备在读者眼中的(审美)价值。尽管疾病会使一个人备受折磨,但结核病天生属于艺术家,或者说,艺术家天生属于结核病。桑塔格援引并考察了一系列文学经典形象,包括了妓女芳汀(《悲惨世界》)、爱娃(《汤姆叔叔的小屋》)、董贝的儿子保罗(《董贝父子》,查尔斯·狄更斯)等。身体的疾病成为一种确认自我的新态度,一种爆发的时髦,一种情感的浪漫抒发而非压抑。结核病可以描绘某个人死亡之美好,全无性的色彩,以此可以为放荡和张扬情欲进行开脱。在隐喻对疾病重重包围之下,健康倒变成陪衬,变得平庸、不值一提了。人们就是这样沉迷于那些虚无的观念和陈词滥调。所以在19世纪的人们眼里,没有哪一种疾病比肺痨更适合济慈了。

二

新世纪乡土小说楔入"日常",通过"去隐喻化"或者弱化隐喻而在

---

① 马小贵:《隐喻何为——读苏珊·桑塔格〈疾病的隐喻〉》,豆瓣读书网,https://book.douban.com/review/8097701/,最后浏览日期:2016年9月23日。

现实层面有较多抒写因乡村自然生态环境遭到破坏,引起的农民的肉身病变;或者是进城务工,因为各种原因导致的职业病、身体伤残等。可以说,这是转型社会片面追求经济效益、农民工劳保条件不足、漠视群众切身利益等导致的众多的"疾病"之一,其中,硅肺病、工伤、性病、癌症是小说中最为常见的。

首先是工伤。21世纪初期的打工诗歌《今天下午,一名受伤的女工》(许强)、《三十七岁的女工》(郑小琼)、《第九位兄弟断指之后》(彭易亮)中,多次祭出"疼痛""有毒残余物""化学剂品""断指"等具有现代意味十足的诗歌意象,表现的是处于底层的农民工的心酸血泪和遭受的肉身伤痛,直指工业社会以冰冷和疼痛以人为牺牲和对人性的压榨。"断指"不仅与肉身的疼痛和由此引发的疾病相关联,也指向了由疼痛牵扯到的"心灵世界"的"创伤",诸如农民底层的艰辛、打工者的饱受歧视、进城不得的尴尬——这是一个身心两方面都遭受疾病的寓言故事。据统计,在珠三角地区的工厂,每年因工伤事件频发,造成了比较多农民工的伤残甚至亡故。有学者通过"对6个珠三角城市的39家医院、582位工伤患者进行调查走访,最终写出《珠三角"伤情"报告》,结果触目惊心:每年发生在该地区的断指事故就达3万宗,被机器切断的手指头超过4万只"。[①]

其次是因劳动保护条件不足、自然生态恶化等导致的疾病。《出梁庄记》中的工厂的劳动条件一般十分恶劣。光亮叔夫妻在青岛的一个电镀厂(首饰加工厂)打工,"通风设备、治污设备没有一样过关","俺们干这活,就是慢性自杀。有好几个老乡都死在这儿了。""咱是想要人家的钱,人家是想要咱的命嘞"。随后,梁鸿实地参观了电镀厂,在里面,空气是潮湿有明显重量的,挥发出来的金属雾气硬、涩、锈,附着在整个呼吸系统的鼻腔口腔,去除不掉。想咳嗽,咳嗽不出来。空气使人麻木生锈,销蚀着工人的身心……。光亮叔早已习惯且麻木了,仿佛事不关己地说:"(自己)心里也清楚,干这个活儿都是慢性自杀,不是早死,就是晚死,早晚是一死"。一语成谶,梁庄韩家的小柱三十出头就死了,临死时,拉的大便发腥,全是血汤子,内脏全部坏掉了。原因很简单,他打工的电镀厂,劳保设施极差,应该属于慢性重金属中毒死亡。韩家人也想着打官司,肯定是工厂有问题,

---

[①]《流水线上的断指声:珠三角一年断指超过4万只》,南方网,http://news.gd.sina.com.cn,2012年5月28日。

第一章 现代体验的四个维度

后来想咱也找不着什么关系,只好算了。好好的一个人,就没了。

再次是为"GDP至上""致富意识形态"所驱动而导致的种种灾难性、群体性的人为的疾病。这在作家阎连科的小说中比较常见。喉堵症是《日光流年》里三姓村村民的噩梦和生命终结者。喉堵症是个什么病,现实中有没有这样的疾病,作者没有给出明确答案,它的典型症候是"喉咙里开始肿胀得如喉管里塞了一段红萝卜""开始吐血了"等。尽管喉堵症可能只是一个隐喻,但它给三姓村带来的打击却是毁灭性。最开始三姓村与其他村庄并无二致,人畜兴旺、安静祥和,农民过着安居乐业的生活,即使得病,也多是一些关节肥大、驼背、骨质疏松的普通病症,人们基本也能寿终正寝。可是三姓村的村民发现,人们的寿命渐渐地减了下来,从六十减到五十、四十甚至更少,百余年来无一例外死于喉堵症。从此,全世界的人都知道了,都拒绝与三姓村的人通婚。喉堵症就像巫婆的诅咒、潘多拉的盒子、达摩克利斯之剑,威胁着三姓村人的生命,而断绝联姻又意味着断子绝孙,三姓村处于整体灭绝的濒危垂死状态。就连联合国专家在来耙耧山脉考察之后也无计可施,铩羽而归。喉堵症这个魔咒让三姓村子民过上了焦苦逼迫、恐慌绝望煎熬的日子,他们在越来越近的预约中等待死神降临。小说中,喉堵症既是地方病,又颇具隐喻的性质和批判色彩。有论者从隐喻的角度出发,认为喉堵症的发病与中国现代化的进程在时间上是吻合的,从而粗略推断出喉堵症的意象包含了阎连科对中国现代化的反思和生存忧虑。从这个层面看,喉堵症在三姓村的轮回流露出作者对未来乡土中国命运的悲观想象。[①]

在《丁庄梦》中,深受"卖血致富"蛊惑的丁庄男女老少最后被发现罹患艾滋病而面临灭绝的危险,与此同时,偷盗、乱伦、杀人等不义之事成为丁庄人精神世界的另一个噩梦。小说中,在上级领导的反复劝说和鼓动之下,爷爷丁水阳组织村民去卖血致富的上扬庄考察学习,由此激发了丁庄人的致富梦,也带给了他们如附骨之疽的噩梦。最开始,丁庄人缺乏医学概念,没有把艾滋病与他们联系在一起,认为艾滋病是外国人才得的洋病,城里人才得的肮脏病,只有道德败坏的人才会得那种病。直到后来,村里越来越多的人开始不明不白地发烧、全身长满毒疮形同枯槁地死

---

① 梁鸿:《"乡土中国"象征诗学的转换与超越——重读〈日光流年〉》,《南方文坛》2007年第5期。

去,才明白原来村民得的"热病"就是艾滋病。当年卖过血的大半得了热病悲惨地死去,剩下的人也在病榻上苟延残喘。在艾滋病高发的时候,整个丁庄八百多人口二百户人家的村子,在不到二年的时间里,竟死了四十几口人,年纪大的五十几岁,小的三五岁……,而来年,死的人会和秋天粮食一样多,新坟和夏天的麦捆一样多。那些得了艾滋病的村民,气息奄奄,脸色青黑,干瘦如柴,眼窝下陷凹深得能装进去一个鸡蛋,他们摇摇晃晃地像从坟墓里爬出的鬼,又像被风干的人干,散落在村头或蜷缩在学校围墙的半截阴影里,无助地等待死亡的来临。偌大的丁庄由当年的生机勃勃、人畜兴旺、祥和安宁变成如今被死神诅咒的鬼城、渐趋灭绝的孤城。浮躁的人们、按捺不住的人们、盲目躁进的人们最终被疾病的无形大手制服,任由宰割。

此外,打工作家王十月的《寻根团》讲述了"烟村"的良田被村镇领导拿去交由企业家开发,成为工厂排污排毒的罪魁祸首,不少村民由此得病;主人公王六一的工友马有贵在城里的石材切割厂打工,吸入过量粉尘最终得了无药可救的"硅肺病",马家老人和马有贵的妻子对于老板的20万元"赔偿款"的支配产生严重分歧,马家担心马有贵死后妻子卷款出走,马妻担心马有贵死后老人侵吞巨款将她扫地出门,面对这样的场景,悲苦交煎的马有贵服毒自杀;《逆水行舟》(胡学文)里黄村的河滩地面临被城市人开发为农家乐;《癌症村调查》(陈阿江)中村民癌症的爆发性增长与乡村污染的紧密关联……。在此,我们看到了经由"疾病"而传达的社会症候,农民与时代的敞开对话关系中,"疾病"构成了直抵时代深处的最为"及物"的中间物,它是深邃历史隧道中的暗淡碑文和潜意识。农民身上铭刻着时代病症的烙印,二者之间构成了相互映证、互为指涉的阐释关系,也促使人们进一步反思时代、社会、个人的内外部冲突及其原因、疗治之良策。正如凯博文(Arthur Kleinman)指出:"个人经历了严重的社会问题,却通过身体这一媒介来解释、表达、体验和应对这些问题。个体的损失、所遭受的不公正、经历的失败、冲突都被转化成关于疼痛和身体障碍的话语,这事实上是一种关于自我以及社会世界的话语和行动的隐喻。"[①]

[①] [美]凯博文:《疾病和痛苦的社会根源》,郭金华译,上海三联书店2008年版,第49页。

第一章　现代体验的四个维度

三

新世纪乡土小说楔入"人性",从社会心理学角度展示当下农民日益成为心疾——现代疾病的感染者、传染者、人性畸变的受害者。明代中期,江湖郎中颜钧在南昌悬壶"急救心火",是中国最早的"专业心理"医生。他的心理咨询和治疗成效显著,让他声名远播的是三次治愈了名人罗汝芳的心疾。罗汝芳患有严重的焦虑、抑郁症状。颜钧的治疗方法,就是劝导人从思虑和嗜欲中超脱出来,回归本心,获得快乐,其理论与弗洛伊德的理论有一定的相似之处。古代知识分子心疾者众,泰半缘于明代科举竞争激烈、士人精神状态长期紧张的特殊背景。时至今天,不仅是知识分子,农民工和在乡农民都成为心疾——现代疾病的侵害者。

早在20世纪90年代颇具轰动效应的电影《秋菊打官司》以及贾平凹的小说《制造声音》中,我们就看到了农民因为遭受不公待遇、村民之间利益冲突导致的人际关系变异、乡村权力异化对底层农民的欺压而产生的种种反弹、抵抗,也从一个侧面窥见了转型社会利益调整、阶层分化带来的人们的情绪容易失控,个性普遍暴戾、性格趋于执拗、偏狭、非理性以及由此带来的不良后果。《我不是潘金莲》中的"李雪莲"为了反抗对自己是"潘金莲"的污蔑,从一个娇滴滴、胆小怯弱的乡村女子变成一个偏执、蛮撞、死缠烂打的老上访户,她费尽心思花了无数精力和时间打官司、告御状,就是要为自己洗刷不白之冤,讨回公道。一句话,在转折年代,形形色色的人,上到达官贵人,下到平头百姓、底层农民,都身不由己地"得病"了。作家戴来有一部小说集名为《我们都是有病的人》,便准确地道出了现代人普遍的"病态"人生,在这个充满孤独感、压抑感和焦虑感的加速社会,每一个人自知或不自知地处于"亚健康"状态,或潜伏疾病或带病生存。

事实上,作为当下巨大且急剧转型的时代,由于对未来的未知和不确定感、不安全感、焦虑感以及生活、打工压力、留守孤独、性压抑等引发的"病态心理"随处可见。从这个意义上说,"我们都是有病的人"并非言过其实,而恰恰点出了这个社会或者是农民阶层的典型症候,特别是处于底层和弱势群体的农民,因为发声微弱,更是被代言和沉默的大多数。

陈应松《野猫湖》中的吴香儿和庄嫂,是一根藤上结的两个苦果:吴香儿的丈夫因为向往外面世界的热闹和富有，逃离了这个贫穷孤寂的家，庄嫂的丈夫不幸离世，成为寡妇。共同的命运紧紧地把留守乡村的她俩联系在了一起，再加上二人来自同一个村庄，她们相依为命，抱团取暖，互为后盾，同仇敌忾。久而久之，感情不断增长不断变异，最后发展为"同性恋"；《秋风近》（方格子）中的留守妇女丁莉莉和黎小朵，才三十出头却饱受男人外出打工独守空房的性压抑、性苦闷，一个频频出轨，一个自残身体，二人在漫漫长夜，相互偎依互相沐浴乃至自慰，关系超出了正常的"姐妹情谊"。后来丁莉莉到省城和黎小朵的男人杨志雄好上了，黎小朵长期被患病卧床的公公性骚扰，不堪忍受的她最后在蔷薇居士的引导下皈依佛门，诵经持咒的黎小朵渐渐忘却了曾经有个姐妹叫丁莉莉，有个丈夫叫杨志雄……。根据学者的权威调查，以下几个因素是农民群体病态心理的具体表现："自卑心理和孤独情绪"，"压抑心理和怨恨情绪"，"他们中的个别人则可能在人格受损时以破坏城市公共设施、偷窃、群殴等极端方式来发泄自己的怨恨情绪。……农民工因日趋加大的城乡差别、相当困难的生存条件以及种种不公正对待而产生的心理失衡，正成为社会不稳定的重要因素，其可能产生的社会负面影响不容低估。"[1]

社会和谐稳定从根本上说是人心的稳定、平和。《出梁庄记》中的二哥二嫂、虎子等三轮车夫，在西安却常常因拉车矛盾和市民吵架、打架。"打架，都是为了一块钱。既是为一块钱，又不是为一块钱。多数是因为尊严，尊严的被践踏和一种不甘。"[2] 拉车奔跑，作为一种倔强的"意象"，暗示着虎子们必须日夜不停地穿梭在城市的大街小巷，直到筋疲力尽、年迈力衰。他们在社会底层挣扎，为了生存，受尽凌辱，尝尽辛酸，他们的尊严被践踏，人格被侮辱，自然会燃起不平与仇视。现实生活是一个充满物质、身份地位与权力的世界，他们来自农村，注定无法和城市居民公平竞争。正如虎子发泄道："啥公平不公平？人家要啥有啥，要啥给啥。城市不吸收你，你就是花钱买个户口也是个空户口，多少人在这儿办的户口都没用。分东西也没有你的。连路都不让你上，成天撵。路都不是你的，那啥能是你的？"[3] 总之，农民的出身束缚了他们渴望飞翔的翅膀，这些奋

---

[1] 康来云：《农民工心理问题不容忽视》，《学习时报》2004年5月3日第4版。
[2] 梁鸿：《出梁庄记》，台海出版社2016年版，第76页。
[3] 同上书，第91页。

第一章 现代体验的四个维度

斗的农民的愤懑与怨恨、失败结局,"呈现了青年个体与社会结构之间的分裂,以及青年群体的发展困境,同时折射了进城叙事中所包含的城乡结构认知。"① 因而,当下尝试建构的新型"反哺"型城乡伦理尚未带来预期效果,相反,虎子们仍然身临其境地受到城市的排挤。城市没有张开双臂热情地拥抱与接纳农民兄弟,农民兄弟也依然畏畏缩缩、小心翼翼地寄居在城市边缘。农民虎子们的"怨恨"实际上是一种深刻而无处不在弥散着的情绪,按照舍勒的说法,是一种"有毒"的现代体验,它体量庞大又容易感受到,至今尤甚。

农民群体的病态心理发展到一定程度,就会自然转化为无意识或有计划的报复行动。尤凤伟的杰作《泥鳅》中,蔡毅江强奸城市医院的女大夫,从一个受辱者转为一个报复者。在《丁庄梦》中,丁辉年仅12岁的孩子被悄悄毒杀,起因竟然是因为村民妒忌他们家在大卖血和热病大暴发后发财致富。刘庆邦的《红煤》中,城市人唐丽华因宋长玉是农民出身,对其追求相当冷漠,甚至其父亲国营煤矿的矿长将宋长玉解雇。后来宋长玉到一个村办小煤矿挖煤,故伎重演追求到了村长兼矿长的女儿,成为地地道道的矿长接班人,一时富贵逼人、风光无限。但是,早年的创伤体验给宋长玉留下心理阴影,他有计划地开启了报复之旅:揭发唐父贪赃枉法等罪行,使用手段在肉体上占有唐丽华,在复仇的实施中,他最大限度地感受到了快感和发泄。正如福柯所指出,"性"不仅是生理的,其间隐含了性别、阶级、权力等社会因素。《红煤》中"性"向度的翻转体现了权力压迫下农民的"病态心理"和"病态反抗",也表征了农民在这个转型时代的普遍性心疾。读者可以不赞同这种极端的、以伤害他人正当权益为目的的反抗形式,但却在更加宏阔的社会、文化视界,对于农民这一历史主体的弱化与沉沦,寄予"理解之同情"。斯科特(James C. Scott)认为,"即使我们不去赞美弱者的武器,也应该尊重它们。我们更加应该看到的是自我保存的韧性——用嘲笑、粗野、讽刺、不服从的小动作,用偷懒、装糊涂、反抗者的相互性、不相信精英的说教,用坚定强韧的努力对抗无法抗拒的不平等——从这一切当中看到一种防止最坏的和期待较好

---

① 沈杏培:《从"边缘人"到"新穷人":近年小说中进城青年的身份与危机》,《扬子江评论》2018年第5期。

的结果的精神和实践"。①

作家梁鸿在《出梁庄记》对出梁庄的农民工进行了追踪访谈，她强烈地感受到了新生代农民对于城乡差异、阶层不公现象的"敌意"："这个叫民中（三轮车夫）的年轻人，他恨我，他一瞥而来的眼神，那仇恨、那隔膜，让我意识到我们之间无比宽阔的鸿沟。他为他的职业和劳动而羞耻，他不愿意重复父辈的路。"民中为自己当三轮车夫深深感到"耻辱"，他对自己身上镌刻的农民的"阶级胎记"感到愤恨，对以梁鸿为代表的"城里人"充满仇视。其实，民中的"仇恨""耻辱"代表了农民阶层的整体情绪，它是一种不健康的、非理性的"疾病"，读者从众多的新世纪乡土文学文本中可以比较强烈地感受到农民对于遭受欺辱、不公待遇的反抗，体现了部分农民不妥协、不合作、反社会人格、仇富等病相心态体验。

此外，方方的《涂自强的个人悲伤》中的农村"蚁族"大学生涂自强，大学四年和毕业后一直孤单地漂在武汉，他像空气一样默默地存在，没有人关心他的冷暖疾苦，他的贫穷、敏感、胆小、自卑、孤独以及考研失败、丧父、流离失所、失恋、失业、被骗等接踵而至的灾难导致的漫长的无处诉说的压抑。最后他罹患肺癌死去。有学者通过病理学研究探讨癌症患者的个性特征及情绪状况与疾病的关系。"对40例癌症患者进行调查。……结论：内向性、谨小慎微、敏感多疑、委曲求全、焦虑抑郁、烦恼、绝望和悲痛情绪是癌症患者的个性特征和情绪状况。"② 小说虽然没有直接证据表明涂自强患癌症与心理情绪的正向关系，但是从"健康心理学"角度看，涂自强身上的"癌症人格"正是导致他痛苦压抑的短暂生命终结的罪魁祸首。

四

新世纪乡土小说楔入"人心"书写"暗疾"。"暗疾"就是自知或不自知的隐秘病症，它们可以视为现代人特别是农民精神世界的常态性也是变态性的描述。在作家鲁敏的小说里，暗疾有失眠症（《白天不懂夜的黑》）、偏执狂（《死迷藏》）、拒食症和怪口味（《不食》）、性功能障碍

---

① ［美］詹姆斯·C. 斯科特：《弱者的武器·序言》，郑广怀、张敏、何江穗译，译林出版社2011年版，第426页。

② 张高峰、陈国荣、朱金富：《癌症患者的个性特征及情绪状况调查》，《中国健康心理学杂志》2008年第1期。

第一章　现代体验的四个维度

(《此情无法投递》)、不信任症 (《惹尘埃》)、偷窥症和阳痿 (《百恼汇》) 等。鲁敏笔下的"暗疾"正可以扩而大之,将它们作为探讨当代农民(工) "心疾"的重要通道。乔叶的《叶小灵病史》非常具有隐喻性和典型性, 乡村的"阴性化"处理,使得乡村更像一个恨嫁的怨妇,充满哀怨、惆怅、焦急和决不罢休。小说写道,村民叶小灵将近四十岁的年纪,整个杨庄村的人都知道她有"病",而且是一种无法疗愈的"慢性病""文明病"。她的这种病得了十来年、二十多年,久拖不愈、延绵迁徙乃至病入膏肓。叶小灵的病是"梦想"或者说是"理想"惹的祸,杨庄村的村民们都说:理想得到实现固然皆大欢喜,但是,梦做得不好,就会产生心病。老病号叶小灵的病,就是理想破灭后的心病。原来,叶小灵的"心疾"就是因为当不了"城里人"而患上了难以根治的心病。多年以来,她自始至终坚持自费订阅报纸、与众不同地在乡村方言区说普通话、格格不入地在大太阳下打伞、在村里率先建卫生间安装抽水马桶、卖猪肉用纱罩防蚊蝇戴手套、想嫁到城市……,她的做派、说话、思维方式、生活方式都与庄户人截然不同,被农民们视为"异类"和"有病"而被隐形地隔离和孤立了起来。叶小灵高考落榜后费尽心思想通过婚姻逃离乡村,后因为男方是一个严重跛脚的城市工人而作罢。虽然她暂时认命嫁给了农民丁九顺,但是她的"城市梦"仍然没有泯灭。她利用丈夫当选村主任的机会,孜孜不倦地贯彻她的城市梦,怂恿丈夫按照"城市"的样貌建设乡村:建灯光球场、图书室、夜景工程、水泥铺路、乡村街道命名、每日天气预报、传播城市文化等。最后,拯救叶小灵并实现她梦想的不是乡村主动融入现代化,也不是她的时来运转,而是城市与资本的"扩张"蚕食了杨庄村的土地,农民的田地被征迁,也由此被动地裹挟到现代化的"运程"中变成"市民"。当村庄变为城市的一部分时,她的"病"就好了——而20多年的青春时光已经一去不复返了——其病程之长、患病之深、受病之苦、感人之深,是罕见的,叶小灵的灵魂是孤独的,她的"心病"乏人理解,遭人白眼和指指点点,她的遭遇深刻地表征了乡村渴望融入城市的"现代病"的折磨以及由此感受到的喜悦参半的苦涩感。这让我们想到了福柯的《疯癫与文明》,在其中,"疯癫"就是一种精神性疾病,患病的叶小灵被代表理性、正确的村民所评估和排斥,一步步被整合为乡村道德和合理性领域异化的"他者",是村民对自家孩子实施成长教育的反面范例,是亟待救赎的对象。叶小灵的病史,实际上就是一类农民群体的"精神史"

"疾病史",她与20世纪80年代的香雪、高加林、20世纪90年代的妙妙（王安忆《妙妙》）等乡土小说人物构成了一条延绵不断、清晰可辨的农民形象谱系，他们的"暗疾"与屡扑屡起的理想隐含了农民群体不懈的现代性追求与体验。

小说中，村民一致断定叶小灵"有病"，充当了"医生"的裁判角色，二者构成互不理解和难以沟通的"医患关系"，这是现代版的"疯癫"与"文明"。在福柯那里，疯癫不是一种疾病，而是因着时间变化的异己感；疯癫是文明的产物，是看/被看、理性与非理性所结合的效应。图姆斯（S. K. Tombs）认为："医患关系是一种独特的'面对面'关系，它建立在对于患者病情的体验基础上，并且这种关系具有一种特殊的目的需牢记在心（即病人的治愈）。治疗的行动也许包括，但不限于，疾病的治愈。然而，治疗显然是以治疗者对患者的生存困境的某种理解为先决条件。这样一种理解仅仅只有当医生（或治疗者）清晰地关注由特定患者所体验的病情时才能获得。"[1]进一步说，村民既不理解叶小灵，也不能疗愈叶小灵，更无法察觉并挽救仍然淹留在前现代中的自身。小说呈现了"庸众"（村民）与痛苦着的"清醒者""先行者"（叶小灵）的反讽寓意、后启蒙关系。或者换而言之，到底谁更有病？谁病得更厉害而不自知？又是谁更需要疗治？叶小灵的心灵是孤独的，理解与理想都阻隔着万水千山。她在"铁屋"般的"疯癫"生存困境、她被村民的"围观"，她对城市的眺望，读者对此种境况的评判，构成了"看/被看"的四重结构，叶小灵的遭遇深刻表征了乡村被"现代病"折磨以及现代进程中的悲欣交集。

打工农民也有诸多的烦恼事。打工诗人谢湘南在《农民问题》中写道："农民问题/税收问题/子女上学问题/父母下葬问题/盖房穿衣问题/养猪养鸡问题/农民问题/怎样不做一个农民的问题/怎样做回一个农民的问题/农民问题/我的问题。"——"问题"太多，既有形而下的吃喝拉撒睡的围追堵截，也有形而上的"不做农民"的痴心妄想，这些如约而至、不期而至乃至纷至沓来、无法解决的问题，使得农民无法招架而引发或隐或显的心疾。事实上，现实中农民遭受心疾无处排遣的情况随处可见。有报道指出，"农民工往往没有意识到这是心理问题，更多的时候只是归咎于

---

[1] [美]图姆斯：《病患的意义：医生和病人不同观点的现象学探讨》，邱鸿钟等译，青岛出版社2000年版，第136页。

第一章　现代体验的四个维度

情绪、劳累甚至是命运的安排。许多农民工觉得'好好睡一觉,可能就好了'。实际上,这种情绪得不到合理疏解,不仅会影响了农民工的工作和生活质量,还可能引发一些打架斗殴的恶性事件"。①

作为文学现象的"现代病"——抑郁症,是与当下转型社会具有极强的耦合性和亲缘性的疾病。它可能既是生理的——人的身体机能病变,但更多时候被当作心理卫生和精神问题来治疗。思虑引发心病,中国古人很早就有观察。先秦韩非子早已指出,"思虑过度则智识乱"(《韩非子·解老》)。唐代史学家李肇记录过多个被他明确归类为"心疾"的病例,并认为病因在于思与疑:"夫心者,灵府也,为物所中,终身不瘥。多思虑,多疑惑,乃疾之本也。"魏晋之际的清谈领袖卫玠,竟因思考梦的问题,"经日不得,遂成病"(《世说新语·文学》),可谓深中韩非、李肇所言。②但是社会高速发展的当下,"思虑"并非知识分子、劳心者的专利,心疾也不是文人的"高雅"通病。进入当代社会以来,由于网络发达,传媒资讯爆炸式增长,媒体上渲染的"财富故事""成功典范"以及农民设身处地所遭受的苦痛无不高频地刺激着农民敏感的神经。特别是新生代农民,普遍具有高中以上的文化程度,他们白天辗转各个工地打工,晚上则通过手机、微博、微信开眼看世界。"思虑"——压力、焦虑、对比、担忧、梦想也成为劳力者思考、看待社会转型、自身发展的主要精神活动方式,淤积于心的愤懑、怨恨等负面情绪积蓄到一定程度,又缺乏宣泄的出口,就很容易诱发心理疾病——抑郁症。《出租屋里的磨刀声》(2001)是打工作家王十月的精心之作,异常冷静而深刻地抒写了农民工心理的焦虑、抑郁、狂躁。小说写农民工天右租房与女朋友何丽同居,却因为隔壁屋子里夜夜传来霍霍的磨刀声,使得天右患上阳痿,不仅失去何丽,也丢掉了工作。原来,邻居是一对相濡以沫的乡村夫妇到东莞打工,漂亮的妻子宏姐怀孕后却因养不起孩子而一再流产,之后被经理灌醉后强奸。丈夫是个懦弱的男人,没有勇气找坏人算账,妻子决定豁出去做一年的"小姐",等挣了钱后两人到一个陌生的地方重新生活。从此,每晚等妻子出门后,男人便在出租屋里焦躁不安,被心中的"佛"与"魔"反复激荡,夜夜纠

---

① 《有苦无处诉农民工心理问题谁来疏解?》,中国新闻网,http://www.chinanews.com/life/2017/07-27/8288742.shtml,2017年7月27日。

② 衷鑫恣:《宋以来道学人士的心疾问题》,《文史哲》2019年第2期。

缠,他只能以"磨刀"这个引而不发又蓄势待发的极端痛苦姿势顽强克制自己,他夜复一夜磨刀,一次又一次拿起刀,想去杀人、杀经理、杀老婆、杀那些压在他老婆身上的嫖客,甚至杀死自己。这个男人抑郁了,不久之后,夫妻俩从这个南方小镇消失了。但是故事并没有完结,失业、失恋、因工伤致残又处于痛苦与悲愤、压抑与扭曲的天右,也开始了磨刀——我们不知道这样的刀最终会挥向何人。

《出梁庄记》中的春梅是村里比较漂亮的留守妇女,好强、勤快、干净又不会事儿,最大愿望就是盖一个大院子,不和婆子妈憋在一个院子里。她与丈夫根儿感情非常好,根儿结婚一个月就外出打工了,根儿出去一年,春节没有回来,在矿上守矿赚双倍的工资,中间割麦也没有回来,这让春梅生暗气。她想根儿想得很,写信不回,网上也查不到根儿打工的矿名,渐渐就想出毛病,有一天突然"脸红得不像样子,手心潮热,狂躁,见人就吵",说是得了"花痴",今年割麦根儿又没有回来,也联系不上,春梅眼瞅着不行了,人都快熬死了,成了心病。终于有一天在与婆婆吵架后丢下孩子喝敌敌畏死了。而邻村王营的一个小媳妇上吊自杀了,原因是丈夫打工回来,两口子同进同出十几天,丈夫走后,小媳妇发现下身发痒,人发烧,去看医生说是得了性病,医生还要查艾滋。小媳妇又羞又气寻了短见。

《出梁庄记》第六章中的四个小节,分别以"机器人""孤独症患者""凤凰男""狐狸精"命名,揭橥了进城农民工的典型精神心理症候。其间,梁鸿采访了厦门的公益组织"国仁工友之家",这个组织是当代乡村建设者邱建生创立的,是一个工友社区平民教育服务机构。主要开展针对城市外来务工人员的免费教育培训,并在教育和小组活动中输入现代公民意识,促进工友群体意识的觉醒和价值认同,增进工友个体社会意识和自我意识的提升。作家在那里遇到一个年轻的河南工友丁建设。丁每晚下班后步行到"工友之家",不多说话,很少参与活动,也没有看到他交什么朋友,一个人默默地坐在角落。但是,工友之家的新鲜理念、公共关怀并没有与他的生命实现真正关联,无法激发他的意志力。不久,这个工友之家的志愿者、受助者大部分彻底消逝在茫茫人海中,成为下一个城市的机器人、孤独症患者和凤凰男。丁建设是一个哀怨的、木讷的、行动迟缓的、憔悴的、失去了活力与主体意志的形象。他的那双眼睛空洞之中有着浓郁得化不开的哀愁。这哀愁溢出眼眶,和外面世界——机器的坚硬和无

第一章 现代体验的四个维度

处不在的孤独——形成对视。那坚硬的源泉正是来自对这哀愁的主体毫不留情的和贪婪的攫取。在厦门打工的5年，河南人丁建设与厦门始终是两条平行线上的短暂过客。他找了闽北姑娘恋爱，可是结婚没有希望；他想多赚一点儿工资，可是加薪没有希望；他想在工友之家或外面交朋友，拓展不开交际圈子也没有希望；他想寻找关于人生未来的方向，这微茫的光亮若隐若现，离他很远。厦门没有刻意"隔离"他，他也没有封闭自己的心灵视界，但是他又确乎被锁在一个封闭的玻璃罩里，融入不得，也找不到生活下去的希望。在厦门，他是一个"孤独症患者"。总之，农民在城市的生存方式最典型地体现了他们在精神上的极度贫乏、封闭和"与世隔绝"以及因此引发的心理疾病。这是一个极度孤独与严重疏离的年代，城市农民工无法战胜疏离、劳累和孤独所带来的压倒性忧郁，无法克服无力感、无用感、失根感和自卑感。他们是在城市的"失魂落魄者"。

随着社会加速转型变迁，乡村及农民的疾病呈现"低龄化"的趋势，呈现代际"遗传"的社会特征，小农民被迫吞下留守的苦果。在姚岚的小说《留守》中，留守儿童成长中的无助与孤独，过早承担繁重家务的生活艰辛劳累，父爱母爱缺失的心理阴影、学业成绩不佳的焦虑、害怕、自暴自弃，青春期的叛逆和性意识萌动，校园霸凌的无处诉说……，这些都叠加构建了留守儿童残缺不全的童年和现代创伤体验，影响着未来他们人格的健全与身心健康乃至一生的幸福。

唯有灵魂与肉身的双全才有望成为健全的人。转型社会，农民为了肉身的幸福快乐，往往顾不上灵魂的安顿，也就带来了命运的多舛。所谓的命运不过是身体的决断，"无论我的身体做何决断，命运都会附在我的身体上，只不过要么表现为幸福，要么表现为不幸"，"肉身已不再沉重，是身体在现代之后的时代的噩运。身体轻飘起来，灵魂就再也寻不到自己的栖身处。"[①] 在《生命中不能承受之轻》中，托马斯承认自己的幸福来自对特丽莎的选择似乎说明，沉重的肉身或者说有灵魂的身体才是抵达幸福的途径。农民在城市的挤压下艰难地生存，他们被裹挟进现代转型的时代洪流之中，对金钱和利益的安分与不安分的追求，有可能使肉身之需得以短暂的满足，却容易忽视心灵的意义，身心的疾病苦受也必然招致灵魂的渺

---

① 刘小枫：《沉重的肉身》，华夏出版社2007年版，第102页。

远、飘忽、破碎。我们不禁要问,世间安得双全法,不负如来不负卿?唯有灵与肉的健全、健康,才是抵达幸福的途径。

五

疾病的极端形式就是死亡。魏微的《李生记》、孙惠芬的《生死十日谈》等小说都触及了这个沉痛的话题。李生是一个在城市打工多年,三年前刚刚将妻子孩子接到城里团圆、生活的农民工,他们租了房子,开了电器维修店,购置了煤气灶、冰箱、彩电、床铺……,儿子也好不容易在城里的学校就学,日子似乎活泛开了,有了好的转机,有了家家户户都有的人间烟火味儿,有了普通人家的温暖和谐。小说写到,李生合家进城之后,美好的生活似乎在他们面前徐徐展开,他们拥有了普通底层小市民的那种欣欣向荣、热气腾腾的居家小日子,安定稳固的家的感觉也重新被找回,未来就像俗话说的,芝麻开花节节高。李生虽然在城里见过了多次的自杀场景,本人也没有什么值得耗尽心力的大烦恼,可是有一天,他在将为客户维修好的冰箱背上高楼后,突然跳楼自杀,"没有由来地"来了个"自由落体运动"——李生自杀是有迹可寻的:精神极度抑郁。正是日复一日、望不到头的难挨的打工日子,身心疲惫对生活充满厌倦、无处诉说的心理淤积、始终挥之不去的阴郁,终于促使他觉得了无生意,一时冲动做出了决断。徐德明指出:"迁移者到达异地城市受到陌生文化环境的冲击,感情产生异常强烈的焦虑反应。他们失去了乡亲式人际关系的把握,面对城里人及其文化对乡下人的拒斥和敌意,现代化的城市生活非但不能给予乡下人相当的物质内容,更多的是给他们以文化意识的压迫。"[①]

孙惠芬的纪实文学《生死十日谈》以采访手记的形式第一次将乡村农民令人触目惊心的"自杀"曝光在读者面前。"从2006年6月到2011年6月,五年时间里,翁古城地区自杀死亡名册上,就有五百多例。这是中国其他县级市同比人口中偏低的数字,是世界同比人口比例的平均数。这个数字最初撞入眼帘,不由得为之震惊。"灾难、疾病、贫穷、心疾、死亡……,是这些农民无语告白的心灵秘密,在作家的采访中被一次次撕心裂肺地打开,让读者得以站在"乡土"和"底层"的接壤处,倾听和体验这些人间悲剧。

---

① 徐德明:《"乡下人进城"的文学叙述》,《文学评论》2005年第1期。

第一章　现代体验的四个维度

近年来，农村老人自杀率大幅上升成为媒体一度报道的热点之一。自由作家张丰认为，"20世纪90年代，华北农民自杀率惊人。很多自杀都因为极小的家庭矛盾，而农村妇女更容易自杀，因为她们的生活更加绝望。新世纪后，农村自杀率有显著下降趋势，这很有可能得益于农业税取消后农民生存状况的普遍改善。新世纪有一种新的自杀倾向：当一个老年（60岁以上）农民患上重病，既没有治好病的希望，也没有治病的钱，他们更不愿意拖累子女，自杀就成为一个合理的选择。母亲讲述这些自杀故事的时候，甚至都流露出赞赏的态度，这让我感到害怕。"[①] 不论是孙惠芬笔下挣扎在底层的生活无望的殉死者，还是张丰耳闻的新世纪乡村农民以"爱"的名义的自杀，撇开社会救助的层面，从农民心理来看，根源在于越来越冷漠的家庭人际关系、越来越现实的经济考量、越来越缺乏情感慰藉和倚靠、越来越趋于自我隔离和被隔离的无助与绝望。否则，我们就很难解释，为什么在过去生活及医疗条件更差，乡村病患更多的情况下，农民的自杀却鲜有耳闻——无疑，这还应归因于现代社会所带来的个体强烈的疏离感、无助感、累赘感。维拉·波兰特（Vero Pohland）指出，"疾病削弱病人，限制他，使他失去活动能力，减少他和周围世界正常的交往，使他日暮途穷而不得不依靠他人。疾病导致病人产生软弱、畏葸、厌恶、异化和悲世的情绪，导致精神和肉体的衰败并把病人隔绝在一个无望的世界里。"[②]

六

"世界上最坏的东西就是理想！"——这是《中国在梁庄》中，梁鸿的小学同学、中年农民菊秀的人生感怀。对于乡村及其子民而言，这是经过血淋淋的生命际遇得出的刻骨铭心的现代体验。这个迟到的、充满人生哲学意味的"重大发现"，不论是真是假，是夸张还是现实，都浸透了农民心酸苦涩的颠沛流离与无助无望，它不仅是菊秀的个体经验，也是部分农民群体的某种现代体验，表达了一种怨恨、绝望与无可奈何的退让、萎缩的生命样态，一种随波逐流、得过且过的生活态度，一种心有不甘，讽世

[①] 张丰：《最后的爱：一种新的农村自杀现象》，腾讯网"大家"，https://dajia.qq.com/original/category/zhf180226.html，2018年4月28日。

[②] ［德］维拉·波兰特：《文学与疾病》，《文艺研究》1986年第1期。

劝喻的味道。联系到刘恒《狗日的粮食》中，杨天宽的女人临死之前骂了声"狗日的粮食！"这一声诅咒，透露出饥饿的农民对"粮食"爱恨交织、复杂难言的情愫。也许，菊秀此刻也可以畅快地骂道："狗日的理想！"——他们都是因为"理想"而得病。

"肉身病"和"心疾"既是转型时代农民生存状况的折射与暗喻，也是社会嬗变在人们身上镌刻的烙印，这些异乎寻常的肉身和灵魂的典型或非典型性症候，远比"正常""健康"状态更加丰富多元、更有力量地直指我们的内心。新世纪乡土小说通过对农民整体身心"疾病"及其现代体验的思考和隐喻，真实地写下了对世道人心的观察、对人性的解剖，提供了当代文学史的"病"之另类"风景"。作家关仁山也说："书写农民在大时代中的命运起落和心灵蜕变，是我的一个想法，也是一个目标。……实际上我写农民也是写这个大时代，这个大时代里农民的喜怒哀乐，人情变迁，命运史和精神史。"[①] 笔者认为，新世纪乡土小说中抒写的农民精神史，也不应该忽略或忘却农民伤痕累累的隐秘的另类"疾病史"——这也许是我们对这个时代共有病症的一种难忘记忆。

[①] 张晓娟：《关仁山〈日头〉关注转型期农民》，《石家庄日报》2014年8月29日第6版。

第二章 传统观念的现代转型

第一节 土地意识：从热恋到别恋再到失恋

乡土意识是"指农民对于世世代代赖以生存的土地和乡村生活环境所表现出来的强烈依恋心理"。[①] 世代耕作、居乡繁衍的农民，对如母亲般养育他的乡土充满爱恋依赖，终其一生在土地上开荒、垦殖、收获，恰如臧克家的诗作《三代》：孩子/在土里洗澡；爸爸/在土里流汗；爷爷/在土里埋葬。这首诗道尽了农民之于土地难分难舍、爱恨交加的情感。在旧社会，即使因战争灾荒等天灾人祸迫使农民逃离家园，一旦风平浪静，他们又重返家园整饬旗鼓，除极少手工业者、走卒贩夫，很少有农民挈妇将雏外出谋生。乡土意识是传统农耕文明的产物，执守乡土一方面是由于户籍制度将农民牢牢"束缚"在土地上；另一方面是"农本商末"思想的阻碍，再加上城市就业岗位少，农民缺乏必要谋生技能。赵园认为，"土地之于农民，更是物质性的，其间关系也更具功利性；他们因而或许并不像知识者想象的那样不能离土；他们的不能离土、不可移栽，也绝非那么诗意，其中或更有人的宿命的不自由，生存条件之于人的桎梏"。[②] 总之，故土难离、叶落归根等乡村伦理与农民相互缠绕、代代相传，农民的乡土意识越发根深蒂固而对乡土"爱得深沉"。20 世纪 80 年代以后，国家逐渐放松了严苛的城乡户籍制度，农民得以冲破土地束缚，浩浩荡荡地进城务工，开始了与城市文明、工业文明的亲密接触。在遭遇到现代性启蒙后，农民的乡土意识日益发生嬗变与分裂，呈现出代际差异和从外到里与乡土

[①] 邢克鑫：《农民乡土意识的历史嬗变与思考》，《学习论坛》2001 年第 3 期。
[②] 赵园：《地之子》，北京大学出版社 2007 年版，第 69 页。

割裂的姿态。陈仲庚指出了如下趋势,"改革开放以来,中国内陆乡村大量青壮年外出打工,农村人口从'不离土不离乡'到'离土不离乡'再到'离土又离乡',以致形成了一个个庞大的'空心村'……这种荒凉正是当下中国农村现状的一个缩影。"[1]

本节通过文本细读,从"代际"等角度探讨新时期以来在现代化的冲击下,几代农民各自的"现代体验"以及对"乡土"的不同态度,并以此反观乡村现代性转型下的兴衰荣辱与振兴。

一

代际理论是描述和研究不同代的人之间思想和行为方式上的差异和冲突的理论。代沟和代际冲突一般出现在社会整体转型的大背景下。当代中国处于一个巨变的新时代,在这一时期出现了众多的思想代沟和代际矛盾。周晓虹教授曾经列举"文化反哺"(类似西方社会学中的"后喻文化")的例子,就足以表征当代中国在"西风东渐"和现代化进程中,亲代和子代"文化传承"的反向逆动是一个独特的社会景观。对中国当代社会发生的"匪夷所思"的许多现象,用代际理论则可能得到某种合理的阐释。新时期作家王润滋的小说《鲁班的子孙》呈现的"父子冲突"、柏原《伙电视》描绘的小山村三代农民对现代传媒"利器"——电视"入侵"的不同态度等,无不展现了农民代际之间的思想差异和观念冲突,可以看作文学对当代乡村转型的忠实记录。

韩长赋将农民工分为三代:第一代农民工是20世纪80年代农村政策放活以后出来打工的农民,他们绝大部分在乡镇企业打工,亦工亦农,离土不离乡;第二代农民工大多是20世纪80年代成长起来的农民,他们中有的人留在城市,仍有很大一部分人随着年龄增长选择了回乡;第三代农民工是80年代末和90年代后出生的农民工,他们从来没有种过地,对土地没有父辈那样的感情,对农村没有父辈那样的依恋,他们进城打工很大程度上不是基于生存需求,而是为改变自己的生活和命运,打工不过是进城的途径。简言之,他们出来打工,根本就不想再回农村。[2] 鉴于农民工

---

[1] 陈仲庚:《宏观梳理与微观求证——读谷显明专著〈乡土中国的当代图景〉有感》,《湖南科技学院学报》2016年第11期。

[2] 韩长赋:《关于"90后"农民工》,人民网,http://theory.People.Com.Cn/GB/10894719.Html,最后浏览日期:2010年2月1日。

第二章　传统观念的现代转型

属于农民阶层的一部分,特别是改革开放以来,农民与外出打工的农民工有很强的同构关系,本文依上述划分,将改革开放后的农民大致分为三代。农一代出生在20世纪50年代或60年代初,农二代诞生于20世纪60年代中期、20世纪70年代,农三代降生于20世纪八九十年代。当然,他们之间存在交叉和边界模糊。

对于身处20世纪80年代的农一代而言,乡土是他们全部生命的意义所在,他们的生老病死、祖先崇拜、精神寄寓、血脉传承、文化记忆完全附着在乡土之上,就像福斯特创作的黑人风格歌曲《故乡的亲人》所传唱"我生死都要回到故乡,回到母亲身旁"。确然,在这一代农民魂灵里,乡土与"母亲""亲人"融为一体,说不上乡土和母亲,哪一个是真、哪一个是幻。"以农为生的人,世代定居是常态,迁移是变态。"① 他们的乡土热恋,主要表现在两个方面。一是就近打工,不离土不离乡,身份比较模糊,亦农亦工,但是以农民为体,打工为用;农民是职业,打工是手段。打工实际上是他们农业耕作之外的兼职和副业。比如梁鸿《中国在梁庄》中众多乡亲就近在村里的砖厂务工,"80年代初期,村里有许多人都在这个砖厂干活,从早晨一直干到晚上八九点钟,挣得一家大小的日常支出和孩子的学费。"二是与旧有的生产生活方式,有着难以割舍的情感。李杭育《最后一个鱼佬儿》中,有一个愚顽不化的渔民很能说明问题。主人公福奎终其一生都在葛川江上打鱼,随着工业化侵入乡村,岸上修路建厂,江里竭泽而渔,渔民们生活难以为继,纷纷选择洗脚上岸,改行当"庄稼佬"或到村里的工厂打工。福奎的相好阿七为他在味精厂谋了一个当工人的职位,可是福奎穷得连裤衩都要向阿七讨要,也宁愿坚守这片乡土和古老宁静的生活生产方式,绝不肯到工厂去当有固定收入、工作规律的工人。有学者指出,"在城市的冲击中,与农户陈奂生相比,渔佬儿福奎更明确地表现出了不离乡土的意愿。"② 结尾处,福奎把小船划到葛川江心,施施然躺在船板上,"他想,他情愿死在船上,死在这个像娇媚的小荡妇似的迷住了他的大江里。死在岸上,他会很丢脸的。"福奎之所以贬抑"岸上"而崇尚"江里",并希冀死在船上、魂归江里,不仅是因为福奎打

---

① 费孝通:《乡土中国　生育制度》,北京大学出版社1998年版,第7页。
② 虞金星:《这一个"福奎":重读〈最后一个渔佬儿〉》,《当代文学研究资料与信息》2010年第4期。

小就在葛川江里讨生活，在江上风吹浪打惯看春月秋风，更因为他"仿佛天生就是个渔佬儿"，江里围绕着他的小船的小鸡毛鱼，让他觉得"仿佛虾兵蟹将簇拥着龙王"——江就是生养他的水上"疆土"、摄取他心魄的"小荡妇"（可视为母亲、亲人形象的变体），是他日出而作、日落而息的生存空间、灵魂栖息之地。只有在船上、江里，他才有归属感和认同感，才可安顿身心拥梦入怀。

随着现代化的狂飙突进和国家多项"三农"政策的实施，福奎式的固守已经过时了。最直接的就是近年大力推进的农村"城镇化"和土地征迁，使得大量失地农民被迁徙出家园，他们的土地有的用于建设工业园区，有的被征用盖商品房，农民被安置在城乡接合部或者整体搬迁到更加适宜人居的地方。离开家园的农民割断了与乡土血脉联系之脐带，失去了与土地接壤的"地气"，连同他们的祖坟、房子、田地、小船、篱笆女人狗和所有的记忆。福奎们就像一块沧桑的怀表，停摆在20世纪80年代日落的霞光中，他面对现代性在葛川江横行霸道时的迷茫心态、挫败性的体验，正说明由工业文明引发的另一场"启蒙"，以及农业文明的没落带给了农民深重的危机感。用雅斯贝斯（Karl Theodor Jaspers）的话来说，即"一种无能为力的感觉"。这一无力感使"人倾向于认为自己是被种种事件拖着前行的。这些事件，在他比较乐观时，曾是他希望加以引导的。……然而，今天，那种想要认识一切的骄傲以及把自己看作世界的主人、从而想要按照自己的意愿塑造世界的妄自尊大，叩响了所有的大门。但与此同时，这类骄傲与自高自大所遭到的挫折又引起了一种可怕的虚弱感。人该怎样适应这种情况而不受其影响？这是当代状况的最重要的问题之一"[①]于是，对乡土的执念，成为他们抵抗遗忘，为故乡"招魂"的一种方式。

《在天上种玉米》中三桥村的村长王红旗就是另一个倔强的乡土热恋者。其儿子王飘飘循循善诱开导父亲，希望父亲能够解开心结：

这些年，山里的往镇里挪，镇里的往县上挪，你看到哪一个把地名也带着走的？在亲人身上找不到宽慰和温暖，苦恼烦躁的王红旗只好拉住自己的老乡党张冲锋，唠叨内心的失望与懊丧：我现在特想回

---

① ［德］卡尔·雅斯贝斯：《时代的精神状况》，王德峰译，上海译文出版社1997年版，第3页。

第二章 传统观念的现代转型

家,回我们的三桥去。这话里透着孩子气,但张冲锋知道他这时候比任何时候都要认真。……我原来想这里虽然是北京,但住的都是我们村的人,也就是一整家人挪了个窝罢。所以我想把这里还当是家,是我们的三桥村。可现在看来这些都是我们在妄想,再怎么妄想,它也是北京的善各庄,它不是三桥,不是我们的三桥。我真的,真的好想回去。

王红旗的涕泪交零的鼻音变成哭腔,最后干脆抽抽噎噎地哭上了。张冲锋觉得,这时候坐面前的不是王红旗,而是一个孩子,这个孩子告诉他,他想家,想家里的亲爹亲妈。老迈的王红旗虽然在城市安营扎寨,但本质上,他感觉自己是一个"过客",闹着要"回家"。城市对他而言,仍是一个陌生、具有压迫感的异域。在城市无法安身的境况下,失去往昔在乡土如鱼得水乐感的王红旗们,只好在屋顶上面堆土种玉米,以此来缓解和熨帖他们身心无所依傍的苦痛与焦灼。恰似小说所指出,他"是个孩子",正是这个从古典乡村世界猛然"穿越"到现代城市的"孩子"、缺乏现代启蒙,难以进入城市生活的"低能儿",在此表现得无所适从、茫然无助,他需要"种玉米"这样"过家家"性质的"奶嘴"来抚慰。弗雷泽认为,古老的巫术使用相似律和触染律这两种原始交感思维方式来"沟通"世界。其中,相似律就是只要两个东西相似,那么互相之间就会形成神秘的关联,这样巫师就可借此施法。我们经常道听途说的是扎小人,通过制作布娃娃来替代被诅咒的某人,然后在玩偶上施法就可以让其遭灾。触染律就是两样东西通过物理接触,就会发生灾患传递。如果将某人头发缠缚在布娃娃上,对头发施法也会影响到他,这就叠加了触染律。在笔者看来,读者忽视了这个细节在文化人类学的深层意义:王红旗在屋顶上种玉米,不仅是在建构一块精神"飞地"来得到慰藉和满足,更是相似律、触染律在当代/城市的推演。王红旗们虽然不一定有"原始巫术"的能力和自觉行动,但千百年来,沉潜在老农民文化心理结构中的"无意识"被唤醒和激活,借助对"种玉米"这种改头换面的原型结构的模仿和接触,以此来接续与乡土的联系,获取土地和家园源源不断的加持。这种深具仪式感的"类巫术",抚平了老农民的创痛,使得王红旗们得到了乡土的"地气"并"复活",重建了心中的乡土,有了苟活下去的勇气和希望。值得注意的是,小说依然将王红旗的行为有意无意地比喻为"是一个孩子,这个孩子告诉他,他想家,想家里的亲爹亲妈"——此间,"乡土—家园—母亲"这样的譬喻结构仍旧顽强地重现出来,并不在于它的"落入窠臼"与"俗不可耐",而确凿地表明,无论是农民还是作家,都真心实意地把乡土当作了亲人。孟繁华认为,"乡下人进城就是一个没有历史的人,乡村的经验越多,在城里遭遇的问题就越多,城市在本质上是拒绝乡村的。因此,从乡下到城里不仅是身体的空间挪移,同时也是乡村文化记忆不断被城市文化吞噬的过程,这个过程对乡村文化来说,应该是最为艰难和不适的。"①

二

到了20世纪90年代,第二代农民开始有意无意背弃父辈的乡土观念,诸如"穷家难舍,故土难离""金窝银窝,不如自己的狗窝"等"守旧"的乡土意识。在现代化的征召下,前赴后继地向城求生。自从一脚踏进城市,现代文明之风就吹皱了他们心中的涟漪,躁动着他们不安分的灵魂。高加林(路遥《人生》)、芝英(方方《火光中奔跑》)、疤子(《谁动了我的茅坑》)等众多的文学人物形象,已然开始展现了对乡土的分离倾向。但是,他们的重心仍然立足在乡土,以资进退有据。其中,在家乡"盖房子"的叙事单元,不仅在《火光中奔跑》等众多文本,也在日后梁鸿的"梁庄"系列"非虚构"小说"(或称之为"农民口述实录")中被反反复复凸显,他们是这一时期农民离土不离乡的主流。

这一时期,农民"别恋"或者向城求生主要有两种类型。20世纪80年代,农村包产到户激发了农民的劳动热情,解放了生产力,广大农民逐渐温饱有余。比如陈奂生摘掉"漏斗户主"的帽子,由一穷二白变得"围里有米、橱里有衣,总算像家人家了",而且趁着"稻子收好了,麦垄种完了,公粮余粮卖掉了,口粮柴草分到了"的空档还能"出门活动活动,赚几个活钱买零碎"。但在20世纪90年代之后,"三农"问题日渐凸显,"农村真穷,农民真苦,农业真危险"一语成谶,如贾平凹《土门》中仁厚村的土地被城市化蚕食,房屋被拆除,农民变成失地的"流浪儿",尽管仁厚村的父老乡亲不懈反抗也徒劳无功,城市化以千军万马之势横扫乡村,曾经的仁厚村彻底消失。再看关仁山的《天壤》,"县里乡里村里轰轰

---

① 孟繁华:《"到城里去"和"底层写作"》,《文艺争鸣》2007年第6期。

第二章 传统观念的现代转型

烈烈搞开发，三级开发区都占用了韩家庄的耕地，……七百亩耕地，都被铁丝网圈了起来。只盖了一幢高楼，开发区就没有资金了。"在农业税费居高不下、生产生活资料涨价、卖粮难、生活拮据、资本入侵土地的背景下，农民离开家乡进城务工成为最无奈的选择——这是第一种类型。一时间，"百万农民工下广东"成了20世纪末最为壮观的社会景观。有学者在分析作家关仁山的《伤心粮食》时指出：

> 现实的特别是农业本身的种种，造成了王立勤们生产生活的苦难，他们无法在土地劳作和农业生产中获得应有的物质报酬，更无法获得最基本的人格尊严，他们所能选择的，只能有两条道路：一条是像王立勤那样毁掉家园永远逃离土地，另一条是像王立勤的父亲、大哥那样无可奈何地走向死亡。土地简直蜕变成农民厄运的魔咒。[①]

在农业萎缩、乡村凋敝的情况下，农民进城无论是主动寻梦还是被动逃离，都不可避免受到现代性全方位的革新，而不由自主被整饬进现代的行列。"尽管大多数城市农民工无论是在地理上还是在心理上处在城市的边缘，但谁也无法否认城市对农民工产生的影响。这种在新的时空中的新体验，在与农民的传统意识发生碰撞、交融的过程中，也在不断地形塑着他们的人格和行为，赋予他们以现代特质。"[②] 但是，农二代离开土地进城，身负传统与现代交织的精神特质，乡土仍然是他们的依傍，是他们在城市遭受创伤后以资退守的最后堡垒和依靠。在他们心里，乡土充满了脉脉温情，是母亲倚门倚闾的召唤，是受伤后可以疗治的温床。

第二种类型是为了筑梦寻梦而执着进城，到乡土之外的城市去体验新生活，尝试以非农业方式谋生，寻异路体验别样的人生。正如一位研究者断言，乡下人进城大抵"只为服膺于一个城市先期现代化的神话，他们几乎一致地认定'城里好活人'的信念"[③] 梁鸿《中国在梁庄》中的韩建升——从梁庄到北京打拼小有成就的保安公司小头目，是这一人物谱系的

[①] 彭维锋：《三农题材文学创作与社会主义新农村建设》，光明日报出版社2015年版，第258页。

[②] 蔡志海：《农民进城——处于传统与现代之间的中国农民工》，华中师范大学出版社2008年版，第160—161页。

[③] 徐德明：《"乡下人进城"的文学叙述》，《文学评论》2005年第1期。

代表。他于90年代初甫一进城即展示出与众不同的"现代"气质和崇高梦想,他的最高理想:"我要好好干活,做人就做邱娥国,干活要如赵春娥。"(注:此二人均为全国劳模,是当时官方大力宣传的楷模)在笔者看来,韩的这一指向显示了农民身上"罕见"的"现代性"新鲜质素,具有某种形而上的价值取向;终极目标是:"一心想着,干得好了,说不定到时候自己还有可能转正啥的。"读者可以从这些细节中辨识出,韩建升这个"胖头大脸、庸俗"的乡下人,以劳模为榜样,渴望通过自身的贡献而赢得社会肯定,获得身份认同和人生价值实现。这个完全为"现代性"所改造的、徒有其表的农二代,是对乡土移情别恋的劈腿者,是脱胎换骨的现代人。但是,需要重点指出的是,在问及"将来想不想回梁庄",他的第一反应就是"想梁庄,咋不想?我梦见过找不到回家的路。回到家里,家里那几间烂房子也找不着了,最后哭醒了……。在北京,没有归属感,就好像风筝断了线。在家还是有种安全感"。由此可见,"乡土"仍然是中生代农民精神世界中习焉不察的,也是他们缺乏安全感后魂牵梦萦归来的最后依怙。丁帆认为,"20世纪90年代乡土小说强调的不再是农民被赶出土地的被动性和非自主性,而是他们逃离乡土的强烈愿望以及开拓土地以外新的生存空间的主动姿态;离土农民也不再是在城市寻找类似土地的稳定可靠的生产资料,以维持其乡民式的生存原则和价值观念的'祥子'们,他们以尝试与传统农民人格抵触的商业活动的,体验与土地没有直接依附关系的人生。"①

直到21世纪来临,命运多舛如高加林者,他的子辈才实现了他离乡进城的梦想。如果说高加林对乡土的"别恋"是一个异数,或者"离不了乡"具有某种宿命性质,在接下来的分析中,我们可以看到,乡土作为一种原乡意识,仍然在这一代农民身上镌刻下深深的履痕印履。

赵本夫《木城的驴子》中木城出版社的总编石陀崛起于陇亩之间,进城后当上了木城的政协委员,他每年都在"两会"呼吁:提议官方"拆除高楼,扒开水泥地,让人脚踏实地,让树木花草自由地生长",这样的提案在别人看来简直荒诞不经——石陀就是这么"迂腐"。他每晚孜孜不倦所做的是"从怀里掏出一把小锤子,几下砸开一块水泥砖,露出一小片黑土地。……他知道要不了几天,这里肯定会长出一簇草,绿油油的一簇草。……他一直有个雄心勃勃的计划,就是唤起木城人对土地的记忆"。

---

① 丁帆:《中国乡土小说史》,北京大学出版社2007年版,第334页。

第二章 传统观念的现代转型

小说还写到乡下人天柱用麦苗绿化城市,用蔬菜瓜果装点城市。小说塑造了一个眷恋乡土,近乎"病态"的、离土但又在梦想中偏执地"不离乡"的"农民"形象,与其说他的不离乡,是因为城市钢筋水泥的丛林的逼仄,不如说是对原乡的怀念,是文化乡愁的铭心刻骨,让他做了反向运动。小说"题记":"花盆是城里人对祖先种植的残存记忆"极具哲理性,不仅喻示石陀这个"病人"症候的精神向度,也宣示了作家本人的写作伦理。小说写道:"事实上,木城人已经失去对土地的记忆。"从这个角度出发,石陀们的努力,就是在回天无力地抵抗着对土地、乡土的遗忘。福柯认为:"在那里有真正的斗争在进行着,争夺的是什么?争夺的是我们可大略称之为人民记忆。由于记忆是抗争的重要因素,如果控制了人民的记忆,就控制了他们的动力。同时也控制了他们的经验,它们对过去抗争的理解。"①——今天,人们反反复复强调"看得见青山,望得见绿水,记得住乡愁",或许正是对乡村现代性的某种矫枉反拨。

三

有学者梳理总结了"废人—废乡"的乡土文学书写线索。在笔者看来,正是这一"废乡"以及农民接受的现代化思想观念,终结了他们之于乡土的眷恋,义无反顾地走向城市,开启新的人生。

2000年前后,新生代农民基本的活动场域在城市,除了身份的暧昧模糊,他们已经与城里人没有本质的差别。恰如一份资料显示:"第一,他们从来没有种过地,对土地没有父辈那样的感情,对农村也没有父辈那样的依恋,这是其最鲜明最突出的特点;他们经常打工,不是为了生存,而是以打工作为进城的途径和机遇。简而言之,他们进城打工就不想再回农村了。第二,这批人都念过书,一般都有初中文化,不少人还有高中文化,因为有文化,再加上他们是伴随着电视机、手机长大的一代人,比较了解外面的世界,知道城乡之间的巨大差别,城市文明对他们有巨大的吸引力,到城里不管干什么都比在农村好,这是他们比较坚定的信念。"② 综上所述,新生代在与现代性的遭遇中,孕育了截然不同的价值观念,"离

---

① 罗岗:《记忆的声音》,学林出版社1998年版,第152页。
② 《安徽省2010年公务员考试申论真题》,https://www.ppkao.com/shiti/4665674/,2011年4月27日。

土离乡"之"失恋"是他们最迫切的愿望和生活的主要动力。

作家张继写了一篇有意思的小说《去城里受苦吧》,不少评论将小说定位为"对乡村权力异化"的批判。笔者感兴趣的是主人公贵祥状告村长李木背后所呈现的反讽结构与黑色幽默。《去城里受苦吧》是农民告状的故事,但它与《我不是潘金莲》形成十分强烈的反差,与农村妇女李雪莲执拗地上访不同,贵祥实在是个没有血性、进退失据的"懦夫"。贵祥告状,是因为生计问题,因为村长李木把他的好地——"聚宝盆"卖掉了,他的生活就有了问题,于是背井离乡"去城里受苦"。贵祥因为城市女人李春的帮助经营了一个门市部,忙碌的生意和日渐宽裕起来的生活竟然使贵祥"忘却"了告状一事。有一天"他……忽然想到了一个很重要的问题,那就是,他如果赢了的话怎么办?贵祥发自内心地问自己说:李木如果把地补给了我,那么,我还要回家去种地吗?这个事实上已经存在许久,感觉上却突如其来的问题,刹那间就使贵祥汗流浃背起来。"——在"乡村贫穷"和"城市富足"间的转型体验使他"顿悟"。再后来,当民工老刘告诉他市长表叔的电话,让他试图找大官扳倒李木时,刹那间,前尘往事涌上心头,贵祥突然觉得遥远而虚幻,呆立半晌,自言自语地说:"现在看这件事,怎么这样小呢。"比他还更老练适应城市生活的老婆徐钦娥抢白他:"生意都忙不过来了,还告什么状?再说,那地就是给了咱,咱也没法种了,也是个累赘,算了,不告了。"衣锦还乡后,村长李木主动提出要补偿贵祥3亩地,他老婆断然拒绝:"他就是给我们补三十亩,我们也不想要了",并感叹"你没看出来,咱在城里待了这几天,连村长都高看我们几眼,别说其他人了。我给你说,在城里做一只老鼠都比在村里做人强"。

就此,贵祥完全醒悟,夫妇两人如鱼得水般迅速融入城市。这让我们想到一句令人爱恨交加的广告词——"城市,让生活更美好",对于贵祥来说,正是城市教会了他舍弃虚无缥缈的"面子",安住于现世安稳、丰衣足食。乡下的一亩三分地有什么好呢?他和城市是如此般配、天衣无缝——城市,的确让他的生活更美好。乡村,他是再也不想回了。

"没有了地我心里怎么有点不踏实呢?"贵祥对这一丝犹豫还来不及琢磨,就马上被城市的眼花缭乱拉回现实。于是,一切有关土地、有关家乡的印记,都变得异常模糊和不堪回首,被抛到九霄云外了。重要的是,要对付眼前的红火生意。这让我们想起了刘震云笔下的国家部委公务员小林,他的乡下小学老师因患癌症到北京治疗,提着一桶香油去拜访昔日的

第二章 传统观念的现代转型

学生，却被小林势利的城里老婆小李的白眼"赶走"，送别佝偻着背头发花白的恩师挤上公共汽车，小林心里一阵愧疚，但是小林来不及难过，就立马被一地鸡毛的现实琐事淹没。于是，对老婆的怨怼、内心的自责都化作自我解脱，一切又恢复到原状。在这里，贵祥对"田亩"的"看破""放下"，与小林夫妇对老师的"驱赶""送别"，有异曲同工之妙，都是对象征乡土的人与事的如释重负的遗弃和毫不留情的背叛。孟德拉斯曾经如此断言，"农民没有把自己固定在干粗活的角色中，实际上，他们能够接受现实摆在他们面前的新条件，他们利用一切机会实现现代化、进行扩展和适应市场要求，变成有着进步意识的小企业家。"[①] 透过贵祥终日忙忙碌碌的身影，我们似乎隐约看到了一个"新农商"的崛起。

而在王十月的诗化小说《寻根团》中，主人公王六一再次逃离家乡时自忖："突然觉得，这么多年过去了，故乡终究是落后而愚昧的，当年逃离故乡，不正是向往着外面世界的文明与先进么，怎么在外面久了，又是那么的厌恶外面世界的复杂与浮躁，在回忆中把故乡想象成了世外桃源。"王六一以其清醒的认识终结了当代乡土的"欺骗性"，揭穿了人们之于乡土想象的"虚幻性"，离土又离乡就此完成。

就在人们叹惋"曾为之感叹的神秘的乡村、地气氤氲的乡村，被我们看作生命的家园、文化的命脉还存在吗？乡村的溃败是历史性的，城市化进程势不可挡。……都要到城里受苦去了，我们已无乡村可回"[②] 的时候，贵祥等农民早已在城市乐不思蜀，甘之如饴——他们确然在城市苦乐参半，却再也不想回乡了。如果说从事买卖营生的贵祥以在城市"受苦"为乐事，那么，即使如尤凤伟《泥鳅》中的农民工国瑞，在痛苦劳累的城市打工生涯中，尽管历经艰辛，也坚决拒绝重返故乡。而《出梁庄记》中农三代的丁建设说得更加直白："那能咋样？但凡有办法，说啥也不要在工厂打工。人就是零件，啥也不能想，没意思。——但是，他表示他也不会回家，回家没意思，他不想干农活，他承认他已经不习惯干农活了。"——与先辈犹疑彷徨于自己的"身份认同"相比，年轻的丁建设和他的"小伙伴"们早已决绝地卸下了这个可有可无的精神枷锁，重要的是身心自在，

---

① [法]孟德拉斯：《农民的终结》，李培林译，社会科学文献出版社2010年版，第97页。
② 孙书文：《回不去的乡村：张继〈去城里受苦吧〉的寓意分析》，《济南大学学报》2005年第6期。

乐享城市生活。

　　作为现代体验的一环，乡村教育也加入"远走高飞"的组织动员机制中来，加速了新农民的逃离。有教育学者指出，乡村父母、老师就常常以"好好念书，念好书就再也不用割小麦了……不好好读书，一辈子就这样跟农活打交道……"①的话语来规训乡村子弟。农民知识青年程小桂（《亲爱的深圳》，吴君）正在身体力行着这个命运指南。程小桂是酷爱读书的乡村女青年，虽然与大学失之交臂，但也毕竟是县一中的高中毕业生，即使结婚以后她仍然保留着喜欢一天到晚看书的习惯，用本子写什么情啊爱啊的诗歌，这不免招来婆婆的咒骂和丈夫李水库的殴打，还把她的日记本撕了，李水库还把"诗"——叫成"屎"。程小桂受不了家庭的压抑终于在一个半夜离家出走，独自到了深圳打工。李水库为了劝慰妻子回去，也为了让程小桂怀孕生子传宗接代，跟到了深圳，在程小桂通过一个贵人的帮助下当了高级写字楼的保安。两年不见的程小桂皮肤白腻，身材变高了，头发黑亮了，戴着白手套，她虽然只是写字楼里的清洁班长，却很难再看出乡下人的样子。程小桂遵守工作制度，好学上进，刻意与丈夫保持距离，讲究卫生，不仅买了新牙刷要求李水库刷牙，还要他勤洗澡，即使仅有的三次行夫妻之事，也是在程小桂提供的杂物间进行。可爱而又陌生的城市、夫妻地位的反转，让只会干泥水工的李水库对妻子有了距离和敬畏。有一天，程小桂突然试探着和丈夫商量改变双方贫穷命运的方法，那就是李水库找一个深圳女人相好，程小桂和一个深圳男人结婚，这让李水库感到郁闷和自卑。在与"亲爱的深圳"的零距离接触和与程小桂不断的磕磕碰碰中，在与"用光鲜和所谓的幸福藏住疼痛"的张曼丽的误会与理解中，农民李水库终于决定夫妻双双把家还，但是，他在凌晨四点的深圳宝安长途汽车站没有等到约定好的妻子程小桂。他的预感得到应验，他知道，他的妻子程小桂、不断成长的程小桂最终一定会离开他、离开家、离开那块土地……。行文至此，也许李敬泽的点拨更能让我们释怀于城乡的二元对立，"生命的意义与故乡、与儿时的生活世界无关，那意义在远离故乡的地方，在山外山、天外天"。②如果超越了"城市"（市民）/"乡

---

　　① 刘铁芳：《乡土的逃离与回归——乡村教育的人文重建》，福建教育出版社2008年版，第228页。
　　② 李敬泽：《重建伦理的故乡》，《延安文学》2007年第6期。

第二章 传统观念的现代转型

村"（农民）远眺，未来的新时代农民就变成了国家"公民"。

进入21世纪之后，在城里出生长大的农四代（也有部分农三代），实质上是"城市化的孩子"（参见社会学者熊易寒相关论著），在他们的心目中，基本割断了与乡土的精神脐带和血脉传承，没有"文化乡愁""原乡意识"。乡土成为他们填写各种表格时的"籍贯"，是失去血缘、文缘、业缘的无意义的形式和空洞内容的能指，一个外在于他们生命意识、生活经验、情感体验的抽象概念，是一个地缘意义上陌生的"他者"，是他们头脑中的"闯入者"，而与乡愁无关。《寻根团》有一处细节描写彰显了农民代际之间的冲突和巨大落差：外出打工发家致富的楚州籍张老板带着年少的儿子利用清明节返乡寻根扫墓，由于旅途劳累困顿，父子发生冲突。他儿子嘟囔着骂父亲是"乡巴佬"，一路上时不时"闹着要下车，说是不去楚州了，说是乡下有什么好看的。"——显然，在农四代的心目中，早就忘却了"农民"的身份，已经自然而然把自己划归到了"城里人"的阵营，并在对乡下人的蔑称中建构起了强大的"城市意识形态"。

在此，我们不无遗憾和伤感地看到，乡土的背影已渐行渐远，就像今天，当我们与农三代、农四代只能用普通话进行攀谈时，他们对乡土的一无所知和漫不经心一样，连同古典时代无改的"乡音"也随风飘逝。湖南卫视主持人汪涵说过："普通话可以让你走得更远，可以让你走得更方便，但是方言，可以让你不要忘记你从哪里出发，普通话让你交流极其顺畅，而方言让你感受到无限的温暖。"[①] 的确，互为表里的乡土和她的文化表征——方言，早已经被当作"土气""难听"而成为被遗弃在现代化进程中的垃圾堆，面临消失的危险。有学者指出："世代之间文化联结承继的最佳指标——至少是最重要的指标之一——就是看家庭中父母能否把社会文化观念清晰、准确、有效和令人信服地授受给自己的子女。倘若这个过程不能顺利地进行，青年人不愿向成年人认同，那么，也就预示着社会文化发生了断裂和错位，也就酝酿着青年一代反叛旧文化、寻求新文化的心理动机。"[②]

四

乡村现代化的脚步无法停止，社会转型所带来的代际差异与冲突也难

[①] 郑建钢：《别让方言消失在我们眼前》，《邯郸日报》2018年4月8日第1版。
[②] 张桂华：《家庭的困惑与学校的困境——美国60年代学生运动研究之二》，《当代青年研究》1987年第10期。

以调和，且让他们各美其美，美美与共，实现各自的人生理想。然而，年轻一代农民已然无可挽回地离土离乡去了。孟德拉斯在其《农民的终结》一书中，怀着断零、怀慕的现代体验宣告了"农民的终结"；同时他又清醒地意识到："凭什么要迫使农业劳动者继续生活在过时的生产结构中呢？这种结构使他们无法得到劳动分工的好处，注定要走向贫困。"① 在作者眼中，乡村社会的坍塌、农民的离土离乡是乡村现代化的必由之路。"农民的终结"并非表征着乡村社会的不可救药，这仅仅是社会整体转型和现代性的局部和短暂过程。经过了30多年城乡均衡发展与城市对农村的反哺之后，法国的乡村社会"起死回生"："10年来，一切似乎都改变了：村庄现代化了，人又多起来。在某些季节，城市人大量涌到乡下来，如果城市离得相当近的话，他们甚至会在乡下定居。退休的人又返回来了，一个拥有20户人家和若干处第二住宅的村庄可能只有二三户是经营农业的。这样，乡村重新变成一个生活的场所，就像它同样是一个农业生产的场所。"②

20世纪80年代的法国乡土复归田园牧歌和黄昏放牛的迷人风姿：产业兴旺、生态优美、安全宜居、生活富庶的景象触目皆是。"乡镇在经过一个让人以为死去的休克时期之后，重新获得了社会的、文化的和政治的生命力。"③——我们有理由相信，不久的将来，随着乡村振兴计划在中国的深入实施，古老乡村的新子民会一如他们前辈离土离乡一样，怀着喜大普奔的心情重返乡土母亲的怀抱。

第二节 性观念：大世事乱了，大家都就那么个

著名社会学家周晓虹指出，"30多年的巨变，在整个社会发生结构转型的同时，中国人的价值观、生活态度和社会行为发生了令人惊异的转型。像社会结构的转型一样，中国人社会心态的变化不仅范围之广、影响之深，而且因其前所未有的创造性和独特性在给中国人民五千年的精神嬗变历史打上鲜明烙印。"④ 乡土中国及其子民是这一急剧转型的最主要人

---

① ［法］孟德拉斯：《农民的终结》，李培林译，社会科学文献出版社2010年版，第251页。
② 同上书，第279页。
③ 同上书，第269页。
④ 周晓虹：《中国经验与中国体验：理解社会变迁的双重视角》，《天津社会科学》2011年第6期。

第二章 传统观念的现代转型

群和受冲击最深的主体，其精神世界的变迁和价值观念之位移，深刻制约中国现代化的得失成败，因而，研究乡村农民的精神嬗变抑或说"现代体验"显得极为重要。但一直以来，农民的"脱贫致富""乡村发展"是最大的政治话语。作为沉默的大多数，农民成为被代表和被言说的对象，其现代体验往往被简单化约为"现代意识""主体意识"，缺乏细分与针对性体察。作为一种最大体量的"社会心态""现代体验"，其中，新世纪乡土小说在关注乡村外在变革的同时，是否深入抒写了农民遭遇了怎样的性观念嬗变和内在冲突，又如何刷新着乡土中国及其子民的价值结构和文化心理？本节就新世纪乡土小说中农民"性观念"之现代体验做一梳理。

一

20世纪80年代，现代性以其不言自明的"先进""科学"登陆中国，在乡村长驱直入，作为强势话语涤荡着人们的思想观念、生活方式、生产方式，改变农民从内到外的一切。性学家李银河指出："近十多年，我国经历了政治、经济、社会诸方面的大变革，人们在性爱婚姻方面的行为方式也有了很大的改变。"[①] 的确，在《被爱情遗忘的角落》的20世纪70年代，"自由恋爱"被视为洪水猛兽而被严防死守，在"非虚构写作"小说《大地上的亲人》（黄灯）所描述的20世纪80年代初期，湖北凤形村的一个姑娘因为亲娘责怪她不该在未婚夫家多待一会儿，为自证清白，这个坚守传统婚恋观与性观念的姑娘投水自杀。但是，仅仅几年的光景，婚姻自由、未婚同居已经广为接受。[②] 因此，在乡土中国，自古以来农民对于"性"的封闭与宽容、保守与开明、压抑与挣脱，展现了乡土中国真实的性状况，是乡村多面向的复杂景观之一。这其中，改革开放之后，现代性在乡土中国的"攻城略地"带来的农民"性观念"的开化、启蒙，却是前所未有的。古人云，食色，性也。性，是人类生存和繁衍最基本的条件，也是人们生活世界不可或缺然而又是最为隐秘的部分。无论民间如何以隐晦的方式，诸如"二人转"的调情逗乐、传播荤段子等方式表达遐思和欲

[①] 李银河：《中国人的性爱与婚姻》，中国友谊出版公司2002年版，第4页。
[②] 黄灯：《大地上的亲人——一个农村儿媳眼里的乡村图景》，台海出版社2017年版，第60页。

求，不管人们怎样讳莫如深隐藏"性"，指证"性事"的"肮脏"、"危险"的属性，"性"仍然是当代中国乡村转型最具有表征意义的部分之一，展示了乡村子民体味在现代"漩涡中的一切"的喜怒哀乐、甜酸苦辣。

柏原的小说《伙电视》（"伙"，西北农村方言，意即聚集在一起的意思；《飞天》1991年第5期）是一个有趣的文本，说的是封闭在几乎与世隔绝的小山村里的农民，因为现代传媒——电视机的进入，打破了这个乡村的沉寂。透过电视这个"现代器物"，人们猝然间遭遇到了乱花迷眼的"新世界"，从此，老中青三代村民们再也无法安顿在旧有的生活程式中……。笔者感兴趣的是，小说除了侧写禁欲主义对仍处于封建意识支配下人的生命本能的漠视，这篇小说也无意中记录和讲述了经过现代传媒的催化，老中国的儿女是怎样被"现代化"入侵，进而由"好奇"激发了压抑在他们心中的"性趣"和"欲求"的。小说有几个细节：第一次全村人庄严隆重地伙电视时，电视里"突然旋出一个袒胸露背的女人"，男女老少始料未及地邂逅如此"香艳妖冶"的"现代"。面对这样"波涛胸涌"的"现代"，老一辈人茫然失措又"边骂边看"；中年一辈人心驰神往，三爸在"伙电视散场后，在村里巡游了一遍，巡游的目的是什么，只有他心里最清楚。巡到八哥睡的窑墙外……却隐约听见里面叽叽咕咕浪笑。老实巴交的八哥竟然夸奖电视上那妖精女人，说什么两条腿白得像水葱光得像长虫！长一身黑肉的八嫂嫉恨得不行，骂说那你咋不上去捉住！而且两口子，不知谁把谁腿子拍的啪啪脆响"。第二次，电视播出性爱场景，"镜头还在往前推，男的高女的低，女的就踮起高跟鞋尖往上够……却见女的飘飘升起，鞋掉下来了，衣服裙子掉下来了，连护胸脯那两片也掉下来了……电视镜头就一直照着这堆衣服"。看到这儿，"百字辈的，哧溜哧溜蹲下炕头，一个接一个没点儿声气就走脱"，过了一会儿，"千字辈的终于撑持不住了，一个个走出窑门，面容凝重，一言不发"，而"万字辈的，硬是不走，他们这下才解放了……年轻娃们放声大笑，窑里气氛更加活跃"。第三次是因为电视的"启蒙"，百、千、万字三代人全都为此开启了对"现代"、对"性"、对外部世界的难分难舍的追求。首先是老成持重的百字辈躲在窑洞里偷偷欣赏西洋景，其次是千字辈、万字辈的乡村女子、媳妇儿、娃娃们翻墙偷听偷看电视。事到如此，三爸终于意识到现代潮流的难以阻挡，但又担心电视会把村民教坏，这让他陷入巨大深重的矛盾之中。是放开还是关闭？事情已经远非组织村民看电视使家里变得乱糟糟、

第二章　传统观念的现代转型

臭烘烘那么简单，而是关涉到下一代人的思想教育的大问题。三爸在经过痛苦的抉择后，将电视机打包装进了大纸箱里，试图与"现代"一刀两断。但是，青山遮不住，农民的现代化进程已经汇入了世界全球化、现代化的时代洪流，永不回头地奔涌而去。就这样，沟姥姥村的子民们在历经了百千年的封闭自足后，终于在"现代性"及其衍生物——现代传媒的启蒙下，对性的表征——"身体"开启了正面的却又是欲拒还迎的"偷偷"叩问，到后来甚至是大胆的、毫不掩饰的欣赏，他们把对于自身的"劳动的身体"的执着转移到他人的"性感的身体"的凝视，并从中释放出"欲望"，发现了"美"。正如费瑟斯通（Mike Featherstone）指出："在消费文化中，人们宣称身体是快乐的载体：它悦人心意而又充满欲望，真真切切的身体越是接近年轻、健康、美丽、结实的理想化形象，它就越具有交换价值。消费文化容许毫无羞耻感地表现身体。"① 此后，无论是农民进城后身临其境的基于城市文明的耳濡目染，还是现代传媒的推动，农民都大大方方地从"性"的压抑与保守中走了出来，展现了一种开放、从容的心态。某种意义上，在与城里人共时态的时空结构里，不懈地追赶现代化的脚步而逐渐成长为"现代的人"。

孙惠芬的《歇马山庄》中，小青就是深受现代"启蒙"的乡村女性，在爱情、婚姻、生育等"性事"方面有想法、有主见：在上卫校时，就设计好了自己的理想未来，为留在城市不惜献出最宝贵的处女之身。在选择恋人上，主动谋划自己的婚姻，选择与买子谈婚论嫁。婚后，小青发现乡村单调的生活、痛苦的耕作不是她想过的生活，经过认真思考后认为买子并没有从心底重视她，毅然流掉腹中胎儿，到城市寻找自己想要的梦想。这就像鲁迅小说《伤逝》中的子君的呐喊与告白——我是独立自主的，任何人都不得干涉我的自由。其间表现出来的是乡村子民的个性觉醒和"性观念"方面的自主思想、解放意识。

进入21世纪之后，农民工"临时夫妻"在城市兴起，晓苏的《我们的隐私》写了饱受性压抑的农民工组建临时夫妻搭伙过日子的故事。"我"与麦穗的家都在同一个乡镇，远赴南方打工的"我俩"偶然认识后租房做起了临时夫妻，小日子的温馨和谐淡漠了远方家的亲情，疏远了与原配的

---

① ［英］迈克·费瑟斯通：《消费文化中的身体》，汪民安、陈永国译，载《后身体：文化、权力和生命政治学》，吉林人民出版社2003年版，第331—332页。

爱情。就在"我俩"假戏真做、日久生情、难舍难分之际,"我"发现独自留守家中带着孩子艰难度日的妻子也有了外遇,更关键的是,麦穗口中念念不忘的因车祸失去手臂而在家乡以算卦为生的穷困潦倒的"哥哥"竟然是她的丈夫。于是,曾经良心不安、愤怒的、忏悔的"我"刹那间也得到了某种平衡与释怀。小说描写的这种性爱错位的"隐私",对彼此的家庭和亲朋好友而言,固然需要保密,他们的临时结合,实在是飘零在陌生人社会——城市的无奈之举。但就全局来看,这又不是什么隐私,早已是公开的秘密,也给乡土中国带来了法律、伦理等诸多隐忧。根据《印度时报》2013年5月16日的一篇报道称:中国农民工临时夫妻人数或超10万,73%以上已婚,① 这个现象和这组数字足以令人意外和吃惊,而且这个数字还在增长。

田耳的《寻找采芹》是一部发人深省的小说,抒写了城里某中年老板包养了一个乡村纯情质朴的少女采芹当小三。采芹的专一和单纯让老板体味到了过往的烂漫、激情和年轻,但不幸的是,有一天采芹失踪了。老板雇了城里的私家侦探四处寻找,不仅找到了,还设法把送给采芹但尚未取走的银行三十几万元存款也冻结了。老板乔装打扮到乡下,花了十万元成功地把采芹从她艰难困苦的丈夫李叔生身边"赎取"与"争夺"了回来。这个真名叫"细柳"的姑娘开始明白,"李叔生遍地都是,而真正有钱的老板难得碰上几个",她舍弃了乡下的家、丈夫和从前的一切,死心塌地地跟随老板,她顺从、依恋并且具有了"主人翁精神"。从此,这个才二十岁出头的村姑在城里的花花世界学会了熟稔地花钱、化妆、发嗲、保养、防备小四……,还时不时担心地问"我今年是不是老了许多?"学者赵毅衡认为,中国现代文学中的身体具有"现代性"的意义:"中国现代性成为中国人如何控制自己的身体这个复杂能指的方式。到今天,中国的现代经济所取得的成就,都在满足人的身体的形而下需求上……身体的舒适与享受,肉身本身的延续,成为现代化在中国人生活中引发的最大变化。"②《寻找采芹》深具隐喻性质和哲学意蕴,它既是整体层面的批判,象征了外生性现代化对乡土中国的强行进入,并引发了它的持续溃散,形

---

① 何雯、曹成刚:《农民工"临时夫妻"现象的社会心理学解析》,《广西社会科学》2015年第7期。
② 李自芬:《现代性体验与身份认同·序言》,巴蜀书社2009年版,第3页。

第二章 传统观念的现代转型

象地喻示了淳朴的乡村如何被欲望的城市勾引、开发、蹂躏、改造和重塑,与此同时,也是乡村"性"嬗变的表征——从守身如玉到欲拒还迎,再到甘心情愿、沦落献身。总之,作为粗线条的历史勾勒,我们看到,从前现代的保守,到20世纪末的开放,再到21世纪的习以为常,乡村及农民的性观念发生了巨大变革。

二

新时期以来"乡下人进城"为主题的小说,其作为农民现代体验的一部分:"性"的种种表现和性观念嬗变,一直打包在"苦难叙事"的"暴露"和"控诉"之中,当作乡村子民在城市的迷失与"堕落"不遗余力被展览和吸睛——"圣洁情感、微妙心理、痴恋情怀这些合乎传统文化价值规范和心理习惯的关于爱情的审美表现,开始逐渐为性爱支配情爱、利欲主导情欲的欲望化展示所替代",[①] 并蔚为大观地成为一股写作潮流。

这类故事主要有两种叙事模式。一是乡村子民流落城市,迫于生计沦为"身体经济学"的践行者。他们开始学会正视自己的身体价值,对"性"的支配更有"主见",乡村社会的婚姻道德、性贞洁等一切"陈规"无法构成对他们的束缚和羁绊。我们看到,鬼金的小说《两个叫我儿子的人》中,农村姑娘李小丽家庭极端贫困,父亲亡故、弟弟痴傻、母亲年迈多病,家徒四壁,夜无余粮,一家人苟延残喘挣扎在贫困线以下。李小丽身无长技,没有从事正当职业的本领和手艺,为了活命,为了勉力支撑这个摇摇欲坠的家,唯一可资交换的就是她的青春胴体,她不得不选择进城做了"小姐"。《湖光山色》(周大新)中,懵懂未开的小女孩萝萝为金钱到城市打工当按摩女……。杰华(Tamara Jacka)指出,"城乡二元对立的现实使农民工成为'底层'中的底层,对他们的关注不仅使作家的创作获得了道德上的优越性,打工妹的辛酸命运也由于包含了欲望的成分更容易成为叙事的内容。打工妹遭受的性别压迫,加上由于城乡分割而导致的压迫,进一步加大了她们与城市大众之间的距离。这既增强了城里人的优越感,又让打工妹受害者作为同情、娱乐和窥视的对象更增添了吸引力,进

---

① 管宁:《小说家笔下的人性图谱——论新时期小说的人性描写》,福建教育出版社2001年版,第249—250页。

而使她们成为不断追逐利润的中国媒体最喜欢的素材。"① 不少作品中，关于"性"的展示，或者说乡村女子的沦落风尘，很大程度上在迎合市场期待和想象。于是，"午夜流莺"的故事在各种文本中流布，或以变形的叙说加以演绎，市场偷窥和作家展览的互动，进一步刺激和泛滥了此类讲述。但是，在此类反映乡下人进城的文本中，更多的是对农民的欲望化抒写：金钱、性和堕落的命运相互交织，互为因果，却没有引领读者深究深层的原因，人物思想、行为耽于平面化展示，没有在性格、社会的风云际会中挖掘命运悲剧的根源，也就缺乏扣人心扉的力量。"因此，从良家妇女到娼妇流莺的转变，人物要克服的并不只是外在生活的重压，更艰难的还是道德观和价值观的嬗变，这是一种巨大的心理挣扎和对抗。只有写出了这种挣扎、撕裂和剧痛，小说在展示苦难的层面上才具备一种精神上的说服力。"② 不仅乡村女子，匍匐在现代城市这只怪兽脚下的，不乏乡村男子汉。陈玉龙的《别人的城市》(《江河文学》2005 年第 6 期)中，乡下青年孙文华在城里打工，被女老板潜规则了。为了实现自己的城市梦，他选择了留下并无奈地认同了这一事实。妻子李小娜偶然发现后，绝望之下选择了返乡。孙文华的爱情遭遇重挫，家庭面临解体的危险。尤凤伟的长篇小说《泥鳅》主人公——国瑞来自农村家庭，他英俊阳光，为了实现自己的"城市梦"，辍学进城打工，他寄希望于趁自己年轻、体力好、勤劳肯干，将来能够像许多乡村打工弟兄一样过上稍微体面的城里人的生活。他当过饭店服务员、建筑工地上的小工、杂役、搬运工等，后经吴姐介绍，到富人区的别墅替阔太太当"管家"。在紫石苑别墅，国瑞实则是充当丧尽尊严的"鸭子"与"牛郎"的角色，并沉溺其中难以自拔，从此走上身不由己的穷途末路。

在此，面对艰难困苦的城市底层处境，我们无法指责农民工的失守与沉沦，因为，"压迫扭曲着底层的人格。道德在贫穷之下常常无法保证，此时生存就是他们的道德。从社会效果来看，他们的'封建'，或'堕落'，为家庭带来了好处，赢得了人们的同情甚至是赞扬，因为他们道德的主要内容之一就是生存。而社会的金钱化加剧着他们生存的艰难，他们

---

① ［澳］杰华：《都市里的农家女》，吴小英译，江苏人民出版社 2006 年版，第 57 页。
② 洪治纲：《底层写作与苦难焦虑症》，《文艺争鸣》2007 年第 10 期。

第二章　传统观念的现代转型

经常不得不为争取生存而放弃其他'高尚'的道德。"①

二是自甘沦落，祛除"性洁癖"，抛弃"性道德"。吴玄的小说《发廊》(《花城》2002年第5期)设定了一个颇具争议的人物：方圆。方圆是在都市街头小巷常见的外来妹。她们懵里懵懂地向城而生，又稀里糊涂地选择去发廊打工。从村姑到洗头妹，方圆的发廊让人们想起20世纪90年代城市的这道独特风景：昏暗的粉红色灯光、坐在门口涂脂抹粉招徕顾客的女子。在外人看来，洗头妹大多身无长技、好吃懒做，方圆从事发廊的营生显然是见不得人的，那种暧昧隐晦的意味令家人难堪。缘此，方圆的嫂子"就像一个救世主"，托人帮方圆找了一个工厂的工作，"她以为拯救了一个失足女青年"，帮她跳出万恶的"火坑"，方圆肯定也会洗心革面，如获重生。小说继而写道，方圆对哥哥抱怨说，当工人非常没劲，赚的钱太少，比开发廊差多了。发廊生意红火的时候，一天的工资顶得上工人一个月的收入。于是，方圆才当了一个星期的工人，就坚决辞职回去开发廊了，临走时还带走了厂里的一个女工。重返发廊的方圆就像鱼儿回到水里一样悠游、快乐。面对赌鬼丈夫李培林的责问，方圆坦言自己去"做鸡"了，她无所谓地教育丈夫，要丈夫不要那么凶巴巴的，想开点儿，做鸡没有什么不好的，并拿出刚刚"出台"赚取的五百元钱进行炫耀。更令人讶异的是，连方圆的哥哥也无奈地接受了妹妹的选择，或者往大里说，认同了这一社会现实。哥哥的逻辑理路是这样的：第一妓女也是人，自己对做妓女的人并不痛恨；第二妓女靠出卖皮肉赚钱，纯属个人行为，跟所谓的"道德"扯不上边；第三老家西地这块穷山恶水，缺乏资源，没有产出，除了出卖身体，别无他物。到后来，李培林意外死亡，方圆返回故乡休整疗伤，她没有像祥林嫂式诉苦，没有抱怨命运，只是从镇上买了VCD机和二百片光碟，躺在床上没日没夜地看，一个月后，重新返回城里——重操旧业开发廊。针对方圆的行为，痛心疾首的嫂子经过分析后得出"结论"："以前我以为妓女都是被逼的，就像成语说的，逼良为娼，现在我才知道都是她们自愿的"——或许从某个侧面道出了乡村子民"性开放"的现实。与此同时，现代性所带来的"脱域机制"也进一步加剧人们思想观念的嬗变。随着乡村熟人社会解体，青年男女大多向城而生，进入五彩缤纷的陌生人社会，互联网、微信等现代传媒使人们的行动不受时空场域制

---

① 刘旭：《底层叙述：现代性话语的裂隙》，上海古籍出版社2006年版，第93页。

约而自由延展,时空分离加快了人们交往的扩张范围和发展速度。人们脱离熟人社会人际网络,进入充满诱惑而又陌生的异域地带,原先乡村强大的道德规范消失,乡村世界无处不在的"监视"失效,性的开放、随意成为其中应有之义。亚当·斯密(Adam Smith)对这种人性秘密有过深入观察:"一个地位低下的人远不是任何社会的显要一员。当他留在乡村的时候,他的行为举止可能还有人注意,他也可能不得不注意自己的举止。在这种境地,也只有在这种境地,他可以有所谓丧失人格的问题。但是一旦他进入大城市,他就陷入模糊和黑暗之中。他的行为举止就不会被任何人所注视,因而他也很可能就不再检点。他就会放纵自己,不惜干出各种邪恶的丑事。"①

其实,不仅是农民的"自愿自觉",社会、家庭、乡邻乃至某些基层干部都以"发展"之名助推乡村"性启蒙""性开放"。"'发展'被我们以一种坚信不疑的态度捧上了神坛,作为全部社会行动和制度系统最终的正当性依据,所有人都为之敬仰,为之狂热,为之献身。一切人都要投身于'发展',一切事都要让位于'发展'……"②阎连科的《柳乡长》以一种夸张变形的叙述,揭示了为"致富"和"现代化",权力话语是如何摧毁农民残存的"性道德",又是怎样与"现代性"结成共谋关系的。小说写到,柳乡长以招工哄骗的方式将椿树村的农民驱赶到城里:

> 乡长给每个椿树村人发了一张盖有乡里公章的空白介绍信,说你们想在这市里干啥你们就去找啥儿工作吧,总而言之,哪怕女的做了鸡,男的当了鸭,哪怕用自家舌头去帮着人家城里的人擦屁股,也不准回到村里去。③

联系到阎氏《炸裂志》中,炸裂村村民因男盗女娼发大财而被公开大肆褒扬,我们就不难理解,以方圆哥哥为代表的普通民众对社会上"性暗示""性开放"等现象早已惯看春月秋风,一改过去的道德批判,而对此

---

① [英]亚当·斯密:《国富论》(下),谢祖钧译,孟晋校,新世界出版社2007年版,第748页。
② 叶敬忠、孙睿昕:《发展主义研究评述》,《中国农业大学学报》(社会科学版)2012年第2期。
③ 阎连科:《柳乡长》,《上海文学》2004年第8期。

第二章 传统观念的现代转型

抱有极大宽容、默许甚至是麻木、纵容。打工作家王十月曾无奈地谈道："回到家，人们谈论的，除了钱，好像不再会有别的什么。……我听到的是谁谁谁的女儿在外面，一年给家里盖了一栋楼。谁又被哪个香港人包了起来，谁家的夫妻俩在外面搞色诱抢劫一年赚了多少……我的父老乡亲们说起这些时眉飞色舞眼睛发亮，他们不会再去指责别人赚钱的方式，而是嘲讽那些老老实实却没有发财的人。"[1]

但是，那种挥霍青春、倚门卖笑的皮肉生涯总有尽头，当这些乡村子民"洗脚上岸"后，又真的可以毫不介意和轻松自在地生活下去吗？他们该如何面对那不堪回首的历史，又怎样校正人生的航标面向未来？刘庆邦的《东风嫁》展示了令人绝望的痛悔：当曾经进城卖身的乡村女子米东风面临出嫁的时候，她内心是无比踟蹰的，"那时娘也曾对她叮嘱过，出去要把握住自己，遇事该做的做，不该做的不能做。……及至到了外头，一切身不由己。该做的，她做了；不该做的，她也做了，而且几乎成了主业。她也有意识到不该做的时候，但反正已经做了的念头很快又占了上风。……如同赌博，她是输，彻底的输。"及至后来，米东风不堪忍受丈夫及其家人、村民的嘲笑、羞辱、暴力而逃离家园——可是，她能去哪里呢？她又靠什么维持生存呢？答案显而易见，进城再次沦落。这是一个令人悲伤的叙事，失足想重新开始，认认真真地做回原来的自己，但是，环境却于己水火不容。如果说过去她一度是环境的受害者，今天的环境依然没有一丝一毫的改变。正如学者柳冬妩指出，"在历史夹缝中生存的小姐，她们承担的各种压力在世界同类职业者中是少有的，身体的、经济的、人格的、心灵的。她们实际上是一个严重失语的弱势群体，在巨大的异己壁垒的压制下，出现一种很吊诡的生存状态。"[2]

行文至此，也许我们可以黯然神伤地说，对于从乡村步入都市的米东风们而言，狄更斯（Charles John Huffam Dickens）《双城记》的开篇名言仿佛预言了沉潜在她们所追求或正经历的精彩纷呈的现代化生活下面甘苦自知的"现代体验"："那是最好的年月，那是最坏的年月，那是智慧的时代，那是愚蠢的时代，那是信仰的新纪元，那是怀疑的新纪元，那是光明

---

[1] 程贤章等：《关注农业关心农村关爱农民——广东作家四人谈》，《文学报》2009年9月6日第7版。

[2] 柳冬妩：《乡村到城市的精神胎记——中国"打工诗歌"研究》，花城出版社2006年版，第33页。

的季节,那是黑暗的季节,那是希望的春天,那是绝望的冬天,我们将拥有一切,我们将一无所有,我们直接上天堂,我们直接下地狱。"①

三

社会学家周晓虹有一个研究结论,"传统中国提倡男女授受不亲,两性婚配遵循媒妁之言,尽管'五四'动摇了传统的根基,但暴风雨式的革命所倡导的'禁欲主义'却使得1978年前的中国与60多年前一样鲜有变动,但后来30多年中发生的一切足以使人瞠目结舌:中国人在两性关系上的变化可能比GDP的增速还要快。"②周氏的这句断言,不仅是针对进城农民而言,相对于居乡在乡的子民同样适用——"性"道德的大面积失范、开放正在乡村发生、蔓延。

刘庆邦小说《风中的竹林》抒写的正是我们视为乡村"道德堡垒"的崩塌,表达了对乡村物是人非的悼挽,以及正义传统断零的现代体验。小说以"最后的贤者"老汉方云中为视角,叙述了一个有着上千年历史的村庄伦常乖违,农民"性道德"沦丧,性观念恶变的溃退境况。小村庄原来有两千多口人,曾经鸡鸣狗叫炊烟袅袅,但青壮年纷纷进城打工,这个空心村的留守人员基本上是"386199部队"。无所事事的老人、无人看管的孩童只有两个去处,老头子爱去朱连升的小卖部;老太婆青睐到方长山家闲聊。除了那片风中的竹林,方云中的活动场所就只有这两处。但是,村民们的思想行为骤变带给方云中无比的痛心、感慨和忧虑。在小卖部,人们交口称赞朱连升的儿子孝顺,艳羡朱连升是"最幸福"的人,因为儿子带他去城里洗浴嫖娼(这不免让人想起朱文的《我爱美元》,儿子邀请父亲"吃鸡"的情节,二者有异曲同工之妙)。方长山家的"妇女闲聊录"也一致认同朱连升的生活方式,认为这种方式是"大势所趋"。尽管方云中出于义愤担忧和维护乡村伦理,不遗余力批驳这种观念和行为,他找朱连升诘问,他向村长献言,但如同陷入无物之阵,匪夷所思的思想嬗变、道德滑坡令他仰天长叹。甚至村长就是奸淫留守妇女的"百妇长",千年古村落乌烟瘴气且彻底"乱套"了。更具反讽意味的是,当方云中病逝之

---

① [英]狄更斯:《双城记》,石永礼、赵文娟译,人民文学出版社1993年版,第1页。
② 周晓虹等:《中国体验:全球化、社会转型与中国人的心态嬗变》,社会科学文献出版社2017年版,第22页。

第二章　传统观念的现代转型

后，他的女儿随顺"新民俗"，为父亲"扎了三个小姐"陪葬。新世纪初"最后的贤者"的无力回天和抑郁而终，与20世纪80年代末"最后的鱼佬儿"福奎的"愚顽守旧"与"不肯上岸"，大有相映成趣的互文性质和互补功能，如果说后者表征改革开放狂飙突进期，古典农耕文化的外在的生产、生活方式在式微，那么，"最后的贤者"范导的失效，则毫无悬念地表征了新世纪以降乡村社会的内在"灵魂"——伦理道德的彻底失落。乡村"内外交困""形魂俱失"的格局已然形成，至此，古老乡土中国全面"消逝"接近尾声。

　　陕西作家侯波有一篇似乎不起眼的小说《郎的诱惑》，主旨讲的是乡村蒲剧团团长袁青子的戏班子在现代化冲击下，由盛而衰的经历，叹惋乡村文化的溃退与消逝。小说写道，某天乡村剧团突然接到一个神秘富豪的聘请进行专场演出，袁青子兴奋之余重整旗鼓召集散伙后在农村劳作和城里打工的演员、徒弟们应约，最后却沮丧地发现这个有钱的"大财主"——房地产老板高玉海，竟然是为了讨好满足自己的相好——本剧团里年轻貌美的女演员红霞"退隐"前的谢幕。这个被逐渐揭开的"秘密"令袁青子重振乡村文化的信心遭受无情打击，戏班子也随着袁青子的"悲哀觉醒"和红霞的"最终退役"而风流云散。《郎的诱惑》是当下乡村文化、风俗民情衰败的微缩典型。但笔者关心的是小说叙述的罅隙中勾连出的诸多"新与旧的冲突"，比如，现代文化对乡村传统文艺的冲击、宗教与世俗的争夺、金钱与艺术的较量（新富豪对穷戏班子的差遣）、父与子（师傅与徒弟）冲突等。其中，袁青子的徒弟兼远房亲戚红霞的"被包养"，是这一小说的暗线，确证了乡村"性爱"背后的商品交换逻辑冠冕堂皇的登场，它使得"性"与"爱"分离，"爱"的成分稀释并遭到扭曲与畸变，"性观念"的功利倾向抬头，并在乡村部分农民中得到无声的欢迎。剧团团长袁青子虽然出生草根，但他有自己做人的准则和道德操守，有底层生存的勇气和韧劲，他的徒弟说"这个世道已经变了"，而他则坚守自己的底线，认为红霞掺和到高玉海的家庭就是不道德的。但年轻的徒弟彩霞认为，"现在都什么年代了呀，早就没人管这号事了。大家都认钱哩，当个小三有什么啊，小三说不定还能得到更多呢，又有钱花又有人心疼"。徒弟天明也说，"师傅，法律上规定十八岁就算成年人了，个人做事个人担哩，她红霞自己长着脑袋，今年二十四了，她个人的事咱们掺和什么哩"，这些极具"现代"意识和现实质感的劝慰嘲笑了袁青子的"不合时宜"和"抱残守缺",以及与徒弟的代际冲突。有学者认为,"在价值多元的社会条件下,代与代之间由于生活经历的差异而产生的价值判断可能相差甚远,因此导致代与代之间发生冲突的可能性增加。"①"小三""婚外情""包养""出轨"等原来在乡村"性"话语体系中惊世骇俗的词汇,今天不再被人深恶痛绝而变得稀松平常、随处可见。如果说《伙电视》时代的"性"的突然裸露与狰狞面孔,证明农民具有某种被动性质,20世纪90年代之后的嬗变,就不再是因为性的强力"楔入",其间多少也有农民的自觉意识、个性苏醒和自我选择。"性观念"的商品化时代已经确凿降临乡村了。这也是"郎的诱惑"的真正含义所在。侯波的另一篇小说《肉烂都在锅里》正面写放映员丙发子落实国家"2131工程"的政策,定点到陕北杜岗村放电影,主要表现的是今日农村的文化生活供给与农民精神需求的新矛盾;侧面书写了乡村"性道德"体系的松动与解体,揭橥乡村社会"性"的保守观念松绑后带来的混乱。在杜岗村村支书老杜家里,"儿媳妇的婚外情"引发了公众的"性趣",小说写道,杜支书夫妻央请亲家丙发子规劝女儿满珍,好好安心和丈夫杜小松过日子,不要闹得全村舆论沸沸扬扬。于是,父女有如下对话:

> 丙发子见女儿回来了,就到女子家里来,跟女儿说话。进城去了?丙发子问。进城去了。昨晚咋没回来?吃饭去了,吃完饭唱歌去了。女子说。一个女子家,疯啥哩么。晚上也不回来,也不怕人笑话?丙发子训她。你知道村里人都怎么说你哩?你这不是吃着碗哩看着盆哩,有相好的啦?爸,我知道你要说什么。我也知道是小松他爸告诉你的。可是他咋不管管他娃哩,他娃在深圳有个相好的哩。……他老杜有本事就管他娃去,瞎摸六道的。他也不是什么好货,和村里许多妇女都相好哩。还好意思说人。爸,这几年,大世事乱了,村里也乱了,大家都就那么个。满珍说。

这段神来之笔,淋漓尽致地写出了当下乡村"性伦理"普遍失范的众生相和由此引发的连锁反应:父亲与许多妇女有染,于是上行下效,儿子在深圳有外遇,儿媳也索性找情人。就连肩负着为国家传播精神文明的电

---

① 龚群:《社会伦理十讲》,中国人民大学出版社2008年版,第95页。

第二章 传统观念的现代转型

影放映员丙发子（同样是父亲的角色），"夜里放完电影找个女子家睡觉第二天走人"。正如满珍所描绘的类似多米诺骨牌效应：最开始由家庭这一社会最小的细胞引发开去，相互效仿"大家都就那么个了，村里也乱了"，再扩散出去，于是"大世事乱了"——好一个"乱"字了得！

行文至此，读者不免感慨当下乡村已然由"性压抑"的一极飞速滑落到"性自由"的极端，并在某些乡村熟人社会潜滋暗长甚至半公开化。农民性观念的随心所欲和野蛮生长，与20世纪80年代之前"被爱情遗忘的角落"构成强烈的反差。笔者以为，这种报复式、爆发式的释放，实际上"解放"的仅仅是他们的"力比多"，而无关"情感""精神""主体意识"，他们盲目地将"人的现代化"化约为"性自由"，而且日益走向其目标的反面。更令人触目惊心的是性观念的商品化逻辑不仅攻破了年轻一代，还俨然收编了过去乡村伦理的"铁杆"维护者、守卫者——年长的一代，这种"文化反哺"，从思想意识的倒灌到现代器物的教授正在普遍发生。孙春平《一树酸梨惊风雨》（《人民文学》2009年第1期）以诙谐的艺术手法，较为真实地反映了当下农村老一辈"性"道德秩序崩塌的现实。上河湾村的秦吉太盖房子缺钱，竟然训斥在城里理发店学手艺的女儿挣钱少，暗示女儿"别管丢不丢人"，大胆走"卖淫"致富的捷径。

秦吉太说，人家后街大燕子跟你一样出去学剪头，咋一家伙就给家里划来八千块？小玲说，大燕子她会使推子用剪子吗？她也配说学理发？呸，丢死人了！秦吉太气急地说，别管丢不丢人，人家挣得来，你为啥挣不来？你比她缺啥呀？

面对盖房的诱惑，父亲只要能获取金钱，女儿的贞洁、名声，全家人的节操、人格都可以出卖。无独有偶，孙惠芬的《天河洗浴》（《山花》2005年第6期）中，母亲竟然怂恿女儿去从事不正当职业。

学者周晓虹强调，"'中国体验'既包括积极的心理体验，也包括消极的心理体验，前者诸如开放、流动、竞争、进取、平和、包容……，后者诸如物欲、拜金、浮躁、冷漠、缺乏诚信、仇富炫富……，人格的边际化或社会心态的两极化恰是中国体验的最重要特点"[①]。由此观之，古老中国乡村的子民，从老到少、男人或女子，父辈或子辈，无论主动还是被动，

[①] 周晓虹等：《中国体验：全球化、社会转型与中国人的心态嬗变》，社会科学文献出版社2017年版，第4页。

不管压抑、艳羡或者放纵，确然在现代化推使下，他们的性观念走上一条禁锢/窥探/蠢动/尝试/开放的路径，这或许是乡村现代转型所赋予他们最真切的"两极化"体验与心态吧。

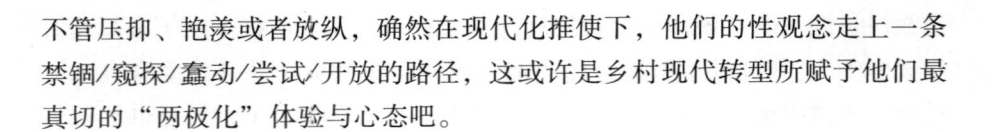

四

德国社会学家齐美尔（Georg Simmel）提出了"边际人"的概念，随后帕克（Robert Ezra Park）的《人类的迁徙与边际人》将边际人形象地比喻为文化上的混血儿，他指出："正是在边际人的思想中，由新文化的接触而产生的道德混乱以最显著的形式表现出来。也正是在边际人的内心——那里正在发生文化的变迁与融合——我们可以最佳地研究文明和进步的过程。"[1] 艰难跋涉在现代化道路上的乡土中国子民正是这样的边际人。进一步说，通过对文学中的性叙事的研究，不仅有着独特的审美价值和认识意义，还是观察现实剖析社会的独特视域，尼采、弗洛伊德和福柯都无一例外地阐述了这一事实。文学是社会问题的感应神经，与时代同构、与人心耦合，新世纪乡土小说为我们反观和研究当下农民——边际人，在世纪前后社会转型、乡村发展振兴的问题上独辟蹊径。"性"作为人的本质属性及其观念嬗变，对认识农民与社会思潮、现代体验的互动关系颇具方法论价值。

新世纪乡土小说的性叙事在继承20世纪八九十年代作品的"启蒙意义"和"文化批判"基础上，架设了"人性关怀"和"社会反思"的视角。性是人类生存的根基，对健康性爱的肯定、对美好性爱的追求体现了对人的关怀。远古的"性崇拜"是对人类生命和繁衍的本体意义的重视，而当今的"发展崇拜"却导向性的扭曲与萎缩，人类的生存面临挑战。因此，反思发展、关注农民的"性"问题，不仅是新世纪乡土小说的主题之一，更是整个人文社会科学领域重大的时代课题。

第三节 人际关系：从熟人社会到疏离再到"扯秧子"

拉尔夫·尼科尔斯（Ralph G. Nichols）说：人类最基本的需要就是理

---

[1] Park, Robert E., "Human Migration and the Marginal Man", *American Journal of Sociology*, No. 33, 1928.

第二章 传统观念的现代转型

解和被理解。人是社会的群居动物,在人与人的交往中,人际关系是极其重要的。社会学将"人际关系"定义为人们在社会活动过程中所形成的建立在个人情感基础上的相互联系,具有三重特性:(1)个体性。在人际关系中,角色退居到次要地位,而对方是不是自己所喜欢的人成为主要问题;(2)直接性。没有直接接触和交往就不会产生人际关系;(3)情感性。人际关系的基础和主要成分是情感因素。①

新时期以来鲜少单纯聚焦农民人际关系及嬗变的小说,众多评论也仅仅将农民"人际关系"置放在"乡村伦理"嬗变的宏大框架,从"道德沦丧""伦理崩解"的视域加以价值判断,而忽略将其作为农民现实生活中最直接最真切的现代体验去考察,缺乏微观视角的解剖。有学者指出,"中国社会发展的最主要特性并不表现在宏观的'中国经验'之上,而具体地体现在微观的'中国体验'之上。'中国体验'——在这个翻天覆地时代13亿中国人民的精神世界所经历的巨大的震荡,他们在价值观、生活态度和社会行为模式上的变化。"② 改革开放以来,现代性逐渐深入乡村,作为农民之于"现代体验"的一环和检验指标,无论是居乡农民或农民工,其人际关系都不可避免地受到影响。新时期小说《鲁班的子孙》(1983)具有先声意义地书写了由城返乡的小木匠黄秀川和贫弱的富宽大叔关系的转变:由亲昵的邻里、互帮互助的师徒转化为"虚假朋友",实则是陌路人的关系。那么,1978年之后的40年间,农民的人际关系在现代性冲击下,究竟发生怎样的改变,新时期以来的乡土小说呈现其怎样的动力机制、变化特征,现代性与农民的体验结构彰显怎样的互动模式?本节就此做一探究。

一

无论是文学抒写还是现实生活中,一直给人一个总体感受,就是在农村人情味浓重,农民热情质朴。费孝通认为,乡村社会是一个"差序格局"的社会,这种人际关系的基础是农民间的血缘关系及在此基础上缔结

---

① 全国13所高等院校《社会心理学》编写组:《社会心理学》,南京大学出版社1995年版,第185页。
② 周晓虹:《中国经验与中国体验:理解社会变迁的双重视野》,《天津社会科学》2011年第6期。

的地缘关系，血缘和地缘关系是乡土中国人际关系的基石。①农民之间基于乡村熟人社会的规范、共识和数百年儒家思想教化，逐渐发展出礼让互助、尊老爱幼、尚亲昵子、诚信友爱等人际关系原则，成为农民为人处世和人际交往的价值准则。正如许倬云指出，"地缘的土著和亲缘的结合，同一地点的乡亲住在一起久了就变成一家人，使得在土著之外也有亲缘上紧密的结合"，②地缘和血缘的结合使农民形成稳固的共同体，形成所谓的"熟人社会"和"关系主义"。

新时期文学中，早期主流文本更多展示农民人际关系积极、温馨的面向。如赵本夫的《卖驴》（1981）写老实巴交的孙三作为脚力，风里来雨里去不辞辛劳为村民代办各种物品十数年，赢得了全村人的信任、感激；田中禾《五月》（1985）写香雨一家在村里是小姓，缺少劳力，在农忙时节众乡亲为她家"双抢"赶工，描绘了邻里互助和谐、一个好汉三个帮的美好场景；王润滋《内当家》（1981）写中华人民共和国成立前在地主刘金贵家当奴婢、饱受欺凌的新槐妈，改革开放后捐弃前嫌深明大义，以大度平等的主人姿态迎接"海外归侨"的重要客人——昔日老东家刘金贵；邵振国《麦客》（1984）写雇主张根发的父亲知道雇工吴河东利用割麦的空档，偷盗了张根发的手表，临别之际却因怜悯吴河东的穷苦而为他遮掩。这类小说集中书写农民在处理人际关系和处世哲学的美德。比如，孙三的诚信守义、新槐妈的以德报怨、张根发父亲的隐恶扬善等，在在契合儒家传统思想教导。20世纪80年代成长起来的农民虽然鲜少接受正规圣贤教育，说不出成套连篇的大道理，但"做人"——如何与他人交往，深受儒家思想教化，早已化作他的血脉精髓、精神财富而世代沿袭了。

《公路从门前过》（石定，1983年获奖小说）就写活了农村的人情美。王老汉的家建在公路边，随着交通条件改善和通车，每天有两趟班车要从家门前经过，附近村里的乡邻进城的、赶墟的，都要到此候车。王老汉生活虽然刚刚宽裕些，"他想他正可以在这里为大家做点什么"。从此王老汉"生活又多了一样新鲜的内容"——招呼客人。比如，免费为过路人提供饮食、遮风避雨。有一次车子在家门前出了故障，王老汉招呼车上的人到家吃早饭，几十个人摆了好几桌，像大宴宾客一样，一家人齐刷刷上阵帮

---

① 费孝通：《乡土中国 生育制度》，北京大学出版社1998年版，第30页。
② 许倬云：《中国古代文化的特质》，新星出版社2006年版，第15页。

第二章 传统观念的现代转型

忙,好吃好喝一阵招待。王家成为乡亲们的车站、歇脚点甚至是食堂。用王老汉质朴的实诚话,"他希望人们喜欢这个地方,喜欢到这里来等车"。此外,迟子建《逝川》(1996)中,依据阿甲渔村旧有的传说,泪鱼沿江下来时,如果哪家没有捕到它,一定会遭受不幸。但在捕捉泪鱼的紧要关头,吉喜大妈舍弃机会去为当年弃她另娶的恋人胡会媳妇接生。吉喜接生后再赶到逝川,结果一条泪鱼也没捕到,失望之中却惊讶地发现她的木盆里竟跳跃着十几条泪鱼。在此,我们看到农民心灵的朴素善良、美好清纯,这种底层民众互帮互助的人际关系令人感到温暖。在瑶族作家陈茂智《归隐者》(2012)中的香草溪是瑶族同胞聚居地,是一个和谐温馨、充满爱的伊甸园。在这片古老瑶寨里,人们彼此和谐相处、亲如一家,过着自由自在的原生态生活。无论"随便走到哪一个寨子,哪一户人家,不管认识与否,只要说一句香草溪,那都是亲人",就连讨饭的叫花子到了香草溪都说香草溪好,舍不得走。

改革开放深化后,乡村加速现代化征程,经济建设等政策刺激了农民的致富欲望,激活了沉潜在农民身上的经济意识,自此,物质利益成为农民现代性追求的首要任务,乡村人际关系呈现出理性的特征,也催生了他们的个人主义,"农民争得了土地的个人所有权,成为自家的主人,不必向任何人报账,这些都成为小经营者的骄傲和渴望,然而,他们却不得不为在自己的职业盛行的个人主义而哀叹"。[1]乡村出现了"理性经济人"。由此,金钱关系介入农民的人际交往中,就逐步取代了人情的循环往复、预期回报,而转化为可以算计且便于结清。换而言之,原来混沌模糊的"人情"实现了价值换算,人与人之间浮现和横亘了一个介质——金钱。自此,人情最初基于"亲密情感关系"的部分退居幕后,隐含的"契约思想"便格外地凸显出来。正是这种便于计量的介入,使得看似显得虚情假意、拖泥带水、来而不往非礼也的乡村人情,统统沾染了金钱气,变得精确量化和两不相欠与干净利落,人们不再担心不等价交换或者平白付出而吃亏,也不用虚与委蛇、遮遮掩掩而坦然大方地通过金钱"买断"。这种新型的人际关系将"礼尚往来"的人情,通过金钱报酬转化为一次性的短期行为,泯灭了各自的预期,弱化其中"感情"成分。这种新型人际原也开始渗透到家庭中,原来不分你我的一家从上阵还需父子兵的亲密无间逊

---

[1] [法]孟德拉斯:《农民的终结》,李培林译,社会科学文献出版社2005年版,第98页。

位给了简单明了的雇佣关系，这一切都是以金钱作为度量衡的。

  陈忠实的中篇小说《四妹子》（1987）就悄然展现了代际的疏离：富有商业头脑、敢想敢干敢闯的四妹子在包产后搞起家禽养殖业，丈夫吕建峰开了个摩托车修理行，两个人生意忙不过来就聘请了公公吕克俭帮忙。吕克俭认为一家人不说两家话，自己理所当然帮儿子媳妇分担一点工作，可四妹子却给他开了工资。父辈与子辈之间的血缘、亲缘转化为以金钱为中间物的雇佣关系。不管吕克俭最开始是否适应，是否觉得多么的"见外"和"不自然"，但金钱的介入使乡村一个传统的核心家庭成员由原生血缘关系转化为工作雇佣关系，排斥了其中的亲情，颠覆了原来的人伦定位。从此，功利化观念全面侵入乡村及农民家庭，以更加赤裸裸的方式展示它的面目，人们从你我不分的"一家人"的"混账"（账混在一起用）过渡到宁可"见外"，也要追求独立自主、人情减负的过程。今天，无论是文学和现实中，常常可以听到农民抱怨，"这年头，人情薄如纸""桥归桥路归路""各人只能顾各人"等成为口头禅。这样的叹息与抱怨，表面是一种消极心态，实则是之于人际关系复杂难言的现代体验。这是农民现代人际观念"新传统"的构建和主体意识觉醒、成长的过程，农民也完全卸下了那份背负千年的"人情"包袱、淡漠了原本热热乎乎的人情。他们由"阡陌交通，鸡犬相闻，黄发垂髫并怡然自乐"的和谐相与、平等相处发展到今天的"老死鲜少相往来"。马克思在论述资本主义时，对人情与金钱关系有如下分析："金钱是人情的离心力"。在金钱面前，人情荡然无存；之后他进一步谈到金钱——货币最主要的表现形式时又指出："因为货币作为现存的和起作用的价值概念把一切事物都混淆了和替换了，所以它是一切事物的普遍的混淆和替换，从而是颠倒的世界，是一切自然的性质和人的性质的混淆和替换。"[①]

  周克芹《邱家桥首户》（1982）中黄吉山老汉家所发生的一切，是改革开放发轫年代中国乡村家庭人际关系变迁——从"主干家庭"向"核心家庭"转化的典型缩影。乡村致富能人黄吉山老汉精于算计，为确保家庭在县里继续当"冒尖户"，集全家之力"把家底子弄厚实点"，而枉顾亲情将算计的天平倾斜在子女身上：想方设法延迟女儿桂桂、香香的婚事，忽视儿子个人意愿，只想尽快招儿媳进门，抵消因女儿出嫁引起的劳动力损

---

① 马克思：《1844年经济学—哲学手稿》，人民出版社1985年版，第112页。

第二章 传统观念的现代转型

失。黄老汉心疼女儿出嫁，是因为"我们家一笔收入，就流到他王家去了"；也因此，老汉娶儿媳的目的就是增加吃苦能干的强劳力，"只要人老实，勤快发狠"，而不是儿子的人生幸福。上行下效，黄吉山老汉的孩子们也各有打算：大女儿桂桂想早早出嫁另起炉灶，"伙起伙起有个什么意思，不如散了吧，各人展劲个人热和"；两个儿子荣荣、四娃"在家又吵又闹"，早想自立门户铆足劲来干，认为"这样统着，他们干得没劲，个人展劲个人热和"。在此，我们不无伤感地看到，经济利益促使这个主干家庭的成员各怀心思进而四分五裂。他们之间不仅感情淡漠，代际也日渐疏离了。李泽厚认为："中国社会的生活实体现在正处于大改变之中，工业化、都市化、生活消费化带来的个人独立、平等竞争、选择自由、家庭变小、血缘纽带松弛、乡土观念削弱等状况，使人情淡薄，利益当先，数千年传统所依据的背景条件几乎全失，而且也使人情本身有了变化：不再是稳固的血缘亲情，而是不断变异着的个体关系之情逐渐占据主导。"①

总之，就像《邱家桥首户》中的分田到户以及 21 世纪《出梁庄记》中梁庄的恒文因为雇佣的亲外甥离心离德而不得不将分店转手盘给他一样。1978 年改革开放至今，大到农村宏观政策，中到利益调整、乡村治理，小到家庭建设、农民个体之间的人际关系，都离不开一个"分"字：分田、分配、分家、分离、分裂、分包、分手、分心、分神……，成为当代中国转型社会"无名"时代新的主题之一和鲜明特质，并延续到新世纪而变成农民人际关系的"常态"，也成了乡村人际交往的新鲜体验和总体趋势。

二

顾德曼（Bryan Goodman）认为，"'传统'不是凝固的而是能动的，不是既定的而是建构的"，现代化"并不意味着传统观念和活动的萎缩"，②而是"传统的制度和价值观念在功能上对现代性的要求不断适应的过程"。③市场经济深化后，乡村经济发展使利益在人际交往中的地位日益凸显，建立在血缘、地缘基础上的农民人际受到影响，宗族家庭观念遭遇颠

---

① 李泽厚：《己卯五说》，中国电影出版社 1999 年版，第 100 页。
② ［美］顾德曼：《家乡、城市和国家——上海的地缘网络与认同，1853—1927》，宋钻友译，上海古籍出版社 2004 年版，第 25 页。
③ ［美］西里尔·E. 布莱克：《比较现代化·译者前言》，杨豫等译，上海译文出版社 1996 年版，第 18 页。

覆性冲击，农民的人际关系日渐出现人情淡漠的总体趋势，利益原则、效率至上、交换思想、保护隐私、尊重私权等"现代"观念占了上风，再加上农村大量人口外流，旧有的邻里守望、串门唠嗑、吃百家饭、村庄大众广泛参与的"公共舆论空间"等处于萎缩或消亡状态。外出打工的新生代农民融入城市后，人际交往也发生极大嬗变，二者催生了当下农民人际交往的"新传统"：人情淡漠化、家庭分离化、邻里利益化、代际疏离化、农民（外出务工）原子化和干群冲突化的样貌，读者可以在新时期以来的文学文本中发现其若隐若现的草蛇灰线。

李海清的《立秋》（1991）预言了这样的趋势。因为距离城市较远，村民们进城一般要搭乘顺顺的面包车。开始厚道的顺顺没有想到向沾亲带故的邻里、人情浓厚的乡亲收费，可是有一天顺顺突然含含糊糊地暗示乡亲们要花钱买票。虽然觉得难以接受，村民们在微微的不适应之后终于认可了买票乘车的"现代"规则与契约，并慢慢形成上车自觉主动买票的习惯。现代社会市场经济讲究的是交换逻辑、商品意识、互利原则，一切行为均可物化并化作商品出售，天下没有白乘的汽车，顺顺的"不经意"提醒和"天经地义"收费，显示出等价交换的商品意识对农民的房获和旧思想的改造。与《公路从门前过》中的王老汉相比较，这样的嬗变不单是代际的，更是思想观念的。有学者认为，"伴随着现代化进程在农村的推进，市场经济的等价交换、利益至上等意识不断向农村社会渗透，个人利益逐渐突破道德的约束，成为人们行为的唯一目的，利益也因此越来越成为决定村民关系的最大砝码，人际交往的功利性日益加重。"①

侯波的《胡不归》（2018）是当下农民人际关系的典型文本。小说描写陕北某乡镇世宁村的治理、文化建设的困境以及农民人际关系的淡漠与原子化。一方面，这几年村里村民几乎都脱贫致富了，很多人还在县城购置产业，小轿车也成了稀松平常的代步工具，然而村里的事务却无人问津。村里现在连个村长都没有。另一方面，"这村里都是些老虎豺狼黄鼠狼，个个鬼心眼，说人话不做人事。"挂点的乡镇领导评价说，这几年，农民赚到了钱，可是个个变得自私自利了，一些人对村集体漠不关心，装聋作哑；一些人等看笑话，幸灾乐祸；还有一些人，煽风点火，唯恐天下不乱。大家是非黑白不分，什么礼义廉耻、文明道德，统统弃

---

① 廖丽璇：《转型时期中国农民人际关系变迁》，《黑河学院学报》2012年第6期。

第二章 传统观念的现代转型

之脑后了。一句话,乡村空心化、农民功利化的颓势难挽,曾经的"乡村共同体"趋于崩解,原来集体互助、邻里守望的人际交往冷却,家庭核心化、农民原子化是大势所趋。小说写道,世宁村虽然大部分村民都是"薛氏后裔",但老一辈的宗族观念、家族亲缘关系慢慢被新生的逐利思想取代,人们开始抛弃这些"障碍",撕下乡村熟人间、家族成员间过去惺惺相惜、相安无事的假面,为土地的流转大打出手、为多赚钱罔顾亲情乡情而收取高额水费等,乡村再现了农民的阶层分化和人与人之间的隔膜、争斗。

新时期以来的乡土小说中,人际冲突常见的是大户欺负小户,大姓挤压小姓,富人威逼穷人、干部鱼肉百姓的描绘。这种恃强凌弱势必激起马克斯·舍勒所谓的弱者对社会类似"一剂毒药"的"怨恨"情绪。舍勒提出了道德建构下的怨恨心理,即人心灵的一种现代性的社会体验结构才是怨恨情感的实质。怨恨是一种群众心理基础,普遍存在于日常生活中,它与社会道德、人际体验相联系,是在政治、经济与文化共存的社会大背景下产生的。在现代社会中,怨恨型人格的产生离不开社会环境,是由于人与人之间的攀比、盲从、不公平的物质生活条件、不平等的社会待遇而产生。① 在世宁村中就不乏人际矛盾。秀兰嫁到薛家后早年丧夫,上有老下有小,生活艰难,在村里处于弱势。她不反省自己的自私自利和蛮横无理、心态偏狭,动辄将家庭不幸归咎于同姓人的"欺负"。不能上台参演,她发泄说:我知道你们看不起我,合伙起来欺负我一个。当年,你祖上就欺负我娃他姥爷了,趁我们家背运的时候把我家的地全买走了。后来,"文化大革命"的时候还落井下石!儿子上访闹事被追究,她说:我知道,这全村人都欺负我们哩。娃爷受欺负,大也受欺负,娃也受欺负,我们这家算是翻不过身了。丧失感、贫富分化加剧了农民的"怨恨"而进一步侵蚀乡村原本尚且和谐平等的人际关系。在现代转型社会,乡村因为阶层差异、利益纠纷等导致的人际冲突,越来越多地引发"弱者"的怨恨乃至报复。最极端的例子是胡学文的《马嘶岭血案》,向导兼挑夫将斧头挥向科考队员时,就是怨恨的积蓄与爆发,也间接表征了城乡关系、人际关系的持续恶化。

到了 21 世纪,荆永鸣的《老家》(2007)不仅直面乡村农民的人际冲

---

① 王彩霞:《舍勒的"怨恨"情感研究》,硕士学位论文,西北师范大学,2013 年,第 12 页。

突,还进一步蠡测了在此基础上的阶层分野及其趋势:在北京做小生意的"我",老家在内蒙古的小山村,那里的沟沟壑壑中生活着"我"割舍不下的亲人、朋友和同学。随着山村煤矿的疯狂开采,小山村日渐出现人际疏离和贫富分化。因为当上村长"就能可劲儿地捞",妻子的叔丈人的儿子杨遇年眼馋村干部的骄奢淫逸,于是参加竞选村主任却失败了,贿选花去了近十万元也打了水漂。遇年村长没当上,后来下了小煤窑,一场事故,不明不白的死了!叔丈人悲痛至极,到处上访告状,却找不到说法。他找煤窑老板兼村主任郑汉玉讨说法,找乡里、县里领导告状,到地区、省城乃至北京的国家信访局上访,反反复复遭遇"截访"而又屡扑屡起、百折不挠。而"我"则被小学同学郑汉玉请回村里充当"调解人",以致"我"在接受富豪郑汉玉高档宴请的觥筹交错中,不由自主地"检讨说叔丈人给他添了麻烦";年轻时和"我"处过对象的赵素敏风韵犹存,因为花了3万元贿选当上了村妇联主任,这次也被动员回来"接待"我……,就这样,村镇干部、熟人、家人、信访干部、公安干警和各级组织仿佛构筑了一个颠扑不破的网、层层攀爬的阶梯,叔丈人陷入了这张无形无尽的大幕直至最后带着满腹的疑惑与悲愤死去。一年之后,郑汉玉升任了副镇长……。"老家"牵连着"我"的已经不是眷恋,而是"惊恐、伤痛和一堆没完没了的麻烦"。反观叔丈人顽强不屈的"上访",从一个健壮的老头熬到皮包骨头、死不瞑目,这又令我们想起了斯科特的著名论断:"更为重要的是去理解农民反抗的'日常形式',即农民与从他们那里索取超量的劳动、食物、税收、租金和利益的那些人之间平常的却是持续不断的争斗。这些被称为'弱者的武器'的阶级斗争形式通常表现为一种个体的自助形式,而避免直接地、象征性地对抗权威。"[①] 如果说"老家"对叔丈人的压迫、隔绝是有恃无恐的,那么《寻根团》(2011)里的邻里关系,就更令人齿冷心寒。在外工作的王六一回乡为父母扫墓,偶然发现用油漆画着的一些稀奇古怪的符咒的木头橛子插在坟头上面。王六一知道,按老家楚州民间的说法,"那被钉的人家,却会家宅不安。"愤怒的他最后发现,下毒手的竟是王家一直以来无私帮助的马老倌,而马老倌的儿子马有贵外出打工患上职业病——硅肺病,在求告无门的困窘下,还是王六一利用记

---

① [美]詹姆斯·C.斯科特:《弱者的武器·序言》,郑广怀、张敏、何江穗译,译林出版社2011年版,第2页。

第二章 传统观念的现代转型

者身份向老板讨了20万元的补偿款。马老倌的"以邻为壑"不仅是乡村愚夫愚妇的封建迷信使然,也生动表征乡村邻里关系的种种乱象,令王六一"再次逃离"。

舍勒通过对质料价值伦理学的研究发现,现代社会之所以问题丛生,归根结底在于"价值的颠覆",即价值秩序发生错乱和颠倒:自我获得的价值凌驾质性价值、生命价值逊位于实用价值,世俗价值超越神圣价值。[①]农民在当代转型社会所发生的人际关系的位移,就是典型的"价值秩序颠覆"——将一切人际交往定位为"有用"与"获得"。从前乡村的淳朴人情逊位给了今天的"实用",亲情让渡给了金钱,理性战胜了情感,交付输给了交换。具体落实到农民对人际关系的考量上来,就是传统的人伦关系越来越被轻视,而主要聚焦于自我获得价值——以金钱为度量衡——的实现。在梁鸿的"非虚构小说"《出梁庄记》(2013),就呈现了这样令人触目惊心的人际嬗变:

> 我原来在金川那个点儿,可是我老婆的亲外甥在看着,来的时候啥也不会。是我一把手教他出来的。后来,又开分点儿的时候,就让他在那里管理,……可是他不给你说实话。去问他,总是说没活儿,……后来,想着管不住,算了,干脆几万块钱转给他算了。他可高兴,我找那地方是个好地儿。为这事儿,都犯过生涩。闹的矛盾可大,有的亲爹亲妈都不放心。[②]

与此相仿,《谁动了我的茅坑》里的疤子进城之后,随着人际交往的扩展和利益的共同体连接,不仅与村长这样的先赋性人际关系更加紧密了,又与城里的黑社会熟识起来,缔结成后致性利益联盟。相较之与花头的脆弱的"邻居"关系,在利益的权衡与冲突下,前述两种人际关系的重要性就马上凸显出来。有专家指出,现代社会经过"祛魅"和"世俗化"后,货币及资本对利润的追逐成为社会的基本逻辑,生产和竞争成为社会生活的核心内容,现代人自然形成了无所敬畏、敢于挑战、乐于竞争的心

[①] 冯凡彦:《作为文明秩序之根据的价值秩序——舍勒对价值秩序的现象学揭示》,《哲学动态》2016年第5期。

[②] 梁鸿:《出梁庄记》,花城出版社2013年版,第107页。

性结构,这种心性结构使得人们在价值追求上过分看重感官价值和实用价值,一定程度上忽视了对精神价值和神圣价值的追求。① 而且在当下,数字媒体等权力技术所营建的人际鸿沟和脱域机制,进一步弱化和隔离了人们面对面的交流,使得新生代农民更多沉溺在网络空间中,科技进步与价值伦理颠覆的叠加效应,加速了农民在人际交往传统方面的嬗变——未来更多的"人际交往"或许就在虚拟空间里漫不经心、真假莫辨、虚与委蛇地进行。

三

丁帆指出:"乡土外延的边界在扩张,乡土文学的内涵也就相应的要扩到'都市里的村庄'中去,城市中的'移民文学'无论内容还是外延来说,都仍然是属于乡土文学范畴的。"② 显然,这些"移民"就是由城入乡的农民,他们人际关系也发生着重大转型。马克思和恩格斯指出,人们在物质资料生产过程中,不仅与自然发生联系,人与人之间也会发生联系,"这种联系是由需要和生活方式决定的",而且"这种联系不断采取新的形式,因而就显示出历史"。马克思还指出,生产本身"是以人们之间的交往为前提的。这种交往形式又是生产决定的"。③ 在此,马列经典作家揭示了生产生活方式决定人际关系及变化的科学规律。

20世纪90年代后,改革开放日趋深入,大量农民进城务工,城市的生产生活方式迥异于依土而生的农耕时代,其相对封闭的人际圈子解体,过去基于血亲、姻亲、地缘等方式缔结的人际交往弱化,而在城市工作地的交际网络随之扩展。换而言之,处于后乡土时代的农民人际关系出现"算计化"倾向,主要表现为:人际交往的理性算计;基于算计基础上的"自主塑造人际关系"。由于农民不能够选择出生,不得不在成长地遵循人际的"差序格局",因此,他的初级人际圈是一出生就"给定"的,随着进城后现代意识的建立,他们尝试摆脱原有的具有某种社会规定性的人际网络,自主选择并再造人际网络。就像《寻根团》里的王六一"逃离"烟村后,长期在东莞打工进而晋升到中产阶级、当上记者,他除与原工友马

---

① 冯凡彦:《作为文明秩序之根据的价值秩序——舍勒对价值秩序的现象学揭示》,《哲学动态》2016年第5期。
② 丁帆:《新世纪乡土文学创作现象面面观》,《百家评论》2016年第3期。
③ 《马克思恩格斯选集》第1卷,人民出版社1985年版,第34、25页。

第二章 传统观念的现代转型

有贵还保持断续联系外,就在东莞发展了自己崭新、后致性的人际圈子——楚州籍同乡会,并跻身老板商人混迹的"新阶层",返村后只与堂哥堂嫂相熟识。有学者指出,农民进城后"人群关系已由亲族的、地域的、阶级的取向,渐渐为职业的、兴趣的以及社区的取向所替代。"[①] 王六一的人际关系及变化,生动地表征了生产生活方式的决定性影响,并反过来还原了中国当代社会机制(户籍制度从严苛到松动)、社会结构(城乡关系从二元对立到双向互通)、社会形态(乡村文明迈入城市文明)三大方面转型的鲜活历史。

21世纪以来大量农民进城"蜗居",他们接受现代化洗礼,现代意识的建立也带来人际关系的如下嬗变:一是进城谋生,村民间的联系松散化、淡漠化、表面化。传统乡村被滕尼斯(Ferdinand Tönnies)称为"通体社会":它是"活生生的有机体",表现为乡村中有实质上一致目标,人们为共同利益而共同劳动,把人们联结起来的是具有共同利益和共同目标的家庭和邻居的纽带;特征是"亲密无间的、与世隔绝的、排外的共同生活";其成员由共同的语言和传统维系在一起;通体社会表现出"我们的"意识,在"通体社会里",亲属关系、邻里关系、朋友关系这种"自然的"社会风俗、人伦关系支配一切。[②] 然而,随着农民规模大、时间长、流动快地在城务工,乡村"通体社会"崩解,旧有关系逐渐退场,农民更多的是被抛入城市的"联组社会",他们的交往进一步扩大,人际网络发生翻天覆地的变化。梁鸿的《出梁庄记》关于"出"的抒写不仅是农民"出走"、进城打工的体验,更是在城市"联组社会"的"断零"体验。这个断,是斩断,割裂了所生活的故土,断了与乡村熟人乡亲的联系,像断线的风筝飞向遥不可知的时空。这种熟人间广泛"失联"的断零人际体验令人意外,也让人震惊。

梁鸿返乡想通过一个乡亲联系一下在广州一带打工的梁庄人。可是,一通电话打过去之后,只联系到三个人,另外两个手机已经是空号。随后在梁庄逗留的日子里,梁鸿逐户走访,打听电话号码,持续辗转联络,但是,进展缓慢,没有多大的效果。这分明生硬地提示着人们,出梁庄的打工者,早已淡漠了与家人、村庄的情感联系,彼此之间生疏而又隔膜。[③]

[①] 韦政通:《伦理思想的突破》,中国人民大学出版社2010年版,第70页。
[②] [德]费迪南德·滕尼斯:《通体社会与联组社会》,林荣远译,商务印书馆1999年版,第103页。
[③] 梁鸿:《出梁庄记》,花城出版社2013年版,第9—10页。

二是农民的交往日趋选择性和理性化。所谓"理性化"是指社会个体：（1）明确意识到行动目的，且把所追求的具体目标作价值排列；（2）根据目的有比较地选择手段，以付出最小而收益最大为选择标准；（3）个人理性化是指，人们把以往由感情、个人魅力、个人信义、仁慈心、道德等支配的东西合理化。① 也就是说，在传统乡村熟人领域，农民彼此之间知根知底、平日里互动频繁、联系热络、相互倚靠，村民间的感情是笃实、关系是密切的。但在利益面前，团结互助成为稀缺资源，脆弱的"兄弟情谊"② 溃不成军，原来被认为是天经地义的事情，在今天成为相互暗算。残雪的《民工团》中，往昔一起手胼足胝、共同打拼的工友们为了换取轻松的工作，争相讨好班组长，甚至不惜相互检举揭发，致血缘亲情于不顾。小说中的"我"对人我是非避之唯恐不及，只想专心做好自己分内事，却不由自主地陷入告密的旋涡。因为反抗或背弃告密这一潜规则，就意味着被惩罚、边缘化乃至被谋杀。作者以令人惊悚的笔触刻画出在以利益和交换为原则的现代社会冲击下乡村人际关系的变迁与异化。《出梁庄记》也不乏乡亲互相伤害、告密、拆台的类似例子：有打工的老乡偷拿厂里的东西，其他的老乡就给韩国老板打小报告邀功请赏，最后，老乡被老板开除了……。③

  我出来这么多年，能和内蒙古人打交道，不和老乡打交道，人家不算计你，咱们那儿人斗心眼。④
  梁庄在北京的"成功人士"李秀中以过来人的身份批评乡党之间的互相算计：河南人不抱群，只要有什么事，各奔东西，各找各妈。一个修水箱的老板跟我说，他手下有几个修水箱的河南人，争着说对方坏，后来没办法，只好都不让他们干了。⑤

---

① 赵泉明：《后乡土时代人际关系理性化与农民合作的困境与出路》，《江西社会科学》2013年第8期。
② 本文借用"姐妹情谊"一词。美国女性主义历史学家吉娜维斯认为"姐妹情谊"通常被理解为妇女在共同受压迫的基础上建立起来的互相关怀、互相支持、相依为命的一种关系。姐妹情谊在英美文学中有很深的传统，而倡导姐妹情谊是女性主义批评的理想之一。
③ 梁鸿：《出梁庄记》，花城出版社2013年版，第267页。
④ 同上书，第116页。
⑤ 同上书，第173页。

第二章 传统观念的现代转型

正是如此，在晚近的人际交往中，一方面，农民基于功利目的对先赋的血亲关系"选择性"大大增强。除了与家人关系较为紧密之外，其他亲戚的交往深度并不遵从血缘的远近亲疏，而更多取决于对方在自己的发展需要中所能发挥的作用。① 另一方面，因应流动性加大和个体需求增加，加之农民在乡村的先赋性关系先天不足，能量有限，受过现代教化的新生代农民无师自通地更注重"后致性"关系的建立，他们通过培养、维持和扩展的方式，将学缘、业缘等非亲缘关系中的朋友、同学、工友、生意伙伴等纳入自己的人际网络中。② 这种自主建构的人际网络的重要性，远超泛泛之交的外围亲属，这种扩大社会网络为获得更多支持的主动选择生动地昭示了农民的现代体验与心性进步。

三是农民在城市中人际关系的隔离化。这就涉及市民与农民的关系问题。刘庆邦的小说《我有好多朋友》（2013）是农民进城后人际关系的一个鲜明喻示。文本塑造了一个乡村青年小保姆申小雪。申小雪在北京一个知识分子家庭当保姆，虽与年纪相差无几的女主人以姐妹相称，但女主人内心并不认可她。她对主人宣称，自己在北京有很多朋友，因此，作为一项工休权利，每到周末申小雪就必定外出一天和朋友们约会：去酒吧喝酒、去 KTV 唱歌、到天津吃狗不理包子、开车去品大闸蟹……，她的周末如此繁忙、时尚与热闹、充实，以致女主人都羡慕她交友甚广。但是，这却是申小雪的谎言。事实上，申小雪就是孤家寡人一个，她在北京举目无亲，那些所谓的朋友、激情四溢的城市化生活、娱乐完全是她杜撰的。其实她周末的打开方式是这样的：孤身一人在公园漫无目的逛荡，在地下招待所无所事事玩游戏，在平民扎堆、喧闹污浊的小餐馆里渴望邂逅……。她的人际关系建立在虚幻的想象和自欺欺人之中，或者说，申小雪全部的人际关系就是她自己，她终日与孤独为伴。标题"我有好多朋友"别有蕴意，毋宁说：我有好多孤独。小说折射了进城农民内心世界深刻的枯寂、凄清，也正面抒写进城农民逼仄促狭的人际空间以及进城"被隔离"后既希望拓展、被认同容纳，又不自觉地自我归类等诸多复杂暧昧的心理。社会学家图纳提出"自我分类"的社会身份理论。其意为，人们以某些社

---

① 赵泉明：《后乡土时代人际关系理性化与农民合作的困境与出路》，《江西社会科学》2013 年第 8 期。
② 同上。

分类的显著特征为基础,将自己和他人归于这些社会分类,这一过程使人们产生了某些特定的态度、情感和行为。他还提出"规范性匹配"的概念,意即某一社会分类中的成员的行为与该社会分类被期望或应该表现的行为相一致的程度。① 小说中,既然申小雪无法融入代表北京的主人阶层,作为农二代且深具"身份意识"的打工族——农民阶层,她只能逃避并靠编织"梦幻"来安抚自己孤独的心。可以说,她的"朋友梦""城市梦"就是打工族这一社会分类阶层的特有表征或变形隐喻。她混迹的地下室、小酒馆、免费公园等,无不是与其相匹配的"底层"标签。显然,申小雪们虽然进城了,但他们的人际关系仍拘囿在所处阶层,其格局、广度、高度都难以按照自己的理想去有效拓展。

四是在城农民之人际关系情感与理性的二律悖反。在《出梁庄记》中,梁鸿有一个新"发现",那就是进城农民人际关系网络的"再造"和拓展——"扯秧子",显示了亲情与"有用"相交织、感情与理性相排斥的新鲜、矛盾的过渡性状态。那既不是古老乡村农民质朴人际关系在城市的简单复制,也不完全是资本和利益操弄下,农民在城里的尔虞我诈和相爱相杀,而呈现出转型社会一种新样貌:合作中有竞争、亲情中有攻讦、矛盾中有调和、和谐中有算计、传帮带中有留一手、抱团互助中有彼此拆台、羡慕嫉妒恨中有瞧不起和打压……,这一切既是旧人际网络在城市的下载、更新,又是先赋性人际与后致性人际的排除、重组和叠加,他们不是旧式的商帮、会馆,也不是现代的商会、合作社、同乡会,却又浸润着亲情、义气、狭隘、计较、争斗。扯秧子,这一词语涵盖了社会学家黄光国所归纳的:情感性、工具性、混合性,② 深具乡土气息和民间烟火味,也形象地说出农民在城市的生存状态及相互交错的存在:就像禾苗在地里的生长,盘根错节、彼此连带、你中有我、顽强恣肆,富有草根性、自发性、坚韧性、复制性、前现代性。他们先是一人在城里立足,而后一个带一个,一家带一家,先后在城市安家,他们亲缘相通、业缘相近,形成远近亲疏不同的人际圈子和庞大关系网。一部《出梁庄记》就是农民在城市

---

① 李超平、徐世勇主编:《管理与组织研究常用的 60 个理论》,北京大学出版社 2019 年版,第 331—332 页。

② 范家卉:《读懂中国人的权力游戏:人情世故 or 世态炎凉——〈人情和面子:中国人的权力游戏〉导读》,http://comment.dangdang.com/comment/info/1/0/20970098/20970098/254248934,2018 年 6 月 3 日。

第二章 传统观念的现代转型

的"移民史""奋斗史""心灵史"。在这里，有变形的半熟人社会，这个半封闭又时时呈现出现代性的半新不旧的过渡性"乡村"小社会，这个既有"通体社会"特征，又有"联组社会"属性的"共同体"是农民在城市生存所要依赖的，又是他们"成功"后竭力摆脱的——去历史化的冲动。比如梁庄的朝侠在呼市安家立业，衣食无忧。可她成不了呼市人。她的朝思暮想、她关系的重心，仍是梁庄这一帮亲戚和老乡，虽然她时时嚷着要摆脱掉。在此，农民的思想呈现出情感与理性的背反。又比如，梁庄年轻人向学的事业（开校传动轴修理店）、婚姻（老乡熟人介绍）、生活，大多倚靠在乡村形成的庞大的先赋性人际关系网络而成功。无论在哪儿，他还得仰仗他在吴镇的人脉。作为一个进城农民工，他的人际网络必须通过自带的、旧有的社会关系完善。他仍然生活在"扯秧子"里，他与打工过的郑州、北京等城市鲜少交集。一句话，农民是与市民同处于城市世界、现代社会的二次元。"扯秧子"，扯出农民的人际小生态，作为城市中的低阶人际单元，梁庄农民利益结盟，保护自己地盘和业态并争夺新地盘；扯出那些被现代性、城市化所摒弃的生活方式和道德伦理，扯出农民的人际经济学。这些生命力旺盛的梁庄"秧子"，发狠地在城市水泥地扎根、野蛮生长。

总之，传统乡村社会向现代社会转型中，农民面临传统人情的压力，自身也经受感情与理性的煎熬，但理性最终战胜情感。与重人情、讲秩序的传统相比，他们的人际关系变化显示出现代特征，与其现代意识同行同构。张连义认为，传统农民的思想逐渐变化，传统人情和人际关系发生现代嬗变，经济和理性慢慢在思想上占据第一要素。乡村经济发展一方面促进农村生产方式改变、生活水平提高；另一方面也使传统人情遭遇剧烈冲击，金钱逐渐取代人情获得支配地位，农民的现代转型显示出两面性。[①]

四

刘庆邦《我们的村庄》被中国小说学会评为 2009 年十佳中篇小说，《北大评刊》对它的现实意义有重点评价。笔者以为，正是它所具有的统摄能力和及物思想，为自身赢得褒扬。它蕴含三重"人际关系"：首先，

---

① 张连义：《新时期小说的农民意识现代转型》，中国社会科学出版社 2017 年版，第 306 页。

它是乡土与现代中国的关系。当下乡村成为中国现代化的拖累者、漏斗户,需要再次被启蒙与拯救。新时期以来的文学抒写乡村竭尽全力追赶现代化的小说蔚为大观;现实中,建设新农村、乡村振兴等,都可视为这一关系的有力佐证。其次,它是城与乡的关系。"我们的村庄"预设了一个对镜:城市。文本的隐喻和强烈现实关怀直指在城市映衬下,乡村的凋敝与沦陷。小说有着见微知著和形而上的"表意的焦虑"。也就是说,主人公叶海阳实际上是一个符号:象征在"城市包围农村"的现代化进程中,乡村及其子民深刻的孤独以及由此引发的内心冲突与悬置状态、焦躁不安、无所适从。叶海阳的破坏欲、不甘寂寞、自暴自弃、占山为王等,不能仅看作某个"村霸"的塑造,而是对农民在乡村沦落之际,畸形抵抗、自我放逐的隐喻式抒写。再次,它是乡村人与人之间的关系。笔者认为,这是一篇新世纪的《阿Q正传》。流氓有产者、返乡恶棍叶海阳的"恶":盗窃、敲诈、猥亵、忤逆、强奸、家暴、欺凌……,是以周边环境和所有人为敌的:众多村民、外来打工者、躲避计划生育的超生家庭、爷爷、母亲、妻子、沦为娼妓的本村弱女子……,所有这些都指向:乡土中国及其人际关系的解构。透过叶海阳在城市无处安置,在城乡之间的进退失据,以及由此产生的挫败感、怨恨、绝望、虚无和无处发泄,读者可以体会他的"恶"来自"人际孤独"与被抛弃,这恰恰是他与生存环境对立着的衍生物。或许可以进一步推演,我们考察当下农民的人际关系嬗变,不能封闭自足于这个"果",要从"我们的村庄"及叶海阳的喻示拓展开去,从现代性楔入、环境变迁、社会结构转型中去寻觅耦合因素,并报以"历史理解之同情"。马克思指出:"凡是有某种关系存在的地方,这种关系都是为我而存在的;动物不对什么东西发生'关系',而且根本没有'关系';对于动物说来,它对他物的关系不是作为关系存在的。因而,意识一开始就是社会的产物。"[①] 这说明,蕴含个人与社会关系的类意识和群体意识是对人类社会文化生命的肯定和维系,而且在人的整个生命历程中,这种肯定和维系成为最根本的精神渴求。我们期待处于旧有人际网络解构,在后致性人际关系建构中无所适从、摸爬滚打的农民以及叶海阳们能够圆融地在当代转型社会找到自己的"类"和"群",更迫切希望在当下乡村加速城镇化进程中,农民得以真正融入城市文化与现代文明,找到维系的精神皈依和身

---

① 《马克思恩格斯全集》第3卷,人民出版社1985年版,第34页。

份安顿，爱无等差地乐享属于自己的人际关系。

第四节 宗教信仰：现代性迷思中的隐秘追寻

知名学者、评论家贺仲明指出："宗教的缺席，从最直接的方面来说，导致了乡土小说对乡村表现得不完整，并影响到这种表现的真实性。乡村宗教社会的丰富性不但是了解乡村的重要依据，而且从美学角度来说，缺乏对乡村宗教的细致描写，也必然影响其丰富的民俗表现，影响对乡村生活表现的全面性和客观性……也影响了乡土小说的思想深度。"[①] 这段话虽然是针对中国现代小说而言，但是，由于众所周知的原因，中国当代乡土文学，特别是新世纪乡土小说，鲜见关于农民宗教信仰、乡村宗教及其文化的抒写。这固然与共产党执政之后，加速清理封建残余、破除"四旧"以维护和稳定政权有关，也有五四新文化运动推行科学、民主的流风余绪在持续发挥作用。乡村宗教被当作科学的敌人饱受压抑，与"迷信"画上等号，渐渐处于低谷。

当代文学鲜少乡土宗教小说，新时期以来《白鹿原》《爸爸爸》《额尔古纳河右岸》可作为民间宗教现象书写方面的不同阶段的代表作。此外，张承志、北村、贾平凹、史铁生、范稳、马丽华、扎西达娃等人的作品多有宗教蕴含；21世纪作家中，侯波《春季里那个百花香》《郎的诱惑》、方方《涂自强的个人悲伤》、梁鸿《出梁庄记》、田耳《衣钵》等涉及乡村宗教描写。

一

社会学家、人类学家杨庆堃在《中国社会中的宗教》一书中，分析了"弥散性宗教"和"制度性宗教"的区别，他认为，"所谓弥漫性宗教，即拥有神学理论、崇拜对象及信仰者，于是能十分紧密地渗透进一种或多种的世俗制度中，从而成为世俗制度的观念、仪式和结构的一部分，失去了显著的独立性"[②]。在笔者看来，自古以来中国乡村社会的宗教呈现着十分

[①] 贺仲明：《论中国现代乡土小说中的宗教缺席现象》，《社会科学研究》2007年第5期。
[②] 杨庆堃：《中国社会中的宗教——宗教的现代社会功能与其历史因素之研究》，范丽珠译，上海人民出版社2007年版，第269—270页。

明显的"弥散性"特征,深深植根在民众的家庭生活、日常场景和民俗礼仪之中。也就是说,作为中国人精神世界的一部分,乡村宗教已经泛化为礼仪、风俗、乡规民约、农民思想观念的一部分,与他们的生活杂糅在一起,成为日用常行之道。艾略特(Thomas Stearns Eliot)指出:"一个民族的文化是其宗教的体现"[①]。乡村宗教,特别是佛道二教的某些教义,转化为混沌的社会意识形态,深入农民文化心理和思想意识深处,具有十分强大的渗透力和顽强生命力,是农民生命意义系统中具有支配性的价值度量。

杨庆堃认为:传统中国的弥漫性宗教遍布于社会生活的各个主要方面,对维护社会制度的稳定具有重要贡献。而不少专家,由于聚焦在制度性宗教,对遍布于中国普通民众生活中的宗教观念和实践熟视无睹,因而"忽视了中国社会制度的宗教性一面,把弥漫性宗教当作迷信不予理会,或是用其他的标签而不情愿使用宗教这个词"[②]。

方方的小说《涂自强的个人悲伤》走红于2012年。在大多数读者和评论家的眼里,是关于乡村知识青年历经苦难及悲惨命运的故事,指证了底层小人物无法"突围""上升"、阶层固化等社会痼疾。然而,在这个显性的情节下,潜藏着强烈的、无可奈何却又是全盘接受的命理哲学线索。小说既有正面抒写乡村宗教,比如涂母日复一日供拜菩萨、随儿子涂自强到武汉谋生后,常常去参拜莲溪寺以及一干僧俗二众、涂自强发现得癌症后唯一带着上路的观世音菩萨像,等等;文本内部更沉潜着浓厚的、无处不在的宗教(佛教)因子,诸如隐含在主人公命理价值观中强烈的顺应天命、服从命定的思想贯穿小说始终。

涂自强是来自湖北偏僻农村的"80后"大学生,无依无靠的他在武汉的一个普通二本大学读书,靠着勤工俭学完成了大学学业,其间灾患不断,毕业后不断失业,最后积劳成疾得了肺癌死去。这个一路受过唯物主义教育的乡村小知识分子,在他短暂的生命历程中,却时时顽强地呈现了以佛教思想为主导的人生观和命理哲学。也许是家庭常年供拜观世音菩萨的家庭教化的耳濡目染,或许是古老乡村无处不在的民间信仰的潜移默化,他的"三观"里,表征着乡村千百年来广大普通民众所固有的、弥散性和深入骨髓的

---

① [英]T. S. 艾略特:《基督教与文化》,杨民生、陈常锦译,四川人民出版社1989年版,第106页。
② 杨庆堃:《中国社会中的宗教——宗教的现代社会功能与其历史因素之研究》,范丽珠译,上海人民出版社2007年版,第269—270页。

第二章 传统观念的现代转型

命运观念——在在契合了佛道的义理,诸如乐天知命、因果报应、人生即苦、安心认命、生命无常等。恰如《孟子·尽心上》中所说的:"求之有道,得之有命"[1]。我们可以理解成:一个人一生中的成败得失、兴衰荣辱都是由上天注定的,我们所蒙受的全部痛苦、磨难只不过是生命程式中已经预先设定好的,任何企图逃避命定的遭遇不仅毫无可能,而且于事无补。从这一意义上讲,方方笔下的涂自强正是苦难安之若素的担当者、并不怨天尤人的清醒者,他清醒地知道自己承担的责任和要了结的"业"。

进一步说,涂自强还是乡村(佛教)宗教在新生代农民中的继承者、践行者,因为他从小就浸润在这样的历史暗流中苦壮成长,这条河流给予了他活下去的依据、心灵的安慰。农民生命与乡村宗教、自然、信仰的关系如此胶着,它们之间有着秘密的、天然的、绵绵不绝的连接、传承。涂自强"佛理"人生观指导和支配着他对自身苦厄命运的认识,抚平了他内心的创痛,进而让他安心认命。正如《金刚经别讲》里提到:"欲知前世因,今生受者是;欲问后世果,今生作者是。"小说中虽然也竭力凸显和渲染他的奋斗拼搏、自强不息,但着墨最多的恰恰是涂自强"甘心认命"的心灵独白和自我调适,萌动在他的意识和潜意识中最多的是"这就是我们各人的命""这是我的命"之类的自我规训并反复强化。

涂自强甫一上大学,看到同学们生活丰富多彩,"他很羡慕,但也只是羡慕一下而已,他觉得每个人的人生是不一样的,自己只能如此,这没有什么好说的,也没什么可抱怨的,因此,他的心情十分平静。"方方的这一讲述,从一开始就奠定了涂自强的"佛系"人生基调,暗示了他与"扼住命运的喉咙"的勇者迥异的人生,也为后面小说铺陈涂自强的命理哲学埋下了伏笔。在得到同学无偿赠送的二手电脑和手机后,涂自强想,"他穷他没钱这是他的命运,也是他没办法的事";对于赵同学出国留学,他想"这不是他的人生,他想都不要去想";涂自强的命理哲学作为一种精神结构和认识装置,潜在地指导着他的行动,影响着他的决定,他的外在行动、人生际遇又反过来强化了他的人生观。面对城乡不平等,涂自强想,"这世上何尝有过平等的时候,该认的时候,你自己都得认"。涂自强因父亲被村霸殴打去世回老家奔丧而错过研究生入学考试,马同学叹息说,"这就是命——你的命。"而涂自强也立马完全认同了,在心里说,"是呀,这就是命,我的命"。

---

[1] 杨伯峻:《中国古典名著译注丛书·孟子译注》,中华书局 2010 年版,第 283 页。

临近毕业了,"涂自强没有失落感,他认为本该如此"。

"涂自强的'认命'在他的无意识中,以各种形式贯穿于他生命的始终,显示出典型的命理式思维模式和心理状态。"① 其表现有三:首先,涂自强认为,自己遭遇的种种不幸:贫穷、父亲亡故、姐姐死去、哥哥外出打工失踪、家里房屋被大雪压垮、失恋、毕业即失业、罹患癌症……,都是命运的安排,必须认命。在涂自强看来,顺应命运之"命",就是要从心理和行动上对于个人遭遇的一切不幸事件和不公正待遇都能顺其自然待之,以豁达坦然的心态处之。事实上,他的确也是这样做的。如《人间世》所说:"知其不可奈何而安之若命",② 意思是说,要清醒认识到,人生所有经历的无可奈何的多舛命运,都是生命本身的注定安排,不要逃避,不生妄念,不发抱怨,安然处之,欣然受之。对于一个21世纪的年轻人、受过高等教育的大学生,如此发自内心和顺理成章的自我开脱和解释实属独特乃至罕见。在他看来,冥冥之中似乎隐藏着某种神秘的力量操控着他和这个多灾多难的家庭的走向。作为弥散性佛教意涵,就像人要吃饭呼吸空气一样,成为涂自强遗传了的生命基因,变成他起心动念的思维方式、自然而然的行动指南。其次,有了这样的认知基础,不管涂自强再怎样期待通过努力拼搏逆袭,对于一切来自物质和心灵的痛苦,他都能平心静气地看待,逆来顺受地承受。就像学者孟繁华指出的"涂自强是多么规矩的青年啊,他没有抱怨、没有反抗……,一个没有青春的时代,就意味着是一个没有未来的时代。"③ 最后,当病魔猛然袭来,他自觉或不自觉地转而在这孤独的世界寻找"依怙"——佛菩萨。寻求佛菩萨的庇佑是"准佛教徒"涂自强一种最自然的应激反应。他"依靠"佛菩萨做了两件事:一是将母亲——这个世界上唯一的亲人——托付给了莲溪寺的住持,请慈悲的方外世界可以让苦难的母亲在不知情的境况下度过余生;二是涂自强非常冷静、平和地处理完后事,坦然面对自己的死亡:他带着母亲日日供奉的观音菩萨像平静地走向了死亡——"信步朝他老家方向走去,就像他回过头去拾回他的脚印,就这样一步一步地走出这个世界的视线。"

值得指出的是,涂自强从容赴死之细节震撼人心,也从一个侧面烘托了

---

① 鲁彦臻:《〈涂自强的个人悲伤〉中的宗教命理观》,《河池学院学报》2015年第12期。
② 孙通海:《中华经典藏书·庄子》,中华书局2007年版,第78页。
③ 吴丽艳、孟繁华:《文学人物走过的历史:2013年中篇小说现场片段》,《当代文坛》2014年第5期。

第二章 传统观念的现代转型

宗教抚慰人心、临终关怀之力量，充满了无奈而又悲悯的情怀。《庄子·大宗师》写道："死生，命也，其有夜旦之常，天也。人之有所不得与，皆物之情也。"① 这就是说，庄子认为生死有命，死生之"命"非外力人力能干预，有其客观必然性、规律性，生是有限的，而死是无限的，我们唯一能够做的就是：生亦顺其生，死亦顺其死。作为价值性信仰，涂自强依着历史的惯性，有意无意地接续了乡村宗教的蕴含并以之全程指导着自己的人生，这也是乡村新世纪知识分子的生命体验之一。联系到近年在社会上广为流传的热词"佛系"，用以指称"专注于事情发生的过程，抱着尽人事，听天命的心态，不注重结果，看淡一切，随遇而安的生活态度。……佛系作为一种文化现象，有看破红尘、按自己生活方式生活的一种生活状态和人生态度，体现的是一种求之不得，干脆降低人生期待值的无奈"。② 这种"听天由命"的人生姿态，多多少少隐含着涂自强式的生命回响，这抑或是这个转型社会佛道文化"普泛化""弥散化"后的一种时代症候吧？

二

在一个剧烈变动的社会转型期，人们对眼前发生、发展的事物无法完全适应，又失去了解释、解决的能力，就会不自觉地去寻求某种超自然的皈依，或者希望通过神祇的护佑来度过这惶恐不安的时代。卡林内斯库在研究"现代性"时区分了两种剧烈冲突的现代性："一方面是社会领域中的现代性，源于工业与科学革命，以及资本主义在西欧的胜利；另一方面是本质上属论战式的美学现代性，它的起源可追溯到波德莱尔。"③ 在农民现代化进程中，一方面，是其生产生活方式的巨变；另一方面，是他们意识的嬗递，卡林内斯库指向的两种现代性与农民现代化进程中的这两种转变丝丝入扣。历史上，尽管农民的生产生活方式变动不居，但真正的改变，以及这种改变对他们思想意识的巨大冲击，则是进入改革开放之后。

梁鸿的《出梁庄记》借用了古希腊神话《出埃及记》的叙事结构，后者的主题是，基督是神子民的救赎、拯救和供应，也是他们敬拜并侍奉神的凭借，先知摩西带领子民到应许之地迦南，使他们脱离苦境，获得平

---

① 孙通海：《中华经典藏书·庄子》，中华书局2007年版，第124页。
② 百度百科：https://baike.baidu.com/item/佛系/22257892?fr=kgqa。
③ [美]马泰·卡林内斯库：《现代性的五副面孔》，顾爱彬、李瑞华译，商务印书馆2002年版，第343页。

安。《出埃及记》为《创世记》之续集，其意说明人类历史的希望在于神的拯救。《出梁庄记》对于后者的"模仿"，就是为了表现梁庄子民在当代农村社会从内到外发生激烈变动时，农民由表及里的变化，和在这场变动中出逃乡村、向城求生的生命历程，以及渴盼得到救赎的吁求。文本吸收了后者的"元叙事"与"宗教悲悯"，其中，农民贤义由打工仔转而成为"算命先生"的故事颇具戏剧性，可以看作上述原型结构的"仿拟"。梁鸿的回忆中，构建了贤义前后变化的强烈违和感：

> 1994年，……那拉车的人竟然是贤生的大弟弟贤义！他骑着一辆寒酸的、破旧的人力三轮车在拉人，……脸上还有一道黑的油灰。
> 贤义是一个算命仙儿！我怎么也不能相信：他戴着茶色眼镜，一直微笑着，手里拿着一串念珠，无论说话、吃饭还是走路，都默默地用手转着，眉宇间有一种很安静的气息。我很好奇，觉得他有点装腔作势，故作高深，但那种恬淡的神情又是装不出来的。

由街头兜客、出卖苦力的骆驼祥子式的三轮车夫到笃信佛教、为人看风水卜卦为生的算命先生，是一种怎样的生活际遇和内在冲突，让毫不相干的二者发生了联系并使贤义的生活世界产生质的变化？虽然贤义的伯父是个算命先生，但贤义这个初中文化程度的农民，进城打工就是为扎根在城市不再回去，为了逃离当农民、算命先生这些古老职业的命运，实现自己的现代梦、城市梦。但是，城市的歧视、欺辱，打工种种重体力活的磨损，使贤义患上胃病，身体过早地垮了。他转向学《易经》，通过为别人看风水、摆格局、打卦算命、起名字等谋生，温饱基本得到解决；他安贫乐道，"没有上街摆摊。也收费，谁有钱，给一点，没钱免费看"。这个中国古老、传统的职业最后协调地内置在历经困苦磨难的现代农民贤义的身上。作家梁鸿在小说中指出，贤义对佛教典籍和教理的理解与阐释似乎偏离了其本质，家中的墙壁上还滑稽地并立着释迦牟尼佛和毛泽东的大幅挂像，代表着儒释道经典的《道德经》《弟子规》《净土五经》和阴阳五行、占凶问吉在案头混搭，算命预测与心理学、日常常识杂糅并用，现实生活中兄弟、乡党的蔑视和嘲讽……，贤义不折不扣就是一个民间术士、佛教徒、农民工、城市流浪者合四为一的混合体。因此，贤义内心是否真的光明清净，是否对人生世界了彻无碍？他自我建构的貌似温暖和煦、开放利

第二章　传统观念的现代转型

他的精神家园，能否抵御这纷纷扰扰、物欲横流的尘世的侵袭？他是否确然调服了内心魔障，在这场巨大的冲突中达到平衡、平静？但是，换一个视角看，乡土子民仍然需要贤义这样的"先生"。就像小说中所描述：一位遭遇丈夫亡故的可怜的农村妇女拜倒在贤义脚下，想从他那里获取关于生命、人生、未来的方法和答案。也就是说，乡村的子民在蒙受苦难时，最初始的选择，不是需要科学、法律、政府的帮助，因为在她（他）关于人神共处的认知世界，法律、政府处于求助排序的下位阶。她祈求从贤义——传统乡村宗教那儿获取心灵的慰藉、能量的加持、灵魂的安顿，而这些是前者难以赋予的。顾颉刚曾经谈过乡村宗教的现实价值："任何民间信仰……在现实社会的条件下，它依然是民众心灵的慰藉。尤其是生活在社会底层的妇女，被剥夺了各种正常的政治、文化和家庭权利，迷信便成了她们唯一能自由选择的精神寄托。……迷信对传统社会的妇女阶层来讲，起着精神和物质利益的朦胧的保护者作用，所以，它的积极意义还大于消极影响。"①

贤义从现代穿越回传统，既是生活使然，也是自发的抉择，似乎有某种仓皇和逃避。贤义需要考虑以何种姿态与现实和谐相处，以何种方式重新让"传统"进入现代世俗和精神世界。这也是弘扬传统如贤义者所要解决的：怎样自持，且不被作为现代性的"笑话"和历史进步的"阻碍"，如何在社会大转折处真正理解"传统"并重获价值和尊严？如果贤义们缺乏真正的传承和本然的理解，传统也将失去在现代社会"复活"的可能。正如英籍印裔作家奈保尔1967年在印度考察时所感受到的，印度的神像、神祇和信仰被迫成为现代世俗生活的装饰者。②

笔者认为，梁鸿对贤义的评价，呈现某种暧昧和分裂的离散状态：既有对贤义"模糊的轻视"和俯视的心态，又有对贤义趣入乡土文化、继承乡村传统的认同。这种看/被看的叙说结构里，隐含梁鸿作为现代知识分子高低难就的矛盾情结。葛兆光对此作出了符合逻辑的解释："（宗教）一方面被放置在知识阶层普遍崇尚的科学背景下，当成与科学对立的迷信，但另一方面则被放置在知识阶层普遍鄙视的物质背景中，当作超出世俗诱

---

① 顾颉刚：《北京东岳庙和苏州东岳庙的司官的比较》，转引自洪长泰《到民间去：1918—1937年的中国知识分子与民间文学运动》，董晓萍译，上海文艺出版社1993年版，第277—278页。
② 参见［英］V. S. 奈保尔《幽暗国度》，李永平译，南海出版公司2013年版。

惑的精神。"① 梁鸿内心隐含的悖论或在于此。

有学者指出:"根据农民信仰的初衷,可以将农民的信仰分为功能性信仰和价值性信仰。前者指的是人们为了满足日常生活的某些功能而选择信奉某种宗教或神祇的信仰形式。后者则是指人们信奉某种宗教或神祇是表达某种价值或精神依托。信仰的目的不一样,对神的选择和虔诚程度就不一样。功能性信仰对神祇的选择性较高,而虔诚度较低,价值性信仰对神祇的选择性较低,而虔诚度较高。"② 据此分析,贤义的"转向",既有功能性信仰的成分——赚钱谋生、安身立命的迫切需要,也有价值性信仰的因子——经历过艰难困苦后某种看破世情的渐悟和释怀,并且最终走上了与常人完全不同的人生道路。两种信仰的结合体现了感情和理性的二律背反。在这个瞬息万变、个人充满无力感、价值混乱的转型时代,人们难以找到心灵寄托的锚地,迷失在城与乡、传统与现代、自我与他人、西方与中国等构成和叠加的旋涡中。贤义的"向内转",是这个农民的自觉选择——生活茫然无助、家族职业传承、农民文化心理的结合推使他转向了算命先生的行当,既然在城里无法通过出卖苦力站稳脚跟,那么,学算命维持生计成了不二法门。但是,有一定文化水平的贤义的选择又是不自觉的。佛教经典有云:行有不得,求之于己。在这个"浮躁"的世界中,既然得不到,倒不如放下对于财富、地位、权力、名誉、美色等外在的欲求,反身追求内心的安宁平静,就像贤义动辄引经据典的《金刚经》所言:一切有为法,如梦幻泡影,如露亦如电,应作如是观。

贤义的转行代表着在这巨大变革、无所适从的年代,一类农民颠沛流离的心灵史——身与心的分裂与紧张、精神无处安放与茫然失措。施津菊指出"能够给人的心灵以慰藉并对人的精神给予庇护作用,是宗教存在的价值与意义体现之一。"③ 贤义把实用和信仰"自以为是"地结合在了一起。只是,聪明、矛盾、苦难的贤义,他是否又真的可以躲进小楼成一统,算"准"自己的过去、现在、未来的命运呢?

---

① 葛兆光:《中国作家与文学论集》,清华大学出版社1998年版,第199页。
② 杨华、欧阳静:《信仰基础:理解农民宗教信仰区域差异的一个框架》,《民俗研究》2016年第1期。
③ 施津菊:《中国当代文学的死亡叙事与审美》,中国社会科学出版社2007年版,第243页。

第二章 传统观念的现代转型

三

21世纪，随着现代性在乡村的攻城略地，不仅是农村田地大量被资本征收，农民内心世界的宁静也被打破，传统的乡村宗教信仰出现了"现代"的嬗变，基督教跟随着现代性"入侵"，不断在乡村开疆辟土，占据着传统乡村宗教的版图，刷新着农民思想观念、改造着农民的精神世界。侯波《春季里那个百花香》、陈应松《无鼠之家》、梁鸿《出梁庄记》等小说就深浅不一地探究了这个主题。

其实，基督教在中国的传播不是新鲜事。早在明清时期，就可以看到零星的西方传教士的身影，诸如利玛窦、马可·波罗等，到了晚清至民国时期，积贫积弱的中国大地上，传教士伴随着西方列强的坚船利炮登陆，兴办西学、开设医院、广布"福音"。很显然，古老乡村子民的基督教信仰，完全是一个"外来物"，是楔入东方文明的西方"他者"，之于农民是一个全新的现代体验。这一时期有些文学作品，无论是写作主体身上还是写作文本，都闪现着基督教文化的影子。谭桂林指出："现代作家与基督教的关系则显然是后天秉承教育的结果。第一，中国的先进知识分子介绍引进西方文明的过程实际上就是一个介绍引进基督教文化的过程；第二，在20世纪上半叶，留学欧美或者东洋是中国青年知识分子……不可能不接受基督教文化精神的影响；第三，现代作家中有不少人出身于西方宗教团体在中国各地办的教会学校，……都曾接受过严格的教会学校的宗教训练。"[1]

中华人民共和国成立后，基督教基本在乡土中国处于凋零萎缩的样貌。待到它在中国广袤农村的再度"崛起"和广泛传播，则是改革开放后近20年间的事了。根据调查显示，"在中国，制度性宗教主要包括政府认定的五大宗教，分别是佛教、道教、伊斯兰教、天主教和基督教。据不完全统计，在农村的五大宗教中，基督教信众占95%以上，又以地下基督教为主，占农村基督教的70%左右。就农民的宗教信仰而言，目前占主导地位的信仰形式是民间信仰和基督教。"[2] 基督教在乡土中国的大面积传播，与当下乡村的精神文化现状有关。

---

[1] 谭桂林：《当代中国文学与宗教文化》，岳麓书社2006年版，第278页。
[2] 杨华、欧阳静：《信仰基础：理解农民宗教信仰区域差异的一个框架》，《民俗研究》2016年第1期。

陕西作家侯波的《春季里那个百花香》敏锐写下了这一变化和农民的"现代体验"。作品抒写了当下乡土中国，在基本温饱得到解决后，乡村精神空虚、农民的信仰危机。特别是邪教在乡村大行其道、拉拢农民，基督教后来居上信众庞大，基层为政者工作简单、粗暴，与民众对立、农民人心涣散……。小说勾勒了社会转型期，农村文化荒漠化、农民精神恶质化的民间生态。其中塑造了村长侯方方和红鞋两个主人公。侯方方是村长，是乡村社会的守夜人，他正直善良，却身处上下夹击的尴尬状态，无力挽回颓势。红鞋是普通农民的代表，温饱之余精神虚空，成为虔诚的基督教信徒和热情的传播者。

作品反映了时代的大主题——文化重建，但这个问题在乡村仍然处于悬置状况。作品对现今农村文化缺失、农民精神涣散的现状，敏感捕捉、鞭辟入里，见微知著。文化不是抽象的，它寄寓在民众生活的肌理和褶皱中，它更是民众共创共享的。这个转型时代，农民富了钱袋，空了脑袋，信仰危机时代真正来了。于是，内心茫然的人日渐增多，某些邪教甚至以一袋大米就吸引农民入教；于是，邪教日趋活跃，在偏远乡村大肆扫荡。小说凸显了两个层面的信仰危机：一是乡村农民的信仰危机；二是基层权力的信仰危机。前者在于，没有满足人民群众日益增长的精神生活需要，没有占领这块阵地，农民思想就会受到邪教的侵袭。正如有论者所说："旧的价值和规范系统的迅速消失和不能发生作用，以及新的价值和规范系统形成的缓慢，会形成'价值真空'现象。随之而来的是自我认知、目标和手段的混乱。"[①] 后者在于，基层干部究竟是为民执政还是仗势欺人？

乡村如此，作为离乡离土的子民，进城农民的"精神生活"同样茫然无主。过去众多乡土（打工）文学多着眼于农民工的性苦闷、身份认同、内心怨恨等的抒写，极少直面他们的精神信仰、心灵归宿的问题。其实，农民工打工的劳累、生存空间的逼仄、生命的苦难、精神的困顿……，急需一个以资寄托的支点、心灵的归依。于是，宗教信仰适时填补了"进城乡下人"的空虚。梁鸿《出梁庄记》以第一手资料、深入乡亲的访谈，讲述农民工在外漂泊，努力寻找精神港湾的故事——这恰恰是新世纪乡土文学容易视而不见的：

---

① 孙立平：《后发外生型现代化模式剖析》，《中国社会科学》1991年第2期。

第二章 传统观念的现代转型

丽婵告诉我,她们几个妇女一起信主,隔几天就在一起祷告,学唱赞美诗。……几位中年妇女,围在小桌子旁,头挨着头,正专心地唱赞美诗:在那寂静漆黑的晚间,主耶稣钉十架以前,他屈膝在客西马尼园,祈祷,"愿父美意成全"……。她们唱得走腔撒调,悲苦异常,有河南豫剧苦情戏的味道……。她们的神情严肃认真,如饥渴的小学生。……这几位中年农村妇女拍着手,在暗淡的灯光下,专注地看着歌词,唱着歌,向上帝祈求安慰和体贴,希望"忧愁变喜乐,患难得安宁"。

按照李泽厚的说法,现代社会形成的社会性道德只是公德,是一种公共理性,"它不能解决好些人追求生活价值、人生意义、心灵拯救、精神安慰等安身立命或终极关怀的问题。宗教性道德虽然不是公共理性,甚至是反理性,却可以使人得到这方面的满足。"① 一百年前,骆驼祥子在北平打工,因为理想破灭无可依傍,沦为一个吃喝嫖赌的"堕落的、自私的、不幸的、社会病胎里的产儿,个人主义的末路鬼"(老舍语)。今天,城市的打工者却开始尝试向宗教寻求归依与抚慰。

丁帆指出,"如果说20世纪80年代的佛学热有其摆脱政治束缚、追求思想解放、标新立异的一面,……有其思想启蒙的历史性价值。世纪之交的佛教热,则更多的是一种认同民间、回归传统,世俗色彩更为浓重。"② 田耳的《衣钵》就表征了对乡村文化小传统的礼赞和坚守。《衣钵》书写了乡村大学生李可,在联系实习单位未果后,回乡跟随当村长兼道士的父亲做起了实习道士,在父亲意外死亡后,李可泯灭了返城的理想,最终接过父亲的衣钵,完成了对父亲的祭奠和自己道士身份的加冕。"这听来颇有些反讽和匪夷所思,但正是由此显露出文学的'乡土意志'与自我说服。"③ 也展示了新世纪乡土文学不屈不挠的恋土情结和对传统文化的自我期许。

李可对父亲从事道士行当的态度,经历了一个从轻视斥责、到冷眼旁观再到半信半疑,最后认同融入的过程,这也是乡村宗教传统"前喻文

---

① 李泽厚:《伦理学纲要》,人民日报出版社2010年版,第123页。
② 丁帆:《中国乡土小说的世纪转型研究》,商务印书馆2013年版,第393页。
③ 李丹梦:《流动、衍生的文学"乡土"——关于〈新世纪乡土文学大系〉》,《南方文坛》2012年第6期。

化"的艰难传递过程，表征了乡土文化的后继有人。小说写道，作为大学生，"有一大段日子，李可总是尖锐地对父亲说，愚昧"。到后来，李可不再挣扎、对抗，渐渐认可了父亲，并以当道士的父亲自豪，"也不错，道士也是要人去做的"，"无论什么时候，总要有人当道士"，这种根深蒂固的民间信仰并未随着现代的楔入、乡村的转型而凋零消逝。在李可看来，虽然"父亲对世界的认识只是乡里人的经验"，但是"这么多年来，父亲就是被这些充满了神秘气息的东西规范着言行。那些从来就不具体在眼前展现过哪怕一次的东西，竟然使父亲这一生都从容而善良地活着"。而且，"慢慢的，随着年纪还有阅历的累积，李可反而常常地叫自己相信，也许父亲说的那些是有的，父亲是对的……相信父亲！这话在李可心里说了若干遍。"——最终，李可完全接受了当一个道士，感觉"读中文系的做道士也算专业对口"，甚至以此为己任。在加冕仪式上，李可想，"以后即便是和最虚无的东西作斗争，也将得到村民们高度的肯定，赢得他们尊敬。做一个道士无非就是这样。忽然他心间被一种崇高之感挤得满满的"。就这样，真实与虚幻、现代科学与传统巫术间的界限在情感的代际交融中被打通了。特别是在父亲的祭奠仪式上，李可的"生命体验"达到高潮，这场仪式感极强的科仪斋醮其实也是李可正式融入乡村世俗精神世界的入场券。此后，他由城返乡，庄重地继承了父亲的"衣钵"，归化为这一套乡村精神规范的守护者、传承者。小说里，"衣钵"有两层含义，一是代表着"现代性"的大学之"衣钵"：进城找一个与专业相符合的工作，就可以满足他"很小的时候就有极强烈的走出去的想法"，从此迈向"现代"。另一指向是继承传统的"衣钵"：成为乡村不可或缺的道士。李可最终自觉地选择了后者。"李可的选择，在城市化、现代化浪潮滚滚而来，而乡村在精神上逐步凋敝的今天，无疑具有对乡村传统和世俗坚守的意味。"[①]需要指出的是，正如涂尔干（émile Durkheim）认为，人不能仅靠自己形成自我（one cannot be a self on one's own）。李可"皈依"的过程，其实也是乡村帮助他的"自我主体"成长的过程，"追溯和皈依地方文化的过程与争取和勾勒自我的连续性与统一，互为因果"[②]。此后，李可残缺的精神图谱将得以健全。

[①] 王俊：《底层精神世界的讲述者——田耳》，《广西科技师范学院学报》2018年第8期。
[②] 李丹梦：《文学乡土的"苦难"话语与地方意志》，《探索与争鸣》2013年第11期。

第二章　传统观念的现代转型

但是，李可的这一"现代转变"又或说是"转凡入圣"，远非子承父业返璞归真那么简单。如果置放在现当代乡土文学里，智识阶层与乡村关系的谱系中对比，李可的"返乡"别具意味。小说没有鲁迅式的对乡村"落后""愚昧"的冷峻批判和失望，而是抒写一个受过高等教育的大学生以现代（而非传统）/知识（而非文盲）/青年（而非中老年）的形象嵌入乡土文化的构造中，"自愿"当乡村宗教、民间信仰的传承者——历史在这里做了一个反向运动。在此，作家寄寓他拯救、振兴、造福的任务和希望。在现代文化程度偏低，缺乏制度性宗教束缚的乡村文化共同体，镇守农民精神世界平静安宁的，恰恰就是被知识人视为"愚昧""落后"的世俗传统，它们携带着代代相传的文化密码。易布斯（Elrud Kunnelbsch）认为："一切文化在其特定的历史、地域范围都具有内在的意义和价值，这些意义和价值只能用它本身所从属的价值体系来评价，而不能从外在与它的立场进行批评。"[①] 乡土中国农民的世俗精神生活，可能缺乏正规宗教的肃穆庄重和强烈的仪式感。然而，它所能够给予乡村社会生活的精气神、安宁与平静，是无可替代的。李可继承衣钵的意义，就在这个层面上昭然若揭、意味深长。

20世纪30年代，张爱玲在其散文《中国的日夜》抒写道士之形象，"带着他们一钱不值的过剩的时间，来到这高速度的大城市里"，非常形象地写出了乡村文化传统的失落。宗教、教义及背后一整套象征系统都被否定为"一钱不值的过去"：绾着发髻的道士、肩披袈裟的和尚、戴着墨镜的算命先生，在现代中国是如此古旧和不协调，他们那一套生命观、宇宙观和认知体系也被化约和斥责为"迷信""愚昧"。在上海的十里洋场，它是那样不合时宜和笨拙怪异：

> 那道士走到一个五金店门前倒身下拜，当然人家没有钱给他，他也目中无人似的，茫茫地磕了个头就算了。自爬起来，"托——托——"敲着，过渡到隔壁的烟纸店门首，复又跪倒在地埃尘，歪垂着一颗头，动作是黑色的淤流，像一条黑菊花徐徐开了。

[①] ［荷］安洛特·易布斯：《绝对主义·相对主义·多元主义——论文化多元社会中的阅读活动》，龚刚译，《文艺理论研究》1996年第2期。

张氏彼时觉察到的落差,无疑具有强烈象征意味和预言性质,传统与现代、城市与乡村,其实早在 20 世纪初中国现代性发轫之时就几经断裂,并延续至今。"乡土小说中宗教文化的'返魅',是世纪末精神沉沦与拯救的思潮下产生的,体现了知识分子在无常人生下对民间的恒常关怀,在对现实的批判中饱含着对未来的寄托。"① 田耳的发现无疑是敏锐的,笔锋所揭示的现实问题,是今天中国乡村社会的顽疾。但是,现代精神与乡村宗教、世俗生活和民间信仰的通达、融洽究竟可以维持多久,乡村子民在追求现代化的路上,是否会一如委弃他们的方言、土地一样弃之如敝屣,答案不得而知。

四

"如果我们大致可以说世纪之交乡土浪漫主义小说、乡土生态小说建构的是诗性乡土、审美乡土,那么宗教乡土小说则是参与了'神性乡土'的美学建构。"② 今天,当我们重新审视属于"极小众"的乡土宗教小说,见证了从涂自强的下意识信从,到贤义和出走梁庄的乡亲们、留守乡村的红鞋们的半自觉皈依,再到李可的返乡自愿自觉继承,似乎拾缀、缝合起起宏大叙事之外的一片域外版图。对于这部隐秘延绵的农民心灵史,决不能简单地持否定态度,"正如我们不能站在某一个宗教的立场去判断另一宗教,否则,就可能形成宗教偏见一样,我们当然也不应该用所谓'世界宗教'去判断和贬低民间信仰,因为在民间信仰中不仅包含着广大民众的道德价值观(如善有善报、行好)、解释体系(看香与香谱、扶乩、风水判断、神判、解签等)、生活逻辑(生活节奏、与超自然存在建立拟制的亲属关系、馈赠与互惠、许愿还愿、庙会轮值与地域社会的构成等),还深深地蕴含着他们对人生幸福的追求、对社会秩序的期待以及可以使他们感到安心的乡土的宇宙观(如阴阳、和合、天人合一、平安是福等)。"③

新世纪乡土宗教文学的旁逸斜出,不单是为了重构文学的神性"乌托邦",以遮蔽日益拜金主义横行和散沙化的乡土,拯救"失魂落魄"的农民,以获得片刻的安宁,也是为了从中梳理农民在世纪之交曾经血脉传承

---

① 丁帆:《中国乡土小说的世纪转型研究》,商务印书馆 2013 年版,第 391 页。
② 同上。
③ 周星:《"民俗宗教"与国家的宗教政策》,《开放时代》2006 年第 4 期。

第二章　传统观念的现代转型

的宗教意识的现代嬗变，以文学的镜像映照乡村文化共同体在当代转型时期的崩解，确证乡土的危机：自然危机、人文危机以及原子式的农民个体遭遇的更深层次的精神危机，进而唤起疗治的注意。

第五节　乡村文化：小传统的溃散和消逝

美国人类学家罗伯特·雷德菲尔德（Robert Redfield）在对墨西哥尤卡坦州乡村和都市进行研究时，比较了封闭同质社会与变动异质社会的区别，开创性地使用了"大传统"（great tradition）与"小传统"（little tradition）的认识装置和论述框架，用以说明在复杂社会中存在的两个不同层次的文化传统，并在1956年出版了《农民社会与文化》。大传统与小传统的本意指少数有思考能力的上层人士创造的文化系统是大传统，而下层农民在生活中自发形成的社会风习是小传统。"所谓大传统指的是以都市为中心，社会中少数内省的上层士绅、知识分子所代表的文化。大传统反映的是都市知识、政治精英文化。小传统则指散布在村落中多数非内省的农民所代表的生活文化。"[①] 这些"俗民文化"（folk culture）被认为是具有保守价值的观念形态，是封闭的。大传统和小传统之间一方面固然相互独立，另一方面也不断地相互交流。从大传统与小传统的关系来看，后者是前者的源头活水，大传统最后又必然回到民间。由于古代中国的大小传统是一种双行道的关系，因此大传统一方面超越了小传统，另一方面则又包括了小传统。雷德菲尔德认为，小传统在文化系统中处于被动地位，在文明发展中，农村不可避免地被城市"吞食"与"同化"。

进入21世纪以来，众多作家作品诸如，贾平凹《秦腔》、阎连科《炸裂志》、侯波《春季里来百花香》、梁鸿《中国在梁庄》、黄灯《大地上的亲人》等，无不抒写乡村传统文化日趋式微，农村呈现出一种原子化、个体化、陌生化的文化危机，与之相伴随的是乡村空心化、农民对乡土认同逐渐降低、人际关系日益疏离，乡土文化有被城市文化吞噬乃至衰亡的危险。国家有关部门权威报告指出："中国正在推动乡村文化从精神、社会和物质三个层面全方位升级发展，取得了较大成就：乡风文明建设加强，乡贤治理效果初显；乡村公共文化服务体系不断完善；乡村文化产业有了

[①] 郑萍：《村落视野中的大传统与小传统》，《读书》2005年第7期。

较大发展。但仍面临一些突出问题：乡村文化建设普遍存在农民的主体地位弱化、组织缺位等现象；乡村公共文化供给效能不高；乡村文化产业发展质量较低；乡村文化建设人才紧缺。"① 因此，无论是从社会治理、文化建设、乡村振兴，还是文学观照，乡村文化的重建是一个世纪命题。

一

文化的内涵丰富多样，专家学者的理解认识也不尽一致，有两分说（物质、精神）、三分说（物质、精神、制度）、四层次说（物质、制度、风俗习惯、思想与价值）、六大子系统说（物质、社会关系、精神、艺术、语言符号、风俗习惯）等。总体而言，不外乎物质、精神、制度、价值等的分门别类或分层级。按照专家的解释，所谓"乡村文化"，是指"乡村居民与乡村自然相互作用过程中所创造出来的所有事物和现象的总和。根据不同的划分标准，乡村文化又分为乡村物质文化和乡村非物质文化。前者包括了自然景观、空间肌理、乡村建筑、生产工具等；后者包括节庆民俗、宗教信仰、村规民约、宗族观念、审美观念、传统工艺、道德观念、民间艺术、价值观念以及古朴闲适的村落氛围等"②。乡村文化是内生性的，是千百年来，先民在生产生活、与大自然打交道的过程中凝结在物质、行为、制度和精神层面的智慧结晶，是地方或一个民族成员共享的"精神情感共同体"，是区隔与其他文化形态的独特标志。近百年前，梁漱溟先生就曾指出，中国社会秩序，演自礼俗，而不是国家法律，法制是外来的，礼俗则是自然演成发展的，即尊重农村的内生性传统。③

在前现代与现代交织的乡土中国，乡村文化一度形神兼备，饱满丰沛，气韵悠远，承担着孕育乡村健全人格的重责大任，但当下却面临着被城市文明同化、边缘化乃至消逝的危险。在乡土小说中，无论是在乡村绿水青山、村落群体、古典建筑、农用工具手艺、民族服饰等物质层面，都凝聚着一方乡土上农民的文化追求，我们在沈从文的《边城》以及废名

---

① 田琳琳、李坤：《新时代中国乡村文化建设的调研报告》，国务院发展研究中心"新时代我国乡村社会治理创新发展研究"课题组，http：//www.drc.gov.cn/n/20190830/1-224-2899259.htm，2019年8月30日。

② 包婷婷：《苏州美丽乡村建设中的文化传承研究》，硕士学位论文，苏州科技学院，2014年，第2页。

③ 梁漱溟：《乡村建设理论》，山东人民出版社1990年版，第175—177页。

第二章 传统观念的现代转型

《竹林》、孙犁《荷花淀》等"诗化小说"中对优美的自然环境、湖光山色、天人合一感受最深；在民风民俗、生活习惯、传统文艺表演、传统节日的层面，如有鲁迅《社戏》中的民间传统文艺惟妙惟肖的表达、黄灯的《大地上的亲人》中"丧礼"的细致描写；在非物态文化层面，包括乡规民约、道德伦理、社会约定、民间组织等方面，如贺敬之《白毛女》以及王润滋的《鲁班的子孙》中的"乡村正义伦理"的赓续与失守；在精神层面文化包括宗族文化、宗教文化、孝文化等，如侯波的《胡不归》中新世纪薛氏村民对"宗族文化"的传承，田耳的《衣钵》中"90后"大学生对乡村传统宗教的皈依等，都在乡土文学上有具体而微的表达，表征了乡村文化与城市文明此消彼长、相互竞争，也暗含了作家们对乡村文化日渐式微的悼挽和怀慕。"在中国文学的传统叙述中，乡村更多的是诗意的想象，是灵魂的家园，是永恒的乌托邦，无论是古代的陶渊明，还是现代的沈从文，甚至是20世纪80年代的张承志、贾平凹等，无不凝结着'大地崇拜'的情节，城市一直是被视为欲望、颓废、糜烂、享乐之所在，尤其是以80年代之前的现当代文学为最。"[1]

2000年前后，随着社会主义市场经济的逐步确立，经济建设成为至高无上的"政治正确"，其他面向诸如社会建设、生态建设和文化建设还没有在执政党"五位一体"的战略布局中凸显。一种意识形态的缺位，必然导致另一种意识形态的进入，从此，乡村进入经济建设为中心的快车道，"致富"、GDP逐渐强化成为新的"意识形态"，古老的乡土世界挟裹在转折时代的旋涡中，以前所未有的速度发生了翻天覆地的变化，同时产生一些亟待解决的突出矛盾和问题。比如"三农"问题逐渐显露，大量耕地资源抛荒浪费，大气、水、土壤等环境污染加剧，农村留守儿童、妇女和老人问题日益凸显，乡土特色和民俗文化流失等。[2] 这些问题：乡村生态、空心村、人才流失、农业衰败、文化式微等，众多的乡土小说家都有过聚焦，从20世纪80年代开始，对于农业勃兴、乡村伦理、世道人心的文学式讨论，诸如《腊月正月》《最后一个鱼佬儿》等，到20世纪90年代对农业危险、外出务工、乡村生态危机、乡村权力异化的控诉，诸如《黄金洞》《命案高悬》等以及数量庞大的打工文学，再到21世纪之后，对乡村

---

[1] 王爱军：《论当下小说对新农村的多样化叙事》，《淮阴师范学院学报》2009年第6期。
[2] 中共中央、国务院：《国家新型城镇化规划（2014—2020年）》，新华社，2014年3月16日。

文化、扶贫攻坚、乡村振兴等的描绘，诸如《春季里来百花香》《乡村第一书记》等。可以说，乡村由物质形态到精神伦理，从历时态到共时态，都发生了令人瞩目的巨大嬗变，这些变化需要历史和辩证地加以认清，进而也激发了作家对"现代性的面孔""现代性的后果"的反思。有研究者说，"村庄，在某种意义上，是一个民族的子宫，它的温暖，它的营养度，它的整体机能的健康，决定着一个孩子将来身体的健康度、情感的丰富度与智慧的高度"[①]。

二

首先是乡村文化的第一屏障——生态环境的破坏，所谓乡村生态，是指乡村人在一定自然和社会环境中的生活状态以及内在的精神世界，主要包括乡村自然环境、社会环境和精神世界等方面。[②] 贾平凹《带灯》中，以樱镇为代表的乡村经济陷入盲目和畸形发展之中：樱镇引进了一个企业，它是发达地区产业转移、腾笼换鸟所不需要的高污染企业，如同"上访专业户"王后生所揭露的，蓄电池是这个大工厂的主打产品。如果环保不达标，生产蓄电池就会严重破坏环境，任意让废水流进地里，田里的庄稼就全部死掉，排到河里，水草不生鱼虾绝迹。这些工厂是无处可去才被当作宝贝似的引进到樱镇落户。与此相仿，樱镇附近的大矿区因为大肆开发最终导致了生态的严重恶化：比如粉尘终日弥漫，天色老是灰蒙蒙的，下雨天，雨点携带着泥浆打在身上，白衬衫变成花衬衫；山上矿洞开采过度，陆陆续续发生塌陷下沉的事件，有村民的房子散布在沦陷区，生命财产受到严重威胁；比如华阳坪原来的物产丰富，辣椒、莲菜远近闻名，生态受到污染后，已无人问津了。大矿区从曾经的绿水青山到现在的"穷山恶水"，人们虽然在一定程度上生活富裕了，但是山掏空了，空气雾霾了，水变质了，如果樱镇步其后尘，那么，樱镇人吃了喝了会患什么怪病呢，女人还能生娃吗？大矿区的残酷现实提醒这里的人们，"致富主义"至上的乡村畸形经济发展方式带来的后果极其严重。这是带灯所纠结的一个悖论性质的命题，富庶美丽对樱镇人只能是一种幻想，美丽/富饶只可取其

[①] 梁鸿：《中国在梁庄》，中信出版社2014年版，第225页。
[②] 谷显明：《乡土中国的当代图景——新时期乡土小说研究》，中国社会科学出版社2016年版，第25页。

第二章 传统观念的现代转型

一，要么像美丽但却贫穷的樱镇东岔沟村，要么像虽然富裕却饱受污染之苦的大矿区。在樱镇党政领导的主导下，大工厂得以在樱镇安营扎寨，现代性终于来临了：坚硬如铁、无坚不摧的庞大的车队从城里开到了樱镇乡下，所到之处，路面破碎、鸡飞狗跳、尘土飞天，圈地、建厂房、挖山头，打桩、钻探、推土、填埋……，工地上红旗招展、烟尘滚滚，巨大的声响打破了乡村的宁静，伴生着的生态污染的可怕、可悲的"现代性后果"不期而至了。在此，我们仿佛遭遇了一个"世纪之问"，无论是现实中还是文学里，乡村现代化建设的实践常常最终导向"美丽"和"富饶"的严重且不可调和矛盾对立，要"美丽"还是要"富饶"成为一个两难的选择题、一个历史性的悖论，这种痛苦的经验就不免把人们带入一种二元对立的质疑之中：美丽宁静而贫穷的乡村到底需不需要现代性？进而言之，到底有没有一种更加理想与科学的发展方式，既可以实现农民期盼已久的富饶，又能够保持乡土中国的绰约迷人风姿？《亲爱的深圳》（吴君）中，李水库无法忍受城市的污染想逃回小时候的农村，可张曼丽嘲笑他脱离实际犹如痴人说梦："现在农村还有新鲜的空气吗？到处都在挖山挖石头，大片大片的土地荒掉了，你在哪儿见到了美丽的庄稼？你真是一个臆想狂。"对此，詹明信曾指出："今天，大自然本身已彻底消退泯灭，面对'后资本主义'、'绿色革命'、'新殖民主义'、'超级大都会'等现代文明的诸般现象，海德格尔的'田间小径'的确已经无法力挽狂澜了，因此，它的消退是无可避免的，不能挽回的。"[①]

根据一项权威数字表明，虽然国家正在抓紧抢救古村落，"但古村落的抢救和保护进度，远赶不上古村落逐渐消失的速度。而在消失的村落中，其中有不少是具有历史风貌的传统村落。自 2000 年至 2010 年，我国自然村由 363 万个锐减至 271 万个，10 年间减少了 90 多万个，平均每天消失 80—100 个。"[②] 正是乡村世界的饱受摧残，魂神俱失，成为"不城不乡"的怪物。被誉为打工诗人的郑小琼就如此评价自己的村庄，"用一句话概括就是'回不去的故乡'。……回去给我最大的感受，就是记忆中的故乡不见了，……比如故乡的风俗，人情，故乡的人。当我真正走近这些

[①] 参见鲁枢元《自然与人文：生态批评学术资源库》，上海学林出版社 2006 年版，第 746 页。
[②] 《担忧！中国传统村落 10 年消失 90 万个！拿什么保护你我的乡愁!》，《中国传统村落蓝皮书：中国传统村落保护调查报告（2017）》，搜狐网，www. sohu. com/a/210734891_100022715，2017 年 12 月 15 日。

时,才发现曾经在纸上写过的故乡渐渐地远去了,眼前这个村庄在心里变得陌生起来,回忆中的村庄已离我远去,剩下不断改变的村庄,水,不再绿了,被工业与化肥污染了。……在村庄里,如今剩下的只有老人与孩童了,中壮年几乎都进城了,在这样的空心村庄的背后,是什么呢?"①

黑格尔对于初民与自然和谐相处,依从对自然的本真状态大加赞赏,但却对于人类不断向自然索取表达了担忧:"那种天真的状态,乐园的生活状态,乃是禽兽的生活状态,'天堂'是禽兽的,不是人类能勾留的园囿。"②

其次是农耕文化的逐渐湮灭。"农耕文化指农民在长期的生产和生活中形成的一种风俗文化,其中心是为农业服务和为农民自身娱乐"③ 但是,农业耕作作为乡土中国的载体和物化,农耕文化的最重要的显性标识已经残缺不全了,大面积撂荒、只种单季稻、生产的粮食廉价、青壮年外出务工,乡村作为农业的载体早已徒有其表。农民,顾名思义就是以农耕为职业的庶民,然而他们为农业服务也意兴阑珊了。刘玉栋的《我们分到了土地》中,从儿童的视角观照传统农民个体生命意识中强烈的土地依恋和烙刻在其灵魂深处的农耕文化的印记:土地是爷爷刘小鸥的性命根本,其重要性远胜于他个人,给孙子命名为刘土地就寄寓了他对土地的深厚感情;当他期望的土地没有如愿以偿地分到手里,巨大的失落感和强烈的挫败感完全摧垮了他,他选择在田间死去来表达他对土地的无限眷恋。小说书写了传统农民的文化心理结构中最为稳定的部分:农耕为业,依土而生,恋土而死。

改革开放特别是 21 世纪之后,工业文明、产业结构调整、新业态诞生等产生的强大冲击力,以摧枯拉朽的现代力量捣毁了农民与农业的对应、依赖关系,农民与农业生产的紧密关系发生淡化、疏离乃至隔膜。于是,"非农非工"的农民工大量涌入城市,他们带着痛苦与悲凉离土又离乡,其现代性的直接后果就是土地撂荒、弃耕等"三农"危机。但另一方面,城市远远没有为农民的进入做足做好准备,农民只能徘徊在城乡交叉地带,身心处于进退失据的"边缘",成为两种文化过渡带的"边际人"。显然,无论是对农民还是对土地来说,目前都尚没有探寻到更好的出路。何

---

① 程贤章等:《关注农业关心农村关爱农民——广东作家四人谈》,《文学报》2009 年 9 月 6 日第 7 版。
② [德] 黑格尔:《历史哲学》,王时造译,上海世纪出版集团 2001 年版,第 318 页。
③ 兰文玲:《新时代乡村振兴背景下的农耕文化传承》,《农民科技培训》2019 年第 8 期。

第二章 传统观念的现代转型

申《多彩的乡村》中的老农民赵德顺依土而生,他眼看青龙河畔三将村的农业整体衰败,痛心疾首又无计可施:他叹口气,却又顾不上再往下想,他恨不得扔了拐杖,像年轻人一样往地里跑,他要看看大块地里的庄稼。大块地,是村东一块面积有四十多亩的缓山坡地,也是三将村最好的一块地。这地在联产承包初期,分给了二十多户,每户两垅。开始还行,村民们都当眼珠子似的伺候着,没过几年,情况变了,乡里村里办企业,个人做生意,一来二去,不少人就看轻了这庄稼地,也有撂荒的了。关仁山《伤心粮食》中,上演了"丰年致贫""谷贱伤农"的景象:一边是王立勤丰收的粮食卖不到好价钱被迫囤积仓库,一边是王立勤久病的父亲没钱医治而悲惨死去。为此,大哥顶不住压力而突发心脏病去世,王立勤的母亲也被折磨得气息奄奄。小说揭示了特定历史时期,坚守乡村、从事农业生产无异于作茧自缚、自寻死路。心灰意冷的王立勤举火燎天烧掉了自己家的粮食和房屋,与故土、土地做了最后的了断,也斩断了对发展农业的念想,伤心出走而逃向遥不可知的世界。

到了新生代农民的心里,农业、农民、农村已经是"镜像化"的他者,他们彻底地从乡土的系统中"脱嵌",嬗变为两无依傍、游离于城乡之间的文化混血儿、人格边际人。正如漂在城里的青年农民工王德志所说:"凭什么说我们是农民,我们既没有土地,也不会种地,而且,我们已经离开了农村。"① 农业生产是农耕文化的物质载体和表象,农民深层次的文化观念、价值追求才是其核心。有研究者认为,"在农耕社会中,人们以血缘关系为纽带群居,以此形成重义轻利的价值观,包含着集体主义和爱国主义内涵。从对家族的认同到对村庄集体的认同,从对民族的认同到对国家的认同,最后形成了浓厚的家国情怀"②。

林白《从银禾到雨仙,从棉花到芝麻》以城里女孩春晓与在城市当保姆返乡的农村妇女银禾的双重视角,描绘出现代性冲击之下的农耕文化的裂变。在春晓眼里,乡村世界是宁静的、传统的、守旧的、颓败的;在安居都市生活而返乡的银禾眼中,乡村世界是欲望勃发、勉力挣扎、失神分心、价值分裂的。在城里女孩春晓眼中,乡村废弃的堂屋里,正方神龛上张贴着大幅的毛泽东画像,穿着风衣举目远眺指点江山,与之并立的是大

---

① 黄传会:《皮村——聚焦新生代农民工》,《北京文学(精彩阅读)》2011 年第 3 期。
② 兰文玲:《新时代乡村振兴背景下的农耕文化传承》,《农民科技培训》2019 年第 8 期。

幅的100元面值的人民币印刷品，虽然已经暗淡褪色，却依然十分醒目。毛泽东画像和人民币印刷品的混搭张贴和毫无违和感，表达了乡土中国极具隐喻意义的内涵——乡村已经从农耕文化大踏步地迈向了城市文化、商业文化。毛泽东画像是传统中国、农业中国、政治中国的象征，而人民币印刷品则是市场经济、金钱社会、欲望利益的暗示。二者组合在一起，并悬挂在农家最重要的场所——堂屋里，表现了吊诡的文化冲突与张力。随着传统乡村社会解体，农耕文化越来越嵌入强烈的商业化、欲望化、利益化、碎片化的基因，甚至伟人画像也发生巨大转喻，从政治崇拜、英雄崇拜而转变为具有保佑平安、加持致富的经济诉求与商业符号。

显而易见，在传统农耕文化的深层已然出现了断裂的罅隙。由于现代性的进入，携带着的重商轻农、重利轻义、消费享乐的思想逐渐掳获了人们，农耕文化要么消失殆尽，要么整合新的元素浴火重生。

总之，新世纪乡土小说中"废乡镜像"的一再呈现，已经不仅仅是农业难以为继的揭示，而上升为对乡村整体文化"忧根"面临断裂的生存困境的反思：家园已无法实现认同，文化正在为城市文明加速同化，乡村主体性正在丧失，依附在城市周边成为与城市同质化了的"交叉地带"，农民成了无根的漂泊者、边际人。有学者指出，"非西方的本土文化传统中的个人，在面对西方技术、知识体系、权利方式以及随着现代市场经济涌进本土社会里来的全部西方影响时，所体验的那种'认同危机'，那种丧失了真实的'自我'的心理体验，那种对异化的'变形记'式的痛苦感受，那种找不到'场景'从而失去家园时的茫然"[1]。毫无疑问，故乡被现代性所带来的一切所侵蚀，虽然故乡在一次次做着努力、挣扎与反抗。现实性的故乡正在面临日趋毁灭消亡的命运。

三

再次是风情民俗历经变迁。风俗民情是指民众自古至今生活生产过程中逐渐凝结而形塑的、世代沿袭的、具有地域文化内涵和价值普遍认同的社会风尚和行为习俗，具体表现在饮食、服饰、居住、婚庆、节日、禁忌、礼仪等许多方面，是一个民族区别于其他民族的重要标志。汪曾祺曾说过："民俗，不论是自然形成的，还是包含一定的人为的成分（如自上

---

[1] 汪丁丁：《回家的路》，中国社会科学出版社1998年版，第78页。

第二章 传统观念的现代转型

而下的推行),都反映了一个民族对生活的挚爱,对'活着'所感到的欢悦。它们把生活中的诗情用一定的外部的形式固定下来,并且相互交流,融为一体。风俗中保留一个民族的常绿的童心,并对这种童心加以圣化。……风俗是民族感情的重要的组成部分。"①

在王磊光的老家湖北农村,春节、元宵、拜年等乡村文化中重大的节庆及其庄重严肃的仪式感、氤氲着浓烈乡土气息的活动内容与定格着农耕文化的形式早已变味儿或干脆直接省略,连同包孕在其中的最为核心的"人情"更是淡漠疏离了,留下的只有老一辈人的喟叹和记忆,而年轻一代早也迷失在对现代化、城市文化的嬉戏与追逐中了。作者在《在风中呼喊》不无伤感地喟叹,"现在乡村的人情亲情,基本上仰仗老一辈人在勉力维持着,在老一辈人那里,他们不仅珍视,而且这样的亲情人情也凝固和停滞在一个相对稳定的旧有时空里,但是对年青一代来说,现实的利益、维持生计的考量、飞快的生活生产节奏早已深深地嵌入了亲情关系,把曾经稳固密切的关系分割得七零八落了。如果前辈凋零,过去温馨氤氲的乡村人际亲情也就无可挽回了。比如拜年,在过去,人们喝酒聊天、围炉夜话、抵足而眠是固定节目,思想得到交流,感情得以增进,现在大家要么开车、要么骑车,为了履行不得已的'义务',客套寒暄、步履匆匆,拜年的样式还在,礼物更加厚重,亲情却日益稀薄,空洞无物了。再比如,家乡有一个词,叫'荡十五'。什么意思呢?就是正月十五这一天,不应该留在家里,人人都要出来,到街上去闲荡、交流、聚会,看热闹,看电影看戏什么的。可是现在,过了初八,村子里的人已经走得差不多了,哪里还有什么'荡十五'啊!"

风情民俗不仅依附在饮食、服饰、居住、婚庆、节日、禁忌、礼仪等具体而微的载体中以物质/非物质形态表征出来,更重要的是蕴含了"精魂"——农民的生命哲学与人生智慧,比如对于似乎"大操大办"的农村"丧礼",其中有农民对亡者的人生总结、解冤释结,对死亡的理解、敬畏与从容,对家属的温情、体恤和同情,对活下去的认真、坚韧与执着,对悲伤的分担与慰藉,对超度的念想和遵守,对宗教的倚重与敬仰,对轮回的期盼与畏惧,对情感的宣泄和调整……,乃至全村人亲朋好友的人际关系调适、孝子跪丧、妇女哭丧的真实、率性、情感的丰沛充盈,都远比城

---

① 汪曾祺:《谈谈风俗画》,《汪曾祺散文》,人民文学出版社2005年版,第257—258页。

市文化中简化、程式化的、冰冷寡情的丧葬显得更富有人情味和人间烟火味儿，也表征了其坦然淡定地"向死而生"的悲欣交集的况味。但是，在当下，乡村文化中的风情民俗渐渐地被城市文明以"现代"的名义和加速社会的"效率"雨打风吹去了。黄灯在"非虚构小说"《大地上的亲人》中展示了湖北乡村"风情民俗"的消长起落：在 20 世纪 80 年代的隘口村，每到过年，从初一到十五必定请花鼓戏的戏班子，整整半个月，全村老少即在台前看戏，演员唱到悲伤处，台下观众泪光点点，隘口村成了一个传统文化氛围浓厚的戏曲王国，粗通文墨的村民们对表演、唱腔、服饰、选本、唱词、戏子等如数家珍头头是道。很长一段时间，隘口村男男女女都能唱上一段《刘海砍樵》，地方戏曲场景与乡村生活无遮无碍地混合在一起，分不清边界在哪里；几乎所有的人都能来上几句唱腔，他们就像马孔多小镇的居民一样，自由地穿行在历史、宗教、祖先、神灵、大地、心灵中与彼此对话，沉浸在乡村质地密实、古朴自在的浓厚文化氛围中。"今天，这一切都不会重现。隘口村的晒谷坪没了，戏班子早就解散了……"而黄灯少女时代曾经心仪的一个演员小生，早已"解甲归田"，这个挣扎在底层的农民拖着四个孩子，为了生计四处劳累奔波：卖钢材，开食杂店，卖猪肉……。台上仪表堂堂的小生和终日庸庸碌碌的农民，二者之间似乎具有很大的违和感，不知生活的烟火气和苦难有没有泯灭他内心的诗意、文化和远方理想？

梁鸿认为"真正的'文化回归'并不仅仅指形式上的东西，它应该是对整个中国传统文化、生活方式、习俗、道德观进行重新思辨，并赋予它新的生命力"[①]。——这使我们沮丧地想到贾平凹的《秦腔》和侯波的《郎的诱惑》，后者抒写了袁青子的乡村戏班子在"现代文化"的无情冲击下分崩离析，演员们"解甲归田"四处漂泊，有的重操旧业当农民，或者在城里打工，而最漂亮的台柱子红霞则心甘情愿地委身当了房地产老板高玉海的"小三"，小说揭示了资本对乡村文化的蹂躏，现代文明对乡村文化的围剿，而袁青子"文化复兴"的梦想就此破灭。等到乡土中国的电影、电视、手机视频都在播出同质化的现代影像时，五彩缤纷、灵韵生动且富有地域标识的乡村文化、地方性知识体系将逐渐衰微、敛灭。别林斯基（В. Г. Белинский）指出："'习俗'构成着一个民族的面貌，没有了它们，

[①] 梁鸿：《中国在梁庄》，花城出版社 2013 年版，第 228 页。

第二章　传统观念的现代转型

这民族就好比是一个没有面孔的人物,一种不可思议、不可实现的幻象。"[1]

20世纪80年代的"世情小说"中,读者对邓友梅的《烟壶》记忆犹新,因为以"鼻烟壶"为代表的传统手工艺以物质化的形式和非物质文化的手艺承载了乡村或市井文化的精髓、民众的智慧。但是在市场经济条件下,每个人都身不由己地被"嵌入"经济结构中无力自拔,市场交换、经济利益主导了人们的一切,出于对金钱的追求、对"快速"的需要,乡村许多慢工出细活的传统手工艺要么被大工业的现代化、标准化、流水线生产所代替,要么因为费时费力、派不上用场等原因而濒临失传。在《大转型——我们时代的政治与经济起源》一书中,卡尔·波兰尼(Karl Polanyi)通过追溯到19世纪的英国工业革命,考察了市场自由主义发生的历史状况。随着劳动力市场和金钱本位制的确立、自由贸易国家意识形态的形成,原本在人类历史生活中一直处于从属地位的市场,不但开始主导人们的经济生活,而且开始主导人们的政治、宗教和社会生活。"终究而言,这正是由市场控制经济体系会对整个社会组织产生致命后果的原因所在:它意味着要让社会的运转从属于市场。与经济嵌入社会关系相反,社会关系被嵌入经济体系之中。"[2] 这也就是卡尔·波兰尼所说的"大转型"之所在,市场由从属转为主动的过程则被称为"脱嵌"。在李杭育《最后一个鱼佬儿》中,福奎打鱼的工具是传统的渔网和滚钓,滚钓是专为钓大鱼的。这里面包含了渔民作业"抓大放小""休养生息"的智慧和对自然的敬畏与仁爱之心。但是,现代化大生产中,人们为了利益,为了满足市场需求,不惜用大船拖着越织越密的渔网竭泽而渔,加上江里污染越来越严重,葛川江的鱼儿早已没剩几条了,就连他侥幸捕捞上的一条鲥鱼,也被称作葛川江里最后一条鲥鱼。福奎的滚钓被轮船损坏而无处补货,因为供销社门市部的售货员告诉他,这种滚钓过时了,早就停产了,现在葛川江上的打鱼人都洗脚上岸,被迫做了种田的老把式。厂商不会因为福奎一个户头单独制作那旧事物。"拉倒吧,老爹!"那营业员好心开导他,胡老大死了,儿孙辈要么进城务工,要么另谋职业,他们家(生产滚钓)的祖传手艺眼看就要失传了,你还是好好学学人家科学养鱼的方法吧,不要再去

---

[1] [俄]别林斯基:《别林斯基选集》第1卷,满涛译,时代出版社1953年版,第41页。
[2] [匈]卡尔·波兰尼:《大转型——我们时代的政治与经济起源》,冯钢、刘阳译,浙江人民出版社2007年版,第15页。

打鱼了。

到了 21 世纪，不仅是福奎的滚钓，有"短篇小说之王"的刘庆邦的《鞋》《手艺》《太平车》《曲胡》《响器》，孙惠芬的《吉宽的马车》等小说都或深或浅地抒写、缅怀乡村传统手工艺，这些乡村文化的基础性意象群，表征着农耕文明、传统文化、前现代属性的象征性器物，随着现代性在乡村的逼近不断消逝在落日的余晖里，成为人们追忆的乡村美学意涵，也一度"复魅"着人们对古典乡村的温情想象。《鞋》写待嫁的乡村女子守明按照当地风俗为未婚夫纳一双鞋子的故事。鞋子，成为守明对未婚夫、对未来婚姻生活的美好向往与期待的象征物，全篇营造了一种古典静谧，富有诗情画意的乡村图景——与《白洋淀》中在皎洁月光下编织芦席的水生嫂可以媲美。《手艺》写"他"有一门手艺，就是把残破的碗锯好。在帮邻居小媳妇补碗的过程中，二人产生了微妙的情愫……。在这门手艺的背后，隐含的是一种古朴清贫的生活方式，一种走街串巷的漫漫人生路，一种对民间技艺坚守的工匠精神——这让我们想到鲁迅《风波》中九斤老太家补了三个补丁的饭碗。

四

我们当然不能无原则地赞美和无条件地继承乡村文化传统。习近平总书记指出："优秀乡村文化能够提振农村精气神，增强农民凝聚力，孕育社会好风尚。乡村振兴，既要塑形，也要铸魂，要形成文明乡风、良好家风、淳朴民风、也要焕发文明新气象。"[①] 可见当下的农耕文化熔铸了转型时代的特征，外在上重视乡村风貌维护，内在上强调时代精神的嫁接，挖掘传统蕴含的优秀的思想观念、人文精神、道德规范，扬弃其中的小农意识、封建迷信、落后陈腐等因素。因此，乡村文化传统既有传承，也需要创新。有学者认为，"'传统'不是凝固的而是能动的，不是既定的而是建构的"，现代化"并不意味着传统观念和活动的萎缩"，[②] 而是"传统的制度和价值观念在功能上对现代性的要求不断适应的过程"。[③] 今天，我们在

[①] 习近平：《把乡村振兴战略作为新时代"三农"工作总抓手》，《求是》2019 年第 11 期。

[②] ［美］顾德曼：《家乡、城市和国家——上海的地缘网络与认同，1853—1927》，宋钻友译，上海古籍出版社 2004 年版，第 25 页。

[③] ［美］西里尔·E. 布莱克：《比较现代化·译者前言》，杨豫等译，上海译文出版社 1996 年版，第 18 页。

第二章 传统观念的现代转型

叹惋乡村文化冲突日渐消逝的时候，除了挖掘、抢救农耕文化中的精华，还需顺应时代，给予建构和创新。研究者指出，"我国的问题实质上就是农民问题，中国文化实质上就是农民文化，我国的现代化进程归根结底是个农民社会改造过程，这一过程不仅是变农业人口为城市人口，更重要的是改造农民文化、农民心态与农民人格"①。也就是说，乡村文化的部分消逝，有其历史必然性，也需要在创新的意义上改造乡村文化、进一步加速农民真正实现现代化。

英克尔斯指出要使农民和在农村的其他人更现代性，不一定必须建设更多的城市，让更多的人嵌入城市。相反，研究结果表明，通过扩大非城市居民在教育，接触大众传播媒介以及新职业经历方面的利益，同时提高其生活水平。所以加快农村的发展，将更多的资源投入农村一样可以较快的提高现代化水平。②

从当下看，保护乡村文化和促使其现代转型，既需要卸下农民背负的历史沉疴，更需要解决现实的复杂因素，让乡村文化在传承中创新，渐变中发展。我们欣喜地发现"古老的乡土中国文化并没有失效，它依然在发挥着不可替代的作用，新世纪乡土中国伦理文化的重建依然需要从母体文化基因寻找精神遗传密码"。③ 因此，乡村文化的传承与现代化是甫一踏入小康社会后农民所必须解决的精神、心灵皈依的首要现实问题，也是今后新世纪乡村叙事所需重点面对的时代性主题。

---

① 秦晖：《耕耘者言——一个农民学研究者的心路》，山东教育出版社1999年版，第63页。
② 《〈从传统人到现代人〉读后感》，https：//book.douban.com/subject/3229517/2018年11月5日。
③ 张丽军：《新世纪乡土中国现代性蜕变的痛苦灵魂——论梁鸿的〈中国在梁庄〉和〈出梁庄记〉》，《文学评论》2016年第3期。

153

第三章　德先生赛先生的乡村之旅

第一节　民主意识:从他治到自治的艰难嬗变

一直以来,中国乡村的治理是皇权不下乡,而是由乡绅活跃在这片政治权力空白地带,美国著名社会学家威廉·J. 古德(William J. Goode)指出:"在帝国统治下,行政机构的管理还没有渗透到乡村一级,而家族特有的势力却维护着乡村的安定和秩序。"① 五四新文化时期,鲁迅的《离婚》瞄准的是反封建主题。小说描写爱姑因丈夫出轨要求离婚,夫家请了"知书识理"和"讲公道话"的七大人"主持正义",可见这七大人是一个"乡绅"。爱姑刚刚看到他时,觉得七大人和蔼可亲、平易近人,并不似想象中的威严肃杀,但爱姑在他故弄玄虚的袒护下,由抗争而怯懦,由气馁而妥协,最后铩羽而归。小说在其罅隙中也间接批判了乡绅专制、乡村缺乏民主以及农民根深蒂固的奴性意识。

中华人民共和国成立后,中国农村先后实行土改和合作化运动、人民公社制,乡村由执政党及其委派的党组织实行管理,当代农村题材文学中塑造的梁生宝等"圣徒"形象就是其中的杰出代表,而广大农民仍处于被组织发动和启蒙的"革命"动员结构中。有学者指出,"可以说合作化运动……更为显现地把自然村社转变为政治组织。国家权力强行介入成为乡村权力系统的核心构成因素,其他因素则在这个核心周围以新的秩序进行组合。"②

20 世纪 80 年代改革开放以后,农村出现最激动人心的两个变化:一

---

① 转引自秦晖《传统十论》,复旦大学出版社 2003 年版,第 3 页。
② 唐祥勇:《乡村权力的更替——〈创业史〉的另一种解读》,《理论与创作》2006 年第 3 期。

第三章　德先生赛先生的乡村之旅

是实行了家庭联产承包制以促进经济建设；二是实施了村民自治制度以推进民主政治。特别是后者，开启了中国农村治理模式的重大变革，其重点是实行村民民主自治，导致了整个农村政治生活发生根本性变化，千百年来古老乡村第一次尝试自我管理。1982年，国家颁布新修《宪法》，其中第111条规定："村民委员会是基层群众自治性组织"，这是"村民自治"的滥觞。自此，广大农民在这一项基本社会政治制度保障下，开始直接行使民主权利，依照村民自治法处理村务，开启民主自治的大幕。到了1994年，民政部下发了《关于开展村民自治示范活动的通知》，明确"四个民主"的要求，即农村实行民主选举、民主决策、民主管理、民主监督。从"村民自治"到"四个民主"，人们对乡村治理和基层民主的认识是逐步提高、渐进完善的。虽然张弦《被爱情遗忘的角落》、何士光《乡场上》等作品都触及了"文革"前后乡村封建专制（小豹子自由恋爱而坐牢）、农民被异化专断的权力压迫（如冯幺爸被村支书欺压）的景象，但是，古老乡村以青山遮不住、毕竟东流去的历史勇气，冲破艰难险阻，在现代化的道路上，农民不断历经长老治村、圣徒治村、强人治村、混混治村、富人治村等，原子化的农民由于缺乏主体意识和民主质素，习惯于"被统治"，始终处于被治理、被启蒙的地位，乡村政治呈现着进步与落后、自治与专制、脱序与协商等此消彼长的情况。

21世纪前后，基于新农村建设、乡村振兴等国家战略，随着农民主体性觉醒，公民素质、公共精神提升，民主治村逐渐成为现实。当代乡土文学作家中，诸如陈应松、关仁山、刘庆邦等作家对乡村权力异化的抒写，都深浅不一地涉及了农民民主观念的嬗变。本节拟就此做一梳理，着眼于探究转型视域下新世纪文学中农民对于"民主"的复杂心态与现代体验。

一

所谓民主，意即人民当家做主——做自己的主人，而不是将自己交付出去，任由他人宰制。在此意义上，农民历史以来形成的官本位思想、权力崇拜是民主的最大敌人。"由于长期专制政治的压抑和专制文化的熏陶，社会对于凌驾于自身之上的绝对君权，形成一种莫名的敬畏心理。"[1] 进而形成强大的集体无意识潜在支配乡土子民，并内化为农民的文化心理和认

---

[1] 冯天瑜、何晓明、周积明：《中国文化史》，上海人民出版社2005年版，第193页。

识装置。"这种文化心理表现在日常生活上就是对权力的微薄渴望。……乡村社会到处活动着政治人或类政治人的身影。"① 新世纪乡土文学在对乡村政治的抒写中，表现和批判最多的就是乡村民主选举的"乱象"及其背后展示的乡村民主政治异化及对农民精神及肉体的戕害。如尚志《海选村长》、石舒清《选举》、孙春平《乡间选举的乐子》、李洱《石榴树上结樱桃》、毕四海《选举》、董昌富《选村长》、梁晓声《民选》、曹征路《豆选事件》、彭瑞高《大选》、阎刚《乡选》等，以极其相似的标题和叙述结构，揭露了以村民自治旗号为幌子的选举现形记。选举乱象是表象，实质上是对权力的尊崇及攫取，对"民主"的委弃和践踏，在农民的价值观念上则表现为顽固的以官为尊的"官本位"思想。学者丁帆认为："即使在财富的权力改变了乡土的中国的今天……，行政强权仍然分化着乡村，这个有浓厚官本位传统的民族难以摆脱对政治的热恋。"② 小说中这些所谓的"民主选举"，破坏的不仅是乡村的政治生态，更致命的是对农民刚刚萌生的民主意识的戏弄与扼杀。试想，当金钱、权力可以"干预"选票的时候，当正直的农民无力挽回颓势的时候（如曹征路《豆选事件》中，退伍军人方继武组织村民反抗恶霸村长方国栋，菊子甚至以死抗争），当政治冷漠的从众心理盛行的时候，农民仅有的微弱的"民主"意识之火苗也被浇灭，政治参与热情将大为降低。

杨少衡的《啤酒箱事件》叙述的就是这样"典型"事件。村主任岗位竞选在张家和汤家展开。张茂发当了村主任几十年，在市县乡广泛编织人脉，候选人之一张贵生就是他的女婿。按照上级意图，坂达村选举工作领导组组长罗炳泉的"政治任务"就是"要确保张贵生当选"。竞选双方随之开展一系列的搏杀：走家串户，组建亲友竞选团，拉票许诺，笼络村民。张茂发当副市长的弟弟张茂盛也给县里打了电话，交代县领导"关注一下他老家的换届"。张家还设下局面：另一竞选者汤金山去乡里载货，张茂发二哥张茂林的儿子在半路上堵截，并用卡车冲撞前者，以此引发肢体冲突，而就在这时警察出现了，汤金山被顺理成章地带到了派出所……。汤金山的大名虽然还印刷在选票上，实际已经在这场没有硝烟的战争中出局。汤金山的弟弟汤金水明知哥哥误入陷阱，于是展开疯狂的报复行动：

---

① 冯天瑜、何晓明、周积明：《中国文化史》，上海人民出版社2005年版，第129—130页。
② 丁帆：《中国乡土小说史》，北京大学出版社2007年版，第329页。

第三章 德先生赛先生的乡村之旅

他偷偷溜进设在村小学操场的选举现场，乘工作人员不备，将装有选票的"啤酒箱"抱走，直接放在水龙头下淋上自来水，破坏了选举。汤金水也因此被拘留，但是，如何继续实现组织意图，怎样说服从北京来的对村里选举开展调研并知情的李博士"闭嘴"离开，工作组迅速展开了危机处理……。最终当然是张贵生如愿以偿当选。这样的结局并非只是文学的虚构，实属意料之中。

农民"以官为本"的人生信条之所以根深蒂固，就是因为长期以来，在他们有限的经验世界里，整个社会以官为贵、以仕为荣，当官能够带来实实在在的"好处"：财富的丰盈、精神的满足。费孝通先生指出："人们喜欢的是从权力中得到的利益。如果握在手上的权并不能得到利益，或是可以不必握有权力也能得到的话，权力引诱也就不会太强烈。"[①] 这样的价值导向难以在农民心里垦殖出民主的土壤，而且镇村干部是离他们最近的"官"，镇村干部的所作所为直接建构了他们对"当官"的理解。作家杨少衡说："村主任不是官，却管不少事，在村民眼中，各级领导离得远，村主任对村民最要紧。修桥铺路，征地拆迁，……拿这个给那个，公平不公平，都靠村主任。"[②] 在此，杨少衡将村干部的身份、权力及作用分析得十分透彻。熟悉乡村权力运作的读者就不难理解，为什么乡村民主政治书写中关于选举脱序的描述如此之多，它们反过来又恰恰印证了民主的缺失和现实的某些症候。

阎连科的短篇小说《黑猪毛 白猪毛》讲述开车撞死人的镇长委托李屠夫找人顶包、村人争相顶罪，最后却意外失去顶罪机会的故事。刘根宝一家在村里是独姓，积贫积弱，所以被李屠夫看中。刘根宝也认为这是一个攀附权贵、奔前程的好机会，甚至可以因此解决自己大龄脱单的问题。村里还有另外 3 位村民也怀着同样的心理争相为镇长顶罪。吴柱子想借助镇长的权力把带着孩娃私奔到邻村一个村干部弟弟家的媳妇要回来；赵瘸子因烧的砖窑倒塌而致残并欠了一大笔债，为了能弄到一笔贷款愿意为镇长顶罪；连村里的殷实户李庆为了让镇长给读师范即将毕业的弟弟安排工作也抢着为镇长顶罪，大家僵持不下……，李屠夫只有通过古老的抓阄来决定，他在四张纸里面包了 4 根猪毛，其中三根是白色的，一根是黑色的，

---

① 费孝通：《乡土中国 生育制度》，北京大学出版社 1997 年版，第 61 页。
② 杨少衡：《啤酒箱事件》，《小说月报》2008 年第 12 期。

抓到黑猪毛的就可以代替镇长去顶罪。刘根宝得到这个千载难逢的机会后,"吴家坡的人眼里有了惊羡的光,人们争相和他说话",像当年参军入伍般隆重、排场地欢送他去"蹲监","簇拥着不肯立住送他的脚",嫂子在邻村的表妹听说后,连夜与他订妥了婚事,还让刘根宝"安心坐牢,会等上他一年两年……"。这是一个让人难以置信、近乎黑色幽默的荒诞剧。但是,这样的故事如此陌生而熟悉,仔细思量,又是那么符合生活逻辑和农民心理。如阎连科坦言:"因为自己从小生活在乡村的最底层,……对乡村的政治结构有一定了解而形成一种崇拜心理,它可能会成为我作品中'村落文化'非常大的一部分。"[1] 读者在含泪带笑中放眼看周边和媒体上,关于"顶包"的报道并不鲜见。我们同情刘根宝的孱弱,无法责怪他的愚昧,他身边的李屠夫、争相顶罪的无依无靠的李庆、吴柱子、赵瘸子以及东邻哥嫂、刚刚订婚的准婆姨、众多村民,全都匍匐在权力的脚下,成为权力的俘虏而不是民主的拥趸。这些看客、庸众、帮闲对于权力的崇拜登峰造极,就意味着在权力受到顶礼膜拜的乡村,民主便无生长的土壤,更没有立足之地。

二

根据阿尔蒙德(Gabriel A. Almond)对政治文化的研究,臣民型政治文化是中国传统政治文化之根柢,带有浓厚的依附色彩和人治特色。其中不乏民本主义思想、大一统的国家观、和谐理念和爱国主义、集体主义等积极因素,对我国社会发展具有重要价值和意义。但更多的则是专制主义、王权主义、宗法观念、人治主义、中庸观念等消极因素,[2] 至今仍抱残守缺,并且某些习性和品格已内化为农民的思想观念。透过对新世纪乡土文学的分析,读者可以触摸到乡村政治中更多"专制"的因子,千百年来的专制文化——民主的敌人,在乡村造就了农民深入骨髓的"奴性意识",使得农民难以内生出民主的基因,更无法为自己当家作主并加以发扬光大。而且,伴随着市场经济体制的建立和城乡二元结构的打破,前现代乡村内生性的"长老治村"逐渐让渡于乡村新兴力量。某种意义上,那

---

[1] 阎连科、梁鸿:《巫婆的红筷子:作家与文学博士对话录》,春风文艺出版社2002年版,第136页。

[2] 苏改梅:《传统政治文化中的消极因素对农民政治参与的影响研究》,硕士学位论文,东北师范大学,2017年,第1页。

第三章 德先生赛先生的乡村之旅

种"长老统治、爱无等差"的具有初步、朴素民主意识的"长老统治"在乡土社会已成为远逝的乌托邦，乡村自治面临内涵被抽空的危险。

李佩甫的《羊的门》塑造了一个乡村"土皇帝"般的专制象征形象：呼天成。在书中，作者摘录了《圣经·新约·约翰福音》的一段话：

> 耶稣对他们说，我实实在在地告诉你们，我就是羊的门。我就是门。凡从我进来的，必然得救，并且出入得草吃。

读者容易忽略了这段《圣经》的文字。作为题记，显然作者是借以用来隐喻乡村的某些现实，这也是小说取名《羊的门》的缘由。它既是文章之眼，也起到提纲挈领、涵括全文的作用。熟悉西方宗教文化的人都了解，耶稣在此的布道，并不是对羊说的，是对着一帮犹太人说的，可见这里的羊就是人。小说塑造了呼家堡这个独立王国和它的国王呼伯。呼天成自诩是天上星辰下凡人间实施拯救，于是上帝交付给呼伯崇高的使命：扮作呼家堡的救世主，我要当好这个主——他就是呼天堡的耶稣，他就是羊的门，凡是进入他的门（人场、官场）的羊——村民、官人，都能转凡成圣，并保其出入得草吃。他不仅是呼天堡农民的大救星，也是许多官人进退留转的压舱石。小说写到，呼家堡只有一个脑袋，这个脑袋就是呼天成。呼天成用个人思想归化村民，以极权强化他们的奴性，让大众顺从，失去主体意识和自尊，如同被圈养的没有灵魂的羊。不允许你有思想，不允许你有意见，呼天成的想法就是呼家堡的想法，你失去自我，你也不是自己，你就是草原上的一只羊，你的道路在牧羊人的鞭子下，你的思想在牧羊人心里。甚至你都不是羊，你就是一个躯壳、一个代号、一具行尸走肉。有学者指出，"中国乡村的专制或统治意识几乎没有发生本质性的变化。詹石磴和旷开田虽然是民众选举出来的村主任，但在缺乏民主和法制的乡村社会，民选也只能流于一种形式而难以实现真正的民主。在这样的环境里面，无论是谁，都会被塑造成詹石磴或旷开田。"[①]

小说写到，在弥留之际，呼天成想听狗叫。也许他并没有忘，当年为了与秀丫私会，他下令杀死了呼家堡所有的狗。四十年了，呼家堡没有狗。倾其一辈子，呼天成与人斗，与狗斗，与魂灵斗，与自己斗，在斗争

---

① 孟繁华：《乡村中国的艰难蜕变》，《名作欣赏》2009 年第 3 期。

中建立了他的乌托邦王国——呼家堡。他想听的不再是山呼万万岁，想听的竟然是犬吠，他想在狗的汪汪狂吠中上路，离开他苦心经营的呼家堡，就在呼家堡的臣民为找不到狗而诚惶诚恐时（连孤零零的狗叫也是从派出所借来的警犬而不得不提早归还），村里唯一的老闺女徐三妮突然趴在呼天成家的院子门前，学起狗叫，竭诚奉献的汪汪声，引起全村几百男女老少的齐声狂吠，全都跟着徐三妮学起了狗叫——呼天成的"羊"们跪在呼天成的门口呼天抢地，呼伯在震耳欲聋的汪汪声中死了。这是最大的臣服，最低的匍匐，也是对民主最强的讽刺。呼家堡村民们真心实意的犬吠，毋宁说是"民主"在古老乡土无言的"悲剧"，是农民发乎情、现于行的常态。作为臣民型政治的一部分，农民发自内心地愿意依附在强人、能人的身上，他们离独立自主、民主参与乃至当家作主还有很远的距离。根据福柯对微观权力的研究，社会每个人都身处权力机制的规训下，微观权力机制以技术、知识甚至心灵的操控为旨归和基础，藏身隐蔽且无所不在。托克维尔（Alexis-Charles-Henri Clérel de Tocqueville）指出："在私人文化垄断下，……直接压制的是灵魂。统治者说：你不用像我一样思考问题，你的生活，你的财产，你的一切都可以保存，但是从这一天开始，你在我们之中就是一个外人了"[1]。

　　权力对民主的宰制在乡村普遍盛行。蒋子龙的《农民帝国》塑造了致富先锋郭存先，一个村党委书记、农民英雄式的形象。在个人崇拜达到极致的帝国里，人们对他的称谓从"存先"到"书记"再到"老爷子"。他可以任意侮辱打骂他人，可以私设牢狱打死总会计师杨祖省，他可以纵容打手打死农民，可以和国家暴力机构对抗扣押警察。过去农民因为没钱，失去不少自由。在郭存先的帝国，农民有了钱，依然缺乏自由。可以想见，郭家店的农民连自由都丧失了，身心均沦为郭存先的奴隶，遑论民主权利？社会学家曹锦清教授认为，"正是在这块构成我们当代社会基础的乡村社会内，我们看到古老的生产方式及其同样的社会关系与政治关系，它们已经经历了近半个世纪的上层意识形态与政治制度的激烈变化而依然保持它的巨大的历史惯性。变化是有的，但很少触及本质变化"[2]。直到今

---

[1] 转引自［德］霍克海默、阿多诺《启蒙辩证法》，洪佩郁、蔺月峰译，重庆出版社1990年版，第124页。

[2] 曹锦清：《黄河边的中国》，上海文艺出版社2000年版，第243页。

第三章　德先生赛先生的乡村之旅

天,乡土中国的"民主"还或多或少臣服在权力的脚下,农民依旧习惯听命于长官的吩咐差遣,热衷于"找关系"而不是通过民主的渠道、正常的方式解决诉求。张继的《到城里受苦吧》也侧写了这样的悲喜剧。首先,贵祥的好田地在他不知情的情况下被村长李木卖掉了,这种专横霸道显示了权力的任性和对民主的践踏;其次,贵祥状告李木,想方设法的是闯衙门、拦轿子等旧式农民心目中的"喊冤鸣屈",或者绞尽脑汁"找关系"盼望遇见"青天"。且不论现实中农民讨说法有多难,单看这样的行事方式,无不彰显了农民受旧式思维束缚至深,离民主法制之规约尚有较大距离。有学者指出,"历代对明君贤臣的歌颂,归根到底,都是对(民主)制度的否定;历来老百姓对'清官'的期盼,实际上都透着浓浓的对法律不信任的情绪。"[①]

三

作为"民主"内在的构件,农民的公民素质是当今社会经常讨论的话题。值得指出的是,经过现代化的栉风沐雨,农民特别是新生代农民历经在城市的摸爬滚打,现代文明的熏陶教化,逐渐培养出了较多的现代质素、公共精神:男女平等、法制观念、卫生习惯、时间观念、组织纪律等等,但是,小农意识的遗传,诸如,贪图小利、目光短浅、将就凑合、反智主义、胸无大志、盲从迷信等等,以及现代性所赋予的金钱至上、个人主义等——"现代"裹挟着人们预期和意料之外的一切奔突而来,它们是现代性的衍生物和农民的生命体验。这些因素深刻地制约着乡村民主观念的传播、内化和实行。

阎连科的《炸裂志》不仅抒写炸裂村如火如荼的选战,批判的锋芒更直指农民破坏民主,甚至将"民主"权利拱手相让以交换金钱,以及在利益面前的屈从和摇摆。炸裂村村主任选举的争夺战在孔家和朱家展开。孔明亮家用车拉着货物送礼,朱颖则干脆直接发钱。孔家用拖拉机去城里买营养品、烟和酒,大包小包往人家送。孔明亮拜票时,对每一家都承诺,待到当选后,给他们划拨一大块宅基地,那些接受了礼物的农民,也非常痛快地说,选票就投给你孔明亮了,打死我也不睬朱颖。朱颖则走街入户,以钱开道,到每一家都发钱,多则五百少则三百,这时人们就一边倒

[①] 张学亮:《中国农民法律意识现状探讨》,《求实》2004年第2期。

对她表忠心,还是你朱颖当村主任最最合适。选举现场,朱颖站在台上一言不发,待选民喧闹消停后,她故伎重演向台下抛洒大叠大叠的百元现钞并慷慨激昂地发表演讲,为村民们描绘了共同致富、丰衣足食的美好前景。选举现场村民疯狂地抢钱,欢呼声此起彼伏。选举的结果是,朱颖囊括了八百二十票,孔明亮才刚刚得到她的半数票。孔明亮向朱颖下跪,答应跟她结婚,哀求她把村主任让给他。公布结果时把二人票数做了对调,孔明亮当选村主任。台下村民先是惊愕,继而鼓呼,你鼓掌他也鼓掌。这场在炸裂村农民心中惊心动魄的选战就这样"圆满"落幕了,朱颖、孔明亮、众村民皆大欢喜,各得其所。特别是朱颖,她棋高一着的"政治智慧"体现在对农民文化心理的深刻体察和把控上。其中有一个细节耐人寻味:选举前,孔明亮尽情奚落朱颖,认为村民根本就不会将选票投向朱颖,朱颖回答说:"他们不选我,他们是选钱,现在我有很多钱。"——农民对民主的两面性、遭遇专制的妥协性、面对金钱的趋利性、跟风摇摆的从众性在此昭然若揭、振聋发聩。正如有学者断言,村民自治"这项理论上极富有建设意义的制度推行的现状并不尽如人意,有很多地方还处于相当不成熟的状况,甚至一定程度上被异化,名存实亡"[①]。

如前所述,孔明亮、朱颖的竞选尚有着带领村民共同致富的"崇高理想",那么,为数不少的农民参与乡村治理的目的却非常简单明了:一切为了个人私欲,无外乎围绕金钱、性,而与"民主自治"无关。如,《土地神》中的农民牛二之所以想当村官,原因很简单也很粗俗,就是为了让自己的性欲得到满足。在牛二看来,"性欲是权欲的最初动力和最终目的,而权欲不过是实现性欲的有效手段和工具"[②]。在《耙耧山脉》中,村长活着的时候,鱼肉人民、横行乡里。他的前房媳妇生下死婴,便吩咐发小李贵扛去埋了,还要求在小坟边值守两天以防让野狗给扒了,李贵不得不带着自家孩娃在那里睡了三天。村长还利用手中的权力霸占了李贵家的儿媳妇和寡妇张妞。村长死后儿子继任,在村里变本加厉,村里全是沉默的、被侮辱与被损害的几代农民。《薛文化当官记》里,薛老犟替老实巴交的儿子薛文化报名参加竞选,虽然"北嫘村三十来户人家,就那么几个官位

---

① 徐理响:《乡村政治文化:历史变迁与时代选择》,《中共杭州市委党校学报》2005年第5期。
② 贺享雍:《代序·土地神》,重庆出版社2005年版,第3页。

第三章 德先生赛先生的乡村之旅

位,塞得满满当当,每个人把那个官位位看得比祖坟都紧。"面对老婆的质疑,薛老犟说:"头发长,眼光浅!你想想,文化要是当了村主任,你弄啥呀,就一件事了,在家里等着收礼吧。"

梁鸿认为,"在中国的政治体制中,村支书一级是非常暧昧的政治身份,他不属于国家干部,可以随时变回农民,但是,他又承担着落实国家政策的重大责任。村支书算不上'官',却是一方大事小事都有人找的'大人物'"。[①] 当前,中国乡村社会正处在转型变革时期,由于法律、道德等调控机制的不健全,一些乡村基层权力出现某些畸变和异化,权力崇拜日益膨胀,人治色彩比较严重,民主缺失,少数村干部将权力作为腐败的资本,甚至利用它作威作福整治村民百姓,一些地方出现"能人专制""混混治村"的情况,这些现象极大地刺激了农民的欲望,他们崇尚权力超过平等、眷恋专制胜于民主、迷恋独断胜于协商、喜欢依赖超过自主……,他们是"中间地带的人",身上交织着旧的精神面向和新的文化因子,公民素质培育尚需时日。

更有甚者,梁鸿的《出梁庄记》中,新生代农民知识分子也表现出对乡村民主自治的缺乏信心和政治冷漠。毕业于重点大学、在深圳打工的梁磊消极地认为,"年轻人为啥对村庄事务不关心?你关心得了吗?我爹当过几年村长,我知道情况。说是选举,选票是怎么来的?写的都是同一个人,选票那么多张,写的都是一个人。大家心里都知道是什么样的。"总之,虽然乡村现代化建设为农民现代民主观念的生成提供了条件,但乡村权力的异化,特别是封建意识的制约又使农民在乡村现代发展进程中丧失主体性,"从而使乡村经济的发展具有了詹姆逊指认的'第三世界国家寓言'的性质,农民被迫承受着封建统治与资本统治的双重压迫,也决定了农民现代转型的艰难。"[②] 这也间接暗示了农民民主意识的现代转型是一个复杂交织与负重前行的过程。

四

尽管农民现代民主观念的萌蘖艰难如许,但乡土中国的乡村政治毕竟迎来了她的曙光。21世纪初期,随着一批具有主人翁意识和民主观念的农

[①] 梁鸿:《中国在梁庄》,凤凰出版传媒出版集团2011年版,第157页。
[②] 张连义:《新时期小说的农民意识现代转型》,中国社会科学出版社2017年版,第113页。

民走上乡村政治舞台，乡村由"他治"（村民听天由命或无从参与，任由极少数人决定村里大小事务）、"专治"（权力世袭或家族垄断，如《耙耧山脉》《啤酒箱事件》等众多文本所描述）、"无治"（如《胡不归》里的世宁村人心涣散，村干部撂担子外出打工，村务无人管理）逐步走上"自治"的轨道；乡村权力的"脱序"变为"有序"，开启了真正意义上的"民主选举"、"民主决策"、"民主管理"、"民主监督"，虽然就里还有些笨手笨脚、土里土气和差强人意。《薛文化当官记》（和军校）、《胡不归》（侯波）等新世纪乡土小说透露了这样令人鼓舞的信息。

《薛文化当官记》是甘肃文坛八骏和军校的作品，发表于2008年《中国作家》，后被改编成电影。小说描写憨厚实诚的薛文化竞选村主任意外成功后，排除各种困难，全心全意投入为村民谋发展谋福祉的工作中。上任伊始，通过自费外出考察，薛文化确立了村里"要建医疗站、修缮学校教室、修路、弄一个廉洁管理制度、成立锣鼓队、办工厂"等大大小小的施政计划。在他行使"权力"的过程中，表现了"民主决策、管理、监督"的初始形态，展示了古老乡村从人治到法治、自治的起步，以及农民之于乡村民主政治的全新现代体验。

——对于村小学修缮，婉拒苏副乡长的托请，采取公开招投标，确定施工队。薛文化组织了一个民主评标小组，将乡贤范技术员、曹老师纳入其中，经过认真评议，独立打分，在5个参加单位中，选出赵木匠的工程队。

——公开招聘村卫生员，成立招聘工作小组。尽管媳妇参加考试，仍以成绩确定人选。考试的结果是村里的许妮妮第一名，薛文化让曹老师当众宣布成绩，打消了村民认为会"走后门"的嫌疑，并不计前嫌将许妮妮送到卫生学校学医。这样的结局让她感动得泣不成声，因为她的恶霸父亲、原村主任许三炮为报复自己的落选曾经打落了薛文化的一颗门牙。

——父亲期盼当官有所"回报"，薛文化则坚持无私奉献、为民服务。许三炮当官越当越富，薛文化不仅把家用作小学教室，还为建设新教室以自己的名义去舅舅家赊了两万块砖头。当父亲薛老犟责备儿子当村主任不为自家"办事"的时候，薛文化坚持以民为主、公平正义，反过来劝慰父亲说"唾沫星子能淹死人哩"。

——对于村民托请办事，薛文化骑着摩托车悄悄退礼，既得体地顾全了乡亲的脸面，又和颜悦色地向每一位大叔大婶讲明政策和道理，得到大

第三章　德先生赛先生的乡村之旅

家伙儿的理解和同情,也树立了自己的正面形象。

薛文化从一个普通农民成长为具有初步民主意识的村干部,他通过"为民做主"和让"人民当家做主"的结合,赢得了大家的信任和拥戴。首先是老婆段香麦,觉得丈夫越来越不顾家了,因为他一心为公,扑在了村里的大小事业上;其次是村里请来的"财神爷"范技术员:"我记得你吃浆水面时的样子。说心里话,那一刻,我被感动了,你为了谁?不是为你自己,是为北壖村。"

综上所述,薛文化是近年来乡土小说人物塑造的新贡献,刷新了往昔作家、读者对农民(村干部)的刻板印象,这个"独特的这一个"既不是等待救赎顽愚不化的旧式阿Q,也不是呆头呆脑一脚踏进现代化的猥琐小农;既不是完美无缺的"卡里斯玛"型的革命圣徒,也不是权力异化下鱼肉人民的擅权者,他不是一个"单向度的人",而是一个普普通通由民而官,当官为民的不断成长的"社会主义新人",他的身上寄寓着对乡村民主自治、幸福生活的向往。正如批评家柳万评论道:"我们在薛文化身上感受到的'新鲜'……是有精神重量的;既可能与深藏在我们记忆中的高贵情愫相连接,也可能与同样深藏在我们的向往和憧憬中的精神渴望相贯通。"① 这么说来,薛文化就有了连接"记忆"和"向往"的双重面向,他既是记忆里过去"为人民服务"的梁生宝式圣徒的子孙,也是向往中未来带领"人民当家做主"的开路人。李万武说:"以敞亮出一个由好人薛文化当家的感动人的文学世界为己任、为荣。和军校在小说里努力把人往好里写,真让人敬佩。他这既是'写实',也是对生活、对人生表达出的一种积极向上和善意的祝福。美好的生活就应该是由好人当家的,做人就应该是努力向美、向善的。"② 笔者认为,这里所说的"好人当家",其实就是理想中的"人民当家做主"的转喻吧。

侯波的《胡不归》刊载于《当代》2018年第5期,写的是陕西某地世宁村退休返乡教师薛文宗因为热心乡村事务,无意中被推到"代理村主任"的位置,以他一心一意为村民办好事、公心待人、民主协商的方式,解决了一系列世宁村难啃的"硬骨头"的村务工作,赢得了上级领导和村民的拥戴。薛文宗的出场,表征着新乡土之于乡村政治的现代性体验,是

---

① 柳万:《一部没能把精彩进行到底的小说》,《中国石油报》2009年2月6日第6版。
② 李万武:《文学感动力别一种文学"深刻性"》,《中国石油报》2009年2月6日第6版。

针对当下农村文化荒芜、人心涣散、政权软弱的一个反拨。薛文宗的民主治理，代表了乡村从"无治""乱治"到基本正常"自治"的转轨，凸显了村民自治的一个外在思路——现代新乡绅的导入，而"胡不归？"的疑问也强化了对乡村治理、民主自治的呼唤。

薛文宗作为世宁村的"代理村主任"，在乡村政治舞台上的施展时间虽短，却带来了乡村政治的现代元素，那就是"民主协商"。无论是办世宁村的春节联欢晚会，还是向村民要回被占用的公共宅基地；无论是解决乡村苹果园土地流转，还是推进世宁村公路建设，薛文宗"无师自通"地深谙"民主"之精髓——"大家的事大家商量着办"，他的基本施政策略就是：协商。他牵头与村民、上级领导、上访户、闹事者、妻子、老支书、包村干部、老同学……展开对话和协商，尽一切可能团结可以团结的力量，努力做到民主决策、管理，逐渐在世宁村干出了口碑，重构了乡村共同体。世宁村社会生态日益好转，呈现心往一处想、劲儿往一处使的勃勃生机。当然，薛文宗的形象并非完美无缺，他带头修建薛氏宗祠，不仅违反了土地法规，还导致拆迁干部被梁柱压倒……。故事最后的结局的峰回路转，让刚刚获得新生的乡村蒙上阴影，世宁村"民主"的命运前途未卜。

五

乡村治理、民主建设是一个长期的过程，村民自治也是一个不断试验、持续改进的过程。古老乡村的子民从历史的生活经验中，切身体会到了他治、专治、乱治的脱序无章，感受到异化权力的无处不在与狰狞面孔，体验到革新奴性文化的艰难与波折。但是，他们又无法不是其中的参与者、见证者、固守者、改革者。法国学者孟德拉斯指出，"当这种社会和处在这种社会中的人们必须跟上迅速变化的工业社会的节奏时，他们就茫然不知所措了。一切机构、一切社会体制和心理机制都必须要改变，人格结构必须要重组。但是，这些变革总是非常缓慢地实现的……"[1] 21世纪之初，乡村成长出了薛文宗、薛文化等一代代身负现代思想、民主质素的新农民，随着乡村振兴计划的实施和他们步入乡村政治舞台中心，民主的种子已然散播在美丽农村广袤的大地，亟待生根发芽、开花结果。

---

[1] ［法］孟德拉斯：《农民的终结》，李培林译，社会科学文献出版社2010年版，第40页。

第三章 德先生赛先生的乡村之旅

第二节 向科学进军:乡村现代性转型的"科学"形象与话语

乡村的现代性转型与"科学"紧密相连,科学在中国的现代性追求中,无疑具有至高无上的尊崇地位,以权威面目示人,并与绝对正确、先进、发展、高科技、进步等语义画等号。胡适充分肯定科学的崇高地位:"这三十年来,有一个名词在国内几乎做到了无上尊严的地位;无论懂与不懂的人,无论守旧和维新的人,都不敢公然对他表示轻视或戏侮的态度。那个名词就是'科学'。"① 总之,"科学"以反封建迷信、破除愚昧、启蒙大众为己任,加上执政党号召"向科学进军",因此,"科学知识""科技是第一生产力""科学发展""学科学讲科学爱科学用科学"等响彻人心的口号逐渐推使"科学"成为现代性的"元话语"。其实,"科学"并不是今天才显得重要,它从来都是现代性神话的重要组成。丹尼斯·史密斯(Dennis Smith)在谈到"现代性"问题时认为,在启蒙以来的现代社会背后,支撑着当下社会不断发展、变化和演进的内在的动力和价值的综合的信念体系就是现代性;有三种强大的支配性力量在左右现代世界。第一种是现代的民族国家,利用庞大的官僚机构来控制和威胁民众;第二种是现代科学,改进操纵自然界的工具来肯定人类对自然界的影响力,同时,也渗入世界的深处;第三种是资本主义,通过对利润的系统化追逐,将全人类纳入创造财富的活动当中。② 在他看来,现代性的核心价值就是依靠这三种强大的力量为基础,为了改善和提高生活水平而奋斗:过得更好,做得更好,得到的更好,向人们承诺了一个即将到来的更为美好的世俗天堂。无须追溯"科学"在西方的辉煌历史,"五四"时期对"赛先生"的推崇及其号召力就很具说服力。雅斯贝斯指出,"大多数当代意识形态,不论其起源如何,都声称自己以科学为基础,甚至本身就构成科学的基础。所以,它们渴望用'科学'来保障自己的合法地位。科学占有了从前属于上帝的启示或者说是上帝的智慧

---

① 胡适:《〈科学与人生观〉序》,《胡适精品集·第3册》,胡明编,光明日报出版社1998年版,第201页。

② [美]丹尼斯·史密斯:《后现代性的预言家:齐格蒙特·鲍曼传》,萧韶译,江苏人民出版社2002年版,第8页。

的那片领地。"① 缘此,科学在今天,已成为全民自觉皈依与遵从的不二法则,并深深内化为一种先验、正确的社会意识,正如知识者欢呼的"科学春天"的到来,"科学主义"已强化为除主流意识形态之外,极端重要的另一"意识形态"。现当代文学中,不论是赵树理的土改小说,还是鲁迅的国民性批判;不论是路遥的乡土眷恋,还是底层文学的致富诉求,均不乏此类描述,考察"科学"在一个世纪的乡村"旅行",经历怎样的构成与波折,它是怎样在乡土中国取得毋庸置疑的正当性与合法性,又形塑怎样的国民性,改造怎样的思想世界,又如何参与主流意识形态的规训工作和政治动员,流露怎样的"政治无意识",它播散在陇亩间,以雷霆万钧之势楔入乡村传统,与乡村传统产生复杂难解的勾连与冲突。探究上述问题是本节的任务。

一

作为现代性的要件之一的科学,是以启蒙的面目出现在中国的,随后,革命话语借助了"科学"的先锋质素,扫荡了乡村畛域。科学与现代化、革命有了胶着纠结的关系,既是坚定的盟友,又是利用的工具;既是彼此的资源,又互为表里。此间,科学既是后二者的工具,也是方法论、世界观。

首先是人的启蒙与"现代化"。由于"科学"向与现代化血脉相连,于是,改造人、唤醒人、启迪人的心智的工作,成为现代化或者科学的中心任务之一。即人要获取科学的理论武装、先进的思想观念、科学的思维以及生活方式、生产方式,而实现这一切取决于乡村民众是否接受科学的洗礼。《新青年》创刊之初,陈独秀即宣示"科学"的作用:"科学者何?吾人对于事物之概念,综合客观之现象,诉之主观之理性而不矛盾之谓也。想像者何?既超脱客观之现象,复抛弃主观之理性,凭空构造,有假定而无实象,复抛弃主观之理性,凭空构造,有假定而无实证,不可以人间已有之智灵,明其理由,道其法则者也。在昔蒙昧之世,当今浅化之民,有想像而无科学。……今且日新月异,举凡一事之兴,一物之细,罔不诉之科学法则,以定其得失从违;其效将使人间之思想云为,一遵理

---

① 转引自[俄]谢·卡拉-穆尔扎《论意识操纵》,徐昌翰等译,社会科学文献出版社2004年版,第311页。

第三章 德先生赛先生的乡村之旅

性,而迷信斩焉,而无知妄作之风息焉。"① 随后,革命也借机征召了科学话语,毛泽东指出:"无产阶级和革命人民改造世界的斗争,包括实现下述的任务:改造客观世界,也改造自己的主观世界——改造自己的认识能力,改造主观世界同客观世界的关系……所谓被改造的客观世界,其中包括一切反对改造的人们,他们的被改造,须要通过强迫阶段,然后才能进入自觉的阶段。世界到了全人类都自觉地改造自己和改造世界的时候,那就是世界的共产主义时代。"② 这里,"主观世界的改造"很多时候,就需"科学"在场。

由于"五四"启蒙文学思潮促使知识分子以揭示和批判"国民性"为己任,他们笔下的农民一般是"问题农民",掌握"科学"的农民形象极为鲜见(只存在于城市的知识青年中,如觉慧),而反科学、反智倾向随处可见。诸如王鲁彦的《菊英的出嫁》描写富商人家阔绰地为死去十年的女儿菊英举行"冥婚",母亲越是慈爱地表达对女儿的爱怜与疼惜,就越发显示出封建迷信是如此的愚顽不化。小说在亦真亦幻、虚实相生的抒写中,揭示浙东农村封建迷信的积习难移,小说给予了无情的抨击和鞭挞。而20世纪五六十年代健康朗健且有科学意识的农民(如梁生宝),在80年代的文学主题被表述为"文明与愚昧的冲突"后,重蹈"国民性"批判轨道。"陈奂生"形象具有代表意义,一批以"陈奂生"为主人公的小说中,纯朴的农民畏畏缩缩再次登场。高晓声大胆说出他的发现:"陈奂生"脸上的神情仍与阿Q、闰土、华老栓、九斤老太、祥林嫂、爱姑等形象一脉相承。"现代化""科学"的输血并未使乡村脱胎换骨。进入90年代,现代性叙事、底层文学、打工文学里,革命的乡村转换为难堪的经济累赘。脱贫致富是数亿农民愈加迫切的愿望,社会主义新农村建设、乡村现代化重上议事日程,科学种养、科学致富的实践;科学信条、科学发展思想的确立再次显得极端重要。

早在延安时期,"科学"就以启蒙导师和涤荡旧社会愚顽、迷信观念的革命者形象出现,这是"科学"在革命乡村的滥觞。《白毛女》版本的异同与转换是极佳的"镜像"。③ 该题材来源于晋察冀民间关于"白毛仙

---

① 陈独秀:《敬告青年》,《青年杂志》1915年第1期。
② 毛泽东:《实践论》,《毛泽东选集》第2卷,人民出版社1991年版,第283页。
③ 参见《白毛女的故事》,《中华读书报》2002年4月3日第7版。

姑"的传说：在一个山洞里，住着一个浑身长满白毛的仙姑。仙姑法力无边，能惩恶扬善，扶正祛邪，主宰人间的一切祸福。抗战时，有些"根据地"的"斗争大会"常开不起来，原因是村民们晚上都去给"仙姑"进贡，使得斗争会场冷冷清清。西北战地服务团的作家邵子南注意到这个题材，为配合"革命"需要，把村民们从奶奶庙里拉回来，他编了一个剧本，主题是"破除迷信，发动群众"，此为《白毛女》的雏形。但周扬不满意，他明确提出"鲁艺"要在党的七大召开前，创作演出一部大型的新歌剧《白毛女》；要赋予新歌剧以新的主题，体现劳动人民的反抗意识，以鼓舞人民的斗志，去争取抗战的最后胜利。据此意见，创作班子换成从"鲁艺"文学系调来的贺敬之、丁毅。贺敬之很快以诗人的情怀和戏剧家的表述力完成新剧本，确立"旧社会把人变成鬼、新社会把鬼变成人"的新主题。因此，"科学"在这里最初扮演"现代"启蒙角色，而后戏剧升级换代，为"革命"所征用，成为革命话语动员与询唤体系中极为重要的样板戏。

  20世纪80年代初，"科学"进一步加入对人的改造之中。王润滋《鲁班的子孙》讲述返乡人在乡村进行现代化改造而失败的故事，它与《故乡》有相似的"出走／归来／出走"的模式。小木匠秀川是20世纪80年代受到科学思想洗礼的"新农商"，他将现代化追求定位在"挣钱"，思路开阔、头脑活络、敢于竞争，进城见过"大世面"，返乡后成立私营木匠铺单干，他是比小农经济更加"科学"的市场经济的推行者，既敢为人先，又讲求优胜劣汰，凭技术和先进生产工具，电锯、电刨等科学器物，提高生产工艺与效率，赚大把钞票，背弃乡里乡情、扶危济困的传统，在与养父老木匠产生了无论是观念的还是道德伦理的重大分歧后重返城市。他的黯然离去，是带着对乡村旧传统、"落后"观念的怨恨和不满负气出走的。现代化已使他成为与乡村格格不入的"新人"，传统与现代、科学与"愚昧"的冲突是文本的肌理，其中暗含变革的挫败。一句话，从《故乡》到《鲁班的子孙》，如果说前者还寂静停留在前现代，外在于历史发展，后者已开始现代化追逐，以小木匠为先锋的农民已完成"科学武装"和"头脑风暴"。美国著名现代化问题专家英格尔斯（Alex Inkeles）曾深刻地指出："痛切的教训使一些人开始体会和领悟到，那些完善的现代制度以及伴随而来的指导大纲、管理守则，本身是一些空的躯壳。如果一个国家的人民缺乏一种能赋予这些制度以真实生命力的广泛的现代心理基础，如果执行

第三章　德先生赛先生的乡村之旅

和运用着这些制度的人,自身还没有从心理、思想和行为方式上都经历一个向现代化的转变,失败和畸形发展的悲剧结局是不可避免的。再完美的现代制度和管理方式,再先进的技术工艺,也会在一群传统人的手中变成废纸一堆"①。

从"革命"到"现代",作为执政党内在的历史使命,"科学"在此呈现出一条清晰可辨的历史逻辑和延展道路,正是"科学"作为介质之一,打通了二者的历史关联。蔡翔指出:"我并不是说,'革命'与'现代'之间不存在某种公开或隐秘的历史关联,相反,我以为,无论从哪一个方面,中国革命都可看作是'五四'这一政治/文化符号的更为激进的继承者,或者说,中国革命本身就是'现代之子'。……还因为'现代'已经成为这一'革命'最为主要的政治、经济、文化等等的目的诉求。"②

二

其次,是经济生产和乡村现代化建设的科学化。科学种田、科学致富等在文学文本中多有表现,"科学"在此间充满魅惑。如在"土改"小说中,《三里湾》的主人公王金生是村里的技术革新能手,他的专长是科技小发明,如果说他是个农村的"新人物",这一点是区隔"旧农民"的关键。《创业史》里的技术员韩培生在文本里的占位不容忽视,就是他培育的新稻种,成为生宝互助组战胜小农经济的"秘密武器"。《李双双小传》中的主人公双双到食堂工作后的革新措施之一是炊事机械化及食品结构营养化。李准《耕耘记》写一个农村女青年在接受科学技术教育后成长为一个天气预报员,而天气预报在封建社会只能是迷信的幻想。上述文本中的"科学"与"革命"、"现代化"互动频仍、互为援手、同气连枝,呈现了蜜月般的关系。

薛文化(《薛文化当官记》和军校)是近年新乡土小说贡献的颇为暖人心扉的人物,"在薛文化身上感受到的'新鲜'不是时尚性质的,而是有精神重量的;既可能与深藏在我们记忆中的高贵情愫相连接,也可能与深藏在我们的向往与憧憬中的精神渴望相贯通。"③ 既曰"新鲜",必定尘

---

① [美]英格尔斯:《人的现代化》,殷陆君编译,四川人民出版社1985年版,第4页。
② 蔡翔:《革命/叙述:中国社会主义文学—文化想象(1949—1966)》,北京大学出版社2010年版,第5页。
③ 柳万:《一部没能把精彩进行到底的小说》,《作品与争鸣》2008年第12期。

封已久；这里意指的"高贵情愫"与"精神渴望",就是久违的革命精神与乌托邦追求,是从梁生宝、李铜钟以来失落已久的最宝贵的"为人民服务"的品格。薛文化当选村长后,怀揣曹老师写给他的去邻近县一些小康村的路线图,背着媳妇段香麦烙的锅盔,和裤头里缝着的四百元钱,自费外出考察,渴望能带领村民共同致富。历史何其相似,在革命的"道路时空",薛文化与梁生宝相遇并贯通精神血脉。薛文化是梁生宝在当代的"复活",在他身上,喻示着"革命"找寻"伴侣"——"科学"的曲折过程,也"暗示"二者在历史进程中错综复杂的关系。在此,革命、现代与科学不期而遇:县科技所的"财神爷"范技术员与他邂逅深受感动:

"有个作家叫柳青,你知道吗?"
薛文化摇头,
"他写一部书叫《创业史》,你听说过没有?"
薛文化摇头。
"那本书里有一个故事叫梁生宝换稻种,你听说过没有?"
薛文化摇头。
老头儿唏嘘着说:"真想不到,50年代的事情,今天依然会发生……"
"范技术员,我村里穷。"薛文化如实说。
"文化,实在对不起,"范技术员满含愧色地说,"我曾经发誓,要走遍咱们县的每一村,可是,你们那个村太偏僻了,我知道这不是理由,反正我没有走到。老天爷有眼,让我认识了你,你又给我弥补过失的机会,我很感谢你。"

此间,薛文化与代表科学、财富的范技术员失之交臂又重拾旧缘,接续上了梁生宝"买稻种",争高产、学科学、用科学的历史逻辑。相映成趣的是,几年前,央视春晚播出了家喻户晓的潘长江小品《过河》,其中塑造一个几乎完美无缺的"万能"的致富技术员高峰的形象——科学在乡村现代转型的"救世主"和表征。在乡村女子心生爱慕的大胆想象中,高峰英俊高大、技术精湛、无所不能,并且,高峰就是凭借"科学"的威力"道成正身"并进一步证明自己的"真身":"看来不给你拿点真玩意你是不能真相信我的",剧中,"科技兴农""科技致富"成为主题词,男女间

第三章　德先生赛先生的乡村之旅

的调情逗乐也主要围绕"科学"展开，为炫耀自己/科学的能耐，高峰列举许多现代科学的新事物："水边能种大西瓜，又甜又大又起沙；羊角能在水里栽，生的都是双胞胎；最新培育的四四方方大西瓜；及时为村民处置大面积的鸡瘟；现代科技无土栽培，水箱里装上营养液，种瓜得瓜种豆得豆"等。"科学"给乡村带来令人讶异与炫目的变化。小品最后在喜剧化的氛围中完成"乡村"与"科学"的结合，"爱情"（本质即"现代"的喻体）是其得以联姻的重要介质。男女双双携手渡过了返乡的河流，也涉渡从贫穷到富裕所必经的"科学之河"，"过河"在此具有了隐喻和召唤的功能：它的远景指向是乡村富裕的美好彼岸。在这场貌似冲突的不断解码与"抖包袱"中，乡村与科学不但消除了误会，实现了和解、团圆与互惠，乡村更获得了现代化转型与民众致富所必需的科学，科学也以实绩和对乌托邦的美好承诺得到了助燃剂般的纯洁爱情。就连个子矮小也被忽略、谅解并改造成"英雄"质素中的重要特质："雷锋同志个儿不大，他的精神现在传天下。董存瑞个儿不高，关键能顶炸药包。科学认为，凡是浓缩的都是精品。"在此，乡村被处理成等待科学救赎和技术提携的女子，女追男（连这种大胆、公开的爱情也是"现代"的）和迫不及待的致富渴求、阴性化的转喻则进一步提升了科学的形象，它的阳刚、先进、朗健、尖端等男权修辞反过来指证了乡村的落后、蒙昧、柔弱，二者的等级秩序和优劣、强弱之别昭然若揭，科学仰之弥高的地位以及在以"现代性"为主导话语权的文化政治格局中，科学本身正在变得"霸道"的面目逐渐浮出历史地表。

再次，是乡村社会发展的科学化与现代化。经过现代化洗礼的"新农民"也带来"科学"的价值观念，让我们在乡村的变动中，看到美好的新事物的潜滋暗长。此间，"科学"泛化为思想、技术和种种实际行动，对乡村的改造发挥了功不可没的作用。诸如：卫生健康、致富先行、自由恋爱、发展竞争、反抗世俗、破除封建、时间就是金钱、效率就是生命、敢于出头、爱拼敢赢、讲法守法、尊重生命、民主自由等"先进、科学"理念的输入与接受，而契约与法制的平等关系正在逐渐瓦解血缘、地缘、亲缘为基础的乡村宗法制度。上述科学思想无疑进一步渗透融合为国民性的新面向，改善乡村的传统和"劣根性"，强化"优根性"。

21世纪，随着现代化在农村的全面展开和科学观念的洗礼，农民的发展意识发生井喷。2002年11月，在党的十六次全国代表大会的政治报告

173

中，首次提出"统筹城乡发展"的理念和目标。2005年党的十六届三中全会提出建设社会主义新农村的重大历史任务，提出"生产发展、生活宽裕、乡风文明、村容整洁、管理民主"的具体要求。这有两大背景：第一，我国已经实现了总体小康的目标，同时明确提出了到2020年建成全面小康社会的目标。问题是，发展不能凭空产生，必须凭借"科学"的神圣魔力落实。最直观的是，今天的农民已掌握一套"现代化"话语，并与传统话语相区隔："电气化烤烟""机耕""有机肥""杂交""沼气""竞争""合同"等"科学"词成为他们交流的工作用语，而"唠嗑""做媒"等"旧式"的日常语言淡出。这些变化标志以现代化为内核与驱动的社会动员中，广由科学参与支配与询唤的乡村生活模式、发展图景逐渐形成，并孕育着乡村新的社会文化结构，国家借助竞争、发展、科学等工具理性有效克服传统农业社会小农经济的封闭自足、经验办事，形成对乡村社会从总体观念、知识结构到思维方式再到话语惯习的改造。重要的是，"科学"已成为农民自我规训的力量，并内化为他们的思想行动和新国民性质素。

在乡村社会建设中，健康卫生是"科学"所要面对和推行的重要一环。这种"卫生"和"清洁"不仅是个人生活习惯，更是一种身份道德、文化知识、科学技术的重要标识，"卫生是这些原则的总和，卫生的实行是为了保持个人和社会的健康和道德，破除疾病的根源，使人身心高贵。总的来说，卫生包含了全部的精神和道德的世界"[①]。《人生》的"卫生事件"可堪玩味。一是高加林鼓动刘巧珍刷牙，结果被一群村民围观、笑话；二是发起清洁井水的"卫生革命"，他和刘巧珍觉得高家村的公共水井太脏，于是从县城里买漂白粉消毒，以达到清洁目的，但这一"讲卫生"的科学行为并未得到村民的认同，反而认为高加林破坏水源，影响大家生活，最后在大队书记高明楼的劝解下才平息风波。但是，村民的冷嘲热讽，第一次显示了科学的"无能"——"愚昧很快就打败了科学！"农村的"愚昧""野蛮""不开化"无处遁形。文本中，高加林的"科学"观念通过两类人在现场得到抒发：一类是和他一起放漂白粉的几个青年人，但被几位长辈骂了个狗血喷头；另一个是高中毕业生刘巧玲，她用所学的化学知识来解释高加林的科学行为，但是却遭到了一致的嘲笑和

---

① 罗芙芸：《卫生的现代性》，向磊译，江苏人民出版社2007年版，第153页。

第三章 德先生赛先生的乡村之旅

奚落。"卫生革命"的"科学"显得水土不服,而乡村政治精英的"权威"反而起了比"科学"更有效的说服力,小说对高明楼在"卫生革命"中的作为是这么描写的:"两只手叉着粗壮的腰,目光炯炯有神,向井边走出,众人纷纷把路给他让开……气势雄伟的高明楼使得众人一下子便服帖了。大家于是开始急着舀水。"他的"服众"并非基于科学的解释,仅仅因为他在乡村的"强人"身份。高加林与他身处的环境以及其中的"庸众"构成科学与愚蒙的冲突,他的"科学"改造虽然失败,但无疑获得精神与道德优势,也反证了"科学"在乡村建设的极端重要性。

三

1956年,美国人类学家罗伯特·雷德菲尔德出版了《农民社会与文化》,他"在对墨西哥乡村地区研究时,开创性地使用大传统与小传统的二元分析框架,首次提出大传统与小传统的概念,用以说明在复杂社会中存在的两个不同层次的文化传统。所谓'大传统'指的是以都市为中心,社会中少数上层士绅、知识分子所代表的文化;'小传统',则指散布在村落中多数农民所代表的生活文化。"[①] 他认为小传统在文化系统中处于被动地位,在文明发展中,农村不可避免地被城市"吞食"与"同化"。

在笔者看来,"大传统"正是散播在都会为中心,以科学、民主、自由为核心概念的上层阶级、知识分子文化,大传统由具有不言自明的优越占位的高语境向弱势的乡村低语境输出,其中"科学"这一观念及其所引发的乡村的革命性变革,远甚于民主、自由等话语带来的影响。现代化裹挟着"科学"以无孔不入、无处不在的强势地位,涤荡着乡村本身固守千年的文化及传统——小传统。由此,小传统中的民俗风情、宗法制度、乡规民约、礼仪风尚等,都在现代化的进程遭遇"科学"的洗礼与改造,并进一步生成新的小传统。伯曼指出:"所谓现代性,就是发现我们自己身处一种环境之中,这种环境允许我们去历险,去获得权力、快乐和成长,去改变我们自己和世界,但与此同时它又威胁要摧毁我们拥有的一切,摧

[①] [美]罗伯特·雷德菲尔德:《农民社会与文化》,转引自郑萍《村落视野中的大传统与小传统:田野札记》,《读书》2005年第7期。

毁我们所知的一切，摧毁我们表现出来的一切。——它将我们所有的人都倒进了一个不断崩溃与更新、斗争与冲突、模棱两可与痛苦的大旋涡。"①伯曼透彻看到，身处大旋涡的人，一方面会产生痛失前现代传统的怀旧性感受，另一方面，又别无选择，仍然一如既往地要通过这个大旋涡；一方面，乡村强烈感到，现代性从根本上威胁自己的全部历史与传统，另一方面，现代化进程中，它又发展出自己的内容丰富的历史和传统。伯曼正是试图探测和表明这些传统，并"要理解这些传统能够以哪些方式培养并且丰富我们自己的现代性，以及它们可能以哪些方式遮掩或减损我们对现实的现代性和可能的现代性的认识"②。

  前现代乡村并非没有"科学"，农民并非不懂"科学"，而只是缺乏鲜明的"科学"概念、科学意识、体系化的科学理论、丰富的科学知识以及在此指导之下的自觉的科学实践与精神，更未提升到"革命""国民性""启蒙"等层面加以强化与指认。正如刘禾论证的"国民性"概念的殖民旅行与强势输入，"科学"也是20世纪初，借道西方现代性话语，转而到中国乡村，其中夹杂着各种复杂难解的关系。在古典乡村，农民对科学的认识，还是自发和零散的，远未像今天将之奉为左右人们日常生活的最高指导准则加以顶礼膜拜，农民对四季轮回、星象运行、节气风水、气候地理、堪舆医药等早已有初步认识和掌握。李时珍、沈括、张衡、扁鹊等人的文学故事，曹冲称象、地动仪、日晷等古代典故、先进器物都表征了先民对"科学"的初步探索，但在现代科学看来，这些物事，只是某些具有科学原理、知识或者经验化的"碎片"。作为强势话语、专制力量的"科学"被导入乡土，全方位、多角度、长时间（一个多世纪）在深度、广度、强度、热度、高度、长度上契入乡村的日常生活世界、观念畛域，型构一种全新的生活方式、生产方式，和区隔于古典时代的思维方式、感觉结构和心理世界，却肇始于20世纪初叶。可以说，科学扮演了"现代之子"的角色，作为现代启蒙力量、革命话语、致富先锋，得以在一个世纪的历史进程中持续不断、高亢地表达，成为继"革命""现代化"之后时代的最强音，更在20世纪80年代后走向高峰。"科

---

① [美]马歇尔·伯曼：《一切坚固的东西都烟消云散了：现代性体验》，徐大建、张辑译，商务印书馆2003年版，第461页。

② 同上。

176

第三章　德先生赛先生的乡村之旅

学"好像幽暗世界里亮起的明灯,照亮从古至今的乡村时空隧道。如果说,革命的马克思主义是思想领域的主流意识形态,解决的是形而上的理想信念问题和乌托邦未来,那么,兼具革命性和现代性的"科学"则是自然与社会、日常生活畛域的主流意识形态,解决的是形而下的如何更好地生活、生产、生存的问题。二者覆盖并分享了民众全部的生活世界与观念世界。

"科学"对乡村小传统的颠覆主要在三个面向:一是对于生产方式、风俗民情的"无情"改造;二是对乡村人性、自然的压抑和破坏;三是伪科学的介入与迷失,对乡村、农民构成伤害。这在现当代文学里都有深浅不一的讲述。哈贝马斯(Jürgen Habermas)指出:"技术的无上命令之所以是可能的,那是因为科学和技术的合理性本身包含着一种支配的合理性,即统治的合理性。"[①] 在今天,科学熔技术于一炉,构成统治乡村世界的"新权威"。20世纪90年代,中国社会进入现代化发展快车道,"科技优先"大大助长"实用主义"倾向,加之市场经济在乡村的推行,优胜劣汰和残酷竞争被赋予一种合理性,现代性转型的乡村,不可避免地参与到社会竞争中来,而"科学"无疑是竞争的"利器",并顺理成章地宰制了乡村及其子民。工厂、机器是"科学"在乡村的代言,不少打工文学与底层小说中,农民对于代表先进科学技术的机器的"痛恨"、大工业流水线对于人性的贬损随处可见。郑小琼写道:"你们不知道,我的姓名隐进了一张工卡里/我的双手成为流水线的一部分,身体签给了/合同,头发正由黑变白,剩下喧哗,奔波/加班,薪水……我透过寂静的白炽灯光/看见疲倦的影子投影在机台上,它慢慢的移动/转身,弓下来,沉默如一块铸铁……"在此,人被绑定在技术为支撑的机器上,变成"实用的主体"(a practical subject),成为科学的附庸。正如马克思所说:"我们的一切发现和进步,似乎结果是使物质力量具有理智生命,而使人的生命化为愚钝的物质力量"。[②] 也就是说,一方面,作为现代性隐喻的大机器,具有无可置疑的绝对力量,充满了支配性的能量和权力,拥有了"理智的生命";另一方面,作为机器时代的人,却像铁块一样,在流水线的机器制

---

① [德]哈贝马斯:《作为"意识形态"的技术与科学》,李黎、郭官义译,学林出版社1999年版,第42页。

② 《马克思恩格斯选集》,人民出版社1972年版,第79页。

造中失去了个性和生命质感，而日益变成沉默的黑铁，变成某种"愚钝的物质力量"。① 而在持文化守常立场的作家笔下，乡村文化、人性、传统、风俗的裂解，"科技"无疑是"罪魁祸首"或"霸权"之一。李杭育《最后一个渔佬儿》里，福奎拒绝到有"科技"支撑的现代工厂上班，认为有违人性自由，更冲击固有生产、生活方式："我可不想到工厂去……照着钟点上班下班，螺蛳壳里做道场，哪比得上打渔自由自在？那憋气生活我做得来么？"他虽然坚守对自然的保护，但内心也是充满矛盾和犹疑的："尽管当初铺路的时候，炸药把江岸的山崖崩得惊天动地，把江里的鱼都吓跑了，但他得认了，如今西岸这富丽堂皇的气派，委实叫人着迷。"此外，杨少衡《大畅岭》、吴中心《地下有鱼》、胡学文《逆水而行》等篇什都涉及乡村环境保护、"科技"对乡村的破坏、现代化以"科学"为工具对乡村无限制开发索取的主旨。而现实中，"专家"对如何科学生活的莫衷一是的古怪解释、民众盲目跟风"科学"的痴迷，还在制造一个个"迷信"和"神话"。

在《单面人》中，马尔库塞（Herbert Marcuse）对科技异化的意识形态问题作了深入批判。他认为，科学与技术本身成了意识形态，是因为科学和技术同意识形态一样，具有明显的工具性和奴役性，"把科学技术占为已有的工业社会被组织起来，为的是要比过去任何时候都要有效地支配人和自然"。由此，马尔库塞宣称："技术理性的概念，也许本身就是意识形态。不仅技术理性的应用，而且技术本身就是（对自然和人的）统治，就是方法的、科学的、筹划好了的和正在筹划着的统治。统治的既定目的和利益，不是'后来追加的'和从技术之外强加上的；它们早已包含在技术设备的结构中。"他进一步指出，"科学依靠它自身的方法和概念，设计并且创立了这样一个宇宙，在这个宇宙中，对自然的控制和对人的控制始终联系在一起。这种联系的发展趋势对作为整体的这个宇宙产生了一种灾难性的影响"② 因此，对于"科学"的"拜物教"和"绝对化"、人们之于科技的"异化"，包括乡村传统的失落，我们是不得不加以警惕的。这个新的时代尽管有着百般美妙的现代化前景和发展机遇，但在某种程度上不可自拔地陷入全球资本主义编织的工具理性的牢笼中。

---

① 转引自韩振江《两个经典隐喻的当代重述与创设：郑小琼诗歌中的两个维度》，《南方文坛》2011年第1期。

② ［美］赫伯特·马尔库塞：《单面人：发达工业社会意识形态研究》，左晓斯、张宜生等译，湖南人民出版社1988年版，第15页。

第三章 德先生赛先生的乡村之旅

四

当下，我们正在热闹地实施"乡村振兴战略"，并确立20字的总体要求：产业兴旺——乡村振兴的物质基础；乡风文明——提高农民整体素质；生态宜居——改善农民生存状态；治理有效——健全村民自治制度；生活富裕——乡村振兴的核心目标。无论是生产（技术）、生活（致富），还是文明（启蒙）、生态（卫生）、治理（所谓的制度科学）都寄托于"科学"带来的翻天覆地的变革，作为"现代意识形态"的一部分，科学已然发挥了它应有的作用。但是，不管是宰制还是帮衬，科学在作为思想观念、生产技术和生活指导等三个层面应该回归本位，剥离一度身披革命、启蒙的耀眼光环，终结它的过多魅力，完成它应有的现代化使命。

《最后一个渔佬儿》就提出类似的思考：以葛川江渔民在现代化强大挤压下溃不成军，纷纷"上岸"成为"庄稼佬"为背景，以福奎对"传统"的坚守为主线。一方面，通过福奎/大贵、江里/岸上、滚钓/鱼塘、船上的马灯/滨江大道的"火龙"（街灯）等一系列能指的二元对立来展现"历史进步"的趋势。另一方面，渲染大贵利用科学养鱼技术发家致富，财大气粗；一方面，悼挽葛川江边行将消失的宁静和谐的民俗民风和文化形态，批判"愚顽"守旧、行将就木却偏不识时务的"多余人"，和一种妨碍新生活变革的历史"惰性"。另一方面，就小说的内里而言，展示的却是"现代化"的悖论：科学是有限的，乡村现代转型既是生活世界的转型，也是农民人性世界的位移，农民主观世界从根本上而言是人的心智问题，人性是复杂多变的，人的行为受不同观念、时空的影响会随时发生改变，人类社会是一种自下而上的"涌观现象"，它从根本上说是科学方法难以精确厘定，也是先进技术无法完全预测的。哈耶克在《科学的反革命》中说，滥目科学"把一个个活生生的人描述成'毫无生命的自由原子'，他们消解了伦理道德，他们追求价值中立，驱逐价值判断，最终把人引向奴役之路。"[①] 实际上，哈耶克警惕的是"理性的滥用"，真正关注的是，在自由与奴役之间，人类到底会走哪条道路的重大问题。这是此类乡土小说带给我们的深远思索。

[①] [英] 弗里德利希·马·哈耶克：《科学的反革命——理性滥用之研究》，冯克利译，译林出版社2003年版，第156页。

第三节　法制观念：从畏讼到维权的啼声初试

"文化—心理结构"是著名学者李泽厚在20世纪80年代的"文化反思热"中所提出的一个重要的概念，用来指称特定的国家、民族及其主体在漫长的历史发展过程中，由各种相对稳定的文化环境交互作用而形成的，内化于民众头脑中的认知心理结构、价值体系结构和思维方式的总和。[①] 它是文化的深层结构，最为稳定保守，是文化各层级中极难变化的部分，是文化成为类型的核心与灵魂。根据阿尔蒙德对政治文化的研究，"臣民型政治文化"是中国传统政治文化之特型，带有浓厚的依附色彩和人治特色。经过两千多年的封建专制制度而形成的中国传统政治文化，以一股强大的难以撼摇的力量植根于农民的精神世界，成为国民性格中深层次的文化心理：特权思想、权力崇拜、青天观念、从众心理、奴性意识……，无不潜在发挥着作用，制约着农民的法律意识的形塑，影响乡村社会治理。20世纪80年代以后，随着改革开放和乡村现代性启蒙，科学、民主、法制、男女平等、卫生观念逐渐深入人心，涤荡着农民旧式思维，破除人们的心理痼疾，农民的主体意识、法律观念日益形塑且成熟，对乡村权力异化，诸如专制、权力垄断、家族把持、与黑恶势力结盟等进行解构，对乡村现代治理表现了强烈的参与意愿，对个人权利努力维护。他们身上烙刻着从旧到新的过渡性色彩。所谓旧的，深入骨髓难以革除；所谓新的，远未创建，新与旧产生了分歧与碰撞，在胶着中此消彼长，左右着农民现代法律意识的建立和探索。新世纪乡土文学记录了这个漫长体验与艰难嬗变过程，也映照了农民的进步与成长。

一

一直以来，乡土中国是一个依靠伦理秩序而封闭自足、自主运行的前现代社会，农民习惯于以千百年来形成的乡村传统伦理和乡土规范指导和展开自己的人际交往，在"熟人社会"里解决所遇见的矛盾问题。基于此，农民缺乏城市商业市民社会与生俱来的"契约精神"和"依法处事"的观念，始终挣扎在"情与法""情与理"的人生旋涡中难以自拔，并形

[①] 袁银传：《小农意识与中国现代化》，武汉出版社2008年版，第192页。

第三章 德先生赛先生的乡村之旅

成一种观念,认为卷入官非是羞耻的,普遍将"被告"等同于"罪犯",将遭遇不幸归咎于自己的命苦,认为惹了官司就是不光彩、诉讼是道德不良、人格可疑的表现。有学者认为,"文化方面,封建思想和传统观念如'权大于法'、'重刑轻民'、'情义本位'等在农村根深蒂固,这些思想目前还不能从农民思想中根除"[①]。中华人民共和国成立后,随着执政党在农村展开的广泛深入持久的普法,民主、科学等现代观念在乡村家喻户晓、深入人心,农民在对待法律的态度上,逐渐呈现出理性认可和情感拒斥的二律悖反的混沌、分裂状态,诸如家庭财产分割、宅基地纠纷、婚姻存亡、借贷纠葛、赡养老人、邻里矛盾、抚养子女等具体事务上,大多沿袭前现代民间调解的处理方式,那就是长老治村,延请宗族德高望重的长者、具有一定公权力的村镇干部、重情信义的亲戚邻居等第三方居间调停斡旋,鲜少诉诸法律,而纠纷双方也就在一团和气、连逼带哄的努力撮合和各打五十大板的氛围中握手言和,最终各退一步达成谅解。即便是有一方心里不愿意,也会本着给面子、抬头不见低头见、吃亏是福的想法偃旗息鼓。概而言之,就是除非遭遇到难以逾越的重大官非,生存不下去了,农民迫不得已才会去"讨说法",他们的"告御状""击鼓鸣冤"就显得有点决绝和悲壮的意味,在其文化心理及精神世界中,仍然依赖于用非法律的手段解决问题。也就是说,其间显露了农民"懂法"却"轻法"(非轻视法律而是指在法律与人伦之间,选择了乡村伦理)、"畏讼"的文化惯习和行动逻辑。

山东作家张继的《去城里受苦吧》(2003年)写的是"阿Q"式的农民贵祥状告村长李木的故事,深刻地抒写了社会、时代转型时期农民法律意识新旧交织、艰难嬗变的现状,是一部展示农民之于"法律"的现代体验的力作。小说写到,首先,村民贵祥的三亩好地在他不知情的情况下,被村长李木给卖了。贵祥在异化的乡村权力面前丧尽尊严,最开始他害怕以村长、派出所所长、乡镇领导一班人结盟的乡村权力圈子,想以息事宁人、"无讼"、"轻法"的方式交涉并私了,希冀李木重视他的正当诉求。正如有学者指出,"在封闭、保守的乡土社会秩序中,亲情、乡情在农民潜意识里占据重要位置,农民在自身权益受到侵害时,宁可委曲求全,选

[①] 程孙荣:《新农村建设视阈下的农民法律意识研究——以山西省浮山县为个案》,硕士学位论文,吉林农业大学,2011年,第22页。

择私了和忍让。打官司、法律诉讼对多数百姓来说是件极不情愿也是万不得已时才采取的解决办法。所谓'饿死不做贼,屈死不告状'这句俗语即是这一国民心态的反映"①。但李木根本不把他放在眼里,还放话让他尽管去告,贵祥的色厉内荏和低声下气都行不通,他的计划宣告破产了。在这个事件中,贵祥秉持的知足常乐、能忍者自安、和为贵的老式思想遭遇到了专制权力的霸道欺凌。"阿Q"式的贵祥只能隐忍并采取微弱的、悄悄的反抗来抒发不满,这位胆小怯弱的农民通过诸如背后用脏话骂李木的老婆、偷走村长家的门锁丢到井里之类上不了台面的小动作来发泄自己的愤怒。詹姆斯·C.斯科特在其名著《弱者的武器》一书中,研究了东南亚农民以低姿态的反抗技术进行自卫性的消耗战,用坚定强韧的努力对抗无法抗拒的不平等,以避免公开反抗的集体风险。他指出,反抗的"日常"形式的斗争——农民与试图从他们身上榨取劳动、食物、税收、租金和利益的那些人之间平淡无奇却持续不断的斗争。此类斗争的大多数形式避免了公开的集体反抗的风险。……这些相对的弱势群体的日常武器有:偷懒、装糊涂、开小差、假装顺从、偷盗、装傻卖呆、诽谤、纵火、暗中破坏等。……了解这些平凡的反抗形式就是理解农民长期以来为保护自己的利益对抗或保守或进步的秩序所作的大多数努力。②

贵祥是地地道道的农民、弱者,他的微弱反抗失败了。贵祥要活命,就要讨回那三亩赖以为生的好地;讨不回来,就不得不走告状一途。这让我们想到荒湖的小说《谁动了我的茅坑》(2008年),花头家的茅坑被发家致富了的邻居疤子无偿占用了辟建为车库,尽管花头做出了激烈的反抗,但是在疤子、村长结盟的强大对手面前,他最终妥协了。花头没有想到要借助法律去争回本属于自己的宅基地,却只会通过私下谩骂、摸疤子老婆屁股的方式来发泄怨恨。两部小说在表现乡村权力异化、农民阶层分化、农民法律意识匮乏等方面有异曲同工之妙。也由此可见,在贵祥、花头的心目中,民不与官斗、权大于法,仍旧是他们千古不变的人生经验,至高无上的乡村人际法则。

其次,弱者贵祥虽然拿起了法律的武器——进城告状。但是,贵祥的

---

① 卢军:《一则令人啼笑皆非的农民告状故事——张继小说〈去城里受苦吧!〉解读》,《中国石油大学学报》2017年第5期。

② [美]詹姆斯·C.斯科特:《弱者的武器·序言》,郑广怀、张敏、何江穗译,译林出版社2011年版,第3页。

第三章　德先生赛先生的乡村之旅

告状又是非理性、懵里懵懂的，他的法律知识极其欠缺，他只是凭着直觉盲目地去寻找法律的帮助，于是读者看到：新世纪的现代农民却仍然重复千百年来祖先的"抗争性政治"套路：拦轿子、告御状。贵祥进城后没有到对口的法院鸣冤，而是径直去了市政府找市长，他穿着蹩脚的西装伪装成办事人员，想混进市政府大院，但值班的武警不让他进去，随后在乡下包工头王建设的调教下又想方设法埋伏在市政府门口，脖子上吊着写着大大的"冤枉"字样的硬纸皮，伺机下跪拦车，却被机警且粗暴的保安拖走——一场正当的告状演化成上访。在刘庆邦的《我们的村庄》（2009年）中，也有类似的情景——只不过发生在更加凋敝的当下农村而已。叶海阳是农村返乡的为数不多的青壮年，这个游手好闲、惹是生非的坏蛋，欺男霸女、偷鸡摸狗的恶棍不仅偷盗外来户小杨借以活命的摩托车，家暴自己的妻子，还强奸邻居黄正梅，敲诈麦客的钱财，抢夺邻居的家禽，焚烧村里将要收割的麦地……，但是，村里的老弱病残幼对他的无恶不作保持了高度的集体沉默，没有人想到要诉诸法律或告官，而是任凭叶海阳横行霸道、宰割欺辱，法律、伦理、基层政权在乡村缺位、失效。乡镇虽然有警察，但这个百业凋敝的村庄似乎是法外之地，成了弱肉强食的动物庄园，人们没有法律意识、个体权利观念，只凭着本能盲目、麻木地活着。可以说，《我们的村庄》写出了一个时代某类乡村的精神隐疾，隐约具有了"史"的内涵和概括力。有学者指出，"用恶棍来结构和丈量乡土，表明乡村伦理与秩序的失范"[①]。

再次，在贵祥的思维中，"清官情结"仍旧发挥着强大而隐秘的作用。贵祥在城里结识了农民工老刘，车夫老刘一次偶然载客拉到了市长的表叔，闲聊之间热心的表叔非常同情贵祥的遭遇，将市长的电话留给了老刘。贵祥又转而将全部的希望寄托在市长的身上，因为他本能地觉得市长是个好人，他在电视上见过他，长得胖胖的，面容很和蔼可亲的样子。他思忖，只要能见到市长，一切都好办了，只要市长说说话就可以扭转乾坤、反败为胜。贵祥甚至幻想，某天在市政府门口与门卫争执时，市长忽然出现并向他招招手，他就把告状的事向市长倾诉了……。可见，在以贵祥为代表的农民思想中，仍然将找关系、托人情置放在解决法律纠纷的重要考虑范畴之中，清官

[①] 李丹梦：《流动、衍生的文学"乡土"——关于〈新世纪乡土文学大系〉》，《南方文坛》2011年第6期。

情结、精神胜利法仍旧是老百姓的精神鸦片和虚幻的安慰剂,也反衬出农民对法律失信的焦虑和补偿心理。有学者指出,"事实上,历代对明君贤臣的歌颂,归根到底,都是对制度的否定;历来老百姓对'清官'的期盼,实际上都透着浓浓的对法律不信任的情绪"①。

二

进城农民工是乡土中国农民现代体验的重要一环,他们在城市除了出卖劳动力之外,较之留守乡村的农民,更时时遭遇现代性的"狰狞面孔",现代城市的传媒力量、消费观念、契约精神、民主氛围、卫生习惯、陌生人社会等都给从传统迈入现代的农民工上了实实在在的一课。特别是农民工由于进城打工、生存经常会遇到的签订劳动合同、欠薪、工伤、司法鉴定、劳动仲裁等维权事件,无不需要农民革除自古老乡土所承袭的旧观念,提升自己的法律意识和现代观念。根据一份调查显示,"2015 年农民工总量为 27747 万人。……在农民工权益保障方面,被拖欠工资的农民工比重提高,被拖欠工资的农民工所占比重为 1%,比上年提高 0.2 个百分点。报告显示农民工超时劳动情况有所改善、签订劳动合同的农民工比重下降、被拖欠工资的农民工比重提高、人均被拖欠工资有所上升。"②但是,在这个艰难的转型过程中,原子化的农民利用法律武器维权却始终处于信息、权力、知识、人脉、经济、时间、环境等方方面面的不对称与不利地位,由此也引发了他们对法律的不信任甚至疏离与排斥。

非虚构写作作家梁鸿的《出梁庄记》(2011 年)不仅抒写了进城务工农民的种种艰辛生存本相、漂泊流浪,也展示了农民在经历现代化的洗礼后,法律意识的嬗变等各色现代体验。比如,梁庄的万国到西安打工,以蹬三轮车谋生。这个"骆驼祥子"式的农民工,在西安经历了买车、拉车、丢车、买车的复杂际遇。有一次,万国在街上拉车,却被没有执法证的警察以影响市容,妨碍交通为由殴打、上铐且没收了他价值 3000 多元的新三轮车。这是他赖以维持生计的、唯一值钱的生产工具,于是,农民工万国开启了他的维权之旅。首先,万国想到的不是通过法律去要回他的车

---

① 张学亮:《中国农民法律意识现状探讨》,《求实》2004 年第 2 期。
② 《国家统计局:去年 1% 农民工被欠薪人均 9788 元》,观察网,2016 年 4 月 28 日,https://www.guancha.cn/politics/2016_04_28_358522.shtml。

第三章　德先生赛先生的乡村之旅

子,而是去找"托儿"疏通关系,企图送钱给对方以取得谅解。作为这个行当的职业车夫,他深谙其中的潜规则,而且千百年来农民"安忍为贵"的处世哲学也教会了他低头。由于他在事发现场的奋力反抗和倔强不屈,交警队坚决不还车。退而求其次,在"疏通"无果后,颇具现代公关意识的万国想到了借助媒体的力量,打了三次《都市快报》的热线电话,报社答应派记者来却始终没有等到希望中的"无冕之王"来帮助他主持"公道"。最后,耗不起时间又看不到任何希望的退伍军人万国组织了在西安的老乡,一共去了58个人到交警队讨要三轮车。这些皮肤黝黑的泥腿子站在交警队门口呼喊口号:"还我车子""还我天理"……,引起了众多群众的围观,一场群体事件蓄势待发……。结果是交警队妥协不扣车了,只需补交停车费和罚款共计100元就把车子要回来了,这比万国最初盘算花一千块去"打点"的预期少了很多。作为回报,省下来的钱他慷慨地拿去请这些"兄弟情谊"①的同乡吃饭,每个人一瓶啤酒、一盒香烟、一碗兰州拉面。在这场官民博弈中,我们看到,农民工选择了托请关系、法外私了、借助媒体、抱团上访等寻求"社会的公道"而将法律弃如敝屣,并以更加爆烈的也是无可奈何的方式达到了自己卑微的目的,挽回了作为底层劳动者的尊严,"争了一口气";执法的交警队面临群体事件的压力而选择"枉法",将法律换作熄灭群众怒火的交易——博弈双方始终没有也不曾真正将法律纳入他们的视野,变成他们的思维方式、行动指南。

　　农民惧讼、畏法的深层次原因就在于这些处于底层的弱势群体在法律诉讼中,较之城里人存在着法律知识匮乏、人脉关系短缺、时间精力不济、金钱成本阙如等严重不对称的状况。尽管对于新一代农民而言,维权意识、法律知识日益增长,但是,真正被迫卷入一场旷日持久、劳民伤财的官非中,则意味着"耗不得""等不住""败不起",其过程的颓势和结局的失败是任何一个农民都不可承受之重。梁庄韩家的小柱早年在外地的镀金厂打工,既没有劳保意识,也没有劳保设施,五脏六腑全部腐蚀掉了,很快毒发身亡。韩家人也想到北京攀附老乡去打官司,希望工厂能赔一些钱,但工厂却推卸责任,说小柱患有先天性心脏病,而韩家人一想到乡下人要到异地起诉工

---

① 此处套用"姐妹情谊"一词。美国女性主义历史学家吉娜维斯认为姐妹情谊通常被理解为妇女在共同受压迫的基础上建立起来的互相关怀、互相支持、相依为命的一种关系。姐妹情谊在英美文学中有很深的传统,而倡导姐妹情谊是女性主义批评的理想之一。

厂，不仅经济上耗不起，也"找不到有权力的人"，只好绝望地放弃了。王十月的《寻根团》（2011）也有类似的情节：（我）王六一的同乡兼朋友马有贵在东莞打工，这是一个敦厚朴实、身强力壮的"骆驼祥子式"的青年农民，因长期在石材厂切割石材，缺乏应有的劳动保护，最后患上了职业病——硅肺病，身心饱受折磨而痛苦自杀。比小柱"幸运"的是，因为同乡的"我"是东莞的一名报社记者，在"我"的出面施压和干预下，工厂老板迫于"见诸报端"的压力，不得不同意支付20万元的医疗费。

胡学文的《花落谁家》（2004年）则以法律工作者视角写了乡村司法现状。杨晓冬是营盘乡法庭新到任的庭长，他负责处理一起复杂的婚姻合约案，在貌似事实简单、胜负立判的案情中，卷入了亲情、爱情、权力、资本乃至黑恶势力等方方面面的胶着角力，最后坚持正义的杨晓冬被通知暂停案件的审理，上交由县法院民事庭接手。杨晓冬的压力虽然解除了，而双方的"暗战"仍在继续并蔓延到更高层面，眼看黑白分明的案情却随着众多因素的介入显得扑朔迷离、前途未卜。小说真实抒写了2000年前后乡村司法的困境和无奈，也揭示了基层司法工作者、农民对法律的爱恨交织、欲罢不能的情状。杨晓冬的被架空，意味着代表正义和底线的法律在乡村的退场与缺席，也间接说明乡村及其子民在实现法治现代化的路上还任重道远。首先，在这场官司中，张铁匠因为女儿张二妮被乡镇企业家黄满山的儿子四虎子骑车给撞成重度脑震荡，张铁匠担心女儿日后有后遗症影响终身大事，不顾女儿的幸福而擅自做主将张二妮许配给四虎子，黄家在前乡领导靳乡长的胁迫下就范，并由乡司法所前任所长石金居中见证，签署了婚姻合同。这理所当然导致车祸昏迷后醒过来的张二妮的激烈反对。因此，张二妮的悲剧乃至这场卷入众多人马的闹剧、权谋剧，远不是解除一桩"包办婚姻"那么简单、容易，它见证了在2000年前后的现代中国，农民、司法工作者、领导干部对个人权利的漠视、侵害，对法律的践踏和摒弃，以及农民文化对个体命运的宰制与蹂躏——法律再次成为各路人马争斗的一张遮羞布，成为堂而皇之却软弱无力的摆设。其次，张铁匠死活不愿意与"亲家"黄满山打官司，就是因为觉得"清官难断家务事"，并且一旦官司打不赢反而"伤了两家人的和气"。在这里，他用乡村伦理替代了法律，用混沌模糊的家庭俗务排拒了精准清晰的法律条文，显现了伦理本位对法律的僭越。正如有学者指出，农民"习惯于用情感化、伦理化与道德化来建立人与人之间的社会关系，对于伦理道德以外的通过

第三章 德先生赛先生的乡村之旅

法去处理和协调人际关系、社会关系的做法不屑一顾"①。再次，围绕黄张两家这一场小小官司，杨晓冬的姨夫、营盘乡的秦乡长、派出所所长、司法所前所长石金、杨晓冬的女友白丽以及县电视台台长乃至当事人四虎子、张铁匠等纷纷粉墨登场，使出浑身解数，或充当说客，或以钱开路，或以权压制，或以情要挟，或私下捣鬼，或暗中施暴……，乡村的法律失去了应有的准则和刚性，成为可供谈判的资粮、任人摆布的道具，而案情的结果就像大小姐抛出的绣球，任凭权势、资本、正义、伦理的角力而不知花落谁家。最后，小说不仅以白丽之口道出了乡村社会的文化逻辑和权力运行轨迹："这个社会就是一张网，……你没有一点儿人情味！"同时还借助石金悲怆的责问揭示了乡村司法的"真谛"——营盘乡的官司没有规则！这也就是小说所点出的主题意蕴所在。大而化之，营盘乡从礼俗权威型社会向契约法理型社会、从前现代到现代的转型尚有很长的路要走，这或许就是当下法律在乡土中国及其子民间遭遇的现实症结。

三

乡土中国长期以来是"熟人社会"，由于人脉网络和社会支持系统的匮乏，农民的生老病死主要依赖人际关系，谁能营建优质和谐的人际关系，谁就能在乡村生活得如鱼得水、自在无碍。正是出于这种朴素的"经济理性"，乡土子民日常行为的准则，人际伦理是首要因素。在遭遇纠纷或冲突时，农民更愿意仰仗人际关系解决问题，而疏于借助法律途径和手段。在这种意识架构下，天长日久，农民养成并内化了传统伦理和乡土规范的行为取向，乡村形成了维持该架构运行的舆论环境。在乡村社群中，如果谁冲撞了传统伦理和乡土规范或运用了与之相冲突的法律，舆论就会站出来制裁冒犯者。首先是舆论谴责——"对大多数人来说，社会的谴责和赞许就是生活的主宰。"② 然后是人际隔离——"人们可能拒绝协作使冒犯者失去外界的朋友和他们习惯的社会关怀。"③ 在此过程中，农民因破坏传统伦理和乡土规范付出了巨大的成本，其收益在大多数情况下却远远低于这种成本，基于利益选择，他们只能做出取向于传统伦理或乡土规范的

---

① 范进学：《论法律信仰危机与中国法治化》，《法商研究》1997年第2期。
② [美] E. A. 罗斯：《社会控制》，秦志勇、毛永政译，华夏出版社1989年版，第69页。
③ 同上书，第64页。

行为。

改革开放特别是20世纪90年代之后,随着现代化在乡村的深入,以及涉法事件增多、法律意识在农民间的普及,乡土子民逐渐从口头协定、家族主义、伦理中心、无讼思想、吃亏是福、谦和忍让等上述传统价值观和狭隘人际观念中摆脱出来。特别是进入城市"陌生人社会",合同、手印、调解、仲裁、协商、上访、判决、司法鉴定等"现代"事务及"看得见"的程序正义越来越多地冲击他们的思想,而电视、互联网等新传媒又加速了这一"法制教育"的形成。尽管农民在学法、懂法、守法、用法的过程中,对内需要克服自身的种种旧思想的积弊与束缚,诸如伦理本位、无讼畏讼、奴性心理、官本位思想等,培育自己的主体意识、平等意识;对外则需要加速再社会化、提高运用法律的能力与素养、破除权力崇拜、营造保护弱者的社会氛围等等。但是他们毕竟迈出了艰难的一步,实现了法律意识的进步和嬗变。而这一切,都源于现代思想、平等观念、权利意识、主体地位的落实和推进。恰如马克思、恩格斯曾经指出,"发展着自己是物质生产和物质交往的人们,在改变自己的这个现实的同时也改变自己的思维和思维的产物。不是意识决定生活,而是生活决定意识"。①

首先,农民们逐渐放下了打官司"丢人""惹麻烦"的传统保守思想,抛弃了不敢提起诉讼的怯弱心理,尝试着拿起法律的武器为自己维权。新世纪前后的乡土小说中,专门抒写农民"打官司""讨说法"的文本较少,如《命案高悬》《我不是潘金莲》等,其他的只作为小说的"插曲"或"背景"。值得一提的是,贾平凹在其早期的短篇小说《制造声音》即书写了法制的主题:被视作"疯子"的农民杨二娃苦苦上访十五年零三个月,其间历经了数不清任数的乡长、县长,甚至赔上自己的老婆和孩子的性命,就是为了证实一棵树是属于自己的。② 真正让读者动容的是,最终帮助解决这一"小问题"的行署专员惠世清将属于杨二娃的那棵大树的风语声录了下来,反反复复聆听,回味死去的杨二娃百折不挠所重复的"树会说话的!树真的会说话的!"——是为民发声?还是民生疾苦声声入耳?小说主旨是对官员不作为的无声谴责,对农民难以申冤的同情,也是对乡村一度处于法律空白地带的吁求。"惠世清"三个字寄寓了作家"泽惠百

---

① 《马克思恩格斯选集》第1卷,人民出版社1995年版,第73页。
② 贾平凹:《制造声音》,《大家》1996年第5期。

第三章 德先生赛先生的乡村之旅

姓,世间清朗"的民本理想。随后广为人知的则是陈源斌的《万家诉讼》,该小说因被导演张艺谋改编为《秋菊打官司》并借助电影无远弗届的传播能力而家喻户晓。文本以一个文化程度不高的农村妇女何碧秋用法律手段"讨个说法"的经历,展示基层权力秩序和底层农民生活,更重要的是表征了"底层农民"的倔强与韧性。事实上,从20世纪90年代开始,在"三农"问题日益严峻之时,为农民"讨个说法"成了批判现实的作家们的写作伦理,成为表征底层农民"舍身求法",凸显农民在维权方面的"拼命硬干""认死理"的典型文本。

到了21世纪,乡土小说中的农民在法律的问题上,秋菊、李雪莲式的"一根筋"和撒泼蛮撞、无知无畏的"刻板印象"和出丑卖乖正在悄然发生变化,虽然农民在多方对垒的各种诉讼"战役"中,无论专业知识还是人脉、资本都还明显处于下风,但毕竟开始了向法律这一正途寻求救济而不单单是通过上访"闹事"来寄希望于问题的解决。他们形塑了有理性、有气度、有策略、讲程序、懂规则、遵法纪的新农民形象,展示了小农由封闭向开放、由守旧到进取、由传统向现代的自我革新。在《出梁庄记》中,粗通文墨的退伍军人万国,已经在现代传媒的教化下,被唤起了个体的权利意识、平权意识,也敏锐地意识到了传媒强大的力量,开始尝试用传媒加法律的方式发声,以维护自身的合法权益。此后,无论是在小说里还是现实中,新世纪的农民利用新传媒、社会舆论亮相在公众视野中的事例并不鲜见。

与此同时,农民也在与法律的屡屡交集中实现小农文化心理和价值观念的蜕变和成长。比如在《出梁庄记》中,2009年12月,梁庄55岁的青焕骑自行车在北京郊区"河南村"被当地人开着小轿车同向而行追尾撞飞了,导致颅骨破碎、颅内淤血住院,并留下继发性癫痫病的后遗症。在这一场艰难的诉讼中,青焕的父亲王福,一个进城打工的老农民因为女儿的飞来横祸而偶然与城市有了极其深度的交融,城乡两个完全隔膜的世界的人因此而彼此探试、了解、协商、妥协。王福尝试着笨手笨脚边学习边应对这场突如其来的灾难,这个不善言辞、说话颠三倒四、一辈子与土坷垃打交道的老农,被迫要跟上城市的法则、按照现代的法律,了解并不懈地与医生、交警、法医、被告、法官、律师、保险公司协商、交涉,费力地去理解即便是大学生也望而生畏的医学、法律、财金等专业名词,努力将自己纳入法律框架中笨拙地以现代法律思维去理解事件的处理。尽管他也怀疑被告与权力部门私通款曲,埋怨自己没有钱打点各个关节、痛恨收取高额费用的律师，憎恶被告的推卸逃避，不满法院执行的难与慢，但却不因为自己是外地人、光脚的农民工而说过激的言论，采取极端行为，仍然保持了克制与体面（这其中或许也有处于劣势、畏惧法律的因素），显现了进城农民被植入城市时空以及现代体制、文明规范后习得的敬畏、教化、尊严、得体、分寸和难得的气度——这与其说是被动地学习、改造与进步，毋宁说是主动地融入与再社会化、格式化的结果。

　　社会学认为，代际是重要的，代际文化传递既有正向的"后喻文化"，即亲代向子代传递教化文化；也有双向交流输送的"并喻文化"，更有反向的"前喻文化"，即子代向亲代进行现代文化的反哺。[①] 根据周晓虹教授的研究，当下出现的大规模的代际间的"文化反哺"成为当代中国独特的社会景观。农民阶层法律意识的嬗变，也部分归因于这种文化反哺，更加现代化、城市化、社会化了的子代率先接受了法治理念，并瓦解了亲代小农思维的经验性、狭隘性，解构了其间的执着血缘亲缘、看重人情面子圈子、畏惧权贵、重礼治而轻法治等思想观念和文化心理。比如，出生于1987年的梁安在北京打工，2006年就开始单干做"小包工头"，2008年时已买了昌河汽车，回到梁庄盖房、结婚花了20多万元，算是梁庄乡亲们眼里的"准成功人士"。这个见过世面、意气风发的年轻人较之保守落后的王福们有着更加强烈的法律意识和维权能力，而不是一味地承受不公正的待遇。他的一个老乡在北京顺义被小车刮伤，反而被殴打，肋骨踢断了还威胁不准告。老乡害怕，最后梁安出头设法调出事发现场摄像头的录像作为证据并与车主协商、调解，依法论对，有理有据，软中带硬，声称如果只给3000元钱的话非起诉不可，告车主交通肇事逃逸，得坐牢半年。飞扬跋扈的车主、当地人顿时没有了嚣张气焰，赔付了一万元了事。在此，梁安的仗义执言就是文化反哺的过程。读者看到，基于现代性的栉风沐雨，年轻一代农民已然完全成长起来，与前辈相比，他们有着突兀的主体意识、维权意识，知法讲法守法的天性，他们对城市已经产生强大的认知和认同体系，法律成为他们作为现代人、城市人的天然底色。"尽管大多数的城市农民工无论是在地理上还是在心理上处在城市的边缘，但是谁也无法否认城市对农民工产生的影响。这种在新的时空中的新体验，在与农民

---

　　① 周晓虹：《从颠覆、成长走向共生与契洽——文化反哺的代际影响与社会意义》，《河北学刊》2015年第5期。

第三章 德先生赛先生的乡村之旅

的传统意识发生碰撞、交融的过程中，也在不断地形塑着他们的人格和行为，赋予他们以现代特质。"①

总之，王福们打官司的故事象征着旧与新的痛苦嬗变，是低语境的乡村向高语境的城市努力学习的经历、虔敬臣服的过程，农民要适应并进入现代化，就不得不学会用现代视野、现代思维和现代规则来再造自己，使自己成为一个成长中的渐变的新人。愚顽守旧的王福们、城市的外来者们在一个个官司、纠葛中磨砺了思想，重塑了法律文化，完成了对契约精神、法律知识、城市文明、现代规则的基本认知，也初步实现了自己的现代转型。不管他们是否赢了那一场场"可恶"的官司，至少汲取了复杂难言的现代体验，与老旧的自己打了个平手并做了痛苦的告别。他们站在城市的新起点再出发。

四

费孝通在《乡土中国　生育制度》中指出，作为旧有的生产生活方式，"如果它已不能答复人们的需要，它终必会失去人们对它的信仰，守住一个没有效力的工具是没有意义的，它会引起生活上的不便，甚至蒙受损失。"②农民长期以来固守的小农意识及其文化心理，在进入现代中国时，遭遇到了强烈的狙击，由此招致了身心伤痕累累。要适应现代社会，进入他们所期望的现代化、城市化，农民就要自我革新，摒弃等级观念、克服家长制、祛除奴性文化，提高自身法律意识；通过破除臣民的卑下心理、积极的政治参与，摆脱"人治主义"的消极影响，提高依法行事的能力。与此同时，国家的立法也应尽量体现农民的情感，维护农民的利益、权利。"法律只要不以民情为基础，就总要处于不稳定的状态。"③可以想见，法律一旦成为农民利益的象征和保护神，它不待国家通过强制的力量去普及，也会成为农民努力学习、自觉应用、严格遵守、虔诚信仰的对象。

在电影《精武门》中，陈真对前来抓捕自己的巡捕房捕头说道："我读书少，你不要骗我"。这个功夫高手，过去靠拳头打天下，但是他终归被纳入城市及法律的轨道。今天的农民大多具有初中及以上文化，全方位

---

① 蔡志海：《农民进城——处于传统与现代之间的中国农民工》，华中师范大学出版社2008年版，第160—161页。
② 费孝通：《乡土中国　生育制度》，北京大学出版社1998年版，第77页。
③ ［法］托克维尔：《论美国的民主》（上），董果良译，商务印书馆1991年版，第315页。

受到现代文明的熏陶教化，已然不是抱残守缺的旧农夫，不是读书少、见识浅的莽夫，也不是猥琐可悲的懦夫，而隐隐然是现代化孕育、城市化催生，依靠自己的能力和法律行走于城乡两端之间的大丈夫了。

第四节　传媒现代性：乡土文学中的风景发现、现代启蒙、人格塑造与消费导向

现代传媒作为"社会发展型态的神经系统"和一种与人类生存发展、意识塑造关系极其密切的大众媒体，在面向乡村传播实践中，对传统农民群体的精神影响与现代人格的形成发挥着重要作用。对乡村及其子民而言，现代化是绕不开的"结"，它表征生产方式的转变或工艺技术的进步，更意味着民族文明结构的重塑与经济、社会、政治、文化等层面的全维转型。作为"发展"逻辑外部赋予的"现代化"，现代媒体传播的现代化内容与理念，以外部力量推动和文化输入的方式，通过新闻报道、娱乐节目等多样化传播形态将现代意识楔入乡村，"灌输"给农民，逐步改变农民的生活方式、思维方式、日常行为、生产观念、价值取向乃至审美情趣。有学者指出，"大众传播系统对其受众来说，不仅是信息的传播者、忠告者，同时也创造和提供对未来的希望与信心。农民现代性发展的一个非常重要的途径是现代传媒"[1]。因此，现代传媒正是扮演沟通城乡心理鸿沟、革新农民传统观念的桥梁，现代传播实践与乡村现代启蒙、现代意识生发、现代人格形成等，深具复杂微妙的关系。

一

书刊杂志等纸媒是乡村子民接触外部世界的首要管道。书刊杂志作为现代传媒的低级形态和中国20世纪70年代的主流媒体，在乡村率先塑造了具有世界眼光和改革开放思想的"新人"。因此，对于乡村农民而言，书刊杂志是乡村现代性启蒙，树立农民主体意识、确认自我、发现世界的重要媒介。这种现代性启蒙是对乡村整体意义而言，也是现代传媒"侵入"乡村的第一重作用。新时期文学以"社会史料"的形式，无意中记录了现代传媒对乡村现代转型、推动农民意识嬗变的巨大作用。

---

[1] 戴俊潭：《电视文化与农民意识变迁》，山东人民出版社2012年版，第6—7页。

第三章 德先生赛先生的乡村之旅

路遥的《人生》提供了这样的标本。一开场，高加林被形塑成一个"乡村落难才子"，他热爱读书，向往城市/现代化。正是通过书刊杂志，他深化了对外面世界的体认，强化了对城乡二元结构中乡村"弱势"的认识，激发了乡下人进城的强烈追求。正是通过书刊杂志打开的通往现代性追求的"视窗"，使高加林发愿改变自己的命运，不惜冲撞乡村古典爱情伦理，背负"现代陈世美"的恶名，不顾一切地进城，成为一个万人瞩目的、短暂的"现代青年"。M. 罗杰斯在《农民的现代化：传播的影响》一书中，运用"创新扩散"理论，发现农民在接受新事物的过程中，文化程度、社会地位等因素与大众媒介接触频度呈正相关关系，而媒介接触频度又与农民观念现代化呈正相关关系。这个发现解释了高加林等人的动机与行为。[①] 小说中一段有趣的情节，揭橥了现代传媒的启蒙与提升作用：

> 高加林拎着馍篮走进县文化馆阅览室读《人民日报》、《光明日报》、《中国青年报》、《参考消息》和本省的报纸。……他把几种大报好多天的重要内容几乎通通看完以后，浑身感到一种十分熨贴舒服的疲倦。

事实上，高加林依靠叔叔的权力得以进城后，他的第一份体面职业就是"媒体人"——县委通讯报道组的记者。缘分中，高加林与现代传媒有了亲密接触，高加林的勤学好问与记者身份二者的相互促进，进一步深化了主人公对现代意识的汲取，助推了他的现代化进程。一方面，记者的职业促使高加林更加深入、全面探索周遭世界；另一方面，勤学好问又巩固、提升了他的媒体素养。如果说，高中时代的高加林对"风景发现"有些故弄玄虚，现在的他则完全处于一个与封闭乡村迥异的现代环境，这个环境是外生性的，是在与世界潮流的碰撞中敞开的。因此，可将高加林从传媒获取的思想称为"现代性知识"或"世界性知识"，它们与刘巧珍关于"母猪下了几头猪娃"的"地方性知识"完全处于等级不同的两个话语体系。在主人公看来，前者是先进、科学、忧国忧民的高大上知识，后者

[①] Everett M. Rogers, *Modernization Among Peasants*, New York: Hold Rinehart & Wiston, 1969. 转引自海阔《媒介人种论：媒介、现代性与民族复兴》，中国传媒大学出版社2008年版，第189页。

是摆不上台面的、喃喃自语的乡村经验。正是媒体人这个职业,高加林实现了由"身体向身份"的转化,他和后继者发现外面世界全新的"风景":

(高加林)他的心躁动不安,又觉得他很难在农村再呆下去了。
路遥《人生》 1982 年《当代》

当孙少平接触到《钢铁是怎样炼成的》之后,他一下子就被这书迷住了。……一个人躲在村子打麦场的麦秸垛后面,贪婪地赶天黑前看完了这书。(他)陷入了一种说不清楚的思绪之中……他突然感觉到,在他们这群山包围的双水村外面,有一个辽阔的大世界。
路遥《平凡的世界》1988 年

16 岁的妙妙野心很大,……妙妙不甘心,因为在她心里无法对这小镇认同,她认同的是北京、上海、广州这样的地方。
王安忆《妙妙》原载《上海文学》1990 年

(涂自强想)虽然这是我自小生长的地方,是我的家乡,可它的贫穷落后它的肮脏呆滞,……这个地方我是绝不会回来的。
方方《涂自强的个人悲伤》2013 年

这是怎样的似曾相识和代有传人!时间一晃 30 余年,可城乡对立所带给乡村青年的愿景和"发现"还是如此相似与不曾改变!

《平凡的世界》接续了"知识改变命运"的文学诠释,塑造了同样喜爱阅读,嗜书如命的乡村才子形象。书中写道,孙少平一次次去"县文化馆图书馆里千方百计搜寻书籍",阅读量惊人。那些《马丁·伊登》《热爱生命》等小说中孤身奋斗的主人公,一次次进入梦乡与孙少平对话,为后者输送大量精神滋养:这种传媒知识转化成思想优势、前进动力,成就了孙少平突兀高耸、坚强充实的精神主体。有学者指出,"主体位置是对我们期望成为所是的理想化表述……,位于无意识当中、被拦截和压抑的强大欲望可以被视为驱动我们寻找主体位置的主要原因。"[①] 或许,读书,从纸媒寻找"精神食粮"可被看作自我形塑的主要手段。《平凡的世界》几处颇为有名的细节,刻画了孙少平在极端困苦情况下,读书励志,勇于担

[①] [英]马克·J. 史密斯:《文化——再造社会科学》,张美川译,吉林人民出版社 2005 年版,第 75 页。

第三章　德先生赛先生的乡村之旅

当的强悍精神状态。正是在传统纸媒的慰藉中，他完成自我塑造：

> 孙少平正背对着他们，趴在麦秸秆上的一堆破烂被褥里，在一粒豆大的烛光下聚精会神地看书。那件肮脏的红线衣一直卷到肩头，暴露出了令人触目惊心的脊背——青紫黑淀，伤痕累累！
>
> 在下午剩下的最后一点时光里，他还到新华书店买了几本书。其中他最喜欢的一本书是《一些原材料对人类未来的影响》。

可以说，当孙少平沉迷于书籍时，他已不自觉汇入新文化运动以来、以"发现"为追求的阅读工程和历史脉络。这样的历史逻辑中，孙少平希望借助对书刊杂志如饥似渴的阅读重建自我身份。如果说高加林通过传媒完成现代启蒙并开启外面世界，在内心升腾起改变现状的努力，那么，孙少平则透过传媒，获得个人意识觉醒和"主体性"，并培育了自我的强大。这个自我，是一个内心坚定、情感淡定、成熟大气、勇于把握命运的自我，他与自卑自虐、患得患失、有股狠劲的高加林相比，前者精神世界充满道路自信、价值观自信和人生自信。

学者竹内好（Takeuchi Yoshimi）指出："只有对周围外部的东西没有关心的'内在的人'（inner man）那里，风景才能得以发现。风景乃是被无视'外部'的人发现的。"[①] 也就是说，当"内在的人"发现"风景"时，他以往对"眼前的他者""周围外部的东西"冷淡而无所关心。在书中，路遥迫不及待地跳出来向读者指出孙少平历经传媒洗礼后的"道成正身"：

> 所有这些都给孙少平精神上带来了从未有过的满足。他现在可以用比较广阔一些的目光来看待自己和周围的事物，因为对生活增加了一些自信和审视的能力，并且开始用各角度从不同的侧面来观察某种情况和某些现象了。

是否可以这样概括现代传媒给孙少平们带来的巨变：一是精神满足，二是开阔视野，三是生活自信，四是辩证思考，五是自省能力。——这一

---

① 转引自［日］柄谷行人《风景之发现·日本现代文学的起源》，赵京华译，生活·读书·新知三联书店2003年版，第15页。

切关乎乡村现代建设与事业传承！总之，我们可以将高加林们对书刊如饥似渴的阅读，看作乡村青年"探索与发现"的"前史"，表征着一代乡村青年的愿望和奋斗，昭示着现代传媒询唤下，乡村青年对于风景的发现与现代启蒙。

二

当代中国语境中，广播是值得研究的传播方式，带着明显时代烙印，它克服了纸媒曲高和寡的毛病，以无形的"规训"覆盖广大不识字农民。从20世纪70年代媒介发展看，农民受众文化水平普遍较低，而广播由于其传播范围广、传播速度快、渗透能力强、感染力大等优势，成为最适于灌输宣传和发动大众的首选媒体。20世纪80年代后期，"喇叭式"的广播因社会转型逐渐退出，但随经济的逐步改善，收音机作为最普遍的媒体的普及，用另一种形式延续"广播"功能。通过正规"广播员""普通话"的规范"解说"，勾连农民与外部世界，矫正乡村俚语，摧毁方言壁垒，跨越熟人社会，切断封闭循环的口口传播，输入现代质素，使外部世界的"开放性"和"诱惑力"急剧加强。重要的是，广播通过一种无形的声音媒质，把分散的听众整合进"想象的共同体"。正如安德森（Benedict Richard O'Gorman Anderson）所言："有一种同时代的，完全凭借语言……来暗示其存在的特殊类型的共同体。以唱国歌为例，在唱的行为当中蕴含了一种同时性的经验。想像的声音将我们全体连接了起来。"①"广播"播出时间的一致、播出长度的固定、解说员的确定、普通话的规范性都强化这种"共同体"经验的延续：听众在收音机之前想象到与他同时分享的是"无数的"的"同道"，这种数量上的庞大感型构强烈的"召唤结构"与"精神共鸣"，征召乡村子民向现代化前行，并强化对现代性追求的信心，加速农民现代人格的形成。

因此，20世纪80年代后期成为继"风景发现""现代启蒙"之后，乡村青年现代人格类型的形塑阶段——怨羡、焦虑人格的形成。有学者指出，"现代性不仅只是一种单纯的人格品格，作为当代人所经历的一种社会过程，它又是现代人的生存状态。……这种个体心理凝聚为一种社会集体心理，使当代人在传统与现代之间、理性与感性之间、世俗与神圣之

---

① ［美］本尼迪克特·安德森：《想象的共同体——民族主义的起源与散布》，吴叡人译，上海人民出版社2003年版，第171页。

第三章　德先生赛先生的乡村之旅

间、理想与现实之间，产生与现代性相关的紧张与冲突"①。

王安忆的《妙妙》以细描方式，书写乡村女子心比天高，渴望寻异路走异地，塑造别样人生的故事。妙妙是个乡村普通女孩，在镇招待所上班，她的人生理想来自现代化的传播媒介——画报、收音机等。虽身处村镇，可她却自我期许，特立独行，幻想着告别头铺街成为"有现代意识的青年"。小说这样讲述：

"妙妙是个不甘平庸的姑娘，她喜欢站在一个领先突出的位置上。""妙妙对幸福的一切衡量标准都来自电视、电影、报刊杂志里的大都市文化价值观。"

"妙妙的好朋友就是电影电视，电影电视陪伴妙妙，安慰妙妙，也激励妙妙对生活的不满和对外面大千世界的向往。"

妙妙对外部世界的了解和遥想，主要是通过诱奸她的来自北京电影剧组的那个蹩脚男演员送给她的"一只小半导体收音机"。——妙妙接触到的传媒已超越高加林的纸媒。收音机作为先进手段和现代社会的"规定性制度"，从更感性层面引领主人公跟进时代前沿，并推使她成为小镇"先锋"。——她努力通过影视传媒和书刊等媒介，了解并追赶外面世界所流行的"服饰方面的新潮情况"。吉登斯（Anthony Giddens）总结说："现代制度与以前所有形式的社会秩序迥然有别。它们不仅是外在转型：现代性完全改变了日常社会生活的实质，影响到了我们的经历中最为个人化的那些方面。由于现代制度的引入所引起的日常生活的嬗变，从而与个体生活进而也与自我以一种直接的方式交织在一起。"② 然而，妙妙又不屑于小镇落伍与都市的流行，所以，她的穿着打扮、思想行为成为"小镇里的异乡人"。

"妙妙就有一种及时接受先进潮流的天赋，她极其灵敏，转向很快，并且逐渐练就了一种预见能力。……可惜的是，妙妙这种能力却没有实现的机会。……心里觉得孤苦得很，她想，这个地方没有一个

---

① 戴俊潭：《电视文化与农民意识变迁》，山东人民出版社2012年版，第276页。
② ［英］安东尼·吉登斯：《现代性与自我认同》，赵旭东、方文译，生活·读书·新知三联书店1998年版，第1页。

人能够理解她。""妙妙虽然在各方面都很平凡,但内心却很骄傲,通常不把别人放在眼里。……渐渐的,她就没有了一个朋友,这样,生活就越发使人苦闷了。"

到此为止,读者明白了妙妙苦闷、孤独的根源。然而,妙妙的现代性追求、个体在村镇的"沉沦"却得不到"北京"方面的任何拯救,她淹留在乡镇独自苦痛和幽怨。对于那只两端"连接"头铺街和北京的收音机,尽管"妙妙很专注地听着",但"这只收音机的频道很难调准,总是咯吱咯吱响着,发出模模糊糊的声音"。这是否暗示,妙妙所追求的远方世界讯息与图景其实模糊不清,讯息的"模模糊糊"与接受者的专注虔诚构成微讽,妙妙就沉浸于误读性的幻想中。"妙妙在这个世界内部找不到自己的位置,越是憧憬远方世界的幻影,越是与日常生活格格不入……。于是,先觉而勇敢的个体,很快地坠入疲劳、颓废。"[①]

在妙妙看来,自己为现代传媒启蒙,已成为独树一帜的现代个体,并从镇上的人们——一群"无聊、没一点儿意思、碌碌无为、落后保守、井底之蛙"的庸众中"剥离"。妙妙被塑造成一个"孤独者""哲学家""革命者""怨羡者":

> 妙妙的这些苦恼已经不仅仅是有关服饰方面的具体问题,而是抽象到了一个理论范畴,含有人的社会价值内容,人和世界的关系,及人在世界中的位置,这些深刻的哲学命题此刻都以一种极为朴素的面目出现在妙妙的思索和斗争中。
>
> 她很激昂地想,无论在什么地方,我都要做一个时髦的青年,她不怕走在街上的时候,有人点点戳戳地说她,议论她的种种事情,她正要别人看不惯她,不能接受她,将她看做异类,甚至抵触她。再没有比这头铺街合群同道来得更令人沮丧的了。妙妙除了是一个哲学家以外,还是一个革命者。她的革命行为……包含有更广阔的社会内容。

从情节设置看,《妙妙》等小说都创设了清醒者/庸众的对比模式。"庸众"与其对立面源于鲁迅,属二元对立的现代启蒙范畴。高、孙、妙

---

① 程光炜:《小镇上的娜拉——读王安忆小说〈妙妙〉》,《当代作家评论》2011年第5期。

第三章 德先生赛先生的乡村之旅

妙被形塑成启蒙的薪传者,并不断与周遭环境发生龃龉与疏离。他们的率先"觉醒""逃离",对外面世界的狂想,对现代的追求,与其说是知识引领,毋宁说是现代传媒使然。

综上,如果把高加林、妙妙等乡村青年置放于乡村现代性转型的历史脉络看,他们在现代传媒的启蒙与"新旧冲突"中,首先型构出了乡村的现代"怨羡"人格。舍勒论述了怨恨的群众心理学基础,怨恨作为普遍存在的情感,有其产生的社会、心理机制。他从现象学进行描述:"怨恨是一种有明确的前因后果的心灵自我毒害。这种自我毒害有一种持久的心态,这是因强抑某种情感波动和情绪激动,使其不得发泄而产生的情态;这种'强抑'的隐忍力通过系统训练而养成。……这种自我毒害的后果是产生出某些持久的情态,形成确定样式的价值错觉和与此错觉相应的价值判断。"[①] 舍勒将现代社会定位为"普遍攀比"的社会,其意是,"有明确的前因后果的心灵自我毒害"源于价值攀比:在比较中败北了,却不能向外发泄和攻击,只好采取策略,转而贬低、改变价值竞争的评价标准。

刘小枫指出,舍勒的研究使怨恨与现代性问题勾连起来。怨恨不再局限于个体的心理体验,它反映的是具有某种现代特征的共同性的生存状态,这是一种特殊样式的人之共在关系,但却是社会转型过程中普遍存在的情感与态度。[②] 也就是说,在现代传媒进入乡村后,古典平和的心态以及与此相连的悠游自足人格,已逊位于现代人格的形成,怨羡人格成为现代传媒在乡村的衍生物。

其次,现代性意味着一个无所不有的梦想、奋斗与成功。当乡村子民在现实中去建立自致性的社会关系,去追求温饱有余乃至社会成功时,他又不得不面对社会阶层的分化、城市的歧视、打工的失败和时代浪潮淘汰带来的残酷,不得不面对心理上感性的自我,不得不面对社会竞争、人生失意带来的难以摆脱的焦虑,和个人生存状态的不稳定性、身份认同的不确定性、处城乡之间的两无依傍……。贾平凹、陈应松、刘醒龙、王十月等乡土作家无不在铺陈这样的述说。特别是电视进入乡村后,跨国公司、都市白领、酒店别墅、劳斯莱斯、天上人间等攫取着人们的眼球。现代传媒所传达的富裕学、成功学已成为新意识形态,在在刺激农民的情感和心

---

① [德]舍勒:《舍勒选集》(上),罗悌伦译,上海三联书店1999年版,第401页。
② 罗贵榕:《现代性视阈中的怨恨现象研究》,《学术论坛》2011年第11期。

灵。因而,"现代性焦虑"① 是继"怨羡"之后,现代传媒所催生的另一现代人格类型。

三

20 世纪 90 年代以后,电视作为大众传媒,以更加凸显的声光影电、感性直观的优势取代传统媒体,荡涤人们的思想观念、精神世界,塑造着复杂多元的乡村及子民。有学者指出,大众传播系统是能够协助或加速社会发展以及个人现代化的工具。现代传媒是形成现代性的主要影响因素,受现代传媒影响的个人或村落,要比那些不接触或很少接触的个人或村落更有现代的气质与态度,行为更积极主动,更愿意面对一个日新月异的未知世界并敢于承担探知的风险。②

柏原《伙电视》(《飞天》1991 年第 5 期)是被文学史家忽略的极佳的现代传媒进入传统乡村"攻城略地"的文本,蕴藏丰富的时代转折与文学社会学信息。它讲述的是黄土高原上的沟姥姥如何开启"现代"的故事。沟姥姥是个封闭、落后的小村落,人们过的是平静凝滞、寂寥无事的农耕生活。囿于闭塞落后,本地的一号人物、大拿(能人)兼生产队长和第一富户三爸曾被"羞辱"。

有一年三爸大兴土木盖瓦房,省城里下来一个叫花子,捏根讨饭棍又挎了个收音机,他把收音机获悉的天气预报胡诌乱喧一通,当作天神意旨,骗一兜白馍不说,还日弄得瓦房停工数月。之后就变作沟姥姥一句谚语:山沟沟里大拿,不抵兰州个叫花。三爸缘此刻骨铭心。村里通电后,这淤积了几万年黄土的沟姥姥,像沿着经络穴位扎电针似的,整个神经就颤起来了。刘家峡大电通过来,不仅输送来新能源,而且源源不断输入新词语。作为村里第一个万元户,三爸托人到城里买收音机,女儿、女婿却给他带回来全村第一台 14 英寸黑白电视,三爸一下子跨越收音机时代,跃升到电视机时代。于是,围绕着从最开始三爸主动邀请全村人到家里"伙电视"("伙",意为"众人聚集在一起"的意思,如,聚众取乐要社火叫伙社戏、调情逗趣唱山歌叫伙花儿、满堂欢笑祝寿叫伙寿,等等),到后

---

① 廖斌:《现代性焦虑:新时期文学乡村现代性转型农民的"心灵史"》,《佳木斯大学学报》2013 年第 3 期。
② 戴俊潭:《电视文化与农民意识变迁》,山东人民出版社 2012 年版,第 281 页。

第三章 德先生赛先生的乡村之旅

来招架不住,"款款支走侄子侄孙",再到最后"三爸不想伙了"。沟姥姥的邻里间、代际间展开一系列矛盾。诸如:闭塞与开放、夜生活的多元与单一、文明与蒙昧、卫生与脏乱差、识见广阔与视野促狭、对新鲜事物的欲拒还迎与犹疑不定……,总之,归结为一句话,基于现代传媒发生了传统与现代、乡村与城市的融合与冲突。如,沟姥姥的人们第一次看电视,全村轰动、扶老携幼,且把看电视叫"看电影",把麦克风叫"半截子苦黄瓜",在看电视中懵懂初开,在伙电视中咂摸、理解、艳羡外面世界等。正是电视及其文化,对农民日常生活、心理意识、社会行为、价值判断等产生了前所未有的影响。因此,英国学者罗杰·西尔弗斯通(Roger Silverstone)认为:"电视既是日常生活中的权力与意义的中介,也是施加给日常生活的权力与意义的中介,但要理解这里的权力与意义,不能不关注媒介之中多种复杂的内在关联,以及媒介所参与的各种层面的社会现实。我们要把电视看作是一种心理形式、社会形式和文化形式;同时,它也是一种经济形式和政治形式。我们不要只把媒介理解为影响之源,它既不是简单的有益,也不只是有害。我们应该把电视嵌入日常生活的多重话语中。"[①]

小说写到,三爸不堪全村邻里夜夜聚集其家"伙电视"的滋扰、破费(要招待茶水、旱烟)、麻烦(随地便溺等恶习),且益发担心现代传媒——电视里的"瞎戏"(诸如"男女接吻拥抱偷情等")带着乡村及其子民"学坏"而"不敢再伙下去"。他公开宣布说:"电视上演的这个景致,有的能看,有的不入眼。我掏几百元钱买电视,为的啥?为的儿孙了解天下大事受教育,不是要你们学坏!从今天起……有好戏就开,没好戏就不开。"然而,电视(外面风景?)的诱惑强烈"撩拨"着山里人的饥渴,千字辈的中年人、万字辈的娃娃们在遭到拒绝后甚至翻墙贴门"偷听电视",就连"百字辈一伙老朽,躲在黑窑里,居然偷偷欣赏起西洋景来。"三爸烦恼地想"这电视再也不能放了,没承想,花了一把票子买来一个祸害,弄得举村不宁。"到最终,三爸痛定思痛,"终于下令把庄崖顶上的电视天线拆下来,把14吋黑白电视机重新装进四四方方的纸箱里"。"于是,沟姥姥恢复了平静",但三爸的这个决定又是犹疑不定的,因为连"他也悟出道理:人总是要寻寻乐趣,吃饱肚子喝足面汤后尤其如此……"

[①] [英]罗杰·西尔弗斯通:《电视与日常生活》,陶庆梅译,江苏人民出版社2004年版,第3页。

但是，思想的主体一旦确立，现代人格一旦孕育，外部风景一旦发现，对比的位阶一旦袒露，被现代传媒启蒙的沟姥姥的子民就再也无法平复在往日死寂封闭的时空。电视虽封存，沟姥姥表面也随之"恢复平静"，但沟姥姥的子民的心却被代表"现代"的电视所掳掠，无数欲望破茧而出。正如鲍德里亚（Jean Baudrillard）所说的："电视带来的'信息'，并非它传送的画面，而是它造成的新的关系和感知模式、家庭和集团传统结构的改变。"① 电视这一现代传媒（三爸担心的"祸害"）所传递的外部世界的音画时尚，不仅在农民心中激起回荡的涟漪，更播散现代性追求的种子。因此，随着电视这一现代传媒长驱直入，沟姥姥的进步，文明与愚昧的冲突、乡村传统的溃败却再也无法避免了。

有学者指出，"现代文明的进程实在由不了三爸们，你可以把电视重新装入纸箱，但你能让时代重新回到过去吗？如果我们把电视看作一种全新的意识形态的话，它对于乡村的渗透只是一个时间问题，这是任谁也阻挡不了的。有这样一个事实：以前从来不知道电视为何物的三爸们现在可以坐在电视机前，笑骂也罢，不齿也罢，总归是在看，其中是否有某种认同暂不考虑，单凭这一点，我们似乎可以得出：沟姥姥的确进步了！"②

《伙电视》形象地说明：传统乡村及其子民就是在对电视传媒的笨拙、虔诚的模仿、追赶中，蹒跚学步地从内到外，从思想观念、思维方式、精神世界到外在的行为方式、话语方式，渐变地走向他们梦寐以求的"现代"！

20 世纪 90 年代，电视大范围突入乡村后，农民获得与现代知识广泛接触的机会。电视，作为普及率最高的现代传媒，其声画结合的感性直观形式，加速现代启蒙的同时更传递消费主义与及时行乐等观念：自由与平等观念通过电视剧、纪录片解说、名人谈话等形式，输入给习惯以传统惯例处理问题的农民，改变父母包办婚姻、多子多福、"靠拳头说话"等观念；竞争意识、致富观念、家庭伦理等现代意识通过电视小品、综艺节目、法制栏目等形式，影响农民的传统观念，塑造当代农民的现代观念和人格。消费文化的核心理念是，消费即幸福。年轻的农村女性走出家门，亲手创造购买幸福的财富。为争取幸福，打破男权独尊的家庭格局，乡村女性当家做主，等等。在电视媒介强力助推下，消费主义伴随现代启蒙从观念上动摇乡村。今

---

① ［法］鲍德里亚：《消费社会》，刘成富、全志钢译，南京大学出版社 2000 年版，第 132 页。
② 高潜：《沟姥姥的确进步了——评柏原小说〈伙电视〉》，《飞天》1991 年第 9 期。

天，绝大多数的乡村子民已能够从容面对电视为主的传媒"霸权"入侵，并内化了此类大众传媒的宣传和无孔不入的消费主张。

至此，高加林式的理想主义、妙妙的怨羡焦虑已让渡给消费主义。从对乡村、农民的现代性启蒙到消费主义诱惑，从精神家园的构建到精神危机的文化迷失，是现代传媒在乡村的第三次浪潮，也触发了乡村主体再次陷落。在这个转变中，现代传媒似乎遗忘了它初抵乡村的本源性任务：启蒙。乡村在短短30年间，历经蒙昧/启蒙/陷落的循环，匆匆上演了启蒙主义/理想主义/消费主义的故事。在此，现代传媒既体现了现代人性的扩展、自我发现，又使现代性本身成为问题，成为一个矛盾体。

四

互联网是21世纪革命性变革的传媒，方方的《涂自强的个人悲伤》书写了新媒体时代，网络对乡村贫困大学生的冲击以及"主体精神"的又一次陷落：

> 赵同学在一个多月后搬了台电脑到寝室里。涂自强以前都是听说，这回第一次见到真的电脑。
>
> 涂自强大学毕业后用的依然是赵同学淘汰的旧电脑，……这一次，涂自强装了网线。如此，他便可下载电视连续剧。晚上母亲闲时，可以看一看。

在此，我们心情复杂地看到，传媒先于乡村及其子民多年，已实现"现代化"，迈入继海、陆、空、太空之后的"第五空间"——互联网，并高强度、持续对乡村产生巨大影响。现代传媒没有同期形塑"全面发展的新人"，而甩下正在追赶现代化的农民，并在乡村造成巨大错位与断裂：纸媒、收音机、电视、互联网、智能手机等共时性地存在于广袤乡村的时空，赓续着乡村现代性转型的不彻底，且还在延续着现代化的不平等。

第四章 进城与在乡的多维体验

第一节 与时俱进：农民进城的现代转型与时间转换

时间意识是人类文化存在的基本特征，几乎所有的文化类型都以一种特定的时间感为基础。彼得·奥斯本（Peter Osborne）认为，整体来看，"时间"对于现代性来说具有本质性的意义："现代性是一种关于时间的文化"。[1] 而在此之前，处于"前现代"的乡土中国，一直共享一种与农耕文明共生的古典时间。在古典时间运用中，遵循自然律，讲究的是年、季、节、令、天、时辰等，它的深处隐藏着传统文化的遗传密码，承载着乡村文明的神秘基因，葆有中国传统文化的精粹部分，也是保留乡村记忆的存储器，与它密切相关的是传统文化、乡村经验、风俗民情、历史记忆，乃至民族血脉。在"现代性"词典里，时间是工作律、工业律、城市律，恪守从中榨取金钱，实现效益最大化，服膺的是"时间就是金钱，效率就是生命"征召与口号。在此，静静地按照自然律流淌的古典时间变得可以超前、分割，可以置换、压缩，可以反转、延迟，可以变慢，也可以加快，还可以与空间结合在一起，实现"脱域化"处理。新世纪乡土文学中，不乏这样的文本：讲述农民进城追求现代化的故事，无论是农民工的"鼻祖"孙少平，还是今天的打工诗人郑小琼，他们的现代转型，实际上就是从私人时间、古典时间、乡村时间切换到公共时间、工历时间和城市时间的艰难过程。在这个过程中，农民的私人时间被日益严重"殖民化"，个人被逐渐代入公共时间，进行均质化的生产劳动，由单数的、有尊严的

---

[1] ［美］彼得·奥斯本：《时间的政治——现代性与先锋》，王志宏译，商务印书馆2004年版，第5页。

第四章　进城与在乡的多维体验

"劳动者"蜕变为面目模糊的"生产力";植根于他们的古典时间被工作时制强制驱除,6天工作制的烙印铭刻在他们身上。因此,以现代性理论观照新世纪乡土文学之于时间的转换问题,厘清现代性转型的发生,对农民进城在乡村古典时间与城市现代时间之维踯躅、切换的内在困境,颇有价值和意义。

一

新时期乡土文学中的前现代乡村,多被描绘成诗意盎然的"边城"、"田园牧歌"和"世外桃源",它的明净美好,生生不息的节奏形成"俯仰自得""无往不复""仁者乐山　智者乐水"的生命质感与悠游心态,类似儒家哲学指出的"大乐与天地同和,大礼与天地同节"。像韩少功的《山南水北》、李锐的《太平风物》等作品,采取了诗性切入的散文方式,强调乡土"天人合一"的审美生活,寻求天地之间永恒和谐的人文理想。这种舒缓温和的文字,自有一种高远的文学境界,与当代激变的乡村生活书写形成鲜明对照。但正是随着乡村被带入现代化急流,舒缓纡徐、恬静优美、平和稳笃的乡村社会土崩瓦解,与宇宙合一、自然四季轮回相合拍的生活节奏、生命本体韵律被打乱,"鸡犬之声相闻,老死不相往来""小桥流水人家"的世界遭到倾覆,悠游生活及其古典时间作为一种历史存在和"史前史"的意义已经终结。"采菊东篱下,悠然见南山""黄发垂髫并怡然自乐"让渡给了"跨越发展""前有标兵,后有追兵"的峻急的赶超"时间"动作。"时间"在现代性转型过程中,被现实需要进行了深度加工和概念重塑,在"现代性"的语境与"改革开放"的平台上,变成了"奋斗""劳动""致富""金钱""发展"的拥趸和同谋,这些概念打包在一起,共同建构了"现代化"的强大召唤结构。高加林、孙少平、孙少安、《塔铺》乡下"高考补习班"里夜以继日读书期盼改变命运的人们、追赶"现代化"列车的香雪乃至打工文学、底层小说中一路迤逦、兼程而进的农民,无不是被"现代化时间"驱动的一个个原子式的小人物。"时间"既是"现代化"的度量器,二者相伴相生,对"现代化"的进程、速度、时段、地区、分工、力度、人口、城乡、产业等进行了理性规划和制度规约,"时间"也是"现代化"的组件,与"空间"一道,组合成现代性转型过程中的"道路时空"框架和"坐标系"。

"起步就是冲刺"的竞争思维、"跨越发展"的改革逻辑、"不进则退"的时间观念不仅深入城乡,也深入农民内心。他们爆发出纳入现代化荣景中共享文明的极度渴望、憧憬和觉悟,这种觉醒动力伴随暴风骤雨式的狂飙突进,笨手笨脚的模仿学习、屡仆屡起的摸爬滚打、气喘吁吁的疲于追赶,抗争/矛盾、含混/痛楚、分裂/重生、成长/变化成为乡村的普遍创伤。人们开始从古典诗性步入现代化转型带来的前所未有的、加速运行的"速度晕眩"体验中。快节奏工作、生活被赋予一种合理性,农民在震惊、迷茫、感愤、叹惋之余紧张、焦虑、追赶等诸心理随之而生,读者可从新时期乡土文学中强烈感受到现代化转型留给乡村的催促:是"催赶"而不仅仅是"怨羡"构成乡村心理体验的整体性,它揭示乡下人"个人命运的焦虑"与"民族国家现代化"之间的持久与痛苦的联系。这条历史逻辑的话语脉络,"时间体验"成为精神黑洞,我们可用"催赶"置换"怨羡",将之普遍化和典型化。在此,"怨羡"远不及"催赶"具有涵盖幅度和时代深度。"追赶记忆"成为中国现代性心理体验的内核之一。

  李杭育的《最后一个渔佬儿》以"挽歌"的忧思,回瞥和怀慕的姿态,忆取"白发渔樵江渚上"的时代,生产方式的悠闲和生活方式的悠游;表达了对乡村生活范式式微,"现代化"以空间、时间互换的方式大举蚕食乡村"春风秋月"的无奈,以及对"现代化"强力改造乡村的疑虑。

  早些年,葛川江这段江面少说有百把户渔佬儿,光他们小柴村就有七十来户,大都常年泊在西岸,一早一晚下江捕鱼,就近卖给九溪新村的居民;白天则补织渔网,修整滚钓。那日子过得真舒坦,江里有鱼,壶里有酒,船里的板铺上还有个大奶子大屁股的小媳妇,连她大声骂娘他都觉着甜溜溜的。那才叫过日子呢!

  这是一幅典型的"边城"图景,但随之而来,矛盾显现了:当同村人生活走向富裕及观念发生渐变,并开始主动谋求变化时,福奎作为葛川江昔日的强者,仍然习惯"向后看"和沉浸在对"早些年"的眷恋和牵扯中,并日益潦倒。于是,"资本"进逼乡村,空间换取时间追赶的"现代化进程表"摆在了福奎面前。大卫·哈维(David Harvey)将资本的经济发展与对时空的改造联系起来,他的主要论点是,"在一般的金钱经济中,尤其是在资本主义社会,金钱、时间和空间密切相关,它们相互影响,相互控制"。空间和时间实践在社会事物中从来都不是中立的。它们都表现某种阶级的或者其他的社会内容,并往往成为剧烈的社会斗

第四章 进城与在乡的多维体验

争的焦点。"20世纪至今,资本主义借助铁路、航空等交通技术,网络、手机等通信技术,大大改变空间配置,"开创世界市场、减少空间障碍、通过时间消灭空间的激励因素无所不在。""所谓排除空间障碍,就是要创造特殊的空间(铁路、公路、机场、远程运输)",资本扩张带来的结果就是,"全世界的空间被非领土化,被剥夺它们先前各种意义,然后再按殖民地和帝国行政管理的便利来非领土化"。① 资本的本能就是要穿透各种空间障碍,这是全球化的动力,它不断寻找新地盘,将非资本领域资本化。乡村空间就是在这样的资本和贸易的力量下被大肆入侵和征用,其结果是,乡村空间及其悠游的生活、生产方式在资本的流动下溃败。

随着社会化大生产的逐渐扩张,时间在表面上加强了管理,与"提前""省时""超前""加班"等工作用词联系紧密,在其内面深处,却与金钱、利润、效率秘密挂钩。作为结果,农民被纳入时间管理,成为时间规划的一部分。在理性规划的时间中,人的生存被规划为一种规范标准的存在,活动被精确地分割为小时、分钟甚至秒计的宰制。吉登斯认为,"机械计时工具的广泛使用不仅促进而且预设了日常生活组织会发生深刻的结构变迁,这种变迁不仅是区域性的,而且,它无疑也是全球化的过程。"② 农民工在忙碌的生产流水线上,不仅要打卡,连上厕所、洗澡都有时间限制。常规时间如"上班时间"是城市、工厂制度化的时间管理,其诉求是效率最大化。工厂时间以精细化的规章制度实施管理和压榨,因此,可将其称为"时间管理"。现代科技的发展和生产组织的复杂化,使人类对时间的管理不断加强,向管理要效益已成为城市文化的基本准则。时间管理是一种看护,是一种监视,是一种制度规训。人在这种强制性时间中工作,只能执行、服从。20世纪90年代以降的全球社会劳动变革中,伴随全球市场一体化步伐,"资本"长驱直入,它的"生产形式"——工厂遍布中国城乡,其"现代管理"制度也发生深刻变化:"现代管理方法正在寻求的就是'把工人的灵魂变成工厂的一部分'。工人的个性和主体性必须变得对组织和命令比较敏感。"③ 作为新型劳动者,农民工面临现代时间的基本表征物——工厂的"上班管

---

① [美]大卫·哈维:《后现代的状况》,阎嘉译,商务印书馆2003年版,第330页。
② [英]吉登斯:《现代性与自我认同》,赵旭东、方文译,生活·读书·新知三联书店1998年版,第18页。
③ [意]毛里齐奥·拉扎拉:《非物质劳动》,高燕译,《国外理论动态》2005年第3期。

207

理"制度带来对"主体"新的压抑和形塑方式:"'成为主体'的口号非但没有消除等级同合作、自治同支配之间的对立状态,反而实际上在更高的层次上造成对抗:因为它既调动了单个工人的个性,又与之相抵触。"① 因此,农民工产生无处不在的压抑感,既要忍受来自资本、城市和劳作越来越大的蹂躏;又要承受"时间管理"的无情碾磨——这是与工厂时间甚至延伸到对劳动者"生命殖民"这一事实息息相关的,是现代"控制社会"借助时间规定日益渗透到日常生活的必然结果。从生存论角度说,上班时间的主要特征体现为压迫性,人长期置身于这种压抑性的监管时间,身体成为被监视的对象,人性的发展被束缚。在长期被监督的工厂时间里,人性的发展被规范为一种单向片面化的模式。正是这种时间形式存在的监管压迫,即 8 小时乃至更长的时间管理,造成生命存在的失控感和焦虑感。时间在这里是统治和管理手段最重要的一环,是一种有效的治理技术,时间完全被一种检查的权利布满。郑小琼是"打工文学"的代表。她的诗歌创作,诸如《生活》《深夜三点》《时光》《37 岁女工》等诉说的"时间戕害"发人深省:"姓名隐进一张工卡,双手成为流水线的一部分,身体签给了合同"、"在这五金厂的轰鸣不停地锻打着,我的工号:231,当我拿起图纸,黑暗中,我看见我的青春。""这丧失性别和姓名的生活,这合同包养的生活。"王十月的《国家订单》更以戏剧化的方式,从一个侧面映照"资本"与"时间"结盟对农民工的极度控制。"订单"既是物,更意味着"加班加点":

> 五天时间,赶制出 20 万面美国国旗。"加班到第三天的晚上,别说工人,连小老板自己都撑不住了。他第十遍统计了装箱的数量,按这样的进度,按时交货是不成问题了,问题是,现在的进度是越来越慢了,小老板把能想到的办法都想到了。第三天的晚上,开始有工人不管不顾地睡觉了,在电车台上,在包装台上,或是趴在腿上,眯上眼打个盹,只要两眼一合,立马就能睡着。"——这就是农民进城触目惊心的生存本相。

正是农民进城后对时间控制的诠释,"现代时间"对"身体控制"的

---

① [意]毛里齐奥·拉扎拉:《非物质劳动》,高燕译,《国外理论动态》2005 年第 3 期。

第四章 进城与在乡的多维体验

典型体验,深深印证农民"现代转型"的苦痛与思考,即当时间精确到数字化枷锁时,悠游的乡村和农民才恍然惊觉,原本以为可以洒脱随性的人生(时间),竟然少的令人心碎,苛刻的令人窒息,它就像一把利剑,划开你的肌肤,让你觉得疼痛。张喜田指出,"时间的重要性已经使它取得了统领社会规范的最高标准:惜时就是效益,准时成为美德。人们在惜时和准时的匆忙中,往往忽略了自己的私人空间,个人的时间淹没在社会时间之中,这种现象,就是时间的异化,人成了时间的奴仆。"①

二

历史与时间的循环往复观念,是乡土中国的主要支撑维度之一。法国农村社会学家孟德拉斯分析说,"时间的单位不是测量的单位,而是一种节奏的单位,在这种节奏中,多种多样的现象交替更迭,周期性地返回到同样的现象"。② 因此,对于个人,甲子之年,老之将至,以前的一切兴悲荣辱开始释怀,不免发出人生的无限感慨。所以在个人身上,"甲子"轮回更多的是一种生命接续,有"脑袋掉了碗口大的疤,三十年后又是一条好汉"的豪迈;对于年节,有"年年岁岁花相似 岁岁年年人不同"的喟叹;对于四季,有"天何言哉 四时行焉";对于时段,有"三十年河东 三十年河西";对于历史,有"天下大势,分久必合合久必分",并演化为因果循环论。张乐天指出:"现代化在中国遇到了一个难以克服的障碍,……传统的村落社会犹如一个具有强大吸纳力的'循环的陷阱'。……一切进步的因素,一旦进入村落,就被强大的传统势力所化解。……历史在村落中失去了其本来的意义,时间不是向前流逝,而是循环的,日月的循环,四季的循环,贫困与富裕的循环,生存与死亡的循环,这一切构成了村落生活的内涵。总之,村落制度缺少内在的创新机制,村落的发展有赖于文化的输入或外部力量的推动。"③ 由是观之,古代人们,特别是乡土中国及其子民从四时感应,天人合一与发展自然农业出发,对自然时序、气候、阴阳、水土、风物等的变化感受极为敏锐,并对"四时八节二十四节气"进行时间性固定,由此形成林林总总的周期性岁时。通过仪式,中国民众

---

① 张喜田:《20世纪80年代改革小说中的时间政治:一种意识形态研究》,《文艺争鸣》2009年第12期。
② [法]孟德拉斯:《农民的终结》,李培林译,社会科学文献出版社2005年版,第58页。
③ 张乐天:《告别理想——人民公社制度研究》,上海人民出版社2005年版,第2页。

将抽象的不可逆的时间，转换为具体可感的、循环往复的乡村古典日常生活传统，以热闹喜庆的节庆礼仪作为时间段落的界标，也作为遵奉天命天时和自然规律的节点和符码。"四时八节二十四节气"不仅是节庆时令的代称，也是感应天地、追随变换律痕的时刻，更凝聚农耕时代，民众的信仰、愿望、情感。诚如吉登斯所说，"在传统文化中，过去受到特别尊重，符号极具价值，因为它包含着世世代代的经验并使之永生不朽。传统是一种将对行动的反思监测与社区的时空组织融为一体的模式，它是驾驭时间和空间的手段，它可以把任何一种特殊的行为和经验嵌入过去、现在和将来的延续之中，而过去、现在和将来本身，就是由反复进行的社会实践所建构的。""在前现代文明中，……以至于在时间领域中，'过去'的方面比'未来'更为重要。此外，因为识字只是少数人的特权，日常生活的周期化仍然是与原来意义的传统联系在一起的。"①

即使是现在，公历时制已深入中国城乡的每一个角落，人们已然习惯按照公历、星期、8小时工作制等现代时制来安排自己的生活、工作。农民进城务工更是受到这种时制的约束和控制，身不由己地被束缚在工厂机床和流水线上，但是，在农民的文化心理和精神结构中，循环往复的古典时制仍然牢牢扎根在他们心里，并发挥重要作用。就像蛰伏在灵魂深处的虫蛊，回到春雷鼓荡的乡村，必然苏醒和支配农民的一举一动。因此，公历时制和古典时制联袂上演，构成当代农民生命意识、时间意识的表层和内里，这"新"和"旧"共时地胶着纠结在他们身上，而周期性仍是农民普遍的时间观念，"向后看"的对乡村熟悉的一切的眷恋，包括根深蒂固的身份、文化认同仍然是农民无法割舍的血脉。但这里的问题是，在主流意识形态眼里，时间可以创造财富、引领社会进步，即所谓的"时间就是金钱　效率就是生命"、"实现四个现代化"，这是典型的现代性时间观念，恰如鲍曼（Zygmunt Bauman）指出，"一旦时间成了人类在克服空间阻力——即缩短空间的距离，将阻碍、更不用说是限制人类理想的障碍物的意义中的'遥远性'彻底消除——的持续努力中的一个基本工具（或者是武器？），时间也就变成了金钱。"②

---

①　[英]安东尼·吉登斯：《现代性的后果》，田禾译，黄平校，译林出版社2000年版，第33—34页。

②　[英]齐格蒙特·鲍曼：《流动的现代性》，欧阳景根译，上海三联书店2002年版，第173页。

第四章　进城与在乡的多维体验

新时期以来，特别是20世纪90年代以来，由"现代化建设"所引领与承诺的美好乌托邦愿景，向人民展开了一幅激动人心和波澜壮阔的现代化画卷。在这场由执政党领导的向现代化进军的"后革命"中，时间再一次化约为无上的权力，被提上重要议程。GDP的连年增长、翻几番的预想、5年规划、21世纪末达到中等发达国家水平等设想和口号，都与"时间"或者准确地讲，与"向前看"的"线性进步"历史观紧紧相连，这种矢量前进、螺旋上升的观念深深植入民众心理，并催生出他们高昂的革命斗志和实际行动。杜赞奇提出，线性时间的引入"不仅成为这个民族近代以来种种历史行动的理由和依据，也构成他们对于自己历史发展目标的坚定信念。它不仅表现为思想家的基本理论预设，革命家的行动理由，实际上也是普通人忍受种种苦难，却对未来不完全失去信心的潜意识根据。"[①] 线性时间意识植入后，由于进步与矢量时间同步，自身现代化进程的落后会产生关于进步的焦虑。消除进步焦虑往往会表现为时间焦虑，即，赶英超美的唯一途径便是加速现代化或缩短时间，并最终找到符合历史发展的内在规律，走向胜利的结局。

早在新时期文学中，《乔厂长上任记》《平凡的世界》《人到中年》《减去十岁》等小说，无一例外地讲述一种潜伏在"现代化"线索下的"进步焦虑""改革焦虑"等现代性时间体验，其特出的表征即"时间焦虑"和"追赶意识"：

> "时间和数字是冷酷无情的，像两条鞭子，悬在我们的背上。""先讲时间。如果说国家实现现代化的时间是二十三年，那么咱们这个给国家提供机电设备的厂子，自身的现代化必须在八到十年内完成。否则，炊事员和职工一同进食堂，是不能按时开饭的。""再看数字。日本日立公司电机厂，五千五百人，年产一千二百万千瓦；咱们厂，八千九百人，年产一百二十万千瓦。这说明什么？要求我们干什么？""……其实，时间和数字是有生命、有感情的，只要你掏出心来追求它，它就属于你。"
>
> ——《乔厂长上任记》厂长乔光朴的发言记录

[①] [美] 杜赞奇：《从民族国家拯救历史：民族主义话语与中国现代史研究》，王宪明等译，社会科学文献出版社2003年版，第213页。

就我所知，我们国家全员工效平均只出0.9吨煤左右，而苏联、英国是2吨多，西德和波兰是3吨多，美国8吨多，澳大利亚10吨多，同样开采露天矿，我国全员效率不到2吨，而国外高达50吨，甚至100吨。在西德鲁尔矿区，那里的矿井生产都用电子计算机控制，我关心我们的煤矿。我盼望我们的矿井用先进的工艺和先进的技术装备起来，……我想有机会报考局里办的煤炭技术学校。上这个学校对我是切实可行的。

——《平凡的世界》孙少平

这是当代文学两段关于"时效"的经典表述，无论从孙少平的乡村到乔光朴的城市，从城乡接合部的煤矿到都市的大型国有企业，再到整个国家实现"现代化"的23年规划，无论是全员工效，还是年产量，都与"时间"、"效率"和"现代化"直接相关，更关涉到乌托邦构想的实现。李欧梵认为，在20世纪的中国，时间已被赋予意识形态的性质："我认为西方启蒙思想对中国最大的冲击是对时间观念的改变，从古代的循环变成近代西方式的时间直接前进——从过去经由现在而走向未来产生乌托邦式的憧憬。这一种时间观念很快导致一种新的历史观：历史不再是往事之鉴，而是前进的历程，具有极度的发展和进步的意义；换言之，变成了一种新的意识形态"。[①]

但是，新时期农民所受的影响仍在传统时制与现代时制之间徘徊，还没有被现代化的理念及其时空完全改造，他们有时宁愿相信过去，以怀慕和回瞥的眼光"向后看"，而对"现代性"的前景表现出一种犹疑，因为在他们眼里，这些将来的前景是他们以前所未曾经历过的。他们只能根据积累起来的经验和"日常生活的周期化"来判断和决定行为处事，这些经验因为"包含着世世代代的经验"而具有一种时间的延续性、本体的安全性，过去、现在和将来在他们眼里无非只是一种时间的循环，其变化和更迭并不具有什么特别的意义。吉登斯指出，本体性安全的获得取决于自我所处的生存环境，包括自然环境和社会环境。本体性安全是更为重要的安全形式，它通过习惯的渗透作用与常规密切连联，所以，农民在心理上经常希望能预料到日常生活中那些微不足道和周而复始的东西。"如果这种

---

① 李欧梵：《中国现代文学与现代性十讲》，复旦大学出版社2002年版，第53页。

第四章　进城与在乡的多维体验

惯常性的东西没有了——不管是因为什么原因——焦虑就会扑面而来，即使已经牢固地建立起来的个性，也有可能丧失或改变。"①可见，周而复始的循环是个体获取本体性安全的基础，对确定性和习惯的依赖，成为农民持续追求的对象。这显然不同于主流意识形态所代表的现代性"进步"时间观，这样一来，传统和现代之间的冲突将不可避免。从这个角度看，新时期乡土小说中关于"乡土"与"城市"的分歧，就不惟是历史惰性和现代转型之间的对立，也是时间意识及其时间观的对立。因此，在新时期乡土小说中，主流意识形态的时间观体现的即是这样一种现代性：小说在过去/现在/未来的发展线索中展开叙述，在对待过去的社会景况时，通过过去与现在的对立、欧美现代发达国家与落后中国之间的差距，即所谓的"向后看"的今昔对立，中外对比的叙述策略来展现"向前看"的乌托邦远景召唤，以此来凸显现代化的合法性和线性进步的不证自明。同时，小说为了向人们证明社会主义的优越性，总是为改革开放及其现代化建设勾画出美好的远景，这样，小说在否定过去的同时，又以否定现在的方式获得前进力量。

三

古典农历是考察中国"民族历史志"的一个侧面，它遵循的是自然律，在生命内在韵律与天时天道的高度耦合中，强调对自然节奏和生命本体的尊重。古典农历是先人在仰观天象，俯瞰地气，感应自然的社会实践中总结出的契合"天人合一"思想的自然律、生命律、生态律。古典农历的最大特点是尊重天道、效法自然、维护生命和天人合一。因此，"闻鸡起舞""晨兴理荒秽戴月锄禾归""日出而作日入而息""春种秋收""张弛有度"等是古典自然律的外在具现，它增量了生命质感与生活的美好。正如孟德拉斯指出，"对于其劳动受季节和大气条件支配的农业劳动者来说，现代日历的传播和它所表达的时间观念的传播并没有取代古老的观念"②。古典农历与传统紧密相连，传统是农耕社会所积累的经验，并形成农民根深蒂固的文化心理和精神结构，是乡村社会强大的文化隐形形态，

---

① ［英］安东尼·吉登斯：《现代性的后果》，田和译，黄平校，译林出版社2000年版，第33—34页。

② ［法］孟德拉斯：《农民的终结》，李培林译，社会科学文献出版社2005年版，第59页。

极大地支配着人们的思想行动。而且传统"含有一种不可知的魔力在后面","依照着做就有福,不依照了就会出毛病",于是"人们对于传统也就渐渐有了敬畏之感了"。① 古典时间是自然时间、自主时间、整体时间、循环时间,现代时间是人工时间、被动时间、雕刻时光、矢量时间,因而;古典农历是人文性、感知型、温暖型的,而现代工历是工业型、机械性、铁冷性的。古典农历涵养着生命的节律,具有浓厚的生命意识,现代工历是刚性制度,与现代化大工业生产相伴相生,在某种程度上,抑制和扼杀生机勃勃的生命。

被称为"宁夏三棵树"之一的作家郭文斌写就一部用小说的形式阐释中国年节文化的书《农历》,全书以农历15个传统节日设目,从"元宵"开始,到"上九"结束,正好是一个季节的循环,通过"五月"和"六月"两个孩子的视角,以"小说节日史"的方式呈现中国文化的根基和潜流,展示中华民族经典化的民间传统。在展示渐渐消弭的中国传统乡村文明同时,显示了"天人合一"的人文理想。其本质是对疯狂袭来的商业文明的抗争,是对平静安详的心灵坚守,是对田园理想之生活信念的呵护。它本身不具备畅销的元素,它的奇特之处在于直面"喧嚣与宁静的挑战":当今中国社会生活里,有尊严的、宁静的、安详的东西越来越少,能够引起人们敬畏之心的东西越来越少——过去有尊严的,今天大都没尊严了;过去敬畏的,现在大都不敬畏了。这就是一个价值混乱的时代。《农历》恰恰要重新唤起敬畏之心,唤起"天人合一"的诗意,唤起吉祥感——回到自然,回到天然。它为焦虑的时代、为缩略的时代、为浮躁的灵魂,提供一份恍若隔世、久藏民间的清凉剂。《农历》提倡的是一种价值:追求中国传统文化中的"农历精神"的归来!其中写道:"任何外在的光明都是不长久的,靠不住的,一个人得有自己心里的光明"。作品浸透中国传统的农业文明的理想主义,呈现父慈子孝、长幼有序、舒缓田园的人伦敦厚社会。书中出现最多的词一个是"过去",一个是"老家"。它的理想是指向传统的,它的藏锋在于:写到都市里没地方跪拜,没有理想的寄托地,找不到祭祀的地方——人们的理想和信仰到哪里去依托呢!作者说:"奢望能够写这么一本书,它既是天下父母推荐给孩子读的书,也是天下孩子推荐给父母读的书,它既能给大地增益安详,又能给读者带来吉祥,

---

① 费孝通:《乡土中国》,上海人民出版社2007年版,第49页。

第四章 进城与在乡的多维体验

进入眼帘它是花朵,进入心灵它是根,我不敢说《农历》就是这样一本书,但是我按照这个目标努力了。"①

但是,在"现代化"意识形态的主导下,"现代工历"的使用和加持,逐渐成为现代社会最强势的"传统",比如五天工作制、国家通过法律颁布节假日的时长与时段、双休日、加班补贴、夏时制、补休、八小时工作制等,这些与"现代化"休戚相关的时制慢慢在进城农民身上建构起迥异与古典传统的"现代传统",并力图抹去他们内心残存的乡村"小传统"。"现代工历"的最大特点是"公共时间"的布满和延伸,由于工作所需,人们已无法完全掌控自己的时间,或者说,原来属于自己的时间被整个卷入工作,成为大众参与、公共监视或现代社会化大生产流水线的一部分。孟德拉斯认为,在都市,时间可以通过被计算、测量和分割等方式改变人们的生活,借以实现利益的最大化,这是现代性时间的特质之一。②《人生》中的高加林,就历经从古典农历到现代工历的反复:当民办教师时,遵循六天工作制,人被纳入以"教育"为表征的现代工作时历中,"下岗"后,"每天睡得很早,起得很迟,醒来不知道已经接近中午。"而一片痴心的刘巧珍为能让心上人继续过上早已成为生活方式的"六天工作制",于是心疼地说,"看把你累成个啥了。你明天歇上一天!"她把他的手拉过来蒙住她的脸,"等咱结婚了,你7天头上就歇一天,我让你像学校里一样,过星期天……。"高加林通过关系进城当上县委通讯员,又重新恢复"公家人"的现代工历生活,"忙碌""激情"是其最大的特征,他向往"许多记者都是和突击队员一起冲锋——就在刚攻克的阵地上发出电讯稿。多美!"的"现代生活"。一年后,高加林被清退,又回复到古典农历主宰的时间流程中,最终归于平静。如果现实中真有"高加林""独特的这一个",现在已无法想象,30年后的今天,他是否还在为"进城"而苦苦挣扎?高加林的筚路蓝缕,既是古典农历与现代工历的分野,也标明"前现代"和"现代化"的巨大落差,更深刻表达中国当代城乡二元社会结构下,一代农村青年"励志"奋斗的苦难历程。发展到当下,高加林们的私人生活日益被占据和"殖民化",并衍生为无处不在的"社会控制":加

---

① 文一:《郭文斌〈农历〉展示中华民间传统》,《人民日报》(海外版)2011年4月19日第6版。
② [法]孟德拉斯:《农民的终结》,李培林译,社会科学文献出版社2005年版,第59页。

班、三班倒、赶工、出差、值班等工业化、现代化的生活方式已成常态，而城里人此刻却如倦鸟归林般，想方设法回归古典时历的"慢生活"。这是怎样的一个"轮回"？

应该说，20世纪80年代初期，农民对"现代工历"及其生存方式是普遍雀跃欢呼的。贾平凹《腊月·正月》是这一转折的"镜像"："王才的加工厂第一次发工资了，狗剩和秃子就得意起来，他们的嘴比两张报纸的宣传还有力量，走到哪儿，说到哪儿，极力将这个加工厂说得神乎其神。若是在村里、镇街上有人碰着，问：'干啥去？'回答必是：'上班呀！'或者：'才下了班！'口大气粗得撞人。"因为金钱（现代化）的魅惑，整个村子被这种新的生产方式、拿着固定工资的"体面"工作及"工人"身份询唤，农民纷纷跑后门进厂。——现代化新的生产、生活方式已显现它的巨大魔力，也率先预告若干年后，农民波澜壮阔的进城务工大潮。饶有意味的是，《最后一个渔佬儿》却表达与前者大相径庭的疑虑，即对现代工历及其方式的拒绝。小说写到福奎的相好阿七有心帮助情人"洗脚上岸"到现代化的工厂工作——"去味精厂顶她缺"，因为"老福奎能把这事情办妥了，日后有个牢靠的着落，她就可以放心走了。常言道'一日夫妻百日恩'。她当了他八年姘头，尽管名目不正，好歹总顶得上一日夫妻了。"可是，福奎并不买账，"提个屁！我可不想到工厂去受罪。"福奎没把她的好心当回事儿，"照着钟点上班下班，螺蛳壳里做道场，哪比得上打鱼自由自在？那憋气生活我做得来么？"他说的是实话。葛川江上打鱼，老大的天地，自由自在，他从十四五岁起就干这门营生了。叫一个老头改变他几十年的生活方式，他一定很不情愿。

也就是说，福奎所拒绝的，是现代性的孪生兄弟：工业化的生产工时制与生活方式。在此，我们既心绪复杂地看到"现代化"及其工历的长驱直入、势如破竹以及乡村对它的鼓与呼，也稍感欣慰地看到，以颓败的乡村、"愚顽守旧"的渔民的名义"庇护"下的乡村古典传统仍在的赓续。这个时候，2011年，《农历》一书的出现，既是对现实中，以"农历"为代表的苟延残喘的乡村传统的想象性挽救，也无疑唤起人们对乡村及其传统存亡继绝的担忧和反思。孟德拉斯指出："时间在农村和城市里并不具有同样的价值。……事实上，农业劳动者是在一定的时间界限中生活、思考和做出决定的，这种时间界限不仅仅是自然周期和大气条件强加给农业

第四章 进城与在乡的多维体验

劳动者的，而且也是、还可能主要是传统文化的遗产。"[1]

罗伯特·雷德菲尔德提出"小传统"与"大传统"的概念，"用以说明在复杂社会中存在的两个不同层次的文化传统。所谓'大传统'指的是以都市为中心，社会中少数上层士绅、知识分子所代表的文化；'小传统'，则指散布在村落中多数农民所代表的生活文化。"[2] 他认为小传统在文化系统中处于被动地位，在文明发展中，农村不可避免地被城市所"吞食"与"同化"。在笔者看来，"大传统"就是现代大都会盛行的，以时间管理、空间规划、民主、科学等为核心概念的城市文化，大传统具有不言自明的现代、先进、文明的属性，并一度碾压乡村小传统，其中"现代时间"的"发现"及其所引发的乡村革命性变革，较之民主、自由等带来的影响更为根本和持久、深刻。现代化裹挟着"时间就是金钱　效率就是生命"的原则以无孔不入、无处不在的强势地位，涤荡着乡村本身固守千年的古典时间传统。由此，小传统中的民俗风情、宗法制度、乡规民约、礼仪风尚等，都在现代化的进程遭遇洗礼与改造，并进一步生成新的小传统。

四

某种意义上，现代转型即是时间的转换。时间具有价值内涵，农民进城的过程就是跨越不同时间体系的过程，往往会感受到二者显在的差异，并赋予它们不同的价值祈望。古典乡村对"时间"重在回瞥怀慕或者自由自在、无拘无束的情愫，农民素朴地希望通过自己的虔敬与努力，调适自己与自然、天地、阴阳、时间的关系，使二者达到和谐和天人合一的化境，人既顺应天时，又主宰自己。这种纯然生态和文化意义上的"时间"观念，一方面，保留了农民世代的精气神和"暗物质"似的某些乡村传统；另一方面，却无意中成为"现代性转型"的障碍，被粘贴上了时代"痼疾"的标签，成为抱残守缺、顽固不化的表征。而"现代性"语境下的"时我"关系，则是时间控制人的行为，人按时钟的刻度而被动作为，人无法自由行动。专制性时间在指挥着、控制着人的行为，人在时间中失

---

[1] [法]孟德拉斯：《农民的终结》，李培林译，社会科学文献出版社 2005 年版，第 60 页。
[2] [美]罗伯特·雷德菲尔德：《农民社会与文化》，转引自郑萍《村落视野中的大传统与小传统：田野札记》，《读书》2005 年第 7 期。

去自主性。"时间"的霸道和权力异化悄然浮出历史地表。

　　问题是，在进军现代化之际，我们应该认识到"人的全面解放"是现代化的终极意义。时间成全了人，也加速现代化进程，但同时又奴役人，损毁现代化的质量。时间之维的"潜规则"，使生命蒙上悲剧色彩。时间不能化约，现实不能回避，时间即沉沦，苦难即时间。这是生活的本质，也是生命时间的特性，忘却时间才能忘却苦难——无时之态，是人类追求的最高境界，但没有了时间，人也就不存在了。那么，对于正在委弃乡村传统和加快节奏的现代社会来说，唯一可以把握和控制的是我们的时间观念：我们既唯时间，又不唯时间，时刻牢记时间是为人服务的，而不是人为时间而劳碌！

第二节　异形空间：农民进城的现代转型与空间转换

　　谢纳指出："生存具有空间性，空间性具有生存性，这是空间的本体论的意蕴。"[①]"空间"不同于"地点"，它既绝对，又相对；既抽象，又具体；既是思维方式，还是物质现实；它是主体与客体、有形与无形、真实与想象、社会与文化、精神与肉体、意识与无意识的结合。爱德华·苏贾（Edward W. Soja）认为，从本质说，人是空间性的存在者，是被包裹在与环境的复杂关系中独特的空间性单元的主体。[②] 这种空间性单元可划分为物质空间、精神空间和社会空间。物质空间指居住空间，它是人类赖以生存的基础；精神空间（包括文化空间）是人的意识空间，是对世界、自我的认知图绘，是人类精神活动的上层建筑；社会空间指个体在社会群体中所处的地位，是人类不能回避的群体空间。作为建构空间的主体，人类也在空间中建构自我，确认身份。人之于空间是一种复杂的交互关系：一方面，人通过自身行动与思想塑造人之所在的空间；另一方面，空间也在人们能理解的意义上塑造人自身的行为和思想。人的空间性是人类动机和环境或语境构成的产物。[③]

---

　　① 谢纳：《空间生产与文化表征：空间转向视域中文学研究》，中国人民大学出版社2011年版，第71页。
　　② ［美］爱德华·苏贾：《寻找空间正义》，转引自童强《空间哲学》，北京大学出版社2011年版，第79页。
　　③ 同上。

第四章　进城与在乡的多维体验

空间是错综复杂的社会关系场域，新世纪乡土文学对"空间"的探索不遗余力。其中，农民"由乡入城"既是典型的现代性追求，更是实实在在的"空间转换"，解读农民进城空间转换的意义在于，探究其在现代转型中，文学如何运用再现、想象、隐喻、象征等方式，对空间意义编码，并揭示其背后所隐匿的政治权力、经济压迫、意识形态、理性规训等社会历史动机，及它对人的生产生存方式、行为方式、文化方式和道德价值取向所产生的直接而重大作用；爬梳精神空间、社会空间的转换、失衡对农民的身份认同、生命体验的影响及现代转型的艰难。

一

近代以来，特别是20世纪80年代中国走上现代化强国之路后，在此过程中，一种全新的以商业经济为本位的空间样态——现代城市崛起。这种以商品交换为目的，以工业文明为形态，以人与人、人与物、人与社会为关系结构而建构起来的现代都市，因人口聚集、流动频仍、职业构成驳杂、消费形态欲望化、社会生活节奏快以及公共领域增多等原因，显现出差异性、开放性、流动性、消费性、矛盾性等多重杂糅并置的空间特征。对于一向封闭保守、和谐宁静，重视人伦道德的乡村中国而言，现代都市不仅极度陌生，甚至是不可想象的。

从新时期以来文学的空间表征层面看，农民的古典空间意识的裂变与现代空间意识的重构主要表现为：宇宙空间意识、国家空间意识、城乡空间意识的裂变与重构，以及随之而来的生活空间意识与心理空间意识的裂变与重构。宇宙空间意识指人类关于宇宙天体空间的经验、理解与认识，其核心是如何界定"地球在宇宙的位置"；国家空间意识指某一族种群体对于所生存的领土疆域的经验、理解与认同，其核心在于如何界定"国家在世界的位置"；城乡空间意识指农民在当代社会转型及现代性追求的谱系上，对城乡，特别是城市时空及包孕其中的种种关系的经验、理解及追求。围绕上述变化，农民会建构起现代的宇宙空间观念、国家空间观念、城市空间意识，这些观念的建立构成乡村现代性追寻的内驱力。

从人文地理学角度看，现代性植入所带来的中国传统空间裂变与现代空间重构，并不仅限于地理学意义的空间疆域变迁，它关涉空间的社会性、历史性和人文性的裂变与重组，关涉地缘改变后相应的政治、经济、军事、历史、文化、思想等一系列观念的冲击，关涉空间的文化内涵和意义建构。即是说，空间裂变与重组带来一系列传统观念的改变，也促动文化观念的全面变革。中国现代性危机意识的发生直接源于疆域、地域、领土等国家空间，"割地瓜分""租界封锁"等空间危机意识构成民族国家意识危机的核心主题。20世纪80年代后，"致富有捷径　进城去务工"等空间意识的转换和征召成为农民对城市空间的最直观理解。因此，空间维度为理解乡村及农民的现代性追求提供重要视域。正是农民进城与资本强力入侵乡村的"互动"过程，诠释一种不对称与不平等的空间互换与现代转型。

农民由乡入城，不仅意味着生活地点、工作环境的改变，更意味一种"脱域"，表征由空间所包裹的物质、人际、文化、生活生产方式乃至于思维方式的大转换。列斐伏尔（Henri Lefebvre）指出，随着都市扩展，"一种在日常话语中被奉为神圣的空间被破坏了，它就是常识、知识、社会时间、政治权力的空间……。欧几里得和透视法的空间作为参照体系已经消失了，连同其他一些从前的公共场所一起，诸如城镇、历史、夫权、音乐中的调性系统、传统道德，等等"。[①] 正是现代城市的出现，割裂农民与土地的关系，破坏传统伦理道德和乡村政治权力的秩序感，颠覆乡村社会相对静止凝固的时空观念。现代城市带给进城农民一种与前现代乡村完全不同的，充满着矛盾、偶然、短暂、流变和分裂的现代生活。在这个"万物土崩瓦解；中心无法支撑；释放在这世上的只不过是混乱"（叶芝语）的现代都市生活中，"一切坚固的东西都烟消云散了"（马克思语）。现代生活表现为各种声、色、光、电等都市景观的庞大堆积、挤压。乡下人从以宗法制为本位的乡村剥离出来，乡土中国千百年沿袭的长幼有序、克己守礼、平和仁爱的生存法则被逐步瓦解，摇摆和踯躅在乡村和都市两极空间生存。奔腾着金钱的波涛，弥漫着流光溢彩的都市作为异质性殖民空间侵入的必然结果，消解了巫魅化、田园化的前现代空间，带给人一种与乡村完全不同的都市生存体验。过度、短暂、偶然成为现代生活的代名词，生活内容的丰富复杂、生活节奏的加快、生活精密度的提高、人际交往的浅表化和事务主义以及强烈的个人自主性成为现代都市生活的主要特征。农民在对都市景观的沉迷中，丧失自我，成为异化的、无根的、漂泊的都市

---

① ［法］亨利·列斐伏尔：《空间的生产》，毛林林译，北京师范大学出版社2013年版，第16页。

第四章 进城与在乡的多维体验

陌生人。

对乡下人进城而言，现代都市不仅为他们提供新的生存空间和生存经验，而且使他们在都市生活的现代震撼中，摒弃传统空间经验的感知方式和表达方式。早在改革开放之初，乡下人进城的"先驱"——陈奂生就触及这样的问题。陈奂生因感冒意外住进5元钱一晚的县城高级旅馆，而留宿这一"现代空间"竟耗费他7天多工分。他感叹系之："这哪里是我住的地方！"并故意糟蹋房间设施来"弥补"自己的经济损失，进行农民式的报复，从中获得满足，提高自己身份，受到社办企业领导的重视。正像亚当·斯密（Adam Smith）所说，农民"留在乡村的时候，他的行为举止可能还有人注意，他也可能不得不注意自己的举止"，但是，一旦"脱域"进入"陌生人社会"，他的行为可能就会超出常规。① 陈奂生正是在城市异形空间里心理失衡、行为失范、文化失根。他与县委书记、招待所服务员的短暂交往、对于高级旅馆、席梦思、弹簧沙发的古怪感受、花钱受"洋罪"的不甘体会等，实质就是他对"城市空间"中"现代器物""现代人物"及隐含其中的"现代关系"的懵懂认识。《陈奂生进城》无论从何种角度看，都是认识中国社会，尤其是当代文学"农民进城"的一个"潜文本"。此后，路遥、王十月、陈应松、孙惠芬、贾平凹、鬼子、刘继明等作家在此原点上，续写了农民进城的令人感伤的故事。

乡村作为"空间"，有其不同于城市的面向：风物的"静止性"和自然性、生活节奏的舒缓徐纡与时间的循环往复、乡村的熟人社会与人际交往的相对封闭性、生活生产方式的单一性、器物的乡土味和现代与原始夹杂共生性、空间"视觉"的通透性导致的人与人之间的可比性、价值观念的稳定性、风俗民情的凝固性等。这样的空间，使得农民养成"俯仰自得""无往不复"的生命质感与悠游心态。都市空间作为现代生存体验的基本形式，决定都市人的生存空间体验，现代都市的建构，带给人一种有别于乡村生活的全新的生存体验，形成都市人的精神生活特征。西美尔（Georg Simmel）指出，都市中"街道纵横，经济、职业和社会生活发展的速度和多样性，表明了城市在精神生活的感性基础上与小镇、乡村生活有着深刻的对比。城市要求人们作为敏锐的生物应当具有多种多样的不同意

---

① ［英］亚当·斯密：《国富论》（下），谢祖钧译，孟晋校，新世界出版社2007年版，第748页。

识,而乡村生活并没有如此的要求。……正是在这种关系中,都市精神生活的世故特点变得可以理解"①。

余世存的名作《歌拟奥登》就是社会/工作空间转换后,城市(市民)/乡村(农民)的对峙与不容,不论其被挤压"窒息"的物理空间、禁止进入的"行业"空间,还是相互疏离的文化、心理空间,或干脆是"敌意"的阶层空间,已非上述的"世故特点"可解释。"作为一种生物和文化交融的产物,身体的发展一直受制于时间、空间和各种力量交加、互制的影响,其间并没有哪个力量永远超越和主宰其他力量的问题。"②《歌拟奥登》中的农民进城实际上是其身体与身份在空间的位移。进入城市这个陌生的空间,农民工在遭遇排斥、拒绝甚至歧视的同时,也产生了身份自我认同的危机,主要表现就是其生活、工作的城市环境与其乡村价值观念的抵牾,或者说是身体与灵魂的分裂:

> 据说这里是我们的历史和梦想,是我们的骄傲/我们像亲戚来串门,却也引起它的懊恼/它让我们呆在原地不动,弟兄们,它让我们原地不动/我们逃离饥饿,寻找幸福/交通部门要走我们的所有/让我们挤在一起窒息,疯狂,死去,认清自己不如他们眼里的一条狗/……/我们没有身份,派出所的人抓住我们说活该/"如果不交钱你就没有三证,对我们来说你就不存在。"/去到一个科研院所,他们论证说,目前还没有我们的现代化计划,等下辈子再来找它/……/我们交纳了增容费,暂且安身。报纸表达得暧昧/老太太的小脚跑来可真是敏捷,逢年过节地喊着防贼/她指的是你和我呀,弟兄们,她指的是你和我/有人说我们太笨,素质太低,为什么禁止我们进入很多行业?/……/有人说我们到城里来只是出丑,同样是修路,扫地,……/我们流浪,从80年代到又一个世纪/……。

诗歌中,我们看到异形空间中,城市的"势利"与排拒、隔绝。这些都市人的冷漠、孤独、不信任、厌世、计较等性格特征也皆是都市空

---

① [德]西美尔:《大都会与精神生活》,汪民安主编《现代性基本读本》,河南大学出版社2005年版,第639页。
② 黄金霖:《历史、身体、国家:近代中国的身体形成(1895—1937)》,新星出版社2006年版,第5页。

第四章 进城与在乡的多维体验

间体验、调整的结果。因此,在路易斯·沃斯(Louis Wirth)看来,"城市化不再仅仅意味着人们被吸引到城市,被纳入城市生活体系这个过程。它也指与城市的发展密切相关联的生活方式具有的鲜明特征的不断增强。最后,它指人群中明显地受城市生活方式影响的变化"[1] 极具讽刺意义的是,斯宾格勒指出:"人类所有的伟大文化都是由城市产生的。第二代优秀人类,是擅长建造城市的动物。这就是世界史的实际标准,这个标准不同于人类史的标准;世界史就是人类的城市时代史。国家、政府、政治、宗教等等,无不是从人类生存的这一基本形式——城市中发展起来并附着其上的。"[2] 这段话概括城市与文化之间的密切关系,表明城市和人类文化间的密切关系,也间接表明中国的城市化、现代化同样需要占中国80%的农民进城与农民参与。可问题是,城市做好接纳准备了吗?

随着社会空间生产的逐渐扩大,人类所处的常规公共空间已成为理性规划的一部分。在理性规划空间中,人的生存空间被规划为一种规范标准的存在。常规空间如"工厂空间"是一个制度化的空间,其空间诉求是效率最大化。工厂空间以精细化的规章制度实施管理,因此,可将其称为"管理空间"。现代科技的发展和生产组织的复杂化,使人类对空间的管理不断加强,向管理要效益已成为城市文化的基本准则。管理是一种看护,是一种监视,是一种隔离规训。人在这种强制性空间中工作,只能执行、服从。20世纪90年代以降的全球社会劳动变革中,伴随全球市场一体化步伐,"资本"长驱直入,它的"空间形式"——工厂遍布中国城乡,其"现代管理"制度也发生深刻变化:"现代管理方法正在寻求的就是'把工人的灵魂变成工厂的一部分'。工人的个性和主体性必须变得对组织和命令比较敏感。"[3] 作为新型劳动者,农民工面临城市空间的基本表征物——工厂的"空间管理"制度变革带来对"主体"新的压抑和形塑方式:"居住空间的局促或扩张,分割或联通,开放抑或压抑,都体现了人类在空间、时间上所占据的位置;它也通过空间的差异和分配,体现着人在社会空间关系(人与社会的关系)中的地位;同样,它也折射出在实践中存在

---

[1] [美]路易斯·沃斯:《作为一种生活方式的都市主义》,汪民安主编《现代性基本读本》,河南大学出版社2005年版,第702页。

[2] [德]斯宾格勒:《西方的没落》,吴琼译,上海三联书店2006年版,第236页。

[3] [意]毛里齐奥·拉扎拉:《非物质劳动》,高燕译,《国外理论动态》2005年第3期。

的活生生的人对自己的身体和精神空间的占有关系（人自身的关系）"。①因此，农民工在异形空间中深感压抑，一方面，资本、城市和劳作的碾压越来越重；另一方面，"空间管理"益发严格苛责——这是与工厂空间甚至延伸到对劳动者"生命管理"和拘囿这一事实息息相关的，是现代"控制社会"侵蚀殖民日常生活的必然结果。从生存论角度说，工厂空间的主要特征体现为压迫性，人长期置身于这种压抑性的监管空间，身体成为被监视的对象，人性的发展被束缚。在长期被监督的工厂空间里，人性的发展被规范为一种单向片面化的模式。正是这种以空间形式存在的监管压迫，即全景敞囚式的"公共空间"建构，②造成生命存在的焦虑感。福柯（Michel Foucault）认为，空间在这里是统治和管理手段最重要的一环，是一种有效的治理技术，空间完全被一种检查的权利所布满。他把这种焦虑视为我们时代的焦虑。他说"从各方面看，我确信，我们时代的焦虑与空间有着根本的联系。"③ 郑小琼是"打工文学"的代表。她的诗歌创作，诸如《生活》《深夜三点》《铁》《机台》等诉说的"姓名隐进一张工卡，双手成为流水线的一部分，身体签给了合同"，"在这五金厂的轰鸣不停地锻打着，我的工号：231，当我拿起图纸，黑暗中，我看见我的青春"，"这丧失性别和姓名的生活，这合同包养的生活"正是农民工进城后异形空间转换的诠释，是"城市空间"对"身体控制"的典型体验，深深印证农民"现代转型"的苦痛与思考。而她的著名长诗《人行天桥》，以繁复的意象——现代都市空间的各种景观——和"极佳的视角，在这与天空与大地相连接的全景敞视的透明中，人类的一切暴露无遗。……郑小琼已经跃升到能够对一个体制呈现其病根，上升到对完整的人，对国家的全面的思考了。"④

---

① [美] 爱德华·苏贾：《后现代地理学——重申批评社会理论中的空间》，王文斌译，商务印书馆2007年版，第179页。

② 全景敞囚空间：福柯运用18世纪边沁（Jeremy Bentham）所构想的"全景敞视监狱"为其"层级监视"的实现手段，其结构为：四周是一个环形建筑，中心是一座瞭望塔，瞭望塔有一圈大窗户，对着环形建筑，环形建筑被分成许多间小囚室，这样，一种高效的人体监视系统就产生了，其高明之处在于瞭望塔只需一个人，仅仅通过注视囚室，就可以实现对所有犯人的监视。即使瞭望塔拉上窗帘，里面无人监视，囚犯也会感到窗帘后有双注视的眼睛，从而将压力施加到自己身上，变成自我监视的手段。在这个全景敞囚监狱中，瞭望塔的监视者不仅是游戏规则的制定者，也是权力执行者。

③ [美] 米歇尔·福柯：《不同空间的正文与上下文》，包亚明主编《后现代性与地理学的政治》，上海教育出版社2003年版，第20页。

④ 周发星：《郑小琼诗选》，花城出版社2008年版，第156页。

第四章 进城与在乡的多维体验

二

现代转型并不仅仅意味着单纯的空间转换,深层次上,更是文化空间的转换。

刘易斯·芒福德提出城市"磁体/容器"的隐喻,在他的定义中"精神因素较之于各种物质形式重要,磁体的作用较之于容器的作用重要。"①虽然城市的高度发展越发展示其作为容器的物质面,但磁体的精神作用仍无所不在,并能为个体提供更多的发展机会与空间。正是城市作为高度发达的现代象征物这一空间的磁体的磁力吸引了农民进城。但恰如徐德明指出:"迁移者到达异地城市受到陌生文化环境的冲击,感情产生异常强烈的焦虑反应。他们失去了乡亲式人际关系的把握,面对城里人及其文化对乡下人的拒斥和敌意,现代化的城市生活非但不能给予乡下人相当的物质内容,更多的是给他们以文化意识的压迫。"②

因而,农民进城的文化空间的转换,就是农耕文化闯入工业文明的过程,却并不意味着他们得以理所当然地分享现代化高速发展的美妙成果,多数时候,反而背负城市异形空间所带来的挤压与孤立。因此,当代都市的空间经验,除了前述"外在"的感受,文化空间的转换所带来"内面性"的东西已侵入农民身心深处,某种意义上,近似于王一川描述的"怨羡"、"感愤"、"怀慕"及"断零"体验③等的农民由古典体验进入现代体验的精神、文化、心理、思想等层面的情愫,并在农民心目中进一步强化了城乡空间的差异。

文化空间的误置或错位对身份认同或建构所产生的影响在当代乡土文学多有反映。文化空间的转换或误置指"个体失去自己的本土文化之根,进入一个陌生的异己世界,不得不经历一个复杂而痛苦的文化移入过程"。④首先,文化空间的异质性代入,往往会带来"安全感"的缺失。安全需要是人的基本生存需要,尤其是本体性安全,是更为重要的安全形式。本体性安全通过习惯的渗透作用与常规密切相连,所以,人们在心理上经常希

---

① [美]刘易斯·芒福德:《城市发展史》,宋俊岭、倪文彦译,中国建筑工业出版社2005年版,第78页。
② 徐德明:《"乡下人进城"的文学叙述》,《文学评论》2005年第1期。
③ 参见王一川《文学理论导引》,高等教育出版社2011年版,第55页。
④ 张德明:《西方文学与现代性的展望》,中国社会科学出版社2009年版,第192页。

望能预料到日常生活中那些微不足道和周而复始的东西。"如果这种惯常性的东西没有了——不管是因为什么原因——焦虑就会扑面而来,即使已经牢固地建立起来的个性,也有可能丧失或改变。"① 可见,确定性是个体获取本体性安全的基础,对确定性的追求,成为农民的梦想和持续追求的对象。在吉登斯看来,本体性安全是自我心理组织系统的基础,是大多数人对其自我认同之连续性以及对他们行动的社会与物质环境之间恒常所具有的信心,其功能在于控制或排解焦虑,使个体获得安全和可靠的感觉。本体性安全的获得还取决于自我所处的生存环境,包括自然环境和社会环境。进入城市这一异形空间,由于文化空间的转换和断裂,势必带来农民的异样感受:异形空间是不稳定的,充满敌意和隔膜。在这里,人的主体性被社会的主流潮汐所湮没,自我被排除在外,人们只能苟且地活着。方刚的诗歌《农民工》对于城市异形空间的感受这样写道:城市以自己的方式旋转,我一直眩晕,找不到安全出口。我是规矩人,靠左走,并一再让道。我读不懂城市的蔑视。……血汗钱是迟熟的果实,两手空空,我不敢回望村庄。如果有一天我退出城市,能不能让我抽回那条多伤的根。读到这儿,很容易想起 20 世纪 30 年代"新感觉派"小说抒写的城市的某些特征,或者又让人回忆起茅盾《子夜》里,乡下大地主吴老太爷对于大都会的近似感觉,"机械的噪音,汽车的臭屁,和女人身上的香气,霓虹电管的赤光,一切梦魇似的都市的精怪,毫无怜悯地压到吴老太爷朽弱的心灵上,直到他只有目眩,只有耳鸣,只有头晕!直到他的刺激过度的神经像要爆裂似的发痛,直到他的狂跳不歇的心脏不能再跳动!"

  方刚的诗中,叙事者是一位乡下人,独自由乡进城觅活。他从熟悉、稳定、父辈为之造就的主体空间转向巨型、陌生、不稳定、没有安全感的他者空间。城市没为他提供友善的交往空间。由于语言不通、文化不同,他的"根"难以生长在城市的水泥地上,只能在城市的十字路口左冲右突并招致"伤痕累累"。在城市他是孤独的、被疏离的乡下人,一再为主流群体、文化"让道",且不被主流社会所包容、接受。作为寄人篱下的乡下人,他既没有物质家园也没有精神家园,自我、主体感、安全感丧失殆尽。正如茱莉亚·克里斯蒂娃(Julia Kristeva)在《陌生的自己》("The

---

  ① [英]安东尼·吉登斯:《现代性的后果》,田禾译,黄平校,译林出版社 2000 年版,第 80 页。

第四章　进城与在乡的多维体验

Strangers of Ourselves")中所言:"虽安顿下来,但一个外乡人并没有自我;唯一的可能是做个'他者',按照他人的意愿工作生活,屈就于他者的环境,做他人让做的事情,而不是自己要做的。'我'在别处,'我'并不属于我。'我'存在吗?"[1] 因此,诗中的叙事者带着挫败感,决意要离开与自己的出身与精神、文化格格不入的"城市",回归家园,找回失去的自我。

近现代以来,乡村文化空间不再是陶渊明笔下的"诗性空间",也不是乌托邦式的"边城",而日益成为农民通过"高考"(如刘震云的《塔铺》)、"参军"(如刘震云的《新兵连》)、"打工"而逃离的百业凋敝的"故乡"。城乡二元对立的社会结构、管控严格的户籍制度等是其根本原因。有学者指出,"这种制度供给与制度需求上的错位,迫使他们忽而进入农民工阶层,忽而又退回到先前的社会身份,处在一种社会角色频繁变化的不稳定状态,由此造成了该阶层成员构成和阶层归属的非固定化。同时,农民工对自己的阶层归属以及地位、利益和价值也缺乏自觉的认同感,没有明确的阶层意识,阶层结构处在一种隐性化状态……他们作为一个社会群体,还没有真正从传统农民中分离出来。进城就业的经历,又使他们很难完全回归到原有的生活中去。他们的一只脚已经踏入产业工人的门槛,另一只脚还拖在传统农民的窠臼里。"[2]

相反,都市文化空间呈现出这样的特质,正如丹尼尔·贝尔(Daniel Bell)概括:"随着城市数目的增加和密度的增大,人与人之间的相互影响增强了。这是经验的融合,它提供一条通向新生活方式的捷径,造成前所未有的社会流动,在艺术家的画布上,描绘的对象不再是往昔的神话人物,或大自然的静物,而是野外兜风,海滨漫步,城市生活的喧嚣,以及经过电灯照明改变了都市风貌的绚烂生活。正是这种对于运动、空间和变化的反应,促成了艺术的新结构和传统形式的错位。"[3] 从感性层面上看,都市的"技术文明不仅是一场生产革命,而且是一场感觉的革命"[4]。现代

---

[1] Angelica Michelis and Antony Rowland. Eds. *The Poetry of Carol Ann Duffy*: "*Choosing Tough Words*", Manchester: Manchester University Press, 2003, p. 86.

[2] 阎德民:《当代中国农民工阶层特征分析》,《中州学刊》2004年第5期。

[3] [美]丹尼尔·贝尔:《资本主义文化矛盾》,赵一凡等译,生活·读书·新知三联书店1992年版,第95页。

[4] 同上书,第135页。

通信革命和运输革命,给都市空间带来"运动、速度、光和声音的新变化,这些变化又导致了人们在空间感和时间感方面的错乱"①。因此,城市景观同样也表现社会和生活的信念,都市空间经验既有外在的感觉的新奇性和感官的刺激性,更多内面的无法言说的被排拒。总体表征为,物理空间的逼仄与心理空间的疏离,都市文化的高不可攀与盛气凌人,精神空间的多样曼妙与速食易逝,文化空间的典雅繁华与消费功利,等等。

贾平凹的《高兴》是讲述农民精神空间易位的文本。刘高兴的苦痛在于他想融入城市空间与城市文化拒绝他之间的冲突。刘高兴是个进城务工的纯正农民。他坚信自己是"城里人"。例如他在一次出游时遇到一场车祸,一辆小车把一个孩子撞倒,司机想逃逸,刘高兴扑上去拦住小车。有记者问他为什么挺身而出时,刘高兴虽没回答,但心里却是这么想的,"一棵树如果栽在城里,它都力争着在街边长得端端直直,我来西安,原本也是西安人,就应该为西安做我该做的事呀。"再如刘高兴还想过"咱既然来西安了就要认同西安,西安城不像来时想象的那么好,却绝不是你恨的那么不好,不要怨恨,怨恨有什么用呢,而且你怨恨了就更难在西安生活。五富,咱要让西安认同咱,要相信咱能在西安活得好,你就觉得看啥都不一样了。比如,路边的一棵树被风吹歪了,你要以为这是咱的树,去把它扶正……。"这就是刘高兴的言行一致,他以"自家人"的积极态度认同城市,把西安当成自己的家乡来爱护,绝不在城里违法乱纪。他不仅自律,还律他。他厌恶黄八对城市的抵触,在与五富与黄八交往中,他约束他们不做违法事,努力尝试改变他们对城市的看法。

刘高兴的努力是全新的,这样的生活理念是农民由乡入城所必需的,是在城市异形空间站稳脚跟,并融入城市精神空间的基础。刘高兴的努力又是徒劳的。城市并不悦纳他们。他们不仅生活在城市最底层,连尊严也在城市最底层。很多城里人毫无理由歧视他们。刘高兴看到教授因忘带钥匙而焦急,就用身份证帮忙开门,却被教授及小区的人当成贼来防范。最让人印象深刻的是,五富被小饭馆的老板无故侮辱、被泼了一身脏水后留下的委屈的眼泪,以及刘高兴在帮助五富讨回尊严后那止不住的眼泪。这两人的眼泪包含太多进城农民无助委屈的泪水,他们受辱的理由简单得可

---

① [美]丹尼尔·贝尔:《资本主义文化矛盾》,赵一凡等译,生活·读书·新知三联书店1992年版,第194页。

第四章　进城与在乡的多维体验

笑，只是因为他们是农村人，在城里做着低下的工作，这是城市文化空间的无端傲慢和对农民的不包容。除了赤裸裸伤害，城里人对他们漠视也让刘高兴感到难过。他感慨道："拾破烂对清风镇任何一个人都不是什么重体力活，但拾破烂却是世上最难受的工作，它说话少。虽然五道巷至十道巷的人差不多都认识我，也和我说话，但那是在为所卖的破烂和我讨价还价，或者他们闲下来偶尔拿我取乐，更多的时候没人理你，你明明看他是认识你的你打老远就给他笑，打招呼，他却视而不见就走过去了，好像你走过街巷就是街巷风刮过来的一片树叶一片纸，你蹲在路边就是路边一块石墩一根木桩。"刘高兴努力融入城市文化空间，但城市文化的倨傲与偏见，空间的逼仄与敌视，拒绝了对他的认可。刘高兴的际遇生动地说明，现代性对农民进入城市所采用的两种策略：禁绝与吞噬。禁绝，在固体的现代性时代表现为城市把农民清除出去，但在流动的现代性时代，这种策略是改良了的，其表现为空间上的隔离，即将他们隔离在城市贫民区，是有选择性地使用某一空间，但拒绝与他们进行身体接触、对话、社会交往和通婚等——这就是大部分进城农民遭遇的空间处置，因为城市的否定使他们无法对自己做出正确定位。因此，精神文化空间易位成为刘高兴们最为隐秘却痛苦的阻碍。《高兴》里有一个绝好比喻："西安城里都是凤凰就显得咱是个鸡，还是个乌鸡，乌到骨头里。"更有甚者，觉得农民只是城市发展的"工具"。他们做完最苦最累的活，为城市的发展贡献后，仍然无缘共享为之奉献的现代文明发展成果。

西美尔将村落与城市比较，指出村落的社群里人与人直接交往，对彼此的工作、历史和性格都十分熟悉，亲缘、地缘维持着生产、生活的秩序与和谐，他们的世界相对来说可预知。反之现代城市空间是陌生人社会，人们形同陌路，互不知情，乡村的宁静平和为都市的相互提防所取代。"陌生人社会"是弗里德曼（Lawrence M. Friedman）表述的概念："走在大街上，陌生人保护我们，如警察；陌生人也威胁我们，如罪犯。陌生人教育我们的孩子，建筑我们的房子，用我们的钱投资……我们的生命掌握在陌生人手中，我们得病住院，陌生人切开我们的身体、清洗我们、护理我们、杀死我们或治愈我们。如果我们死了，陌生人将我们埋葬。"[①] 农民

[①] ［美］弗里德曼：《美国法简史》，高鸿钧译，《清华法治论衡》第4辑，清华大学出版社2004年版，第87页。

"由乡入城"就是从"熟人社会"走向"陌生人社会",是一种进步,意味着他们向现代转型迈出勇敢而艰难的一步。但刚离开"鸡犬相闻"的村落,农民不得不面对种种不适。首先的是:该如何和陌生人相处?互不信任增加城市运行成本,也让人心隔离。赵本夫小说《天下无贼》就是"熟人社会"与"陌生人社会"交战的隐喻。如果把"列车"看作极具现代意义的"城市空间"的替身,那么,在这个逼仄且流动的空间(飞速发展的社会)里,上演了贼帮的江湖文化、傻根的农耕文化、警察的城市文化的对决。傻根对陌生人的信任和善端源自生养他的文化空间:"俺家住在大山里,在俺村,有人在山道上看滩牛粪,没带粪筐,就捡了个石头片儿,围着牛粪画了个圈儿,过几天想去捡,那牛粪还在。"但在异形空间,"大山文化"遭遇前所未有的狙击,尽管他认为天下无贼,但他的幸运,非因人心可鉴,互敬互爱,而是贼帮的道德自救,和代表正义的城市文化——警察的出手。这是一个寓言,也是一个纠结,再次将城市文化空间中大行其道的实践信条:"人不为己,天诛地灭"与乡村的"诚实守信,互信互爱"推给人们。小说暗示人们,在传统熟人社会向城市异形空间——陌生人社会转型中,必须处理好社会互信的课题。《天下无贼》显示时代文化的恶化,也展示文化空间的错位与优劣。天下无贼,是一个理想么?

三

空间转换是农民在现代性追求的路上的生存形式,也是中国现代化、工业化、城市化的必由之路。虽然城乡二者的空间互换与互动是极其不对称和畸态的,但一个事实是,乡村及农民为城市空间的生产、长大提供必不可少的滋养,付出巨大的代价。芒福德认为,"城市是大地的产儿,它们都折射出了农民征服大地时所表现的智慧,乡村生活的每一个阶段都对城市的诞生和存在有所贡献。"[①]

改革开放以来,中国社会逐渐形成关于"现代化"的认知。即"现代化"不仅是中国也是世界未来的必然趋势,"现代化"必将带来"进步""发展"。正是这种"发展主义"神话,使人们对"现代化"顶礼膜拜。但这种情形在21世纪被打破,一些作家开始反思"现代化"所产生的问

[①] 王丽娟:《芒福德的城市文化思想研究综述》,《都市文化研究》2010年第1期。

第四章　进城与在乡的多维体验

题。经济发展固然重要，但更关键在于，真正意义的"现代化"，不仅意味着经济的高速发展与物质的极大丰富，更意味着城乡空间的"平等"和"平权"，意味着城市空间对乡村的反哺、回报和无偿提携，意味着城市人对乡下人的由衷接纳与共同现代转型。芒福德指出："如果城市所实现的生活不是它自身的一种褒奖，那么为城市的发展形成而付出的全部牺牲就将毫无代价。无论扩大的权力还是有限的物质财富，都不能抵偿哪怕是一天丧失了的美、欢乐和亲情的享受。"[①]这句话，带给人们深深的思考。

第三节　知识观念："梁庄猪场，教书育人"的吊诡

著名社会学家周晓虹在考察改革开放40年的中国现代化进程时，对中国人的精神嬗变和"现代体验"做了如下分析："传统价值观念在微观上的变迁还有很多表现，比如由精神化、理想化的价值倾向转变为务实具体的价值倾向，世俗的价值观念在社会行动中地位不断提高。再比如，中国传统价值观念对学问和知识的敬重也在社会转型中受到质疑和侵蚀，'知识无用论'或'读书无用论'反复地被社会所讨论。"[②]诚然，"读书无用"这一思潮在中华人民共和国成立后70年的现代化历程中，反复出现过三次回潮。"'文化大革命'时期，由于'以阶级斗争为纲'，政治成为读书无用论产生的最重要因素；改革开放后所产生的两次读书无用论，……经济因素成为主导因素。读书无用论的产生或者主体的读书选择主要有三个因素：教育机会获得的便利性程度；个人教育成本的高低；个体接受完教育后就业的难易程度及收益的多少。"[③]

21世纪后在农民阶层中沉渣泛起的新"读书无用论"摧毁了关于"书中自有黄金屋""鲤鱼跳龙门""知识改变命运"等原来在农民思想结构中笃定稳固的价值原则，在农民群体中广泛传播，并被代际化继承。20

[①] [美]刘易斯·芒福德：《城市发展史》，宋俊岭、倪文彦译，中国建筑工业出版社2005年版，第109页。

[②] 周晓虹：《中国体验：全球化、社会转型与中国人社会心态的嬗变》，社会科学文献出版社2017年版，第52页。

[③] 杨卫安：《晚晴以来出现的四次"读书无用论"评述》，《河北师范大学学报》2018年第7期。

现代转型体验：新世纪乡土文学研究

世纪80年代，《平凡的世界》中孙少平作为第一代农民工，到煤矿当矿工，尽管身体伤痕累累，劳动之余仍然在豆大的煤油灯下坚持读书，展示了一代人对于知识的渴求和希望通过读书改变命运的强烈寄寓。《人生》中的高加林虽然高考落榜，但这个心气高傲的"乡村才子"依然保持喜欢阅读的习惯，正是高中毕业的文凭帮助他得以进城到县委报道组当通讯员。试想如果没有这样的知识，手握大权的叔叔大约也只能让他进国企当工人，而不是当记者——二者有体力劳动和脑力劳动的天壤之别。20世纪90年代之后，乡村现代化进程加速，社会进一步开放，赚钱或就业以维持生计的渠道日渐多元，读书不再是生存和社会晋阶的唯一管道。进城打工、当手艺人、工商业主、小摊小贩、到私企上班等，都可以使农民过上基本温饱的生活，加之优质教育资源的短缺、读书对家庭的反哺严重不均衡和广为大众诟病的社会阶层固化等原因，农民对于读书、知识的认知发生极大变化，反智主义倾向抬头，这是当代中国社会转型期给农民带来的"现代体验"之一。

新世纪乡土小说敏感地把握了乡村社会的心灵脉动和农民在社会转型期的现代体验，抒写了这条隐秘幽微的线索。

一

"1976年以后，中国社会进入'新时期'的一个根本标志，就是对'读书无用论'的'文革'思想的批判和否定，取而代之的社会理念是'知识就是生产力'。高考制度的恢复，以考试分数而不是以政治表现作大学录取标准，是对'读书有用'的制度性肯定。"[①] 因此，20世纪80年代是一个崇尚读书的黄金时代，人们甫一从"文化大革命"的思想专制、文化禁锢的牢笼中挣脱出来，"知识改变命运"在彼时特定的历史语境，被奉为青年的人生圭臬，也成了时代转型期社会鼓励、人际交流、学校激励、家庭教育的朗朗上口的"金句"，读书人在乡村具有极高的威信和声誉。农民读书的目的性非常明确，那就是扔掉锄头，洗脚上岸，他们是如此地如饥似渴投入读书改变命运的全民的伟大实践中，希冀通过读书——高考来撬开城市的大门，疏通阶层上升的管道，吃皇粮、当国家工人、干部成为他们最热切的期盼。刘震云的《塔铺》再现了乡村青

---

① 肖鹰：《韩寒神话与当代反智主义》，《贵州社会科学》2012年第5期。

第四章　进城与在乡的多维体验

年农民之于发愤求学的如火如荼的时代氛围。《塔铺》发表于1987年，后来获得1987—1988全国优秀短篇小说奖。小说描写1978年高考制度恢复后，河南农村的一个高考复习班的情形，抒写了社会开始转型时期的强烈而清晰的时代逻辑：知识改变命运。小说写到，由于农村教育质量低劣，信息资源奇缺，上至拖家带口下至应届学生学习的死板以及生活的艰苦。无论是在物质上还是在精神上，农村的教育现状都十分蒙昧落后。农民只能寄希望通过高考（读书）改变当农民，一辈子贫穷的命运。小说中，学生们历数的读书动机，不再是"为中华之崛起而读书"的宏伟愿景，而是较之更为形而下和现世安稳的祈求。比如同学"磨桌"就说：他（读书）不想当官，只是不想割麦子，毒日头底下割来割去，把人整个贼死！在割麦/读书的二元结构中，鲜明地将二者对立起来，表达了通过读书改变当农民的命运的普遍社会心态。文本中写了一个有意思的细节：临近高考，考生们因为压力巨大，学习效率低下，这时，校长提议"停止辅导，去割学校种的麦子"。在秋收的田野里，同学"抢过老师的镰刀，雁队一样拉开长排"，重新激活了少男少女的勃勃生机和嘻嘻哈哈，"我（班长）抹了一把汗水，看看这田野和人，第一次感到：劳动是幸福的。"细心的读者可能会注意到，这是一个具有悖论性质的讲述和转换机制，对于贫苦农民而言，"磨桌"关于"割麦把人整个贼死"的切身体验较之"劳动光荣""劳动幸福"的国家层面的召唤和规训，显然更具有现实质感和确切的说服力。我的"幸福"其实仅仅是读书人在刻苦学习之余，作为"调剂"而产生的虚幻感受，并非农民"职业"的稳定赋予和精神副产品，是短暂偶然和灵光乍现的；读书恰恰就是为了摆脱田野劳动，并超越农民这一职业，进而获得恒久的"幸福"。也就是说，"磨桌"（农民）的割麦是目的（生存的需要），我们（读书人）的割麦是手段（提高学习效率），二者的等级秩序昭然若揭，差异性无法抹平。我在彼时的"幸福"其实充满了不确定感，这个"第一次"的觉受将是我的"最后一次"关于"劳动是幸福"的感受，从此，我借助读书实现了人生实质性改变，远上帝都读大学，远走高飞。班长抒发的"劳动是幸福的"感受，实际上应该指认为"（脑力）劳动是幸福的"，也即是进城当干部（而非当农民）才是人生的最佳选择——这在刘庆邦的《到城里去》中有了更为详尽的展开。

到城里去是农民的时代主旋律，历经20世纪七八十年代"当工人家属梦"的幻灭、丈夫杨成方在郑州及北京拾荒被拘留后返乡等重大失败后,20世纪90年代,农妇宋家银这个工于算计、勤劳吃苦、精打细算且富有远大理想——当公家人——的农民,只能将最后的希望安放在儿子杨金光读书改变命运的寄托上。

她数落儿子没志气,没出息:你到城里打工打一百圈子,也变不成城里人,到头来还得回农村。"他对儿子说,现在没有别的路了,只有上大学这一条路。儿子只有上了大学,才能转户口,当干部,真正成为城里人。"

但是,杨金光复读结束,却在高考前夕背负金钱和道义的双重债务临阵脱逃,他离校出走了。临行前,留给家人一封信,并托同学将信带给他妈妈宋家银。杨金光在信里说,他思忖很久了,决定不参加高考了。万一如果再考不上,妈妈会承受不了的。所以他考虑到城里去打工,"不混出个人样儿就不回家",他要宋家银不要找他,也无须挂念他。在茫茫人海中找他也找不到,该回去的时候,他自然就会回去。在此,笔者引述一组数据,作为杨金光弃考的"互文"映证:新华网报道,近些年,我国放弃参加高考的毕业生约为100万,并且还以每年接近10万人的速度增加,高中毕业生弃考率基本维持在10%。另据全国人大常委会执法检查组的调查,初三学生流失严重,部分农村初中辍学率超过10%。[①] 杨金光的高考弃考表征了乡村对教育价值的否定,暗含了世纪之交新一轮读书无用论的生成机制和外在表现。

行文至此,我们看到,在宋家银这位"老一辈"农民眼里,"变成城里人只有上大学这一条道路"的观念,经过现代性在乡村的栉风沐雨、社会转型和代际传递,出现了根本动摇。读书的唯一性、合法性已经受到质疑,因为"打工"在继"读书"之后,也可以是"混出个人样儿"的途径,在青年一代农民中得到广泛认同,这在宋家银所在的乡村青年人,包括杨金光的妹妹、堂兄弟、邻居等纷纷选择外出务工并"衣锦还乡"的描写中可以得到证实。有学者指证了割麦/读书这二者在农民心目中内在的紧张关系,"每当我想偷个懒时,父母亲总是不失时机地送上一句,'好好念书闺女,念好书就再也不用割小麦了'。……因为这几乎是乡村少年走出'他们世界'的唯一道路。我现在的父老乡亲,还是这样一次次的教训

[①] 殷泓:《义务教育之困如何解》,《光明日报》2013年12月27日第6版。

第四章　进城与在乡的多维体验

着他们的儿女"。① 然而在当下，这样的范导开始"失效"和过时了，乡村儿女探索出另外的人生发展途径——那同样是他们现代体验的一部分。无论是宋家银对儿子读书的监督守候，还是以死相逼敦促复读，都掩盖不了一个让老一辈农民隐隐约约担心的事实正在瓦解与蚕食知识的尊严——从读书的这条正途中，引出了另一条歧路：打工。打工，分化和瓦解了乡村读书的正当传统和高不可攀，读书的庄重性、神圣性不再，为日后农民形成广泛共识的"读书无用论"埋下了种子。打工或者读书，农民未来的命运在此节点分道扬镳，展示了各自也许是不一样的人生，也许是殊途同归的结局。

二

刘庆邦还有一篇饶有意味的小说《回家》：矿工的儿子顾建明打小开始读书、上学，贫苦的父母希望他能通过高考升学，扔掉锄头柄，成为一个吃皇粮的城里人。在煤矿上当临时工的父亲夜以继日挖煤积攒的辛苦钱都供给他在学校的花费，克勤克俭的母亲更是抠门得连一个鸡蛋都舍不得吃。可最终，顾建明还是落榜了，他泄了一口气，也暗暗松了一口气，心想再也不要为读书花费家里的血汗钱了。不料此时外省学校却向他寄来了录取通知书，尽管上面标注的学费高昂，父母没有一丝犹豫，立马凑足学费让他上大学。父母认为，只要顾建明上了大学，就成了体制内的人，就可以吃公家饭，这是他们对儿子的最高要求。然而三年高额学费下来，大专文凭到手了，当初学校许诺的分配工作却成了泡影，顾建明一次次地去求职，一次次上当、碰壁。顾建明的遭遇是当今农村大学生的典型缩影。中国社会科学院发布的《2013年应届生就业调查报告》显示，农村家庭的普通本科院校毕业生成为就业最为困难群体，失业率高达30.5%。不少专家认为我们的教育体制已逐渐失去了承载阶层流动的职能。②

这篇小说中，刘庆邦已经前瞻性地预言了2000年前后，新一代农民读书所带来的负累，古老乡村所笃信的"书中自有黄金屋""万般皆下品，惟有读书高"之人生信条在代际传递中出现衰变，在年青一代农民那里发

---

① 佚名：《〈乡土的逃离与回归〉读后感》，道客巴巴，http://www.doc88.com/p-333768746094.html，2012年11月11日。

② 《农村大学生的未来堪忧：失业率高知识已无法改变命运》，《中国青年报》2015年10月18日第12版。

生了反转。刘铁芳指出,"来自贫困乡村的大学生,参与社会竞争的机会同样是不平等的,往往要付出更多努力才可能赢得与别的同学同样的机会……。与来自强势群体的大学生相比,他们所共有的不过是一纸'学历资本',而在综合教养、'社会关系资本'等作为参与社会竞争的重要砝码上面相形见绌。"①

小说《回家》实际上是一个隐喻叙事。既言为家,就是生命本源,是灵魂的避风港、身体的安乐窝、亲情之休憩处,是可以随便回去、自由进出的,不存在有家难回的状况。但是对于2000年前后的青年农民顾建明而言,这个家却衍生出多重意蕴:一是贫苦交加的乡土的象征;二是必须出走的对镜;三是反讽思考的"围城"。也就是说,顾建明的家,其实就是微缩了的乡土,是破败的乡土的象征,它的凋敝、贫困、蒙昧,是乡村学子必须透过努力读书所要竭力挣脱的,是一百年前鲁迅《故乡》中"我"所批判的对象(在新世纪打工作家王十月的《寻根团》也有近似的描述),多年前"我"的离去/归来/离去,是源于乡村的无可救药。顾建明的离去/归来/离去,却将批判的锋芒引向对于"读书是否有用"的深层次思考。顾建明离去是外出求学以改变命运,归来是因大学毕业后找不到工作,浪迹城市,最后被骗入传销组织而仓皇逃回,而他的再次离去,却是因为母亲认为"只要出去,就是目的,就是成功,不出去就是窝囊,就是失败。"顾建明的家(乡),近似于农民颠沛流离的人生之"围城",土地上的人想冲出农村,孤悬城市的人想冲回乡村,二者都归因于读书不能改变命运。作家梁鸿《中国在梁庄》里的一段话大约就是顾建明际遇的最好慰藉:"(梁庄)还有几个大专院校毕业的孩子,只有一个凭着自己的专业找到了工作,其他都只是在公司做低级员工。他们的身份是什么呢?农民?农民工?好像有点不太合适。说是城市工作人员?白领?又完全不对。他们处于这样的模糊地带,不愿意回农村,但城市又没有真正收容他们,他们只能在城市的边缘挣扎。"② 可以预期,顾建明们最终的结局,就如同"出走的娜拉"——返乡抑或再次出走出卖劳动力(打工)。

两篇小说展示了相似的"读书情结":

---

① 刘铁芳:《乡土的逃离与回归》,福建教育出版社2012年版,第57页。
② 梁鸿:《中国在梁庄》,凤凰出版传媒集团2011年版,第74页。

第四章 进城与在乡的多维体验

宋家银不承认儿子没考上大学。她对别人说,杨金光考上了大学,只是录取杨金光的学校不够有名,不太理想,杨金光想考一个更好一些的大学。

——《到城里去》

母亲见到他后,惶恐和不安多于惊喜,把他关在家里,不让他出门,因为她早已向村里人散布了,说他们家建明大学毕业,现在在城里的茶叶公司工作,待遇很高等等。

——《回家》

支撑着两位贫困而伟大母亲的信念,除了有"虚荣心作祟""要强争气"的因素,更复杂的意义上,却是对"读书有用"的乡村小传统的下意识的维护和"认死理",是对知识改变命运的执拗坚守。因为在古典时代,读书人在乡村社会有着良好的知名度和美誉度。但时至今日,乡土母亲所困惑的是,"大学生中的阶层差异是很明显的。……(农村大学生)即使读了书后就业形势也是不乐观的,他们甚至还不如同龄打工者中稍微成功一点的人获得的回报多。"[1]

2012年知名作家方方推出小说《涂自强的个人悲伤》,获得极大反响。小说抒写来自农村的涂自强在武汉读一个二本大学,他踏实认命,靠着朴实勤劳打工维持温饱,备考研究生却因父亲意外去世而丧失机会,与他同病相怜的中文系女生也傍大款离去。毕业后,涂自强漂在武汉,屡经失业、被骗,最后积劳成疾罹患肺癌,在寺院安顿好母亲走出人们的视界。涂自强的命运表征着一类农民大学生的命运,这类大学生具有鲜明的时代特征:农民出生、普通乃至拮据的家境、就读一般学校、缺乏人脉等。于是,他们只能指望依靠自己的勤劳刻苦、拼搏奋斗来改变自己作为农民的处境,而读书仍然难以让他们蹬向成功之路,正如烙刻在身上的阶级胎记一样,他们所处的农民阶层的地位以及占有的资本决定了读书无力改变他们的命运。涂自强带着村民们盼他"当大官"光宗耀祖的殷切期望,到武汉上大学,最后不仅没有当上大官,反而死在了返乡的路上。

"涂自强现象"在布迪厄(Pierre Bourdieu)的文化资本理论中可以得到解释。文化资本理论对当代社会教育现状的分析显得丝丝入扣。布迪厄

---

[1] 刘铁芳:《乡土的逃离与回归》,福建教育出版社2012年版,第58页。

以研究证明,处于不同社会阶层由于文化资本占有量不同,其传承就会表现出很大的差异,诠释出了家庭环境背景、社会地位出身各异的子女所受教育的机会、教育行为以及未来成就存在正相关关系,从而表明了文化因素差异与教育不平等现象的同构关系,阐释了"读书无用论"的深刻原因与内涵。布迪厄的文化资本理论为我们理解当下乡村及其子民接受不平等的教育以及随之而来的阶层固化提供了有效的认识框架。

小说有几个耐人寻味的细节:作为一个来自偏僻农村的"科技盲",涂自强在上大学之前从来没有见过电脑、手机,宿舍的赵同学将淘汰下来的台式电脑送给了他。这台旧电脑和李同学送给他的二手手机自始至终伴随着涂自强到死去,是他通向城市的视窗和与"现代"沟通的桥梁;涂自强的文盲母亲就是在电脑上看网络春晚,得以认识了繁花似锦的城市世界。在与同样来自农村的马同学的一席交谈后,涂自强想起死去的哥哥和杳无音信的姐姐,"正是命运将他们从家里消灭。现在我有了今天,如果不改变这个命运,生活有什么价值?"纵观涂自强的短暂人生,他不可谓不够拼搏,涂自强从来不曾懈怠,他一直闷头努力,也遇到众多帮衬他的好人,但是,他根本就没有得到过,也没有改变一丝一毫悲惨的命运。有学者透过对文化资本的"世袭"以及由此带来的阶层差异的研究后指出,"中上层阶级出身的学生……通过对互联网高科技的运用,接触到先进的科学与信息技术,正是由于他们从小占有并接触到一定数量以及不同形式的文化资本,为他们迈向高等院校的大门、接受高等教育提供了更多机遇,为他们在大学的学业成就也打下了坚实基础"[①]。因此,反观毕业后到外国留学而海归的赵同学、当了公务员"有了几分派头"的李同学,涂自强的"个人悲伤"仿佛从一开始就注定了。小说写到,涂自强目睹与之暗生情愫的中文系女生乘坐有钱人的小轿车绝尘而去,"胸口犹如被重锤一击"。学校食堂的大厨半是劝慰半是牢骚对涂自强说,"有钱人家的孩子不用读书,读了也是白读,因为不读书也可以找到好工作;没钱人家的孩子不用读书,读了也是白读,因为读了书也找不到工作。"这位在城市里打拼的大厨——底层打工者,以自己颠沛流离的遭遇对"读书无用"及其背后的深层次原因,做了最朴实无华的生动注解。就此,我们从文学文本中

---

① 王胜利:《浅析布迪厄文化资本理论下的教育不平等现象》,《西北工业大学学报》2013年第3期。

第四章 进城与在乡的多维体验

再次感受到弥散在农民中的"新读书无用论"的从理论到实践的无所不在,我们不能简单地将之归咎于农民"短视""小富即安"的"小农意识"在知识领域的平移。农民对于读书的否定和轻视,其重要原因就在于,它是农民在对知识与个人命运关系的历史性解读与切肤之痛的现代体验中,做出的疼痛却是现实的无奈选择,农民对读书既爱又恨,既仰慕又疏离的复杂情感,表征的是农民对读书的怀疑与失望。知识,在很大一部分农民的心中日趋"缺席",曾经视若珍宝的读书,成了被嘲笑的对象而弃如敝屣。

在高加林时代,虽然存在阶层差异、城乡对立,黄亚萍、克南因为出身、父辈的权力而有着先天的城里人的优势,但是在教育(知识)面前,他们并不比乡村才子高加林有着更多优越感,相反显得逊色、笨拙和底气不足。或者说,在意气风发和机会比较均等的20世纪80年代,读书完全能够改变命运,时代赋予了农民更多的机会。读者在刘庆邦小说《到城里去》/《回家》的两个充满矛盾的标题间,感受到了离去/归来的吊诡张力与内在冲突,联系到路遥笔下的高加林、王十月塑造的王六一(《寻根团》)以及涂自强,这些农民的孩子、读书人要么离家出走,要么铩羽而归,要么失业被骗,从20世纪80年代到21世纪初这40年间,农民对于读书不再秉持虔诚恭敬之心了。当代学者通过对"教材内容""知识"等——脱离农村学生的生活实际越来越远,使他们输在起跑线上的诸多隐性不公平的揭示,[①]探讨了知识与权力的关系:农民在现实中所无条件崇拜的"纯粹"知识,其实后面暗含着知识与权力的联姻,"什么知识最有价值"本身即是虚假设定,实质上一切均围绕着"谁的知识"做出安排。也就是说,权力从一开始就楔入了教育的框架,在知识的选定与强调上挤压一些内容,凸显另一些内容,把一部分不属于"谁"的阵营的人,直接或是通过设置障碍挡在知识的门外。涂自强母子在武汉过春节观看烟花、春晚的新鲜感受、代表现代化的手机、电脑、电视的强烈冲击,是农民生活世界最为震惊、怨羡、鲜活的现代体验之一,显示了现代知识对乡村知识的隔离和压抑,以及知识在权力面前的软弱性与妥协性。当涂自强们怀揣着全村人梦想走入大学却发现自己的笨拙无知和巨大差距,当北漂们徘徊在城

---

① 郑和:《权力和知识的当代状况——透视"新读书无用论"》,《中国青年研究》2008年第3期。

市的街头,开启"5+2"、白加黑的工作模式时,我们可以深深体会到这些农村弱势群在漫漫求知路上的艰辛与无助,农民体验着自己一步一步地被知识"边缘化",感受到的是知识已不再青睐他们,寒心的是知识对他们的遗弃。

三

姚岚的长篇小说《留守》,以皖江农村为底幕,真实摹写乡村留守孩童的生存本相和惨淡人生,深刻刻画留守妇女的情感波折和人性欲望,是社会广为关注和讨论的作品。笔者感兴趣的是,这部小说中所书写的乡村教育——读书在留守儿童中的大幅度失落。有学者指出,"教育的'高投入'与'低产出'或'无产出',甚至'读书致贫'、'读书返贫'导致农村家长对教育的预期失望,是部分'读书无用论'产生的重要根源。"[①] 于是,"能读书就读,不会读书打工也可以赚钱""多读书不如趁早赚钱"的想法,在农民中广泛传播,余风所至波及留守儿童。

《留守》中的那些乡村儿童——更新一代的小农民,继承"读书无用论"的价值认知,在与其小小年纪极其不相称的生活重压下,缺乏父母关爱和监护,接受寄宿生活,鲜少情感慰藉和积极的心理干预,辍学、逃学、厌学成为家常便饭,他们与乡村教育的衰败一样,成为"读书无用论"的牺牲品。比如,豆蔻少女龚月,就读初中一年级,不仅要悉心照顾弟妹,还肩负着洗衣做饭、养鸡种菜等繁重的家庭生产劳动。刚刚发育的高晓峰,网络成瘾,早恋,因与龚月偷尝禁果,导致火灾,龚月的弟妹被活活烧死,龚月身心遭受巨大创伤,自杀未遂。中学生"刀条脸"不爱学习,游手好闲,无恶不作,最后被人打死在外面。林齐馨、莉香等几个留守女孩,学业不佳,心灰意冷而约好去自杀……这些留守儿童在"新读书无用论"的诱导下,人生轨迹偏离了航道,有些甚至违法堕落,成为"牺牲与垮掉的一代"!试想,当打工的父母为下一代无私付出,在城市辛勤劳作、期待子女学业有成、知书达理时,返乡后他们收获的又将是怎样的绝望和痛悔?

乡土中国为了增收致富、追赶现代化而"制造"了大量的留守儿童,他们是中国社会转型、经济发展的弃子、乡村诗书传家传统的断裂者,他

[①] 陈国华:《"读书无用论"现象的农村社会调查与反思》,《天府新论》2013年第2期。

第四章 进城与在乡的多维体验

们为此付出了自己一代的人生幸福，也进一步摧垮了乡村重教传统。毫无疑问，在代际传承中，他们由于自觉或被动地被抛出"知识改变命运"的发展轨迹，也将仍然重复父辈的命运。新世纪梁鸿的"非虚构小说"《中国在梁庄》《出梁庄记》延续了这样的思考和叩问。该系列小说以象征和隐喻的手法，用"梁庄"喻示乡土中国的整体转型、变革，以"串葫芦糖"的系列故事结构讲述"梁庄"的废墟村庄、留守孩子、离乡出走的理想青年、守在土地的成年闰土、乡村政治……。其中，孩子的读书是她关注的重点之一，梁鸿在对家乡的探访中，深感乡村教育的颓废、破产。因为曾经书声朗朗、学生众多的梁庄小学竟然完全"空壳化"——这是乡土中国千千万万个乡级小学的缩影。在《薛文化当官记》里，老实人薛文化在竞选时承诺的第一件事就是修缮村小学，因为"教室最破了，……四面跑风，麻雀乱飞，还像个教室吗？"作家梁鸿回忆道，在过去，"当初梁庄小学最兴旺时，全村村民都有一股子精神头儿，在地里干活心里也有劲，上学钟声一响，村民的一种敬仰、尊重之心油然而生。而现在挣钱第一，虽然大人也为孩子的学习而生气、焦虑，但却不会产生根本的心痛。乡村的文化氛围越来越淡薄，没有昔日那种文化之乡的感觉。"梁庄的学生要么辍学、要么进城、要么外出务工，小学被出租为养猪场。过去人声鼎沸的书香校园被"来往的喧闹人声、猪的哼哼声、杀猪的嚎叫、赶猪的呵斥声"替代；当年寄寓着农民希望和骄傲的"梁庄小学全体干群兴学纪念碑"被垫在了村民家的猪槽下方，农民们曾经怀着的对读书的美好向往一去不复返。梁庄小学作为梁庄的文化探测器、乡村前行的精神灯塔、乡村诗书传统的定海神针的形象与作用被解构，作为乡土中国的文化地标，彻底消失在乡村的文化版图。

深具颠覆意义的是，有村民把学校大门口的标语"梁庄小学，教书育人"中的"小学"抹掉，改为"猪场"，于是，深具召唤性质的标语变为"梁庄猪场，教书育人"。从热闹非凡到关门停摆，从育人到养猪，从过去"小孩不去上学，家长都是拿着棍子满村打"到"我就是要玩游戏，读书有啥用，将来还不是出去打工？"——连乡村的孩子都一眼"看穿"了自己未来命运的既定发展程式，而服膺认命、听之任之则成了他们普遍的心态。梁庄抑或是乡土中国的新（小）农民的现代体验，再一次确证了"读书无用论"的大行其道和现实"合理性"。刘铁芳总结了乡村孩子的人生轨迹，"看四种人读书的命运：大致有两类，一是考上大学，考上大学又有两种情况，少数成功，大多数境遇一般。……另一类是考不上，考不上的人总结起来打工是基本命运，但又有两种情况，一是早退学早打工早适应，反而是不上不下的最尴尬。"① 综上所述，当农民发现，高加林的拼搏与于连式奋斗，在参与社会流动的竞争中越来越无力与颓败，而那些个人几乎无法左右的事实：种族、性别、家庭背景、社会关系等在人们获取社会地位的过程中似乎成为最大的砝码，甚至起决定性作用。在21世纪农民的眼中，知识不再可以改变命运，出身就已决定了一个人的命运。

长期以来，中国乡土社会有着"反智主义"历史传统。"反智主义"在美国历史学家霍夫斯塔特（Richard Hofstadter）的《美国生活中的反智主义》一书中被深刻批判，该书曾获得新闻界大奖——普利策奖。从世界范围来看，历史或当下存在的"反智主义"归结起来有两类："一是对于'智性'（intellect）本身的憎恨和怀疑，认为'智性'及由'智性'而来的知识学问对人生皆有害而无益"，还有其他的诸如品行、见识等也影响了人生的成败等；"另一方面是对代表'智性'的知识分子（inellectuls）表现一种轻鄙以至敌视"。② 它既是农民对"以农为本"乡土传统的维护，也是特定时期社会伦理秩序建构的反映，更是21世纪经济主义至上的反弹。"在中国许多民间故事中，有知识的人往往被描绘得最弱智，穷者或者说没有机会获得知识者往往最聪明，成为历代民间故事最重要的叙事模式之一。"③ 社会上对于知识分子"读书读到屁股上""书呆子""百无一用是书生""手无缚鸡之力""九儒十丐"的揶揄嘲讽，以及文学史上"范进中举""孔乙己窃书""方鸿渐讲演""邵景文蜕变"（张者《桃李》）的讽刺挖苦，其实就是"反智主义"的变形和隐喻。"反智主义与'读书无用论'观念的内在心理机制是二而一的"。④

今天，流行农民阶层的"读书无用论"既有因前述客观现实因素造成的负面影响，也存在深层次的"反智"的文化传统基因。一个广为流传的经典故事令人大开脑洞：某大公司总裁常常为香皂包装生产线中会有盒子没装入香皂且被顾客投诉而大伤脑筋。他们只得请自动化专业的博士，设计一个方案以解决问题。博士组建了技术改良的攻关团队，综合了机械、

---

① 刘铁芳：《乡土的逃离与回归》，福建教育出版社2012年版，第57—58页。
② 余英时：《历史与思想》，台北：联经出版事业公司1981年版，第2页。
③ 黄轶：《论民间故事中"反智主义"的生成动因》，《黄河科技大学学报》2007年第6期。
④ 同上。

第四章 进城与在乡的多维体验

X射线探测等各个高精尖专业，花了大量经费才得以破解：探测器检测到空香皂，机械手拿走空盒。中国南方某乡镇企业上了同样生产线，老板对这个问题下了最后通牒：不立即解决问题炒鱿鱼。小工以"农民式"的智慧土法上马，花100多元买了一台高功率工业风扇在包装线边猛吹，如此，空皂盒都不翼而飞。故事结论图穷匕见：一个博士在关键时候还不如一个小工。这个段子显然具有"杀伤力"，此外，关于北大毕业生卖猪肉、煎饼大妈月收入三万、男子曾是理科状元考上清华毕业后当保安、美女辞掉万元月薪扛麻袋收废品把日子过成诗……的媒体报道、民间传奇、心灵毒鸡汤层出不穷，真伪莫辨，充满了似是而非的"道理"，操纵青少年的判断。所有的故事都指向一个潜在的论断：读书无用。正如有论者认为，"这类文本也暗合了'读书无用'的论调，体现了农业社会、乡土中国无法通过读书而走入上层的劳苦大众的自我解嘲、自我安慰。"[①] "读书无用论"作为一种长期存在的社会心理暗流，不期然契合了金钱至上、能赚钱就是好汉、知识越多越反动的某些思潮，也将潜移默化地影响乡村青少年的人生规划。

令人担忧的是，在娱乐至死的当下，新媒体无远弗届的传播：通过直播、花椒、快手、抖音等制造网红等全新娱乐方式的出现，加剧"读书无用论"的泛滥，而且做网红主播的门槛低，不要求学历，不讲究才华，无须素质，只要颜值，如果能够破底线，更有无数金主追捧送钱，轻松月入过万。这些现象看多了，总让人心生迷乱，"知乎"上就有大学生做如下讨论：现在卖煎饼果子都可以月入几万了，网红一场直播轻松日进斗金，而很多高学历的人却还在苦逼地打工，那读书的意义是什么？霍夫斯塔特（Richard Hofstadter）指出："反智主义作为一种态度，不是单一的情感取向，而是正反情感并存，他们对理智和知识分子的绝对排斥是罕见的。"[②]

四

今天，我们从文学社会学的角度重新讨论"读书无用论"，并试图在时代发展的脉络中梳理农民之于"读书"的复杂历史认知，以及现代体验及其嬗变轨迹，勾连其中隐匿的与转型时代耦合、农民文化心理同构的因

[①] 黄轶：《论民间故事中"反智主义"的生成动因》，《黄河科技大学学报》2007年第6期。
[②] 百度百科：《反智主义》，https://baike.baidu.com/item/反智主义/8727862?fr=aladdin。

素，就是为了破除金钱至上、反智主义对知识的压抑，重塑"知识"在农民阶层中的尊贵与"有用"的形象。托夫勒（Alvin Toffler）在《权力的转移》一书中宣称，我们今天所处的"第三次浪潮"时代的鲜明标志，就是"信息爆炸"和"知识"呈几何级爆棚及其无远弗届的传播。在这个信息文明时代，谁掌握大量知识，谁就有机会在未来纪占据制高点。今后在所有人类领域出现的全球性权力之争的焦点，就是如何控制知识。法国的后现代主义学者利奥塔（Jean-Francois Lyotard）也表达了类似的观点，"知识具有对生产能力而言必不可少的信息商品形式。它在世界权力竞争中已经是、并且将继续是一笔巨大的赌注，也许是最重要的赌注"。[①]

是农民重拾并将永续追寻知识的时候了。

第四节　消费观念：有车有房与文化反哺

消费观念是指个人对社会的消费现象和消费行为及其意义的总体评价，是对事物之间的价值关系所形成的观点和看法，它是个体价值观念体系中的一部分。"中国自1978年改革开放以来，消费革命成为时代演进的一个重要主题，消费革命的发生标志着中国开始进入消费转型时代，即由生存型消费时代转向享受型乃至发展型消费时代"。[②] 作为一场可以感知又却是"静悄悄的思想革命"，新时期以来的乡土小说诸如《李顺大造屋》（高晓声）、《黑娃照相》（张一弓）、《伙电视》（柏原）、《农民帝国》（蒋子龙）、《二嫫》（徐宝琦）、《发廊》（吴玄）等文本生动鲜明地刻画出了新老农民消费观念及其变迁。改革开放40年间的消费转型是怎样实实在在又潜移默化地影响乡村及其子民的？农民的代际消费有怎样的特点？新时期以来的文学是怎样抒写农民的消费观念和行为的嬗变？这样的变化与时代发展有怎样的同频共振？本节将就此做一探讨。

一

长期以来，乡土中国处于自给自足的小农经济和农耕文明的畛域，农

[①] ［法］让-弗朗索瓦·利奥塔尔：《后现代状态：关于知识的报告》，车槿山译，生活·读书·新知三联书店1997年版，第3页。

[②] 周晓虹：《中国体验：全球化、社会转型与中国人社会心态的嬗变》，社会科学文献出版社2017年版，第99页。

第四章　进城与在乡的多维体验

民基于传统习俗和靠天吃饭的影响，以及保守观念和对未来预期的不安全感，大多崇尚艰苦奋斗、勤俭节约，形成量入为出、克勤克俭的消费思想。"历鉴古今多少事，成由勤俭败由奢"、"反对铺张浪费"等观念深入人心，勤俭节约被赋予"惜福"的道德内涵并升华为中华民族的传统美德、核心价值观被加以大力弘扬与赞美，而花钱大手大脚、奢侈消费则被视为"败家子"成为批评的对象。有学者指出，"在土地生产方式下，人们认为手中握有的主要货币形态——谷物和谷物的替代品（纸币与金属货币）——总是随着其被使用而减少。故而形成一种习以为常的货币观念：钱谷是死的，用之则减少，唯有'收'和'守'方可保值""既然钱谷、货币来之不易，用之则减少，那么在如何消费上就形成了反奢侈、倡节俭的农耕文化的消费观"。① 这种以勤俭为本位的价值观念落实到农民具体而微的生活生产中，就"决定了他们以生产为目的的消费观念"②。因为，只有不断地生产，方可"弥补"持续的衣食住行之消耗而失去的钱物，也形成了生存型、生产生活型、耐用型、保值型的消费观念，以及省吃俭用与铺张奢侈并存的小农式消费行为，突出表现在对房子（造屋）、婚姻（大操大办）、土地（购买）、墓穴或棺木（厚葬、贵生厚死）等的心心念念的执守上，甚至变成一生中挥之不去的"信仰"。高晓声的《李顺大造屋》是新时期乡土文学的名篇，小说书写了农民李顺大穷尽一生几起几落为造屋而历经苦难和波折的故事，在这个令人心酸的情节中，李顺大的"造屋"呈现出悲怆艰辛、屡扑屡起、鲂鱼赪尾但又是居住者所必需的基本物质保障的特征。对于农民而言，房屋是一生中最大宗的"耐用消费品"，是外在的屏障和庇护，更是内在情感中温馨靠谱的家，既是参与"乡村共同体"竞争的面子，也是实现人生理想、对一家老小有所交代的里子。但是不管怎么说，房屋是农民生存所必备的，它表征着安全与稳定。此后路遥《平凡的世界》，新世纪乡土小说中，方方的《奔跑的火光》、刘庆邦《到城里去》、邱华栋《青烟》、梁鸿的《中国在梁庄》《出梁庄记》等作品都描写了"建大瓦房""箍窑洞"作为农民的人生大事而起到的重大作用，也表达出了农民颇具特色的消费观念

---

① 许建平：《货币观念的变异与农耕文学的转型》，《中国社会科学》2007 年第 2 期。
② 张连义：《新时期小说的农民意识现代转型》，中国社会科学出版社 2017 年版，第 256 页。

与文化心理。刘庆邦小说《到城里去》写乡村女子宋家银以实际行动让自己、丈夫、子女两代人长达数十年为践行"到城里去"的近乎严苛的生命牺牲与前后思想嬗变。小说也侧写了农民的消费观念。小说写到，临近谈婚论嫁的"准"新娘子宋家银，对与杨成方结婚的首要条件就是"杨家父母要让杨成方结婚后另立门户，并给杨成方夫妇单独盖三间屋，至少有两间堂屋，一间灶屋"。尽管杨家后来勉强答应了，终于给建了不是三间砖瓦房，而是土坯墙和麦草顶的房屋，这也着实令宋家银高兴了一阵子，因为总算有了自己独立的、可以遮风避雨的窝，有了可以逐渐向"工人阶级"家庭建设标准的崭新起点。实际上，农民宋家银虽然只是城里水泥预制件厂临时工杨成方的乡下家属，但是，宋家银的消费标准就跟着提高了，她的家庭建设是高标准的，通过节衣缩食抠牙缝，要较着劲与同村的煤矿工人（正式工人）家攀比：学着对方涂抹雪花膏、买了一部铮亮的却很少骑的凤凰牌自行车和手表，杨家离城里人当时流行的"三转一响"（自行车、手表、缝纫机、录音机）不远了。这样的装备，包括无不良嗜好的杨成方每次回到村里，见到叔叔爷爷辈的就从上衣兜里拿出香烟逢人就分的做派，都属于乡村及其农民的"人情与面子"（台湾社会学者黄国光语）的一部分，也生动地刻画了自诩为"工人阶层"实则是农民的消费心理和惯习。知名社会学家贺雪峰认为，乡村长期浸润在儒家思想的教习下，农民形成了"本体性价值"和"社会性价值"两套价值衡量标准和人生观。① 所谓的本体性价值是指关注有限生命于无限意义层面的价值，即关于人的生存的根本性意义的价值，比如挺立门户、光宗耀祖、赓续香火、婚丧嫁娶等，它是使人立身安命的价值，唯此，生命才显得完满，遭受的苦难才变得可以忍受。社会性价值是指那些在人与人交往层面，在"在乎他人评价"及在"不服气"的层面的人的行为的意义。本体性价值主要是个人内在体验的价值，是一个人对自己生命意义的感受，是与自己内心世界对话，是一种宗教般的情感。而社会性价值主要是个人对于评价的感受，是从人与人交往与关系中产生的。宋家银在村里自抬身份，宁愿捱苦日子也要添置现代器物和装点门面的做法，与前述的李顺大近乎自虐似的抠门俭省，其消费

---

① 贺雪峰：《乡村社会关键词：进入21世纪的这个乡村素描》，山东人民出版社2010年版，第117页。

第四章　进城与在乡的多维体验

观念是一致的，既有本体性价值的因子：安居才能乐业，也有社会性价值的考量。吃苦是内里的，房屋则关乎门面——关乎农民的社会性价值的被确认——这就是乡村农民的"承认政治"，"一旦现代性的因素进入传统村庄，村庄的社会性价值就会发生变异，……人们对社会性价值的争夺，而使村庄共同体解体，村庄变得原子化起来"。[①]

到后来，水泥预制件厂倒闭，杨成方失业了，而此时杨家老三从部队退伍直接当了正式的石油工人，还领了一笔可观的安置费。于是老三家的老婆房明燕向村里申请了一块宅基地，并开始大肆购置各种材料准备盖房。她不盖则已，一盖就是砖瓦房，而且是浑砖到底，一排四间，其中三间堂屋、一间灶房，新簇簇亮堂堂。这样好的房子，目前来说，在这个村是头一份。老三家的后来居上，令宋家银非常憋屈和郁闷，她感觉自己的地位受到了妯娌们的挑战。待到杨成方去了郑州、北京拾荒挣了些钱，宋家银又憋着一口气盖新房，而且是四间堂屋，两间西厢房，在全村是超越性的，拔得了头筹。唯有通过这次大宗消费，宋家银才再一次找到了那种虚幻的优越感，得到社会性价值的满足。而村里外来户老孙也孜孜以求地想达成人生的最大愿景：建房子。他平时夹着尾巴做人，后来两个闺女到城里打工挣回大钱，老孙不敢将钱放在家中，也没有存钱的习惯。他的办法是用现金购买红砖，把砖头码成整垛整垛的。哪怕来贼了，顶多顺走几块砖，偷不走他的血汗钱。买砖的目的自然是盖房子。老孙说了，他不盖砖瓦房，也不盖平房，他要盖一座两层的楼房，来个一步到位。在此，我们看到苦难的农民认真努力、耐心而坦然地活着，李顺大、宋家银、老孙们的故事串起农民的消费文化之理路，也鲜明地映照出费孝通先生指出的农民"安其所　遂其生"的心性秩序，农民只有在"家园"（居所）得到解决之后，他们的肉体与灵魂才可以得到安顿，他们的生产生活才可能得到次第展开。建房是一个个悲情困苦的寓言，一个农民对于"房屋"爱恨交织、欲罢不能的"原型结构"，一个绵亘千年的消费文化母题。我们仿佛看到了历史褶皱中农民的沧桑与执着。

到了 21 世纪，农民的消费观念在嬗变中有守成，踯躅中有渐变，显示

[①] 贺雪峰：《乡村社会关键词：进入 21 世纪的这个乡村素描》，山东人民出版社 2010 年版，第 118 页。

了传统思想的"常"与"变"的交织与此消彼长,也表明农民进入现代化的艰难。"非虚构写作"作家梁鸿《中国在梁庄》《出梁庄记》的"梁庄"系列、王磊光的《在风中呼喊》、黄灯的《大地上的亲人——一个农村儿媳眼中的乡村图景》等对此有真实的再现。在梁鸿生于斯长于斯的梁庄,尽管几乎成了"空壳村",但是唯一不变的仍然是一幢幢耸立却难得居住的新"房屋"。梁庄的虎子在西安蹬三轮车,前几年就存了七八十万元,他在西安和梁庄的时间是参半的,在梁庄他花了近30万元盖了一栋现代化的房屋,先进的抽水马桶、大理石铺地、空调冰箱热水器等一应俱全,可是一家人在新房子里总共住了不到一个月;吴镇的山哥是个"有故事的人",在东莞经营手提袋厂,挣过大钱。金融危机时工厂倒闭,他回家盖了房子,花光了当时的所有的二十五六万元积蓄;梁庄的梁金在外打工20年,回家盖了一座房子,前后一进院,气派得很,但是他只住了一年就因病去世了,留下两个年幼的孩子……。而在王磊光笔下的乡村青年,现在则是全家竭尽全力,在城里置一套房子利于娶亲、孩子读书、自己打工,在乡下建房则利于偶尔返乡居住、耕地种养劳作。

总之,初步摆脱了贫困的乡村并未完全背离农民式的消费属性与传统,大踏步走向"消费主义"的泥沼,仍然坚守着农耕文化中曾经固有的节衣缩食、勤俭节约、精打细算以及在此表象后的"收"与"守"的某些传统消费心理,因为"在过去,'消费'一词一直被定义为'浪费''挥霍',被理解为一种经济损失或者是一种政治、道德价值的沦丧。"[①] 他们在常与变之间平衡着自己的生活方式与生活态度。但与此同时,他们又慢慢发展出乐于表现自我、积极参与竞争、学会审美享受、勇于追求现代化、尝试让金钱投资增值的心性结构和消费观念。

二

与老一辈农民相比较,新生代农民受到现代化和城市文明的洗礼,逐渐培育出了新的消费理念,以及消耗型、审美享乐型、即时性消费行为。欲望性消费、象征性消费与精神性消费交织,呈现出透支型、主动性消费的样貌。有学者摹画了改革开放以来,中国人消费的演进逻辑线索:"从'劳动的自我'到'消费的自我'、从'需要'到'想要'、从'继承'到

[①] 罗岗、王中忱编著:《消费文化读本·序言》,中国社会科学出版社2003年版,第3页。

第四章 进城与在乡的多维体验

'反哺'"。[①] 实际上，笔者在论述新时期以来农民消费的保守特征时，并非想塑造一个关于农民消费的"刻板印象"：缩手缩脚、容易满足、因循守旧、抠门紧巴、新三年旧三年缝缝补补又三年等。仓廪实而知礼节，当生存得到基本保障后随之而来的就是精神世界的满足和美的需要、感官的刺激。消费作为一种日常行为早已审美生活化了。当三爸致富后购置了全村第一台电视机并召集全村男女老少"伙电视"，香雪（《哦，香雪》，铁凝）积攒鸡蛋勇敢地跳上火车换取漂亮的塑料铅笔盒时，当宋家银尝试笨手笨脚地涂抹雪花膏，当乡村"小姐"明惠（《明惠的圣诞》，邵丽）被富商李羊群包养在别墅里，成天做美容洗桑拿披金戴银时，当外出到城里打工的表嫂（《穿牛仔裤的表嫂》，晓苏）穿着性感的牛仔裤返乡热衷于打麻将，村民们（《春季里来百花香》，侯波）无所事事成天打麻将赌博时，当小保姆申小雪（《我有好多朋友》，刘庆邦）在北京毫不吝啬地为自己买时尚的衣服并大方地住招待所时……，农民消费文化中曾经因为物资极度匮乏而形成的"俭省耐用""物尽其用"的一块铁板，出现了分裂的罅隙，从中催生、挣脱出了欲望的飞鸟煽动着人们的情绪。无论是居乡还是进城的农民，都骚动着一颗勇于"消费"的心，进而逐渐建构起一定的现代消费观念，农民的消费"呈现出节俭主义和享乐主义伦理并存的'两栖'吊诡现象"。[②] 换而言之，城市商业文化、经济本位取代了农耕文明、伦理本位而成为乡村主导的价值秩序，成为农民新的生产生活准则。过得舒心、及时行乐成了部分农民的人生目标，于是，敢于消费、超前消费、透支消费成为可能。在王磊光的"非虚构小说"《在风中呼喊》中，饱经现代化洗礼的农二代、农三代已然从祖祖辈辈凝结的"收获""守成"的生存消费、储蓄消费、节俭型消费转型到"用度""投资"的发展型、改善性消费。他们的消费嬗变与社会转型、时代嬗变有着高度的耦合与同构关系，正是现代化在乡村的全面铺开，现代思想观念对人的强力改造，不单单是再造了农民"新人"形象，也全面革新了他们的旧思想：新生代农民不仅在城乡两端之间购房置屋，还超前地开始在旧式农民"吃穿住用"等基本消费之外，考量与践行"行"的享受型消费。正如作者所描写的，近些年

[①] 周晓虹：《中国体验：全球化、社会转型与中国人社会心态的嬗变》，社会科学文献出版社 2017 年版，第 100—103 页。
[②] 王宁：《消费制度、劳动激励与合法性原则——围绕城镇职工的消费生活与劳动动机的制度安排及转型逻辑》，《社会学研究》2007 年第 3 期。

来，受到城市流行文化的影响，在外打工五年以上的农村青年无不有一种强烈的消费欲望，即他们对小轿车的渴求，大大超过了对房子和妻子的热望。在农村，特别是春节、清明节前后，仿佛就是一场大型的车展，品牌各异、五花八门的小车争奇斗艳，风驰电掣招摇过市、一路鸣笛地穿行在乡间小道，车里坐着返乡省亲、扫墓、拜年、宗亲聚会的人们。他们或志满意得或心旷神怡地呼吸着久违的乡村带着泥土芬芳的新鲜空气，高声谈笑、旁若无人，乡野里充满了欢声笑语和热闹气息。小车似乎给予了他们某种自信和傲娇，也贴上了关乎"城里人""成功人士"的标签。"春节的县城，到了水泄不通的地步，这些车子绝大多数都是从外面开回来的，……连乡镇公路也开始堵"[①]，乡村车子的大量出现，大大节省了人们在路上奔波的时间，"忙"和"快"成为彼此交往的特点，原来因为空间距离而不得不留在邻居亲友家围桌聚餐、围炉守岁、过夜唠嗑，以利于进一步交流感情、增进友谊、互通信息的时间，因为车子的便捷机动大大缩短，淡漠了本已稀缺的感情，人们就像履行义务一样简化或者忽略了所有的仪式、必要的礼节，行色匆匆、简单快速地送上礼物，打个招呼便重新出发。如果说在过去臧克家的诗歌《三代》（孩子/在土里洗澡；爸爸/在土里流汗；爷爷/在土地埋葬）道尽了农民的悲苦运命，"脸朝泥土背朝天"是农民生活生产方式的总括，那么新世纪之后，在"车子"（包括手机、电视等）所表征的现代化器物的革故鼎新下，农民由"聚多"变为"分离"。"在路上"（或者说"在线上"），不仅是新生代农民的人生隐喻，也是他们在现实生活中的真实写照，而车子的使用率、显示度也就更加频繁了。在乡村，农民的大宗消费，当下除了房子、结婚，就是车子。车子是流动的现代风景，是移动的奢侈消费品，更是无声的宣传工具。农民才不管车子的价格贵贱高低，也辨识不出那么多牌子的好坏与否——只要它有四个轮子！有没有车子是农民在外面混得好，有身份的象征，它代表经济实力、衣锦还乡或者是功成名就。在现代社会"……社会身份完全取决于个人成就——主要是指经济方面的成就。社会身份现在很少取决于恒定不变的世袭头衔，而往往取决于一个人在发展迅速、变幻莫测的经济体系中的表

---

① 王磊光：《在风中呼喊——一个博士生的返乡笔记》，复旦大学出版社2016年版，第11页。

第四章 进城与在乡的多维体验

现。"① 与此同时，新生代农民的消费观念中，对于"金钱"的态度也发生了极大的嬗变：金钱不仅脱离了道德化的羁绊，诸如为富不仁、见利忘义、资本血淋淋的本质等否定性评价，还开始左右农民的价值观、消费观。"贫贱不移"的合法性被质疑，"三代贫农"的根正苗红失效，乡村"诗书传家"的正当性瓦解，而"一掷千金"的出手阔绰和"买买买"的豪气干云正在成为时代的宏大主题，成为农民对时尚生活的追求和新的"政治正确"——欲望满足被赋予了肯定性意义。农民消费观念中，从习惯低调和"藏富""闷声发财"发展到了普遍性的"冒富"、攀比与"炫富"。致富发家后脱去"漏斗户"帽子的万元户陈奂生、《炸裂志》（阎连科）中因男盗女娼而发财的村民胸戴大红花受表彰，等等，都是这一金钱观念的形象化表述，也为日后的欲望性消费埋下了伏笔。这一观念性的"革命"无形中也大大刺激了农民的致富欲望，更激发了他们消费的努力。因此，"很多二代、三代农民工，当下最大的期待就是买一辆车子。尤其对那些好些年没有回家的人来说，他再次回家，必须要有辆车，否则他怎么证明自己呢！"② 此外，黄灯的《一个农村儿媳眼中的乡村图景》中，新生代农民和城里的年轻人一样，迷恋并追逐智能手机和时尚的行头，光是这些开销足够农村家庭运转半年，而且他们在城市打工多年，观念中已经深深植入了城市的消费理念，不论是穿衣打扮、结婚置业，还是日常起居，其风向标和城市的孩子没有区别。黄灯的侄儿结婚甚至还请了乐队、车队，其所营造的氛围和城里任何一个高档酒楼举办的婚礼没有本质上的差异。也就是说，新生代农民的消费早已从内生性基本需求消费发展到了视觉型、形象型、符号性消费并从中获得心理满足。这其中，城市的消费理念、现代传媒无孔不入的宣介发挥着巨大的也是潜移默化的作用。在现代社会，消费不仅仅只是一种购物活动，更隐含了象征价值和情感价值等多重因素，"人们消费的，不是商品和服务的使用价值，而是它们的符号象征意义，消费主义的'需求'是被创造出来的，并在无形中把越来越多的普通人都卷入其中的生活方式和价值观念。它使人们总是处于一种'欲购情结'（buying mood）之中，从而无止境地追求高档商品符号所代

---

① ［英］阿兰·德波顿：《身份的焦虑》，陈广兴、南治国译，上海译文出版社2007年版，第87页。
② 王磊光：《在风中呼喊——一个博士生的返乡笔记》，复旦大学出版社2016年版，第11页。

表的生活方式，这本身又构成了现代社会中社会关系再生产的条件"。①

不仅如此，新生代农民还在现代性的洗礼下，消费观念进一步延伸到了从用度、投资、发展到公益捐赠的链条。也就是说，他们的消费行为从通过交换而获取实实在在的物质享受，到开始追求精神的满足、个人生命价值的实现。早在 20 世纪八九十年代路遥的《平凡的世界》中，孙少安经营窑厂发家致富后，因找不到进一步让自己精神得到满足的路径而一度陷入苦闷。正如马斯洛的"需求理论"所表明，在生理需要、安全需求等得到保障后，就会倾向于追求尊重与自我实现。于是孙少平有了投资拍电影的想法。当家人质疑他乱投资时，他说："乱扔？我想电视台赔不了钱！说不定还能赚点……，再说，还挂了个名字……"② 在此，我们看到，致富了以后的农民着手寻求名利双收，表现出了生活的进步和个性的觉醒、生命的自信。但是，在富有远见卓识、沉稳大气的弟弟孙少平的开导下，孙少安主动摒弃了对社会性价值的攀缘，转而将"投资"导入了村里修建小学（"捐资助学"这个细节在众多的乡土小说中得到反复的描写），这笔"消费"实现了他的本体性价值的最大化——既是乡村"忠厚传家远，诗书继世长"的当代再现，也隐隐表征出新时期乡绅的再度"降临"。新世纪之后，乡村致富者、农民企业家的消费在继孙少安之后，找到了新的稳定的渠道——捐赠公益事业（虚拟消费）。梁鸿的《出梁庄记》中，梁庄的农民万敏年轻的时候，憧憬着诗和远方，那时的他就是高加林的翻版：喜欢写点小散文并在报纸上发表，写得一手好字，会打篮球、能长跑，一时风头无双，引得无数小女生青睐——他是典型的"乡村才子"。但是，从离开学校那一刻开始，文学与他无关，他流浪辗转各个城市打工，最后在东莞做服装批发生意，开了一个服装加工厂。面对梁鸿的采访，他的第一句话就是："别以为我们没有追求，也总想着为社会做点啥事。"③ 万敏在 2008 年汶川地震后，自发捐出了全部家产的近十分之一（约 10 万元）购买了救灾物资，用自己的金杯车长途跋涉几千公里送到灾区。梁庄的年轻打工者栓子知道灾情后跑到所在村委会自愿捐资 5000 元救灾——万敏们代表着时下乡村农民消费的新方向，这既是"扶危济困"的乡村儒家文化

---

① 黄平：《生活方式与消费文化：一个问题、一种思路》，《江苏社会科学》2003 年第 2 期。
② 路遥：《平凡的世界》（三），人民文学出版社 2004 年版，第 387 页。
③ 梁鸿：《出梁庄记》，花城出版社 2013 年版，第 225 页。

第四章　进城与在乡的多维体验

的复活，也是农民在新时代发展出来的新消费习惯、新的文化传统，并将代代相传、发扬光大。

三

改革开放以来，年青一代率先受到现代文明洗礼，突破保守思想的樊篱，他们以"始作俑者"和弄潮儿的角色，在乡村引进与推广各种新观念、新思潮、新知识、新器物、新的生活方式，传统的教育者/父辈和被教育者/子辈的位置发生颠倒，二者角色关系变得模糊暧昧。在朱文的小说《我爱美元》（读者暂且忽略其中令人瞠目结舌、离经叛道之描写）里，亲代和子代没有通常所具有的"代沟"，父子之间亲密无间，在街上勾肩搭背，一起到小酒馆里喝酒调戏女服务员，儿子甚至给父亲充当说客，唆使父亲嫖娼并为之拉皮条；《伙电视》中，山沟沟里的爷爷辈被电视里年轻的影视明星演绎的大胆情爱、性爱故事臊红了脸却显得欲拒还迎、摇摆不定；《风中的竹林》中，发了财后的儿子带乡下老父亲去城里洗桑拿"开洋荤"；《表嫂的牛仔裤》中，表嫂从城里打工返乡后穿着的性感诱人的牛仔裤引起众人围观；《到城里去》中，杨二贵从北京拾荒回来，对村民们讲述的关于牛仔裤、冰激凌、手机而引起的羡慕妒忌恨；电影《手机》中，严守一的侄女教他使用新款的具有定位功能的手机而令严守一惊恐不已；《中国在梁庄》里，乡村的"386199"部队成为现代化中国的"残兵败将"，老太太带着第三代艰难度日，在他们交谈中"留守儿童"一词脱口而出，熟稔且随意，显示出现代性话语体系对老农民的改造；《出梁庄记》中，梁庄在北京的打工者返乡后操持的满口字正腔圆的"京片儿"惹得村里人嘲笑、大家伙儿模仿……。这些文学文本所抒写的农民"现代体验"：不论是震惊体验还是怨羡体验；不论是现代器物还是现代文化，其所表征的都隐含了子辈对父辈带来和施加的影响，展示了现代文明从子代到亲代的逆向传输。社会学家周晓虹指出，当代中国的消费出现了前所未有的一个崭新特点：即从"继承"到"反哺"的代际嬗变。也就是说，现在的消费观念出现了从自上而下的代际传承方式变为自下而上的反哺，而在乡村尤甚，诸如手机、电脑、洗衣机、肯德基甚至六合彩等现代物事，无一不是子代成为"老师"，父辈则谦虚地、心甘情愿地化身为学生，虔诚而又亦步亦趋地向现代化学习。周晓虹提出了"文化反哺"的概念，即"由年轻一代将知识、文化传递给他们生活在世的前辈的现象"。他将"文化反哺"定义为"在急速的文化变迁时代所发生的由年长一代向年轻一代进行广泛的文化吸收的过程"①,从而导致了单向的由父及子的传统社会教化或文化传承模式面临危机,"父为子纲"的刚性教化链条被打破。这也就会引发我们通常在当代小说里看到的经典情节结构:"父子冲突",诸如,《鲁班的子孙》里,老木匠与小木匠的新旧价值观念的龃龉,《到城里去》中关于读书"有用"和"无用"之争,《伙电视》中关于电视要不要一直"伙下去"等,多发生在代际之间。"家庭中的年轻一代向年长一代传递与市场有关的技巧、态度、偏好、价值观、行为,"②成为消费者反向社会化的重要方式,子女开始对父母在有关消费知识、技能和态度方面产生或隐或显的影响。

晚近以来,众多乡土小说都抒写了在当下的乡村经济发展、农民解决了温饱之后,农民精神生活的匮乏、文化的空虚和由此造成的乡村子民在精神世界的无所依傍和无所适从。这是新世纪乡土小说在主题意蕴上的新"发现",也是此类小说观照现实生活合符逻辑的自然延展,表征了具有批判精神的乡土作家强烈的危机意识和忧患意识。如果说20世纪八九十年代的乡土小说围绕的是农民摆脱旧制度桎梏而获得的生产力解放、致富奔小康的充满豪情与理想的主题,随后的乡土文学则对乡村在追寻现代化进程中面临的种种乱象:权力异化、生态危机、道德沦丧等心生警惕、犹疑彷徨,新世纪之后特别是在当下,关于乡村文化重建、新乡绅再造等议题纳入了作家的视野。比如侯波的小说《春季里来百花香》就敏锐地聚焦在乡村文化建设层面:摆脱贫困、衣食无忧的农民缺乏健康的娱乐活动,大量的时间无法打发,他们只好转而将打麻将赌博、信"洋教"等作为调剂业余生活的唯一活动,从而引发了一起起的家庭悲剧,也动摇基层政权的稳固。小说再现了某些乡村触目惊心的文化颓败和精神荒芜,也侧写了"文化反哺"的时代特征与消费主义思潮。麻将、博彩等带来的不仅仅是农民外在的娱乐内容和方式的改变,更是观念层面的刷新,而且,隐含在娱乐之下的赌博消费因为其休闲性而具有麻痹和"欺骗"性质,农民在看似轻松愉快的牌九麻将中,钱财不知不觉大量流失,也因此他们在此项娱乐活

---

① 周晓虹:《文化反哺:变迁社会中的亲子传承》,《社会学研究》2000年第2期。
② Heckler, S. E., Childers, T. L., Arunachalam, R., "Intergenerational Influences in Adult Buying Behaviors: An Examination of Moderating Factors", 1989, pp. 276 – 284.

第四章 进城与在乡的多维体验

动中的消费开支，成为继吃穿住行刚性消费之外的大宗支出之一。黄灯的《大地上的亲人———一个农村儿媳眼里中的乡村图景》也呈现了这样的变迁。在作者记忆中的"故乡"，是一个山清水秀、人情味极浓而且社会风气良好的地方，可是，不知道从何时开始，故乡变了，变得烂到骨子里，浓厚的人情味被金钱的输赢取代，乡村充满了污浊、无序和浮躁。在故乡，家家户户都有一张牌桌，城乡接合部则充斥着大大小小的麻将馆，从扑克牌到麻将，从纸牌到骨牌，从"澳门翻"到"捞鸡"，从"扳坨子"到"香港六合彩"，全村无论男女老少齐上阵，每一个人都像被打了鸡血一样，膨胀着一夜暴富的欲望，梦想着不劳而获的生活，他们日夜颠倒、焦虑亢奋，没有了过日子的从容与耐心，乡村生活失去了前现代的安详笃定。在乡亲们口中，出现频率最高的词汇不再有关农活，而是今天你买什么"码"？赢了多少钱？好多农村妇女几十年没有摸过笔写过字，"却因为'买码'而做了厚厚的读书笔记"，其认真执着地向后生小辈学习的程度大大超过了她们在中华人民共和国成立初期就读扫盲班的刻苦用功。黄灯爸爸的叔叔八爹，快到80岁的老人，将他多年来靠拾破烂积攒下来的三千块养老钱也毫不犹豫地投入到"买码"中；我的堂姐参与"买码"写单，因为庄家跑路而被迫背上20多万元的债务，原本温饱安宁的家庭万劫不复；爸爸的朋友杨叔叔独自拉扯5个孩子艰难度日，好不容易将债务还清，拒绝不住"买码"的诱惑又重新沦为巨额赌债的背负人，陷入噩梦般的生活；乡村不少农村妇女成日里痴迷赌博，无暇过问孩子学业，懒得操持家务，不赡养老人，就是为了"扳坨子"，每晚输赢都在成千上万……。就这样，从繁华富庶的"南方"地区，家乡的年青一代打工者带回来了用劳动的身体赚取的金钱，也带回来了光怪陆离、炫目多彩、真假莫辨的思想、信息和赌钱游戏，财富神话、天上人间、消费主义的种种传奇，在在刺激着农民欲望的心，嵌入到了他们的文化心理，改造着农民的消费观念，也完成了对年长一代的文化反哺、消费指南。据了解，"在2004年下半年，从家乡汇到广东的钱，一天最多有200多万"[1]，这些浸透着农民血汗泪水的保命钱、养老钱、生活钱，就这样源源不断地被抽空和榨取，重新回流到南方，使贫者越贫、乡村凋零。

---

[1] 黄灯：《大地上的亲人———一个农村儿媳眼里中的乡村图景》，台海出版社2017年版，第140页。

此外，在一篇回忆散文中，作者写到，1985年，我的父亲从服役40年的部队转业，他从安置费中拿出200元给在南开大学攻读硕士学位的我买衣服，尽管我已经离经叛道地偷偷穿起了牛仔裤，可是"严苛古板"的父亲仍再三强调，不许买西装。然而，就在三年后的1988年春节大年初一的早上，父亲迫不及待将我从床上拖起来，拉到他的卧室，他从衣橱里拿出一套新西服时，脸上露出一丝从不曾有过的"羞涩"：你能教我打领带吗？当然，爸爸，你也打领带了!?[①]——这就是长辈对于"文化反哺"的现代体验。这个故事"原型"在刘庆邦小说《到城里去》中换喻为：农民杨成方在北京拾荒因为"盗窃"嫌疑被拘留，妻子宋家银千里迢迢赶到北京"营救"，为了消除回村后的"不良影响"，她一狠心买了一套劣质西装给从拘留所出来的丈夫，在如何打领带的问题上，两人大费周章，终于在邻居小伙儿的教导下，学会了打领带，于是二人锦衣日行，在太阳快下山时赶回村里，宋家银向每一个诧异困惑的村民宣称，是杨成方为了让我去北京享受几天，才迫不得已善意地编织了被拘留的谎言——我们家杨成方没事儿！在此，西装不仅是贫农的高贵消费，也喻示了一种更加高级文化的反哺及其坚挺的信用担保。而王磊光的《在风中呼喊》一书中，年近六旬的四叔离乡到武汉打工，当四叔走在武汉人头攒动的茫茫人海，看到周边的人，每个人都有一部手机，他也想拥有一部，想跟上时代的潮流，方便与家人联系……。

总而言之，无论是文学中的种种摹写，还是当下风靡一时的"非虚构小说"的采访实录，情节中关于农民消费及其代际差异，实际上是社会转型的一种投影与折射，映照了急剧嬗变时代的斑驳碎片。正如有学者调侃，当年他的好友中文系教授在与同事争论最时髦的话题：互联网和计算机，在有关如何使用计算机和互联网的私人讨论中，面对自信而又不服输的同事，竟使用了在他看来是最具有说服力的反驳方式："不对，不对，我儿子说……"[②]——多么鲜明和突兀的转型和嬗变！从亲代到子代的自然传承中，我们一向习惯也常常听见孩童时期的玩伴以不容置疑的语气大声嚷嚷："这是我爸爸说的"。今天，这样的骄傲宣示更

---

① Chang, Leslie, "Collision Course: The New Stresses of Chinese Society Shape a Girl's Life", New York: *The Wall Street Journal*, 2003, 4 December.

② 周晓虹：《文化反哺：变迁社会中的代际革命》，商务印书馆2015年版，第5页。

第四章　进城与在乡的多维体验

多地转换成为：我儿子如是说。总之，"在亲子之间发生的这种'文化反哺'现象所涉及的内容和范围十分广泛，从价值观的选择、生活态度的认定、社会行为模式的养成，直至对各种新器物的了解和使用，而在文化的表层（行为或器物层面）这种现象更为明显；……'文化反哺'现象的出现一方面动摇了传统社会'长者为尊'的地位，使得双亲常常会遇到来自子女的各种反叛和挑战；另一方面也提高了他们对变迁社会的顺应能力"①。

四

日本学者间间田孝夫（Mamada Takao）提出了"第三种消费文化"的理论。他认为，当下的消费文化正从追求商品的功能性价值的第一种消费文化、追求商品符号象征性价值的第二种消费文化，转型过渡到现今追求商品精神价值并避免对自然和社会造成负面影响的第三种消费文化。的确，消费主义随着全球化扩散到中国，为众多追逐"幸福人生"的新生代农民热捧，但也被定义为病态的社会现象广遭诟病。事实上，西方近年兴起并传播到中国的所谓"极简主义""断舍离"的消费思想，以及三浦展（Atsushi Miura）所描绘的以"朴素倾向、休闲倾向、本土倾向和分享倾向"②为特征的"第四消费时代"，就是对其"异化"面向的反拨，也确证了上述三种消费文化在不同代际的"共生"关系，特别是在前现代、现代与后现代"并置"的幅员广袤的乡土中国，农民的消费行为、消费观念和消费体验呈现出复杂、多极化、微妙化的矛盾状态。他们在消费中践行物我关系时，难免呈现出认同与批判杂糅的暧昧、分裂的心理和犬儒主义态度，是被"物"所主宰、束缚，为物所喜随物起舞，还是关注自我、解放心灵，摆脱对物的迷恋而超然物外？确乎值得我们所有的人——包括奋力前行在现代化道路上的农民兄弟们——加以重新审视。

---

① 周晓虹：《文化反哺：变迁社会中的亲子传承》，《社会学研究》2000 年第 2 期。
② ［日］三浦展：《第四消费时代》，马奈译，东方出版社 2014 年版，第 15 页。

第五章 传统与现代之子:农民的艰难嬗变

第一节 村干部形象:圣徒殉道、强人治村、多元致富

村支书、村主任、治保委员、民兵队长……是中国政权（治）结构中最底层的群体。如果说，县长（县委书记）是七品芝麻官的话，按照现行的官僚制度和《村民委员会组织法》规定，村干部不是"官"，甚至连公务员系列也进不了，充其量只能是村民自治选举出来的乡村社会的领头人。因此，他们的话语上不了中国革命宏大叙事的台面，形象进不了革命乌托邦的幻象。也因此，当代大量的官场小说中，书写的对象都聚集在省委书记、县委书记、市委书记、市长、组织部长、驻京办主任、秘书长、接待办主任等官员的身上，他们要么位高权重、一言九鼎；要么身份特殊，手眼通天。即便在革命历史小说、晚近的底层叙事中，也鲜见村干部的影像。村干部犹如撒落在海滩的贝壳，点缀着大海的深邃浩瀚与波澜壮阔；又如朗朗夜空的星辰映衬着中国革命的艰苦卓绝与灿烂辉煌。但是，即便如此，细心的读者依旧能从当代文学的众多文本中，辨识出村干部的模糊面目和沉默身影，清理出他们在革命/现代民族国家构建中的履履印痕，这是当代乡土小说贡献的令人难忘的人物系谱，这是小说史里的重要事件。如果说，当代官场小说抒写的是弗莱意指的大写的历史——History——"帝王将相的历史"，那么，以村干部、"小巷总理"（居委会主任）等为代表和主线的叙事，则是复数、小写的历史——histories——"人民群众创造的历史"。

纵观当代中国和乡土小说画廊中的村干部们，他们始终处于中国政治/革命、现代化建设、改革开放的最前沿，既是时代的感应器，又是革命的推进者，更是社会嬗变的风向标，远的如梁生宝，近的如小岗村的沈

第五章　传统与现代之子：农民的艰难嬗变

浩,他们的形象深深嵌入了中国社会历史的变迁和政治经济结构的经纬中。青年学者杨庆祥在论述"80年代作为方法"时指出："'潘晓讨论'提供了'大历史'的框架,但同时把大历史文本化了；而《人生》则提供了文学史的框架,但同时内含了'大历史'所具备的复杂要素。"[1] 同理,村干部的小说文本毫无疑问浮现了历史语境,能帮助读者建立起关于乡土中国"后革命"（改革开放）的知识谱系和社会历史的认知结构,并隐含和呈现了"大历史"所具备的社会、政治、文化、经济、意识形态等各种复杂因素。一句话,村干部的小说即是中国的社会、历史文本,村干部的形象流变即乡土中国"后革命"变迁的图景。王德威说："小说夹处各种历史大叙述的缝隙,铭刻历史不该遗忘的与原该记得的,琐屑的与尘俗的……小说不建构中国,小说虚构中国。而这中国如何虚构,却与中国现实的如何实践,息息相关。"[2] 2009年的诺贝尔文学奖获得者赫塔·米勒也一直强调,她的创作不是记录,而是小说,但里面有一代人的记忆。"柏林文学之家"奠基人艾格特在评论米勒的创作时曾说道："文学的一个功能是承载文化记忆。她书写了他们那一代人的文化记忆。如果不被写进小说里,可能就会被修正过的历史书忘记了。"[3] 我们或许可说,村干部的塑造与建构,铭刻着中国革命历史,并成为抵抗遗忘的重要的文化文本。

本节从新时期以来乡土文学的历时发展中,勾连出村干部的人物系谱,意在映证圣徒殉道、强人治村、多元致富乃至村官下派、大学生村官是如何彰显乡土中国后革命的道路,如何成为确证乡村现代化、社会经济大变迁的知识框架、认识装置,如何与后者形成内在的呼应,并一定程度上形成互文关系,记忆当代乡土中国的后革命。

一

在十七年乡土文学最早的文本中,不论是《山乡巨变》《暴风骤雨》《创业史》,还是新时期《犯人李铜钟的故事》《太子村的秘密》等,除了极少数混入革命村干队伍中的"坏人"外,塑造最多的就是克里斯玛权威

---

[1] 杨庆祥：《在"大历史"中建构"文学史"：关于"重返80年代文学"》,《文艺研究》2010年第2期。

[2] 王德威：《想象中国的方法·序》,生活·读书·新知三联书店1998年版,第2页。

[3] 苌苌：《文学奖：她为全人类书写记忆》,《三联生活周刊》2009年10月19日第548期。

型的崇高的村干部形象。克里斯玛（Christmas）是马克斯·韦伯（Max Weber）从早期基督教观念中引入政治社会学的一个概念。韦伯认为克里斯玛是这样一类人的人格特征：他们具有超自然、超人的力量或品质，具有把一些人吸引在其周围成为追随者、信徒的能力，后者以赤诚的态度看待这些领袖人物。"克里斯玛统治者的权力是建立在被统治者对他个人使命的纯粹实际承认的基础上的，……这种承认的渊源在于信仰上倾心于不同寻常的和闻所未闻的，对任何规则和传统都是陌生的，并因此而被视为神圣的个人魅力和品质的东西，正如它产生于困顿和热情一样。"[1] 克里斯玛型的权威建立在个人超常品质及其所体现的特定使命信仰基础上，它的前提是克里斯玛权威型人物的出现及其对政治生活的控制。克里斯玛是非经济的。克里斯玛统治者需要的是追随者对他超凡神性（魅力）的信仰，而不是世俗利益。他们把有计划的获取金钱看成是有损尊严的东西而加以拒绝，并从根本上拒绝整个合理的经济行为。克里斯玛权威往往与革命乌托邦联系在一起。政治乌托邦是人们对社会美好想象的重要形态，当代美国神学家保罗·蒂利希（Paul Tillich）说："要成为人，就意味着要有乌托邦，因为乌托邦植根于人的存在本身……没有乌托邦的人总是沉沦于现在之中；没有乌托邦的文化总是被束缚在现在之中，并且会迅速地倒退到过去之中，因为现在只有处于过去和未来的张力之中才会充满活力。"[2]

克里斯玛型村干部表现为政治坚定、思想纯正、公道正派、大公无私、为国为民、道德高尚、意志坚强、敢于牺牲，勇于和地富反坏右和一切坏人坏事作斗争。他们是革命军中的马前卒，是革命胜利后，在乡村中党的农村政策的推动者和执行者，把人民群众的疾苦装在心里，"人民利益高于一切"是他们的工作宗旨。梁生宝就是这一时期的克里斯玛。与同时期城市的党员领导干部相比，当梁生宝还奔波在购买稻种的乡间小路上，刘世吾已经露出了职业倦怠和冷漠麻木的端倪，表现出革命意志衰退的颓败相。马克斯·韦伯指出，"情绪高昂的革命精神过后，随之而来的便是因袭成规的日常琐务，从事圣战的领袖，甚至信仰本身，都会销声匿迹，或者，更具实效的是，变成政治市侩和实用型专家常用行话的一部

---

[1] ［美］爱德华·希尔斯：《论传统》，傅铿、吕乐译，上海人民出版社1991年版，第5页。
[2] ［德］保罗·蒂利希：《政治期望》，徐钧尧译，四川人民出版社1989年版，第215—216页。

第五章　传统与现代之子：农民的艰难嬗变

分。……将一切都空洞化和事务化，变成精神上的无产者。信仰斗士的追随者，取得了权力之后，通常很容易堕落为一个十分平常的俸禄阶层。"①

中华人民共和国成立初期，我国农业生产基础十分薄弱，农民脸朝黄土背朝天，收成主要还是靠天吃饭，此外农作物品种老化也是农业低产的一大主因。民兵队长、合作社主任、年轻党员梁生宝冲破阻力，大胆引进优良稻种，并一举获得大丰收。《创业史》描写梁生宝在郭县买稻种，贴身装着从社员收集来的有着他体温的买稻种的钱，他却拿出自己一张卷曲的五分纸币，喝了一碗面汤，吃着他妈给他烙的锅盔，秋雨纷纷中躺在小火车站的角落里过了一夜……。一个大公无私的村干部形象跃然纸上。梁生宝的敢为人先、尊重科学、务实求实、心系百姓的品格是一代基层党员、村干部的真实写照。作为村干部，梁生宝把自己当作全村举家过日子的主持，从社员家庭的牲口使用调配、庄稼收割、劳力帮工、农用资金借贷、红白喜事等，事靡巨细过问、关照，全身心扑在合作社和社员的事情上，把引领广大社员的致富和发展作为最大的"道"。蛤蟆滩的人民从不理解到最后真心拥戴梁生宝和党的政策，可以说梁生宝用实际行动赢得了群众对革命的认同，胶合了干群、党群的鱼水关系，强化了党的领导权的正统性、合法性。梁生宝是革命圣徒，是党在农村的"动员"和号召结构的一部分。学者蔡翔认为，在中国当代的政治文献中，"动员"是出现频率最高的概念之一，它也频现于中国当代文学中，某种意义上，还构成了"动员—改造"的小说叙事结构，"动员—改造"的叙事结构发端于"土改小说"。② 在所谓的"动员"结构中，"群众"是最重要的一个概念。而对群众的重视，即和"为人民服务"这一革命政治最为重要的理念有关。群众参与的质量，在根本上决定革命的最终胜负。这一参与，不仅包括人力物力，也意味着，在参与的过程中，群众如何成为政治主体，即国家的主人。或者说，使革命成为"群众"自己的事情。梁生宝是党在农村的化身，是有效发动人民群众的克里斯玛，《创业史》展示了中国土改、合作化运动的真实历史景象。

反思文学的扛鼎之作《犯人李铜钟的故事》，塑造了共产党员村干部的感人形象，值得重新解读。文本讲述了李家寨党支部书记李铜钟在20世

---

① ［德］马克斯·韦伯：《学术与政治》，冯克利译，生活·读书·新知三联书店1998年版，第113—114页。
② 蔡翔：《当代文学中的动员结构》（上），《上海文学》2008年第3期。

纪60年代饥馑荒灾的壮举。李铜钟从小当长工，土改时当民兵队长，后来在战场失去一条腿。他在全村断粮，社员要去逃荒时，豁出性命救乡亲，向粮站主任、朝鲜战场老战友朱老庆借粮，"老朱，我要的不是粮食，那是党疼爱人民的心胸，是党跟咱鱼水难分的深情，是党老老实实，不吹不骗的传统。庄稼人想它、念它、等它、盼它，把眼都盼出血来了。"怀着对党和人民的满腔忠诚，李铜钟写下了借条"春荒严重，断粮七天。社员群众，忍饥受寒。粮站借粮，生死相关。违犯国法，一人承担。救命玉米，来年归还。"在"国法"/党性、带头吹牛/实事求是的回旋较量中，李铜钟由村书记沦为犯人，成为悲剧英雄，这一奇异的反差使他成为普罗米修斯式的圣徒和殉道者。犯人/共产党员在李铜钟身上的吊诡结合，不能不说是时代的悲剧。作者将李铜钟置放在历史的谬误中，写出了他的铁骨铮铮，在浮夸年代的一贯求实，危难时刻的冲锋在前；写出他说实话、办实事、舍生取义、为命请命；写他置生死荣辱于度处，以生命为抵押向国库"借粮"来拯救人民。一个一度被历史"遗忘"的以身试法的村干部形象突显出来。在与公社书记杨文秀的对比中，共产党员的真伪现出原形，杨文秀的行动透支了民众对党的信任，而乡亲们对李铜钟的衷心拥护、拨乱反正后党组织对李铜钟的平反，则形塑了一个共产党员、村干部的"真身"，并在历史的迷局中辨识了真假。李铜钟的行动标示了他的"道成正身"，反过来，他的"殉道"与"向死而生"进一步支撑起共产党执政的道统和法统。

从20世纪50年代到60年代，从梁生宝到李铜钟，共产党村官展现了始终如一的革命意志和道德操守，表现了纯净如水，坚硬如钢的党性、大公无私的品格，以人民为中心，全心全意为人民服务的精神。这是中国革命传承下来的非常宝贵的财富，也是理想与现实交织中的克里斯玛型村干部形象，在这些人物身上，挖掘的更多是"公"的一面，而绝少涉及私人生活领域。当代文学60年中这些摇曳多姿、丰富多彩的村干部形象系谱，他们有理想追求、有血有肉，个性鲜明、性格鲜活，呈现了迤逦多元的流变：既有从单纯政治层面刻画推进到党性与人性结合的深度，也有从"公共"领域到私生活的全景扫描；既有从克里斯玛权威到反面人物的书写，也有从执政为民到鱼肉人民、从大公无私到公私兼顾到自私自利的嬗变。

二

20世纪七八十年代，思想解放、拨乱反正、包产到户、改革开放……

第五章 传统与现代之子:农民的艰难嬗变

成为时代的共名。《人生》《平凡的世界》见证了这一伟大的历史变迁。路遥力图"全景式地展现中国当代社会生活……以恢宏的气势和史诗般的品格表现改革时代人们思想感情的巨大变迁……"。这两部著名的作品中,两个村干部堪称这一时期的典型。他们是强人、能人,既有农村宗法制家长的影子,又有新时期高于其他农户的政治、经济地位;人脉深广,对上直通公社书记、县领导,对下有点欺压百姓,有点恩威并施,有点假公济私,有点乡里亲情;身处中国偏僻农村,带有封建思想残余、小农意识。他们就是从"文化革命"迷雾中走来的"半干部半农民"的大队党支部书记:高明楼、田福堂。

已有论者对二人进行评价,认为田福堂是"乡村的土政治家",高明楼"仗势欺人"[①]等。这些判断自有其角度和道理。放在村干部人物谱系的流变中考察,革命圣徒此时已悄然置换成"强人、能人、家长",乌托邦构建与召唤结构逐渐被瓦解,强人不再有革命的崇高询唤,更缺乏为殉道而付出的行动。或者说,李铜钟们的光环已然"祛魅"。"祛魅"(disenchantment)是韦伯首先使用的概念,用以揭示欧洲由宗教改革肇始、启蒙运动承袭了的宗教形而上学世界观向世俗化转变的社会价值合理性转变过程,其核心是否具有神秘性的有魔力的事物,祛除其"神性"与"魔力",由超验神秘返归自然世界、世俗生活本身。韦伯意义上的"祛魅"概念具有思想批判意义。[②] 本文借用这一概念,主要是根据韦伯祛除"神性"及其"魔力"的原初用法,在祛除克里斯玛、革命或道德万能之"神性"或"魔力"的意义上使用。

文本中,高明楼"是村里强硬的领导人","之所以能统辖高家村多年,说明他不是个简单人,他老谋深算,思想要比一般庄稼人多拐好多弯"。在党的政策上,他"不满意(生产责任制、联产到户到劳)这政策,主要是从他自己考虑的。……以前全村人在一块,他一天山都少出,整天圪蹲在家里'做工作',一天一个全劳力工分,等于是脱产干部,队里从钱粮到大大小小的事他都有权管。"于是"他想,能拖就拖吧,实在不行了再说,最起码今年是分不成了。"在个人权力上,"他担心要是分成一家

[①] 雕刻时光的原创博客:《人生的转折——评〈平凡的世界〉中田福堂的形象》,http://blog.163.com/xjx5688@126/blog/static/13626382420101179205285/,2008年11月23日。

[②] 王泽应:《祛魅的意义与危机:马克斯·韦伯祛魅观及其影响探论》,《湖南社会科学》2009年第4期。

一户，各过各的光景，谁还尿他高明楼！"；在生产劳作上，"更头疼的是，分给他的那一份土地也得自己种！……他已多年没劳动，一下子怎能受这个罪？"；在乡亲关系上，"他愿意加林和他大儿子成担子，将来和立本三家亲套亲，联成一体，在村里势众力强。"在家属利益上，他让儿子"三星替换高加林，当了村民办教师"，"他决心要给儿子谋个民办教师的位置，决不愿意两个儿子都当农民，有个教师儿子，他在门外也体面。再说，三星也没有吃过苦，劳动他受不了，弄不好会成个死二流子。"在乡村政治上，"他有恻隐之心，他盘算过，别看村里几十户人家，他谁也不怕，但感到加林人虽小，可心硬心强，弄不好将来说不定也成了他的仇人，让他一辈子不得安生！再说了，他老了，加林还年轻，他就是现在没法对付自己，但将来得了势，儿孙手里都要出气呀！他的俩儿子明显不是加林的对手！因此他不想惹这后生。"

　　强人田福堂虽不是《平凡世界》中真正的主人公，但他走过的历史，所处的社会经济结构，他的心路历程和复杂性格，特别是村干部的几十年经历，无疑有典型意义。"文革"十年，田福堂是一个坚定的"革命者"，在畸形社会中亦步亦趋；"文革"后新变革的到来，又使这位能人强人无所适从，当改革势在必行时，他深感孤单，愤懑，觉得备受冷落，深受打击，权力不再至高无上。他甚至故意制造混乱发泄不满。他的处境（农民、村干部）决定了性格的双重性，有其内在的丰富性和多侧面性，是农民土政治家，强悍能干，有农民的勤劳、精明、坚强、朴实，又不失狭隘、自私、保守、狡诈，有强烈小农意识。作为双水村的党支部书记，他有能力、工作热情、远大理想，但又争强好胜，做事激进、盲目，有时为一己私利，常对工作采取不负责任的态度，往往把可以控制的局势弄得不可收拾。他是那个时代老农民、村干部的代表，象征着一种新与旧、现代与传统的交替。他的继任者孙少安、金俊武有能力带领村民致富。但进入21世纪后，孙少安们却走上了多元的人生道路：有的抓住党的好政策发家致富；有的带领村民共同富裕；有的发展成为集政治、经济、宗族等势力为一体的"村霸"，贿选、受贿、权钱交易、贱卖集体财产、欺压百姓；有的甚至成为黑社会分子和罪犯。这一时期的著名小说《山杠爷》也是值得解剖的文本，它从另一侧面——村干部主导下的乡村政治和宗法交集的钳制性力量进行反思。小说对乡村政治结构进行揭橥，山杠爷作为中国农村最基层的最高执政官（村支部书记）的命令不可冒犯，他违法惩治村民

第五章　传统与现代之子：农民的艰难嬗变

的出发点是为了完成任务，山杠爷出自真心和公心而最后触犯法律的行为，让我们看到乡村政治的扭曲与革命的变奏。山杠爷的悲剧结局暴露出乡村政治与宗法的同构，这是《山杠爷》对村干部人物谱系的独到贡献。

高明楼、田福堂、山杠爷是一个时代村干部的缩影，也标志一段历史的终结。他们既是苦难中国乡村的"老灵魂"，又孕育出朝气蓬勃、明净朗健的农村"新青年"。他们与时代保持了血肉般的联系，在革命里成长，在组织里掌权，在集体中受益；时代、集体为他们提供了舞台。他们又是一个时代的开端，标志着全新历史的发轫，他们是乡村的强人、能人、家长。但是随着改革开放的开启，一批嗅觉灵敏、敢闯敢拼、头脑灵活、视域开阔、心劲活络，掌握了一定谋生技能和市场信息的年轻人上位在乡村的政治舞台上，"以阶级斗争为纲"已经逐渐让位给"以经济建设为中心"，"批私斗修"被"发家致富"悄然替换。于是强人出现颓势，家长式的统驭失效，曾经高度统一的乡村开始解体，古老乡村的人们为了各自的幸福，在实现"四个现代化"的召唤下奔忙在不同的人生道路上。农村政治/革命显现出"经济建设""致富"对生产力的释放、对农民的松绑以及农村治理模式的改变。

20世纪的中国革命与现代化过程中，半自治的中国乡村也被"组织动员"起来，成为革命与现代化建设的主体之一。早期国民党领导的国民革命，对乡村的动员与治理只到达乡级，共产党对中国乡村的动员则深入村级，并直抵村中最贫苦的贫雇农，这是由共产党的革命目标与阶级属性所决定，是革命胜利的重要保证。20世纪50—70年代，从土改到合作化运动，农村动员力不断加大；从互助组到合作社，从初级社到高级社，再到人民公社，乡村的组织化程度持续增强。而20世纪80年代以来则经历了逆向的过程，那就是组织化不断降低，并有被消解的趋势。这固然有对高度一体化的矫正，也带来新问题，那就是一个个原子化的农民，如何面对全球化的资本主义的力量，如何应对不受控制的权势，如何对抗传统文化中等级思想、家族观念与封建迷信的回潮？如果任由后者吞噬农民，那么中国革命与现代化的合法性与必要性在哪里？村干部如何发挥在其中应有的作用？晚近的底层叙事、乡土小说就此展开严肃的思考。新世纪众多的乡土小说展示的是，伴随着国家权力退出，资本大肆入侵、贫富分化加剧、乡村伦理解体、文化糟粕回潮……在这个意义上，我们在尊重民间社会创造力的同时，必须加强其组织化程度和组织能力，唯此才能使他们对抗上述力量，才能在共同致富的同时，建成"社会主义新农村"、美丽乡村。

三

新世纪乡土小说近年方兴未艾，有乡村叙事，就会派生出苦难叙事、改革叙事、废乡叙事、返乡叙事、乡村振兴、乡村治理、扶贫叙事等，也就会有村干部的在场。这一阶段村干部的人生发展呈现多元并举、各显其能的差异，打破了以往泛政治一体化或者是半封闭乡村强人当政的格局，"致富"是他们的关键词。

此时乡村政治的舞台发育出三类村干部：第一类是继承了革命圣徒的乌托邦理想，在"小康路上党旗红　建设社会主义新农村"的感召下，带领村民共同致富的优秀村干部谱系。如村长薛文化就是颇值得关注的"新人"形象，具有承前启后的意义（《薛文化当官记》，和军校，《中国作家》2008年第9期）。但是底层文学之所以大行其道，从一个侧面证明了农村的进一步凋敝，城乡二元对立的社会结构并未得到彻底的改善；"农民外出务工""留守儿童""空壳村"的大量涌现表明，贯彻落实党的政策、实施共同富裕的主体、革命的重要力量——农民的缺席与退场。第二类是"中间人物"，他有正义感、道德心，能在一定程度上维护村民的合法权益，为老百姓办事，但面临"上面"的压力和自身利益时，又犹豫再三，他贪恋当村干所带来的个人利益，也希冀带领百姓致富。村长霍品就是现今相当典型与真实的人物（《逆水而行》，胡学文，《当代》2007年第6期）。第三类是"背叛"革命，要么在资本与权势的威逼利诱下走向民众的反面；要么一开始就怀抱着个人"致富"，鱼肉人民，与权贵沆瀣一气的愿景，在向基层政权的染指与渗透中，逐渐与资本、权力、宗族势力、黑社会联盟，成为新农村的"恶霸"（本书后文有专节论述）。如村长许大马（《为好人李木瓜送行》，海飞，《江南》2008年第6期）、村长（《谁动了我的茅坑》，荒湖，《长江文艺》2008年第10期）、村长大炮（《寂寞的村庄》，徐广慧，《长城》2009年第4期）、村长莫言（《向阳坡》，胡学文，《当代》2009年第3期）等"村霸"人物谱系。

薛文化是近年来乡土小说贡献的比较立体多维、血肉丰满的人物，"我们在薛文化身上感受到的'新鲜'不是时尚性质的，而是有精神重量的；既可能与深藏在我们记忆中的高贵情愫相连接，也可能与深藏在我们

第五章 传统与现代之子:农民的艰难嬗变

的向往与憧憬中的精神渴望相贯通"①。说其"新鲜",意味着睽违经年。这里特指的"高贵情愫"与"精神渴望",就是一度断裂且丢失的革命精神与乌托邦追求,是从梁生宝、李铜钟以来失落已久的最为宝贵的"为人民服务"的品格。薛文化当选村长后,怀揣着曹老师写给他的去邻近县一些小康村的路线图,背着媳妇段香麦烙的锅盔,裤头里缝着的四百元钱,自费外出考察,渴望能带领村民共同致富。历史何其相似,在革命的道路时空中,薛文化与梁生宝相遇并贯通了精神的血脉。薛文化是梁生宝在当代的"翻版",在他身上,喻示着革命的曲折,更寄托了无限希望。无怪乎,县科技所的"财神爷"范技术员与他偶遇后深受感动。两人有以下对话:

"有个作家叫柳青,你知道吗?"
薛文化摇头,
"他写一部书叫《创业史》,你听说过没有?"
薛文化摇头。
"那本书里有一个故事叫梁生宝换稻种,你听说过没有?"
薛文化摇头。
老头儿唏嘘着说:"真想不到,50年代的事情,今天依然会发生,小伙子,你是哪儿的,叫啥名字?"
……
"范技术员,我村里穷。"薛文化如实说。
"文化,实在对不起,"范技术员满含愧色地说,"我曾经发誓,要走遍咱们县的每一村,可是,你们那个村太偏僻了,我知道这不是理由,反正我没有走到。老天爷有眼,让我认识了你,你又给我弥补过失的机会,我很感谢你。"
"范技术员,我是一个没文化的人,帮不上你啥忙。"
"好心眼有时比文化更重要。"

在这里,梁生宝曾经号召村民的"动员结构"——共产主义理想,已然询唤不起范技术员同志般的革命情感、动力和参与,打动他的反而是比革命乌托邦层次低得多的"好心眼"。联系到薛文化参加竞选村长的戏剧

---

① 柳万:《一部没能把精彩进行到底的小说》,《作品与争鸣》2008年第12期。

般的经历,不能不说,动员或将失效,革命理想似乎被更加实在的利益篡改。"竞争是在竞选之前开始,除了薛文化,人人使出浑身解数亮绝活,时间都选择在夜幕降临以后。"——贿选。于是,开洗澡堂子的林麻子送洗澡票;菜贩子周秩序许诺外出旅游,并赠送纱巾、防晒霜;赵木匠挨家挨户送一个小方凳子;开果行的张普选干脆性贿赂,让媳妇冉凤英陪苏副乡长睡觉。而薛文化的竞选词只有三条:一是把家里大房腾出来,给曹老师当教室用;二是向老天爷发誓,只跟媳妇段香麦睡觉,别人家的媳妇哪怕长得比天上的仙女还乖,她丈夫哪怕一年半载不回来,也不碰人家一指头;三是不贪村里一分钱,不乱花村里一分钱,让全村人手上不缺零花钱,锅里顿顿有肉,天天晚上看电视,出门都跨电驴子。这三条看似简单,却值得玩味,其中既有道德律令的要求,也有大公无私的奉献,还有工作职责的所在。把不睡他人媳妇、不贪(乱花)村里一分钱与革命事业联系在一起,不免有崇高与滑稽并置的今不胜昔的感喟。但是,不管怎么说,"让好人薛文化在北塬村当了一把家。于是,我们看到了当上村主任的薛文化就像一盏灯,他燃烧起来,也把身边一大片好的亲切面影,都给照亮了出来,让走进这小说的人们因为到处感受到生活的希望和人间的温暖而快慰、激动。"① 今天反观,除了好人薛文化(已非圣徒)带给我们无尽的期许外,霍品这一类的村官也不容忽视,他们在现实中占了相当比例。霍品是一个亦正亦邪,"颇有点政治手腕的权术者",也因此,霍品与乡长吴石的斗智斗勇更像是"喧宾夺主的官场书写"。② 作家胡学文细致真实地展示了当下"圈地运动"中"腹背受敌"的村长霍品的心路历程。霍品有他的"霸"和"怕",也有着"义"和"利"。他"跺跺脚,黄村的地皮也跟着颤"。黄村离不开霍品,霍品也离不开黄村。但他也"怕",他怕丢掉权力,在与乡长吴石的过招中"怕会被杀得片甲不留。"他又有"利","当村长多年,好处没少占,比如每年的吃吃喝喝,加起来也是挺惊人的;比如吴石发的那部手机,转手给了女儿;比如电费,电工从来不收他的。还有女儿的工作,女儿先是分配到乡下,他找了教育局局长,女儿就调到了县城。……他舍不得村长,和这些没关系吗?"而且,只要往河滩承包合同上代表村里签个字,就可以得到一万元的好处费。村长带来

---

① 李万武:《文学感动力:别一种文学"深刻性"》,《作品与争鸣》2008年第4期。
② 李秀丽:《喧宾夺主的官场书写》,《作品与争鸣》2008年第4期。

第五章　传统与现代之子：农民的艰难嬗变

的好处还有肉欲方面的，王阅家的女人和哑女能相继和他"好上"，是因为霍品"是黄村一棵树，遮天蔽日，他喜欢个女人算什么？"他偶尔又有"义"，是个有道德感的人物……不肯迎合上级做出蝇营狗苟危害乡亲的事情来，因此在强权步步紧逼下，他能拖就拖，在内心中反复进行思想斗争，在利/义、霸/怕之间无地彷徨。但作品给我们留下一个悬而未决的问题，即最终他是舍利取义还是见利忘义，叙述到此戛然而止。妥协与坚持对霍品来说都是困难的，这也许就是当下现实中村干部在"后革命"上的真实处境。正如有学者指出，"在现代化进程迂回曲折的阶段，小说中的政治关系有了新变，从而衍生出了'善恶纠葛'模式，这突出表现在勤勉的基层官员之'善'与经济能人之'恶'间的对立与妥协。这些'能人'往往是经济实力雄厚而又道德败坏，基层干部则为了维持一个烂摊子而要与之不断周旋，最终往往是基层干部的兢兢业业及其道德感召力带动了这些能人与之一起'分享艰难'。"[①]

　　与霍品相比，等而下之的就是时有所闻的"村霸"形象。他们欺压百姓，与官、商勾结肆意侵占集体的利益，操控选举、豢养打手、宗亲相帮，有的甚至涉黑，农村基层政权被渗透已然丧失了统领能力。村长、疤子、曹兵与未出场的黑社会结成一体，俨然形成乡村的上层（恶）势力，霸占花头家世代相传的"茅坑"作为车库（《谁动了我的茅坑》）；村长莫四为资本家作掮客和中介，买了贫民马达"向阳坡"上的一块自留地来安葬老板死去的狗，"人不如狗"的潜台词呼之欲出（《向阳坡》）；村长大炮早先为催交公粮税款，强抢村民麦子，扣押财产、牲畜，现在则肆意殴打村民，与他人争风吃醋"霸占"民女（《寂寞的村庄》）；村长许大马因为"儿子是民兵连长，女婿是村会计，堂兄弟是治保主任"决定不给死去的好人李木瓜墓地（《为好人李木瓜送行》）……。村霸型干部完全走向了革命的对立面，在暴敛、侵占、官商勾结之后，迅速"发家致富"，成为乡村社会的权贵阶层，他们与权力、资本结盟，逐渐向政权渗透，进而危及执政党领导权的合法性，破坏中国革命的成果，成为反历史潮流的"逆流"，老百姓却成为"被侮辱与被损害的"沉默的大多数。此类人物虽少，危害却大。今天的大炮、许大马们的堕落，不仅表明乡村社会公平正义、和谐有序伦常的解体，更说明干部对革命的背叛，深刻地动摇农民的革命

[①] 唐欣：《大众文化视野中的"主旋律"小说》，《文艺评论》2006年第5期。

认同，腐蚀着中国革命的健康机体。

四

中国乡村革命带来了许多新的变化，这些变化已载入史册，成为历史学家、社会学家研究的课题，也写入文学，成为反映新世纪前后乡村社会变革的"镜像"。但是，"三农"问题仍是中国后革命迄今为止，最重要也是最迫切需要解决的问题之一。因此，这是一场未尽的革命。在这场轰轰烈烈的革命中，城/乡、现代/传统、革命/发展、常/变成为值得考察的议题。

城乡二元结构是横亘在面前的第一大问题。"乡村和都市应当是相成的，但是我们的历史不幸走上了使两者相克的道路，最后竟至表现了分裂。这是历史的悲剧。"① 不论是"楼上楼下，电灯电话"，还是"建设社会主义新农村和乡村振兴"；不论高加林、陈奂生，还是孙少平；不论是梁生宝、李铜钟，还是薛文化、薛文宗。城市作为文明的代名词与乡村的"他者"，以炫目和迷人的风姿吸引着"乡下人"，"致富有捷径，进城去务工"的召唤说明了城乡的巨大差别和城市的吸引力。"新的城市生活以其特有方式涤荡着农民身上所积累的传统因子，他们的伦理价值观和社会行为发生了巨大变化。他们自觉不自觉地与传统诀别，形成新的现代思维。但是，当下中国的'城市化'存在着极大误区，它没有把农村作为现代进程的积极因素纳入经济框架结构，也没有为农村人尊严地融入城市提供应有的知识和思想以及权益保障，在这种发展模式下，公平和正义的缺失，造成了'城'与'乡'二元对立的文化心理。"② 霍品们苦苦要保存的农村，正被老板"承包"作城里人的休闲度假农庄，这是城对村的蚕食与入侵，是乡村美好诗意的溃退。由此看，薛文化的"壮举"、霍品的"坚持"就有了某种悲壮的意味。正如鲁迅指出，"中国自古就有埋头苦干的人，拼命硬干的人，舍身求法的人，他们是中国的脊梁。"城与乡的鸿沟也许要假以时日填平，只要有薛文化们的坚持与执守。在乡村的现代化追求中，传统与现代的矛盾也进一步突显，从疤子发财后在村里盖别墅并侵占花头的茅坑作车库，霍品抵制老板圈地兴建休闲度假中心这两件事，毋宁

---

① 费孝通：《乡土中国》，上海人民出版社2006年版，第131页。
② 黄轶：《论世纪之交乡土小说的"城市化"批判》，《文艺研究》2010年第4期。

第五章 传统与现代之子:农民的艰难嬗变

看成是现代与传统的冲突。别墅/休闲农庄既是现代化的产物、生活方式和隐喻,也喻示着现代对传统(茅坑、河滩菜地)的挤压、同化。现代可以移植,传统却难再生。进一步看,乡村人伦的美好传统、农民朴实厚道的本性、农村宁静祥和的生活方式逐步解体,乡村正处于一种剧烈变动、急剧裂变的状态。"发展"成为当代中国最大的神话。王安忆指出,"我们这个时代好像一下子从现代化生活中领了一个很大的秘籍,这个秘籍就是不能落后,我觉得这给大家都带来一种紧迫感",因此,革命是为了大发展,发展即是将革命进行到底。从梁生宝到田福堂到薛文化再到下派村书记沈浩、大学生村官,这是一条中国农村革命/发展的坚实道路,既曲折反复,又艰辛崇高。革命促进了发展,也在某个时期"妨碍"了进步,在这条路线上,极左思潮、封建残余、盲从跃进、片面追求 GDP 等,都深深伤害了革命的主体——人民群众。如今的发展已校准航标——科学发展,村干部的群体中也加入了沈浩、大学生村官等富有活力、创造力的"新人",中国乡村后革命呈现出勃勃生机,一批描写他们勇于革命、锐意进取的文本已经面世,如《第一书记》(电影,以沈浩为原型)、《沈浩日记》《女乡长》(蓝天著,作家出版社 2009 年版,女大学生村官如何成长为乡长)、《大学生村官》(网络小说,2010 年,苏州男人著)等,而有了这些共产党村官的前仆后继,革命成功可期。

第二节 新时期小说"乡下人进城"形象的社会学解读

新时期以来,中国迈上向现代化进军的征程,农民成了前仆后继、疲于奔命的"城市"追赶者,文学中的"乡下人"形象得到了充实与延伸。考察这些形象类型,有助于反思中国现代化境遇的特殊性,并能提供观察新时期中国社会与中国文学发展脉络的特殊视角。

一

奋斗自强是乡下人在城市生存的唯一理由。《人生》中的高加林和《平凡的世界》里的孙少平是奋斗自强者的代表性人物。在高加林眼里,城市是美好的,城市可以实现他的理想。他愿意背着负心汉的骂名离开农村,"他心中燃烧着火焰,望着悄然寂静的城市,心里说:我非要来这里不可!我有文化,有知识,我比这里生活的年轻人哪一点差?我为什么要受这样的屈辱呢?"① 刘易斯·芒福德提出城市"磁体—容器"的隐喻,在他的定义中"精神因素较之于各种物质形式重要,磁体的作用较之于容器的作用重要"。② 虽然城市的高度发展越发展示其作为容器的物质面,但磁体的精神作用仍无所不在,并能为个体提供更多的发展机会与空间。正是磁体的磁力吸引了高加林,他逃离乡土的根本原因不在于贫穷,也不在于艰于稼穑,而在于从代课教师"沦为"农民。

孙少平进城当了矿工,他成熟稳健,奋斗自强。路遥把孙少平描述成自强之星,首先把进城欲望置换为到外闯荡世界的"青春的激情",其次把打工看作谋生活命和人生历练的途径。"职业的高贵与低贱,不能说明一个人生活的价值。相反,他现在倒很'热爱'自己的苦难。通过这一段血火般的洗礼,他相信,自己历经千辛万苦酿造出的生活之蜜,肯定比轻而易举拿来更有滋味,他自嘲地把自己这种认识叫做'关于苦难的学说'。"③ 李杨关于"虐恋"的分析可深化我们的理解,李杨指出,身体作为精神的他者与障碍,是精神成长必须战胜和克服的,因此,受虐带来的不是痛苦而是快乐与幸福,这意味着苦难不但不是对生命的剥夺,而是对生命的赐予,在虐恋活动中因受难抵达人类忍耐力的极限,体味到最大的自由感和酣畅淋漓感,获得自我实现的权利和感觉。孙少平正是在受难中得到奋斗的成就与自我升华。④ 书中写到地委书记的女儿、省报记者田晓霞探望这个农民工男朋友的情形:

> "你对自己有什么打算?"她问道。"我没考虑那么多,我面对的只是我的现实。……一个人的命运不是想改变就能改变的了。至于所谓理想,我认为这不是职业好坏的代名词。一个人精神是否充实,或者说活得有意义,主要取决于他对劳动的态度。……就我所知,我们国家全员工效平均只出0.9吨煤左右,而……美国8吨多,澳大利亚10吨多,同样开采露天矿,我国全员效率不到2吨,而国外高达50吨,甚至100吨……我想有机会报考局里办的煤炭技术学校。上这个

---

① 路遥:《人生》,甘肃人民出版社1998年版,第68页。
② [美]刘易斯·芒福德:《城市发展史》,宋俊岭、倪文彦译,中国建筑工业出版社2005年版,第78页。
③ 路遥:《平凡的世界》,甘肃人民出版社1999年版,第189页。
④ 李杨:《50—70年代文学经典再解读》,山东教育出版社2003年版,第197页。

第五章　传统与现代之子：农民的艰难嬗变

学校对我是切实可行的。"①

孙少平身处矿上却"放眼世界",表现出普通农民工的主人翁责任感,和异于常人的务实、自信。在极端艰难的境况下,他积极应对,谋定后动,脚踏实地,面对高干女儿炽热的爱情,内心平静,心态坦然。他嗜书如命,与恋人独处时,交谈最多的就是人生、理想、书籍、奋斗等精神世界的话题。

"这是一本什么书？在哪里？让我看一看！"少平对田晓霞喊道。晓霞说："就在这上面。名字叫《热尼亚·鲁勉采娃》,作者是尤里·纳寺宾。"②

孙少平正背对着他们,趴在秸秆上的一堆破烂被褥里,在一粒豆大的烛光下聚精会神地看书。那件肮脏的红线衣一直卷到肩头,暴露出令人触目惊心的背脊黑淀,伤痕累累。此时,田晓霞还没从震惊中清醒。她原来猜想少平的日子过得很艰难,但她无法想象居然到这样地步！③

在下午剩下的最后一点时光,他还到新华书店买了几本书,其中他最喜欢的一本书是《一些原材料对人类未来的影响》。④

以今天的视角探究孙少平的奋斗之路,似乎显得"隔膜",但这类人物却真正代表乡下人进城的脊梁。有学者将《平凡的世界》置放在"外省与外地青年"谱系,认为其因"励志"、"人生之书"的品格而普获大学生及市民的广泛好评。⑤ 这里的"励志"二字点出了孙少平这一类乡下人的精神特质——典型的农民工"硬汉"形象,他的放眼未来、自强不息、清新健朗、平和自信、精神充实以及吃苦耐劳、关心家国、乐于助人、富于同情心等一切美好品质,包括他的个人英雄主义式的传奇对乡下人而言,具有强大的标杆意义和范导价值。《人生》《平凡的世界》不仅表现了乡下人鲜明的历史主体意识、高耸的主体形象和强烈的进取精神,还充溢着粗粝、强悍、坚韧、高贵的大地之子的精气神。孙少平是乡下人进城的代表,鲜明地表征出 20 世纪 80 年代的社会氛围和大众文化心理：昂扬向上、

---

① 路遥：《平凡的世界》,甘肃人民出版社 1999 年版,第 694 页。
② 同上书,第 623 页。
③ 同上书,第 576 页。
④ 同上书,第 961 页。
⑤ 黄平：《从劳动到奋斗："励志型"读法、改革文学与〈平凡的世界〉》,《文艺争鸣》2010 年第 5 期。

力争上游、健康明净、奋发有为。

二

"致富"只是喻示,相较于城里人的物质富足,进城的乡下人的所谓"致富"只不过是进城从事城里人不屑干的保姆、保安、建筑工、小摊贩、陪护、服务员等工作以换取温饱而已。柯江《都市灯火白》中的小七和他的穷哥们,贱卖房屋,送掉所有东西,进城打拼。这些乡下人进城的过程,既是从外到里脱胎换骨——从衣着打扮到生活方式向城里人学习的过程,也是农耕文化进入都市文化小心翼翼,努力压抑自己的过程。"城市与乡村在当代文明中代表着相互对立的两极,二者之间除了程度之别外,还存在着性质差别,城与乡各有其特有的利益兴趣,特有的社会组织和特有的人性。它们两者形成一个既相互独立,又相互补充的世界,二者生活方式互为影响,但又决不是平等相配的。"① 尽管乡下人在城里恪守本分,自食其力,但仍在办理各种证件、租房、为子女交纳高额寄读费时忍受奚落与呵斥,有时还被克扣工钱甚至被城管驱赶。马秋芬《朱大琴,请与本台联系》中的朱大琴、须一瓜《240个月的一生》中的荷洁、孙惠芬《民工》中的鞠广大等鲜有致富顺遂者,五彩缤纷的梦想也多半在劳作中幻灭;何顿《蒙娜丽莎的微笑》中的金小平、乔叶《紫蔷薇影楼》中的刘小丫、鬼金《两个叫我儿子的人》中的"小姐"们,也大抵在身心疲惫之后黯然回乡。

乡下人在城里,时时处在城市人的"凝视"下。所谓"凝视",即等级差序下"权力"视觉的打量和控制。"当我们凝视某人或某事时,我们并不是简单'在看'。它同时也是探查和控制。"② 在城里人的凝视中,乡下人地位低下、肮脏落后、笨拙可笑、品德可疑……,这里的凝视,有歧视、戒备和防范的深长意味。新世纪乡土文学中对此有精妙、深刻入微的描绘:比如余世存的诗歌《歌拟奥登》:我们交纳了增容费,暂且安身/报纸表达得暧昧/老太太的小脚跑来可真是敏捷,逢年过节地喊着防贼/她指的是你和我呀,弟兄们,她指的是你和我。③ ——这是对乡下人品德的怀

---

① [美]帕克:《城市社会学》,宋俊岭、吴建达、王登斌译,华夏出版社1987年版,第57页。
② [英]丹尼·卡瓦拉罗:《文化理论关键词》,张卫东译,江苏人民出版社2006年版,第139页。
③ 余世存的博客:http://blog.sina.com.cn/yushicun,2007年2月15日。

第五章　传统与现代之子：农民的艰难嬗变

疑与无端的防范；荆永鸣的《大声呼吸》里，进城务工的农民刘民好不容易在北京开了一个小餐馆。在北京的社区混熟了以后，他积极地参与到当地人的广场舞和文娱活动中，并娴熟地当起了乐队指挥。就在他乐此不疲并自以为是地融入城市的时候，有一天，一个老头探试地询问他的职业，当他印证了刘民是"厨师"的猜测时，说道："这就对了。"对于旁人的不解，老头调侃道："你看他指挥的样子，不就像在颠勺吗？"说完还大声强调："他不就是个颠勺的！"在此，老头暗中"偷窥""凝视"较之面对面的含沙射影和人格损害更具有显而易见的"监视"和"歧视"性质，更令人感觉到无处不在的"全景敞囚"式的压抑；在贾平凹的《高兴》里，刘高兴用身份证帮助教授开门，换来的却是高级知识分子对他这个乡下人的道德操守的怀疑，面对文化知识和道德层面的质疑，刘高兴最后在强烈的心理落差和莫名其妙的"惭愧"中落荒而逃；在梁鸿的《出梁庄记》中，城市的"交通警察"总是像驱逐蝗虫一样追捕蹬三轮车的梁庄农民工；刘庆邦《到城里去》中的乡下拾荒者屡屡被城里人盘问、异样眼光的凝视，甚至动辄以"盗窃"为名扭送告官的欺辱……

　　这样的"凝视"乃至歧视、压制，理所当然地酝酿了乡下人的羡慕、敌视、怨恨情绪。正如舍勒所宣称的，怨恨型人格是现代社会的主要人格类型，而城乡强弱对比，乡下人"进城不得"的普遍现实就是其产生的社会、心理机制。在《高兴》"后记（一）"中，贾平凹说："这样的情绪，使我为这些离开了土地的人，在城市里的贫困、卑微、寂寞和受到的种种歧视而痛心着、哀叹着，一种压抑的东西始终在左右着我的笔。我常常想为什么中国会出现打工的这么一个阶层呢，这是国家在改革过程中的无奈之举，权宜之计还是长远的战略政策，这个阶层谁来组织谁来管理，他们能被城市接纳融合吗？进城打工真的就能使农民富裕吗？没有了劳动力的农村又如何建设呢？城市与乡村是逐渐一体化呢？还是更加拉大了人群的贫富差距？……作为一个作家，虽也明白写作不能滞止于就事论事，可我无法摆脱一种生来俱有的忧患，使作品写得苦涩沉重。"[①] 在乡下人进城的文学作品中，有两种意象深刻表明了进城乡下人的心结：一是"下一站"意象，由于无法驻守，城市是途经的驿站，缺乏平安稳定，更无慰藉与悦纳；二是"双栖人"情结，多年的都市生活早已荡涤了进城乡下人身上的

---

① 贾平凹：《高兴》，作家出版社2007年版，第133页。

"乡下"基因，他既回不到乡土，钢筋水泥的城市又令他无所适从，他成为心灵到处漂泊流浪的"异乡人"。

有合法进城，就有非法筑梦。当乡下人进城后，发现自己谋生技能弱，工作机会不均等时，有些人就会加入非法行当，徐则臣《天上人间》、龙懋勤《本是同根生》等作品鲜明地揭示了一群躲藏在幽暗处、戕害同类人的生存状况。

《天上人间》中的陈子午专事"办假证"，他认为"首都钱好挣，弯弯腰就能捡到"。"子午们的悲哀是本不能不而强为，是梦想在现实中幻灭。"[1]对于读者，子午是熟悉的陌生人，他抛弃乡下人惯有的思乡情结、返乡冲动，冲入城市，为了赢得北京女孩的爱情，在北京安家，他孤注一掷，有计划地向办假证者实施敲诈，贪欲之火吞噬了他——陈子午最后死于"客户"的报复，魂断北京。他临死前用血写下迷途知返的遗言："老婆，今日坚决收手，从此我们天上人间。"陈子午"天上人间"的梦想被现实埋葬。

三

乡下人进城既有单纯靠劳力过活的打工族，也有靠技术、知识在很多领域打拼出天地的人。那些打出一片天地的乡下人是进城乡下人中的"成功者"或"上升者"、"稳定者"。这些铭刻着身份胎记的乡下人，犹如19世纪末20世纪初城市化进程中，美国涌现的大批向城市寻求新职业的流动人口。R.E.帕克把这些人命名为"边际人"，认为他们"最初是掐断了自己同家庭、同邻里的社会联系纽带而开始其流浪生涯的，而到最后他已经挣脱了其他一切社会联系"，成为"无家可归的人"，这些人构成了"一个在边界正在消失或已经不存在的时间和地点里存在的边界民"。[2]这些城市外来者多半在城市底层和城市边缘生活，他们最大的愿望就是变成城市的一员。他们心灵敏感，内心遭受前所未有的狙击，势利的城市没有如大地母亲般的情怀接纳他们。他们既回不到生养他的农村，也无从全然融入现代化都会。这种两无依傍的心理状态，让这些表面"成功"的乡下人陷入身份认同的困境和"离散"的飘零状态。正如有人评论周崇贤"悲情城

---

[1] 颜玉：《当梦想照进现实》，《作品与争鸣》2008年第8期。
[2] [美]帕克：《城市社会学》，宋俊岭、吴建华、王登斌译，华夏出版社1987年版，第156页。

第五章 传统与现代之子:农民的艰难嬗变

市"系列小说时指出的乡下人在"当今社会,一个明显的事实是,……焦虑像野火一样,以每个个体切身感受到的方式蔓延。第一重帷幕:生存的焦虑;第二重帷幕:身份的焦虑;第三重帷幕:觅根的焦虑"。[1] 魏薇《李生记》是这一状态的注脚:

> 李生真正的生活是三年前开始,那一年他把妻儿接来广州,租了房子,一样一样添置家具:煤气灶、床、桌子椅子、电视机、冰箱……家的意思在这里,……李生一家从来没有像现在欣欣向荣过,合起劲儿往一处攒,他们是地底下冒出来的热气,一节一节往上攀升,不待升到半空中,他们的阵脚是不会乱的。[2]

读完小说,我们会问,既然生活节节高,李生为什么跳楼自杀?小说有逻辑可寻:心灵抑郁,不是千回百转选择的结果,而是积郁无望后的一时冲动。作为一个飘零在城市的打工者,他与湘西老家隔膜已久,城市与他之间也缺乏认同,在城乡间无根漂泊,无论在哪儿都是"局外人";时间与世界变化太快,裹挟得他无法安身立命,同学、同事的自杀,父亲坟上的青草,让他倍感身心疲惫与百无聊赖,面对这些,他既无助,也无处倾诉;他虽过着安稳庸常的生活,但这种生活没有希望与明天,唯一能预期的,是同一生活的苟延残喘,生活中弥散着琐屑与无聊的碎片,处处感受到"无事"、难挨的悲哀。正是这些促成李生跳楼自尽。徐德明指出:"迁移者到达异地城市受到陌生文化环境的冲击,感情产生异常强烈的焦虑反应。他们失去了乡亲式人际关系的把握,面对城里人及其文化对乡下人的拒斥和敌意,现代化的城市生活非但不能给予乡下人相当的物质内容,更多的是给他们以文化意识的压迫。"[3] 周崇贤《杀狗》是一个转喻式文本。主人公王二在研究心理学的城市女生安娜看来,他进城生存唯一的方式,就是打工或做点小生意,甚至偷鸡摸狗,否则没法在城市混。她认为,王二潜意识里的自尊和自卑,对城市的无比渴望,给她卡里存钱、找她这个根正苗红的城市女人等一系列行为,都可以归入心理学研究范畴。

---

[1] 苗遂奇:《焦虑与困惑》,《作品与争鸣》2009年第6期。
[2] 魏薇:《李生记》,《人民文学》2007年第11期。
[3] 徐德明:《"乡下人进城"的文学叙述》,《文学评论》2005年第1期。

王二历经屈辱与不堪,但成功了。他的期货证券生意与富足让他成为城市的"主人"。他颠覆城里人对农民工"笨、脏、土"的刻板印象。尽管如此,他却陷入了痛苦的深渊:他对城市已没有爱,有的只是肆意的嘲讽、亵渎、报复甚至"强奸"。他将城市看作华贵的淫妇,需要的是出口恶气的占有和征服。他对城市女性的需要,更多是心理需要,他需要以此作为真正融入城市的标志和占有城市的实体性行为。他不过以与城市女生的这种关系,遮蔽、慰藉曾经贫病交加的出身和内心的魔障。

乡下人进城的小说,大多关注社会、经济、政治等宏大问题,鲜见对进城乡下人精神世界的挖掘。作家应另辟蹊径,逼现乡下人的心灵,方能独擅胜场。李生、王二的悲剧不是个案,"新的城市生活以其特有方式荡涤着农民身上所积累的传统因子,他们的伦理价值观和社会行为发生了巨大变化。他们自觉不自觉与传统诀别,形成新的现代思维。但是,当下中国的'城市化'存在着极大误区,它没有把农村作为现代进程的积极因素纳入经济框架结构,也没有为农村人尊严地融入城市提供应有的知识和思想以及权益保障,在这种发展模式下,公平和正义的缺失,造成了'城'与'乡'二元对立的文化心理"。①

这些生活在城市边缘的人心灵脆弱。文化冲突、身份错乱、心理危机是他们最苦痛的精神流放,刘易斯·芒福德指出:"如果城市所实现的生活不是它自身的一种褒奖。那么为城市的发展形成而付出的全部牺牲就将毫无代价。无论扩大的权力还是有限的物质财富,都不能抵偿哪怕是一天丧失了的美、欢乐和亲情的享受。"② 他们的"认同危机"是难以抒发和排遣的。即便适应了城市生活融入了城市异质文化,但最大的悲哀在于认同、归属的困惑将长期存在,那种基于大地母亲的文化根柢和乡下人的"卑微",很难随其身份或生活状态的改变而改变。乡下人进城的"离散情结"、乡愁与不知如何安顿魂灵的苦痛,正是其感时伤身的源泉,这种情结成为缠绕他们的恒远主题。

伯曼说:"成为现代的人,就是将个人和社会的生活体验为一个大旋涡,在不断的崩解和重生、麻烦和痛苦、模棱两可和矛盾之中找到自己的

---

① 黄轶:《论世纪之交乡土小说的"城市化'批判》,《文艺研究》2010年第4期。
② [美]刘易斯·芒福德:《城市发展史》,宋俊岭、倪文彦译,中国建筑工业出版社2005年版,第109页。

第五章 传统与现代之子：农民的艰难嬗变

世界和自我。成为一个现代主义者，就是让自己在某种程度上在这个大旋涡中宾至如归，跟上它的节奏，在它的潮流内寻求它那猛烈而危险的大潮所允许的实在、美、自由和正义。"① 他透彻看到，身处大旋涡的人，一方面会产生痛失前现代乐园的怀旧性感受；另一方面，又别无选择地仍然要追赶现代化。乡下人正在经历这样的"冒险、强大、欢乐、成长和变化"②的现代化体验。

第三节 被压抑的现代性：新时期文学中乡村妇女的微观表达与叙说结构

现代化（Modernization）在英文中意为 to make modern，即"使成为现代的"意思，它常被用来描述现代发生的社会和文化变迁的现象。根据戴维·波普尔（David Popenoe）的观点，"现代化指的是在一个传统的前工业社会向工业化和城市化社会转化的过程中发生的主要的内部社会变革。"③ 自英国工业革命，欧美发达国家逐渐完成传统农业社会到现代工业化社会的过渡。相对而言，中国正处于由传统农业社会向现代社会转型的过程，特别是新时期以来，中国迈上向现代化进军的征程，乡村再次成了前仆后继的跟进者，农民成为疲于奔命的追赶者，考察他们情感和生命体验的历史、文化内涵，有助于反思中国式现代化境遇的特殊性。而作为乡村妇女的现代性追求，鲜少有人特别关注，她们独特的人生际遇与现代性在乡土中国的展开相伴相生，容易掩盖在均质化的、"农民"的阶级层面，或被底层文学的"苦难叙事"遮蔽，化约为"美学脱身术"。将乡村妇女的现代性追求从上述层面剥离出来，有助于读者聚焦这一特殊群体，是在怎样的层面参与当代中国的现代化进程，有着怎样的际遇？舍勒指出，现代性转型作为一种"总体转变"，归根结底要在人的生存境遇或生活方式的转型上显示。④ 正是在此，乡村妇女的现代性追求呈现出与男性不完全

---

① ［美］马歇尔·伯曼：《一切坚固的东西都烟消云散了：现代性体验》，徐大建、张辑译，商务印书馆 2003 年版，第 15 页。
② 同上书，第 16 页。
③ ［美］戴维·波普诺：《社会学》下册，李强等译，辽宁人民出版社 1987 年版，第 618 页。
④ ［德］马克斯·舍勒：《资本主义的未来·中译本〈导言〉》，刘小枫译，上海三联书店 1997 年版，第 5—6 页。

一致的形态,却与当代中国的现代化构成某种程度的"同源性"和"同构性"。考察新时期文学及当下的打工文学、底层文学甚至最近热销的《中国留守儿童日记》等,是从何种层面,在宏大叙事的罅隙里指认乡村妇女"被压抑的现代性",乡村妇女在现代化进程中的生存境遇是如何被结构性置换,又是如何溢出正史得到表达,是一个有价值的课题。

一

乡村妇女的现代性追求,在当代文学的表征里,多被转喻和置换为城市男子与乡村女子的冲突——这一不平等的二元对立结构。显而易见,在这一强弱对比的性别政治意涵和文学文本中,城市男子大多被具化为老板、商人、官员、教授等权贵与知识精英,乡村女子要么被肆意污辱,要么被包养抛弃,她们的命运历经坎坷,身心遭受戕害,乡村妇女的现代性追求总与"悲惨""无助""被骗""受害"等紧密相连,成为"被压抑的现代性"。一句话,妇女的身体成为现代性与男权的交锋之所在,铭刻了转折年代特殊的状况,也深深确证现代性追求的不易与艰难;更指证了乡村妇女在对现代性的追求中,首先要突破的不是缺乏"现代"的文化知识、科学技术、自由民主、平等法制等形而上和观念性的东西,而是说,首要克服的是横亘在二者之间的男权中心。男性社会(尤其是城市男性)挟带财富、地位、权力等对乡村妇女编织了"压迫"装置和性别隔离的樊篱,并与"现代性"结盟,对乡村妇女的现代性追求构成多重阻挠。

新时期以来的文学文本里,乡下人进城的故事谱系中,乡村女性历经新中国几十年的乡村基础教育,年轻者大多已经扫盲,具备常识性知识,或是初级文化。《人生》中刘巧珍式的文盲已然鲜见,反而多是铁凝笔下的香雪、刘震云《塔铺》笔下的高考落榜生李爱莲、小悦悦,王安忆笔下的妙妙乃至晚近的李小丽、朱大琴等。她们或者进城务工,当保姆、做服务员饱受凌辱,甚至从事皮肉生意;或者因为困苦艰难,家道贫寒,通常是姐姐辍学外出打工供养弟弟上学,如此等等。这些故事中,无论是城市男人还是乡村弟弟、儿子,总是"男人"占上风,率先获得现代性"青睐",加入"现代"生活中,而乡村女性总是牺牲者、眺望者、怨羡者。底层文学对此多有描述,孙惠芬的《歇马山庄》描写一个不甘淹留在"前现代"农村的女青年小青,死活要进城找寻现代化生活:"我不是一个能踏实过乡下日子的人,我的心从来没有在乡下停留过",她决心拒绝农民

第五章　传统与现代之子：农民的艰难嬗变

的身份寻找虽然也需要吃苦却能看到前途的"不同于乡下女人的另外一种生活"。于是，对"乡下人"身份的拒绝连带对"乡下人妻子"（这实际上隐含着"做城里人妻子"的期待）这一性别身份的排拒，她决心和丈夫离婚，到城里做打工妹。李肇正的《女佣》中的杜秀兰做出以堕落换取"发展"（力争使儿子不再"一辈子捏黄泥巴"）的重大决定和行动，这又何尝不是"现代"与"男权"的合谋的结果呢？

郭于华认为，农民尤其是青年农民（包括女性）改换生存方式的强烈冲动，来源于观念意识的重大变异，外出务工、经商和留下务农分别代表"现代"与"保守"两种不同生存取向。意味着"有本事"和"没出息"这样的标签之别。[①] 这就使得对于农民外出务工有了经济因素之外的理解：追求五彩斑斓的现代化的生活。有学者从代际区别角度指出："新生代的外出动机发生很大的变化，已从第一代农村流动人口的经济型转到经济型和生活型并存或者生活型。""老一代农民工外出就业的主要目的是'挣票子、盖房子、娶妻子、生孩子'，属于经济型动机，而新生代农民工外出的主要动机是见世面、谋发展。"[②] 因此，青年农民外出务工经商，是带着对城市化、现代化的渴慕，对小康生活、致富享受与都市文明的推崇而出现的。这就决定他们外出务工经商的某些特点："价值追求的自我性、时代进取性、发展变化性、双重边缘性（兼有工人和农民的双重身份）。"[③]

但是，无论外出务工，还是留守乡村，她们难逃被支配的命运。鬼金的小说《两个叫我儿子的人》，讲述农村姑娘李小丽进城又返乡的故事。李小丽是乡村青年女性的典型代表。她到城市何为？她要靠做"小姐"挣钱来养她农村的穷家。李小丽返乡何为？因为城市不容。小说以"狗"的视角进行叙述，这只狗是李小丽的"儿子"。李小丽在带狗去往城市的汽车上，对狗说："儿子，以后在城里只有你和我相依为命了。""狗眼"首先所见的是李小丽极度贫困的家："口眼歪邪"的傻弟弟，"满头白发"的老母亲，摇摇欲坠的房屋……因为父亲死了，支撑家的重担就落在了柔弱的李小丽身上。李小丽没有可以养家的手艺和本事，她不能够在城里找到一个体面的工作，但是，为了养家糊口，拯救她风雨飘摇的家，她不得不

---

① 郭于华：《倾听底层：我们如何讲述苦难》，广西师范大学出版社2011年版，第57页。
② 韦滢：《论新生代农民工的内涵和代际特征》，《当代经济》2011年第7期。
③ 同上。

进城做"小姐",李小丽肩负拯救家庭的责任。她的"工作"使母亲感到伤心和羞惭。但李小丽在乡人面前表现得却是现代、倨傲而富有:打扮靓丽,身上飘着媚俗的香味,"冲得我的鼻子难受";虽然家里很穷,她却不干活,游手好闲地抱着一条狗"在村子里走东家串西家的"。李小丽在乡人面前的表现,无疑是她极度自卑自贱心理的极度自尊的表现。她在城里没有朋友,生活非常孤独。"儿子"以它特有的观察视角,看到了穷人和富人的不同人生、穷狗与富狗的不同际遇。李小丽的命运支配者,从大处说,是现代性转型期城市对乡村的汲取与冲击;从小处言,是那些隐身且匿名的,为数众多的城市"嫖客"、拘留罚款她的联防队员以及林林总总给她白眼的城里人——不仅是城里人占有、排拒乡下人,而且是乡村"被迫"委身于代表"现代"的城市。李小丽是乡村女性现代性追求转喻的深刻诠释。

于是,大量底层小说和打工文学将长期在中国社会变革正史中无声无息的农村妇女推到了历史前台:现代化是中国改造农村社会结构的重大社会工程,农村妇女本是参与的重要主体,也是这项社会工程胜利的表征。然而,由于农村妇女的社会地位与自身文化水平的限制,这些沉默的农村妇女的私人史与轰轰烈烈的官方历史发生了第一个脱节,被甩出不断变迁的社会结构——与所有宣传中热热闹闹的"致富巾帼层出不穷,以生产促进女性解放"不一样。对普通农村女性来说,现代化建设,有时只是一个概念、一个口号,一幅横幅乃至刷在村部大院土坯墙上的一条标语,是一个外在于自身的社会运动。尤其对于留守在乡村的女性来说,仍然活在前现代,按部就班、随着四季轮回而生产生活;她们大多以自然规律为生命的节奏,在相对"隔绝"的环境中,完成生命轮回,要么听任自然律动,生死寂灭;虽然喧嚣迷离的外部世界吸引了她,打乱了她的"寂静",但她需要的是实际上的生活的改变:吃饱穿暖、平安稳定,而非遥不可及和难以理解的"现代"。王安忆的《妙妙》异常形象地揭示了小镇青年女子妙妙对于"北京"所代表的"现代化"的向往。改革开放初期,招待所服务员妙妙不甘就此湮没,萌动改换人生,追求现代化的举动,对北京来的电影剧组的矜持,对男演员的欲拒还迎,都十分鲜活透露出乡村女子"现代性"追求的"大胆""危险"的属性和"未知的命运"。妙妙最后被男演员始乱终弃,留给她的,是一个既具体又抽象的"现代器物"——旧收音机。说它具体,是因为收音机的确是新鲜的"现代物",并且是二人

第五章　传统与现代之子：农民的艰难嬗变

（城乡）关系的象征物；说它抽象，是因为妙妙唯有通过它，才能对遥远的"北京"及其表征和联系的广阔的现代和未来，产生无比失意和自慰式幻想。妙妙的收音机和香雪（铁凝《哦，香雪》）的铅笔盒，作为新时期以来乡土文学中最重要的"道具"和"隐喻"之一（随后还有刘震云小说《手机》里的"手机"等），揭示出乡村女性之于现代性追求的艰难与"铺花的歧路"。它们的高明处在于，毫无遮拦地点出乡村女子，或者说"女性"身体铭刻的复杂缠绕的"现代性追求""男权政治""城乡对立"等时代症候。而当下，对于外出务工的女性来说，李小丽进城的故事续写了她们无力无助的运命。

二

尽管现代性在一定程度使农村女性打开原先封闭的空间，甚至不无"振奋与愉悦"，但某种意义上，这恐怕只是妇女解放的幻象，女性走出家庭加入现代化建设，并非真正从所谓"私领域"进入"公领域"，而是从一种被支配状态（此前受传统的家庭约束），进入另一种被支配状态（被集体和宏大叙事支配）的过程。也就是说，妇女原本指望通过"现代化"这一召唤结构解放自身，赢得自由、民主、平等、独立、富强等"现代化"乌托邦曾经许诺的美好物事。但不期然的是，她们不仅没有跳出传统家庭的束缚，从脸朝黄土背朝天、成天围着灶台转、伺候公婆丈夫的状态脱离，反而陷入更大的被宰制的境地，即被"现代性"神话、"致富"、"奔小康"的意识形态所支配，并在"去性别化"后被征召入向现代化进军的浩浩荡荡的队伍中，她们柔弱的身体湮灭在工厂制服、数字化工号、永不停息的生产流水线上。"致富有捷径　进城去务工"既是乡村变革所向她们发出的动员令，也是她们进入现代性建设的必由之路。因此，是双重而不是单一的负荷压在身上，而未知的"现代化"更成为她的梦魇和向往。

跨国资本全球扩张是全球生产转型的必然产物。在 20 世纪 80 年代以降的全球社会劳动变革中，伴随全球市场一体化步伐，"大工业生产"发生深刻变化："在我们这个时代，每一种事物好像都包含自己的反面。我们看到，机器具有减少人类劳动和使劳动更有成效的神奇力量，然而却引起了饥饿和过度的疲劳。……随着人类愈益控制自然，个人却似乎愈益成为别人的奴隶或自身卑劣行为的奴隶。……我们的一切发现和进步，似乎结果是使物质力量成为有智慧的生命，而人的生命则化为愚钝的物质力量。现代工业和科学为一方与现代贫困和衰颓为另一方的这种对抗,……是显而易见的、不可避免的和无庸争辩的事实。"① 作为新型劳动者,以乡村女性为主的"进城务工者"面临"生产流水线"所带来的对"主体"新的压抑和形塑方式,正如马克思所指出:"机器的简单化,劳动的单纯化,被利用来把还未完全发育成熟的、正在成长的人即儿童变成劳动者,正像劳动者变成被遗弃的儿童一样。机器适应着人的软弱性,以便把软弱的人变成机器。"② 因此,进城务工女性产生无处不在的压抑感,也是与新的大工业管理体制甚至延伸到了对劳动者"生命"的管理这一事实息息相关,是现代"控制社会"日益渗透到日常生活深处的必然结果。更可怕的是,一方面,她们要与男性一样承受来自资本、社会和劳作越来越大的挤压与蹂躏;另一方面,又要面对爱情、婚姻、家庭等个人压力缓释器相当程度的缺失。当多重压力联系在一起时,其背后所隐现着当代"控制社会"对私人生活如此深刻的介入与形塑、进城务工女性与"现代社会"的紧张对峙心理以及由此产生的比男性更为严重的不适、焦虑乃至疼痛,就不难理解了。"打工诗人"郑小琼是"80后"乡村女子的代表。她的诗歌正是工业化、城市化、现代化支配转换结构的典型诠释,深深印证乡村女性被卷入"现代化"的苦痛与思考。短诗《钉》③ 可视作乡村女性集体"疼痛感"的抒怀:

> 有多少爱,有多少疼,多少枚铁钉
> 把我钉在机台,图纸,订单
> 早晨的露水,中午的血液
> 需要一枚铁钉,把加班,职业病
> 和莫名的忧伤钉起,把打工者的日子
> 钉在楼群,摊开一个时代的幸与不幸
> 有多少暗淡灯火中闪动的疲倦的影子
> 多少羸弱、瘦小的打工妹在麻木中的笑意
> 她们的爱与回忆像绿阴下苔藓,安静而脆弱

---

① 马克思:《在创刊纪念会上的演说》,《马克思恩格斯选集》第1卷,人民出版社1995年版,第775页。
② 马克思:《1844年经济学—哲学手稿》,人民出版社1979年版,第87页。
③ 《郑小琼诗选》,花城出版社2008年版,第51页。

第五章　传统与现代之子：农民的艰难嬗变

> 多少沉默的钉子穿越她们从容的肉体
> 她们年龄里流淌的善良与纯净，隔着利润，欠薪
> 劳动法，乡愁与一场不明所以的爱情
> 淡蓝色的流水线上悬垂着的卡座
> 一枚枚疼痛的钉子，停留的片刻
> 窗外，秋天正过，有人正靠着它活着。

诗中，分明看到数量庞大的女工，在大时代的转折中，处于无名与消声的状态。其中，既有对沉默的大多数乡村女性无名生活的艰难指认，也有对自我世界和现代工业制度的深刻反省。周发星指出："郑小琼的诗歌，正是如此被提升到了一定的精神高度的。虽然她是我们所惯称的80后的人，而她已经能够写出中国当下最具人文诗性的精神之疼。……如今，现实的中国，在某些层面上已经走到产生金斯伯格《嚎叫》的时期，即工业化、都市化、市场化时期，……他们所记录的，是中国现代化进程中的一些重要场景和现象。这里保留着我们这个特定历史时段中的许多事实，也可称为'史实'；在这一意义上说，其实是有着近于史诗一般的价值的。"[①]——何尝不是乡村妇女的"史诗"（诗史）呢？

20世纪90年代以来，我国农村劳动力大规模外出务工。独特的城乡二元经济社会结构和与之相联的户籍制度，使上亿农村外出务工者只能"城乡两栖、往返流动"，并衍生庞大的农村留守人口。因而，中国现代化转型中，"留守"是热议话题，构成当代最突出的社会现象。据中国农业大学的调查显示，目前全国有8700万农村留守人口，其中包括2000万留守儿童、2000万留守老人和4700万留守妇女。[②] 在这些冰凉的数字背后，是鲜活而压抑的农村妇女的生命，她们与心理异常、孤独自闭、婚姻危机、性犯罪等紧密相连。目前留守妇女面临的各种问题已突显：留守妇女独自承担生产、抚育、赡养等家庭责任；长期两地分离增加婚姻不稳定性；子女外出使养老的载体与对象发生分离，传统家庭养老的功能受到侵蚀；等等。这些问题已成为社会学、文学关注的重大题材。换言之，"留守"现象是中国现代性转型的代偿物，并转嫁到乡村妇女身上。因此，乡

[①] 《郑小琼诗选》，花城出版社2008年版，第156页。
[②] 《中国农村留守人口达8700万留守妇女长期性压抑》，《新京报》2008年12月2日第3版。

现代转型体验:新世纪乡土文学研究

村被湮没的留守妇女成为现代化进程的"落伍者",她们淹留在寂静的乡村,外在于历史发展。当下的底层文学、打工文学在"现代性"追求的历史逻辑上,迸发了严肃的思考。

纵观 21 世纪以来的乡土文学,《歇马山庄的两个女人》《秋风近》《河边》《留守》《野猫湖》《门牙》《一个人的村庄》《锦江湾》《八月十五月儿圆》等"留守"小说谱系以及汗牛充栋的底层文学、打工文学,都深浅不一涉及"留守"主题,一路迤逦表征乡村女性在原乡的精神委顿、无依无助以及怨羡、渴望融入现代化域景的情感体验。这些体验交织缠绕,成为这一特定人群的基本情感结构和生命体验,而丰富的文本无疑给我们观照和理解中国社会变革的内在视角:现代化进程中,乡村女性如何"将个人和社会的生活体验为一个大旋涡,在不断的崩解和重生、麻烦和痛苦、模棱两可和矛盾之中找到自己的世界和自我"。又将如何超越支配结构,并期待"成为一个现代主义者,让自己在某种程度上在这个大旋涡中宾至如归,跟上它的节奏,在它的潮流内寻求它那猛烈而危险的大潮所允许的实在、美、自由和正义"①。因此,"留守"体验,何尝不是"现代性的后果"?考察这些被遮蔽的"心态"/体验结构和支配转换结构,能够提供乡村妇女自我救赎的标本。

相较于男性而言,女性是多愁善感的,她们是尤为"怨羡"而敏感的人,留守妇女更是如此。作为乡村社会的弱势群体,留守妇女的生活充满了多种不确定性,乡村社会的落后,贫穷、封闭,父权夫权的无处不在,让她们承受着多重的压抑。传统的乡村社会是一个比较封闭保守的地方,人员流动少,当大家生活在同一低水平的公平时,不会造成大的心理落差。但是随着现代化和城市化对农村的冲击,留守妇女接触到的外部世界越来越多,她们的心理也慢慢发生着改变,羡慕、嫉妒不断滋生。羡慕是个体发现别人拥有自己不具有却又想拥有的东西时产生的一种心理反应。② 是看到别人有某种长处、好处或有利条件而希望自己也有。乡村的贫穷与落后让留守妇女充满了对物质财富的羡慕和渴望,对现代文明和城市生活充满好奇和向往。"城市让生活美好"这一广告语充满

---

① [美] 马歇尔·伯曼:《一切坚固的东西都烟消云散了:现代性体验》,徐大建、张辑译,商务印书馆 2003 年版,第 15 页。
② 王燕:《羡慕与嫉妒的深层心理分析》,《科技信息》2009 年第 5 期。

第五章 传统与现代之子:农民的艰难嬗变

了现代化的蛊惑,让她们不甘心留守在贫困的乡村,一旦有了奔向城市的机会,她们几乎是不择手段也要抓住。对现代化和城市生活的向往,让她们尽己所能地极力追逐现代化,害怕被抛下。《歇马山庄》中的林小青便体现了留守妇女对现代文明的向往和对城市生活的追求。为了留在城市,她不惜付出自己的身体,在知道留城无望后,她又回到乡村,但内心对城市的向往依然存在,她渴望达到城市人的境界,不甘心被城市现代化抛弃。在乡村生活中她坚守城市的生活方式,因此显得格格不入。最后,在对城市现代化生活的强烈追求中,她毅然结束与买子的短暂婚姻,重回城市。然而,在追逐现代化的过程中留守妇女时常落后于时代潮流,对城市的追而不得也在侵蚀着部分留守妇女的身心。当今的中国,社会流通的渠道相对狭窄,社会阶层相对固化,留守妇女作为社会的最底层群体,往往只能通过婚姻、子女来达到进城的目的。在她们奔向城市的过程中,会受到来自城市的排斥。对城市生活和现代化的追而不得,让一部分留守妇女的内心产生无能感、挫败感,最后积压为怨恨。现代价值观念的冲击对留守妇女心理产生了巨大影响。总之,在以"现代性"为主导话语权的文化政治格局中,现代化仰之弥高的地位以及对乡村的强权支配,使其"霸道"的面目暴露无遗。因此,"现代化"在乡村散播30年后,终于成为宰制乡村妇女的宏大叙事,也说明以现代化为驱动的社会动员,形成对农民从总体观念、知识结构到思维方式再到话语惯习的改造。重要的是,"现代化"已成为乡村妇女自我规训的力量,并内化为她们的思想行动和文化心理。

三

层层通吃,即指现代性追求中,二元对立的城乡结构松动,原来仅由"家庭"或说是"父权""夫权"压抑的乡村女性,开始向城市流动,获得在城市打工和生活的机会,但与此同时,也天然地套上被城里人欺负的"枷锁"。就这样,城里人压迫她进城务工的丈夫,而她的丈夫甚至乡村的流氓地痞、横行霸道的村干部、宗族势力等都欺她压她。现代性虽把手足无措、毫无准备的乡村女性推向改革开放各个领域前台,但她们受教育的程度、视野见识等决定她们难以超越局限性。现代化进程中,她们成为默默奉献者,既要留守在家,照顾公婆父母,又要抚养子女;既要耕田种养维持家人口粮,又要就近打工贴补家用。她们出则顶强劳力男人使用,入则保持传统女性本色,谦卑虔敬。对于某些乡村女性来说,她们的痛苦尤为剧烈:一方面,为生存与发展,不得不忍受尊严被践踏、人格被侮辱的辛酸,使用身体这唯一的资本与城市人进行交换;另一方面,还得承受与传统操持决裂的苦痛及乡村道德谴责的重压——《蒙娜丽莎的微笑》中的金小平、《幸福的火车》中的两姐妹、《送你一束红花草》中的樱桃等女主人公都承受了这种灵魂的撕裂苦痛。——滞留在前现代的乡村妇女,在现代性转型的各种博弈中,无疑成了"食物链""鄙视链"的最底端,是最大牺牲者。

  首先,乡村妇女不仅要承担做饭、洗衣、照顾老幼等传统的性别分工,还要参与农业建设,如填沟、打坝、抢收抢种等田间劳动。劳损引起的病痛是这些女性对"三农"的直观记忆;第二重痛苦,是不能照顾年幼的孩子,这种牵挂的痛苦并不亚于病痛。因为外出务工,留守儿童是农村女性永远的牵挂和伤痛。一个名叫杨海刚的留守儿童写道:"亲爱的妈妈,您来这里住吧,我好想您。……我非常忐忑不安,赶场的时候,我想去赶场,可是爷爷走不动,人家有妈妈爸爸,您就赶快回来吧。有人欺负我,我多么想您在我身边,多么希望您能保护我。……我多么希望一家人团团圆圆的生活在一起,快快乐乐过日子,团团结结过一生。……您不在的时候,人家有妈妈爸爸还给他买衣服,我想您在家时一定会帮我买的。……您不在的时候,我的书包烂了,没人帮我买,只有看别人背新书包,而我背一个烂的,您知道我有多么可怜吗?"

  而另一个名叫郑琴的孩子则给外出打工的妈妈写道:"我爸爸和妈妈去广东打工,已经去了一年。如果能马上过年,那该多好啊!过年不是为了压岁钱,而是爸爸妈妈回来过年,我们就能一家四口团圆了!所以我才会非常高兴,我心里想:要是每天都能这样,我宁愿好好学习。"① 因此,作为"层层通吃"结构,生活重压下的精神困顿是总体感受。无论是汗滴禾下土的田间劳作、还是赡养老人、抚养儿女的家庭重负、经济窘迫;无论是村霸流氓的污辱欺凌,还是丈夫的颐指气使;无论是性萌发还是性骚扰;无论是渴望情爱,还是憬悟未来;无论是操心子孙,还是盼望团圆,这些都仅是外在表征,内心遭逢的困惑、委顿、迷茫、无助、挫折、自卑、孤单等导致乡村妇女的怨恨(羡)。因此,层层通吃既是"弱肉强食"

---

  ① 杨元松编:《中国留守儿童日记》,江苏文艺出版社2012年版,第32、46页。

第五章 传统与现代之子:农民的艰难嬗变

的后果,也是她们精神困顿的发生机制。郭于华运用"心灵的集体化"这样一个概念来辩证过去和现在的不同,揭开过去"生活那么不好,为何还高兴"之谜。谜底在于"全都一样样介"(方言:全都一样)。郭氏认为,在共产主义主流意识灌输时,不难发现一种古老的农民文化传统的共同体意识和大同理想,当时"在重新建构农村社会的同时也重构了农民的心灵"。[①]"大伙都一样样介"与当今社会的分化组合相较,使过去的苦变得可以承受,而现在的苦痛由于与每一女性殊异命运、现代性追求、致富、进城、留守等挂钩,从而变得"羡慕嫉妒恨",从此,"心灵的集体化"再也无法凝聚与抚慰。

历代统治者都重视家庭伦理,强调"齐家"与"治国"、"平天下"的密切关系,正所谓"正家而天下定矣"。但随着现代化进程加速,市场经济带来伦理道德变迁,而现实压力进一步加剧传统夫妻关系的崩解。首先是留守妇女的"沦落",她们处于这样的现实:以羸弱的肩膀挑起家庭重担,独自承受寂寞,身与心的双重负累,让她们饱受辛劳与煎熬。更不幸的事情发生了,《留守》中的翠萍们耐不住煎熬红杏出墙,腊香们无法抗拒村干部的性侵犯,违心背叛丈夫。《中国在梁庄》中留守妇女春梅因为丈夫在外打工长时间不回家,内心产生深深担忧,担忧丈夫在外找了别的女人,抛弃自己,担忧丈夫在外面染性病不敢回家。她陷入无端的惶恐、焦灼、烦躁之中,最终以服毒的方式结束心灵的等待与煎熬。现代化追赶中,分离于城乡两端的夫妻日渐隔膜,夫强妻弱落差明显:一方面,妻子在乡村任劳任怨,恪守伦理道德,尽妻子、母亲、媳妇的本分职责,却不受家人待见,如《河畔的女人》中的王小花被诱奸,对方为息事宁人安排她嫁给自己的儿子,婚后她受丈夫和公婆的多重虐待,丈夫因她与公公的往事仇视她,新婚当夜便离家打工;公公乘机又重新霸占她;婆婆辱骂殴打她。悲惨的现实让她的心理接近疯狂,濒临崩溃,最后带着对生活的无尽怨恨在痛苦绝望中投河自尽。另一方面,进城务工的丈夫却纵情声色,如《本是同根生》的"幺舅"发小财后包养情人;更有甚者,妻子由于精神无靠、生活无依,加上性压抑或外部诱惑、胁迫而"偷人养汉",乡村稳固的传统婚姻关系趋于解体,而乡村妇女则是最大受害者。她们的生存本相触目惊心。

---

① 郭于华:《倾听底层:我们如何讲述苦难》,广西师范大学出版社2011年版,第76页。

现代转型体验:新世纪乡土文学研究

王手的《乡下姑娘李美凤》(《山花》2005年第8期)是极佳的"层层通吃"的镜像:乡下姑娘李美凤平静地充当老板廖木锯的泄欲工具,平静地接受鞋料店阿荣的奸淫,平静地接受老板夫妇要她用身子唤醒痴迷电脑的儿子的请求,她甚至不允许自己对这些行为存在半丝疑问:"这样下去有什么呢?精神上受到摧残了吗?身体受到损坏了吗?都没有!"事实上,乡下姑娘李美凤的"平静"是无可奈何的"认命"——在强大的城市文化与经济强权面前,她看到乡村的卑微低贱与自己的渺小,觉得自己像一粒微尘,只能无奈接受现实安排的种种不公与不幸,因此,李美凤的"平静"是一种痛苦所导致的麻木。——正是在进城追逐现代化历程中,乡村妇女不期然成为新世纪的"玩偶"。值得注意的是,层层通吃在现代化追求之初,已悄然形成。《鲁班的子孙》的故事核心乃"父子冲突",却不经意间暴露一条"规律":小木匠秀川赚钱、"剥削"廉价劳动力的主意,最后落实到爱情——女朋友的身上,正是温情脉脉的乡情、亲情、爱情,掩盖了层层通吃的盘剥"实质"。自此,这种"资本""权力"的"自觉"和通吃本质与"乡村女性"的"浑然不觉"和善良厚道之间的弱肉强食,构成20世纪80年代迄今乡村妇女"现代性追求"的悠长线索,它们被转化为各种故事变体,楔入当代文学。

总之,这是一个特殊年代,也就有"被压抑的现代性"。程光炜认为,文学应与社会紧密相连,关心底层,表现民生疾苦。"作品细读不仅仅拘囿于作品文本的修辞、结构与故事,而是把这些敞开为一个更大的文本。"[①] 如果以时间为经,以社会结构变迁为纬,现代性坐标中,乡村妇女在现代化进程被远远甩下,在社会阶层嬗变中依旧处于最底层。因此,当务之急,文学的任务是"在民众生活的微观历史与宏观历史之间建立联系,贯通个体记忆和社会记忆,底层表达与宏大叙事之间的关系"[②]。而农村女性,这一最不为正史所重视的群体,因其没有能力按照正式认可的话语讲述自己而被边缘化。但在新世纪乡土文学,她们成为窥探现代性的最佳视角。程氏进一步指出:应把文学研究和作品视为症候性文本,以"当代中国"为读解对象。"一定程度上,文学史是社会史中的一个组件,当社会史这个母机的运作规律发生重大变动的时候,文学史势必会调整自己的齿轮,产

---

① 程光炜:《"细读与历史"栏目发刊词》,《当代作家评论》2011年5月。
② 郭于华:《倾听底层:我们如何讲述苦难》,广西师范大学出版社2011年版,第76页。

第五章　传统与现代之子：农民的艰难嬗变

生配合式的反应。"① 透过农村女性的被讲述，现代化进程变得立体化而清晰可感，其历史逻辑的爬梳呼之欲出。

四

现代化是任何迈向现代文明国家的必由之路，它充满矛盾与张力，需要正确对待和深刻反思。新时期以来，现代性与中国现代民族国家的方向有了基本一致性，改革开放与现代化建设的关系，就是现代性和现代民族国家的关系在新世纪的体现。伯曼认为现代性最典型的表征即其"液化状态，是其永恒不变的'流动性'。"② 正是这种变动不居的"流动性"、时代的结构性转换改变乡村妇女的生存处境和命运。作为大时代的一分子，她们不再是麻木愚昧、任由宰割的"祥林嫂""杨二嫂"，她们在现代性追求中，一方面，真心实意、谦卑虔敬地努力克服妨碍新生活变革的"弱点"；另一方面，积极跟进，竭尽全力追赶现代化，她们被时代洪流裹挟前进，命运与现代性转型同构同质。

作为现代化镜像，新时期以来的文学在高扬主旋律的罅隙中显露了乡村妇女追求"现代化"的悖论：在走向"现代"的过程中，人们无意中忽略哪些值得珍视的东西？是谁在"现代化"默默无闻又日渐边缘？当我们"自信"地以那些貌似"合法"的理由为"现代化"辩解时，我们"忽略"和"拖欠"了弱势群体的哪些尊严和权利？作为一种整体的观念的"现代化"，在不同性别、不同群体那里能够平等共享吗？这是新世纪乡土小说带给我们的深远思考。

第四节　新世纪文学现代性转型视域中的留守儿童及其留守经验

20世纪80年代以来，我国农村劳动力大规模外出务工，上亿外出务工者衍生庞大的农村留守人口。因而，中国现代化语境中，"留守"是热议话题，构成当代最突出的社会现象之一。据一项调查显示，目前全国有

---

① 程光炜：《孙犁："复活"所牵涉的文学史问题：在吉林大学文学院的讲演》，《文艺争鸣》2008年第7期。

② ［美］马歇尔·伯曼：《一切坚固的东西都烟消云散了：现代性体验》，徐大建、张辑译，商务印书馆2005年版，第2页。

8700万农村留守人口，其中包括2000万留守儿童、2000万留守老人和4700万留守妇女。[①] 在这些冰凉的数字背后，是一个个鲜活而压抑的生命，特别是留守儿童，他们与心理异常、孤独自闭、犯罪等紧密相连，各种问题凸显：无法得到正常亲子家庭所给予的照料、关爱和教育，过早分担家庭生计压力，面临各种成长风险：诸如心理健康堪忧、情感疏离、安全问题得不到保证、性侵害屡见不鲜、违法犯罪、辍学游荡，等等。这些问题看似囿于家庭范畴，但早已突入社会层面，成为社会学、文学关注的题材。因此，乡村被湮没的群体毫无疑问成为现代化进程的"落伍者"，他们淹留在寂静乡村，被甩出社会结构，外在于历史发展。与"留守"相对应的是"农民工"，或者说"乡下人进城"，如果他们不进城务工，就不会有"留守"。问题自然并非如此简单，中国城市化、现代化进程，必然改变城乡格局、贫富差异及劳动力资源配置，换言之，"留守"现象是中国现代化建设的必然产物。

但是，21世纪以来，文学中的"留守儿童"鲜少得到观照，他们是弱势群体中的弱势。当前除了少数几部长篇小说正面触及，其他的多湮没在对"成人"世界——留守妇女、打工族等为主角的底层文学、打工文学的"苦难"美学中。但是，恰恰是这一看似未谙世事、童蒙初开的群体，其遭遇、所思所谓，最能在一个侧面表现当代中国"现代性转型"的特殊性。作为后革命"镜像"，反观他们的情感和生命体验后面的历史、文化与命运内涵，有助于反思中国式的"现代化"。

一

在众多的表现"留守主题"的新世纪乡土文学中，儿童是常常被忽略、被边缘化的群体。因此，如果有少数几部文本，一般也以"全知全能"视角，或"假借"的儿童视域来展开叙事。文学的儿童视角一般是指"借助儿童的眼光或口吻来讲述故事，故事的呈现过程具有鲜明的儿童思维特征"。"但并不以对儿童世界的描摹和建构作为自己的审美追求，而是要将儿童感觉中的别致的成人世界挖掘和呈现出来，以宣泄心中积郁的思想和情感。从这个意义上说，儿童视角实质上是成人自己观察和反映世界

[①] 《中国农村留守人口达8700万　留守妇女长期性压抑》，《新京报》2008年12月2日第3版。

第五章 传统与现代之子:农民的艰难嬗变

的视角的隐喻或载体。"① 大多数"留守文学"就常常以童年时的"我"作为故事讲述者,叙事时的口吻、看事物的眼光、思考问题的方式都趋近于儿童。可以看出,作家是自觉或不自觉地以符合儿童心理特征、思维方式和价值取向的指导思想,来选择材料与组织写作的,意在通过孩子的别一种眼光来观察和审视世界,揭示为成人所难以体察或忽略的生存景观,并更好地表达出作品中所蕴含的生命体验,传递出转折时代,留守儿童的心灵苦难和成长的烦恼。《留守:泪与笑的关怀》(贺享雍)以农村留守儿童、妇女、老人的生活为题材,以"成年人"的"代言"方式,展示一个留守男孩的见闻、经历的诸多鲜活故事,向读者呈现孩子们的生活、思想和学习状况,深刻探讨留守儿童的问题;也侧面反映城市化进程中,乡村的变化和农民生活、经济、观念方面的转变。"留守儿童"第一次纳入读者视野:身心发育未全、成年人鲜少管顾、没有发声管道、无力维权抗争,鲜少关心他们的吁求和内心世界……。曾几何时,20 世纪 50 年代歌曲《让我们荡起双桨》所具现的对花样童年的回忆、对幸福生活的赞美、对美好未来的憧憬,成为人们成长路上常常忆取的优美旋律,建构了几代人的文化心理。而今天的儿歌却令人感伤:

> 墙根的豆角秧还在往上爬,小狗狗欢欢怕得说句话,知了知了你在唱什么,是不是和我一样想妈妈。我是丫丫,留守的小丫丫,小村东头是我家。白天和伙伴一起玩耍,黑夜心随妈妈走天涯。
>
> 爸爸和妈妈出去挣钱了,爷爷和奶奶已经年纪大,爸爸妈妈你们放心吧,我学着懂事照看咱家。我是丫丫,留守的小丫丫,小村东头是我家。白天和同学们一道学习,夜里思念爸爸妈妈。②

时代不变,儿童的天真烂漫,对未来的自信朗健、意气风发的精气神消失了,今天我们只看到他们羸弱单薄而追赶的身影和怯弱疲惫的眼神。这些文本共同提出一个令人深思的问题:前行者走得太快,社会结构是否会因之"断裂"?是否应驻足片刻,耐心等待跟不上时代步伐的"焦虑"灵魂?现代化幻象不仅承诺了他们无比渴慕的乌托邦,也加剧了留守儿童

---

① 姜鑫磊:《论〈呼兰河传〉的儿童视角》,《鸡西大学学报》2012 年第 6 期。
② 李荫保:《留守的丫丫》,《儿童音乐》2007 年第 8 期。

的焦灼和羞愧。

  一直以来,留守问题最遭致诟病的就是儿童的心理健康。长篇小说《留守》以安徽皖江农村为背景,细致描绘一群留守儿童的生存本相,以及留守儿童的情感困顿与人性需求。虽然他(她)们只是千万个留守儿童的缩影,但不难窥见:留守儿童在孤独和爱的缺失中承受亲情的饥渴与心理的扭曲,甚至因此蹈向死亡。如父母在外打工的中学生"刀条脸"敲诈抢劫,被不堪欺凌的同学活活打死;林齐馨、莉香等几个花季少女,因为考试没考好,竟结伴自杀,等等。作者精心白描的这些来自真实生活的事件,让人警醒和反思:是什么使得本应天真无邪的孩童变为超负荷的"成人化儿童"?是谁让这些孩童的心理如此异化?是什么令农村陷入"空壳",从而与"现代化"无缘?季宇指出,《留守》的价值面向在于:反映现实,直面人生,充满了人文关怀。① 这个"关怀"就是切入留守群体,特别是揭示了留守孩童的精神深度——他们的种种不堪、生命委顿与精神的碎片化、人格的矮化、信心的侏儒化。

  中国乡村的现代性转型带来的新的社会伦理和文化逻辑中。"留守"是现代化的代偿物,是这个进程的必然选择——其潜台词是:承受或牺牲。在"发展主义"与"工业化"、"现代化"成为当代社会应有之义后,"城市化"的"磁体—容器"效应吸纳大量农村青壮年进城务工,占中国最广大人口的农村家庭的失散,就成为必然。而儿童的鲜活生命的发声就此喑哑——"留守"体验可能是这个转型时代最盛产也是最巨大的精神"暗疾"的"症候"之一。因此,"被抛弃"的恐惧与无依无助——断零体验,是留守儿童对父母抛家别口进城后,唯恐被遥远、抽象的"现代"甩下,被亲近、具体的爸妈抛弃的孤独与精神飘零的体验。"断零体验"是王一川提出的,意在表明现代中国人在近代被西方列强的坚船利炮攻破国门,被迫由古典进入现代的体验之一,即对自身孤独与飘零境遇的体验。其在近代的典型文本和意象是苏曼殊的小说《断鸿零雁记》。在此,借以表征当代"现代性转型"语境下,留守儿童在物质、心理、精神、文化认同等方面"幼失怙恃"的独特体验——在当代社会学的众多调查文本中,把留守儿童喻为城乡之间频繁流动的

---

 ① 季宇、姚岚的博客: http://blog.Sina.Com.cn/s/blog_ 4c56c3da0100v0iz.html, 2011 年 6 月 2 日。

第五章　传统与现代之子：农民的艰难嬗变

"候鸟人"，显得十分恰切。

在物质方面，由于经济困窘或父母家人的"不信任"，他们对求学、生存的基本物质的渴望十分迫切，但却常常无法满足。在与他人或城市同龄人的对照中，身世飘零之感油然而生。有研究者列举了作为"候鸟人"的乡村留守儿童对于进入城市的认知——摘自浙江桐乡一所农民工子弟学校小学生作文："路上，每一个人的眼神都好可怕，像对仇人一样，刚才买东西向那位阿姨付钱的时候，那位阿姨凶巴巴的样子，让我不由得发抖，真的好可怕，还是镇上好，每个人都和蔼可亲，脸上都带着微笑，让人感到温暖"（女，七年级，《城市与小镇》）。"原来桐乡人是那么的小气，自以为了不起，还有最可恶的地方是，看不起外地人"（女，七年级，《陌生的城市》）。"城里人就是有几个臭钱就拽的很，所以，本地人看不起我们外地人，而我们外地人还看不起他们本地人，看谁拽"（男，七年级，《家乡和城市》）。显然，在这些充满稚气的心灵独白中，由乡村进入现代化城市的留守儿童敏感地觉察到了陌生人社会和熟人社会的巨大差异，这不是传统与现代的分野，也不是城乡生活方式的分殊，而是人格与城乡意识的较量。社会学者熊易寒指出，幼小的留守儿童会因此误以为城市社会这种普遍原子化、个体化和人际疏离是专门针对自己（外地人）的，"进而对城里人产生敬而远之甚至怨恨的心理"。[①]

在心理方面，"不安全"是最大的体验。吉登斯指出，本体性安全的获得取决于自我所处的生存环境，包括自然环境和社会环境。本体性安全是最重要的安全形式，它通过习惯的渗透作用与常规密切相连，所以，人们在心理上经常希望能预料到日常生活中那些微不足道和周而复始的东西。"如果这种惯常性的东西没有了——不管是因为什么原因——焦虑就会扑面而来，即使已经牢固地建立起来的个性，也有可能丧失或改变。"[②]可见，常规是个体获取本体性安全的基础。留守儿童一旦从团圆和睦及父母曾经的温暖呵护中被强行"剥离"，就会带来血肉分离的剧痛和深感安全的丧失和周遭的不确定，由此而来的焦虑和畏惧就会成为最大的成长障碍。留守儿童田艳的日记写道："爸爸您知道吗？您不在家的时候，家里

---

① 熊易寒：《城市化的孩子——农民工子女的身份生产与政治社会化》，上海世纪出版集团2010年版，第52页。

② ［英］安东尼·吉登斯：《现代性的后果》，田禾译，黄平校，译林出版社2000年版，第80页。

有什么事，我和妈妈都无能为力，家里没有了您，就像是板凳缺了一条腿。""没有爸爸的生活，又开始了被人嘲笑，没有爸爸的日子里，被人欺负的生活。在您没有回来的时候，我已经被人欺负够了……我不能再经受这种苦，这种苦比在家做农活还累，我宁愿在家做农活，我也不愿意在学校受这样的苦，因为这样的苦不是一般人刻意经受的，这种苦也许就连最坚强的人也受不住，何必（况）我又是那么脆弱的一个小孩……"① 因此，对确定性、安全性（父母）的依赖，成为留守儿童的最大期盼。

在精神方面，留守儿童由于长时间处于"隔代抚养"状态，容易"影响留守儿童创造个性的形成、产生'自我中心'意识、造成亲子感情隔阂、过分保护遏制留守儿童的独立能力和自信心的发展、造成留守儿童的交往能力低下"②。陆梅《当着落叶纷飞》（接力出版社2009年版）讲述的是农村留守女孩沙莎的故事：父母离家进城务工，她只能与年老体弱的爷爷相依为命，由于代沟，祖孙难有心灵沟通。在缺乏父母呵护的境况下，沙莎从小学到初中，由女孩变成青春少女，这是一个心理断乳期，是最需要关照和引导的花样年华。但这样一个重要时期，她缺失父母之爱，本应温润柔软的少女生命，显得粗粝而执拗，自卑和叛逆的枝丫旁逸斜出。她在一次意外事故中，刀伤一个男孩，被关进少管所。小说还塑造乡村孤儿阿三的形象，他终日生活在感情零度的环境。从沙莎在少管所的日记和阿三的流荡，我们看到留守儿童"寂寞开无主"和"零落成泥碾作尘"的断零。沙莎和阿三都是成长中温热的生命，不仅需要物质供给，更需要和谐温暖的亲情，尤其是父母的理解与爱。但留守原乡决定她们像野生植物一样，自生自灭。这种精神的"被遗弃"和"在细雨中呼喊"的孤独无助更体现出某种悲剧性。

近来，"非虚构写作"登上文坛。用"非虚构"冠名本是虚构的文学，其原因值得反思。"非虚构写作"的创作，囊括自传、回忆录、历史散文、社会调查等多种体裁的"非虚构"文体，虽尚未真正形成特定的内涵，但其"口述历史"的"真实性"、出乎其外又入乎其内的情感性、"田野调查"的"在场性"以及悬置"虚构想象"的"独特性"，已构成一种文体变革。梁鸿的《中国在梁庄》即其代表，它以"非虚构写作"的独特方

---

① 杨元松编：《中国留守儿童日记》，江苏文艺出版社2012年版，第3—4页。
② 周宏霞：《农村隔代抚养对留守儿童成长的影响》，《科协论坛》2012年第2期。

第五章　传统与现代之子：农民的艰难嬗变

式，获得众口一词的好评。① 此外，《中国留守儿童调查》②、《世纪关怀：中国农村留守儿童调查》③ 等，都是类似的文本。梁鸿用饱蘸着体温的思考和"确证"了："留守儿童教育的缺失、父母的缺失，留守儿童过着缺乏爱的'寂寞'生活——"我就是要玩游戏，读书有啥用，将来还不是出去打工？"。她"借鉴历史学和社会学中的'口述历史'、'田野调查'等方法，记录村民个体沉浮和波澜不惊的日常生活，让乡村和农民诉说自己的命运，适时注入启蒙者的批判视野，用新的姿态（融入而非旁观）、新的形式（纪实而非虚构）、新的语言（豫中方言而非普通话）、新的材料（访谈而非杂闻）表达乡土的生存困境，叙事视野无限敞开，层层剥离乡村真相。"④ 梁鸿说："写《梁庄》并不是出于理论的需求，恰恰相反，是因为情感的需求。一是出于对自己生活和精神状态的不满意，另一方面也是因为我心中一直有一个情景：故乡、大地，和生活在大地上的亲人们。它们正在成为中国发展中的'问题''阻碍'和'病症'，这使我非常痛苦。我必须弄清楚他们的生活、精神和痛与悲，才能够继续走下去。"⑤ 今后，用"非虚构写作"方式来表现现代性转型中的各种问题，会更加引人关注。正是它的在场性、亲历性、思辨性、比照性和启蒙性的独特话语，使这类的田野调查、访谈、社会散文、纪实文学等文类具有强烈的现实主义精神和批判反思的色彩，成为乡村现代转型的真切镜像，并接续 20 世纪 30 年代《多收了三五斗》《包身工》《春蚕》等文本的内在逻辑。自然，今天新中国的乡村与前者不可同日而语，但在遭遇"现代性""全球化"这一历史经验上，无论是被动宰制，还是主动融入，作为后发民族国家的"前现代"标本，其历史使命尚未终结。

二

与儿童视角的"伪童年叙事"不同，前者是"代言"性质，而由留守儿童"我手写我口"的日记、诗歌、散文、小小说等，虽然"幼稚"，却

---

① 《梁庄》获人民文学奖，其母本《中国在梁庄》截至 2011 年 5 月，已 9 次印刷，入选 2010 年度新浪"十大好书"、"新京报文学好书"、"亚洲周刊非虚构类十大好书"，其评论见诸《人民日报》《文艺报》《南方周末》《中华读书报》《文学报》《南方文坛》等。
② 赵俊超：《中国留守儿童调查》，人民出版社 2012 年版。
③ 谭凯鸣：《世纪关怀：中国农村留守儿童调查》，中国发展出版社 2012 年版。
④ 蒋进国：《非虚构写作：直面多重危机的文体变革》，《当代文坛》2012 年第 3 期。
⑤ 魏如松：《中国在梁庄：直击中国农民的痛与悲》，《海南日报》2011 年 1 月 10 日第 B13 版。

泄露了这些孩童极为隐秘的、稚嫩的人生感悟与童年经验。而这，是"儿童视角"的成年人无论如何难以发掘和呈现的。有学者指出，"由于儿童是人生的初始阶段，他们对世界的看法还是新鲜而又稚嫩的，还无法完全地融入复杂并充满各种利害关系的成人世界中。于是，在儿童视角的文本中，故事背后一切繁复的逻辑关系和情感纠葛往往被淡化成了一幅幅简单而又具体的影像，而不是以理性分析或者深层的道德判断的形式呈现在读者面前。即使在第一人称的儿童视角作品中经常会出现儿童对事件的态度或看法，但这和成人理性的分析与判断还存在着很大的距离。这样一来，叙事作品中的儿童视角便与成熟的他者之间形成了一个特殊的对话关系，这个对话的存在为安排紧密的文本支撑起一个解读的缝隙，复调的审美效果便在这个缝隙中应运而生。"[①] 因而，"我手写我口"的幽微隐秘的童稚、细小执着的心事、欲语还休的心语心愿，都十分深刻地逼现了这一群体相似的呼求与困苦，实在值得记录和重视！

  一般来说，成年人的"伪童年"视角，更多着眼于较为宏大和成年人世界关注和讨论的议题：感情饥渴、教育缺失、心理变态、安全问题、违法犯罪，等等，这些主要由社会学家关心的问题，也会由作家将此代入文学的表征中，触发读者的思考。这些成年人世界在社会学、文学意义上探及的议题，往往折射和暴露出的却是"看/被看"的视域和"自以为是"的叙事角度，是成年人世界俯瞰的、类似"全知全能"的视角。他们虽然"借助儿童的眼光和口吻"来对这些问题进行深入表达，并不能替代和简单化约为留守儿童对自身关心的诸多问题的细密、朦胧、童稚的观察和对这个未知世界的小心翼翼的探试、期待。如果说成年人的"伪童年"视角表现的是教育、心理等较为宏"大"层面的问题，童年经验则极言其"小"，是未谙世事与"穷人的孩子早当家"的交织，是"成长的烦恼"与社会转型、家庭巨变的并置，是化蛹为蝶的创伤蜕变与努力适应外力强力介入的博弈，它们有时不经意"透露"出一些城市人与成年人鲜少关心的信息，或折射出成年人世界的光怪陆离和林林总总。因此，他们的真善美、懵懂无知和好奇质疑，既有天真烂漫的童趣色彩，反衬出成年人世界的"假丑恶"与人性世界的幽微隐秘，更以

---

① 何家欢：《隐含的声音：儿童视角的叙述类型及复调审美》，《昆明学院学报》2012年第3期。

第五章 传统与现代之子：农民的艰难嬗变

一种人性的深度、热度和厚度去展现孩童们介于凡人与天使之间的美好情愫。总之，真正的儿童视域，是映照乡村"现代性转型"的特殊镜像，它的"哈哈镜"效果，赤裸裸地将"变形"的人、事、物映衬出来，为读者获取一种"陌生而熟悉"的经验，提供了以小博大、乘一总万的支点。正如专家指出：

> 在我们对童话惯有的天真、浪漫、荒诞的解读之外，原来童话也在述说主体成长的心灵创伤和新生的痛苦与恐惧，里面有一种否定自我、重新建构的积极力量。这需要我们暂时拒绝童话用离奇情节和稚气语言营造的轻松诱惑，看到并体悟其中破坏和伤痛的深意。儿童的成长并不是如种子发芽、花儿绽放般简单、直接。然而，我们对他们正在经历着的丰富深沉的主体体验到底知道多少呢？或许我们可以从同是"人学"的文学中获得一些启发。①

因而，成年人的"伪童年"视角是"由外及里"的"揣度"与"模仿"，留守儿童的童年经验则是"由里向外"的创伤告白与诉说。二者是在立场、站位、感情、心智、内容、形式等方面的不同。

从心理学角度看，留守儿童的述说，主要表征一种潜在和隐秘的成长创伤，这一创伤模式是一种脱节的模式，很多时候是陷入抗争/逃避的矛盾之中。它既有被其他（认知）结构同化的倾向，也完全有可能被卷进一种慢性的疾病的过程。"创伤模式"包括：精神创伤发生以后有组织的感知觉和行为；实质为一种抗争/逃避脱节的行为结构；可以引起大量的感知觉和认知上的歪曲；有扩散（泛化）到其他精神范畴中的倾向（比如泛化的焦虑）。与这一创伤模式相对，留守儿童会从主观上发展出"创伤代偿模式"与之抗衡。其行为方式既可以发生积极变化，也可以朝消极、有问题的方向转化。②

"创伤经验"是儿童视角所揭秘的最普泛的记忆。"儿童期创伤来源可能是突如其来的一次重大打击，也可能是一系列打击所导致的精神后果，这些事件时间的发生打破了儿童的安全感、满足感和自我价值感，是儿童

---

① 王玉：《童话对儿童创伤经验的书写》，《学前教育研究》2005年第12期。
② 百度百科：http://baike.baidu.com/view/1671150.htm。

暂时性陷入无助感,并且打破了过去的常用的应对机制。"[1] 创伤虽然始于外部,但事件一旦发生,许多内部变化就会在儿童身上出现,这种变化会持续下去,并可保持多年,成为患病的决定性原因——可能使留守儿童成为日后踯躅在社会边缘的"潜在的精神病者"。这种"创痛"在留守儿童心理尤为明显。比如,对于外出务工的父母,感情的疏离、时空的阻隔,留守儿童不得不小心翼翼地乞求:"亲爱的爸爸妈妈,您们好!我能够到您们的家里玩吗?"孩子一下笔就表达一个强烈的愿望,他对父母明显产生距离感,不但使用敬称"您们",而且父母那么长时间都不回老家,孩子误认为他们组建了新家,而"新家"需要父母邀请才允许拜访。上述微妙的心理创伤和情感嬗变,没有经历过的成年人作家,是无法乔装和体会的。对于孩童揪心地担忧又难以启齿的家庭破裂、父母的疑似婚变,他们既强烈担心家的破碎带来的不可知的巨变:辍学、失去母爱、无人抚养等,又害怕旁人的耻笑和歧视。这在现实中却颇具普遍意义。其负面影响不仅是刻骨铭心的,更是伴随终生的阴霾,对留守儿童的心理、人格的健康发展极其不利。日记写得催人泪下:

> 那天,是历史课。历史老师是个老奶奶,年龄和我奶奶差不多,她讲了一节课,我们班的柳艳艳都没有抬头,一直在写日记。后来她走过去,没收了柳艳艳的日记本,正准备把它撕掉,一看满页内容,历史老师眼泪流下来了,什么也没说,就还给了柳艳艳。原来,柳艳艳一页纸上写得密密麻麻,只有两个字:爸爸,妈妈。历史老师,还有我们许多同学都知道,柳艳艳爸爸妈妈都在外打工,好几年没有回家了。她现在跟她大伯大妈住一起。她爸爸还经常打电话回来问问,有时,过年也回来过。她妈妈已经好多年没有回来了,从来也不打电话回来。好多人都猜她妈妈跟人跑了。[2]

心理学的研究表明,随着儿童年龄的增长,尽管儿童与父母相处的时间在不断减少,同伴关系在儿童社会化过程中的作用在不断加强,"但是

---

[1] 喻可乐:《借〈沉默的羔羊〉分析儿童早期心理创伤对人格发展的影响》,《经营管理者》2011年第18期。

[2] 阮华君:《一个差生的日记》,《安徽文学》2012年第7期。

第五章 传统与现代之子：农民的艰难嬗变

对绝大多数儿童来说，他们仍然会以一种强烈而积极的方式依恋他们的家庭，于是与父母在各个方面保持着良好的沟通，仍旧是儿童获得忠告和情感支撑的重要来源"。① 因此，这种骨肉分离必然造成持续而强烈的创伤体验，这种体验，既是心理性的、精神性的，也是社会性的、现代性的。心理学家同时指出，创伤出现分离症状的频率高，且多表现为以内疚、羞愧为主的症状，常与抑郁紧密相关，可导致缺乏自信和自责，表现出麻木退缩或行为轻率，持续的羞愧也可导致易激惹、愤怒发作和暴力行为。随着时间推延，创伤状态会渗透进那些没有自行消化创伤经历受害人的主观解释、行为模式、认知模式等方方面面。这种创伤状态可逐渐形成一种皮亚杰总结的"创伤模式"。② 正是这种状态下，创伤不仅未被修复，而且突如其来的各种物质、精神、心理创痛的加剧，呈现扩大与加深的状况，并逐渐内化为伴随一生的精神症候。

其实，相较于城市孩童在父母膝下承欢，周游列国，乡村留守儿童的视角多了一份"成熟"的眼光和责任担当——担当幼小生命所不能承受之"轻"与"重"：既要照料年迈的祖辈，又要照顾年幼的弟妹；既要分担家务，又要努力学习；既要学会隐忍生活的一切重压，更要强颜欢笑，像"小大人"一样抚慰和"欺瞒"父母，古诗"儿行千里母担忧"，在他们身上逆转为"母行千里儿扛忧"："有时，我真想学他们放荡一下自己。但是，我知道那样做对不住你们。你们在外辛辛苦苦不就是为了我好好上学吗？想到你们的苦，我咬紧牙什么都不说。每次见到你们，或者打电话，我也从不敢向你们诉苦，包括我对你们的思念。我怕你们伤心，让你们牵肠挂肚，我总是笑着说'好'。"③ 为了不让父母担心，留守儿童要"超负荷运转"照顾更年幼的弟妹（这是城市孩童不曾有的人生经验）。杨敏写到："昨天，爸爸妈妈刚去打工去了，我已经好想你他们，以前他们没有去打工的时候，我和弟弟每天放学回来都能吃到妈妈做的饭菜，但今天不一样了，今后有好长一段时间不一样，读书回来只能自己做饭菜了。妈妈去打工时叫我做饭菜给弟弟吃，照顾好弟弟。所以，等弟弟吃饱后，我就收拾碗筷洗干净，以后每天都是这样。"杨海香则深深道出她的感情饥渴：

---

① 朱智贤、林崇德：《儿童心理学史》，北京师范大学出版社1988年版。
② 百度百科：http://baike.baidu.com/view/1671150.htm。
③ 阮华君：《一个差生的日记》，《安徽文学》2012年第7期。

"妈妈，我好想你啊！您快点回来，回到以前的我们。"①正如有学者指出，"亲子关系是以血缘为基础的关系，是子女对父母的依恋，这是同学关系、朋友关系等不能替代的。它是个体所形成的第一个人际关系，它的存在与发展对儿童的身心发展产生巨大的影响，即使父母离开，他们依然对父母存有情感需求"②。

学校体制里的成长，也留下了留守儿童"细腻伤怀"的创伤。如，"我知道，都是因为我们学习不好，是差生，班主任平时都不怎么爱理我们。要是费文波、谢美丽他们学习好的，老师也不会收他们的手机，顶多讲讲算了。"③显然，教育正在衍生和传承新的不平等。布迪厄认为，教育是阶级再生产的机制。1970年，他出版《教育、文化和社会的再生产》一书指出，教育机构也是再生产社会不平等并使之合法化的方式，是现代社会中阶级再生产的重要机制。正是通过教育机构，家庭背景的差异甚至对不同语言和生活方式熟悉程度的差异，被转化成学校考试成绩的差别。这样，教育就不断地将社会中已有的阶级结构复制出来。

面对新世纪乡村教育的迷思及歧路，孩子们也留下清晰可辨的印痕：

> 一听说是去留守儿童之家，我心里就乐开了花。因为我从电视上看到过不少地方的留守儿童之家，那屋里有电脑电话电视机，还有书啊球啊等玩具，父母在外打工的小孩可以到那里打电话，上网和父母视频聊天，也可以看电视，写作业，玩玩具。我们学校的留守儿童之家天天锁着，从来也没有看到开过门。……胡老师和那个老师一人拿照相机，一人拿DV摄像机开始拍摄，不断要我们调整姿势，并要面带微笑。我们都照着做了。这中间，还一个接一个地换别人到电脑前坐。我看看马上就要轮到我了，正暗自高兴，胡老师说："好，差不多了。你们回班上课吧。"就让我们出来了。站在门口，我回头看看留守儿童之家，真是漂亮啊，跟电视上的一模一样。三间大屋子，面朝南，阳光直射进来，好干净，好温暖。可是，我们要回班上课了，不能在这里玩了。④

---

① 杨元松编：《中国留守儿童日记》，江苏文艺出版社2012年版，第6页。
② 何世华：《沈小品的幸福憧憬》，《小说月报》（原创版）2010年第5期。
③ 阮华君：《一个差生的日记》，《安徽文学》2012年第7期。
④ 同上。

第五章　传统与现代之子：农民的艰难嬗变

印度诗人泰戈尔（Rabindranath Tagore）说得好："孩子的眼睛里找得到天堂。"童心是人性的本源，儿童视角有时恰恰是成人看待纷纷扰扰的世界所缺乏的。成长从来就不是孩子一个人的事情，他们和大人一样，是有情感、有思想、有意志、有尊严的独立个体，正因为儿童先天上处于弱势，他们才格外需要全社会的关爱。鲁迅在一个世纪前就提出"救救孩子"的严峻命题，至今仍在延续。

三

留守儿童作为现代化的代偿物，它的出现为文学提供新素材、新人物形象和新的心灵图景。"现代化"是任何迈向现代文明国家不可避免的过程，它充满悖论，需要正确对待和深刻反思。进入21世纪，中国的现代化无疑更需要由"留守儿童"而健康成长的"新青年"。事实上，它与"新中国"（健康中国）的形象有某种"同构"和"共谋"关系，是中国长达一个世纪的召唤。而他们，恰恰既是现代化的资源，更是现代化的目的。作为现代化镜像，文学虽不能直接解决社会问题，但具有干预现实的功能。无论从作家写作伦理的层面，还是从扩展文学畛域来说，留守儿童都不应成为被文学遗忘的角落。新世纪乡土小说虽然没有从正面去展示留守儿童被动追赶"现代化"的种种苦痛，但是往往容易为人们所忽略的留守儿童的"现代体验"，恰恰表征着他们在为"现代化"作出巨大的牺牲而又静默无言。"现代化"是人的全面发展、自在自为的现代化，自然也是乡村及其子民、留守人群的尊严和权利。作为一种整体观念的"现代化"，不仅需要城市，更亟须乡土中国、留守群体优先发展、平等共享。所幸的是乡村振兴、扶贫攻坚正当其时。

第六章 熟悉的陌生人:新农民形象谱系

第一节 熟悉的陌生人:新世纪返乡新农民形象

农民返乡近年形成潮流,媒体屡有报道。究其原因,既有输出地发展后吸引就近打工所致,也有企业倒闭或薪资偏低的影响,还有乡村文化"离土不离乡"的深层观念羁绊。不管怎样,这是逆"乡下人进城"大潮而动的小"输入",表征农村现代化建设的新变。文学对此有敏感把握,即离去/归来叙事文本的重现。离去是疲于奔命追赶现代化"列车",渴望共享现代文明;归来是因"城乡意识形态"排拒,融入不得,其中更有"皇天厚土"的深情召唤。泰勒(Charles Taylor)指出,现代社会科学的头等问题就是现代性本身,而现代性是一次"大融合"现象:"'现代性'指的是历史上前所未有的一次大融合(amalgam),包括全新的实践和各种制度形式(科学、技术、工业生产、城市化)、全新的生活方式(个人主义、世俗化、工具理性等)以及全新的烦恼(malaise)形式等(异化、无意义、迫在眉睫的社会分裂感等)。"① 现代化进程中,乡村处于一种内在分裂与嬗变,在多元并立的牵绊中左冲右突,寻找突围方向:农耕文明/工业文化、科学/蒙昧、民主/专制、法治/失序、知识改变命运/新读书无用论、超前消费/勤俭持家、邻里情谊/人际疏离、绿水青山/生态恶化、怨羡浮躁/笃守平静、阶层固化/执着进城,等等。不论农民是否愿意,乡村的的确确被代入这一巨大历史转型,无论是身份转换,还是认同涣散;无论是生活方式,还是生产方式;无论是精神形态,还是感觉结构,都已

---

① [加]查尔斯·泰勒:《现代社会想象》,王利译,许纪霖主编《公共空间中的知识分子》,江苏人民出版社2007年版,第33页。

第六章 熟悉的陌生人:新农民形象谱系

远离古典时代,他们被现代化塑造成"新农民",心灵世界里,既有感愤、怨羡、断零、边际体验,又有返乡带来全新的追赶、裂解、重生和创造体验。

一

农民返乡早已有之,既有短暂居留,也有长期留守。他们的返乡颇具文学史意义,也是当代中国社会的"认识装置"。首先,它是农民在近现代史上第一次的大规模"回流",这种颇具历史意味的"拐点",不仅标示生存"空间"的腾挪和转换,也昭示着新的农民主体的重构与生成。文学史上的农民开始重新思考自己的命运,在历经"寻死无门"(王祥夫),和"问苍茫"(曹征路)后,他们尝试返乡重塑自我人生,既有"逆水而行"(胡学文),也有"薛文化当官记"(和军校)。其次,喻示着重建"城乡"关系。虽然城乡关系还很不平等,甚至谈不上交流,但已然出现端倪,农民开始再一次打量生我养我的土地,并以此来思考和修正"城乡"位置。再次,是重建农民与土地的关系。在过去的30年或更长时间,城市成为现代物质财富和精神生产的巨型"抽水机"和刘易斯·芒福德所说的"磁体/容器",吸纳促进自身繁荣富足的大量的人、财、物,迅速发展发达起来。陈奂生、孙少平以及底层文学的无数乡下人都以各自人生际遇与进城追求,或讲述对现代化的震惊炫目、顶礼膜拜;或书写追求现代化的自惭形秽、颠簸磕碰和不懈奋斗。《人生》中,高加林进城掏粪却遭受同学克南母亲的羞辱,"他心中燃烧着火焰,望着悄然寂静的城市,心里说:我非要来这里不可!我有文化,有知识,我比这里生活的年轻人哪一点差?我为什么要受这样的屈辱呢?"但如今,农民返乡渐成趋势。在这个起点,农民与乡土的关系出现"和解",开始反顾和拥抱这片土地。一个经典情节可堪玩味:因党组织清退和与黄亚萍分手,高加林痛苦返乡,此时刘巧珍已嫁为人妇。德顺爷爷对他进行苦口婆心的劝导,"用枯瘦的手指头把四周围的大地山川指了一圈,说:'就是这山,这水,这土地,一代一代养活了我们。没有这土地,世界上就什么也不会有!'高加林扑倒在德顺爷爷的脚下,两只手紧紧抓着两把黄土,沉痛地呻吟着,喊叫了一声:'我的亲人哪……'"。这一情节的"历史"和隐喻意义在于,先在地揭示农民与乡土血肉相亲、不离不弃、难舍难分的关系,预设了以高加林为先导的返乡者在与城市的严重疏离后半是醒悟半是痛悔的纷纷"归来";最后，重新思考农民与现代性的关系。即是说，与城市化有着天然关联的现代化，如今可期在乡村建立，因为乡村具有所谓的后发优势。

作为中国社会基石的农民阶层，新时期特别是21世纪以来发生巨变。新一代的农民，已非高加林式的农民。在长三角、珠三角等东部的广袤地区，新农民深刻体验现代化城市生活，这些年轻就"进城"闯荡的新农民，在视野、思维、生活方式、心理状态上，与父辈迥异，他们身份虽是农民，但已受到现代化洗礼，是似曾相识的熟悉的陌生人。他们不再是愚昧胆小、小农意识浓厚、畏葸狡黠、容易被欺骗的群体，与城市年轻人相差无几。他们的奋斗意识、维权意识、生命意识十分鲜明，致富渴望益发迫切。他们退而返乡，是带着对现代化的渴慕，对城市的爱恨情仇，对凋敝乡村"哀其不幸，怒其不争"的痛切而务实、理性回归——拯己和救乡是他们深层意识里的不竭动力。中国这样一个庞大的新农民阶层的存在，"城市边缘人""返乡人"的兴起，不仅改变城乡治理模式，他们回乡后，传统的乡村权力模式、现代化新农村建设、乡村伦理、人际关系乃至人们的心灵世界等亦将渐变。巴赫金认为，有两种成长小说，一种"成长的是人，而不是世界本身"，另一种"人与世界一起成长，他自身反映着世界本身的历史成长。他已经不在一个时代的内部，而处于两个时代的交叉点，处于一个时代向另一个时代的转折点上，这一转折寄寓他身上，通过他来完成。他不得不成为前所未有的新型的人。"这个新人是成长中的人物，"不是静态的统一体，而是动态的统一体。主人公本身、他的性格，在小说中成为变量，有了情节意义。时间进入人的内部，进入人物形象本身，极大改变人物命运及其他意义。"[1] 巴赫金在此提出成长小说蕴含的开展意义——不仅是人在世界成长，且由于人的成长也促使世界改变。在笔者看来，新农民正是与世界共成长的"新人"，他们身处乡村现代化转型，乡村进步无疑寄托于他们，他们身上缠绕如此复杂的质素，背负传统、历史重担，艰难穿行在时代"接缝处"求变——将由"老中国的儿女"化为"新农民"。

1. 新农民：由于"五四"启蒙文学思潮促使知识分子以揭示和批判"国民性"为己任，他们笔下的农民一般是"问题农民"，关于理想形态的

---

[1] [苏联] 巴赫金:《长篇小说的话语》，白春仁、晓河译，《巴赫金著作集》，河北教育出版社1998年版，第223页。

第六章 熟悉的陌生人：新农民形象谱系

农民形象书写极为鲜见。在20世纪30年代的"京派小说"中，理想的农民形象虽出场，但他们生存在世外桃源，以自然规律为生命的节奏，在相对"隔绝"的环境中，完成生命轮回。由此看，知识者想象的农民既无力把握自己命运，要么在国民"劣根性"影响下蝼蚁般苟活，要么听任自然律动，生死寂灭；而20世纪五六十年代健康、质朴、朗健且富有活力的农民，在80年代的文学主题被表述为"文明与愚昧的冲突"后，重新蹈入"国民性"批判轨道。高晓声塑造的"陈奂生"形象具有代表意义。一批以"陈奂生"为主人公的小说中，纯朴的农民畏畏缩缩再次登场。高晓声大胆说出他的发现："陈奂生"脸上的神情仍与阿Q、闰土、华老栓、九斤老太、祥林嫂、爱姑等形象一脉相承。显然，这种发现隐含一个尖锐的质问：如此尴尬的轮回怎能证明数十年的历史跨度？进入90年代，现代性叙事、底层文学、打工文学里，革命的乡村转换为难堪的经济累赘。脱贫致富是数亿农民愈加迫切的愿望，但种种改善措施收效甚微。农民不得不背井离乡涌入城市务工，传统的农耕文化逐渐解体。因此，在"陈奂生"进城又返乡，从新世纪现代化舞台退场后，在一路迤逦进城务工的农民回流后，乡村现代化重上议事日程，"新农民"作为面目模糊的群体，日益浮出历史地表，成为读者重识乡村的"秘密结构"。

返乡的农民，既有"新"的质素，又赓续乡土的老魂灵，作为"半新半旧"的人物，显示了时代赋予的鲜明"过渡性""成长性""矛盾性"文化性格和精神特质。周大新的《湖光山色》塑造了一个从北京打工返乡的新农民形象——楚暖暖。这是一个令人难忘的乡村年轻女性形象，楚暖暖外出到首都北京打工，后来因母亲患病不得已返回家乡楚王庄，她与穷小子旷开田从恋爱、创业到分手，其中夹杂着与村霸、商人的复杂斗争，展示了新世纪乡村农民的事业、爱情、政治、经济、人性等诸多力量的缠绕与交锋，揭示了农民自发走向市场经济所经历的挑战。楚暖暖的身上交织着新旧两种文化，是典型的返乡新农民。首先，楚暖暖有着自觉的主体意识和捍卫自由自主的愿望，她不是"嫁鸡随鸡嫁狗随狗"丧失自我的刘巧珍，也不是为了权利名望而牺牲自身的玉米，她是受到现代文明开化了的新乡村女性。她像城市现代女性一样大胆地追求自己的婚姻自由和人生幸福，尽管受到詹家的威逼利诱仍毅然嫁给了一穷二白的旷开田，后来，发现旷开田移情别恋心有所属，她又毫不犹豫地主动选择离婚以维护自己的尊严和人格。

其次，楚暖暖受到过城市文明的洗礼，在北京见过大世面的她有着敏锐的市场意识、行动能力。她从考古专家谭老伯对楚长城的关注，敏锐地意识到了发家致富机会的到来，于是，在还没有还清债务的情况下，建屋扩地，成立南水美景旅游公司，她利用村民致富的渴求招收员工，出租杂货棚……。再次，她有着强烈的求变创新的精神和学习能力。为了将楚长城景区的游客留住，充分发挥旅游"吃住行游购娱"的效应，她美化和包装凌岩寺和湖心"迷魂区"，在楚长城路边设立收费站收取门票。正如研究者所说："主人公暖暖无疑是一个理想的人物，也是我们在理想主义作家中经常看到的大地圣母般的人物：她美丽善良、多情重义，朴素而智慧、自尊并心存高远。"① 但是，楚暖暖同时又是一个有着旧式思想的农民，这些旧观念无形中牵制着她发展成为"更加现代"的新人。比如，楚王庄的旅游生意发展起来了，丈夫旷开田当上了村主任，出于封建思想、传统观念的束缚，身为女性的聪明能干、美丽善良的楚暖暖不得不将旅游公司的管理权让渡给了丈夫，自己甘居幕后，这也为后来的悲剧埋下了隐忧。为了保护心上人，楚暖暖被詹石磴设计奸污了，这成为她的伤疤和隐痛，也成为詹石磴绑架暖暖的"贞洁绳索"和把柄，楚暖暖像所有的乡村女性一样，为了脸面，不敢拿起法律的武器维护自己的权利，打击犯罪，而是忍气吞声被困在心囚中默默忍受、痛苦挣扎。

伯曼强调，建设真正现代社会的希望，就在于适应不断的变革。"无论哪个阶级的人们，若要在现代社会中生存下去，他们的性格就必须要接受社会的可变和开放的形式。现代的男女们必须要学会渴望变化——不仅要在自己的个人和社会生活中不拒绝变化，而且要积极地要求变化，主动地找出变化并将变化进行到底。他们必须学会不去怀念存在于真正的和幻想出来的过去之中的'固定的冻结实了的关系'，而必须学会喜欢变动，学会依靠更新而繁荣，学会在他们的生活状况和他们的相互关系中期待未来的发展。"②

2. 新农商：早在 20 世纪 80 年代初，就出现"新农商"先驱。在贾平凹的《鸡洼窝人家》，塑造了一个典型的"新农商"——鸡窝里飞出了一

---

① 孟繁华：《乡村中国的艰难蜕变：评周大新长篇小说〈湖光山色〉》，《名作欣赏》2009 年第 2 期。
② [美] 马歇尔·伯曼：《一切坚固的东西都烟消云散了：现代性体验》，徐大建、张辑译，商务印书馆 2003 年版，第 9 页。

第六章 熟悉的陌生人：新农民形象谱系

个念活生意经的"金凤凰"禾禾。年轻的禾禾见过山外世界，当兵复员返乡，不甘心老死山里，想趁农村改革的新形势多挣钱，但烧砖、养鱼、卖豆腐都以失败告终，妻子秋绒也因受不了他的"不务正业"与他离婚。文本一个似曾相识的细节令人感慨——"买稻种"：禾禾听说村里麦种紧缺：当天夜里，他就到白塔镇搭了一辆过路卡车去了县城，去购买麦种。他知道在这一带，急需新麦良种，打听到县城有新品种"4732 号""新洛 8 号""小燕 6 号"，购回来是笔好买卖呢。历史何其相似！在革命、现代化建设的道路时空中，禾禾与梁生宝不期而遇。禾禾是梁生宝在当代的"变异"，二者相较，革命的"为人民服务"已然让渡给了现代的"挣钱致富"。路遥的《平凡的世界》则续写了革命到现代的嬗递："农商"、生产队长孙少安的"新"也得到清晰可辨的呈现：他和梁生宝一样也一心扑在集体（革命）事务上，出门医治队里的牛，为节省生产队开支，舍不得住旅馆，在铁匠铺里凑合睡下；联产承包后，他则率先承包家乡窑厂，并迅速先富，走上个人"现代化"的道路。"新农商"的诞生"暗示"了乡土中国与革命、现代化的复杂纠缠的关系，是读者解读乡村变革的重要通路。

到了 21 世纪，返乡新农商随处可见。关仁山的《九月还乡》中的农民女青年"九月"就是一个新农商形象。她变异了前辈的精神印记，从旧式的走街串巷的"货郎""引车卖浆""物物交换"升华到了投资兴办现代企业，进行规模化、工业化、现代化大生产，凸显了新时代乡村农商的独有特质和进步意义。如果说彼时的禾禾、孙少平耽于一心为公，身上还烙刻着农民的印记，带有芬芳的泥土味儿，尚处于经商的初始阶段的话，那么，九月则是具有了敏锐的商业意识、法制思维和现代经营理念的新世纪农民。首先，她在省城闯荡，见过了世面和风风雨雨，她视野开阔，见识广博，胆大心细，身上褪去了小农意识中的短视、无知、因循守旧。因此，当她在省城打拼了 3 年后，凭着对乡土的热爱，毅然带回辛辛苦苦打工的全部积蓄，准备投资村里的土地，大干一番事业。其次，九月不仅是资本投资的主体，显示了资本的逐利和大胆、敢于冒险、勇于创新突破，不再是小农的小打小闹，保守踟蹰；而且敢于竞争，富有商海合纵连横的谋略与算计。九月的男朋友双根当上村长助理，想和九月一起干出一番成绩，但是随着玉石庄返乡的农民越来越多，村里却出现田地短缺，返乡农民无地可种的情况，因为几百亩的田地的使用权掌握在省城飞越贸易公司的冯经理的手里,村长何兆田胆小畏缩,看着前任留下的一大堆欠债和原子化的农民、乡村而一筹莫展。面对冯经理既不开发田地,又不愿意被村里收回使用权,而且当村里提出要按合同收回承包权的时候,反咬一口向村里提出高额的违约赔偿金。关键之时,九月站出来斡旋,设计让冯经理乖乖"缴械投降",甘心情愿地交出合同书。再次是九月具有即使是当下的现代农民也罕有的知识、能力,如法律、经济、市场运作、营销等。开发土地需要资金,双根一时冲动偷偷卖掉了一条路经村里的废铁轨而被派出所拘押。这个时候,九月没有惊慌失措,也没有束手无策,更不怨天尤人,而是诉诸法律,她请律师救出了双根,这回村里的人全服气了,都改变了对她的偏见,九月被心悦诚服的村民们拥戴为村主任,从此,在她的带领下,玉石庄和它的子民走上了红红火火的致富之路。

　　这让我们想到上文同是女性的楚暖暖,她们之间具有某种相似性,这是一种历史的"倒影"和折射,楚暖暖、九月都是社会转型期创造出来的新人,她们身上积淀着这个时代丰富的信息和精神。这个精神可以概括为由传统社会向现代社会的转型过程中农民的人格的自立独立、奋发昂扬、善于学习、阳刚劲健。

　　3. 新农工:随着乡村世界的转型,新农村建设次第展开,乡村社会逐渐走上现代化、城镇化、工业化道路,乡村出现新变,即在工业化对乡村触目惊心的侵蚀下,农民身份的裂变与无可奈何的转换。传统意义上的农民不仅赖以生存的土地被工厂侵占,世代生活的美好生态环境遭到破坏,而且他们的经济活动方式发生巨大的改变,主要经济生产方式被纳入市场经济运行轨道的工业和其他各种非农业的营生,如拾荒、做小买卖、零星帮工、跑运输、私营小厂打工、开小食店、经营杂货铺等。在《谁动了我的茅坑》,鄂东村出现的新问题之一是花头"觉得他们乡村不像原来的乡村了",乡村的社会经济、生产生活、文化形态、交往方式、心态结构发生质变,传统意义的乡村呈现诸多"后乡村"特点。小说中,工业文明已然入侵乡村,蚕食农业文明的本质赤裸裸展现:花头只几天没返乡,村里发生翻天覆地的变化,西头的庄稼地正在热火朝天施工,那是疤子的女婿要办石灰厂,而去年他办的硫酸厂已使村里的河水污染、鱼虾绝产。花头的堂兄弟国禾"前几年曾经跟花头一起在县城打桩",后返乡电鱼虾维持生计,"他先是电河里的鱼,后来河里的鱼没了,他就电田里的泥鳅和黄

第六章 熟悉的陌生人：新农民形象谱系

鳝。现在，田里的泥鳅和黄鳝也越来越少了，国禾意识到这营生很有可能干不长久了，打算等到天气完全冷下来后，就把电瓶贱价卖给收废品的平均，然后去疤子他女婿办的石灰厂里打工。"不久，他在致富乡邻疤子的威逼利诱下，以土地置换的方式，换取进入其女婿曹庆的工厂打工。某种意义上，他是工业化在乡村圈地运动中的"失地农民"，但国禾仍然觉得"合算"："你以为我真是个二百五？我也是算过账的，现在粮食不值钱，把田地租给老板办厂，总比种庄稼强……，到时候，还能解决咱农民的就业问题。"国禾的脑子似乎突然开了窍。"……疤子他女婿曹兵，当初跟我可是签了合同的，白纸黑字……等他的石灰厂一投产，我就立马到他厂子里上班。"而花头的伙伴平均则变为走卒贩夫，"三年前就开始收破烂了，在此之前，他是土村的种田能手，人家一亩田地顶多收获八百斤谷子，他却能够收获一千斤。有一天，他在与他老婆算了一笔账之后，突然对他女人说，我不想种田了，女人连忙问他为啥，他说，我就是一亩田种出两千斤谷子，我们家也很难脱贫，更何况这是不可能的。第二天，这个远近闻名的种田能手，居然狠心地把家里的责任田撂给了个头小巧的女人，开始整天穿梭于城市和乡村之间，手里捏着一把火钳，肩上挑将一副箩筐，正儿八经地做起了收破烂的生意。"

就这样，返乡农民第二次（第一次是以暧昧不清的"农民工"身份进城务工）艰难转换身份，要么居则为农，出则为工；要么成为蛰居在乡土的新式"工人"，苦苦追寻他们心中的那个现代化梦想。

二

现代性转型中，"老中国的儿女"随着进城又返乡，身份与认同逐渐裂解为"新式"的"士、农、工、商"，而乡村的政治舞台上，也出现了乡村精英的两极化与流氓化。这是返乡新农民的新动向。

4. 新农干：20 世纪的中国革命与现代化过程中，半自治的中国乡村被"动员"起来，成为革命与现代化建设的主体之一。早期国民党领导的国民革命，对乡村的动员与治理只到达乡级，共产党的动员则深入村级，并直抵村中最贫苦的贫雇农，这是由共产党的革命目标与阶级属性所决定，是革命胜利和现代化建设的重要保证。20 世纪 50—70 年代，从土改到合作化运动，农村动员力不断加大；从互助组到合作社，从初级社到高级社，再到人民公社，乡村的组织化程度持续增强。而 20 世纪

现代转型体验:新世纪乡土文学研究

80年代以来则经历了逆向的过程,那就是组织化程度不断降低。此间,村干部就是共产党"动员"结构的重要组成部分,梁生宝、萧长春、小二黑直至今天的孙少安、薛文化等,无不是这一体制的得力助手,是国家政权在农村的执行者和代言人。作家周大新指出:"村,是中国政治链条中的最末一环;村干部,是站在干部队列最后边的那位。别看他站在最后一名,别看他不拿正式的工资,可他只要是一个管理者,只要手中握有权力,他就具有执掌权力者的所有特点,就可以成为我们一个观察和分析的对象。《湖光山色》中的旷开田,就是这样一个对象,解开他变化变异的密码,不仅对改造乡村政治有益,而且对我们正确捡拾民族文化遗产有意义。"①

蔡翔认为,中国当代政治文献中,"动员"是出现频率最高的概念之一,也频现于中国当代文学中,某种意义,还构成"动员—改造"的小说叙事结构,② 在所谓的"动员"结构中,"群众"是最重要的概念。而村干部对群众的重视,即和"为人民服务"这一革命政治至关重要的理念有关。群众参与的质量,根本上决定革命的得失成败。这一参与,不仅包括人力物力,也意味着,参与过程中,群众如何成为政治主体,即国家的主人。或者说,要使革命内化为"群众"自己的事。问题是,返乡农民精英何以成为梁生宝式的、党在农村的化身,成为有效发动人民群众的"新农干"? 与梁生宝相比,"新农干"呈现与以往完全不同的特质,二者在"能人""强人"等方面虽有相似的面向,但在精神世界里,"公私兼顾""带头致富"甚至"以权谋私""假公济私""违法先富"成为后来者的普遍特征。③ 在新时期加强农村基层政权过程中,特别是21世纪以来,随着乡村民主政治的培育展开,乡村精准扶贫的大力实施,新的乡村政治精英逐渐上位,特别是年轻有为、朝气蓬勃、头脑活络的进城又返乡的农民,成为这一群体的主体。他们有一定经济实力、见多识广、敢闯敢冲、善于经营、人脉深厚,既想为家乡现代建设奉献心力,又想从中谋利。乡村政治精英主要由上级机构提拔、培养。表面看,这是一个严格的挑选革命干部的过程,也是上级主导把持的过程,但被遴选的对象往往长袖善舞,有所

---

① 周大新:《我写〈湖光山色〉》,《人民日报》2006年5月25日第9版。
② 蔡翔:《当代文学中的动员结构》(上),《上海文学》2008年第3期。
③ 廖斌:《圣徒殉道、强人治村与多元致富:当代文学村干部形象谱系考察》,《哈尔滨师范大学学报》2011年第2期。

第六章 熟悉的陌生人：新农民形象谱系

作为。在此过程中，可能会把薛文化、薛文宗（《胡不归》，侯波）、陈放（《战国红》，滕贞甫）、李田野（《我是扶贫书记》，张荣超）、贾半仙（《桃园兄弟》，何开纯）、季思羽（《七叶一枝花》，谭大松）等纯洁上进、一心为民的优秀人物或克里斯玛典型挑选出来，也会将欺上瞒下、善于表现者作为提拔对象，而一些本质恶劣的坏人则会乘机钻营。大量底层文学描写的黑社会性质的村官、宗族势力把持的村委会等就是此类的写照，和军校的《薛文化当官记》就描绘了前后任村干部的"优劣差异"和贿选场景。

5. 新农氓：乡村现代化建设中，出现了不和谐音。他们就是人数虽少能量却大的"新农氓"。当下的"新农氓"早已不是阿Q式的流氓无产者，他们呈现组织化、经济型、黑社会性质、染指政治的新特点。要么在资本与权势的威逼利诱下走向民众的反面，要么一开始就瞄准"违法致富"，联合城市的流氓，返乡包揽砂石料、欺行霸市、强买强卖，在向基层政权的渗透中，逐渐与资本、权力、宗族势力、黑社会结盟。如村长许大马（《为好人李木瓜送行》，海飞，《江南》2008年第6期）、村长（《谁动了我的茅坑》，荒湖，《长江文艺》2008年第10期）、村长大炮（《寂寞的村庄》，徐广慧，《长城》2009年第4期）、村长莫言（《向阳坡》，胡学文，《当代》2009年第3期）；这些在当下小说里时有所见的"农氓"更多借壳宗族、基层政权，欺压百姓，与官、商勾结肆意侵占集体的利益，染指基层政权、欺行霸市、涉黑涉毒，蚕食乡村基层政权。村长、疤子、曹兵与未出场的黑社会在城市遥控，俨然乡村的上层（恶）势力，霸占花头家祖产"茅坑"作为车库（《谁动了我的茅坑》）；村长莫四为资本家作掮客和中介，买了贫民马达"向阳坡"上的一块自留地，来安葬老板死去的狗，"人不如狗"的潜台词呼之欲出（《向阳坡》）；村长大炮早先为催交公粮税款，强抢村民麦子，扣押财产、牲畜，现在则肆意殴打村民，与他人争风吃醋"霸占"民女（《寂寞的村庄》）；村长许大马因为"儿子是民兵连长，女婿是村会计，堂兄弟是治保主任，"决定不给死去的好人李木瓜墓地（《为好人李木瓜送行》）。……。"新农氓"完全走向了革命的对立面，在暴敛、侵占、官商勾结之后，迅速"发家致富"，成为乡村社会的权贵阶层，逐渐向政权渗透，进而危及执政党领导权的合法性，破坏中国革命、现代化建设的成果，成为反历史潮流的"逆流"，老百姓却成为"被侮辱与被损害的"沉默的大多数。此类人物虽少,危害却大。今天的大炮、许大马们的堕落,不仅表明乡村社会公平正义、和谐有序伦常有解体的可能,更说明"新农氓"对革命背叛,深刻动摇农民的革命认同,腐蚀现代化建设的健康机体。

此外,当代文学里还有返乡"新农学"(如:放弃高考,返乡游荡在乡村的人数众多的年轻人,支农、支教、支医、扶贫等"三支一扶"的大学生、村官助理)等群体,他们的加盟给转型的乡村带来现代气息和活泼变化,这些嬗变亟待关注。

总之,现代性转型中,曾经笃定、凝固的农民身份于今发生裂变,也带来了安全感、认同感、归属感的动摇。其中,既有农民自我的追求,也有身不由己的精神危机。新的身份、生活参照系建立起来后,纷繁复杂的生活理念、文化冲突刺激着他们,使农民开始对"后乡村"及其生活方式充满新奇和怀疑,又交织着寻求稳定和渴望改变的矛盾愿望。新世纪返乡农民的身份裂变,正是基于他们与80年代迄今现代性转型的"历史"互动是激烈的整全的,"历史"无情地摧毁了伴随农民一生的乡土,改造了与其相守一生的历史基因。时代的结构性、内在性转折剧烈改变每一个人的生存处境和命运,作为大时代的一分子,农民终于被时代洪流裹挟着前进,他们的嬗变与大时代变迁发生着深沉的同构同质。

三

20世纪80年代以来,中国社会逐渐形成了一种关于"现代化"的共识。即"现代化"必将带来"进步""发展"。正是这种不容置疑的意识形态神话和普世观,使新时期以来中国文学对"现代化"有近乎绝对的顶礼膜拜与热情讴歌。这种情形在世纪之交已被打破,一些作家开始反思"现代化"所带来的一系列问题。经济发展固然重要,但更关键在于,一种真正意义上的"现代化",不仅意味着经济的高速发展与物质的极大丰富,更意味着人的"现代化"和"全面发展",人的精神、思想的"现代化"。如果我们相信"现代化"的实现意味着某种对于人类福祉的终极关怀,那么后者,即农民的"全面发展"与"现代化"就应该成为不懈的共同追求。

"新农民"谱系虽然诞生与登场,但又牵扯着身份、文化等血肉分离的苦痛。这些熟悉的陌生人是带有"过渡性质"的"半新不旧"的农民,

第六章　熟悉的陌生人：新农民形象谱系

而绝非完美的"新生"，现代化为他们催生，正如巴赫金宣称："这里的成长克服了任何的个人局限性而变为历史的成长。所以，就连完善的问题，在这里也变成了新人同新历史时代一起在新的历史世界中成长的问题，这个成长同时伴随着旧人和旧世界的灭亡。"① 不论是裂解、痛楚，还是矛盾、重生，都昭示他们作为现代化主体正在发生的从头到脚、由表及里的嬗变。帕克将处于社会巨大转型和文化多元冲突中的人们称为"边际人"，认为他们必然经历"迁徙的矛盾""脱离旧的同一性和向往新的同一性的矛盾"，处于一种"自我分离"的边缘感。国内学者叶南客又根据边际化倾向将其区分为"先导性边际人""主流型边际人""仿效型边际人"②。在他的指认中，仿效型边际人因其人格文化观念滞后、被动，在社会政治、经济体系中的地位也处于边缘型，因而，他们的观念、价值取向变革最慢，当社会多数成员趋向边际化后，他们也传动式地踏上边际化之路。这其中，绝大部分就是"老中国的儿女"，他们在新世纪的路上，不断蘖生、重塑，"新农民"虽然返乡，但现代性转型远未完结，乡村振兴与美好事物的守常、现代化建设，都要求他们付出双倍努力与应有代价。且让我们拭目以待。

第二节　现代新乡绅：乡村振兴的筑梦人

20世纪90年代以降，中国农村社会进入急剧变革的转型加速期，随着人民公社等国家基层权力的退隐、村民自治的实施和晚近"去乡村化"，"乡土中国虽然有了比以往任何一个历史时期都要大得多的发展，但与之相伴而生的乡村治理危机也是史无前例的。③ 新世纪乡土文学作家，诸如：陈应松、侯波、杨少衡等的作品，对此多有呈现，笔端力指乡村权力异化、人心涣散、黑恶势力横行等。缘此，无论是上层建筑、理论界，还是社会学者、文学家，都在以不同的方式积极呼吁和探索乡村治理的全新形式，以此回应"美丽乡村建设"与"乡村振兴"。

其中，新世纪乡土文学中的"现代新乡绅"继承传统，面向现代，穿

---

① [苏联] 巴赫金：《长篇小说的话语》，白春仁、晓河译，《巴赫金著作集》，河北教育出版社1998年版，第440页。
② 叶南客：《边际人——大过渡时代的转型人格》，上海人民出版社1996年版，第23页。
③ 李兴阳：《乡村治理危机与乡村权力批判》，《湖南科技大学学报》2013年第6期。

越历史时空隧道，隐约浮出地表，活跃于乡村的现代治理空间。

一

说到"乡绅"形象时，略知历史的读者就会列举"士族""门阀制度""缙绅"等特权阶层和现象，并与此联系起来。中国现代文学史上，作家们也刻画出众多貌似"乡绅"的形象：鲁四老爷（《祝福》）、吴老太爷（《子夜》）、赵守义（《霜叶红似二月花》）、赵太爷（《阿Q正传》）……。显然，他们都有一个共同点：反面人物。恰如学者赵园认为，"五四新文学中，乡绅基本上都是反面人物，不会有一个真正想改善民生，做点慈善事业，即使有这样的一定是伪善的。所以关于乡绅的乡村治理，也是近年来宗族史重提的一个话题，就使得原先过分意识形态化、片面化的表述受到了校正。"[1]

正是小说的"诱导"，使得新中国几代读者在很长时期内，将"乡绅"接受为"黑恶势力代表"，为他们添上了诸如：道貌岸然、男盗女娼、剥削阶级、假仁假义、心狠手辣、鱼肉乡里……的标签，并通过"点天灯""浸猪笼""站水牢"等骇人听闻的故事，增值和固化了对"乡绅"的再认知。关于这一"诱导"，社会学者郭于华有精彩的研究，她指出，"在中国共产主义革命过程中，特别在1949年之后，'诉苦'和'忆苦思甜'权力技术的有意识运用，……对农民日常生活中那种较为自然状态的'苦难'和'苦难意识'加以凝聚和提炼，使其穿越日常生活层面，与阶级框架并进而与国家的框架建立起联系。将农民在生活世界中经历和感受的'苦难'归结提升为'阶级苦'……"[2] 而民国时期"乡绅劣质化趋势亦日趋明显，造成此一时期乡村社会的深刻危机"，[3] 这一现实又进一步为文学的加工与生产输送了证据。

由上可知，通过文学教育和"诉苦"等指控，南霸天、周扒皮、黄世仁、刘文彩等被形塑为万恶不赦的"恶霸地主"形象，成为革命史教育的众矢之的和当代文学史上臭名昭著的乡绅代表。有意思的是，晚近以来，

---

[1] 赵园：《现代小说诱导人们把乡绅当成恶势力代表》，北京大学博雅大讲堂，http://www.sohu.com/a/33279055_148927，2015年9月25日。

[2] 郭于华：《诉苦：一种农民国家观念形成的中介机制》，《中国学术》2002年第4期。

[3] 阳信生：《现代"新乡绅"培育的政策设计与现实路径》，中国乡村发现网，http://www.zgxcfx.com/Article/67310.html，2014年4月10日。

第六章 熟悉的陌生人：新农民形象谱系

有媒体"深挖"了四川刘文彩的"逸事"，并刊载了其后人的"翻案"文章，① 将刘文彩描述成一个有仁爱之心的正派乡绅，一时聚讼纷纭，真假莫辨。在此按下不表。

进一步，在学者刘畅的新世纪乡土文学论文中，"新乡绅"依然被指认为封建宗法制度的畸形产物和阻碍现代化建设的绊脚石，他说，"（新世纪）文学作品里仍然不缺少'新乡绅'式人物，对于这场正在改变中国的伟大变革来说，这无疑是一种尴尬和警醒：改革的道路依然漫长而艰辛。"②

根据百度百科释义："绅"本义为中国古代服饰名。为古人用大带束腰后，垂下的带头部分，作为已婚标志的丝制腰带。引申义：旧时地方上有势力、有名望的人，一般是地主或退职官僚；在近代社会中，绅士有着特殊的地位，非官而近官，非民而近民，是高于平民的一个封建等级阶层。③ 因而，从词源学理解，"乡绅"其实是一个中性词，是日后的文学影视作品因教化取向而赋予其"负面"的蕴含，并日益建构与规训了读者的想象。魏欢认为，"地主阶级"与"乡绅"是不同概念，不能简单认定乡绅等同于地主阶级……。地主阶级皆占有大量的土地，且以剥削农民为生……，乡绅中虽然可能有些是富裕的地主，但也不乏贫寒之士……但其特殊的地位又高于一般地主……应关注其特殊权利及社会地位，尤其关注其是否在乡里社会具有较大的影响力。魏欢概括了"乡绅"的特点，如乡绅参与乡里公益事业、文教事业，希望自己作为乡里教化民风的榜样及领袖等，并从文学视域归纳"鲁迅等启蒙作家笔下的乡绅形象及对乡村社会的消极影响"、"沈从文等京派作家对乡绅的人性光辉而非阶级属性的重铸"。④

在共产党的权力楔入乡村后，基于继续革命的需要，并通过上述意识形态手段，将农民纳入"动员结构"，最终询唤成为深具阶级意识的"劳苦大众"，持有同一革命理想的同盟军。

综上所述，上述文学文本的"乡绅"，毋宁称之为"村霸""地主恶

---

① 《民国地主刘文彩是好人还是坏人？他的亲孙子是这么说的》，https://baijiahao.baidu.com/s?id=1606340551385562208&wfr=spider&for=pc，2018年7月2日。
② 刘畅：《乡村政治文化的嬗变——新时期小说中的当代"新乡绅"形象》，《南方文坛》2013年第6期。
③ 百度百科：https://baike.baidu.com/item/乡绅/6858779?fr=aladdin。
④ 魏欢：《论中国现代小说中的"乡绅"形象》，硕士学位论文，天津师范大学，2012年，第3页。

霸""财主",更符合其在民众理解语境中的"阶级身份",更加凸显其盘剥吸血的政治经济学本质和意识形态指向。将这几个词联系等同的理解模式和混沌表述,在那个红色年代,很具有代表性。总之,"乡绅"是有名望、有势力的聚居乡村的地主、退休官僚、士人、社会贤达等。这里的名望,应指好的口碑、才能、德行。反之,"地主"则不一定能够成为"乡绅",而可能是俗称的"土老财""恶霸"。

阳信生指出,乡绅专指我国封建时代居乡的退职官员和取得生员以上功名或一定职衔而未为官的居乡绅士。……扮演了朝廷、官府政令在乡村的执行者和乡村民众政治、文化代言人的角色,是乡村社会的文化发展、道德教化、公益事业的发展的主要推动力量,防止官府力量过于消极或过度干预乡村事务、平衡地方社会国家与民众关系、维护乡村稳定的基础和重要力量。重要的是,乡绅是相对独立于正式政权之外的社会性力量,[①]"在野"是其非常鲜明的属性,他们中间的优秀人物代表,有的兴办教育教化乡里,有的赈灾济民维护安全、有的设立义仓共克时艰……,如《白鹿原》里的白嘉轩。他们中间的不良分子,则称为"土豪劣绅""恶霸地主"。

中华人民共和国建立后,紧随着土地改革、合作化运动等一系列农村政策的次第展开,旧地主、恶霸被彻底打倒,田地被均分,财产遭剥夺,他们被抛入历史的垃圾堆,退出历史舞台。但他们的身影在当代乡土学中随处可见。这一时期,梁生宝们成为共和国新生政权在乡村的代言人:政治精英。正是梁生宝为代表的社会主义"圣徒",以其政治坚定、道德高尚、一心为民、大公无私的共产党人优秀品格,树立在乡村社会不容撼摇的新权威。

新时期文学中,高明楼、田福堂等,以及新世纪前后,众多作家塑造了呼天成(《羊的门》)、田广荣(《村子》)、荣汉俊(《天高地厚》)、旷开田(《湖光山色》)等村干部,大多是带领村民奔小康的典型、乡村改革的弄潮儿:经济能人、治村强人。这些人物形象跳脱出"圣徒"的人物模式与叙事轨迹,终结和解构了梁生宝式的"高大全"带来的"审美疲劳",具有"祛魅"的示范性质。于是,更加符合时代特点和农村生活的"村干

---

① 阳信生:《现代"新乡绅"培育的政策设计与现实路径》,中国乡村发现网,http://www.zgxcfx.com/Article/67310.html,2014年4月10日。

第六章 熟悉的陌生人:新农民形象谱系

部"出场了,他们身上既有干部威信、经济强人的样貌,又有联姻互助、宗族首领、封建专制的潜在质素。他们有的是"农民帝国"的"老爷子"(蒋子龙《农民帝国》,村书记郭存先)、有的亦正亦邪(胡学文《逆水行舟》,村长霍品);有的恰似旧社会的恶霸地主(毕飞宇《玉米》,村长王连方),有的撂下担子逃离乡土(侯波《胡不归》)……。但是,这些人仍然称不上"乡绅",他们要么仅仅局限于"致富能人",要么带有浓厚的官方色彩,是执政党在乡村的权力延伸,代表国家对乡村实行控制,是不纳入编制的"干部"。正如张连义评论,"(呼天成)作为呼家堡的当家人,呼天成建立权威正是依靠官方赋予他的政治身份"。[①] 以上只是一个简单的历史勾勒。

那么,什么是"现代新乡绅"呢?有学者研究认为,基于民国时期出现了"新乡绅阶层的再造运动",故而将现今因农村社会重建、克服农村治理困境这一现代语境急需的"新乡绅",命名为"现代新乡绅"。"现代新乡绅主要是指以知识分子为主的农村文化和社会精英,……他们可能有一定的政治地位、经济地位,但不以财富作为判断标准,特质是知识性、文化性和社会性,影响主要是文化层面和社会层面的。"[②] 现代新乡绅身上寄寓了人们对乡村重建的深切期望,"他们是德高望重、具有明显的道德优势和话语权、发言权的社会精英分子,能够充当农村道德的捍卫者、农村秩序的有效维护者、农村各种利益关系和社会矛盾的有效协调者、仲裁者。"[③]

据搜索,互联网上"新乡绅"这个热词铺天盖地达到 162 万个网页却意涵模糊,也遮蔽了历史不同群体:地主、乡绅、圣徒、现代新乡绅的差别。正是媒体长篇累牍地召唤"新乡绅",进一步反衬了其在当下新农村建设中的重要性,凸显了与前现代乡村"地主"或"恶霸"、中华人民共和国成立迄今"圣徒""村干部"之差异,也应证了小说《胡不归》的独特发现和历史敏感。

二

"现代新乡绅"的"新"在何处呢?笔者认为:一是时代不同,他们

[①] 张连义:《新时期小说的农民意识现代转型》,中国社会科学出版社 2017 年版,第 228 页。
[②] 阳信生:《现代"新乡绅"培育的政策设计与现实路径》,中国乡村发现网,http://www.zgxcfx.com/Article/67310.html,2014 年 4 月 10 日。
[③] 同上。

诞生在社会主义市场经济形成与发展期；二是主体不同，现代新乡绅是由返乡安居的社会贤达、致富能手、返乡企业家、知识精英、退休官员等组成的"居间"群体；三是理想不同，现代新乡绅不将自己宗族、家庭利益放在首位，而把获取的经济利润、政治资源、文化资本聚焦于村集体，有点公而忘私的味道，或者公私兼顾。

21世纪以来，侯波的《胡不归》等乡土小说开启了真正意义上的"现代新乡绅"的抒写与典型塑造，具有风向标意义。这样的"乡绅"形象淡化了"十七年文学"中意识形态色彩过于浓厚的村干部塑造，颠覆了新时期文学"乡村权力异化"的展览式书写，敏锐地抓住当今乡村现实生活中出现的细微变化并把握住了这一规律性认识，刻画了新世纪乡土小说的"新人"，充实了当代乡土小说的人物画廊，回应了社会对乡村振兴的关切。

一直以来，新世纪乡土文学之于"乡村权力""村干部人物"的描写，大多着眼于批判和揭示，除了评论者和读者广为诟病的"苦难叙事"，即不少作家不约而同热衷于展示乡村的凋敝、农民的愚昧与信仰迷失、乡村权力异化、文化荒漠化、生态恶化、伦理崩解、农民进城的命运凄惨与身份认同混乱……，其作品鲜有亮色和光明的指向。只能让人空留感喟，嗟叹几句"农民的启蒙任重道远""农村岌岌可危"的废话，难以唤起人们对改造"乡土"的勇气和信心。这些书写表征出乡土小说家们对乡村振兴的进展、返乡创业农民日趋增多、村容村貌建设、乡村旅游兴起、乡村内生力量崛起等"萌芽状态的事务"视而不见，以及当下乡土小说创作的软肋与短板：同质化书写与缺乏发现"真善美"的眼睛。确切地说，这多半是由于作家与"乡土"的隔膜造成的。陈平原指出，"'乡土文学'家对故乡生活、农民痛苦的了解，多半来自间接经验。而作为直接经验的只是儿时生活的回忆和成年偶然回乡的观感。这就决定了他们不可能对农民生活做出精彩的描绘"[①]。

应该说正是在这个意义上，小说《胡不归》中"陌生新人"薛文宗的闪亮登场，刷新了此类人物谱系的抒写，是具有时代封印的"独特的这一个"，也喻示了乡村人物书写的一个走向。只有真正融入土地的作家，才能够从中发现乡村的嬗变，并将这一大家熟视无睹的"新质"热情地展现

[①] 陈平原：《在东西文化的碰撞中》，浙江文艺出版社1987年版，第198页。

第六章 熟悉的陌生人:新农民形象谱系

出来。陕西作家侯波,就是这样的土地之花。

《胡不归》是侯波发表于《当代》(2018 年第 5 期)的中篇小说。"胡不归"一词来自陶潜《归去来兮辞》,意即,快回家吧!田园将要荒芜了,为什么还不回去呢?这篇小说设计了乡村教师薛文宗,一个看似老实且又唯唯诺诺的小人物,但他知书达理、人脉广泛、见过世面。退休返乡后,因为办事能力强而被乡里定为世宁村代理村主任,随后他在世宁村主持解决了建沼气池、修公路、土地承包等一系列棘手问题,逐步获得村民认可,就在他得到村民拥戴、兴建薛家宗祠时,出事了……。笔者认为,以薛文宗为代表的乡村领头人,具有"在野"和"知识性文化性社会性"的双重属性,是新时代乡村社会的"现代新乡绅"。

旅日学者宋青宜对中国"三农"问题有较深入研究,她认为,"新乡绅主要是指受过良好教育的,……获得一定资本的或具有创业能力的,乐善好施的,经过一定时间努力得到村民信任进而具有话语权的回乡人士"[①]。对标比较,薛文宗正是这样的回乡人士,他在恰当的时候,浮出历史地表。

宋青宜归纳了当代"新乡绅"的特点,并指出其中的关窍,诸如:讲道德,讲诚信,有爱心,有智慧;是公益事业的热心人;凭着自己高尚的人格魅力,获得了乡亲们的尊敬和爱戴。能够坚持正义并主持公道。从文本分析,薛文宗作为中学教师,有较高的文化修养,当过副校长,有一定社会地位;为举办村里的联欢晚会捐资、为了村集体利益无私奉献,敢于斗争,公道正派,有情怀爱心还带着一点小韬略……。正是这个近民而非民、似官而非官的普通百姓,乡里领导要依靠他,村民慢慢服从他。他在艰难行使"代理村长"职权的过程中,不断左右逢源,甚至无往不利,逐渐具有了"现代新乡绅"的精神气质和实际能力。小说写到后半部分,薛文宗通过工作实绩和人格魅力,慢慢积攒起人气,凝聚了人心,村里的事务有了起色,一个现代新乡绅呼之欲出。

小说刊发后,好评如潮。有评论认为,"《胡不归》的深层次内涵,作家要体现的是'芜',这一个'芜',不是指土地上的'芜',而是指农民的精神世界。"说到底,这篇小说烛照了一个大家习焉不察的问题:"农民的文化信仰、道德底线的精神世界的荒芜。谁来负责这些问题,谁去勇敢

---

① 宋青宜:《中国未来的脊梁:新乡绅》,《观察与思考》2010 年第 5 期。

地承担这个拯救的义务？"① 这个洞见是犀利清醒的，抓住了农村经济发展之后精神空虚文化荒漠化的症候。有学者评论道，"以市场经济为后盾的改革开放虽然保证了'文化大革命后'社会的稳定，凝聚了人心，……也导致了人们的精神生活的涣散和虚无感的滋生，市场经济提供的物质环境，并没有为富足起来的人们提供心灵抚慰的精神资源"②。

但是，我们不应该仅仅停留在"胡（为什么）不归"的责问上滑行。关键是，面对乡土世界中农民精神荒芜、文化溃败、人心离散，要进一步追问：是谁，应该认清现实？是谁，应该肩负起这个挽颓势于既倒的重责大任？是谁，应该义无反顾地"归来"？答案当然是——现代新乡绅。

在新世纪乡土小说中，也有近似"现代新乡绅"式的人物——有文化知识、有创业资本和能力、也捐点小钱、有一定话语权。但是，两相较量，他们或者是乡土的"出走者"，抑或是最后一丝利润的"榨取者"。乡土文学作家王十月曾经有一部小说《寻根团》（《人民文学》2011年第5期，获2011年人民文学奖优秀中篇小说），讲述的是在广东打工发家致富的楚州籍老板、企业家、知识精英以寻根的名义利用清明节返乡"淘金"，各取所需最后又忙不迭出走的故事。文中的这些老板，如毕总等人衣锦还乡，得到了质朴的乡土最真诚的拥抱和欢迎。但是，他们除了走亲访友炫富装逼，急切地寻找合作商机在家乡再狠命捞一把外，再也没有心思为乡村做出哪怕是一丁点儿的贡献。简而言之，他们虽然头顶着"乡绅"、"乡贤"的高仿帽子，实质上是乡村的索要者、榨取者、叛离者。薛文宗也返乡，他归来、留住、干好，真心实意为农民谋幸福，尽心尽力为乡村促发展。二者境界不可同日而语。

三

所谓"治理"，指各种公共的或私人的个人和机构管理其共同事务的诸多方式的总和。它是使相互冲突的或不同的利益得以调和，……运用权力去引导、控制和规范公民的各种活动，以最大限度地增进公共利益。③ 21世纪以来，我们国家在各个领域不断推进现代治理体系建设和治理能力

---

① 布日古德：《胡不归——评侯波同志的中篇小说〈胡不归〉》，http://blog.sina.com.cn/s/blog_509a4d750102yq05.html，2018年11月17日。
② 程光炜：《文学讲稿·80年代作为方法》，北京大学出版社2009年版，第333—334页。
③ 俞可平：《治理与善治：一种新的政治分析框架》，《新华文摘》2001年第12期。

第六章 熟悉的陌生人：新农民形象谱系

现代化，以此应对"治理危机"。

谈及农村治理，在20世纪八九十年代的乡村社会乃至之前，由于农民缺乏主体和民主参与意识，形成由村干部"说了算"的，自上而下的"命令型""支配性"领导（而非治理）机制。譬如，双水村的田福堂、高明楼等"威权性"村干部，牢牢把持着村里的大小事务，有专制和支配的权力。高明楼利用手中权力，排挤"乡村才子"高加林，让儿子替代他成了不用下田劳作的代课教师。

进入21世纪，农民受到现代化的影响，催生了现代民主意识和维权自觉，主体意识觉醒，参与愿望强烈，乡村事务就涉及多主体的共同协商：基层政权、村干部、NGO组织、各级合作社、村民代表（在乡与进城）乃至宗族势力等不同利益群体的博弈，此时是一种"协商式""参与性"的治理。纵观《胡不归》里的薛文宗，正是在失去"支配性"领导的有利条件下，以一种全新治理模式下，艰难开展村务工作，这是一个新课题。这个时候，摆在这名成长中的"现代新乡绅"面前，就急切地需要增长"新"质素来填充其内涵。

薛文宗所生活的世宁村，"这几年家家户户都有钱了，大多家户都在县城买了房子，开上了小轿车，然而在集体的事情上却越来越没人管了。村里现在连个村长都没有"。所以，薛文宗所面对的村务就十分复杂，既有苹果园的承包纠纷与上访、兴建沼气池、兴修公路、拔除钉子户等集体大事，又有邻里纠纷、用水、修石碾等鸡毛蒜皮。总而言之，农村无小事，中国农民在千百年时局变革中惯习陈陈相因，摆脱不了精神的"窠臼"。"《胡不归》的精神世界镜像里面照出了好多农民的嘴脸，这些嘴脸和周立波的《暴风骤雨》中的情节有些历史上的吻合。"[①] 因而，对于这个不期然卷入乡村事务提前退休的教书先生，不仅十分需要从政的智慧、管理的艺术，更需要俯首甘为孺子牛的"情怀"——这是新时代"现代新乡绅"的第一质素。薛文宗因病内退后，衣食无忧，本来可以过起乡村"寓公"的闲适生活，终日拉二胡、晒太阳。在介入村里烦恼挠心的事情后，面对老婆数落，"这村里都是些老虎豺狼黄鼠狼，个个鬼心眼，说人话不做人事，村里的事就是个火坑，别人躲哩，你却要往进跳哩。"当局长的

---

① 布日古德：《胡不归——评侯波同志的中篇小说〈胡不归〉》，http：//blog.sina.com.cn/s/blog_ 509a4d750102yq05. html，2018年11月17日。

杨同学的劝说:"你又不是村长又不是支书,管这么多事干啥哩。……集体的事你干得再多也落不了好的,何苦呢?"他虽然时有后悔,却又宁折不弯,因为,他从心里认同并身体力行老支书的临终遗言,"这活人是活大家哩,活得死了也要让大家记住哩。"薛文宗还铭记返乡又出走的薛洪达的话:"老辈人常说一句话叫'活人'哩,其实就是要活众人哩,活亲戚、活乡亲哩,否则的话,你再有钱,再有势,在村人面前也抬不起头啊。"虽然在为村里排忧解难中,他屡次受到各种内外"阻击",但薛文宗说:"干点事不受点委屈咋能行哩,韩信还受胯下之辱呢。"这些磨砺,反而"激起他想铺路、给村里办点好事的雄心壮志来"。

从文本解析,薛文宗居乡在野,除了有知识文化和为民服务的"情怀",还有计划经济时代的村干部鲜有的现代因子:协商——这是现代新乡绅的第二个新质素。协商的反面是"专制",协商是与新时代乡村民主建设同构、与村民自治制度高度耦合的元素。也就是说,直到当下,乡村才逐步迎来了它此前向村民允诺的"现代"。小说描写到,薛文宗本是一介书生,既没有过硬的政治或经济资本,也没有势力手段在民心涣散、失魂落魄的世宁村实行"一言堂",唯一的办法就是:协商。于是,他与挂村干部协商如何完成建设沼气池的任务,与一干跳广场舞的大妈协商如何举办村级春节联欢晚会,与乡镇领导协商怎样修建村公路,与妻子协商为晚会捐资一千元人民币,与村民协商解决老大难的苹果园土地承包与流转,与秀兰协商退出乡村寺庙遗址……,正是通过他的左右斡旋、上下沟通、前后穿梭、里外安抚,渐渐重塑了世宁村的"社会生态",解决了一个个困扰世宁村多年的积重难返的问题,积攒了村民的共识——当然,此间也离不开他农民式的"狡黠"和"韬略",更离不开他获取认同的法宝:公心。因此,公心是"现代新乡绅"的第三重要特质。在世宁村,人心涣散是表象,根源是人性中的自私自利占了上风,小农意识抬头。中国社会改革开放40年,经过现代化的洗礼,城乡面貌发生了翻天覆地的变化,摩天大楼在城市随处可见、乡村触目即是一片樱红柳绿。但是,深深烙刻在农民精神世界和文化心理中的传统习气,特别是自给自足的小农经济所孕育出的保守、愚昧、自私等"老魂灵",仍然有强大惯性,在乡村"空心化""散沙化"过程中,发挥着不可低估的作用。

小说中,乡里的郭副书记感慨道,"这几年,村里人钱多了,可也变得极为自私了,……一些人事不关己,高高挂起,一些人等着看哈哈笑,

第六章　熟悉的陌生人：新农民形象谱系

还有一些人，不说正经话，纯粹就是捣乱。大家都没有个是非观，什么礼义廉耻，什么文明道德，全都被忘记了……这样下去可如何得了呢？"具体到村里，诸如秀兰对圜圜的长期霸占使用、薛天成对建设薛氏家祠收取高额水费、村民们对 100 多亩土地承包与流转反反复复的上访、争吵乃至动手，以及修乡村公路为青苗费补偿漫天要价，等等，说到底，都是为了一己之利，这些自私行为在薛文宗的公心逼视下，榨出"小"来。且不说他积极主动为村里的活动捐款，单看他为乡村尽心尽力的无私付出：自从行将就木的老支书找他谈话后，"他心里就挂着各事"；对于举办联欢晚会，"大家都盼着他来组织活动，这些信任，让他心中暖烘烘的"；对于离乡游子薛洪达的期盼，"只有一个人记到了心里，这个人就是薛文宗，没过两天就到县里去打问铺路的事"；对于村里修路，"他就去找同学杨局长想办法，看能不能（自费）请交通局长吃顿饭，或者给人家送两条烟也行，把这事办了"。对于突破拆迁钉子户，他"咬紧牙关，下决心了。妈的，惹人就惹人，哪怕把这宗事闹完这临时村长不当了呢"。……薛文宗就是在这左支右绌中，以公心办好事、成就事，树立了威信，重新凝聚了乡村"共同体，"貌似逐渐成长为时代征召的现代新乡绅。

四

总体而言，当代乡土小说之于"乡村政治"的抒写，主要继承了鲁迅的路数，着眼于启蒙和批判，表现了强烈的现实关怀，又有着鲜明的时代特征和"缺德"倾向。无论是共和国新生政权建立的年代，还是资本全球化时期，都不乏"乡村权力"的觊觎者、滥用者。有研究者指出"乡村权力构成中有国家权力'安插'的成分，有新生资本力量强力介入的成分，也有社会黑恶势力渗透的成分，而很少有能代表广大弱势农民利益的成分。乡村政权中各种势力的实际权力代理者，往往是哈耶克所说的'最坏者'"[1]。

侯波在创作《胡不归》时，倾注了对古老苦难乡村振兴的希冀与理想追求，力图与上述写作传统做一个切割，而努力写出时代前行处最新鲜的"发现"，进而把薛文宗刻画成"独特的这一个"，破除哈耶克的"魔咒"。小说塑造的现代新乡绅——薛文宗这一形象，不是凭空浮出历史地表的，

---

[1] 李兴阳：《乡村治理危机与乡村权力批判》，《湖南科技大学学报》2013 年第 6 期。

正如前文分析,他的前世今生与"乡绅"、"圣徒"虽有区隔,却又隐含千丝万缕、超越时空的联系。换而言之,《胡不归》这一佳构,浓缩了"乡绅"的百年变迁史、文化横截面、现代史,现代新乡绅是乡绅与圣徒之子,是汲取二者精华的"现代之子"。

《胡不归》设置了一个巧妙的"隐蔽副线"叙事结构:薛文宗的祖父薛耀堂是民国时期县里赫赫有名的乡绅,在乡间广行善事,影响深远,得到乡邻的交相赞誉,被后人树碑立传载入县志。在无法开展工作时,乡里领导为了动员薛文宗参与世宁村的治理,便以薛耀堂为例百般劝导,但薛文宗对祖父死于中华人民共和国成立后群众批斗的结局仍心有余悸,不愿"蹚浑水"时,郭副书记说:"没有人会要你的脑袋的。你看看,古时候,农村就没个村干部,都是靠乡绅治理的,乡绅也办了许多事的,像你姥爷,你问问这方圆多少里大家都知道的,当初在党湾桥那儿还立有碑子呢。""当年你祖上可就是实实在在的乡绅,给村里办过许多事哩。县志上都有记载哩。"当工作颇有进展时,又表扬说:"你放在过去,就是乡绅。……解放前农村的事都是靠乡绅来协调处理的。"当工作卡壳需要协调时,又威逼利诱:"像你这号人,在解放前,那是乡绅,村上的疑难杂症都要靠你们协调解决哩。你祖上可是响当当的,县志中都有记载的。我现在也只能指望你了,你多想想办法吧。我还是那句话,这个事你了结了,修路的事包在我身上。"

可见,薛文宗乐善好施、热心公益、关心集体是其来有自的:他身上流淌着先辈的热血,祖上的光荣与梦想构建了他的文化心理和精神底色。正基于此,现代新乡绅传承了传统乡绅的精神气质——道德教化、文化传承、热心公益等,在共和国的时空道路上,又与圣徒——老支书不期而遇。于是,乡绅、圣徒、现代新乡绅"三代"人从幽暗的历史隧道里穿越,被共时地安置在世宁村百年的兴衰荣辱中。小说写到,薛文宗得到了村里老支书的耳提面命与殷殷嘱托。因此可以说,老支书的数次教诲和黯然离世,即是一种隐喻:完成交棒,让薛文宗接续上20世纪五六十年代村干部(圣徒)的某些血脉遗传、理想信念。用老支书的土话说,就是"活人要活大家"。最终,冥冥之中恰恰是薛文宗,继承上了祖父、老支书的精神遗产,绘就了从乡绅—圣徒—现代新乡绅的人物图谱,赓续了这一人物谱系,从而具有了继往开来的意义。

然而,新生事物的成长并不总是一帆风顺的。小说结尾峰回路转,留

第六章　熟悉的陌生人：新农民形象谱系

给读者一个大大的悬念：薛文宗顺应乡亲吁求牵头违章修建薛氏宗祠，在乡领导带队强拆中，包村干部袁芙蓉"被压在了房梁和木梯之下……"。事后，薛文宗能不能顺利度过这突如其来的劫难？故事的结局溢出了读者的期待视野，呈现出间离效果和现实的复杂性。

与此同时，《胡不归》还独具匠心地悬置了一个反讽结构与发问：现代新乡绅的"合法性"问题。对于上级领导，现代新乡绅薛文宗能够走上世宁村的"政治舞台"，纯然是因为自娱自乐主办乡村联欢晚会而"被发现"的，颇具有偶然性质。他是在世宁村工作内外交困的时候，身不由己一步一步地卷入村务矛盾，被"代理村长"的。从他性格和"由民而绅"的运命来看，他是一个不断"成长中的人"。不论薛文宗后知后觉，有着怎样为村里办好事的理想雄心，"代表"党组织的郭副书记的算计，却充满了实用主义的色彩，是一种短视和卑劣的利用，更可能轻易地将这一社会新生力量推向"革命"的反面。有评论者尖锐地指出，"镇上的郭副书记是一个典型的两面派。小说的故事情节里所表现的他的形象，完全是以书记的小算盘设计的。……薛文宗只不过是郭副书记眼里的一个完成他的工作作业的马前卒。比如，修道是逼迫的，给薛文宗一个代理的村主任也是逼迫的。一句话，郭副书记不是老百姓的贴心人，主心骨。"[①] 如果说，郭副书记对薛文宗的"提拔使用"和前恭后倨，是出于暂时性的投机考量；假使上级领导对所谓的乡绅的态度呈现的是一种"分裂"的暧昧状态，那么，小说这样的安排是否预示现代新乡绅暗淡的前景？小说最后铺陈到，当薛文宗想丰富村里文化生活满足村民愿景，重建祠堂，并以祖父作为乡绅载入史册被纪念为例，向郭副书记据理力争时，却被狠狠训斥，"你姥爷更没什么可学习的，更没什么优秀品质，他当的是国民党的官，要表彰那就应该让国民党表彰去"。薛文宗听罢，刹那间"发现郭副书记的这张脸是如此陌生"。

小说行进到此，不无揶揄地响起"画外音"：上级组织与现代新乡绅，二者由相识而熟稔，再到革命战友，最后复归陌生——是否宣告：他们的短暂"蜜月"就此终结？这不免在读者心中升起一个既是文学的，又是现实的问题，那就是：应该如何安顿乡村自发出现的所谓现代新乡绅，又应

[①] 布日古德：《胡不归——评侯波同志的中篇小说〈胡不归〉》，http://blog.sina.com.cn/s/blog_509a4d750102yq05.html，2018年11月17日。

该怎样将这些精英以及他们身后代表的广袤乡村，纳入社会主义现代化建设事业的伟大图景？这是此类小说赋予的更深层次思考。

第三节 扶贫叙事中的"贫农"形象

党的十八大之后，国家为全面建成小康社会，在乡村加速实施脱贫攻坚战略，"小康路上一个也不能少"是执政党对世界和人民的庄严承诺，无论是政府还是农民，都深刻地卷入了这场世纪性的声势浩大的伟业中。文学是时代感应的神经，对此多有表达，如《深山松涛》（罗涌）、《我是扶贫书记》（张荣超）、《战国红》（滕贞甫）、《桃园兄弟》（何开纯）、《北京到马边有多远》（王雪珍）等，都以时代集结号和风向标的方式抒写了雄伟壮丽的乡村扶贫实践，见证了乡村和农民的伟大"创业史"，揭示了中华民族伟大复兴的中国密码和善治方案。就乡村扶贫而言，文学的力量是深入人心的，它的形象宣传与正面教化的效果日益彰显。正如恩格斯针对德国风俗画家卡尔·许布纳尔的画作《西里西亚织工》（1844）所指出的，"从宣传社会主义这个角度来看，这幅画所起的作用要比一百本小册子大得多。"[①] 与此相仿，精准扶贫的乡土小说所起的作用就是"号角"和"扶志"的功能，并以此紧紧拥抱现实生活的战斗精神、高扬的时代主旋律去赞美和表现伟大时代的真善美精神。新世纪乡土扶贫小说中，怎样表现扶贫？小说塑造了怎样的被帮扶的"贫农"形象，这些形象与他们的先辈又有着怎样的历史勾连和遗传密码？本节就此做一探究。

一

文学中的"贫农"并不鲜见，中国现代文学史中《多收了三五斗》《春蚕》《阿Q正传》《药》《故乡》《白毛女》《放下你的鞭子》等经典文本刻画了令人难以忘怀的"贫农"形象：阿Q、戴旧毡帽的朋友、华老栓、杨二嫂、闰土、老通宝、杨白劳、逃难到关内的卖艺父女……，这些半殖民地半封建的中国乡村社会"沉默的大多数"成为贫农的原因多种多样：有的因为丰收致贫，有的因为天灾人祸、有的因为谷贱伤农、有的因

[①] ［德］恩格斯：《共产主义在德国的迅速进展》，《马克思恩格斯全集》第2卷，人民出版社1957年版，第589页。

第六章 熟悉的陌生人:新农民形象谱系

为洋货倾销致贫,有的因为苛捐杂税、有的因为兵匪官绅、有的因病返贫,有的子女众多、有的身无长技靠打零工四处漂泊,总之,广大农民致贫的根源在于旧中国腐朽没落的社会制度,和积贫积弱的国家饱受列强欺辱宰割。《多收了三五斗》揭示了"洋米""洋面"的低价倾销导致大量农民破产的现实,中年闰土的悲惨境遇折射出"民国万税""苛政"的可怖,杨白劳被迫卖儿鬻女反映了地主劣绅阶级对农民的盘剥压榨,至于黄河口决堤、连年内战、列强的烧杀抢掠导致的人民家破人亡、流离失所更是时有耳闻……。显然,现代文学史上的"贫农"是作为"革命叙事"而进入文学人物的画廊。旧式农民家徒四壁、颠沛流离的贫苦生活处境,饱受阶级剥削压迫的人身依附关系在在揭示了"革命必须唤起最广大农民的觉醒""唯有共产党才能救中国"的历史真理。这些小说在对农民的革命意识、自救思想塑造的过程中,纳入许多不言自明的民族国家意识,成为"贫农叙事"的潜在的替代性叙述结构,并用乡村及农民的"复线的历史"正义反衬帝王将相的主流的"线性的历史"黑暗。"革命"被植根于这些文本肌理中,成为读者所认同的语法结构与劝喻形式。这些隐喻包括阶级观念、苦难记忆、救亡图存等,它们由文本中的贫农形象与悲惨遭遇交织维系在一起,并借助"讲述"和"诉苦"的权力技术,赋予"革命"以绝对的权威,使"贫农叙事"成为现代文学史上重要的表现流脉。

在考察"政治记忆"对民间意识的塑造中,郭于华使用福柯关于"权力技术"对社会影响的分析法,贯穿在对农民如何建立"诉苦"与"忆苦思甜"动员模式的解析上。[①]"诉苦"被当作革命党人型构农民阶级意识、国家观念的特有手段。它的运作秘密在于通过鼓励农民"诉苦",启发农民将归咎于"命苦"和日常生活遭遇的苦难之"果"提炼出来,纳入阶级分析与阶级斗争的框架中去寻找"因",进而引导农民与更宏大的"国家"叙事建立联系。这是农民身份再造的过程,贫农通过"诉苦"确认了自己的阶级身份,也建构了国家观念并在其中找到自己的位置。于是,革命顺理成章。因此,"诉苦"技术的运用塑造的不是现代意义的"公民",而是"阶级的一份子"。杨白劳等贫农的革命意识、阶级观念就是这样被生产出来,同时也赋予了贫农在共产党领导下反抗斗争的正当性。

---

① 杨念群:《"后现代"思潮在中国——兼论其与20世纪90年代各种思潮的复杂关系》,《开放时代》2003年第3期。

到了20世纪50年代，反映土改、合作化运动的小说中，也出现了为数不少的"贫农"。这些贫农固然是我们的阶级兄弟，但是，他们的"贫"塑造与根源挖掘，指向的却是农民内心深处的小农意识、自私自利思想、保守观念、缺乏政治觉悟和大集体观念的落后思想。显然，这里仍旧赓续了五四以来"启蒙思想"的某些因子。赵树理笔下刻画了"新农民""旧农民""中间人物""农民中的流氓"等四种农民形象。诸如《锻炼锻炼》中的"小腿疼""吃不饱"就是旧式农民，他们身上依然有着浓重的小农思想，奸、懒、封建迷信、盲从等是与生俱来的痼疾——这些愚顽不化的"农民病"正是中国革命胜利后所要继续清理的。于是，"启蒙叙事伦理"走上前台，"革命"退居幕后。此外，赵树理还创造性地类化出了"贫农中的流氓"形象——日后成为新世纪乡土小说中的"村霸"。在他答复《邪不压正》时真诚表白："据我的经验，土改中最不容易防范的就是流氓钻空子，因为流氓也是穷人，其身份很容易和贫民相混。只有流氓毫不顾忌，只要眼前有点小利向着哪一方面也可以。可惜那些地方在土改中没有认清这一点，致使流氓混入干部和积极分子群中，仍在群众头上抖威风。"① 在此，赵树理从农民立场出发，在小说中对"流氓和容易变坏的干部"的揭露，对上级组织的陈情，显示了他敏锐的现实洞察力和不妥协的战斗精神。如《小二黑结婚》中的金旺、兴旺兄弟就是"流氓"的典型。新世纪乡土扶贫小说中也隐约可见他们的影子。

改革开放后，乡土小说中的"贫农"有《鲁班的子孙》的富宽大叔夫妇、漏斗户主陈奂生、李顺大，《乡场上》的冯幺爸，《狗日的粮食》中的瘿袋婆与杨天宽等，读者完全可以开出一系列"被侮辱与被损害"的农民的名字。这些贫农的塑造，既是"反思文学"的一部分，也是对农民在"文革"极左政治路线戕害下沦为牺牲品的有力控诉——显然，这是典型的"政治叙事"，借助文学的形式抒发对非人时代对喑哑无声的农民造成的深重灾难及其原因的挖掘与批判。

二

中国是农业大国，农村人口占了80%以上。到21世纪的今天，尽管"城镇化率"已经超过农村。去年权威数字表明，"全国的城镇率指标继续

---

① 《赵树理文集》，人民文学出版社2005年版，第5页。

第六章 熟悉的陌生人:新农民形象谱系

增长:2018年末全国常住人口城镇化率为59.58%,户籍人口城镇化率为43.37%。"① 但是,恰恰是没有进入"城市化"的,在现代化进程中落后了的那一部分乡村及农民,是最需要扶贫攻坚的对象。其中,有不少农民处于国家确定的贫困线以下,是亟待精准扶贫和帮扶脱贫的对象。所谓"贫农",就是"贫困人口中的农民",根据国家的定义,贫困标准为"2016年贫困线约为3000元,2015年为2800元。中国目前贫困线以2011年2300元不变价为基准",② 2017年则为人均年收入低于3200元。因此,农民能不能脱贫事关中华民族伟大复兴和"两个一百年"宏伟目标的实现。"据国家统计局全国农村贫困监测调查,按现行国家农村贫困标准测算,2018年末,全国农村贫困人口1660万人,比上年末减少1386万人"。③ 当前,国家正在推行"精准扶贫",极力消除贫困人口,到2020年要实现全部脱贫,任务十分艰巨。所谓的"精准扶贫"是相对"粗放扶贫"而言,是指针对不同贫困区域环境、不同贫困农户状况,运用科学有效程序对扶贫对象实施精确识别、精确帮扶、精确管理的治贫方式。④ 正是在上述乡村现实的基础上,新世纪的扶贫小说聚焦世纪难题,抒写了这场伟大的"后革命""后启蒙"的"第二次创业史",也塑造了众多的、与其先辈们迥然不同但又有"血脉"联系的"贫农"形象。这里的"后革命"其意有二,一是从原来的"阶级话语"转向到了当下的"经济话语"——贫就是贫穷,就是经济意义上的脱贫致富。原来农民之所以穷,是因为阶级压迫剥削,现在则是共产党带领农民奔小康、共同致富;二是由彼时的"革命话语"转向为现在的"现代化话语",乡村不再有暴风骤雨式的革命斗争,而更多的是急迫紧张的现代化建设:经济建设、乡村治理、民生问题、文化重建、自然生态保护等。"后启蒙"也有两层含义,一是凸显了执政党"以人为本"新理念,将目光从"物"的"经济"聚焦到实现现代化的"人"的身上。即从追求经济"效率"到现实人的"公平"——正所谓"小康路上一个也不能少";二是启蒙的面向扩大,从启

---

① 《中国人口城镇化率逼近60%!》,http://www.sohu.com/a/298978685_100077536,2019年3月4日。
② 《中国贫困标准》,https://baike.baidu.com/item/中国贫困标准/1207599?fr=aladdin。
③ 《统计局:2018年全国农村贫困人口减少1386万人》,人民网—财经频道,http://finance.people.com.cn/n1/2019/0215/c1004-30696058.html,2019年2月15日。
④ 百度百科:https://baike.baidu.com/item/精准扶贫/13680654?fr=aladdin。

蒙这场伟业的主体——农民，到启蒙乡村科学质素、经济发展、复兴农耕文化、民主观念乃至人的全面现代化。扶贫小说反映出新世纪农村经济社会结构、业态调整、阶层矛盾、贫富分化的不同面向，也深刻反映了农民赓续几千年的小农意识中"物质自利"与宏大叙事中"政治觉悟""道德律令"之间的矛盾与张力。在"后革命""后启蒙"的扶贫事业中，不管是在现实生活中，还是在新世纪乡土文学中，"贫农"是一个突兀的群像，众多扶贫小说塑造了不同类型的"贫农"形象。

首先是"扶不起的阿斗"式的贫农形象。有些扶贫小说常常把乡村的"贫农"描述成是些非穷即懒的人，他们头脑简单（甚至有点愚痴）、蒙昧自私、保守落后、贪婪粗暴、大男子主义、酗酒无度、饱饿不均、得过且过、等靠要思想严重、无赖上访等。这些贫农再后退一步，就会加入"阿Q"的行列，成为"流氓无产者"，再前行一步，就成为"不好不坏"的自食其力的普通农民。李司平的获奖小说《猪嗷嗷叫》里，就漫画式地形塑了这样具有"刻板印象"的滑稽、古怪的贫农，也进一步强化了读者对"贫农"的负面认知和文学想象。发顺（同村的老岩、二黑也是孤家寡人、建档立卡户、破落户）是深山乡村里的一个贫农，在村里把小恶事做绝了，他不事稼穑，好逸恶劳，酗酒成性，经常家暴妻子，家徒四壁，靠政府扶贫勉强度日。李发康是对口帮扶发顺的包村干部，通过引进优质母猪苗这一重点扶贫项目，想扶持发顺早日脱贫。"但是发顺这个重点扶贫挂钩对象早已耗尽了李发康的耐心……烂泥糊不上墙，但要扶的对象是个人，烂泥一样散漫的人"，他将县里无偿分发给他的母猪苗稍稍养大，就准备杀来作年猪，以满足自己的口腹之欲，结果是母猪跑了，发顺妻子玉岩为寻找母猪也"失踪"了，李发康为了应付上级检查，临时借猪凑数被识破受到处分后辞去公职……。在此，我们看到，饲养母猪的长态脱贫效益化作了吃肉的一次性短期行为——政府扶贫的"动机"和贫农受帮的"效果"产生严重错位。扶贫干部李发康对此类贫农"哀其不幸怒其不争"的怨怼，产生一种近似无奈的"诙谐"和苦涩的反讽效果。作为底层农民，特别是挣扎在温饱线上的贫困农民，吃饱穿暖是他们扑面而来的首要问题。扶贫小说中的贫农对能不能从扶贫中得到眼前的实实在在的好处，能不能获得温饱、家有余粮完全是出于个人最为急迫利益的现实考量，他的思维行动完全聚焦并受制于这个迫在眉睫、生死攸关的现实利益上，他们对能不能得到扶贫资金、有没有扶贫工作队下发的柴米油盐的愿望、兴

第六章 熟悉的陌生人：新农民形象谱系

趣远远大于对政治话语（后革命）、科学话语（后启蒙，如科学种养等）——扶贫攻坚、全面小康、民族复兴的崇高伟业的兴趣。因为后者对他而言，不仅过于抽象，而且显得遥远。这就引出一个问题：为什么穷人耽于得过且过，吃了上顿没下顿？穷人为什么往往与中产阶级唾弃的酗酒、吸毒、未成年生子之类的自我毁灭性行为紧密相连？美国社会学家佩恩提醒我们：穷人很难做到"延迟满足"，即一种甘愿为更有价值的长远结果而放弃即时满足的抉择取向，以及在等待时展示的自我控制能力，这在很大程度上是由穷人所处的恶劣生存环境决定的。①"延迟满足"需要建立在一种长远规划和稳定预期之上，而发顺、老岩、二黑这样的穷人所处的环境常常是"有今天，没明天"，因此，颓废、萎靡不振、今朝有酒今朝醉、寅吃卯粮等成为他们的无奈首选。

早在对《创业史》中"梁三老汉"进行分析时，文艺批评家邵荃麟发明了"中间人物"的概念，即这类农民思想境界较低、自私自利观念严重，小农意识浓厚，他们处于先进与落后、战友和敌对之间，是革命和敌人争相拉拢的农民。"中间人物"往往出于利己本能和生存需要，以"谨慎反抗和适度遵从"的策略应对上面的政策，表现在日常生活中就是比较严重的个人"私利"行为。②高王凌的《人民公社时期中国农民"反行为"调查》一书以实证调查研究的方式，论证了普遍性贫困的年代农民的"微弱反抗"及其策略技巧，研究表明不少农民存在瞒产私分、装傻卖呆、磨洋工等"私利"行为。③因此，"中间人物"或者说贫农的"中间性"又可以理解为"物质性"，其"私利"行为又可看作基于物质基础上的利己行为。这其中，"算账"起了决定性的作用——自然，农民最讲求实际和眼前利益，他们算计的一般是与自身安危冷暖、性命攸关的经济账，而不是什么政治账、名誉账等"虚无缥缈"的东西。高王凌认为，农业合作化道路中农民阶层的"利己"行为，大家都心知肚明心照不宣，"他们一直有着'反道而行'的'对应'行为，从而以不易察觉的方式改变，修

---

① 转引自熊易寒《穷人心理学：社会不平等如何影响你的人生》，雪球网，https://xueqiu.com/8952115082/135112761，2019年11月3日。
② 高王凌：《人民公社时期中国农民"反行为"调查》，中共党史出版社2006年版，第192页。
③ 吴都保：《十七年农村题材小说自利性农民形象的剖析》，《中国现代文学研究丛刊》2019年第9期。

正，或是消解着上级的政策和制度"①。作家梁鸿以"文学史上的三次算账"为题梳理了1953年的梁生宝、1979年的陈奂生以及新世纪前后在"庚辰年"中柳县长（《受活》阎连科）对于"经济"的算计与考量：梁生宝的"算账"表征的是经由革命洗礼后的农民的"先进性"，那是革命理想对农民的深刻改造与征召；柳县长的"算账"则暗示着GDP主义至上和乡村道德结构与社会意识的改变。只有陈奂生对于在县城招待所住宿费的"算账"严丝合缝地汇流进了"贫农"对"物质性"追求的谱系中，在在切合了小农的典型心态，其随后的思想行动也洞幽烛微地表明了这类由贫困进入温饱的农民的观念的"二重性"、"边际性"与"物质性"。

时间穿越到21世纪，扶贫小说中贫农的"利己"行为仍然鲜有改观。因此，光靠启蒙——乡镇干部的说教等思想工作很难根除农民的小农思想及物质自利冲动，这也侧面显示了"启蒙"与"经济"的内在龃龉。在扶贫小说《我是精准扶贫户》（者苏）中，贫农牛顺游手好闲，对政府的帮扶心安理得、欲壑难填。直到有一天女儿妞妞遭遇车祸，扶贫工作组的干部不顾安危抢着献血，这才彻底感化了牛顺。他羞愧难当地说："叔一定听你们的，听政府的，叔一定会劳动脱贫的……"——突如其来的车祸毕竟是小概率事件，将贫农的思想转化寄托在靠农民的偶尔"良心发现"实在解决不了问题，也绝非精准扶贫的正途，小说也侧面表征了部分贫农思想的僵化与扶贫任务之艰巨。因为，"这些为数众多的人物都受最古老也最原始的动机支配：即个体的切身利益"②。高王凌认为"农民远非如许多人想象的那样，是一个制度的被动接受者，他们有着自己的期望、思想和要求"③——新世纪的发顺就是最好的赓续与诠释。但是，如果作家以一种"身处边缘"或"堕入底层"的同理心去看待"贫农"和他们的"穷赖懒"行为时，就会生发一种"历史之同情"并从"哀其不幸怒其不争"的伦理向度、人情体察之理解来阐释农民对于"物质"极度渴求的本能声音，而不是戏谑、夸张和丑化的姿态。"扶贫叙事得出教育农民的结论显

---

① 高王凌：《人民公社时期中国农民"反行为"调查》，中共党史出版社2006年版，第192页。
② 马若芬：《意在故事构成之中，赵树理的明描隐示》，《赵树理研究文集·外国学者论赵树理》，中国文联出版公司1998年版，第36页。
③ 高王凌：《人民公社时期中国农民"反行为"调查》，中共党史出版社2006年版，第192页。

第六章 熟悉的陌生人:新农民形象谱系

示出现代文明与农业文明两种价值观念的冲突,也表现出扶贫叙事的话语霸权,而其根源则是知识分子意识深处的启蒙意识。"[1]

总之,长期的缺医少药、贫困与饥饿使得待扶贫的农民群体一直置身于孤立无援、嗷嗷待哺的苟活状态。他们为了得到最基本的物质满足丧尽尊严、绞尽脑汁地向上乞讨,在贫困与温饱之间挣扎,物质缺乏、行为"失能"与心灵困顿、视野短浅也成为部分"贫农"真实的境遇与现实。因而,我们可以理解扶贫题材小说中"中间人物"式的贫农的"自利"行为,也能理解这类农民在扶贫攻坚、精准扶贫、致富奔小康运动中的消极、惰怠行为。

三

有研究者指出,农民致贫大约有以下一些原因:宏观看,普遍的经济欠发达、复杂的地质条件和脆弱的生态环境、受交通基础设施的限制,经济活动集聚不足是最主要的;微观看,贫困户提及最多的致贫原因是疾病、缺劳动力和缺资金,随后依次是缺技术、因残、因学、缺土地等。[2]因此,因病、因灾致贫的农民是当下众多贫民中的第二类形象。

反观这类贫农,他们是乡村贫农中真正的"弱者"。急速进步的乡村现代化进程中,大量的农民,尤其是贫民、智障者、流浪汉似乎就是社会学家齐格蒙特·鲍曼所说的那种"废弃的人口"(wasted human),即现代社会的"多余人"。在鲍曼看来,"他们是现代化不可避免的产物,也是现代性不可分割的伴侣,同时是秩序构建和经济进步必然的副作用。在现代理性、乐观的规划看来,他们是无助于世界历史进程(经济进步和社会发展,从文化霸权的角度讲,亦即人类文明)的过剩人口。"[3]但是,国家并没有放弃这些"穷人",因为,在一个文明进步的现代社会里,不应该有"被废弃的生命"。如果一个社会无法保障人民的生存与生命这样最基本的权利与尊严,缺失对边缘人群的帮助和救济,这个社会的文明状况就会荡然无存。我们看到,执政党正在现代化的征程中继续进行不懈的"后革

---

[1] 张连义:《简析扶贫叙事的启蒙意识》,《阴山学刊》2013年第10期。
[2] 王英、庄天慧、曾维忠:《四川深度贫困地区贫困减缓问题研究》,《天府新论》2018年第2期。
[3] 潘玮琳:《被牺牲的还是被废弃的?读〈废弃的人口〉》,豆瓣读书,https://book.douban.com/review/1161742/,2007年5月30日。

命",以"以人为本"和"科学发展"的新理念,以"阶级情谊"带领贫农奔小康。

长篇小说《七叶一枝花》(谭大松,2018)笔下的五药乡光明村是有名的国家级贫困村,下派村支书季思羽宣誓出征后,已是临近天黑,她没有来得及与家人道别,连夜风尘仆仆地赶回七曜山,准备撸起袖子加油干,俯下身子融入光明村的"脱贫攻坚大决战"。当在她走组串户面对面与乡亲们座谈听意见时,听到路边那条四五米深的沟底传来一声高过一声的叫嚷:"我要婆娘,我要钱买婆娘;我要讨个婆娘,我要和婆娘睡觉觉。""一定是大虎子那'性疯'病又发了。"她边想边快步走进沟坎边一看,果然是他——这令读者想到一百年前的贫农阿Q,其革命的动机就是抢劫宁式床和与吴妈困觉。所不同的是,大虎子的"病"有扶贫干部代表党和政府的关爱,最后得到妥善的救治。唐成的"非虚构写作"《扶贫札记》中,也记录了令人心酸的贫困户:妻子患尿毒症去世,男主人的脂肪癌和尿毒症晚期,俩人把全家拖垮还欠了一大笔债,只能在家等死……。

贫农的贫困如果千人一面,他就没有被人刻意记取的标签,就不会得到特别照顾。就像大虎子,假设不是他的"又穷又疯",他不会被格外地加以关照,他可能依旧是几十年如一日的穷汉子。而他疯病时时发作,就会获取更多的资源。然而二律悖反的问题在于,要尽早实现脱贫攻坚任务,达成全面小康乃至国强民富的愿景,迫切的工作就是消除贫困。而在众多的"贫困"如何使自己与众不同,以便获取更多资源,有时需要特殊的"筹码"使自己别具一格、过目难忘且能牵动人心。于是,扶贫中,贫农的"装疯卖傻""比赛卖惨""争当贫困户"就成为应有之义。在扶贫小小说《争当贫困户》中,农民王二狗为了物质利益通过巴结村主任、争相卖惨而成功"当选"为贫困户。

《安农记》(路尚,2016)也刻画了这样"非痴即傻""半呆半憨"的落后贫农形象。在北大留洋博士、下派到安农县作代县长的石润生的调研会上,他动员农民积极发言。会议室里的人群缄默了许久,后面突然有个声音嘟嘟囔囔:"俺们……俺们要告村干部!"说完复又顿了顿,磕磕绊绊地说,"告……告刘书记!"也许是石润生和蔼可亲的平民作风和书生气给了他某种鼓励,那人往前排挤了挤,畏畏缩缩地看了一眼赵昆山和刘喜武,大声道:"我叫张大毛子!"说着还用袖子抹了一把鼻涕。石润生瞬间就反应了过来,这个人大概就是王叔说的那个用种子换豆腐的人吧。"你

第六章 熟悉的陌生人：新农民形象谱系

大名叫什么呀？为什么要告刘书记？"石润生又问。"就叫张大毛子……哦，张……张大冒！"会议室的人开始窃窃私语，有的交头接耳吃吃地笑。张大冒又接着说："告刘书记卖地！"石润生一听就糊涂了，他的地不是被占了嘛，还分到了钱，尽管钱花没了，可村里不是还安排他在小学打更嘛，怎么临了却还告起状来了？"我听说……你不是分到补偿款了嘛，是好事啊，怎么还告呢？""是分到钱了，不过，花……花没了！"张大冒刚说完就引来众人的哄堂大笑。"我还听说村里不是安排你打更嘛，每月都有工资吧？"石润生说。"有是有……不过，没人给俺送米送油啥的了，也没人送种子……"石润生一听实在是忍不住了，但还强忍着没笑，他听明白了，这张大毛子一定是有了固定收入后没有扶贫单位包保了，过年过节也没人送慰问的东西了，最重要的是他没有种子可以换豆腐吃了。

有研究者提出了一个有意思的悖论，"能否获得国家的扶贫援助，要看有没有'潜力'去脱贫致富，而当它开始呈现出潜力或者已经脱贫后，还必须继续'穷'，才能获取更多的资源。"[①] 小说中，大虎子、张大毛子或是精神病患者，或是憨呆贫农，这样的塑造与渲染是作为"扶贫攻坚"的对镜而存在，显示了当下扶贫之难、攻坚之苦、任务之重和决心之大。但反观张大毛子因为无法继续"穷"下去而痛失资助的日常经验，以及与这些经验连带在一起的整个贫农的"装穷"乃至"告状"行动逻辑，我们就会在另一个维度发现贫农幽微隐秘的精神与生活世界。

在现代文学的塑造中，农民难以承担历史主体的任务，只能作为被启蒙、训唤和拯救的对象而存在。时至今日，农民现代主体的建构仍是一个漫长而艰难的过程，从深层次来说，扶贫攻坚的过程既是"农民"脱贫致富的外在显性过程，也是其主体意识、独立意志的成长过程，更是其旧式人格蜕变的过程。这种成长或者蜕变具体地说就是祛除古典乡土所形塑的落后的文化心理、封建小农意识，实现由"等靠要"的依附型人格，嬗变为自立自强、独立自主的现代型人格的过程。这是农民艰难转型、涅槃重生的过程，这种艰难在新世纪乡土扶贫小说中的乡村"懒人""笨人""憨人""病人"身上体现得最为鲜明。

在20世纪80年代的文学化抒写中，基于"公平"与"效率"哪一个

[①] 林琳：《回归与革新——新世纪中国新农村建设之路——以小说〈白虎寨〉为中心》，《河北师范大学学报》2017年第5期。

优先的考量，曾经深深地植入了作家的担忧。在《鲁班的子孙》中，作家借助穷人——富宽大叔卧病在床的妻子责问道："难道这个社会就不要我们这些穷人了吗？"表达了一个沉沦阶级或者是现代化征程中，一个"落伍群体"的无限焦虑，小木匠的抉择也似乎表明了这些"废弃人口"的无望。但是在小说的最后，老木匠坚守乡村"扶危济困"的伦理而打了小木匠一巴掌导致后者的再次出走，又显示了作者在这个问题上的游移不定和矛盾心态。今天，"小康路上一个也不能少"似乎是对富宽妻子"世纪之问"跨越时空的响亮而坚定的回答。

"流氓无产者"式的"无赖"贫农是第三类形象。在侯波近期小说《胡不归》中，世宁村的秀兰一家人就是这样的典型，因为贫穷愚昧、偏执自私、无知无畏，所以秀兰及婆婆对村务、对村干部就胡搅蛮缠、百般挑剔：占用村里祠堂废墟的公共用地种菜、儿子亮亮动辄上访闹事，因为苹果园土地流转之事还把人打伤了、女儿在城里打工卖淫被抓……。当然，秀兰全家人最后在"现代新乡绅"薛文宗这个乡村"新人"的救赎与恩威并施中，被驯服和归化，她家的脱贫似乎前景光明。

在刘强的小说《我是贫困户》中，也不无揶揄地抱怨，扶贫政策也养了一些懒人。五六十岁的年纪就十指不沾阳春水，不事稼穑；终日混迹在酒馆茶楼，还当起了贫困户，成天往村镇干部家厚着脸皮讨钱，一幅忍饥挨饿的样子，人见人怜。还有的人是粪凼头的石头，又臭又硬。认为自己是贫困户，伸手就向政府要吃要穿要房住，胡搅蛮缠，不达目的就去上访，一个电话或上面下来检查时，他就乱说一通，叫你当干部的吃不了兜着走，简直是又穷又恶又不吃豆芽脚脚。《猪嗷嗷叫》中的发顺，最后破罐子破摔，倒打一耙将媳妇儿的"失踪"归咎于挂点干部李发康，不断到乡镇和县里上访，敲诈勒索，狮子大开口，已经沦为人见人厌的"无赖"。有研究者认为，在两极分化的情况下，当下底层的农民不仅逐渐地抛却和失掉乡村文明固有的美好的品质，而且更甚的是现实让他们刷新了对事物的价值取向，此前被认为应当遭到唾弃的诸如虚荣、狡诈、欺骗、自私、狭隘、金钱至上等观念，逐渐被一些人无可奈何的奉为生活与行为准则，这无疑让人感到不寒而栗。①

《勾兑》写老王挂点帮扶贫困户张三毛。这两年，为了让他如期脱贫，

---

① 李婷：《论胡学文农村题材小说的"底层叙事"》，《求索》2012年第9期。

第六章 熟悉的陌生人：新农民形象谱系

老王私人掏腰包花费了两千多元，为他买过小猪仔，买过鸡鸭苗，没喂几天他就拿去卖了，买酒买肉花销了。他说，啥子小康不小康，肚子饿了心才慌，把眼前肚子管饱才是大事。也给他买过几次化肥种子，动员他把承包田地种起，他甩都不甩。反正按扶贫政策该享受的都享受了，他还是饥不饱腹，吃了上顿没下顿，成天在乡场上游逛，有时手痒还要进茶馆去搓几把麻将，实在没办法了，就伸起手板向这个要钱，那个要钱，成了十足的癞皮狗一个。县上组织工作组，对全县所有贫困户进行三方评估。当工作人员找到张三毛，询问他的家庭收支时，一问三不知；问他享受了国家哪些扶贫优惠政策，他摇头不晓得；问他帮扶人是谁，采取了什么帮扶措施，他还是不晓得。几个不晓得，让老王跳进黄河也洗不清，挨了领导一顿说，真是气不打一处来。过几天又要检查了，老王赶紧买了几斤猪肉，先去张三毛家"勾兑勾兑"，联络感情，以免他又说胡话。

"无赖贫农"的塑造，实际上反映了扶贫过程中施者与受者的不同站位及对解决贫困问题的分歧，显露出扶贫叙事中扶贫者与被扶贫者的双向焦虑，也在一定程度上表征了扶贫与农民之间的"隔膜"与错位。读者可以在为数不少的扶贫小说的讽刺、戏谑式书写中，感觉到叙事后面高高在上的知识分子的话语霸权和精英意识。正如有人认为："不是自然条件，不是没有好政策，而是农民陈旧的思想、落后的文化，还有许多丑陋的东西。是他们自己身上的落后东西，妨碍了他们奔小康的实现！扶贫，关键还是文化扶贫，精神扶贫呀！"[①] 这种简单化、先验地将农民设定为"愚昧"、"懒惰"甚至"无赖"的预判，实际上是非此即彼的二元对立划分，承袭了五四以来的思维路数。对此，有研究者指出："身处顺境中的人，往往居高临下地看穷人，认为贫穷是个人的禀赋或德性使然；但实际上我们所谓的'成功人士'取得的成就里，也有一部分'身份红利'或'平台溢价'，这部分溢价是我们的收益里超出人力资本（个人能力）回报的那一部分。"[②] 不假思索的"道德"指责实际上遮蔽了不同历史时期农民精神的差异和当下现实因素。

小说《老周的烦心事》中，贫农老周的"无赖"就源自一些扶贫政策

[①] 韦晓光：《摘贫帽与教育农民》，《中篇小说选刊》1996 年第 5 期。
[②] 转引自熊易寒《穷人心理学：社会不平等如何影响你的人生》，雪球网，https://xueqiu.com/8952115082/135112761，2019 年 11 月 3 日。

的养懒贻痈、弄虚作假，批评了扶贫工作中的"形式主义"和"功利主义"倾向，令农民受到伤害并产生抵触情绪。老周家其实并不穷，看到村里个别人长期占用"贫困户"指标，吃穿政府，心理不平衡，于是使出浑身解数当上贫困户，"当上两年多时间，除帮扶干部第一次上门时给了他200元慰问金外，光打雷不下雨，项目资金一点没有。帮扶工作组和县乡工作人员还隔三岔五上门，反复对比算账，招呼应酬麻烦不说，反而耽误了不少正事。"

由此可见，"我国的问题实质上就是农民问题，中国文化实质上就是农民文化，我国的现代化进程归根结底是个农民社会改造过程，这一过程不仅是变农业人口为城市人口，更重要的是改造农民文化、农民心态与农民人格。也就是说，农民现代化是中国现代化的核心工程，如果农民无法实现现代化，即使城市化程度再高也是徒然。而就当下来看，束缚农民现代化的因素既有历史的，又有现实的；既有体制的，又有文化的。因此农民的现代化既是任何'三农'问题研究者都必须面临的基本问题，也是当下乡村叙事所面临的重大时代性主题。"[1]

最后是自强自立的贫农形象。扶贫叙事中，自强自立的贫农形象不仅契合了现实，也寄寓了作家对扶贫攻坚伟业的希望。这类不向现实妥协、拼命硬干的农民硬汉，使我们想到《平凡的世界》里的孙少平兄弟、《湖光山色》中的旷开田和暖暖、《出梁庄记》中在西安蹬三轮车的一众梁庄兄弟，他们自强不息，阳光劲健，是乡村贫农的崭新未来。他们的成功表明，"扶贫"不管是扶志还是扶智，乃至经济上的扶持、扶上马伴一程等，借助的还是外力的作用，这只能管一时而不能管一世。摘掉贫困帽，实现致富梦的关键还是自力更生，从现实中和众多的扶贫小说所描述的为贫农寻找合适的脱贫项目，当可理解，授人以渔才是扶贫工作的不二法门。

在小说《郑老三的脱贫梦》中，贫农郑老三终于实现了思想转变，扶贫从被动到主动，从自发到自觉。"俗话说，提拔、提拔，别人提，你就得用力爬。郑老三的思想猛然间开了窍，认为长期找政府要吃要穿，也不是个办法，还不如抓住脱贫帮扶政策这个机会，用自己的勤劳苦干脱贫奔小康"。于是，在帮扶工作组和乡村干部的帮助下，他算了一笔账：把撂

---

[1] 秦晖：《耕耘者言——一个农民学研究者的心路》，山东教育出版社1999年版，第63页。

第六章 熟悉的陌生人：新农民形象谱系

荒多年的田地种1亩多，可收获稻谷千把斤，两公婆的农保、低保和残疾补贴，每年有4000多元的收入，还喂了20多只鸡鸭，生的蛋卖了，够柴米油盐开支，吃饱穿暖的问题基本解决。其实，郑老三虽然穷，但也是个有志气的人。他进一步谋划，如果帮扶干部给他买来猪仔，喂个一年半载能挣个三千多块钱，农闲时到村上的专业合作社去打散工，可以挣个几千块钱，所有收入加在一起，按人均3200元以上的收入标准，年底脱贫摘帽应该没问题。

扶贫长篇小说《桃园兄弟》（何开纯）写的贾半仙这个人物，就是新世纪乡村贫农的希望所在，也是"后革命"与"后启蒙"寄寓成功的所在。"扶贫其实就是通过思想启蒙和现代科技的推广对农民的思想和生产生活方式进行改造，从而使其树立科学意识，并由此自觉地走向现代化。"[①]——这句话仿佛是为贾半仙这类贫农而说的。

贾半仙这个人物与过去农村贫困农民迥然不同。他是贫穷的单身汉，会医术，为人正骨看病，却常年走村串乡算卦，住的破房子，生活穷困潦倒，后来被列为村里精准扶贫户。扶贫工作队进村驻点，给他送了良种山羊，向他宣讲扶贫政策，手把手教他种养，扶贫干部的诚意和实际行动打动了他。其实贾半仙本就是有见识、有能力的人，他很会谈项目和规划，只不过早先耽误了自己。他对精准扶贫见解独到，他对赵村长说，扶贫不能仅靠拨款拨物，光发扶贫款，今年脱贫，明后年就成了问题，也会养成贫农"等靠要"的思想。俗话说：给人送肉，不如教人喂猪。所以他认为：陈老板、王院长、万教授要精准帮扶桃花村，就要借助扶贫政策，教会农民一个致富的办法，地尽其力，人尽其才。通过输血，让村民造血，做一个桃花富民梦。

贾半仙的出场，一定程度上展现了现代农民的精神风貌：现代观念、自主意识、自信气度、从容心态、科学思维和农民鲜有的"政治觉悟"，他对扶贫工作的见解，对乡村发展的规划，对特色种植的坚持，在在显示了乡村"新人"的即将诞生。但是，与有些扶贫小说中所形塑的返乡农民对"土地"的疏离相比，他是深深扎根乡土的土地之花，农业传统仍烙刻于他的身心。从他把赤水当地的贵重特产金钗石斛作为重点种植项目、建设石斛公园的设想一事来看，他是"新旧参半"的现代农民。孟德拉斯指

[①] 张连义：《简析扶贫叙事的启蒙意识》，《阴山学刊》2013年第10期。

341

出:"每一隅土地都是独特的,要想耕种一块土地,首先要对这块土地有深刻的了解,这仍然是现代科学无法取消的一种束缚。经正规的传统塑造出的农民自然会倾向于高估这种'独特性',他们更加相信自己的知识,而不是技术专家提供的准确数据。"[1] 小说最后,贾半仙在民选中以1850票全票当选村主任。贾半仙这个人物发展变化的脉络很清晰,有性格、有命运,比较符合社会现实,也摸准了乡村扶贫的脉动,这是小说塑造贫农的成功所在,光明所在。

四

新世纪乡土小说特别是扶贫小说对"贫农"的抒写,抓住了乡村变革的主要病症,在输血扶贫到造血扶贫再到精准扶贫的实践流脉中塑造了众多性格鲜明的贫农形象,他们身上沉潜着时代巨大的历史、政治经济文化内涵。虽然有的贫农流于"刻板印象"和"漫画式"、"类型化"甚至"丑化式",对贫民人物的塑造也不够立体多元,也鲜少从"农民文化"中的劣根性、小农意识去着眼揭橥其背负的精神枷锁,但是这些人物谱系在与阿Q等"流氓无产者"贯通后,却表现出了开阔的历史文化纵深和深沉的反思批判气质。鲁迅当年说要"疗救",今天提的则是"帮扶"。因此,当下唯一能做的是回到现实深处,以"民吾同胞,物吾与也"的方式写出当代乡村贫民的心灵沉疴和精神蜕变。这正是新世纪乡村叙事的伦理要求。

《贫穷的本质》一书的作者阿比吉特·班纳吉(Abhijit Banerjee)有一个结论:"因此,政府的性质和品格,成为支持它的人民的收入函数。"[2] 从这个意义上来说,当下中国及其执政党正在进行的扶贫攻坚伟业,正表征了她"以人民为中心"的人民性和勇于向历史负责的担当品格。

第四节 新世纪乡土小说中的"村霸"形象

自中国进入20世纪后,频仍的社会变动打破古老乡村传统的治理秩序,前现代以长老治村、乡绅治理为主体框架的乡村权力结构模式趋于解

---

[1] [法]孟德拉斯:《农民的终结》,李培林译,社会科学文献出版社2005年版,第51页。
[2] [印度]阿比吉特·班纳吉、[法]埃斯特·迪弗洛:《贫穷的本质——我们为什么摆脱不了贫穷》,景芳译,中信出版社2013年版,第10页。

第六章 熟悉的陌生人：新农民形象谱系

体。民国时期，乡村实行治理模式改革，参照西方民主自治方式，在乡土中国推行民主自治。新中国成立之后，尤其是改革开放40年间，在执政党领导下，村民自治在广袤的乡村和农民身上取得实实在在的成效，积累了不少成熟的经验和做法。

但是，由于多种原因，乡村一直若隐若现地活跃着"村霸"的身影，他们分身幻化为"经济强人""管理能人""乡镇企业家""致富带头人""村镇干部""地痞流氓""宗族头领"等，或把持村镇政权，或抢占乡村资源，或欺压平民百姓，或与村镇干部沆瀣一气，或对抗上级组织，或欺行霸市……，他们经济上强取豪夺，政治上向基层政权渗透，呈现家族化、黑恶化、专业化等特征，成为农村社会和谐稳定、乡村振兴发展、农民追求公平正义的否定性力量。2007年，国家有关部门下发《关于深入开展农村平安建设的若干意见》，要求"维护农村社会和谐稳定，推进社会主义新农村建设；要求深入开展农村'严打'整治斗争，重点打击各类危害农村经济发展、损害农民合法权益的违法犯罪活动，坚决铲除横行乡里甚至'操纵'基层政权的村霸、乡霸等黑恶势力。"[1] 今天，村霸成为新世纪乡土小说中颇为引人注目的特殊文学群象，在海飞、荒湖、徐广慧、胡学文、张继、关仁山、蒋子龙、刘庆邦等作家的众多乡土小说中，村霸与村镇干部、乡镇企业家、富商、流氓地痞、宗族首领、黑恶团伙等合而为一、盘根错节、累积叠加，隐形而又嚣张，显影而又低调，他们是新世纪乡村社会的另类"农民"。小说中刻画的这些"村霸"形象，呈现怎样的特质？他们产生的原因何在，又给普通农民带来怎样的体验感受？本节就此做一梳理。

一

"村霸"多指在村子里或一定区域内恃强凌弱、仗势欺人，经常制造事端，严重扰乱农村社会治安秩序的人。[2] 村霸是小农意识、宗法观念、专制思维、强权政治、经济剥削、官本位崇拜等诸种腐朽落后思想杂合的产物，是乡村社会稳定、发展的毒瘤。20世纪80年代改革开放之后，乡村实行了深入的村民自治，国家权力在一定程度上"退出"了乡村治理，

---

[1] 中央社会治安综合治理委员会：《关于深入开展农村平安建设的若干意见》，《农家之友》2007年第3期。

[2] 冀承阳：《村官变"村霸"现象暴露乡村治理困境》，《人民法治》2017年第1期。

现代转型体验:新世纪乡土文学研究

加上乡村精英和人才被城市这一"磁体—容器"吸引而纷纷进城,客观上造成了"权力真空",给村霸的上位留下了时间、空间、土壤,而随后乡村的"空壳化""废乡化"又加剧了村霸现象的严重性。费孝通先生在《中国士绅》一书中指出,"农村输出子弟,损失金钱又损失人才",将这种现象称为"社会损蚀"。① 到了新世纪,由于国家对农村的投入与反哺力度加大,乡村各种资源增多,村霸与民争利导致频生事端,与农民甚至与政权的冲突不断升级,村霸的形象再一次高频地进入公众视野,也成为文学抒写的对象。正如有研究者指出"乡村权力构成中有国家权力'安插'的成分,有新生资本力量强力介入的成分,也有社会黑恶势力渗透的成分,而很少有能代表广大弱势农民利益的成分。乡村政权中各种势力的实际权力代理者,往往是哈耶克所说的'最坏者'。"②

其实,文学中的村霸形象早已有之,读者很容易联想到《水浒传》里的没毛大虫牛二、踢杀羊张保、镇关西等恶霸,那时,他们叫泼皮。在20世纪50年代的"土改小说"中村霸也频现身影,他们更多集中在两类,一类是先前的地痞流氓改头换面混进革命队伍为非作歹,一类是腐化堕落的基层党政干部。诸如赵树理笔下的金旺就是典型的乡村流氓地痞,还有跟在恶霸后面摇旗呐喊,狐假虎威的小元那样的旧势力,如小旦般两边倒的墙头草、地头蛇,以及以"轮到我来捞一把"为当官哲学的坏干部小昌,还有《锻炼锻炼》中动辄对落后农民上纲上线动用对付罪犯的方式加以严惩,耍官威特权的杨副主任……,这些文本揭示了当时农村新的阶级分化与斗争的新动向,反映了普通农民的素朴愿望。用周扬的一句话,"基层干部是混入了党内的坏分子"③。本来,这些干部身上寄寓了新中国"新生力量"的质的规定性、人格力量和精神能动性,暗示了"大多数群众之于干部的关系状态和这一关系状态在未来向什么方向发展的'可能性'等重要的问题,即是否可能获得群众持久信任的问题"④。而且,中华人民共和国成立初期,正是举国上下百业待兴、热火朝天开展经济建设的时期,现在

---

① 费孝通:《中国士绅》,赵旭东、秦志杰译,生活·读书·新知三联书店2009年版,第104—109页。
② 李兴阳:《乡村治理危机与乡村权力批判》,《湖南科技大学学报》2013年第6期。
③ 周扬:《赵树理文集·序》,《工人日报》1980年9月22日第4版。
④ 席扬:《"干部""群众"的隐喻与功能——赵树理小说创作"修辞行为"散论》,《文学评论丛刊》2003年第6卷第2期。

第六章 熟悉的陌生人:新农民形象谱系

干部颓废、村霸出没,农村出现这样令人不安的情况,引发了"文摊"作家赵树理的担忧,他的抒写正是意图引起高层的注意。正如有学者曾经指出:"真正的问题都出现在'革命的第二天'。那时,世俗世界将重新侵犯人的意识,人们将发现道德理想无法革除倔强的物质欲望和特权的遗传。人们将发现革命的社会本身日趋官僚化,或被不断革命的动乱搅得一塌糊涂。"①

到了改革开放之后,乡土小说鲜少见到"无恶不作""人神共愤"的村霸形象,乡村熟人社会的"和为贵""抬头不见低头见"的人际传统使村霸与农民之间多少能够维持表面上的和谐。但是乡村推行"强人治村""能人治村",作为村干部却隐隐然有些"霸王"和"把持"的意味。有学者指出,"'能人'顾名思义一般指的是具有技能优势的人,所以'乡村能人'与侧重'政治'或'文化—道德'优势的'乡村精英'有所不同,但在宗法制农村趋向解体的今天,'乡村'精英的'文化—道德'涵盖已丧失殆尽,它几乎已彻底被侧重政治、技能优势的'乡村能人'代替。乡村能人在当下农村首先往往是一种经济型能人,同时又因为经济、政治的密切关联而也可能是'经济—政治'兼能型能人"② 20世纪八九十年代乡土文学塑造过一大批乡村能人形象,路遥《平凡的世界》中的孙少安、贾平凹《腊月·正月》中的王才等大多是政治/经济型能人的代表。新世纪前后,乡村社会转型步伐加快,利益冲突加剧,乡村叙事更多关注农民"受难",乡村能人的"人祸"色彩就日趋暴露出来。诸如倪土改(《走过乡村》,谭文峰)、红塔山(《分享艰难》,刘醒龙)等人,他们出则是衣冠楚楚的企业家、入则为穷凶极恶的地痞流氓,他们是经济/技能型能人、村霸。他们利用手中权力欺压百姓,假公济私,在生产经营、物质分配、公共事务等村社管理中巧取豪夺,能够比普通农民获得更多的份额和回报,提前过上小康生活,反映了转型期乡绅传统与现代能人此消彼长的紧张关系,以及村霸对乡村伦理和乡村情感的冒犯。比如,《人生》中的大队支书高明楼,他家的房子是全村最好的,他将"乡村才子"高加林打回原形,褫夺了他当村小学民办教师的资格,让自己刚刚高考落榜的儿子三星取而代之,饱受屈辱的高加林只能重新回到农村种地,而高加林懦弱的父

---

① [美]丹尼尔·贝尔:《资本主义文化矛盾》,赵一凡等译,生活·读书·新知三联书店1989年版,第75页。

② 李勇:《前瞻与反观:新世纪乡村叙事中的受难农民形象改写》,《郑州大学学报》2013年第1期。

亲高玉德还不得不忍气吞声，教育儿子息事宁人："我的小老子！你可千万不敢闯这乱子！人家通天着哩！""你告他，咱一家人往后就没活路了……""你不光不敢告人家，往后见了明楼，要叫人家叔叔！脸不要沉，要笑！""加林妈，你往后见了明楼家的人，要给人家笑脸。"末了，高玉德还要让加林妈第二天采摘一些新鲜茄子给明楼家送去，以示亲近和不会记仇。《平凡的世界》中的村支书田福堂在双水村说一不二，虽然客观上也能够为乡亲争取一些利益，但他好高骛远、自私自利、偷奸耍滑、公报私仇，经常搞一些小动作，表现了典型的小农思想意识，到改革开放后成为阻碍乡村改革发展、社会进步最大的保守势力。由此可见，"小农的意识结构并不是一个单层面的简单结构，而是一个十分复杂的双重背反结构。正是这种矛盾着的双重背反结构，是构筑小农'双重人格'的心理基础。"[①] 在何士光《在乡场上》中，年年吃返销粮、低人一等的冯幺爸经常被村里的支书曹福贵、罗二娘等人愚弄、欺负，饱受屈辱，穷得像条狗。现在开始分产到户种责任田了，他吃得饱饭，给娃儿买得起猪肉，庄稼人的脊梁挺直起来了，也终于勇敢地为弱势的任家娃儿主持了公道，因此而"得罪了梨花屯整个的上层"。冯幺爸敢于反抗的精神动力其来有自，他的坦言无意中泄露了"秘密"："只要国家的政策不三天两头变，不再跟我们这些做庄稼的过不去，我冯幺爸有的是力气，怕哪样？"但是，冯幺爸的这副"自信""底气"到了21世纪后，却因为乡村治理环境丕变、村霸的野蛮生长而一度失效了。

　　20世纪90年代末，李佩甫的《羊的门》面世，小说刻画了一个呼风唤雨、四十年不倒，成功地将村民牢牢掌控和玩弄于股掌之上的当家人呼天成的形象，这个当家人能量无穷，利用四十年光阴编织了从乡、到县到省市再到首都的广泛人脉。他的远大理想、过人胆识、强悍权势、耐心经营、长远眼光，使得文学文本中几乎所有的村霸相形见绌，被瞬间秒杀。这个"村霸"形象的塑造是开创性的，到达了这一谱系的巅峰，他不是普通的、低级的"村霸"，而是村霸中的"王者"，是飞机中的战斗机。小说中的呼天成身上交织着农民式的政治智慧、处世哲学和道家思想。比如，他遭遇车祸后，秘书根宝无意中因此惊动了大小官吏，呼天成训诫说："咱是个农民！啥时候也不能张狂。人是活小的！你越'小'，就越容易。

[①] 袁银传：《小农意识与中国现代化》，武汉出版社2008年版，第58—59页。

第六章　熟悉的陌生人：新农民形象谱系

你要是硬撑出一个'大'的架势，那风就招来了"此外，在对人脉关系的"取/予"、为人处世的"聪明/糊涂"乃至做事的执守中道等，都充满了秘而不宣的辩证法。"从某种意义上说，《羊的门》就是一部'《老子》演义'，在思维路线上遵从老子，而在深锐和复杂程度上，比《老子》有过之而无不及。"[1] 尽管呼天成客观上的确为了呼家堡百姓"造福"，没有进行物质剥削、肉体摧残，但是，他的"霸"显得更加高深和隐秘，体现在他的专制主义，对村民的精神控制和心灵戕害上，他豢养了一群谦恭温顺的"羊"，任其宰制、摆布。作者摘录了《圣经》的一段话当作题记：耶稣对他们说，我实实在在地在告诉你们，我就是羊的门。我就是门。凡从我进来的，必然得救，并且出入得草吃。这段话是整部小说的"文眼"，显而易见地昭示了作家批判专制、极权的主旨。呼家堡的村民就是"羊"，他们在独立王国的国王呼天成的圈养下，依附在他的领地，心甘情愿地丧失思想能力，抹杀自我意识，成为没有灵魂、行尸走肉般的羊，成为永远臣服的奴仆。小说最后，呼天成行将就木，临死之前，他想在听狗叫声中离去。就在大家无计可施的时候，徐三妮灵光乍现猛然匍匐在垂死的呼天成家门前装扮狗叫，无须发动，全村所有村民都心有灵犀地狂吠起来。呼天成就在"狗叫声"中离开了他苦心经营一生的呼家堡。根据福柯对微观权力的研究，社会每个人都身处权力机制的规训下，微观权力机制以技术、知识甚至心灵的操控为旨归和基础，藏身隐蔽且无所不在。托克维尔指出："在私人文化垄断下，……直接压制的是灵魂。统治者说：你不用像我一样思考问题，你的生活，你的财产，你的一切都可以保存，但是从这一天开始，你在我们之中就是一个外人了'。"[2]

因而，从培养现代、健全的农民的意义上说，呼天成是否真的造福百姓，这样的"圈养"的"精神侏儒"对乡村现代化是福是祸？就很难说了。以上只是一个简单、粗疏的历史勾勒，意在为村霸系谱显影。

二

纵观众多的新世纪乡土小说，村霸多是集中在反映乡村治理、乡村民

---

[1] 汤晨光：《〈羊的门〉和道家思维》，《广西师范学院学报》2012 年第 10 期。
[2] 转引自［德］霍克海默、［德］西奥多·阿多诺《启蒙辩证法》，洪佩郁、蔺月峰译，重庆出版社 1990 年版，第 124 页。

主化进程的文学文本中现身，他们大多数与村干部是"二位一体"的，即村干部的涉黑化。实际上，村霸既有贪赃枉法的村镇干部，也有倚靠宗族势力独霸一方的"民间领袖"，还有欺行霸市的黑恶势力、无事生非的地痞、流氓无产者之流。具体而言，大约有"富人（强人）村霸"、"流氓村霸"和"官人村霸"等三类。"村霸问题是在社会急剧转型、社会治理急需创新背景下出现的社会现象，主要表现为村霸操纵基层选举、侵蚀基层政权，损害村民权益、恶化干群关系，漠视法律法规、破坏乡村治安"。①

首先是"官人村霸"，即村干部本身就是横征暴敛、鱼肉百姓、为所欲为的"土皇帝"，这是新世纪乡土小说中着墨最多的乡村景观之一。因为，村霸的萌生与壮大，大多与乡村基层政权有着千丝万缕的联系，其间互通款曲、相互勾连本应是秘不示人的，在乡村却又是半公开的秘密。蒋子龙的《农民帝国》是这方面的典范。主人公郭存先是新世纪乡土小说塑造的令人难以忘怀的农民形象。透过文本，读者可以看到一个勤劳勇敢、胆识超人、富有谋略、务实求真的优秀农民形象，就是这个身负转型时代"新质"的"现代新人"，带领村民脱贫致富，创造了农民帝国，自己却从农民到农民帝国之巅峰再跌落为阶下囚。他的"恶与霸"在于对权力的掌控、独霸、失控，如果说前期手握权柄是为了推动郭家店的发展，富裕之后，对权力的攫取与疯狂则完全是个人私欲膨胀，他将自己置于权力之巅，个人崇拜登峰造极，村民对他的称谓，从"存先"到"书记"再到"老爷子"，俨然封建社会的王爷、老佛爷——从此意义而言，他又从"新人"穿越返祖，成为不折不扣的"旧人"。在郭家店，他任性而行恣意而为，不仅刑讯逼供、私设监牢致总会计师杨祖省于死地，还唆使部下打死农民，甚至暴力抗法扣押公安人员；他和官员比级别，比待遇，比物质享受……。在他曾经创造奇迹的郭家店，在农民曾经真心实意追随他的郭家店，他建立了自己可以胡作非为的绝对王国，也禁锢了农民的思想行动，"过去农民因为没有钱，失去了许多自由。在郭存先领导下，农民有了钱，照旧失去了许多自由"。② 郭存先最后锒铛入狱。某种意义上，他是被小农意识中浓厚的权力崇拜、缺乏制度化、规范化的权力及其运行所扳倒的。

---

① 马华、王晋茹：《基层政治生态中的村霸问题及其治理》，《广西大学学报》（哲学社会科学版）2017年第6期。
② 蒋子龙：《农民帝国》，《中国作家》2005年第22期。

第六章 熟悉的陌生人：新农民形象谱系

几年后，关仁山的《日光流年》出版，其间暴露的乡村权力运行的畸形与失控，仍然延续了前者的思考和探询，为我们再次敲响了警钟。

如果说郭存先是"亦正亦邪"的官人村霸，那么，新世纪乡土小说中塑造了为数众多的反面形象，进一步强化了读者对乡村现实以及村霸"恶"的认知。有专家指出，"在我国部分农村地区，出现了一些'土皇帝'式的'村霸'，他们无法无天，操纵选举、开设赌场、暴力抗法、霸占资源，呈现出乱政、抗法、霸财和行凶'四大特征'。"[①] 这些村霸或因欲望驱使欺男霸女，或为拜金主义绑架强占资源，性、金钱是"村霸"的出发点和落脚点。比如，村长王连方强奸村会计，得手后屡屡把魔爪伸向了村里的其他女人，大部分村妇受到奸淫（毕飞宇，《玉米》）；向本贵的《泥泞的村路》中另一个村长德贵无所顾忌地骚扰性侵村妇，俨然乡村留守妇女的"百妇长"；阎连科《炸裂志》中孔明亮朱颖驱使全村男人爬火车盗窃女子外出卖淫，以此积攒村里的第一桶金，人们的欲望连同罪恶放大到了最大化……。恩格斯在《费尔巴哈和德国古典哲学的终结》一文指出："人们以为，当他说人本性是善的这句话时，他们就说出一种很伟大的思想；但是，他们忘记了，当他们说人本性是恶的这句话时，是说出了一种更伟大得多的思想。"[②]

其次是"富人村霸"，富人不当官，但在一定程度上能够影响甚至左右乡村政治、经济、司法，他们或出资拉票贿选，为候选人站台，缔结利益联盟，或以钱开路，左右逢源为己谋利，搅乱了乡村政治生态。胡学文的《花落谁家》就是一部生动的乡村司法运作的"反面"教科书。小说写张铁匠的女儿张二妮被乡里最大的企业家、利税大户黄满山的儿子四虎子骑摩托车撞成重度脑震荡。张铁匠担心会有后遗症日后女儿难找婆家，于是，一纸协议将昏迷中的女儿许配给了四虎子。张二妮清醒后，面对吃喝嫖赌抽一应俱全的四虎子，虽然迫于压力短暂生活在一起，随后坚决悔婚。双方调解无效，官司就此产生。这一纸违背当事人意愿的婚姻合同不仅毁了年轻人的前程，它的解除也意味着双方在乡村权力文化格局中的地位和影响发生异动，特别是对于能够影响基层乡镇干部决策的"富人"黄满山而言，最重要的莫过于"争口气"，于是双方动用了各种力量，诸如

---

① 郑风田：《我国"村霸"形成的六大推手》，《中国乡村发现》2017年第7期。
② 《马克思恩格斯选集》第4卷，人民出版社1972年版，第233页。

亲情、爱情、权力、金钱、暴力等，试图赢得这场没有硝烟的战争。在这个是非分明的官司中，当然是企业家略胜一筹——故事最后，受理案件并想维持正义的乡镇司法所所长杨晓东被通知，将此案上交县法庭处理……。在这样一个故事中，权大于法、钱大于法、情大于法的结论呼之欲出，也映照出了乡村恶霸的无所不能和虚伪狡诈。

张继的《乡选》也赤裸裸地呈现了金钱（富人）对政治的腐蚀，对基层政权的冲击。小庙乡首富、乡镇企业家赵宏昌在乡镇权力格局中的地位和影响力已经超过了乡党委书记刘春明，隐约是半公开的"二政府"。乡镇换届选举即将进行，赵力挺自己的亲信、代言人小庙乡乡长任建东留任；乡长则投桃报李以乡财政向赵借款为名，要挟乡党委政府以公家名义向赵宏昌的女儿红袖庆祝生日；赵宏昌人脉深广，能让乡政府的众多工作人员在工作日去为其女儿庆生；面对赵宏昌参选乡长，另一候选人李志明顶不住压力，退出竞选；为了竞选，在向县长打招呼行不通后，赵宏昌又心生一计，要求他的企业不收购小庙乡桃农的大量鲜桃、以此挑拨桃农向政府施压，妄图迫使政府就范。小说描写新世纪初乡村较为真实的政经格局和治理困境，写出以"富人村霸"为代表的资本逻辑对政权的绑架和冲击，展现了乡村治理的各种复杂角力与村霸的干政。正如福柯指出，"权力的行使来自无数方面，在各种不平等与运动着的关系的相互影响中进行。"[1]

刘庆邦的《钻天杨》则从另一个视角抒写了资本与权力的结合对乡村的操控——当村霸做大后，不仅千方百计赚取资本、漂白金钱，为达到做强做久的目的，他需要在政治捞取权力，利用资本与政权的"一体化"寻求庇护，谋求扩张，这实际上是"富人村霸"在现实中符合逻辑的做法。田楼村煤矿老板田洪源想在承包的土地上栽种杨树，以此改变"风水"，但他的计划却被村支部书记田洪兴否决了。资本与权力的博弈结果是田老板败北，这让田洪源痛定思痛，也由此恍然大悟：有钱能使鬼推磨，但金钱在权力面前仍然显得底气不足。后来，他使出浑身解数最终如愿以偿地当上村支书，实现了一人独大，资本与权力公开结盟。当然，他的风水林也种上了……。田洪源的故事并不鲜见，这不免让读者想到香港电影《无间道》里"黑社会组织"苦心孤诣数十年的"潜伏"与"渗透"。

---

[1] ［法］米歇尔·福柯：《性史》，姬旭升译，青海人民出版社1998年版，第81页。

第六章 熟悉的陌生人：新农民形象谱系

最后是"流氓村霸"，乡村沦为空壳村后，留守乡村的多为"386199"部队（即妇女、儿童和老人），乡村不仅失去"筋骨"，也失魂落魄，此时，极少数返乡的青壮年在老弱病残、美人迟暮般的乡村，就有可能为了生存、发财、性欲而蜕变为"流氓村霸"。刘庆邦《我们的村庄》就是一个极好的文本。小说首先是一个总体隐喻，就像梁鸿的"中国在梁庄"，如果说梁庄的不堪处境喻示乡土中国的衰败、颓废，了无生机、奄奄一息，那么"我们村庄"则从精神文化心理的内在层面，浓缩与暴露了乡土中国改革开放数十年集聚的"创伤"与"怨恨"——被城市欺辱、抛弃、驱赶和乡村面对未来茫然失措、焦躁不宁、孤独无助、困兽犹斗、静默等死和茫无目的的发泄。关键是，这个庞然大物隐忍不语、憋屈无处排遣，这种沉默失声与火山般压抑的景象令人堪忧——乡村的心理需要疏导。其次，小说中的"村霸"叶海阳只是一个象征性的符号，他被城市所不容而返乡。他无恶不作却又无人敢于反抗，村庄仿佛陷入垂死一般的虚弱与沉寂。叶海阳和流氓无产者阿Q一样外强中干、色厉内荏，但阿Q还有所畏惧，而前者的为非作歹似乎是一种自暴自弃，又像一个"弃儿"做出种种恶作剧、自残想极力吸引父母和他人关注，以引起疗治的注意。

三

进入新时期，伴随着农村管理体制的变革，生产队的职能逐渐弱化，乡村权力统一收到行政村。"除了部分乡企发达，村级经济活跃的富裕地区外，广大纯农区乡村的'行政村'权力基本上是单纯的'国家政权末梢'。"① 只有在20世纪90年代以后，社会主义市场经济逐步确立，经济资本开始全面深入契入乡村政治，乡村权力格局才出现结构性转型，资本裹挟着其巨大动能，撬动了原本松动的权力结构，乡村出现一些新的权力形态。比如，田地、房屋、林产被征迁过程中乡村干部（体制内精英）的"富人化"，非党员干部在体制内的比例上升，乡镇企业家对乡村治理施加影响（如"老板治村""能人治村"）、民间领袖人物（如"混混治村"）攫取村社权力等，乡土村落社区一个多元化、消涨型的权力结构正在形成。从生成机制入手分析，村霸乱象内源性原因包括优秀乡贤文化缺失、村民法律意识淡薄、封建宗族文化根深蒂固、村干部思想观念异变等；外

---

① 秦晖：《农民中国：历史反思与现实选择》，河南人民出版社2003年版，第29页。

源性原因则归结于乡村"空心化"现象趋重、民主监督机制失灵、法律制度不周延等。① 作为直接的"受害者",普通村民面对村霸的欺凌与否定性存在,会有怎样的回应和反抗?作为乡村现代化建设的一环,村民的姿态与行动也制约着乡村治理和良性发展。纵观新世纪乡土小说,主要有以下三种情况,一是诉求于清官模式;二是借助反抗的模式;三是承受苦难的模式。

首先是"清官模式"。自古以来,农民对所遭受的苦难与不平等,往往采取息事宁人和吃亏是福、惹不起躲得起的态度,除非赶尽杀绝走投无路,才会勉强去面对。然而,普通农民的面对首选的并非是借助法律、政府维权,或者铤而走险、以暴制暴,而是期盼"清官"的出场来解决问题。张继的佳构《去城里受苦吧》就写活了农民的传统小农式的心理。村民贵祥的三亩好地在自己不知情的情况下,被村长李木卖掉了。贵祥放出风去准备告村长,待他隆重庄严地去村长家兴师问罪的时候,村长根本就没有把他放在眼里,李木视若无物一样的蔑视给予了贵祥以重挫,并公开扬言和威胁说,让贵祥尽管放心大胆地去告……。贵祥不曾想到第一回合遭到如此的狙击,他预想的一切都派不上用场,顿时乱了阵脚,懦弱自卑的本性又暴露出来了。当他看到村长与乡镇干部、派出所警察一群人关系打得火热,自知胜诉无望,怒火中烧的贵祥头脑一热便偷了李木家的门锁扔到了井里,转念一想又担心村长家财产失窃追责到自己,末了又觍着诌媚的脸前去道歉……。詹姆斯·C. 斯科特指出,"即使我们不去赞美弱者的武器,也应该尊重它们。我们更加应该看到的是自我保存的韧性——用嘲笑、粗野、讽刺、不服从的小动作,用偷懒、装糊涂、反抗者的相互性、不相信精英的说教,用坚定强韧的努力对抗无法抗拒的不平等——从这一切当中看到一种防止最坏的和期待较好的结果的精神和实践"②。贵祥的"难兄难弟"、同村的平四也是如此,在其姊妹篇《村长的玉米》中,平四的弟媳与村长私通,为报复村长,平四唆使杨洪山的羊去吃村长家的玉米棵,村长进行追查,平四即将陷入被惩罚的境地,恐惧之下,平四央求妻子通过弟媳找村长说情,从而逃过一劫。事后的平四对村长感恩戴

---

① 郭劲光、俎邵静、邓韬:《精准扶贫视域下村霸乱象内在机理探微》,《领导科学》2019年第8期。

② [美] 詹姆斯·C. 斯科特:《弱者的武器·序言》,郑广怀、张敏、何江穗译,译林出版社2011年版,第426页。

第六章 熟悉的陌生人：新农民形象谱系

德，内心希望村长老婆早点死掉，好让弟媳取而代之。这两个异常真实的心理描写并置在一起，非常深刻地摹画了现代农民的旧式思想：对权力的畏惧、膜拜，对正义的实用主义。

眼看投诉无门，贵祥越级到市里告状。但他不是去法院，而是去市政府找市长上访。原因很简单，他在电视上见过市长，认为市长面目和善是个好官清官，他信任市长，觉得只要他一降临，他的冤屈就可以立马得到解决。总之，"清官"情结是乡土子民固守千年的观念，他们寄希望于偶然出现的清官而不是制度化的公平正义。有学者指出，"行政管理的官本位价值取向逐步确立，并与'德主刑辅'的治国理念相关联，成为基本的治国之道。在德治理念和宗法传统的统治秩序中，统治阶级将政治清明放在行使权力者的道德自觉和良心造化之上，人民群众也将社会公正放在'青天老爷'的刚正不阿和英明裁断之上，法律则仅仅作为辅助手段贯穿于整个封建社会的统治过程。"[①]

其次是"反抗的模式"。在一度"正不压邪"的乡村政治经济语境中，如前所述，农民的反抗可能是微弱而有限度的，还有可能是决绝和舍身求法拼命硬干的。曹征路的《豆选事件》通过乡村选举这一主题，真实地反映出村霸的"赢者通吃"以及"反抗的代价"。在方家嘴子，现任村长方国栋有着强大的家族势力背景，依靠家族上位后迅速把持了全村的党政主要位置，一时风光无限，横行乡里，很快就成长为手握权力的村霸。他独断专行，吃相难看地大肆捞钱，村集体的一千多亩菜花地被他零敲碎打快卖光了，而收入的村财却是一笔糊涂账。而方国栋则在城里安家置业，出有车入有房。对此，村民们明知其中的猫儿腻却敢怒不敢言。继仁子的老婆菊子与方国梁暗通款曲，作为有"人大代表"光环笼罩的继仁子也不得不选择沉默。最后，退伍军人方继武站出来维护村民合法权益，他组织村民护地，介入选举引导农民将选票投给正义的一方。但大部分村民因怕受牵连而退缩，只有少数几个年轻农民参与护地斗争。关键的时候，方国栋使出浑身解数以金钱贿选和人身胁迫，致使很多村民不得不去登记。虽然最后选举结果差强人意，但却是以菊子以死抗争上吊在方家为代价的。小说凸显出乡村社会在村霸治理下的脱序景观。此外，梁晓声《民选》中，翟村老村长韩彪拥有私人银矿，实力雄厚，"声名远播"威震官方民间。

---

① 王玲：《中国传统法律文化清官情结的现代考量》，《山东理工大学学报》2016年第3期。

他在翟村呼风唤雨、祸害乡邻、违法犯科，民愤极大，村民们因此想借"民选"的机会，把这个恶霸村长拉下马。韩彪便处心积虑软硬兼施操纵选举，手下喽啰划片包干，以钱开道买选票。在他看来，"在本县的地盘里，凡自己想要的，各方面就他妈的该给自己！给就叫'民主'。连任的努力落空后，气急败坏的他试图让打手杀死抢占了他'宝座'的继任者翟学礼。"最后，翟村的"民选"在两个人倒在血泊中而结束，这预示着中国农村基层民主还有很长一段路要走。

  再次是"受难模式"。在乡土中国，老百姓一方面要承受靠天吃饭、风吹日晒的艰辛劳作以维持生计、扩大生产，另一方面，要忍受村霸的盘剥欺压、肆意凌辱。对于天灾及村霸的"人祸"的受苦与受难构成中国农民日常生活的常态。《天高地厚》（关仁山）、《乡村行动》（阙迪伟）、《歇马山庄》（孙惠芬）、《农民帝国》（蒋子龙）等新世纪乡土小说，深刻地描绘了乡村转型期的政治经济现状，揭示村霸专制、专治乃至世袭背后的治理乱象。无论蝙蝠村，还是歇马山庄、郭家店，正急剧地从传统乡村向现代社会转型。歇马山庄办起砖厂，众多农户在尝试滑子菇种植；厚庆珠的理发店"一个月能挣一千元"让村民眼红妒忌，蝙蝠村大踏步提升城镇化率，股份制经营进入村办企业，现代农业驱逐了传统种植业，许多村民进城求生，从农民变为市民；郭家店的一只脚已经踏进现代农村、现代城市，它的"躯体"已经城市化了，只等着它的精神现代化。这些村庄早已迥异于古典时代的乡村，其政经权柄为当地"能人""村霸"控制。林治邦在歇马山庄说一不二，荣汉俊在蝙蝠村一手遮天，郭存先在郭家店一人独大，他们依仗脑子活络，能说会道，苦心经营，广植人脉，在发家致富后很快攫取了乡村政治经济权力，垄断了乡村所有的政治、经济、社会和生态资源。但由于乡村历史和现实的复杂原因，加上对能人、富人缺乏有力的监督和制约，能人、强人蜕变为令农民望而生畏的地主恶霸、土豪劣绅。像林治邦儿子结婚宴请宾朋，村民们不请自来，都知道林某在歇马山庄能地动山摇；荣汉俊是蝙蝠村的"座山雕"，玩弄全村于股掌之上，他的影响不仅到蝙蝠乡还上达县府；郭存先是郭家店的救星，也因为拥有生杀予夺的大权成为村民的噩梦。《乡村行动》（阙迪伟）里的上街村成为熊家的"独立王国"，在这个高度集中的国度里，熊老三是说一不二的"国王"，熊老大是村支部委员并把持了村里的财政大权，熊老二也是村委。村办的轧钢厂和轴承厂实际上就是熊家的私产，法人代表都写熊老三。一

第六章 熟悉的陌生人:新农民形象谱系

句话,上街村就是熊家的,他们在村里颐指气使,鱼肉乡里,欺男霸女,"村里没人敢放熊家一个屁"。这些小说揭示了在"村霸专治"下的乡村治理危机、农民的苦难与热切期盼——盼望乡村加快重建政治经济新秩序,复归真正的乡村民主自治。

此外,还有"法律模式"。比如早年的陈源斌的《万家诉讼》以及前文所述的张继的《去城里受苦吧》等小说。尽管21世纪的农民生活在千禧后,但其精神质素、文化心理仍然呈现出过渡人、边缘人的特征,即他们身在新世纪,心还淹留在旧时代。如,表现在他们被村霸欺辱"讨说法"的过程中,常常显示出知法懂法又"轻法"、"畏法"、崇拜权力、权大于法等首鼠两端、左右摇摆的思想行动。从这个意义上而言,村霸得以萌生、做大、横行,与农民的人格、精神、国民性是分不开的。叶南客将这样从"小农"到"公民"的转型称为"大过渡时代的转型人格",揭橥了现代化进程中的"边缘文化"现象以及由边缘文化、边缘感增强而产生的一种新型人格。叶氏认为有两种文化撞击,一是时间性文化冲突,即"过渡人"身上承载了旧式人格向新型人格转型中的文化困惑和冲突;二是空间性、地位性文化冲突,即同一时代境况下在两个或两个以上的区域、族群、社会形态、文化体系之间穿越,"边缘人"背负了从隔阂到同化过程中人格的裂变和转型。"过渡人"是身处新旧社会形态转捩点的人,他们是引领时代洪流的弄潮儿;"边缘人"是处于两种文化交界处、远离某一文化中心的人。二者统称"边际人"[①]——身处新世纪转型的农民兄弟正是这样的边际人。

四

村霸,是当下现实关切的重点、热点,这一乡村问题的顽固存在,说明其时间之长、范围之广、对农民伤害之深,也反映了政策的有效性、情况的严峻性。在现代法治建设进程中,村霸危害乡村政权、欺压百姓、盘剥经济等问题是新世纪乡土小说涉及的话题之一,作家们以文学的方式直陈"村霸"是现代法治精神建设、乡村社会稳定和谐,乡村振兴发展的最大阻碍之一,表达了对基层政权的深入了解和居安思危,也反映作家对农民生存状态的关切和焦虑担忧心态,其意味深沉。其中,小说也暗含了一

[①] 叶南客:《边际人——大过渡时代的转型人格》,上海人民出版社1996年版,第7页。

种渴望，即除了依赖外在权威正义的力量，农民的自我革新、加速从边际人向现代人转型也是非常重要的一个维度。笔者认为，以渴望与忧思为主要特征的农村农民出路探索、村霸题材抒写，构成了新世纪初乡土小说的鲜明特色。通过对新世纪乡土小说中村霸形象的考察，不仅可以更全面深入评价这类小说的文学史意义和现实价值，还可以为乡土文学如何精准地反映"三农"、清理历史与当下深沉呼应的复杂内涵提供新的思考和借鉴。

第七章 反思:未完结的现代性

第一节 边际人:城乡文化的"混血儿"

叶南客将从"小农"到"公民"的转型称为"大过渡时代的转型人格",揭橥了现代化进程中的"边缘文化"现象以及由边缘文化、边缘感增强而产生的一种新型人格。叶氏认为有两种文化撞击,一是时间性文化冲突,即"过渡人"由社会剧烈转型中人格变异和转换所发生的文化困惑和冲突;二是空间性、地位性文化冲突,即在共时态下在不同空间的文化体系、族群、社会形态之间穿越,"边缘人"背负了从隔阂到同化过程中人格的裂变和转型。"过渡人"是身处新旧社会形态转捩点的人,他们是引领时代洪流的弄潮儿;"边缘人"是处于两种文化交界处、远离某一文化中心的人。二者统称"边际人"。[1]

新旧世纪之交,从农业文明跨入工业文明,从乡村进入城市的农民身上,纠结了上述的时间性、空间性、地位性文化冲突,他们正是这样的边际人。新世纪前后的乡土文学多有抒写,稍早的有《鲁班的子孙》中的小木匠、《最后一个渔佬儿》中的福奎、《人生》中的高加林等,晚近则有《大声呼吸》(荆永鸣)、《寻根团》(王十月)、《天上种玉米》(王华)、《木城的驴子》(赵本夫)、《留守》(姚岚)等文本中所塑造的"城乡交叉地带"的农民(工)、候鸟(留守人群)形象,以及梁鸿、黄灯、王磊光等学者、城籍农裔作家的"非虚构"写作,都非常深入刻画了处于身心流浪、文化冲突、角色转换、多元角色混合中无所适从、艰难嬗变的农民的现代"边际"体验。

---

[1] 叶南客:《边际人——大过渡时代的转型人格》,上海人民出版社1996年版,第7页。

现代转型体验:新世纪乡土文学研究

一

边际人格是乡村在追求现代性进程中产生的新型人格,它是农民在与剧烈嬗变的社会体制机制、文化形态、人际关系等碰撞时,其精神质素、文化心理在冲突、妥协、调和后表征的多元缝合的新型心性结构,其特点熔多元异质文化、跨时代的各种生活、精神要素于一炉,其人格体现出过渡性、边缘性和易变性。这些属性凝结于整个农民阶层。"边际人格是现代化过程中社会文化环境急剧变动下的产物,是多元文化交织并存的,不断取向变动的一种特殊人格。"①

一直以来,前现代农民世代稳定地驻守在乡村,他们依土而生,日出而作日落而息,他们只对"土地"负责,以农为生是他们身上铭刻的阶级胎记和身份标识,也就是说,他们是职业农民。改革开放之后,户籍制度松动,人口大规模流动,农民离土离乡从事各种各样的新"职业",于是,从"农民"唯一的社会角色、职业身份中分身幻化出更多的角色,诸如农民工、工人、小工商业者、城市流民、城市住宅小区的业主、小老板、基督教信徒、市民等。每一个角色都带给他不同的现代体验,使得他原有的相对稳固笃定的角色认知逐渐瓦解,有的带来他角色意识的混乱,有的参与他在新的现代文明中的角色转换,有的建构着他作为边际人的新型人格、精神文化心理和国民性质素。作为职业农民,他尊崇的是"自然文化",以四季轮回、日月交替、风调雨顺为规则,这时的角色是单一的,思想意识也是单向度的,他的身上没有其他文化的干扰、侵袭与渗透。比如,20世纪80年代的福奎,终其一生在葛川江上打鱼为生,他只和这条大河发生亲密关系,他执守自己的生产生活方式,没有向工业文明迁徙,因此,在他的身上不存在文化的过渡。尽管后来,现代性逼近了葛川江,现代器物——更加科学高效的捕鱼网具、修大马路、安装火龙一样的路灯、现代化工厂等破坏了自然生态环境,蚕食着农耕文化,福奎在江里也刨不到食了,但福奎仍然不上岸,他怀念"白发渔樵江渚上,惯看秋月春风"以及"江里有鱼,壶里有酒",甚至"船铺板上还有大屁股大奶子的婆娘"的自个儿当家做主的日子,决不去村里新开办的味精厂当拿工资的工人,因为工人遵循的是"制度文化",这个角色是与整齐划一的大生产、

---

① 叶南客:《边际人——大过渡时代的转型人格》,上海人民出版社1996年版,第7页。

第七章　反思：未完结的现代性

朝九晚五的固定作息、冰冷坚硬的大机器绑定在一起的，是以牺牲农耕文化的自由散漫（哪怕是贫穷）为代价的。正如法国著名历史学家、年鉴学派之集大成者布罗代尔（Fernand Braude）所指出的那样："所有农民都成年累月地过着贫困的生活，他们有经得住任何考验的耐心，有委曲求全的非凡能力，他们反应迟钝，但必要时却以死相拼；他们在任何场合总是慢吞吞地拒不接受新鲜事物，但为维持始终岌岌可危的生计，却表现出无比的坚韧。"[1]

在新世纪"打工文学"中，无论是郑小琼还是张守刚等诗人，都有对工厂制度文化/工业文化对人性戕害的深刻摹写：《剧》……/她把自己安置在流水线的某个工位/用工号代替姓名与性别/在一台机床刨磨切削/内心充满了爱与埋怨/……她要习惯十二小时的工作/卡钟与疲倦在运转的机器裁剪出单瘦的生活……；而辛酉的《我们这些"鸟人"》则集中表达了农民工作为边际人的复杂无奈的体验："我们这些居无定所的人/我们这些四海为家的人/我们这些背井离乡的人/我们这些漂泊的人/我们这些黄土地养大的人/又以生活的名义/背叛了黄土地的人/我们这些打拼在城市的人/却屡遭排斥的外来人/我们这些生活在城市/却被称为农民的人/我们这些奔波在季节里的人。/我们这些像候鸟一样的人/我们这些——'鸟'人。"抒情主人公指称的"鸟人"，实际上是一种往返与挣扎于不同文化的"候鸟"，两边不靠，无所依托，表征了他们徘徊在"黄土地"与"城市"两种文化区域的角色困惑，身心又无处安顿的尴尬，体现了他们物质上的生存艰难与潜在的文化冲突。相较而言，福奎虽然农民工一样身处时代转折、文化转型，但他抱定主意和他的小船同生同死在江里而鲜少边缘感受、边际心态——他是农耕文化的遗老、遗产而不是跨文化的边际人。

进入 21 世纪后，在孙惠芬的《吉宽的马车》里，形塑了一个福奎式的在乡农民"懒人"——吉宽，吉宽在乡村过着自由自在的生活，马车的叮叮当当和以"慢"为特征的速度表征着乡村的散漫、笃定、安逸和悠闲。在赶着马车自由自在的乡村时光里，吉宽们的身心是舒展的，灵魂是自由的，心灵是纯粹的，时间是自己支配的。有学者指出，"现代化对人格的稳定和认同的影响也是令人担忧的。传统社会由其环境形成了相对稳

---

[1] ［法］费尔南·布罗代尔：《15 至 18 世纪的物质文明、经济和资本主义——形形色色的交换》，施康强、顾良译，生活·读书·新知三联书店 2002 年版，第 262 页。

定的人格特征,……这种环境和关系有助于形成强烈的认同感和自信心,因此,传统社会中绝大多数成员从不会因遭遇规范和价值冲突而紧张"①。

二

到了20世纪90年代乃至21世纪之后,农民的角色嬗变多元化,他们的角色认知顿时陷入惶恐不安的感受:久远以来农民所单一本色、融于血脉的角色体系被极大破坏,他们原有的固定角色在转型社会不断分蘖,被强加给他们不同的角色,不断补充、上演一个个陌生而崭新的角色,农民边际人由此大量出现,并产生出他们的新的困惑与体验。比如,在代际关系中,外出务工见过世面的子辈越来越早成为亲属关系演变的引领者,成为带头、骨干和教育者,而老年人常常被子辈耳提面命不得不谦虚地再社会化,成为被训诫者、被范导者,周晓虹称之为"文化反哺"②——这在过去儒家以长为尊的"差序格局"中是不可想象的,否则我们就无法理解高觉新性格及其悲剧命运;在家庭关系中,乡村传统的伦理纲常也正从固有的父子夫妻的等级压迫关系转化为以相对平等关系的核心家庭取代主干家庭。在这个急剧转型的时代中,人们在新旧角色的频繁、混乱的转换中猝不及防、无所适从,新旧角色观念的困惑感与撕裂感时时侵袭着农民,因此,农民边际人的角色冲突最为尖锐、现代体验最为复杂强烈。

在《出梁庄记》里,梁鸿指出"传统的乡村文化结构在现代化进程中被逐渐消解,不再具有文化上的凝聚力"③梁庄青年农民栓子在白云鄂博做校油生意,成为一个"新农商"。这个向城而生、已经"进入"到城市文化中的乡下人再也无法退返农村,似农非农的身份让他游离在城市与乡村之间,于是,他所遭遇的文化边际冲突就显得格外强烈。他说:"人并不是只以挣钱为标准,还得有个爱心,这很重要,最后,这爱心也得到了社会承认,这才对。就拿我来说,不管我挣钱咋苦咋累,国家有啥大事时候,我捐款都是自发性的。汶川地震时……我捐了五千块。"栓子还说,做生意这些年也赚了钱,但是心里觉得不踏实,身份暧昧不明,有钱也安定不下自己的心。因为没有一个确凿的身份,连走亲访友、做生意介绍身

---

① [美]布莱克:《现代化的动力》,段小光译,四川人民出版社1988年版,第42页。
② 周晓虹:《从颠覆、成长走向共生与契洽——文化反哺的代际影响与社会意义》,《河北学刊》2015年第3期。
③ 姬亚楠:《梁鸿乡土书写中的农民身份认同问题研究》,《中州学刊》2019年第4期。

第七章 反思:未完结的现代性

份时都难以启齿,感觉低人一等;住在北京,融不进去人家的各种活动,感觉没有奔头,没有明朗的前景,心里空落落的。学者丁帆认为,"20世纪 90 年代乡土小说强调的不再是农民被赶出土地的被动性和非自主性,而是他们逃离乡土的强烈愿望以及开拓土地以外新的生存空间的主动姿态;离土农民也不再是在城市寻找类似土地的稳定可靠的生产资料,以维持其乡民式的生存原则和价值观念的'祥子'们,他们以尝试与传统农民人格抵触的商业活动,体验与土地没有直接依附关系的人生。"[①] 与此相似,梁庄青年农民万敏不仅在深圳虎门镇办制衣厂,还新潮地在网络上开设博客,上面记录着 2008 年他开着自己的金杯车运送救灾物资到汶川的图文。那一次,他捐资捐物近 10 万元,相当于个人总资产的近十分之一。面对梁鸿的采访,他说,"别以为我们没有追求,也总想着为社会做一点事情……(看到灾情)当时就想,还是得挣钱,要是挣到钱咱就能出力了","也总想干个啥事,不是光为了挣钱,还得有个目标,有个追求啥的……"——由此可见,农民栓子、万敏们这些"精神漂泊者"的人格质素里已经融入了公民意识、社会参与意识,他们的自愿捐款、想融入城市社区的活动、献爱心、人生有目标等思想行为就是实实在在的、自发的公民实践。这完全不同于乡村小农的自私自利和闷声发大财、哀怨、眼红、事不关己和冷漠麻木。但是,"由来已久的城乡分隔制度为进城农民融入城市生活体系制造了诸多障碍,使'流动农民'遭遇到了阿 Q 曾经遭遇的'不准革命'的历史困境,他们实现城市化、市民化的现代转型因此变得异常艰难。"[②] 学者高丙中将"公民意识"界定为 7 个要素:礼貌、非暴力、宽容心、同情心、志愿者精神、相互尊重、共同体意识等。[③] 两相对照,栓子们确然是一只脚迈入了现代门槛,又难以为城市接纳为"共同体",徘徊在城乡边缘,由农民而"市民"再到"公民"的边际人。梁庄的农民秀中,做生意发了大财,不仅将父母兄弟姐妹带了出来,也已经完成了从河南农民到北京市民的"转型",这个企业家谈吐思路清晰,视野开阔:经营策略、忧患意识、掌握理论、管理条例、尾气排放标准、送礼的学问、校企合作……这些专业词语显示秀中俨然是一个具有现代管

---

① 丁帆:《中国乡土小说史》,北京大学出版社 2007 年版,第 334 页。
② 李兴阳:《终结过程中的裂变与新生——新世纪乡土小说中的农民形象综论》,《南京师大学报》2013 年第 5 期。
③ 高丙中:《中国的公民社会发展状态》,《探索与争鸣》2008 年第 2 期。

理理念、能力的现代企业掌门人,而且他开始"从单纯的挣钱过渡到思考公益"——这些行径表明他已经从边缘走向了中心。但是,他又在县城买了一块山,准备老了回去盖房子、养狗、养老。"城市化虽然改造了乡村模式、农民的生存方式,但农民的情感、思想,他们的生活方式并非全然跟随这一转型而改变。相反的是,他们可能仍然渴望回到那种传统的模式中"。①

此外,《出梁庄记》中有几个隐喻性细节呈现了梁庄的"文化混血儿"在城乡文化之间出入的困惑与怨恨、自觉与进步。梁庄的红旗和立子在北京打工做家装,梁鸿约了他们进行采访。当梁鸿看到刚刚从工地铺瓷砖下班来践约的二人衣衫整洁干净,不免心生疑问。红旗解释道:"俺们拿有衣服。干完活把衣服一换。那身衣服就放那儿,第二天去再换上。"在作家看来,脱去"工作服",换上干净的衣服坐车、回家,是一种"新鲜"的做法,表达了一种自尊和对工作、身份的心平气和的认可。但是,笔者认为,还有一重潜在意义在于"文化的穿越",即空间、时间的转换——从工地私人空间到公共空间,从打工到履约,显示了85后青年农民清晰可辨的自我意识和身份分裂中的自如转换。这让我们想到,在几年前的一段新闻报道和余世存的诗歌《十月诗草·歌拟奥登》,前者写福州市的公共汽车上,下班后一身泥土的农民工"自觉"地坐在了空座位的脚踏板上。②后者抒情主人公则这样表白:"我们规行矩步地坐在城里人身边;他们却皱着眉头,弟兄们,他们指我们太臭。"——这是三个与"现代卫生"有关的历时表达,从农民工的身上太臭"被嫌弃与驱赶"到身上太脏而"自我退缩与隔离",再到因一身尘土而"主动洁净换装"示人,不仅表明了农民逐渐开启的文化习得、觉醒和人格独立、试图重拾尊严、平等,还表征了农民在面对强势的城市文化的重大心理突破。梁庄的正林在北京打工,他是跨国大公司里有才华的商装设计师,他的文化际遇最具有两面性、典型性。他的职业很体面,成天乘飞机飞来飞去,带翻译见各国客户,吃一顿饭一万多,喝高档红酒……,但是下班却不得不回到蜗居的北京城中村的小破屋,落差太大,场景和角色很难转换,成为必须分心有术

---

① 梁鸿:《中国在梁庄》,中信出版社2014年版,第242页。
② 《福州农民工怕弄脏公交座椅坐台阶引关注》,凤凰资讯,http://news.ifeng.com/c/7faAVe7buZj,2011年8月16日。

第七章 反思:未完结的现代性

的文化分裂人、时空穿梭人——这是边际人最真实的现代体验之一。这种处于"中间物"的边缘、过渡的现代体验就像夏敏小说《接吻长安街》中"我"的形象化慨叹:"我的命运大概是永远做一个城市的边缘人,脱离了土地,失去了生存的根,而城市拒绝你,让你永远的漂泊着,像土里的泥鳅为土松土,为它增长肥力,但永远只能在土里,不能浮出土层。"总之,处于城乡之间流浪的农民,他们的人格形塑只能在持久的文化冲突与痛苦牵扯中竭力调适,"兜转""彷徨"成为他们脆弱人格左支右绌的真实表达。

钟正林的《户口还乡》是新世纪乡土小说极具象征意味的一个文本,它非常敏锐地感受到了乡村及其子民思想行动的重大转向。小说写的是大田、帮容夫妇早年为了摆脱贫困绞尽脑汁向城求生后如愿以偿当上工人。"因为那儿有不尽的财富和诱人的享受和娱乐。同时还是个使人有出息的地方,农村的优秀人才都到了那里,那里有学问,更有权势。"① 但是好景不长,20世纪90年代大田下岗成为城市底层贫民,后来听说在农村可以享受诸如林权林地分配等国家惠农政策,在利益的驱动下又想方设法争取将户口迁回乡村老家,就在已经办成还没有来得及高兴的时候,传来了颁布新的城镇福利政策的消息,让大田夫妇顿时陷入了进退维谷,无所适从的抉择中……。作家钟正林以他的敏锐写出了当下乡村的新动向,是对"城市至上主义"的反拨,写出了农民疙疙瘩瘩的烦心事,写出了农民生存的苦涩与无所适从。因为,"大田和帮容不知自己的'户口返乡'是明智还是失策。中国的农民总体上来说,还是身处艰难,不得不斤斤计较,患得患失,而且他们总共就那么一点利益,算得不精,就陷入困境。小说写出农民的那种斤斤计较左右为难的心态时,其实也写出了他们的处境依然困难重重。"② 但是,笔者更关心的是大田、帮容夫妇在城乡两端之间的生存经验以及由此切身感受的、具有相对比较意义的现代体验。也就是说,大田、帮容夫妇的角色是从小农到工人,由市民而农民的,是折返在乡村与城市之间的真真正正的边际人,在提供文化冲突与比较的心态方面,具有典型性的意义。在小说中,尽管大田、帮容夫妇对比的多是城乡

---

① 张鸣:《乡土心路八十年——中国近现代过程中农民意识的变迁》,生活·读书·新知三联书店1997年版,第129—130页。

② 陈晓明:《辛酸的刻画胜于书写悲痛》,《文学报》2012年9月28日第3版。

二者"形而下"的"吃喝拉撒睡",但仍然可以一窥端倪。比如,从认为城镇户口是社会人上人的标签,自己死活都要脱了这层"农皮"的艳羡与行动,到"城里什么东西都要买,连上厕所都要花钱"的抱怨;从"如果没有收入将坐吃山空,在城里没有城镇户口不好找工作"的重新认识,到反感城里的热闹是表面的,其实人情非常冷漠自私……,总之,在大田们的心目中,城市有时是令她无限向往的神圣异域,是她一家人实现阶层流动,跨越边际的终极目标,有时城市又变成异己的力量,成为正常人性的否定性因素。有学者指出:"随着农民进城的热潮,他们大量地接收着来自社会、他人对自我的认知与评价。一方面,农民群体自我认知和他人评价之间的矛盾日渐凸显;另一方面,农民群体与城市之间的相互隔膜的状态日趋严峻。"①

从"乡下人进城"到"户口还乡",这是一个巨大的历史转折,是边际人的典型行为特征。进城不仅是对乡村精神文化的逃离,也是对城乡二元对立、农民遭受不公正待遇、乡村社会政治文化异化的抗争;还乡是对乡村生产生活方式的复归,对城市虚假文化、商业文化和欲望陷阱的背叛。学者丁帆认为:"持'中国进入了城市文学时代'观点的人所忽略的,正是我们在新世纪乡土小说转型研究中要阐释的:失去土地的农民流入城市后,给城市带来了农耕文明的意识形态和社会生活方式,并在一定程度上影响着城市;另一方面,工业文明和城市文明以其文化强势和由此形成的话语霸权,不断地改变着'城市异乡者'的思维习惯与文化性格。聚焦在'农民进城'上的文明冲突和社会转型的历史阵痛,并不是'社会生活中极小部分的问题',而恰恰是'极大部分的问题',是新世纪作家们在相当一个时期内不得不予以关注的焦点,自然也就是新世纪乡土小说在漫长的转型期里所要书写的冲突性最强的叙事领域。"②

三

农民的家庭角色也在这个转型时代发生了变化。前现代以父(夫)为纲父的中轴型、层级型传递关系,实实在在地嬗变为平等型、民主型、反哺型关系,父亲、丈夫的权威受到挑战。此外,在乡村,夫妻合作、家庭

---

① 姬亚楠:《梁鸿乡土书写中的农民身份认同问题研究》,《中州学刊》2019 年第 4 期。
② 丁帆:《中国乡土小说生存的特殊背景与价值的失范》,《文艺研究》2005 年第 8 期。

第七章 反思：未完结的现代性

式分工协作是生活的基本前提，日渐现代化的思维扰乱了家庭成员现有的角色和等级秩序，有力地冲击着旧有模式而使家庭陷入困境或出现新秩序。总之，20世纪80年代改革开放以来，农民家庭成员都在现代文明的冲击中感受到了前所未有的压力，进而不得不随顺变化去适应。他们是被时代浪潮裹挟着前行的边际人。正如安东尼·吉登斯分析了现代性的断裂性和反思性，指出："现代性以前所未有的方式，把我们抛离了所有类型的社会秩序的轨道。"①

陈忠实的中篇小说《四妹子》抒写家庭成员关系的颠覆。四妹子家境贫寒，到了待嫁的年龄，远嫁关中的姑姑来到家中，姑姑的家粮食高产，不像她在陕北黄土高原经常处于半饥饿状态，在姑姑的张罗下，四妹子找到了理想的夫婿，却没有想到遭遇公公吕克俭大家长式的管理家庭的方式。刚开始，公公和婆婆持家严苛，等级分明，她被束缚在严厉的家规乡俗下，没有一点自由，无数的委屈只有吞进肚里，这严重束缚了四妹子创业的理想。后来四妹子不妥协，她开始反抗，最后，兄弟分家了。她不甘人后，一门子心思发家致富：养鸡，当她的成就超过村里所有人时，两个哥哥开始插手，妄图分一杯羹。她答应了，她为了这个养鸡场注入了无数心血。可已经分开的一家人又合在一起，矛盾迟早还是会发生的。养鸡场倒闭了，财产分配却是极不公平。四妹子忍了，她没有因为这件事丧失再创业的勇气，她承包了无人敢问津的果园。四妹子发扬陕北女子勤劳勇敢、吃苦耐劳的精神，一时风头无双，成为乡村妇女创业的样板。从而也赢得公公、县乡领导的赞誉，公公也改变了对她的看法转而支持她。此后，四妹子与公公、哥哥的等级关系发生逆转。再后来，四妹子和丈夫吕建峰生意忙不过来，就聘请了公公吕克俭帮忙，而且四妹子给他开了报酬。公公与儿子儿媳之间的血缘、亲缘转化为以金钱为中间物的雇佣关系。商品交换的逻辑介入，使乡村一个传统的核心家庭成员由原生血缘关系转化为工作雇佣关系，排斥了其中的亲情，颠覆了原来的人伦定位。

朱文的《我爱美元》写于20世纪90年代末，小说抒写"我"和父亲的"新型关系"，揭示了在现代商业文化、身体交换逻辑操弄下，父子之

---

① [英]安东尼·吉登斯：《现代性的后果》，田禾译，黄平校，译林出版社2011年版，第4页。

间的颠倒和文化反哺:不是父慈子孝的尊卑等级关系,而是父亲不像父亲,儿子不像儿子,为老不尊,为子不教。他们俩因为被性欲驱使,有着共同的"爱好"而像"兄弟"关系。说白了,是小嫖客和老嫖客关系。父亲在招嫖方面比较笨拙和胆小,儿子熟门熟路便化为"皮条客",在城里千方百计帮助老嫖客解决性问题。这是《我爱美元》的全部内容。

在王磊光的《在风中呼喊》中,农民的角色意识正在逐渐淡化,成为频繁往返于城乡之间身份模糊的"候鸟人"。王磊光写到,老家整个张家塆,十四五户人家,几乎全建了楼房,如今只有四户人家在这里住,其他楼房都空着,楼房的主人全搬走了,有的选择在县城购置房产安居乐业,有的在人群密集的集镇上新建了私房。二表哥位于张家塆的房子已经空置多年,他们家在附近集镇上另外买地新盖了楼房。由于在镇上只有住宅而没有赖以谋生的田地、菜园,二表哥不得不在打工之余经常骑着摩托车回张家塆,砍些柴火带回镇上。王磊光伤感地担忧:那些扔掉锄头柄的农民,庆幸自己离土又离乡,他们站在田埂上对那些早出晚归在土里苦苦刨食的同行冷嘲热讽!而后者也不时在为自己望不到头的难熬日子、贫苦生活而哀叹、自责。更为揪心的是"80后""90后"新生代农民工,当他们无法淹留城市而不得不少小离家老大回时,作为垂垂老矣的中老年人劳动力,不仅丧失了基本的种田本领和体力,而且以他们在城市打工受到现代化洗礼后对农事劳动的态度和对待土地的感情,早已经与父辈在现代化的道路上分道扬镳了。

其实,不仅是成年人,在代际的意义上,农民子弟接续了城乡文化碰撞,进退不得,仍然是跨文化的"边缘"心态的直接体验者、受难者。在《出梁庄记》中,在北京打工的韩建升说起儿子,最让他困惑的是孩子的上学,"这样会毁了几代人。如果政策不变的话,到了上高中,就得让你嫂子回去,带着孩子尚需恶,娃儿不一定能适应……不是梁庄人了。我们可怜,娃儿这一代人更可怜,生活在真空里。他们到咱们这个年龄,连小时的玩伴都想不起来,都四零五碎,越来越孤独。"有研究者指出:"孟德拉斯所言的'农民的终结',在今天的中国不再只是一个话题,而是一种正在进行中的历史现实;而农民的文化人格抑或精神结构在终结过程中的裂变与新生,则是这个时代最为重要的'精神事件'。"[①]

[①] 李兴阳:《终结过程中的裂变与新——新世纪乡土小说中的农民形象综论》,《南京师范大学学报》2013年第5期。

第七章 反思：未完结的现代性

"临时夫妻"是当下城乡兴起的突出现象，颠覆了农民比较传统、单一和稳固的家庭角色，反映了农民文化心理的裂变和角色的多重转换。"临时夫妻"一方面是基于现实的需求应运而生；另一方面则是乡土中国"性道德"滑坡后的产物，是城市文化与欲望杂合的结果——农民在传统婚姻的保守文化与现代开放的性文化中游离，既尝到性满足的快乐，也喝下了自己酿就的苦酒，在身心两方面都遭受心理和情感的折磨与痛苦。"临时夫妻"并不是第一次被提及，但仍足以让人咋舌，它所带来的性泛滥、疾病、私生子、堕胎、家庭矛盾、情感纠纷、离婚率攀升、弱势女性受害乃至冲突血案并不鲜见。早在2008年，女作家吴治平在《中国乡村妇女生活调查：随州视角》中写道，"'临时夫妻'还是极个别现象，最大特点是不PK掉自己的配偶，而是以保全法律上的夫妻关系、不拆散原有家庭为道德底线。"[1] 事实上，不仅是城市的农民工在大都会的"陌生人社会"组合成"临时夫妻"。乡村的"熟人社会"也出现了少量的"临时夫妻"，吴治平采访了几位农村留守妇女："湖北随州一个村庄大多数人外出打工，有的留守在家的男女就临时组合在一起，后来不少人见样学样，竞相模仿，于是村子冒出好几对'临时夫妻'，这种相当前卫和现代的做派使得村子被人戏称为'小香港'"。乡村熟人社会出现"临时夫妻"，固然有现实的原因，比如留守妇女体力差、种田需要强劳力帮手，感情生活寂寞，生理需要等，也有深层次的因素，即农民的婚姻生态伦理道德在多元文化、城市文化诸如电视电影、现代传媒、书籍杂志以及身边事例的诱导和冲击下，开始出现多样性、复杂性、现实性。农民作为"半新半旧"的现代人，淹留在城乡文化的交叉地带、灰色地带，成为真正的过渡人、边际人。

中国城乡出现的农民"临时夫妻"，属于灰色婚姻，是一种合情不合理的非道德行为，"反映在家庭婚恋生活中最为突出的问题是中国传统男耕女织家庭模式和生态婚姻受到挑战"[2]。有媒体认为，"临时夫妻"现象是"夹生"的城镇化、"梗阻"的人口流动机制，以及权利尚不能平等实现的城乡二元体制等因素造成的。长远看，根本解决之道还在于通过制度变革和体制完善，来改善农民工窘迫的生活状态。[3] 晓苏的小说《我们的

---

[1] 吴治平：《中国乡村妇女生活调查：随州视角》，长江文艺出版社2008年版，第119页。
[2] 同上。
[3] 《民工结临时夫妻引关注两地分居如何性福》，新浪新闻，2013年3月13日，http://eladies.sina.com.cn/qg/2013/0313/07471215060.shtml。

隐私》也写了心灵空虚与生理需要参半的农民（工）在城市组建临时夫妻/乡村同居的故事，这是这个时代一类农民群体的典型缩影，也是农民"性事"暗含的新旧文化杂交。这个令人心塞的故事有3条线索：一是"我"与麦穗在南方城市打工租房做临时夫妻；二是"我"因留守在家的儿子不经意的话，发现妻子也有了外遇；三是"我"发现麦穗隐瞒了婚史。那个因车祸失去手臂而在家乡以算卦为生的穷困潦倒的"哥哥"竟然是她的丈夫。在此，读者看到了"我"的异常复杂难言的情感与心理——忏悔与愤怒、享乐与自责、报复与苦痛，这不仅是"我"的良心发现，也是深层次的两种文化冲突带来的内心不安、左右摇摆与持久的精神焦虑、失衡。有研究者指出，"人类学与社会学中所讲的'边际人'生活在两个不同且常相冲突的文化中，两个文化皆争取他的忠诚，故常发生文化的认同问题。"[①] 小说描写的这种性与爱错位的"隐私"，既是乡村妻子的隐私，"我"假装不知道并忍声吞气保全了彼此的名声，维护了家的完整，也是我的"隐私"，我有报复式的快感和患得患失的心病；这样的"隐私"对彼此的家庭和亲朋好友而言，固然需要保密，他们的临时结合，实在是飘零在陌生人社会——城市或者留守乡村的无奈之举。但就全局来看，这又不是什么隐私，早已是公开的秘密，也给乡土中国带来了法律、伦理等诸多隐忧。这个现象和城市快速增长的"临时夫妻"数字足以令人意外和吃惊，而且这个数字还在增长。[②] 今天，在现代社会，农民对自己的言行举止包括性行为、婚姻有了更多自主权、决定权，但这样游离于城乡文化交叉地带的自主自愿的"隐私"，找不到坚实的锚地，既随波逐流，又处过渡地带，带有及时行乐和饮鸩止渴的意味，往往令人无端焦虑，心中空落落的失去安全感——这也正是"隐私"的深层含义吧。布莱克宣称："比起传统社会，现代社会中的个人不大受其环境的支配，就此而言，个人更自由了。但同时，他更无法确定自己的目的，……现代环境倾向于把社会原子化，它使得社会成员失去共存感和归属感，而没有这些，个人的实现就不可能令人满意地完成。不少人把个人的不安全感和焦虑感视为现时代的标志，这可以直接追踪到现代化带来的深刻

---

① 罗荣渠等编：《中国现代化历程的探索》，北京大学出版社1992年版，第11页。
② 何雯、曹成刚：《农民工"临时夫妻"现象的社会心理学解析》，《广西社会科学》2015年第7期。

第七章 反思:未完结的现代性

的社会分裂。"①

四

英克尔斯(Alex lnkeles)的社会学名著《从传统人到现代人》从比较社会学角度研究发展中国家和发达国家的现代化过程,强调人的现代化是国家现代化必不可少的因素。他指出:"人并不是生来就是现代性的,但他们的生活经历可以使之现代化,我们认为我们应了解这一过程是如何进行的,并且开始着手检验我们的理论。"②英克尔斯认为"现代人"具有如下的一些特质,比如,乐于接受新经验,随时勇于迎接社会的变革;有主见,有效能,学会计划性;比如,重视专门技术和教育……。英克尔斯的实证研究表明,教育、工厂打工经验、传播媒介、大规模的科层组织、农村合作社以及父亲的教育、家庭的环境等对个人现代性起较大影响和作用。这一定义和发现对当下中国农民处于"过渡"和"边缘"具有非常强烈的现实指导意义和参照价值。今天,王磊光、黄灯、梁鸿乃至西部作家雪漠等人都转向了"非虚构写作",在他们的采访实录和文学手记里,可以比较清晰地"验证"英克尔斯的研究与判断。当下,实现乡村振兴与农民现代化,不仅要在物质层面精准扶贫、带领农民致富奔小康,还要加速推进农民内在新的现代人格、精神文化的稳固、重塑、成型和强大,进一步弥合其身份意识的分裂,增强自我认同和对乡村文化的自信心,以此稀释、置换农民身心的边际、边缘体验。

总之,"围绕9亿农民的生活与他们生存价值的重建……不单是一项应对中国现代化挑战的权宜之计,而是关乎中华文明崛起和世界未来出路的庞大工作。"③面对身处城乡文化交叉地带"双重边缘人"的身份困境,"责备制度、批判他人是我们最普遍的反应,但却唯独忘记,我们还应该责备自己。我们也是这样的风景和这样的羞耻的塑造者。我们应该负担起这样一个共有的责任,以重建我们的伦理"。④

---

① [美]布莱克:《现代化的动力》,段小光译,四川人民出版社1988年版,第42—43页。
② [美]阿列克斯·英克尔斯、[美]戴维·H.史密斯:《从传统人到现代人》,顾昕译,中国人民大学出版社1992年版,第5页。
③ 贺雪峰:《什么农村,什么问题》,法律出版社2008年版,第374页。
④ 梁鸿:《出梁庄记》,花城出版社2013年版,第311页。

第二节　代际差异中的现代性追求

卡尔·曼海姆（Karl Mannheim）曾说："代际问题是重要的，也值得对其进行严肃的研究，该问题对于理解社会和精神运动的结构来说是一个必不可少的向导。如果人们想要对我们时代中越来越快的社会变迁特征有更准确的了解的话，那么此问题的重要性就更为明显。"[①] 一般意义上，"代际"是指时间轴链上的某一年龄群体，他们有大致相近的历史遭遇、文化背景、价值理念与审美倾向。因而，属同一代际的人大略指"出生于同一时期，具有共同的历史体验，因而显示出相类似的精神结构和行为式样的同时代人"。出生时代是代的生物学条件，基于这些年代之上遭遇的重大历史事件、社会激变，会形成特定的文化品质、心理结构、价值观念、代际文化。可以说，农民在现代性转型上的代际差异，是新时期以来文学的隐秘线索。王一川指出："中国现代性的发生，难道仅仅由精英人物的活动所决定？精英人物的活动固然重要，但人数远为巨大的普通的民众生活呢？""现代性，标明的远远不只是一种单纯的思想转型，而是整个生活方式或生活世界的转型。它涉及的不仅有思想或认识，而且有更为基本的日常生活方式、价值规范、心理模式和审美表现等等。"[②] 因此，尽管不能说乡下人的某种心理体验、某一历史意识、生活方式必定属于哪个代际或唯哪代人所独有，但新时期文学在对"乡下人进城"这一当代社会最重要的事件的思索和艺术表现上，已呈现出某些世代意义的差别，而这种差别只有通过代际文化的比较视角才能体现。

以"代际"方式对现代性转型的农民进行划分，是将社会学方法移入文学的结果。这里须"追究"代际划分的生成及如何反映现代性转型语境下的农民文化、精神、价值心理。首先，代际划分体现农民的"表意欲望"、"焦虑"与"认同"情结。从"60后""70后""80后"农民进城可知：每代农民在共同涉度现代化"河流"的状态下，都有真切的生活经验、生命体验及人生态度。"致富"追求逐渐增强、人文精神渐趋弱化和文化心理多元是现代转型的暗线；其次，农民代际差异与现代化进程互动

---

① ［德］卡尔·曼海姆：《卡尔·曼海姆精粹》，徐彬译，南京大学出版社2002年版，第60页。
② 王一川：《中国现代性体验的发生》，北京师范大学出版社2003年版，第55页。

第七章　反思：未完结的现代性

性、关联性强，现代化深刻影响农民的心理体验，塑造其精神特质、世代特征。反之，作为占人口最大多数的农民，生成现代化的某些内涵、特征，甚至影响和左右现代化方向，二者发生着深沉的同构同质。

一

"60后"农民是矛盾的一代，这代农民没有完整的"文革"记忆，"文革"时代、新时期和商品经济时代是他们经历的三个重要时期，"文革"末世的破碎图景、80年代分产到户的现实和90年代消费文化的狂潮构成的"三接头皮鞋"，成了他们的共同经验、文化资源和现实景观。这三个历史经验叠加，塑造出与众不同的代际特征，主要表现为踯躅在致富与伦理、公平与效率、务实与理想、道德与经济、责任与奋斗、个人与家国的两极之间，开启了新时期乡下人进城的故事。高加林、孙少平是他们中的代表，在这二人的身上，呈现一些明显的代际特征：忧国忧民，关心国际国家大事、有很强的理想主义情结、热衷讨论人生意义、人类远景（如孙少平看的书是《一些原材料对人类未来的影响》）等宏大话题，关注改革开放、政治经济建设，等等。他们的主体性凸显：自强而自信、奋斗而有为、聪敏而博观、自主而坚韧、硬汉而乐观。

从高加林"进城"，尤其是孙少平的进城务工，可以看到"60后"这一世代进城的目的在于改变自身在历史进程中的位置，从底层向上流动，其实质是"现代性焦虑"：与现代化焦虑紧密相连的身份置换的努力，以及勇于历史担当，舍我其谁的责任意识、追赶意识。时间浪费和身份限制使这一代农民的现代性追求有明显被禁锢并"急欲"弥补失去时间的"意味"和"向命运抗争"情结，这种命名及"代"的更替，使其产生要脱胎换骨和奋起直追的行动。因而，他们以新时期第一代"乡下人进城"的姿态反叛彼时的政经环境、破除城乡二元对立，便具有一种时代"合理性"与"真实性"。"60后"乡下人进城的追求，更突显一份浪漫气质、人文情怀和关怀国家民族、关心现代化建设的自觉和行动上的努力，他们把现代化追求、自身命运、人生价值与民族国家、人民福祉紧密联系在一起。

比如，孙少平——这位刚从人民公社挣脱出来的农民，进城到煤矿当"揽工汉"，他在难以想象的困苦中，不改其志，不仅酷爱阅读，且热衷于和恋人田晓霞谈论国家大事，"苦难"只是砥砺品质的调味剂，而他的精神、主体、思想和人格则始终高扬并胸怀天下、兼济苍生。这位农民工的先驱者历尽艰难仍惦记"全员工效":"就我所知,我们国家全员工效平均只出 0.9 吨煤左右,而苏联、英国是 2 吨多,西德和波兰是 3 吨多,美国 8 吨多,澳大利亚是 10 吨多,同样是开采露天矿,我国全员效率也不到 2 吨,而国外高达 50 吨,甚至 100 吨,在西德鲁尔矿区,那里的矿井生产都用电子计算机控制。"——饶有意味的是,待到当下,"全员工效"反成为资本家"榨取""80 后""90 后"农民工的利器,郑小琼的诗歌、王十月的小说里再也难以找寻这样的阶级主体。而孙的"难兄难弟"——高加林则被塑造成县城万人瞩目的"明星",作者给予了他毫不掩饰的偏爱,把许多美好的词赋予了他:才能、潇洒、惹眼、标致的漂亮小伙子、吸引力、姑娘给他飘飞眼、篮球主力、英姿勃发、篮球技术一流……,"高加林立刻就在县城成了一个引人注目的人物。他的各种才能很快在这个天地里施展开了。……在一个万人左右的山区县城里,具备这样多种才能而又长得潇洒的青年人并不多见——他被大家宠爱是很正常的。……高加林简直成了这个城市的一颗明星。"

显然,"60 后"某种意义上,被塑造成"乡村才子",具有那个时代精英的某些特质——"依靠知识建构主流身份",[①] 正如有学者指出,"文化修养和教育经历能在特定场域里,成为行动者们获取社会地位的凭借。"[②] 对于"60 后"来说,知识就是其文化资本,而城市就是其建构主流身份的场域。不论高加林还是孙少平,人们相信,在当时的社会结构的变迁与流动中,有可能凭借文化资本,在现代性转型中,为自己的理想提供施展作为的空间。"在特定的时刻,资本的不同类型和亚型的分布结构,在时间上体现了社会世界的内在结构。"[③] 随着现代化进程加速,知识(文化资本)的影响力越来越小,农民作为一个阶层,在革命年代所获取的道德优势和精神高地迅速丧失,城市这一现代场域分配给他们的发展空间也越来越少,"60 后""70 后""80 后"乡下人进城的历史路径,实际上表征"乡村才子"的"文化资本"的位置迁移以及由此产生的身份转换的艰难:

---

① 乔以钢:《近 30 年"城乡交叉地带叙事"中的"新才子佳人模式"》,《南开学报》2011 年第 4 期。

② 张意:《文化与符号权力:布迪厄的文化社会学导论》,中国社科出版社 2005 年版,第 172 页。

③ [法]布迪厄:《文化资本与社会炼金术:布迪厄访谈录》,包亚明译,上海人民出版社 1997 年版,第 190 页。

第七章　反思：未完结的现代性

"这是近30年中国社会结构变迁的规律：20世纪80年代前期，文化资本一枝独秀占据优势；随着90年代中国社会的市场化转型，经济资本取代文化资本的优势地位；21世纪以来，中国社会转型进一步深入，经济资本已经从社会场域侵入到文化场域，并形成强势。"[①] 从此，后代农民不得不走上既不能依赖文化知识发达，又难以通过劳动致富的两无依傍的道路，而这，恰恰是现代性转型中乡下人进城的最大困扰。

新时期不乏表现代际冲突的小说。一直以来，乡村邻里、师徒、父子、宗亲、母女、师生等人际间的简单、清晰的伦常关系，都遵循以儒家规范为基本框架的秩序，市场经济进入乡村后，开始在"60后"农民那动摇。以儒家文化为核心的乡村伦理发挥两方面重要作用，对"内"安顿个人心灵，对"外"调控乡村社会秩序。前者针对个人伦理，强调个体道德修养，要求通过格物致知、诚意正心、修齐治平的过程，达到完美人格境界，实现最高德性；后者针对社会伦理，强调乡村和谐有序，在社会的"差序格局"中恪守本位，守"礼"勿逾。这两部分在伦理学内延伸出德性伦理与规范伦理，核心分别是"仁"、"礼"。因此，乡村伦理体现为"仁"体"礼"用的张力结构，主要有忠贞不二、诚实守信、入世济世、敬重人伦、孝敬前辈、重情信义、助人为乐、道义担当、勇挑责任、知恩图报等，所谓"书香传家久，耕读继世长"即儒家文化在乡村社会的表征。商品经济发展后，理性经济和等价交换思想占据主导地位，货币度量农村的活动，基层文化甚至教化的缺失，加重经济交换理念带来的对经济利益的追求和对社会公平、乡村责任的漠视。于是，没有"远亲不如近邻"，有了"亲兄弟明算账"；没有"一个篱笆三个桩"，有了"亲是亲，财是财"。传统文化在现代化转型中失根。

"60后"农民产生了诸多困惑。《鲁班的子孙》即是此例：小木匠秀川是20世纪80年代受到新思想洗礼的年轻人（也是某种意义上的"乡村才子"），与高加林追求精神文化和人生自我实现有所不同的是，他将现代化追求定位在"挣钱"，思路开阔、头脑活络、敢于竞争，且进城见过"大世面"，返乡后成立私营木匠铺单干，他是市场经济的先行者，敢为人先，讲求优胜劣汰，凭精湛技术赚钱，背弃乡村乡里乡情、扶危济困的传

[①] 乔以钢：《近30年"城乡交叉地带叙事"中的"新才子佳人模式"》，《南开学报》2011年第4期。

统，他在与父亲冲突后再度出走。曼海姆在《代问题》一文中提出社会的五大特征：文化过程的新参与者出现；此过程中原有的参与者逐渐消失；任何一代的成员只能参与有限的历史过程；有必要将积累的文化遗产传递下去；代际更替是一个连续的过程。[①] 可见，代际问题是一个新老交替的连续过程，本质上是价值的变迁。年轻一代从小受传统价值的熏陶浸染，成年后又受现代性价值冲击，对他们来说这既是保留又是扬弃的过程，是价值重塑的过程；相反，老一代对传统价值的信仰更强，现代性难以改变其原有价值。两代人对价值的理解不同，出现了"父子的冲突"。

小木匠的黯然离去，表征了以父权为圭臬的儒家规范的解体和现代性转型中农民的代际分野。现代化已使他成为与前辈格格不入的"新农民"，道德与经济的冲突是这一文本的肌理，在此，与商品经济和市场逻辑这一现代性历史前提相适应的"经济人"（"60后"），其利己动机至上的人格与价值理念，和"道德人"（"40、50后"）是分裂的，前者获得经济与思想上的独立，但并未获得文化意义上"个体人格"的独立与完整，代际差异呼之欲出。一句话，以小木匠为先锋的"60后"已探头探脑地尝试将一只脚踏入陌生的现代化域景。就此，美国著名现代化问题专家英格尔斯不无激烈地批判农民前意识或无意识中仍然固守的某些不适应现代化要求的传统桎梏："传统的人所拥有的品质使他们容忍或安于不良的现状，终身固守在现时所处的地位和境况中而不求变革。那些陈腐过时的、常常是令人难以忍受的制度就暗暗地靠着这些传统的人格性质，长久顽固地延续下去，死死抓住人们，要冲破这个牢固的束缚，就必须要求人们在精神上变得现代化起来，形成现代的态度、价值观，思想和行为方式，并把这些熔铸在他们的基本人格之中。"[②] 自20世纪80年代始，面对强大的"致富意识形态"，"60后"无疑最早遭遇到伦理与金钱、道德与经济的冲突，最早开始"人的现代化"。《鲁班的子孙》铭刻时代、代际的症候，市场经济与小农经济、乡村伦理与优胜劣汰、相互帮衬与自由竞争成为文本的困惑。

二

"70后""80后"农民是改革开放和全球化、现代化转型合谋打造的

---

① Mannheim, *The Problem of Generations*, London: Routledge & Kegan Paul, 1952.
② ［美］英格尔斯：《人的现代化》，殷陆君编译，四川人民出版社1985年版，第6页。

第七章 反思：未完结的现代性

一个世代。这些人"在一个传统的计划经济时代的最后阶段出生，在全球化和市场化的巨大的变革中成长。他们经历过历史上的匮乏和压抑的过程，却又在一个异常活跃和饱含激情的变化的时代里从青春迈向中年。他们对于当年的生活只有模糊迷离的记忆。而他们成长的青春期，却是改革开放之后价值和文化都相当不稳定的阶段。'方生未死'，他们充满了诸多过渡性的气质和表征。"① 因此，"70后""80后"是承上启下的一代，既有"新"质素，又赓续乡土的老魂灵，作为"半新半旧"的人物，较之"60后"，他们少了责任感、使命感和浪漫情怀，多了客观为己、利益至上的考量，少了集体主义、主观为人，多了个人奋斗、小康致富，多了胆大妄为，少了规矩人情，多了飘零怨艾，少了达观向善，多了身份追寻、精神满足，少了小农意识、盲从迷信，显示了时代赋予的鲜明"过渡性""成长性""矛盾性"代际性格和精神特质。

梁鸿、黄灯等作家描绘了这样的"70后"。梁庄的栓子在内蒙古做生意发了小财。他热衷于将梁鸿出版的非虚构小说《中国在梁庄》介绍给每一个人，甚至自费购买送给梁庄的村干部——因为书里面有他的朝思暮想的家乡，写了他日日梦见的父老乡亲，表达了他们想说却无法说出来的复杂感想、千言万语。栓子是一个成长中的"新人"，有着独属于这一代人的"爱与怕"。首先，他渴望在致富之后，找到一种像城里人一样的精神生活，找到生活的明晰目标，而不仅仅是赚钱而已。他羡慕一个老乡，30多岁在大连打工，原来在梁庄以放羊为生，才小学三年级毕业的文化，因为在大连做校油泵生意，被当地团委相中，随后进入主流视野，当选为"外来务工十大青年"和市区两级的政协委员。栓子非常羡慕而又异常苦恼，他为自己的不入流，没有得到精神、心理的需求而难过。其次，他有了自觉的公益理念和参与意识。他认为，赚钱之后就应该贡献自己的爱心，而且这个爱心应该得到社会的认可。2008年四川汶川地震之后，他第一时间打电话给村委会，表达了捐款的意愿，并个人捐赠了五千元。他还积极报名参加到灾区赈灾，因为没有得到批准而未能成行。再次，他有了鲜明的身份无着感和认同意识的混乱，显示了这个青年农民强烈的主体意识以及渴望得到外部（城市）认同的愿望。他深切地痛感在城市因为身份的缺失而带来的"矮人一截""没有前途，没有奔头"，这种挫折感时时啃

---

① 张颐武：《"70后"和"80后"：文化的代际差异》，《大视野》2007年第12期。

啮着这个看上去开朗大方、开着越野车农民的心。① 黄灯的《大地上的亲人》写了1976年出生的表妹鸿霞，大学时代为喜之郎公司做业余销售，毕业后放弃去家乡镇政府某一个安稳工作的机会，而是向往外面更加自由广阔的精彩世界，她去了深圳富士康，从一线员工做起，认真自学每一个生产工作流程，甚至是包装盒搬运，后来擢升为公司的培训师，再后来凭着良好的人际沟通能力和专业素质，不断跳槽、学做外贸、与人合作，尽管也有波折，但到了2015年，年收入已经突破100万元，在深圳南山区购置的学区房已经超过千万，她的求新求变、眼界站位、素养信心、精诚协作、吃苦耐劳、终身学习、孝老爱亲、提携乡亲、扶危济困等品质，既有旧农民身上携带的基因，又有新时代习得的新质素，彰显了新一代农民的传承、进步。②

　　对于"70后"农民，致富是动员令，是千万个原子式的乡下人的自发追求。"致富"只是喻示，相较于城里人的物质富足、生活美满，他们的"致富"即温饱，进城就是从事城里人不屑干的工种：保姆、保安、建筑工、小摊贩、陪护、服务员、工人……，以劳动换取养家糊口。正如《都市灯火白》（柯江）中的小七和他的穷哥们，贱卖房屋，送掉所有东西，断了对家乡念想，誓死不回头而进城打拼。他们进城只希望不要重复前辈面朝泥土背朝天的生活，能到城里过活，共享都市文明、现代文明。这些"70后"进城的过程，既是从外到里浴火重生——从衣着打扮到内心生活方式都向城里人学习的过程，也是农耕文化进入都市文化小心翼翼，努力涉渡、贬抑自己的过程。

　　周崇贤小说《杀狗》展示了新生代农民在转型过程中的某些过渡性代际特征：自卑却胆大、莽撞而自傲、物化而畸态。主人公王二在研究心理学的城市女生安娜看来，他这种外来人员进城唯一方式，就是打工、做点小生意，至少偷鸡摸狗，否则没法在城市混。她认为，王二潜意识里的自尊和自卑，对城市的无比渴望、仰望，给她卡里存钱、找她这个根正苗红的城市女人等一系列行为，都可以归入心理学范畴研究。王二历经屈辱与不堪，但成功了。他的期货证券生意与富足让他高居人上，成为城市"主

---

　　① 梁鸿：《出梁庄记》，花城出版社2013年版，第126页。
　　② 黄灯：《大地上的亲人——一个农村儿媳眼中的乡村图景》，台海出版社2017年版，第290—296页。

第七章　反思：未完结的现代性

人"。他颠覆城里人对农民工"笨、脏、土"的刻板印象，以一种狠性、霸性、狼性，在城市无比强大的防线上，撕开一个口子，他成了城市的征服者。至此，他却陷入更痛苦的深渊：他对城市已没有爱，有的只是肆意的嘲讽、亵渎、报复。他将城市看作华贵的淫妇，需要的是出口恶气的占有和征服。他以男人的强悍、生猛与充血的硬度揭竿而起。正是变态心理支配下，他与许多有着扎根城市梦想的"70"乡下人一样，对城市女性的需要，更多是心理问题，作为真正融入城市的标志和占有城市的实体性行为。这样，他进入安娜的身体，就像获得城市的认可与接纳，获得在城市永久居住的权利，心灵的漂浮、身体的躁动以及长期的焦灼和压抑都得到暂时的安慰和妥帖。

资本的关键问题是积累和转换，经济资本亦然。布迪厄指出："资本是积累的劳动（以物化的形式或'具体化'的、'肉身化'的形式），当这种劳动在私人性，即排他的基础上被行动者或行动者小团体占有时，这种劳动就使得他们能够以具体化的或活的劳动的形式占有社会资源。"[①] 王二在经济资本的积累方面非常勤奋。当"文化资本"作为新生代农民进入城市"敲门砖"开始失效时，经济资本升值，不甘做卑微打工者的他们，经济资本理所当然成为首选。王二是此类农民在城市立足"成功"的标本。

因此，自改革开放，"70后"农民对"经济资本积累"已成为首要焦虑：在20世纪90年代后期以来中国的现代化语境，这代农民在整体上放弃了"高加林式"的形而上的精神追求，疏离自诩的精英式的文化立场。应当说"新生代农民"特别是"70后"很难在城市排拒、乡村被"抽空"的年代消解致富焦虑，实现现代化转型，因而，表现怨羡、认同现实，强调务实便成为这代农民建构起来的"人生原则"。舍勒论述了怨恨的群众心理学基础，怨恨作为普遍存在的情感，有其产生的社会、心理机制，他宣称："原则上所有的人彼此都能进行全面比较的社会，绝对不可能是无嫉妒和无怨恨的社会。"舍勒的观点可概括为：（一）怨恨型人格是现代社会的一种主要人格类型；（二）现代怨恨型人格产生的土壤是现代社会的文化结构与政治结构。舍勒将现代社会定位为"普遍攀比"的社会，其意

---

① ［法］布迪厄：《文化资本与社会炼金术：布迪厄访谈录》，包亚明译，上海人民出版社1997年版，第190页。

是，现代个人只有将自己与他者进行比较时才能确定自身的价值。[①] 因而，现代政治所承诺的平等和乌托邦与城乡之间存在的不平等，一旦在攀比的价值量度中被衡量，理想与现实间的落差就会酝酿社会怨恨。王一川对怨恨理论做了符合中国现代化语境的引申，他指出：怨恨与羡慕相交织的心态构成中国人的现代性体验的基调。[②] 也就是说，追问中国现代性精神如何，怨羡情结正可成为支点。因而，与怨羡情结相伴随的求变动力，是新生代农民代际特征的实质所在。怨羡情结是一种怨恨与羡慕相交织的深层体验，尤其能传达王二们的特殊生存状态，包括与此相连的焦虑、嫉妒、失落、不甘、迷茫、报复等心态。

总之，"70后"农民既要无情抛弃高加林式的浪漫情怀、孙少平式的硬汉情结，又缺乏"励志"意识和精英情结，逐渐偏离"60后"农民给定的方向，呈现出自有的代际特征，成为当代中国现代性转型中具有"过渡性"的"另类"。

三

作为中国社会基石的农民阶层，其年轻一代在新世纪以来发生显著变化。"80后"新生代农民，已远非高加林、疤子可比，他们进城务工是基于乡村凋敝、同辈相约，是基于谋生，这种生存方式，与一份职业相连，既可以是快递配送员、餐厅服务员，也可以是中小企业工人。在长、珠三角等东部的广袤地区，新农民深刻体验现代化城市生活，这些年轻就"进城"闯荡的新农民，对手机、电脑、网游、歌星、足球津津乐道，熟稔自在，他们在视野、思维、生活方式、心理状态上，与前辈迥异，他们身份虽是农民，但已受到现代化洗礼，是似曾相识的陌生人。有学者指出："新生代的外出动机发生很大的变化，已从第一代农村流动人口的经济型转到经济型和生活型并存或者生活型。""老一代农民工外出就业的主要目的是'挣票子、盖房子、娶妻子、生孩子'，属于经济型动机，而新生代农民工外出的主要动机是见世面、谋发展。"[③] 因此，他们不再是愚昧胆小、小农意识浓厚、猥琐狡黠、容易被欺骗的群体，与城市年轻人相差无几。他们的奋斗意识、公

---

① [德] 马克斯·舍勒：《道德建构中的怨恨》，刘小枫选编《舍勒选集》，上海三联书店1996年版，第404页。

② 王一川：《中国现代性体验的发生》，北京师范大学出版社2003年版，第12、55页。

③ 韦滢：《论新生代农民工的内涵和代际特征》，《当代经济》2011年第7期。

第七章 反思:未完结的现代性

民意识、维权意识、生命意识、享乐意识十分鲜明,他们进城务工,是带着对现代化的渴慕,对契约精神、法制精神与工具理性的推崇而出现的,这就决定了这个世代的特点:"价值追求的自我性、时代进取性、发展变化性、双重边缘性(兼有工人和农民的双重身份)"①。

巴赫金认为,有两种成长小说,一种"成长的是人,而不是世界本身",另一种"人与世界一起成长,他自身反映着世界本身的历史成长。他已经不在一个时代的内部,而处于两个时代的交叉点,处于一个时代向另一个时代的转折点上,这一转折寄寓他身上,通过他来完成。他不得不成为前所未有的新型的人。"②巴赫金进而指出,在传统考验小说以定型的人为出发点相反,成长小说乃是写人的动态成长,在这个过程中,一方面,人的成长和历史的形成不可分:"人的成长是在真实的历史中实现的,与历史时间的必然性、圆满性、它的未来、它的深刻的时空体性质紧紧结合在一起"。③ 成长和历史究竟通过什么被连接在一起?巴氏的回答是,可视性。正是通过这双明察秋毫的眼睛,发现时间,即发展、成长、历史,从一切定型的事物中看出成长着的、酝酿着的东西。"80后"农民正是与世界共成长的"新人",他们身处现代化转型,穿行在时代"接缝处"求变——将由"老中国的儿女"化为"新公民"。

"80后"农民的出场标志着"农民身份"越来越弱化。实际上,今天的他们,除了因户籍"出身"而被指认的"阶级胎记",无论是精神、文化,还是心理、外观,与城市青年已相差无几。他们不少人接受过中等甚至高职、本科教育,因种种原因,他们聚集在经济发达地区的二、三产业,"打工"不再被视为农民的专属,而仅仅是城乡青年通用的谋生职业。事实上,北上广也集聚大量来自各中小城镇的打工青年,加上当前大学生就业预期低、就业岗位低端化,也无形中破除"打工"一词所背负的"歧视"和"农民专利"色彩。于是,随着阶层上升通道的窄化及阶层流动固化,他们似乎更加"安心认命"。如果说,高加林一代相信"知识改变命运",以文化资本及由此而得到的象征资本向城市流动并获得可能,对于80后农民,知识已不再与权力、资本、身份、地位结盟,甚至顶不上普通

---

① 韦滢:《论新生代农民工的内涵和代际特征》,《当代经济》2011年第7期。
② [苏联]巴赫金:《长篇小说的话语》,白春仁、晓河译,《巴赫金著作集》,河北教育出版社1998年版,第223页。
③ 同上书,第232页。

农民养家糊口的一门手艺。因此，当"读书无用论"再度回响并内化为新生代农民的实践时，这个阶层（世代）的"沉沦"、社会断裂（孙立平语）就不足为奇了。比照《塔铺》的"高考"煎熬每一位"60后"学子，30年后的今天，"80后""90后"农民纷纷弃考，已成为教育新景观和时代的症候。而日前关于"寒门学子"生源在知名高校大幅降低的调查，也坐实了上述论述。

"80后"农民身上存在鲜明的代际特征：淡化身份、城乡意识，强化了代际、群体意识；多了自足自信，少了怨羡怀慕；多了安心认命，少了焦虑不平；多了洒脱享乐，少了克勤克俭；多了利益自我，少了无私奉献……，他们从里到外融入了城市的现代化。

如果说小木匠世代还在效率/公平、伦理/金钱之间犹疑与徘徊，"父与子的冲突"还框定在温情脉脉的亲情伦理畛域，"80后"农民已毫不迟疑地开始"价值的断裂"。现代社会颇具功利色彩的"工具理性"价值主导了人们的价值，相应的价值理性式微，维持世代间的情感性因素减少，而以利益为度量的契约性增加。在"80后"世代，价值世界的坍塌造成人际关系理性化，工具理性的膨胀严重剥夺价值理性的存在，最明显的现象就是子代孝道的衰落。而且，随着"80后"纷纷投入市场经济，在城市博取更多物质资源，更重要的是他们渴求在那里实现自己更高层次的需求，他们的思想观念因之发生巨变：实用主义观念增强、功利主义行为模式凸显、个人主义观念至上以及自由意识提升。"伴随着新生代传统价值消退，工具理性强力推进，传统家庭伦理崩塌，稳定的依靠关系出现断裂，最明显就是孝道衰落，子代对父代赡养的缺失。"[①] 鬼子《瓦城上空的麦田》上演了"80后"主导的新的"父子冲突"：父亲将自己耕作的那一片"麦田"（三个儿女）移植到城里。他们在城里辛辛苦苦谋取生存与发展权利的生活，也是逐步疏离乡村生活伦理的过程。他们不约而同地忽略了父亲的六十大寿，父亲则坚持子女无须提醒应将长辈的生日牢牢记住，他不动声色地进城来考验这子女的孝心。一场伦理认同的冷战开始了，子女的疏忽惹起父亲愈加强烈的对立情绪，他采取了一种宁为玉碎不为瓦全的态度，与拾荒的为伍，不与背弃乡村伦理的子女们妥协，由此而引出了一个悲剧结局。这似乎是一个由老人的强硬态度决定了的发展过程，然而却是

[①] 李楠：《价值的断裂：当代中国农村代际伦理变迁》，《重庆交通大学学报》2012年第2期。

第七章　反思：未完结的现代性

一种不可回避的伦理冲突的必然结果。当父亲成为一个拾荒者以后，家庭伦理矛盾则演变成社会身份与经济地位悬殊的冲突了。让三个已经获得城里人身份的子女认一个最底层形同乞丐者为父，与记得父亲的生日就不是一回事了。这毕竟是一个认贼作父比"认丐作父"容易得多的时代。

值得注意的是，尽管"80后"农民日趋与城市青年同质化，但文化、兴趣仍然是一大区隔。这种由生活方式和文化形成的代际边界是无形的，它不仅可作为代际层边界的象征，而且，如布迪厄所说，还是阶层或代际结构再生产的机制。因为甚至像品味和审美等这样的因素，都可以因为专属于某一个代际而起到强调和维护代际之间边界的作用。近些年来，80、90后的年轻进城务工人员的生活方式，表面看，已与城市青年人相差无几，所不同的是经济实力的差异。但同代际的亚文化区隔，在作为建构阶层边界机制的特有生活方式形成方面，仍值得注意。比如，农村留守儿童梦想拥有足球、书包，而城市同辈人出国胜似闲庭信步。

曾获"利群·人民文学奖"、庄重文文学奖等多项大奖，与韩寒、邢荣勤、春树等一同入选"中国80后作家实力榜"的"打工诗人"郑小琼，就是"80后"农民的代表。2001年，四川南充卫校毕业的郑小琼，先在模具厂工作，随后又去了玩具厂、磁带厂、家具厂，几经周折，来到东莞市东坑镇黄麻岭的一家小五金厂打工。但今天，她已经实现了"从打工妹到知识分子"的转型。[①] 与诗人精神"贵族化"追求相映成趣的是，当记者电话采访正在北京领奖的郑小琼时，问到她的工友是否理解她写的诗。郑小琼无奈地说，偶尔有的工友会问为什么她总是能收到很多的信，但是没人能理解她的行为和她的诗。这表明，"80后"农民进城后，一方面，"他们的业余生活可以说无所适从，不知道自己该做什么。"另一方面，随着生活、地位的改换，同代间的文化也会疏离。一份调查指出，"老一代农民工文娱活动方式较传统，大多为打麻将、打牌、看电视、与老乡、工友聊天以打发时间。对比而言，新生代农民工业余生活娱乐休闲、新潮色彩更浓厚，逛街、逛公园、看电影、唱卡拉OK较多。尤其是他们对网络的喜好远远超过老一代农民工。"显然，教育正在衍生和传承代际间的新的不平等。布迪厄认为，教育是阶级再生产的机制。1970年，布迪厄出版

[①] 罗执庭：《从"打工妹"到"知识分子"：试论郑小琼诗歌创作的转型》，《扬子江评论》2011年第6期。

《教育、文化和社会的再生产》一书。他令人信服地说明，教育机构同时也是再生产社会不平等并使之合法化的方式，是现代社会中阶级再生产的一种重要机制。正是通过这种教育机构，家庭背景的差异甚至对不同语言和生活方式熟悉程度的差异，被转化成学校考试成绩的差别。这样，教育就不断地将社会中已有的阶级结构复制出来。

四

曼海姆指出，不同代在同一时代中会构成某种复调，"在任一既定时点，我们都应该分清不同代各自的声音，他们都用自己的方式来表达。"用代际视角检视三代农民的精神、物质追求，正是为了"分清不同代的声音"和他们各自的方式，呈现出他们各自所体现出的代际共性和代际发展的优长或困境，表征出现代化转型与农民心理、生活、精神的同构同质、互为表里，并为现代化进程和农民代际文化把脉。因此，作为"我们时代生活的真实反映"，代际划分不仅源于不同时代农民的生存境遇，更在于现代化语境赋予他们的身份及其诉求本身。

伯曼发明一个形象的比喻，他认为现代性最典型的表征即它的"液化状态，即其永恒不变的'流动性'"[1]。正是这种变动不居的"流动性"和艰难而巨大的转型，赋予农民不同的代际文化特质，更使得乡村及其世代无所皈依。但是，农民要适应和追赶现代化，就要学会在变化中成长。恰如伯曼强调，建设真正现代社会的希望，就在于适应不断的变化。"无论哪个阶级的人们，若要在现代社会中生存下去，他们的性格就必须要接受社会的可变和开放的形式。现代的男女们必须要学会渴望变化——不仅要在自己的个人和社会生活中不拒绝变化，而且要积极地要求变化，主动地找出变化并将变化进行到底。他们必须学会不去怀念存在于真正的和幻想出来的过去之中的'固定的冻结实了的关系'，而必须学会喜欢变动，学会依靠更新而繁荣，学会在他们的生活状况和他们的相互关系中期待未来的发展。"[2]

---

[1] [英]齐格蒙特·鲍曼：《流动的现代性》，欧阳景根译，上海三联书店2002年版，第3—4页。

[2] [美]马歇尔·伯曼：《一切坚固的东西都烟消云散了：现代性体验》，徐大建、张辑译，商务印书馆2003年版，第15页。

第七章 反思：未完结的现代性

第三节 分层与流动：在亲爱的深圳大声呼吸

当社会学家热衷于通过研究证明，中国的中产阶级已经发育成熟并不断发展壮大的时候，其实另外一个事实也时时凸显，那就是当代中国社会的转型过程中的社会分层与流动问题。社会学家、经济学家、文学家都在讨论，密集表现在报纸杂志上的关键词就是：阶层。这一方面，陆学艺、李培林、周晓虹等知名学者都有深入研究，作家梁晓声也出版了《中国社会各阶层分析》[①]。21世纪初，文坛出现"打工文学"、"底层文学"的文学思潮，一时蔚为大观，而曹征路的《那儿》甚至被指称为"工人阶级的伤痕文学"（李云雷语）。有"中产阶级"，就有相应的"底层"，还有人们眼中神秘的富豪阶层……，由此构建出专家们想象的"橄榄型"社会结构模式——据说是最为稳固的社会结构形式，而金字塔社会结构则被认为是易引发动荡的模式。

所谓"社会分层"，指的是社会成员或者社会群体因占有社会资源的多寡而归属不同的社会层级进而造成的社会地位的差异，它是建立在法律或规则和结构基础之上的已经制度化了的比较持久的社会不平等体系。只要有人类聚集活动的地方，客观上就一定存在社会分层与流动，这是社会运行的基本形态。从中华人民共和国成立以来，宣布"基本消灭剥削阶级"，并一度处于绝对主义的"平等"，到今天出现的"上流社会""中产阶级""新阶层""底层"等五花八门的概念及其实体，新世纪乡土文学对其有怎样的表现？在社会巨大的结构转型中，农民对自己身处的位置的判断及其现代体验如何？这是本节考察的主要问题——尝试从文学文本梳理农民现代意识之于社会分层与流动的体验，以文学的方式观照这一未完结的现代性和未来走向。

一

一直以来，新时期以来乡土文学在关注的焦点上，主要聚焦于"乡下人进城"、乡村政治权力、城乡二元对立所引发的系列问题、乡村生态、乡土凋敝、乡村伦理失范等主题，到了晚近，着眼乡村振兴、乡村文化重

[①] 梁晓声：《中国社会各阶层分析》，经济日报出版社1997年版。

建、返乡农民人物塑造等。丁帆指出自20世纪90年代以降,"中国乡土小说的外延和内涵都发生了巨大的变化,如何对它的概念与边界重新予以厘定成为中国乡土小说亟待解决的问题",并提出"典范意义上的现代乡土小说,其题材大致应在如下范围内：其一是以乡村、乡镇为题材,书写农耕文明和游牧文明生活；其二是以流寓者（主要是从乡村流向城市的'打工者'）,也包括乡村之间和城乡之题材,书写工业文明进击下的传统文明逐渐淡出历史走向边缘的过程；其三是以'生态'为题材,书写现代文明中的人与自然的关系"[1]。

在乡土小说谱系中,其实一直藏匿着"社会分层"的展示。比如,农民工饱受歧视、身份认同混乱所直指的等级差别、农民的怨羡心理,这些文学抒写都隐含着农民对于自身身份地位卑下的强烈感受,只不过众多小说和评论,大多将其设定为城乡对立导致的不平等、苦难叙事等,鲜少从"分层与流动"的社会学视域以及"现代体验"的心理机制探析。改革开放之前,城乡实行的是供给制和人民公社制,基于社会资源：即生产资料资源、财产或收入资源、市场资源、职业或就业资源、政治权力资源、文化资源、社会关系资源、主观声望资源、公民权利资源以及人力资源[2]拥有少,物质普遍匮乏,大多数民众保持着低水平、可视的"平等",人们对社会分层以及由此带来的"不平等"感觉不明显。1978年之后,随着对内搞活对外开放政策的实行,一部分人率先富裕起来,差距意识、等级观念、不平等感受、心理失衡等逐渐植入社会情绪,进入农民的价值度量中,成为农民最强烈的内心冲突和现代体验之一。20世纪80年代,路遥《人生》、王润滋《鲁班的子孙》已透露这样的信息。前者描写主人公高加林在傍晚破帽遮颜到城里掏粪,因污染空气被在居民大院里乘凉的克南妈羞辱和驱赶,高加林望着灯火辉煌的城市,誓言一定要进入城市；小木匠黄秀川凭着精湛的手艺发家致富后返乡承包村里的濒临倒闭的集体所有制木匠铺,把老弱病残、技术欠佳的富宽大叔清退了,富宽卧病在床的妻子悲怆地问："难道这个社会就不要我们这些穷人了？"富宽的妻子在此表达了一种深具代表性的现代焦虑和担忧,那就是作为社会分层日渐下坠的一部分,难以创造物质财富却不断消耗社会资源,正日益被视为冗余人口而

---

[1] 丁帆：《中国乡土小说史》,北京大学出版社2007年版,第18—19页。
[2] 《社会分层》,百度百科：https：//baike.baidu.com/item/社会分层/3319795？fr=aladdin。

第七章　反思：未完结的现代性

遭到抛弃。齐格蒙特·鲍曼指出："对'人类废品'的制造——或者更准确地说，对废弃的生命，对移民、难民和其他被逐者这些'冗余'人口的制造——是现代化不可避免的结果。经济进步和对秩序的追求是现代性的特点，而对'人类废品'的制造则是这两者的必然副效应。"①

到了 21 世纪，社会分层益发明显，也普遍为民众所认知与感受。在不同阶层的人群中，趣味格调、价值观念、生活方式、思维方式等成为"区隔"的标志。两年前，一篇网文刺痛了人们的神经，撰文的都市高级金领其意是说，绝不让自己的孩子与没有"英文名字"的小朋友同处一个幼儿园——在此，我们仿佛看到植根于各个阶层内心世界的"隔离"和"鄙视链"。它们以形形色色的标识进行"警示"并发生作用：蹩脚的普通话、肮脏的工装、黝黑的肤色、农民工子弟学校、混乱不堪的城中村、精致名牌的挎包、好听的英文名字、高端的白金健身卡、旁征博引充满智慧的谈吐、见多识广的微信照片……。保罗·福塞尔（Paul Fussell）在考察美国社会的等级与分层后指出，"等级是刻意忽视也无法否认的现实存在，不仅体现在容貌、衣着、职业、住房、餐桌举止、休闲方式、谈吐上，也不仅仅是有多少钱或者能挣多少钱。等级是一系列细微事物的组合，很难说清楚，但正是这些细微的品质确立了你在这个世界上的位置。评判等级的标准绝非只有财富一项，风范、品味和认知水平同样重要。"②

在乡土文学中，刘庆邦"保姆"系列、荆永鸣、方方等诸多乡土小说都揭示了阶层之间的隐形鸿沟以及由此潜滋暗长出的某些负面社会心理和行为。号称"短篇小说王"的刘庆邦有一篇饶有意味的小说《我有好多朋友》，塑造了一个清新可人的乡下小保姆申小雪，她宣称在北京"有好多朋友"。每到周末，申小雪都要外出和这些"朋友"度过激情洋溢的愉快周末，他们喝酒、K 歌、吃美食甚至开车到上海品尝大闸蟹、去天津吃狗不理包子……，在申小雪的描述中，这样的内容及情调正是她"与城里人生活接轨"的体现，连雇主都艳羡她朋友众多，生活丰富多彩。但是，这些"朋友"是申小雪杜撰的，她在北京形单影只。事实上，她周末一出门就径直在北京一个地下招待所花 60 元住下，然后漫无目的闲逛、买廉价的

---

① ［英］齐格蒙特·鲍曼：《废弃的生命》，胡欣译，江苏人民出版社 2006 年版，第 54 页。
② ［美］保罗·福塞尔：《格调》，梁丽真、乐涛、石涛译，世界图书出版公司 2011 年版，第 137 页。

衣服化妆品，顺带给阳阳（主人家的宝贝孩子）买一本漫画书，第二天再回去，周而复始，仅此而已。读者尽可以指摘申小雪的浮华虚荣、自尊欺骗，"朋友"并没有给申小雪带来虚构的热闹快乐、身心满足。申小雪还在"相逢"小酒店通过贴便利贴的时髦方式，与一个陌生的同样来自农村的厨师相识相恋，然而，这是一个有家有室的男人，申小雪再次陷入彷徨无助，她的"朋友"也帮不上忙；雇主虽与申小雪"姐妹"相称，内心根本不认同这个乡下"妹妹"。透过这个意味深长的标题，我们不难触摸到横亘在阶层中的沟壑，体会到申小雪们深刻的令人窒息的孤独。这使我们想到一首温馨浪漫的儿歌："找呀找呀找朋友，找到一个好朋友，敬个礼呀握握手，你是我的好朋友……"，纯真可爱的孩子爱无等差，没有身份尊卑、等级观念区隔，他们两小无猜、亲如一家，待到长大，慢慢成为"老爷"与中年"闰土"，各自进入他们所属的"阵营"，从此难再交集。而"找朋友"的深情回响也只停留在久远的记忆里。缘此，申小雪才会臆造朋友，在茫茫人海的北京，期盼抱团取暖——这是分层社会典型的症候，在城市里，进城乡下人以业缘、乡缘、学缘、血缘等方式，通过各自所属的阶层，抱团取暖找到内心的笃定依靠，人们各安其所而难以轻易僭越，申小雪就是底层农民阶层、进城农民工所处境遇的微缩样貌。在梁鸿的《出梁庄记》，梁庄子民在全国各地打工，近在河南，远在新疆、内蒙古漂泊流浪、安营扎寨，再造"梁庄"，"河南校油泵"成为辨识这一群体的阶级胎记和地理标志。

群体抱团直接催生了阶级意识的萌芽，荒湖的《谁动了我的茅坑》即是这样一个"非典型"文本。花头与疤子原来是村里的邻居，两家房子紧挨在一起，两人关系不错。疤子建新房的时候，花头包了礼金，并无偿做了两天帮工。随着进城后发家致富，疤子的阶层上升并与城里的黑社会、趋炎附势的村长沆瀣一气，疤子返乡想把花头家祖传的茅坑占用来建车库，由此引发了两家的冲突。花头眼见自己处于绝对弱势，无可奈何地告诫不肯伸出援手的堂兄弟、朋友："国禾，看在咱们没出五服的面子上，我今天提醒你一声，你和我一样，都是这社会的穷人，穷人要站在穷人的一边，不要糊里糊涂地站错了位置……历次革命告诉我们，一个人站错了位置，到时候是要吃亏的！"故事的结局当然是以花头的抗争失败而告终。但是，花头与疤子所表征的农村内部的严峻分化，以及由此强加给花头的"创伤体验"却留给读者一个思考，那就是怎样让身处两个世界的人们和

第七章　反思:未完结的现代性

谐相处,而不是争讼不断、相互伤害。梁鸿的"梁庄"系列也忠实地记录了这样的场景,梁庄子民在西安蹬三轮车,车被没有执法证的"公务人员"没收了,想方设法托关系"赎回"三轮车,却遭到推诿拒绝,最后演变成一场官民博弈:"咱不想闹,想着还是挣钱重要。……老二一听,马上联系这儿的老乡们。……后来,去了五十八个人。……站在交警队门口,大家都举着手,喊着'还我车子'、'还我天理'。声音不大,稀稀拉拉的,但也是口号。我差点哭了,想起了我在军队里喊过的口号。"

这很像是一个现代版的"骆驼祥子":进城、买车、丢车、买车。表面上是城市管理者与违章者"猫抓老鼠"的游戏,其深层却透露出社会分层后,底层的微弱、有限度的抗争。詹姆斯·C.斯科特揭橥了农民为了避免正面、公开、直接对抗权威的风险,同时也对改变国家宏大结构和法律缺乏兴趣,他们通常采用日常的消耗战式的反抗形式,诸如:装傻卖呆、消极怠工、搞破坏、开小差、假装顺从、暗中作梗等方式进行消极却又是持续不断的斗争。"了解这些平凡的反抗形式就是理解农民长期以来,为保护自己的利益对抗或保守或进步的秩序所作的大多数努力"。[1] 梁庄农民在面临矛盾纠葛时,所进行的有限的、平淡无奇的反抗及其心理恰是"弱者反抗"的变形与隐喻。到后来,在城市与农村之间,市民阶层与农民(工)阶层也产生群体关系的对立紧张。比如,梁庄子民在西安打工,经常受到城里人欺负:"城市人说话傲慢,西安市里人,啥也不干,摆个脸子。……咱这儿人受不了。真打架了,城市人即使叫人,也最多能叫三四个人,农村人一叫一帮子。说明还是穷帮穷。"在此,叙事者尽情贬损"城里人",渲染"穷帮穷"和城市的傲慢偏见,一个显而易见的感受就是,凸显了"城市人"、"农村人"两个分属不同生活世界的难以弥合的罅隙以及日趋尖锐的矛盾。

马克斯·舍勒提出道德建构下的"怨恨心理",即人心灵的一种现代性的社会体验结构才是怨恨情感的实质。在舍勒看来,怨恨是一种群众心理基础,是普遍存在于日常生活中的,怨恨型人格是现代社会普遍的人格类型。舍勒提出的怨恨心理与社会道德、现代体验紧密相联系,是在政治、经济与文化共存的社会大背景下产生的。在现代社会中,怨恨型人格

---

[1] [美]詹姆斯·C.斯科特:《弱者的武器·序言》,郑广怀、张敏、何江穗译,译林出版社2011年版,第3页。

的产生离不开社会环境,是基于一定的社会背景下,由于人与人之间的攀比、盲从、不公平的物质生活条件、不平等的社会待遇而产生。[①] 城乡二元户籍制度的建立,及附带的一系列城里人优于农村人的政策,使农民被迫为工业化、城市化牺牲让路。农民在社会底层,在遭受诸多不公平的待遇下,在城里人的歧视与排挤下,自然会产生怨恨心理,生发报复意识,做出"变质"的反抗。徐则臣、胡学文、夏天敏、梁鸿等作家的北漂小说、打工文学、非虚构小说都抒写了这样的情节。邓一光的《怀念一个没有去过的地方》塑造一个新式农民远子,展示他进城梦想的幻灭,并最终走向与城市的对抗。远子在社会急速进步中,没有分享到应有的发展成果。作为"现代体验"的一部分,他痛诉了阶层分等的不公以及因此而造就的"隔离",表达了强烈的报复与反抗情绪,"乡下人等于是城市垃圾。他们按照这个方式分出不同的人和人,然后他们就开始打包,把不同的人分别送到不同的地方去。我凭什么就该遵守这种秩序?凭什么要按照他们的规定生活?我就要按照我的方式来生活,按照我的方式来征服城市,我不会听天由命,我就是做恶人,也要咬城市一口!"墨白小说《事实真相》的开篇独白也表达出叙述人对城市的向往:"我们在乡村,远远地望着灯火辉煌的城市,心里就生出一种对城市的仇恨和渴望来。"

在此,阶层划分和等级差异是如此泾渭分明,农民对阶层的理解已从抽象理论、懵懂观念转化为深具生活质感的切身体验。总之,改革开放40年来,中国社会进入分化、解组、整合、流动比较剧烈的时期,社会结构发生重大嬗变,农民从个体身份认同分裂到产生抱团的群体意识到"阶级的再发现",再到怨恨的宣泄。"20世纪90年代以来的事实是:社会断裂不断加剧,社会分层愈加显著,社会矛盾日益尖锐,反映居民收入差距程度的基尼系数已表示中国社会正进入'警戒'状态。更为严重的是,社会对贫富差距的意识和认知也在生成,由贫富差距所导致的对立和不满情绪在形成;在弱势群体中,挫折感在上升。"[②]

二

近年,大众和媒体一直在讨论一个问题,那就是"阶层流动",诸如

---

① 龙舒婷:《舍勒的"怨恨"情感现象学》,硕士学位论文,中山大学,2016年,第12页。
② 孙立平:《断裂:20世纪90年代以来的中国社会》,社会科学文献出版社2003年版,第119页。

第七章 反思:未完结的现代性

"寒门难再出贵子""拼爹"等"阶层固化"现象。阶层流动,指人们的地位、位置的变化。更准确地说,它包括个人或群体在社会分层结构中未知的变化和在地理空间结构中位置的变化两个方面。社会学更注重研究社会地位高低的变化。[①] 它不仅是社会学研究的时代症候,同时也是文学所观照的体验问题,更是有良知的作家所需要直面的社会景观。在李培林等人所发表的研究成果那里,当下中国社会分层为十个层级。大致说,有上层阶层、中上阶层、中中层、中下层、底层,分别对应着国家与社会管理阶层、经理人员阶层、私营企业主阶层、专业技术人员阶层、办事人员阶层、个体工商户阶层、商业服务业员工阶层、产业工人阶层、农业劳动者阶层、城乡无业、失业半失业阶层。阶层流动就是随着获取的社会资源多少而在其间升降沉浮。

社会流动不畅所带来的首要问题就是底层农民的自我矮化。既然"拼爹"无望,上升的管道不畅通,处于社会底层,那就安心认命,不做无谓和徒劳的努力。

梁鸿的《出梁庄记》中的梁磊就是这样一个典型。梁磊2006年就从重点大学毕业,学的是机械专业。但是,与他们大学全班三十个人相比,只有百分之二十的同学完成了原始积累,他们有车有房,生活优渥,稳定无忧,这些同学靠的却不都是自己的努力奋斗,而是拼爹妈的结果,其他的同学则都在"北漂"或者"南漂"。梁磊在深圳的一家国际机构的认证公司打工,月薪5千多元,加班多,没有上升空间,感觉不到工作的快乐、生活的幸福和未来的前途,他和涂自强一样,似乎看透了漫长的人生灰蒙蒙的后半段,丧失激情,理想破灭,只想走一步看一步。梁磊在高房价、高消费、高压力、高竞争的深圳,感觉到的只是"悬置"在半空中的尴尬无奈。至此,既然深圳米贵,居之大不易,曾经富有理想的他终于转变了观念——有一门技术,再攒一点钱,做点小生意。即使是在家乡做点小本生意,一个月挣几千块钱,也就心满意足了。这个曾经梦想上了好大学,将来要从事"高尚"一些职业的知识精英,这个自认为既不笨又勤奋刻苦的乡下人,这个曾经想过上好一点儿生活的农民大学生,这个自以为起点不算低,肯定可以"混得很好"的青年人在现实的狙击下,终于褪去了幻想,自嘲"没想到会是这个样子""会想着去做个小生意"。这让我们想到

[①] [美]詹姆斯·科尔曼:《社会理论的基础》,邓方译,社会科学文献出版社1990年版,第7页。

吴君的小说《亲爱的深圳》，同样是深圳，不仅把乡村贫苦农民李水库驱赶回去了，也让"信心满满"有点"小理想"的梁磊准备年纪轻轻就打道回府，因为正如标题所一再凸显的——我不是深圳人。梁鸿在此宣示了她的写作伦理与价值向度：对底层的悲悯、对阶层固化的批评。就像今天，有人戏谑自嘲地说：条条大路通罗马，可是有人生来就在罗马——这就是社会分层所带来的必须直面的境况。

进一步的是，无形的阶层壁垒日渐转化为农民的自我规训，意即对自身所处境遇的麻木冷漠，画地为牢，自缚茧中。在阿宁的《米粒儿的城市》中，主人公米粒儿到城市当保姆，阶层鸿沟强化了她匍匐认命的思想，并在思想中时刻起着主导作用。她开始在一位姓曹的家里给人家做保姆，当看到侯老师用瘪瘪的奶头喂孩子时，米粒儿就觉得曹老师这个媳妇娶得不值，她看着自己的两个乳房，鼓鼓的，暄腾腾的，"觉得自己比侯老师强得多，可自己是乡下人，就像老舍写的骆驼祥子，天生就是打工的"。尽管她也为侯老师嫁给曹老师觉得不平，但却并没有非分之想。小说的深刻之处在于，这个懂"骆驼祥子"、有文化的米粒儿开始初具阶层自觉却对自己"乡下人"的阶层属性持认同态度，并强化为自我规训和道德律令，温顺驯服地接受这一切。她是麻木着的清醒者。

其次是"隔离"与"自我隔离"。有学者认为："农民工……由于生活成本原因往往居住于城市周边的城中村乃至建筑工地等工作场所，业余生活及娱乐休闲活动匮乏。……这物理与社会空间上的隔离不仅体现在农民工与市民社会经济地位的不同，更体现在身份认同上的差异，使得农民工与市民之间的社会距离被不断拉大，同时由于隔离使农民工群体易受空间的剥夺，出现与城市市民阶层的对立"。[①] 王祥夫《城市诗篇》描绘农民齐选试图融入城市上流社会失败而不得不黯然返乡的故事。齐选在城市靠贩鱼发财致富，在城里有房有车，他绞尽脑汁想加入城市名流圈，重塑自己的阶级身份，并也希望将妻子形塑成一个"贵妇"。但这种向上流动却失败了，他的财富可以让他过上城市的精彩生活，但他和妻子始终无法得到"名流阶层"的认可与接纳。无形有形的藩篱横亘在他们与触手可及的城市之间。作为"隔离"技术手段的一部分，齐选夫妻陷入无物之阵中，遭遇到了难以突破的"心理隔离"，城里人的习惯性的客气、难以掩饰的冷

---

① 陆影：《社会空间视域下的"城中村"隔离问题》，《学术研究》2015年第12期。

第七章　反思：未完结的现代性

漠、骨子里透出的轻视，使得齐选跻身上流的愿望幻灭了。城市，成了他们的"乌托邦""滑铁卢"。最后，备受打击的齐选妻子卸下华贵的服饰，重新穿上了结婚时的大红袄，"义无反顾"地回了家乡，回到了他们所属的阶层。齐选们的返乡谈不上有多么自愿自觉，实在是具有"融入不得""灰心丧气"的面向。事实上，新世纪乡土小说中大多返乡者都有类似的行动困境与复杂难言的心路历程。

阶层矛盾，即便在已经成为一家人的成员之间，也不会因为亲情、爱情的滋润而稍有消除。荆永鸣《出京记》讲述普普通通的外地姑娘武月月经过多年努力打拼终于在北京安家立足，最后家庭破裂，与丈夫离婚出京的故事。武月月有个居高临下、极具优越感的婆婆，这个退休小学教师经常把"我们祖上是旗人"挂在嘴上炫耀，对于武月月与儿子杨浦结合，她是心有不甘的："你可真算是有福气。说句实在话，你别不乐意听，要不是看在杨浦孝顺的分上，我是不会同意他找个乡下姑娘做媳妇的。"对于武月月的各个方面，她想方设法加以改造、提升：她郑重地告诉武月月，既然做了北京人的媳妇，就得学说北京话，不然街坊邻居都笑话！武月月就一直生活在代表城市阶层的婆婆无处不在的、深具探查和控制的"凝视"下，忍辱在这种缺乏尊严和独立人格的压抑与憋屈中。而离婚的起因，竟然是武月月在社区遛狗时，家里的宠物小母狗与土狗交配，可能导致怀孕，丧失了纯种狗的"高贵"血统……，于是，丈夫的污言秽语、婆婆的哀叹流泪，迫使武月月终于明白，在家人的眼里，她的地位还不如一只宠物狗——这让我们想起胡学文的《向阳坡》，富豪的狗埋葬在了贫民马达的向阳坡的好田地里，享受着生与死都备极荣耀的待遇。武月月想，"到北京这么多年，这就是她追求的结果。因为当初不想失去，结果却一步步失去了更多。直到现在才明白，再努力，再坚持，再忍耐，她也融入不了这个家庭。该结束的迟早会结束。"北京，这个令她爱恨交织的地方，她的青春、爱恋、汗水都播撒在了这里，北京又是她的伤心之地，去还是留，成了武月月极端痛苦的抉择。正是虚伪残酷、原形毕露的家人给她的人生上了"羞耻"的一课，她完成了个体同时也是农民阶层的成长与体悟，而她本身也成了"羞耻"的一部分。最后，她拖着堕胎后备受折磨的身心毅然离开北京。

再次，是阶层固化。荆永鸣的《大声呼吸》里，为了突出农民和城市市民的阶层差别，对打工者"企图混入"城市阶层而被揭穿做了精心描绘。在北京开小饭馆的刘民,热心社区文艺活动,融入了那帮吹拉弹唱的退休老人群体,偶尔露一手,拉拉二胡,吼上两嗓子。当他陶醉在"刘老师"的自我满足中时,有一天,城里人老胡忽然猜测他的职业是开餐馆的,在得到肯定的答复后,老胡点点头说,这就对了。旁人很纳闷地问老胡什么叫"对了"。老胡说,您没瞧他指挥时的架势呀?一掂一掂的,嘿,他妈整个一颠勺!老胡一边说,一边模仿着炒菜颠勺的动作,还一挺肚一挺肚的,特别滑稽。众人哄然大笑。刘民顿时怔住,他本以为自己早已城市化了,在公园里老少咸宜,左右逢源,而且被称作刘老师时,他感觉城市人身份就加重许多。可是在老胡居心叵测的"这就对了"阴险盘问和尖刻嘲讽中,刘民顿时有种被剥光衣服游街示众的感觉。他被打回原形,垂头丧气离开了公园,"城里人",这个他曾经一再执着的虚幻"名相"破灭了。之后,那帮老头老太太,开始热烈讨论起城乡差别,一个老太太站出来,说人与人之间最基本的是互相尊重,区分城市人和乡下人意义不大,重要的是彼此真诚对待、和睦相处。但是老胡嗤之以鼻:我干吗要尊重他?他是谁呀?啊?我就看他是掂大勺!怎么啦?——阶层差异和流动受阻,将刘民这类丰衣足食的乡下人"流动不得"的尴尬境遇刻画得入木三分。

　　社会学家于建嵘认为,"在所有贫困的'知识精英'中,最让我挂心的是无业、失业或者工作极不稳定的贫困大学毕业生。他们在就业竞争中明显处于劣势,似乎越来越难摆脱'贫者恒贫'的命运。"[①] 联系前文中,无论是文学文本中,梁庄农民所说的"穷帮穷",贫民花头直言的"穷人站在穷人一边",农民工远子"要咬城市一口",已经步入小康的刘民、齐选夫妇被排斥与隔离、死去的农民大学生涂自强,还是现实中,社会学家得出的"贫者恒贫""对立不满情绪正在形成""城市内部与农村内部分化问题突出""低收入群体与主体社会脱节""城乡分化更严峻"等令人揪心的研究结论,都映射了一个社会症候,那就是当下社会分层后的流动出现了梗阻,某些负面社会情绪正在弥漫,需要引起人们的关注并加以解决。

三

　　农民占了中国全部人口的80%,要消除贫困,提升公平感、获得感,就应增加农民进入上一阶层的"流动"机会。从当下现实来说,要在短时

---

① 于建嵘:《知识精英又现贫困现象分析》,《人民论坛》2010年第1期。

第七章　反思：未完结的现代性

期内消除阶层差异，抹平阶层结构，是难以做到的。因为个体先天差异和后天努力以及各种复杂因素的影响，客观上会存在社会分层，需要正确对待。因此，现阶段更切合实际的"公平观"，是指人或人群进入这些结构中的过程是公平的，即"地位准入"的公平观，但关键还是主流社会、城市如何落实平等的公民权利与社会公共政策。[①]

"阶层流动"涉及农民再社会化的问题。从社会学角度讲，所谓再社会化，就是要求农民个体放弃传统习得的生产生活方式，以现代社会规范为标准，重构符合主流社会规则和行为方式的生产生活方式并学会适应与逐渐融入的过程。农民"再社会化可分为'主动'和'被动'两种类型：其一，主动再社会化是主体自觉地再社会化，原因是主体担任的社会角色层级提升或移居（客居）到社会文化差异度较大的地区；其二，被动再社会化是主体对新环境的被动式社会适应，原因是主体社会层级降低，或作为主体的个体违背社会秩序以及大众利益而被强制执行相关措施。"[②]

我们追溯一下新时期以来的乡土文学，其中关于城乡对立、阶层流动的描写，大多是苦情、悲情加煽情，这固然与现实情况相关。但是在不少抒写农民遭遇的作品中，我们只看到了农民对于融入城市的渴望以及为此沉沙折戟的命运，作品往往停留于此进行苦难展示，缺乏对农民思想及精神世界的深度剖析，以及对此的反思、追问，更没有导向以光明与希望，也就缺乏动人心魄的力量。有论者指出："人物要克服的并不只是外在生活的重压，更艰难的还是道德观和价值观的嬗变，这是一种巨大的心理挣扎和对抗。只有写出了这种挣扎、撕裂和剧痛，小说在展示苦难的层面上才具备一种精神上的说服力。"[③] 笔者认为，当下最大的阶层差异就是人们常说的城乡差别，其后面隐含了贫富悬殊的实质。恰如有学者认为，造成社会地位高低不同，最为核心的还是经济方面的原因。[④]

农民融入城市，流动进入更上一级的阶层，首要的是心态的转化——将暴戾、怨恨转化为平和、稳健，正视存在的差异，通过不懈的奋斗与努力改变自己的在历史坐标中的位置。作家梁鸿对出梁庄的农民工进行了面对面采访，她真切地感受到了新生代农民对于阶层差异、不公现象的"仇

---

① 李慧斌、杨雪冬：《社会资本与社会发展》，社会科学文献出版社2000年版，第63页。
② 郑杭生：《社会学概论新修》（第3版），中国人民大学出版社2003年版，第91—96页。
③ 洪治纲：《底层写作与苦难焦虑症》，《文艺争鸣》2007年第10期。
④ 李春玲：《社会分层研究与理论的新趋势》，社会科学文献出版社2005年版，第126页。

视":"这个叫民中(三轮车夫)的年轻人,……他恨我,他一瞥而来的眼神,那仇恨、那隔膜,让我意识到我们之间无比宽阔的鸿沟。他为他的职业和劳动而羞耻。……。他不愿意重复父辈的路。"年轻的民中并没有遭受多少具体的不公事件,但是在他身上,深深镌刻着一个沉沦阶层的怨恨,他生于斯长于斯,却无法在城市扎根,无法参与到城市风情万种的"暗网"中逆势生长,以获得城市的精气神,他怨恨这个社会、怨恨自己的职业、怨恨城市的势利……,他们之间阻隔着无形的壁垒。西蒙娜(Simone Weil)指出,"一个人通过真实、活跃且自然地参与某一集体的生存,而拥有一个根,这集体活生生地保守着一些过去的宝藏和对未来的预感。所谓自然的参与,指的就是由地点、出生、职业、周遭环境所自动带来的参与。"① 仿佛是历史的反向运动:读者犹记得路遥笔下作为"打工者先驱"的"硬汉"孙少平面对苦难的甘之如饴,面对权贵、智识阶层的不亢不卑,面对美好未来的不懈追求,他是如此阳光自信、自尊自立。20世纪80年代,阳刚劲健、内心强大、悦纳世界,对命运充满无限希望的孙少平在21世纪成为绝响。当下的阶层分化日益剧烈,时代氛围使得今天的孙少平们难以接续历史发展的逻辑,去实现自己的致富梦、城市梦、现代梦。

不可否认,农民的再社会化是一个艰难的过程,充满了身心蜕变和浴火重生的撕心裂肺。农民急需主动学习和嬗变。"农民的再社会化是指进城就业的农民从农村社会化向城市社会化的转变,即该类农民在角色地位、价值观念、行为方式等各个方面向城市市民转化的过程。农民工的再社会化主要包括职业的再社会化、社会规范的再社会化以及社会角色的再社会化。"②《出梁庄记》的"非虚构叙事"具有细密结实的生活质地,是经验世界与生活世界"互文"映证的有效连接管道。该书描写了做生意发家致富的秀中就是一个成功的阶层流动者、晋升者的代表,他得到了城市、行业与周边人的认可。虽然作家敏锐捕捉到农民进阶后特有的心理,即秀中对"个人""现代企业"的理解,隐藏着他成为新富阶层之后对过去生活的厌弃和对"农民"身份的摆脱——"去历史化"的冲动,但另一方面他却又心态开阔,已经成为行业中的佼佼者,经常被应邀出席这个行

---

① [法]西蒙娜·薇依:《扎根—人类责任宣言绪论》,徐卫翔译,生活·读书·新知三联书店2003年版,第33页。
② 于金翠:《进城就业农民再社会化与成人教育探析》,《江苏广播电视大学学报》2008年第2期。

第七章 反思：未完结的现代性

业最前沿的开发会议、销售会议，就像苍穹融入暗夜那样自然、熟稔。也就是说，秀中通过自己的再社会化，革故鼎新，开拓了一片新天地，在陌生的城市不仅站稳了脚跟，而且将兄弟姐妹带出来，建立了属于自己的后致性社会关系，进而攀升到中产阶级。与上文中的"鱼贩子"农民齐选相比较，秀中不仅积攒了物质财富，关键是他习得了城市的社会规范、再造了个性。从某种意义说，现阶段的阶层冲突实际上是工业文明与农业文明的冲突、城乡文化的抗拒、价值观念的对立，这是更深层次的、有时对农民的现代转型起着支配性阻碍作用的因素。梁庄的万敏在东莞打拼多年，逐渐接受了现代社会"友爱、互助、奉献、进步"的志愿精神和价值理念，从自顾温饱走向了利他奉献，他说：别以为我们（农民）没有追求，也总想着为社会做点啥事。汶川地震，万敏自发捐出资产的十分之一，近10万元购买救灾物资，驾着自己的金杯破车长途跋涉2000多公里运到灾区。当他看到灾区触目惊心的景象，心想，还是得挣钱，要是挣到钱咱就能出力了；梁庄的栓子也发家致富了，向汶川捐款5000元，但他苦恼：没身份，觉得不安定，没前途，不能参与人家的活动，不美气。他认为人不能以赚钱为目的，赚了钱要有爱心，希望得到社会的承认，渴望平等，渴望进入一个体系，在社会组织获得生存的基点，展示自己的价值——读者们不期然看到，具有强烈现代意识、平等观念、参与意识的新型农民、阶层流动者正在悄悄成长。

待到新生代农民出生、成长在城市，除了"农民"的身份，本质上他们与城市的孩子已经鲜少差别。就像黄传会的《皮村——聚焦新生代农民工》[①] 中的农民工王德志所说："凭什么说我们是农民，我们既没有土地，也不会种地，而且，我们已经离开了农村。"再看梁庄从小随着家人在打工城市长大的姑娘，装扮洋气，操着一口普通话"暗示"自己不同于一般的打工者，她的感受中不再是先辈农民的"身份分裂""阶层差异"等断零体验、天涯情结、怨羡情愫，而念兹在兹加入"明星演艺培训学校"，在那里学习、追星，她清亮的眸子里闪耀着理想的火光，憧憬与城市的孩子一样，日后成为张柏芝式的影视大明星的经纪人。

的确，乡下人进城，或者说农民的再社会化不仅需要外部条件包括正式和非正式的制度支持，也需要内部条件的转型即农民自身的主动学习，

---

① 黄传会：《皮村——聚焦新生代农民工》，《北京文学》2011年第3期。

二者缺一不可。这是一个剧烈变动的转型社会，又是一个透明攀比的社会，所谓新的尚未生成定型，所谓旧的没有完全革除，不仅是农民，每一个人都怀着焦虑、担忧的心情体验着在阶层的沉浮起落，在比较、竞争中感受种种的不安全感、压力感、无力感。就像2018年春节引爆网络的网文《流感下的北京中年》，有车有房有存款的北京中产阶级，因为一场流感，人财两空而被迫离开北京，被抛入下一阶层。这大概是当下社会最为鲜活与铭心刻骨的现代体验之一吧。

四

社会分层与流动，既是社会学的问题，也是文学的对镜。21世纪以来，乡土文学中隐秘地浮现了农民之于社会分层及其流动的现代体验及其嬗变：20世纪90年代的流寓小说中，原子化的农民工遭遇的仅仅是个体性的身份认同危机，21世纪之后循着这个理路自然而然发展出农民群体性的阶层认同困惑。也就是说，当年的刘高兴是（贾平凹《高兴》）独自凄惶站在城市街头东张西望，如今他们却是以"老乡""工友"为名抱团在与城市流氓地痞争斗以弱者的反抗维持自己的生存，与管理者"打游击战"；农民内心世界的阶层体验从自发经验、素朴感受逐渐演进为自觉半自觉的体认与实践，这是我们需要认取的事实。有学者认为，"一定程度上讲，世纪之交的前后20年是城市文化压倒一切的过程。农民对生活的想象被电视之类的现代传媒支配，而后者展示的大多是城市的品味与生活方式。对中国农民而言，全球化、城市化、市场化其实是一个意思，那就是城市化。因为世界过于遥远，而市场又嫌抽象了些，过得像个城里人，大概是每个普通农民的心声。"[①]

小康路上，一个都不能少。这是国家对贫民、农民的庄严而美好的承诺，也从一个侧面部分回应了社会分层、阶层流动的问题，那就是各美其美、美美与共。随着城镇化、精准扶贫以及乡村振兴计划的实施，有理由相信，农民的阶层体验与流动一定会朝向正常化迈进。

第四节　新世纪乡土小说农民"新国民性"考察

国民性，即一个国家的民众由于生存的自然环境所决定的生产方式，

[①] 李丹梦：《文学"乡土"的地方精神》，北京大学出版社2014年版，第38页。

第七章　反思：未完结的现代性

从而形成与之相适应的社会心理、社会意识，由此产生稳定、独特的社会经济——政治结构形态。这种结构形态反之又使国民的社会心理、社会意识定型化，形成牢固的社会风俗、习惯传统。两者交错影响，经历历史积淀，就形成国民性。国民性包含国民的政治意识、自我意识、价值观念、社会交往准则、最普遍的个性素质、心理特征等，是一个国家民族最主要的内在特征。古今中外的社会学、人类文化学研究表明，作为民族相对稳定的文化心理、传统习俗、价值观念等的集合体，国民性的确存在并决定国族整体形象，也影响他者对这一民族国家的认同与想象。有国外学者从一个侧面验证了"国民性"的存在及影响，他指出："外国旅行对作家、诗人的影响，主要有几种情况：1. 由于产生新鲜感，因而作家的创作活动旺盛起来。2. 作家往往叹服他所访问的国家。这种叹服有时甚至达到'海市蜃楼'式的错觉地步。某作家的个人错觉，一旦发展为集团性、国民性规模，就产生国民性的'海市蜃楼'。例如，斯达尔夫人的《论德意志》，使所有的法国人幻觉地产生了德国的'蜃楼'……。"[①] 因此，作为民族性格的症候，国民性常现身于每一个具体而微的人事物，又时时隐秘潜伏在人们的文化心理与历史传统中，它既是内生性的，是民族的自我衍生、遗传与繁殖，又是外向性的，与殖民性、现代性、全球化等历史内容相纠结，具有时代"合理性"与"局限性"。国民性从来不是什么绝对本质的东西，不是外在于民族历史的抽象物，而是与时代并轨而驰、互动共生的富有实质内涵的能指。国民性是个老话题，又是常说常新的话题，人们征用它，实际上援引一个视域、分析框架和切入角度，是一个比较视野和宏观、微观相结合的惕厉自省结构，更是一种文化自觉。对"国民性"的探讨从未停止，近年，学者樊星的《从"改造国民性"到"理解民族性"：当代中国文学研究的一条思想史线索》《国民性改造问题再审思》《当代文学中的"农民性"问题》、李建军的《"国民性批判"的发生、转向与重启》、詹玲的《20世纪中国文学国民性改造问题再审思》、吴俊的《困难的关系：当代文学与国民性问题》等篇章都是揭示"国民性"问题的重要开拓。但上述文章或立足思想史，或耽于国民性改造，却未从新世纪的时间起点，从"现代性"给农民带来的变化这样的维度研析。本节从"现代

[①] ［日］大冢幸男：《比较文学原理》，陈秋峰、杨国华译，陕西人民出版社1985年版，第126页。

性转型"角度，探究"现代性"给新世纪农民带来的新变、痛楚，考察"现代性"与"国民性"的因果、互动、反制关系，进而反思"现代性"，以期重构新的国民优根性。

一

对国民性的关注与批判，是 20 世纪启蒙运动的中心话语，这一话题自梁启超始，以鲁迅为代表的知识者赓续这一传统，以新民、揭示病苦，疗治"劣根性"为己任，进行决绝斗争。梁启超较早认识到提高国民素质的必要性。他指出："国之治乱，常于其文野之质相比例，而文野之分，恒以国中全部之人为定断，非一二人之力能强夺而假借也。……故民智、民力、民德不进者，虽有英仁君相，行一时之善政，移一时而扫地面矣。""故善治国者，必先进化其民。"他大声疾呼："新民为今日中国之第一急务，舍此一事，别无善图。"[1] 梁的"新民"理论，包括三个基本内涵，即鼓民力、开民智、新民德。所谓开民智，即是建立在国家强盛与否取决于国民智力高低这一认识的基础上，谋求国民知识技能素质的提高。为达到广开民智的目的，梁呼吁变科举、废八股；办学校、育人才；兴学会、设报馆；译西书、广博见。所谓鼓民力，主要内容包括批判传统的忍让思想，提倡尚武精神；废除封建陋习，强健国民体魄；主张劝民以业，藏富于民等。所谓新民德，即从内在的道德品性方面改造国民的精神气质，使国民从麻木不仁的国民劣根性摆脱出来。作为 20 世纪重要的思想遗产，国民性批判理论对五四新文学产生巨大影响，确立五四文学已降国民性改造主题，奠定 20 世纪中国文学的启蒙传统。但是，"国民性"并非凝固不变，内涵稳固的能指。中华人民共和国成立以后，"革命""现代化建设"的深入冲击，改革开放 40 年，特别是 21 世纪"全球化""现代性"的濡染，迫使乡村传统的伦理道德、宗法制度、风俗民情以及农民价值观念、心理结构、思想文化发生巨变，这些嬗变实实在在刷新着农民的品质、人格、性格面向，也更新"国民性"内核。农民占中国绝大多数人口，考察他们的普遍性格与嬗变，当可窥探国民性在新世纪现代性转型的传承与变异。

五四一代知识者眼里，农民负累最苦痛的"国民劣根性"沉疴。五四

---

[1] 《梁启超全集》，北京出版社 1999 年版，第 655 页。

第七章　反思：未完结的现代性

启蒙文学促使作家以揭示和批判"国民性"为己任，他们笔下的农民一般都是"问题农民"，理想形态的、"完型化"的农民形象书写极为鲜见。林兴宅的《论阿Q性格系统》论述20世纪初遭遇西化和现代化的懵懂初开的中国人的国民性，认为阿Q性格有十组矛盾：（1）质朴愚昧但又圆滑无赖；（2）率真任性而又正统卫道；（3）自尊自大而又自轻自贱；（4）争强好胜但又忍辱屈从；（5）狭隘保守但又盲目趋时；（6）排斥异端而又向往革命；（7）憎恶权势而又趋炎附势；（8）蛮横霸道而又懦弱卑怯；（9）敏感禁忌而又麻木健忘；（10）不满现状但又安于现状。文章首次揭示以阿Q为代表的旧式农民性格的复杂性，农民的国民性根柢得以初显。因此，以20世纪农民"国民性"为参照系，考察新世纪农民"国民性"的嬗变，对于重估现时的"国民性"，重塑"现代性转型"背景下的"优根性"意义重大。有学者指出："'国民性'就这样在几年之间发生了天翻地覆的变化。但这变化显然与鲁迅那一代人理想主义的设计很不一样……今天，在理想主义已经遭遇了重大挫折，务实的人生态度已经成为时代主流的背景下，作家看世事的眼光已多是'理解'与'同情'了。……虽然'五四'先驱们痛加针砭的'国民劣根性'问题（诸如'瞒'和'骗'、'精神胜利法'、马马虎虎、缺乏韧劲……）并没有得到根本的改观，但毕竟，时代变了。在这个文化价值观念已经多元的时代，'个性解放'常常意味着：按照自己的意愿生活。"[①] 进入21世纪，在多元主义、自我主义和消费主义的文化背景下，如何重启"国民性批判"的启蒙性写作，如何审视和优化国民性，已成为迫切而亟待回答的问题。

二

新世纪农民的"国民性"基因里，既有"新"质素，又赓续乡土的老魂灵，作为"半新半旧"的人物，显示转折时代赋予的鲜明"过渡性""成长性""矛盾性"的文化性格和精神特质。一句话，新世纪的农民，既区隔于"老中国的儿女"，又生发出现代文明赋予的"新内涵"，他们似曾相识，是"熟悉的陌生人"。巴赫金的"成长"概念蕴含人学内涵，他以"我"去观看世界的方式，是在承认存在世界与人的两个世界的基础上，强调人不是被动地接受被抛入世的状态，而是一种个体心灵与世界的应答

---

① 樊星：《新时期文学与"新民族精神"的建构》，《文学评论》2009年第4期。

(answerability)关系。他认为,成长概念的主导思想是自由,而自由则需要"整体"的辽阔空间,并在这种整体中长成为完整的人。这个"完整的人"不仅仅是一个内在完整的概念,不仅仅是封闭的个人完善,而且是一个与历史、世界一起成长的过程。在巴赫金那里,成长不能不成为"新人"的成长,并且"个人的完善与成长,在这里没有脱离历史的发展与进步",他进而拓展,"新人"之意义的追问:在人类发展历史背景下,"针对所有活的生命体,特别是人的生命,人应给自己提出这样的问题:'为了什么目的'、'有什么目的',而不是'出于什么原因'和'有什么原因'。"[①]在笔者看来,新世纪农民正是与世界共成长的"新人",他们身处乡村现代化转型,乡村进步寄托于他们,他们身上缠绕如此复杂的质素,背负传统、历史与现实的重担,艰难穿行在时代"接缝处"为了实现乡村和个人的现代化而求新求变——将由"老中国的儿女"转化为"新农民"。无论是《谁动了我的茅坑》(荒湖,《长江文艺》2008年第10期)里"半土不洋"的花头,还是《扩道》(谈歌,《当代》2011年第5期)里下洼地村近乎"食人族"的民众;无论是《向阳坡》(胡学文,《当代》2009年第3期)里为个人价值和尊严而战的村民马达,还是《薛文化当官记》(和军校,《中国作家》2008年第9期)里为群众谋福祉的薛文化。进入21世纪以来,农民们早已超越阿Q式的"国民性",一方面卸下若干旧有的精神枷锁,竭力追赶现代化的步伐;另一方面,他们又在乡村"现代性转型"中习得或精华或糟粕的性格。在经受现代化的栉风沐雨后,他们身上发生着新旧争夺的"没有硝烟的战争",作为面目模糊的群体,他们日益浮出历史地表,成为读者重识乡村现代性转型和民族根性的"秘密结构"。李建军指出:"经过'文革'的破坏和市场化的影响,'国民性问题'呈现出前所未有的复杂性,也显示出前所未有的严重性。表征着道德混乱和伦理危机的事件层出不穷。……从这些频繁发生的一般的社会问题,就足以看出当下国民性的现状。撒谎、怯懦、懒散、马虎、虚荣、自大、盲从、'拉帮派'、'窝里斗'、缺乏公德、缺乏诚信、缺乏同情心、缺乏正义感、缺乏公民意识、缺乏对真理的热爱、缺乏说真话的勇气,这些国民性里的痼疾,现在仍然存在。与'五四'时代相比,我们国民性状况即使不能说

---

① [苏联]巴赫金:《长篇小说的话语》,白春仁、晓河译,《巴赫金著作集》,河北教育出版社1998年版,第532页。

第七章 反思：未完结的现代性

更为严重，至少还没有达到比较理想的状态。"①

谈歌的中篇小说《扩道》的忧思即在于"国民性劣根性"的"愚顽不变"。文本表面写的是西里县官场之于国企改制、城市拆迁、招商引资外加报社男女之爱等"现代"之物，实际上却深究新世纪农民的"国民性"问题，具有振聋发聩的性质。西里县下洼地村历史悠久，仍然承袭"老祖宗"的精神遗产，保留不少农民的老脾性。作为血脉相连、难以割舍的文化基因、性格组合的一部分，仍在顽强起作用，甚至支配他们的行动和日常生活。70年前，下洼地村迫于日本人的淫威，将国军的18个伤员交出，在风雨交加的夜晚他们被日本人挑杀，某种意义上，是下洼地村"谋杀"了革命的子弟；中华人民共和国建立后，有关方面就此事进行调查，下洼地村的人们又保持可耻的集体沉默和装聋作哑；20世纪90年代，下洼地村将知恩图报的客商罗大明返乡投资的1200万分光用光并开始瓜分和强抢他的设备、用材；21世纪，面对更大的诱惑，下洼地村逼迫罗大明退回1200亩河滩地并将其赶走；在遭受客商楚昆阳的"欺骗"和为罗大明的仗义"报复"后，下洼地村要将楚"撕成碎片"、"打死这个王八蛋"。下洼地村遭到历史的无情戏弄和知情者的谴责，并为之付出了应有的代价。因此，不论是大革命，还是现代化，都未使得这个古老的村子及其子民走出劣根性的宰制，"现代"的阳光似乎难以照耀和唤醒这间"铁屋子"里沉睡的人们，而"国民性"糟粕并未转型：贪生怕死、见利忘义、目光短浅、忘恩负义、流氓行为、不思进取、狭隘嫉妒、缺乏自省、贪婪愚昧、色厉内荏、暴民心态等如影相随承袭在一代代民众骨髓里，也日复一日腐蚀他们的精神与心灵。正是背负的历史沉疴，妨碍了它的进步与现代，甚至是短暂的"致富"也因之消亡。但是，真正可怕的是，它所代表的民族根性的"病入膏肓"与"执迷不悟"。这个外表和某些观念正在加速"现代化"的下洼地村，本质依然潴留在老祖宗的"前现代"原乡。在社会的全面转型和乡村裂变中，下洼地村远未脱胎换骨适应现代变革，它是身在现代，心却淹留的最后一块"河滩地"。下洼地村从最开始被提挈，到最后被喻示着"现代"的客商遗弃，是历史的必然。其实，何止下洼地村，小说中，西里县某些逆现代潮流而动的工人、干部、隐匿在暗处四处告恶状的人们，扩而大之，他们就是整个中国的"国民性"的基本表征——直

---

① 李建军：《"国民性批判"的发生、转向与重启》，《文艺研究》2009年第10期。

到今天，依然陌生而又熟悉。

三

以儒家文化为核心的旧"国民性"发挥两方面重要作用，对"内"安顿个人心灵，对"外"调控乡村社会秩序。前者针对个人伦理，强调个体道德修养，要求通过格物致知、诚意正心、修齐治平的过程，达到完美人格境界，实现最高德性；后者针对社会伦理，强调乡村的和谐有序，在社会的"差序格局"中恪守本位，守"礼"勿逾。这两部分在伦理学内延伸出德性伦理与规范伦理，前者核心是"仁"，后者是"礼"。因此，乡村伦理体现为一种"仁"体"礼"用的张力结构，主要有富贵不淫、诚实守信、入世济世、敬重人伦、重义轻利、重情信义、助人为乐、担当道义、勇挑责任、知恩图报，以及重道德教化、注重教育、倡文运，政治上尊贤尚功等，所谓"书香传家久，耕读继世长"即儒家文化在农民身上的表征。市场经济进入农村后，理性经济和等价交换思想占据主导地位，货币度量了农村的活动，基层文化甚至教化的缺失，加重经济交换理念带来的对经济利益的追求和对社会公平、个人责任的漠视。于是，集体主义被冷落排斥，个人主义占了上风；乡村公共空间解体，公平/效率、生产/分配、公家/私人的旧有关系翻转。传统文化在现代化转型中缺失，道德失范行为失序，旧国民性的精华逐渐稀释甚至解体，而新的质素与结构远未建立。殷海光指出："伦理道德是文化的核心价值，伦理道德的价值是其他文化价值的总裁官，也是文化价值的中心堡垒。如果一个文化的伦理道德价值解体，那么这个文化便有解体之虞。所以，谈挽救文化的人，常从挽救伦理道德开始。"[①]

早在20世纪80年代，《山月不知心里事》（周克芹）就透露了这种嬗变趋势和隐隐的担忧。自从分田到户家庭承包以后，"各家各户做庄稼"，新的乡村经济政策给农民带来了实实在在的好处，农民的生产积极性高涨，连夜晚都有农户借着月光在田地里生产劳作。容儿家的庄稼收成扣除上交大队的还有一千多斤的余粮，母亲焕发青春般地日夜操劳，哥哥一改过去被村干部点名批判的"懒惰"，起早贪黑，勤劳致富，娶上了媳妇儿，甚至容儿自己也有了余钱买上年轻姑娘渴望已久的"胸罩"了，生活有了不小的变化，一家人正热火朝天地向着美好未来奔去。但是，年轻的容儿心里却有着"甜

---

① 殷海光：《中国文化的展望》，中国和平出版社1988年版，第94页。

第七章 反思：未完结的现代性

蜜的忧虑"和从未有过的"孤单"，那就是作为年轻的共青团员，在对未来生活充满喜悦和憧憬的同时，对乡村风气的丕变感到了不安：每家每户都只围着自家那几亩责任田干活，村里的科研组也散伙了，集体活动也没有了，"会也不开"了，各人只顾各人的"没人管闲事了"，大家攀比的就是谁家的粮食最多能够率先发家致富，而年轻人则被箍在田地里没有一点儿自由……。小说表征出：自20世纪80年代始，面对强大的"致富、先富意识形态"，乡村伦理解体、人际关系淡漠，国民性变异已开始嵌入现代化的肌理，也传达出农民的"不安全感"与忧虑——就像容儿在月光下辗转反侧地睡不着一样。正如马克思评价资产阶级的话："资产阶级在它已经取得了统治的地方把一切封建的、宗法的和田园诗般的关系都破坏了。……它使任何人之间除了赤裸裸的利害关系，除了冷酷无情的'现金交易'，就再也没有任何别的联系了。它把宗教的虔诚、骑士的热忱、小市民的伤感这些情感的神圣激发，淹没在利己主义打算的冰水之中。"①

此后，占中国人口最大多数的农民身上，在现代性的推使下，不断地裂解、嬗变着曾经稳固笃定千百年的精神质素和文化心理，积极心理体验与消极心理体验并存，传统与现代对峙，东方与西方颉颃，敢于表现、乐于竞争、积极进取、开放包容、平和理性、兼容并蓄、虚心学习、追求卓越等精神因素逐渐沉淀在民众的精神文化层面，成为新国民性因子，与此同时，拜金主义、物质至上、冷漠麻木、浮躁冒进、缺乏诚信、暴戾乖违……，也侵蚀着人们不安分的心。从早年的高加林、孙少平，到暖暖、旷开田（《湖光山色》，周大新），到新世纪的薛文化（《薛文化当官记》，和军校）、刘高兴，再到叶小灵（《叶小灵的病史》，乔叶）、孔明亮、朱颖（《炸裂志》，阎连科）以及梁鸿、黄灯笔下众多的"半旧半新"的过渡性农民人物形象，在在表征和承接着"小木匠"式的"边际性""两极化"的精神遗传。因为，"这种新与旧的作风的混合，现代与传统观念的重叠，或许正是转型社会的一个突出特质。"② 社会学家周晓虹进一步指出："中国体验是一个特殊历史时代的'国民性'，或者说是一种转变中的国民性格的组成成分，是十三亿中国人在改革开放这个特殊的社会历史条

---

① 《马克思恩格斯选集》第1卷，人民出版社1997年版，第253—254页。
② F. W. Riggs, *Administration in Developing Countries*, Boston: Houghton Mifflin Company, 1964, p. 12.

件下形成的各种心理与行为特征之总和，它反映了我们这个时代中国人的基本社会心态、精神感受与情绪氛围，是一种与时代密切相连的时代精神"。① 因此，《鲁班的子孙》等小说实际上涉及"国民性"过渡期的犹疑和无所适从，道破了所谓"人的现代化"与"旧国民性"之间的抵牾，率先对"现代化"与"国民性"的互动与反制关系提问，具有先知先觉和见微知著的意义。只是越到新世纪，优胜劣汰、赢者通吃已深化为全民"共识"，我们的国民性里再也难觅"悲悯同情"与"助人为乐"等美好因子。后现代主义理论家詹明信说："金钱是一种新的历史经验，一种新的社会形式，它产生一种独特的压力和焦虑，引出新的灾难和欢乐，在资本主义市场经济获得充分发展之前，还没有任何东西可以与它产生的作用相比。"② 也就是说，现代性转型中，过去儒家教化之下的乡村"君子喻于义"，淳朴善良是农民的根，但现在，"经济"算计远大过"舍利取义"，经济利益渗透并改造国民性值得关注。

四

现代化转型中，农民国民性无疑成长许多新因子，平等、法制、竞争、发展、自由、公平、自主、市场等现代观念逐步替换"温良恭俭让"、"忠孝礼义悌"等传统思想，他们身上的小农意识、愚昧胆小、畏葸狡黠、轻信动摇、忍让退缩、封建迷信、保守偏狭、自私自利、卑怯无知也让渡给尊重生命、以人为本、依法维权、坚韧不拔、毫不妥协、勇于抗争等。作为每一个个体，他们的自我意识和主体精神从未像今天这样鲜明、凸显与高拔。经过现代化洗礼的农民带来国民性的"新变"，其中有美好新事物的潜滋暗长，诸如：卫生健康（高加林在村里的水井洒漂白粉消毒的"卫生事件"即一例）、勇于探索、自由恋爱、自己做主、反抗世俗、破除封建、信息流通公开、时间就是金钱、效率就是生命、敢于出头、爱拼敢赢、讲法守法、尊重生命、讲求科学、要求民主等"先进"理念的输入与接受，而契约与法制的平等关系正在逐渐瓦解血缘、地缘、亲缘、业缘为基础的乡村宗法制度，这些新思想无疑进一步渗透并融合为国民性的新面

---

① 周晓虹：《再论中国体验：内涵、特征与研究意义》，《社会学评论》2013年第1期。
② [美]詹明信：《现实主义、现代主义、后现代主义》，《晚期资本主义的文化逻辑》，张旭东编，陈清侨等译，生活·读书·新知三联书店1997年版，第299页。

第七章 反思：未完结的现代性

向，稀释"劣根性"，强化"优根性"。

国民性改造的过程中，媒介扮演了极为重要的角色。在乡村电视开播的近四十年，农村电视频道，诸如"田间示范秀""致富经""乡村振兴资讯""生财有道"等节目持续播出，依托电视无远弗届的媒介平台，进一步催生和培养了农民的"科学素质"和"媒体素养"。媒介信息，特别是以"科学"为名的现代信息无处不在深刻地影响着传统农民的生活和价值观。电视作为现代信息社会中影响力巨大的媒体，已成为农民现代化、社会化过程中首要的外在因素。按照"培养理论"的观点，电视的主要功能在于散布、稳定社会行为模式，在潜移默化中培养受众的"三观"，媒介及其所呈现的社会图景及价值取向影响着社会绝大多数人的意识形态。正如李普曼（Walter Lippmann）所说，在媒介高度发达的社会，人们再也不是主要凭借直接经验去认识周围的客观环境，而是通过大众媒介呈现的"拟态环境"去把握它。[1] 汤林森（John Tomlinson）在其著名的《文化帝国主义》一书中也指出："凡是没有进入电视的真实世界，没有经由电视处理的现象与认识，在当代文化的主流趋势里都成了边缘，电视是'绝对卓越'的权利关系的科技器物。在后现代的文化里，电视并不是社会的反映，恰恰相反，'社会是电视的反映'。"[2] 在电视等传媒日积月累的影响下，乡村与科学终于实现了联通、交融与互惠，农民获得现代化转型与致富所必需的科学，科学也以致富的实绩得到农民的衷心拥护。前几年，号称全民"新民俗"的央视春晚曾经播出过影视小品《过河》，塑造了一个几乎完美无缺的"万能"的致富技术员高峰的形象——乡村振兴、脱贫攻坚的"救世主"和"科学"的表征。这个小品进一步确证：在以"现代性"为主导话语权的文化政治格局中，农民对科学的深情召唤与体认，推使"科学""现代媒介素养"等内化为农民新国民性的基础。因此，"科学"在乡村散播一个多世纪后，终于融为"国民性"的基本质素，也说明以现代化为内核与驱动的社会动员中，广由科学参与支配与询唤的乡村生活模式、发展图景逐渐形成，并孕育着乡村新的社会文化。国家借助竞争、发展、科学等工具理性有效克服传统农业社会小农经济的靠天吃饭、经验办事，形成对农民从总体观念、知识结构到思维方式再到话语惯习的

---

[1] ［美］沃尔特·李普曼：《公众舆论》，阎克文、江红译，上海人民出版社2005年版，第13页。
[2] ［英］汤林森：《文化帝国主义》，冯建三译，上海人民出版社1999年版，第125页。

改造。重要的是,"科学""发展""媒介"已成为农民自我规训的力量,并内化为他们的思想行动和新国民性质素。在此背景下,由发展、竞争、追赶等现代性转型带来的国民性变革势不可挡侵入农民的思想性格和文化心理。

但是,现代性转型给农民带来的未必全是优质质素。因为社会的片面发展、畸形繁荣和转型的泥沙俱下,以及农民眼界的开阔、心理的失衡,他们渐渐培育出可怕的基因:冷血残酷、仇富仇官、欺弱虐杀、权谋算计、盲目攀比、自相残杀、嫉妒眼红、玉石俱焚等。邓宏顺的《乡风》[①]是现代性转型中,农民国民性格嬗变的绝佳注解。三喜是村长,为给在城里工作的儿子筹集购房款首付,他精于算计设下圈套,用高含量的锑矿样品引诱当官的同学和大老板投资非法找矿、采矿;在胡老板的注资下,他雇佣劳力强悍、薪金低廉的聋哑人茄子、老光棍南瓜放炮、挖洞,自己则采取欺下瞒上的方式渔利通吃。在一次放炮中,南瓜被炸死,他和胡老板勾结隐匿事故并得到十万元封口费。找矿未果,他变卖了胡老板的机械设备来冲抵他所谓的"房租费""炊事费""电话费""电视安装费"等,但随着被他陷害的乡邻四狗的出狱,他的"阴谋"逐一败露……。《乡风》的高明在于,描绘了三喜——"独特的这一个"。"小人""坏东西"三喜对设计"假矿"这一"毒计"的"胸有成竹"与步步为营,对曾经是"好兄弟"的南瓜、四狗的冷酷无情、盘剥迫害,对社会世事的洞如观火与铤而走险,对官员、资本家的欲擒故纵、讹诈与"毒辣"、"绝情"、"得寸进尺",对乡里乡亲的故作高深和肆意欺压,对内心负疚的自我安慰与寻求解脱等,这一切并非与生俱来的品格,而要从他遭遇的现代性转型中找寻动因。他的视野所触之处,要么官员贪腐,要么资本家暴富,要么贫穷紧逼,恰如三喜说,"人和人知道的事情都差不多。你们城里人怎么生活,我们乡里人也会怎么生活,你们城里人怎么做事,我们乡里人也会怎么做事!学校的老师知道想方设法在学生头上收钱,吃着皇粮国税的人都要到大山里来开矿捞钱,我们农民就应该蠢得不知道要钱才对吗?……我有什么必要为你们这些人白付出?为你们这些人白操心?学雷锋我也不会这么蠢学!"正是代表"现代"的锑矿、首付、广播电视、无线电话、投资、官场、资本等教会三喜不择手段"赚钱",并进而生成国民性的某些恶劣品质。文中数处写到三喜对钱的向往:"三喜的脑子里闪亮过很多钱票子,闪亮过

---

① 邓宏顺:《乡风》,《当代》2011年第4期。

第七章 反思：未完结的现代性

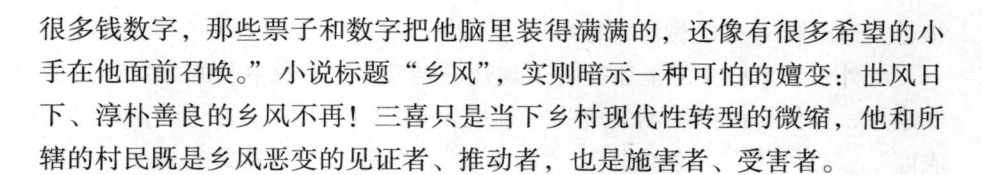

很多钱数字，那些票子和数字把他脑里装得满满的，还像有很多希望的小手在他面前召唤。"小说标题"乡风"，实则暗示一种可怕的嬗变：世风日下、淳朴善良的乡风不再！三喜只是当下乡村现代性转型的微缩，他和所辖的村民既是乡风恶变的见证者、推动者，也是施害者、受害者。

五

作为"半新半旧"的世纪之交的农民，他们的精神世界与文化心理中纠结了无数不可调和却又和谐共处的冲突，呈现出悖论性质的矛盾，进而表现左右摇摆和未确定性的特征。这些无处不在的国民性"矛盾"体现为：既传统守旧，又现代前卫，既蒙昧落后，又眼界大开，既知法守礼，又违法逾矩，既质朴善良，又愚顽不化，既开放大胆，又保守踌躇，既忍辱负重，又心生怨恨……。就这样，新与旧、落后与先进、传统与现代胶着消长的国民性谱系，在崩解与重建、摧毁与赓续、历时与共时中犬牙交错。

通过荒湖的《谁动了我的茅坑》，读者当可辨识其"矛盾性"。花头兼跨城乡，既以城市为打工地，又时常回家，可视为流动的"返乡者"，这也是典型的新世纪农民的生产与生活方式。现代化转型中，他生长出新基因，也保留不少农民的老脾性，呈现新旧交织、生长与沉沦的矛盾状态，即一方面是起超越作用的"新生"的提升力量；另一方面则是"惯性"的下拉力量，个体在现代性转型中始终经历着超越与沉沦两种力量的争夺，这就是个体身上存在的"巨大的张力"，决定着"新生"与"守旧"之间的分野。从新的看：花头常年在城里打工，时间、金钱、家庭、两性和人际交往关系等方面已有不少城里人的观念与行为方式，"加上那张能说会道的嘴，在土村也算得上是个人物。"他的见多识广与现代化追求甚至生发出某种阶层认同和群体意识："国禾，看在咱们没出五服的面子上，我今天提醒你一声，你和我一样，都是这社会的穷人，穷人要站在穷人的一边，不要糊里糊涂地站错了位置……历次革命告诉我们，一个人站错了位置，到时候是要吃亏的！"但老脾性之一即"阿Q习气"的遗留，表征为：仇富狭隘。花头认为疤子不该比他富有的理由是疤子不如他，"连个标点符号都写不好"，是靠女儿的下身发财；逞强使气。花头不愿意出让茅坑，不是对祖产尊重，也不是对物权的理性维护，主要是与疤子"斗气"和维持虚弱的"面子"；色厉内荏。表面敢与强邻抗衡，内心深处则对有钱、有权者充满畏惧；无聊报复。到疤子家拉屎、糊牛粪，对疤子进行诽谤贬损等,这些阿Q式的做法幼稚卑琐。

此外,新世纪文学里还抒写了现代性转型中,"老中国的儿女"进城又返乡,身份与认同逐渐裂解为"新式"的"士、农、工、商",对"新农商"、"新农工"、"新农干"、"新农氓"、"新农学"(如放弃高考、返乡游荡在乡村的人数众多的年轻人,支农、支教、支医、扶贫等"三支一扶"的大学生、村官助理)等群像有深入的刻画,[1] 上述群体的加盟给转型的乡村带来现代气息和活泼变化,也进一步丰富了"国民性"光谱,这些嬗变亟待关注。

总之,现代性转型中,曾经笃定、凝固的农民身份发生裂变,也带来群体性格、认同感、归属感的动摇,其中,既有农民自我追求,也有身不由己的精神嬗变。新的身份、生活参照系建立起来后,纷繁复杂的生活理念、文化冲突刺激着他,使农民开始对"后乡村"及其生活方式充满新奇和怀疑,又交织着寻求稳定和渴望改变的矛盾愿望。新世纪农民的身份、人格、性格裂变,正是基于他们与80年代迄今现代性转型的"历史"互动是激烈的整全的,"历史"无情摧毁了伴随农民一生的乡土,改造了与其相守一生的精神基因。时代的结构性、内在性转折剧烈改变每一个人的生存处境和命运。作为大时代的一分子,农民终于被时代洪流裹挟着前进,他们的性格、精神、文化心理的嬗变与大时代变迁发生着深沉的同构同质。伯曼强调,建设真正现代社会的希望,就在于适应不断的变革。"无论哪个阶级的人们,若要在现代社会中生存下去,他们的性格就必须要接受社会的可变和开放的形式。现代的男女们必须要学会渴望变化——不仅要在自己的个人和社会生活中不拒绝变化,而且要积极地要求变化,主动地找出变化并将变化进行到底。他们必须学会不去怀念存在于真正的和幻想出来的过去之中的'固定的冻结实了的关系',而必须学会喜欢变动,学会依靠更新而繁荣,学会在他们的生活状况和他们的相互关系中期待未来的发展。"[2]

六

当下底层文学、乡土小说既有对现代性的反思和批判,对社会发展和

---

[1] 廖斌:《熟悉的陌生人:现代性转型的返乡"新农民"形象谱系》,《海南师范大学学报》2012年第3期。

[2] [美]马歇尔·伯曼:《一切坚固的东西都烟消云散了:现代性体验》,徐大建、张辑译,商务印书馆2003年版,第461页。

第七章　反思：未完结的现代性

历史进步的期待、肯定和认同，也有对改革开放特别是21世纪以来，乡下人在精神、思想、文化、伦理、生活观念变化等国民性方面的思考、探讨。这些文本多多少少表征作家在历史变革、社会转型时期的矛盾和冲突、眷恋或批判的复杂心态。但是，乡村在传统与现代、嬗变与守常之间，的确处于一种难分难舍、血肉分离的状态，展示着新时期以来农民在现代文明冲击下的特殊动态。

20世纪90年代以来，中国社会逐渐建立了市场经济体制，新一轮的经济建设强力驱动，并裹挟着人们进入一个加速发展的现代化时空，人们对"现代性"的追求益发迫切。经济发展固然重要，但更关键在于，一种真正意义上的"现代化"，不仅意味着经济的高速发展与物质的极大丰富，更意味着人的"现代化"和"全面发展"，人的精神、思想的"现代化"。意即，现代性既要关注外在的致富、先富，更应关心人们内面的心理、文化、精神和感觉结构，这种由"现代"带来的体验赋予了农民怎样的心理变化？转型引发的焦虑、浮躁、怨羡、震惊、怀慕、断零体验乃至明明暗暗的心疾，是怎样解构并重构了农民的"国民性"？如果我们相信"现代化"的实现意味着某种对于人类福祉的终极关怀，那么，人的"现代化"中，哪些是值得倡导而哪些又是需要警惕的？"现代化"有没有给农民带来正面的国民性改造？在农民与历史的互动之间，"现代性"为农民的转型赋予了怎样的精神内核？国民性的更新中，"现代化"如何实现农民的"全面发展"？如何加速过渡性，消除矛盾性？等等。

新世纪农民虽然诞生，但"边际性""过渡性"的文化冲突与制度梗阻、致富渴望带给他苦痛，这些熟悉的陌生人因袭着前现代赋予的老灵魂——他们是带有"二重性质"的"半新半旧"的农民，而绝非完美的"新生"。巴赫金指出："这里的成长克服任何的个人局限性而变为历史的成长。所以，就连完善的问题，在这里也变成了新人同新历史时代一起在新的历史世界中成长的问题，这个成长同时伴随着旧人和旧世界的灭亡。"[1] 不论是过渡、凝固、流动，还是矛盾、成长，都昭示他们作为现代化主体正在发生的彻彻底底、脱胎换骨的新变；新世纪农民已然诞生，但现代性转型刚刚开始，乡村世界的变革与美好事物的守常、新农村建设，

---

[1] ［苏联］巴赫金：《长篇小说的话语》，《巴赫金著作集》，白春仁、晓河译，河北教育出版社1998年版，第223页。

都要求他们付出双倍努力与应有代价。恰如伯曼指出:"成为现代的就是发现我们自己身处这样的境况中,它允诺我们自己和这个世界去经历冒险、强大、欢乐、成长和变化,但同时又可能摧毁我们所拥有、所知道和所是的一切。它把我们卷入这样一个巨大旋涡中,那儿有永恒的分裂和革新,抗争和矛盾,含混和痛楚。""成为现代就是成为这个世界的一部分,如马克思所说,在那里,'一切坚固的东西都烟消云散了'。"[1]

---

[1] [美]马歇尔·伯曼:《一切坚固的东西都烟消云散了:现代性体验》,徐大建、张辑译,商务印书馆2003年版,第461页。

结语　户口还乡:新世纪农民的"后寻根"体验

20世纪80年代风靡一时的"寻根文学"热潮使人们在远眺、艳羡西方文化之余,唤起了对于中华传统文化根柢的回瞥与怀慕,反思与提振。一时间,"巫楚文化""葛川江文化""高密东北乡"等地域文化和文学地理拾缀和缝合起了中国文学的地域版图,提醒人们作为文化地理空间的支流及其顽强的存在,以及它们又是如何汇入并被淹没在当代文学"共名"的宏大主流叙事中的。各领风骚的"寻根文学"经过一番喧嚣闹腾后终于复归沉寂,也被载入了当代文学史册,成为研究者、读者追忆的文学盛景。但是,文学中农民对"乡土根性"的寻找和挖掘从来不曾消逝,一直沉潜在文学文本中。所谓"后寻根文学"是指20世纪80年代末90年代初以来的一些文化意味很浓、具有传统美学神韵又不乏现代意识的文学作品,或者说沿着文化寻根意识继续前行,尤其是以现代眼光关注传统文化、以民间立场还原民间的一大批作品。[①] 从叙事内容而言,20世纪90年代之后,新世纪乡土文学逐渐从过去一味地呐喊、彷徨、诉苦、身份犹疑、城乡怨恨发展到对土地、乡村文化小传统、生态等的清醒反思与体认,农民的情感嬗变和生命体验在历经40年的现代性栉风沐雨,负面的怨恨情绪、对立的城乡矛盾等也渐渐趋于平和、理性,并在此基础上展开了新一轮的"寻根":寻土地之根、乡村文化之根、"通体社会"之根、生态文明之根……,新世纪乡土叙事中,《户口还乡》(钟正林)、《寻根团》(王十月)、《衣钵》(李耳)、《在天上种玉米》(王华)、《胡不归》(侯波)等小说,虽然不曾有《棋王》等文本的文化神韵,却不约而同地抒写了以"还""归""寻"为主旨的"后寻根"焦虑与实际行动。孟德拉斯

---

① 李锐:《从"寻根"走向"后寻根"》,《山西师大学报》2013年第1期。

以法国农民的变迁以及法国的乡村社会"起死回生",描绘了这个寻根成功的转型:"10 年来,一切似乎都改变了:村庄现代化了,人又多起来。在某些季节,城市人大量涌到乡下来,如果城市离得相当近的话,他们甚至会在乡下定居。退休的人又返回来了,一个拥有 20 户人家和若干处第二住宅的村庄可能只有二三户是经营农业的。这样,乡村重新变成一个生活的场所,就像它同样是一个农业生产的场所。"① 当然,我们无法与西方乡村做简单的比附,乡土中国仍然具有自身强烈的色彩和个性。笔者将新世纪乡土小说中这种集体无意识的、在历经 40 年的现代化追寻之后重新对乡土寻根、反顾的集中抒写称为"后寻根",以示与 20 世纪 80 年代"寻根"的区隔。这类乡土小说映照乡土叙事的内涵嬗变和农民现代体验的全新转向。

一

丁帆指出自 2000 年前后,"中国乡土小说的外延和内涵都发生了巨大的变化,如何对它的概念与边界重新予以厘定成为中国乡土小说亟待解决的问题",并提出"典范意义上的现代乡土小说,其题材大致应在如下范围内:其一是以乡村、乡镇为题材,书写农耕文明和游牧文明生活;其二是以流寓者(主要是从乡村流向城市的'打工者'),也包括乡村之间和城乡之题材,书写工业文明进击下的传统文明逐渐淡出历史走向边缘的过程;其三是以'生态'为题材,书写现代文明中的人与自然的关系"。② 乡土小说谱系发展到新世纪,丁帆先生上述的"三个阶段论"的分期已经无法延展性地涵盖近年出现的写作向度。

晚近的乡土叙事路径主要向以下几个维度掘进:乡村振兴、扶贫攻坚、乡村文化重建、乡村生态文明建设、返乡新农民及新生代农民人物塑造、农民"新国民性"形塑、乡土"后寻根"等"新主题",这样的"叙事转移"是一个很大的飞跃,它喻示了乡土文学从难以在现实乡村中找到创作资源,到几乎不再拘泥苦难叙事、城乡对立等"老"话题,而随着乡村事业的发展被敏锐的作家们赋予了时代性、进步性、丰富性的内涵,其中抒写的重点既有直面当下的乡村现实,也有耽于乡村记忆回眸寻根——

---

① [法]孟德拉斯:《农民的终结》,李培林译,社会科学文献出版社 2010 年版,第 279 页。
② 丁帆、李兴阳:《中国乡土小说研究的百年流变》,《当代作家评论》2018 年第 1 期。

结语 户口还乡:新世纪农民的"后寻根"体验

转向乡土精神等更深层次关系的关注与返乡。正如美国评论家佩里·米勒(Perry Miller)在20世纪50年代谈到马克科姆·考利(Malcolm Cowley)的《流放者的归来》曾经说过:"这一出除根的戏剧——这种复杂事物对单纯事物的冲击,文明对自然状态的冲击;这种(多少注定要失败的)美国对欧洲的抗拒,西方对东方的抗拒,乡村对城市的抗拒——是美国文学的持续不断的主题。"[①] 当然,文学绝非政治、时代的传声筒,既不是无原则的"歌德",也不是对现实的简单摹写,更不是社会学的注脚,内里必然熔铸着作家的思考和批判。

首先,新世纪乡土文学农民的"后寻根"既是主动选择也是被动使然,这牵涉到农民文化心理和城乡矛盾、乡村社会发展等异常复杂的面向。"被动"比较容易理解,那就是农民在"向城求生"的过程中遭遇到狙击,融入而不得,经过痛苦的反思后,向大地母亲寻根。从读者熟识的《人生》中高加林扑倒在地,哽咽地喊"我的亲人啊",到康老犁(王梓夫,《向土地下跪》)将土地比喻为老婆,到《红太阳照样升起》(关仁山)中农学专业大学生陶丽毕业后返乡兴农,她在地里反思:田园把一切补偿给她。自己一意孤行地热衷于土地是对的,好好感谢它吧,感谢啊!她双膝一软,跪在了地上,像个淘气孩子,双手深深地插进蓬松的泥土里;再到贾平凹的《一块土地》写太爷在世的时候每天要用脚步丈量十八亩地,爷爷甚至贪婪地吃这块土地的泥土——扑倒、下跪、拥抱、亲吻、吃土……,这些深具仪式感、画面感、格式化的动作,仿佛农民之于土地的标配,表征了异常顽强的土地意象。纵观新时期以来乡土文学系谱,农民的精神追求在于不断的寻根之中,因为"乡土"在现代性的追寻中被反复蹂躏、践踏,又屡屡被悼挽、重用,"兜兜转转"成为农民往返城乡的真实再现。利波维茨基(M. Gilles Lipovetsky)认为,处于现代社会,"我们进入了意义的非神圣化和非实体化的无尽程序,这个程序确定了完全时尚的统治。于是,上帝死了,不是死在西方虚无主义的道德败坏和对价值空虚的焦虑之手,而是死在意义的颠覆之中。"[②] 也就是说,数代农民在从乡进城到由城而乡的寻寻觅觅中,不断地在城乡两极之间像钟摆一样试图

---

① [美]佩里·米勒:《离去与归来》,《民族》(月刊)1951年第10期。
② [法]吉尔·利波维茨基、[加]塞巴斯蒂安·夏尔:《超级现代时间》,谢强译,中国人民大学出版社2005年版,第20页。

校准人生的指针，按部就班地跟上时代高速发展的列车，可是，社会转型之巨手操控着他们卑微的命运，他们不得不反反复复地体验着乡土意义的幻灭、重构与寻找。

所谓主动，就是新世纪农民经过现代化的洗礼，初步具备了新的思想、现代观念，以更加自主自愿的姿态返乡。这是一种建立在某种自信基础上的自觉选择，包含着农民思想的现代嬗变——他们重返乡村向土地寻根、扎根。乡愁意识是人类植根心灵世界的本源性的心理机制和普遍性情绪体验。在希腊语里，乡愁（nostalgia）一词含有回家、返乡和思乡的意思，是指对故乡的人、事、物的悲欣交集、欲罢不能的怀慕、渴望。在中国文化语境里，"乡愁"体现了游子思乡、羁旅思归与重返土地母亲子宫的自然情愫，体现出人类最难泯灭的本性和返回家园的冲动。21 世纪以来，由于社会急剧转型，饱受频繁迁移流动之苦之累的农民，开始质疑当下的城市化、工业化，深情怀想传统稳定的乡村生活，乡愁的词义也"随之由个人的思乡扩大为一种集体心理情绪，抽象为一种特定历史语境下人群的漂泊状态"[①]。农民开始渴望返乡寻根、再度扎根。

笔者认为，在农民的根性里，有四个基本维度构建着他们乡土世界的稳定框架，这犹如"礼义廉耻"的国之四维一样，农民根性里的四维即土地、文化、人际、生态。土地是农民的皇天后土，是扎根繁衍与最终复归于大地之维，乡村文化是"暗物质"，是他们的精气神和魂灵所寄寓之维，人际是农民在乡村通体社会悠游徜徉、得以自我确认的场域之维，乡土自然生态是区隔于城市的特有标识之维。这四者构成了在乡与进城农民苦苦寻根的秉性、根性、德性。

二

为了区别于文学史意义的寻根文学，在这里借用"后寻根"来指认新世纪前后产生的专门抒写农民返乡寻根、扎根的乡土小说，因此，"'后寻根'是指 90 年代以来，新乡土小说对民族文化、本土文化所面临的一系列新问题进行的文化意义上的追问与探寻，既包括对于这一时期突显的精神拔根状态的关注，也包括小说家主体在新世纪前后所进行的精神文化的

[①] 种海峰：《全球化境遇中的文化乡愁》，《河南师范大学学报》2008 年第 3 期。

结语　户口还乡：新世纪农民的"后寻根"体验

扎根。"① 还包括农民的精神返乡之旅和以实际行动进行的"还乡"的抒写。值得指出的是，抒写农民返乡寻根、扎根的乡土小说在新世纪还只是零星出现，但笔者以为，这是农民在历经四十年在现代化的追寻之中，在城乡之间、工农之间、文化之间反反复复咂摸、体验、比较后做出的重大而痛苦的选择，虽然并未成为潮流，却预示了农民现代体验的新规律和新动向，潜在地表明了乡村振兴的光明前景。

新世纪乡土小说中农民的"后寻根"有四个基本维度。

一是寻土地之根。费孝通用"乡土中国"这一观念类型来概括中国传统乡村社会的特征，正是从"乡"和"土"这两个具体层面着眼的。"乡"是传统意义上的"俗民"，作为生存依托和保障的血缘—地缘共同体，农民之恋"乡"是对其终生依靠的家、族群体的依恋；而"土"是传统意义上的农民最首要的谋生手段，在田里讨生活的农民是"附着在土地上的"，生存时的吃用从土里来，死了也得"入土为安"。② 当代文学近40年的乡土小说，总体上抒写了农民从对土地的"热恋"到"别恋"再到"失恋"的现代体验轨迹，尽管如此，大部分农民身上仍然保有一种对土地发自生命根本意义的特有情感归属。正如赵园所说："在自觉的意识形态化，和不自觉的知识、理论背景之外，有人类对自己'农民的过去'，现代人对自己农民的父、祖辈，知识者对于民族历史所赖以延续、民族生命赖以维系的'伟大的农民'，那份感情。在这种怀念、眷恋中，农民总是与大地、与乡村广袤的土地一体的。"③ 这实际上说出了人类而不仅仅是农民，现代人而不单单是农民，对于土地寻根意识的穿越时空的旷古本源和精神文化眷恋，这一份生命中的寻根的原始冲动，就算是再过一百年，所有的人都完全现代化了，也无法抹杀。

21世纪以来，农民对土地的态度悄然发生了改变。土地的意义之于农民不再是生命的本源性存在，也不再是精神皈依之所，财富象征之物。土地对于农民而言，仅仅是其作为"现代"农民进行劳动生产的众多要素之一，与其他的、他们在城市经于现代洗礼、扩大视野所见识的诸如技术、秘方、手艺、金钱成本、人力成本、股份、生产设备、厂房甚至知识产权

---

① 赵允芳：《90年代以来新乡土小说的流变》，博士学位论文，南京师范大学，2008年，第28页。
② 费孝通：《乡土中国—生育制度》，北京大学出版社1998年版，第6—7页。
③ 赵园：《地之子——乡村小说与农民文化》，北京十月文艺出版社1993年版，第21页。

415

等一样，处于同一平等位置，农民为追求利润最大化会合理配置这些生产要素。在这个意义上，农民既看重土地，又理性对待土地——把土地当作多种谋生手段中的一种；既不失农民之于"土地"的从内心升起的感情眷恋、生命意识，又因为具有了现代新质素而对土地持一种"职业性"看法，从而拉开了视距，学会以从容不迫的心态看待。"农村的生产方式和生活方式在工业文明和商品经济的冲击下发生了相应的变化，自给自足的自然农业逐渐商品化和机械化，这不仅从经济关系上和生产力水平上逐渐改变农民与土地那种自然的、直接的联系，而且必然使农民在心理上和感情上逐渐摆脱对土地的依赖和崇拜，引起自然农业经济基础上形成的心理习惯、文化内容和观念意识的改变。"① 世纪末农民的"逃离废乡"化为新世纪的"户口还乡"，古老乡村再次成为"我们村里的年轻人"热恋着并充满"希望的田野"。

早在20世纪90年代，关仁山的小说《九月还乡》就有了返乡叙述。在城市出卖色相的九月赚了第一桶金，她是抱着改善乡村、造福乡村、提升乡村的念想返回故乡，在城市的生活使得九月具有了初步的商业头脑、法律意识，她想当农场主，是一个新农民的代表。但是，九月是被迫而不是怀着自主自愿回到家乡的，她的还乡之路并不顺利甚至充满坎坷，关键是在那个时候，进城求生才是乡村社会的主潮。九月的返乡，有点"逆历史潮流而动"的味道，就像是堂吉诃德大战风车，要与村霸斗，与村民博弈，与看不见的顽固习俗落后思想斗……，无论是动机和时机，都缺乏天时、地利、人和来加以成就，换而言之，当时以九月为代表的极少数返乡农民实际上是以失败告终的。但是，这样的还乡具有先声意义，显现了九月作为新农民崭新的精神高度，宣示了一个时代的逐渐开启。

作为"城乡交叉地带"的反面教材，梁晓声《黄卡》则讲述了农民"失根"与"扎根"的悲喜剧。"倘一个乡村人要变成正式的城里人，那么他或他的一家，就要千方百计获得共和国颁发的城市居民户口本。除此之外，别无他法。而一个乡村人企图获得此种资格，是'难于上青天'的。城市居住权，对于城里人而言，乃最普遍最基本的人权；而对于乡村人，那就是不敢幻想的特权了"。《黄卡》开宗明义就说明城乡界限泾渭分明，

---

① 张德祥：《论新时期小说的历史意识》，吴义勤主编《中国新时期小说研究资料》（上），山东教育出版社2006年版，第83页。

结语　户口还乡：新世纪农民的"后寻根"体验

城市与乡村注定有不同的道路与结局。因城乡户口性质的区分，"农民"与"城里人"被贴上了高低不等的身份标签，农民被强制束缚在农村一亩三分地上，被迫接受由户口区隔带来的不平等待遇。小说中，黄吉顺因事先得知要以广华街为界，划分城乡，假借为解决大女儿婚房问题与张广泰换房。黄吉顺借着好人之名如愿以偿，一家人拿到了城市户口而"扎根"，在广华区有了铺面，位置俱佳，生意红火。而张广泰一家置换后则被迫"失根""还乡"——划进了农业区，属于农村。户籍制度的实行，城市工厂只收留有居民户口的人，因被划入农村户口，张氏父子俩被迫失业，沦为村民——曾经的工厂一级技术工变成笨手笨脚的农民，不熟练地拿起锄头下地劳作。本应订好农历八月十五大翠和成才结婚，而成才一家现在是农村户口，成才又自愿申请回到大柳树村教书，黄吉顺认为成才配不上自己的女儿而悔婚，致使大翠自杀。小芹和成民的爱情也因两家矛盾半路夭折。一街之隔，一本之差，引发了两家人、两代人的恩怨情仇，造成了无法挽回的悲剧。户口——黄卡，这个意味深长的名字，让农民既爱又恨的身份，改变了千千万万人的命运，使城市和农村两极分化合法化，更是冥冥之中阻隔在城乡经济社会发展的制度鸿沟。

到了2000年前后，在政策支持和各种红利面前，农民还乡渐成潮流，农村户口又成了香饽饽。钟正林的《户口还乡》强烈地凸显了这一主题。小说讲述了进城后在城里下岗艰难讨生活的大田与帮荣夫妇，因为政府在农村实施林权制度改革而产生返乡的念头，并为之付出了比当年逃离乡土更大、更加曲折、心酸的努力与代价。大田与帮荣的离去/归来仿佛是世纪轮回，又像是鲁迅笔下的那只苍蝇，飞出去绕了一个圈子又回到了原点——造化弄人。在还乡过程中，大田与帮荣重温离土"农转非"时的送礼、找关系、曲意逢迎的过程（点头哈腰奔波了大半年，盖了21个印章，农民一生的命运改变就浓缩在那张泛黄的户籍卡纸片上），二者都为了同一个终极目标，那就是过上想要的美好生活；所不同的是，今天的还乡，是基于与在城市生活过后的对比，多了一层对乡村的重新打量和再认识，多了一份理性思考。也就是说，当年拼死进城，认准了城市户口是人上人的标签，是因为从来没有对城市生活的切实体验和生活质感，仅仅是驻足在乡村远眺城市，以想象替代了现实。在历经城市的融入不得后，生发了对乡土的思念与寻根。当然，从现实层面看，大田与帮荣的还乡固然有经济利益的驱动，寻找的是生存之根，就像他俩最后认识到的，在城里每天都要开支，连上个厕所都要付钱，说是城里人却没有工作，说是农民却没有一寸土地……，但从农民深层文化心理来说，则是农民精神世界的土地根性使然，因为回到了身心自在的农村，"心思儿才算真正踏实了，自己想要的生活算是从头开始，如鸟儿归林鱼儿入水"。大田与帮荣在这一圈之于土地的生死轮回中，经历了向往—离乡—困惑—觉悟—还乡的过程，就像帮荣细思起山村常开不败的野花、青山绿水，后悔"当时自己怎么就没有这些美妙的感觉呢！？"而城里就是"一个巨大的束缚人的牢笼"。

实际上，按照文化人类学的观点，乡土喻示着稳固的财富，在隐形意义层面还表征着母性、家园乃至归宿——"土""地"象征着皇天后土、大地母亲，并由此衍生出家园、归宿、子宫等终极内涵，且内化为一种无意识影响着人们的思想和行为。叶舒宪认为，民间宗教习俗中，通过回归子宫的象征性礼仪活动，生命得以重造。"归返子宫礼仪所强调的不是生命之终止，恰恰相反，是生命的再造。子宫母体在这里充分显示着生命源头的意义"。①

三

二是寻文化之根。知名学者段崇轩认为，"农村社会经过几十年的战争、革命、运动，固有的传统文化早已破碎和消失，即便有一点残存也已完全变味。而多年来的乡镇化进程，城市文化蛮横入侵，无情地吞噬和异化这乡村文化。农民纷纷逃离农村，农村文化弃之如敝屣，乡村成为一个个文化空巢"②。段氏的指认并非毫无根据，当代乡土文学特别是20世纪90年代之后的乡土小说，其中的一个谱系就是"废乡"抒写，这个"废"既是外在土地、生态之废，更是"精神文化"之废，约略关涉到了乡村生态因为工业化的长驱直入导致的持续恶化、乡下人进城带来的空壳化、农业的凋敝引发的农田撂荒、乡村小传统和伦理道德的崩解而凸显的人心无处安放等等。比如《秦腔》《我们的村庄》《远逝的田园》《土门》等诸多文本淋漓尽致的揭示和为乡村全面沦陷所唱的挽歌。废乡镜像是如此触目惊心，所绘就的就是为乡村精气神的失魂落魄以及曾经一度稳固笃定、富

---

① 叶舒宪：《高唐女神与维纳斯：中西文化中的爱与美主题》，中国社会科学出版社1997年版，第99—100页。
② 段崇轩等：《"新农村建设"与乡村小说——山西评论家四人谈》，《文艺报》2006年5月18日第7版。

结语　户口还乡：新世纪农民的"后寻根"体验

有滋养的乡村文化的变异、坍塌、失落而进行最后凭吊，农民处于文化虚无的真空地带。

侯波的《春季里来百花香》写的就是乡村文化失根的严峻现实。

小说主要反映的是乡土中国农民在解决生存与温饱后，精神文化的空虚以及外来文化（邪教）的乘虚而入。小说的主人公之一红鞋，是黄土高原上千万万普通农村妇女的代表，她精明强干、勤劳质朴，里里外外都是一把好手，在家里是顶梁柱，在村里的婆姨中具有很强的号召力。但是，在猪肥人壮家安之后，人心的安顿成了问题，人们的时间无法打发，生活的空隙缺乏填充，精神没有寄托，苦楚无处排遣，于是，男人打麻将赌博，女人信基督教唱赞美诗，试图从对时间的消磨和对神祇的皈依中，得到暂时的充实、满足与安宁。小说还潜伏了一条两相对照的"暗线"：代表主流社会的村长侯方方，面对村里人心涣散的情况，侯方方的官方意志组织不起来一场秧歌赛，反过来求助基督教信徒红鞋，才勉强拉起一支队伍；一边是镇党委建设"文化强国"以弘扬主旋律，另一边是邪教在乡村大肆拉拢毒害群众；一边是派出所警察在村里抓赌，另一边是乡镇干部聚众赌博安然无恙……，现实生活中，社会学家所总结的农村新"四害"：赌博、邪教、彩礼、传销，在侯方方们的双良乡烟山村展现得淋漓尽致，也将古老乡村文化传统冲击得七零八落。在这个急剧转型的时代，作为历史的书写者、建设者、共享者、继承者、创新者，农民主动或者被动地割断了与乡村历史和文化的血脉联系，给人的感觉是，乡村传统文化、古老的风俗民情仿佛一下子停留在了新世纪之交的"站点"之外，成为可待追忆的历史文物和展览的文化遗产。农民成为前无乡村文化源头活水滋润，后无新生文化涵养的物质人、过渡人、空心人。露丝·本尼迪克特（Ruth Benedict）指出："谁也不会以一种质朴原始的眼光看世界。他看世界时总会受到特定的习俗、风俗和思想方式的剪裁编排。……个体生活的历史中，首要的就是对他所属的那个社群传统上手把手传下来的那些模式和准则的适应。落地伊始，社群的习俗便开始塑造他的经验和行为。到咿呀学语时，他已是所属文化的造物，而到他长大成人并能参加该文化的活动时，社群的习惯便已是他的习惯，社群的信仰便已是他的信仰，社群的戒律已是他的戒律。"[①] 此间，乡村小传统会让农民心领神会地认可自己和乡

---

① [美]露丝·本尼迪克特：《文化模式》，王炜译，社会科学文献出版社2009年版，第5页。

土的亲密关系，建构起水乳相融、相伴相生的依存感和归属感，正是代代传承和共享同一文化让农民不断强化对自身生命来源和周围世界的体验，使得农民个体与乡土自然而然地达成亲如一家、久别重逢的默契，乡土及其文化的迁延和凝聚得以保证与实现。

但是，崭新的或古老的、成型或未成型的、现代的或后现代的、外来的或复活的、支流或逆流的文化及其表征：商业文化、封建意识、享乐思想、消费观念、迷信思维……纷至沓来，又如轰轰作响的高铁裹挟着农民风驰电掣而去。因此，"断裂"成为乡土文化在新世纪的关键词和注脚，温饱之余的农民面临物质满足和精神贫乏的背反，具体表现为：一是曾经涵养农民的一整套传统的精神支柱、稳固的文化心理、价值观念被抽空和置换；二是外来的文化强势侵入乡村，不断地刷新着农民的精神文化内涵。农民的文化心理、人格品质经历着千年未有之变局。因此，用一句话来概括，乡村面对的主要不再是物质之"贫"而是精神之"困"——自觉或不自觉的文化"困局"。当下的乡村似乎失去了文化的"造血"功能，变成一个失血犯困、精神失调的现代化追寻者。作家胡学文也表达过类似的观点："乡村这个词一度与贫困联系在一起。今天，它已发生了细微却坚硬的变化。贫依然存在，但已退到次要位置，困则显得尤为突出。困惑、困苦、苦难。尽你的想象，不管穷到什么程度，总能适应，这种适应能力似乎与生俱来。面对困则没有抵御与适应能力，所以困是可怕的，在困面前，乡村茫然而无序。"[1]

但是，再失根的乡村文化，也总会迎来她寻根的子民。尽管在众多的新世纪乡土小说中，大多数作家们表达了对乡村文化"空心化"的失落与茫然、忧虑与批判。也有乐观的作家预示和召唤了文化乡土的重建及其可能，显得弥足珍贵。田耳的《衣钵》就是一部这样充满文化自信和顽强乡土意志的反抗遗忘之作、寻根扎根之作。《衣钵》讲述的是一个"重返子宫"的故事。大学毕业生李可学的是汉语言文学专业，他的父亲是一名出则为官——村主任、入则为乡间道士的农民。这个古老神秘的职业在乡村广为农民所尊重、倚重，但是却因为李可的进城读书而显得后继乏人，乡村小传统及其文化、民俗因为断代而岌岌可危，未来充满悬疑。况且，李可对父亲的职业也经历了从蔑视到怀疑到旁观最终到认同、主动融入的过

---

[1] 胡学文：《高悬的镜子》，《中篇小说选刊》2006年第5期。

结语　户口还乡：新世纪农民的"后寻根"体验

程。这一个在现代进程、科学道路、城市之旅努力探索前行的青年人、现代知识分子、乡村才子，不期然地"发现"了日渐凋敝的乡村与自己精神的某些隐秘联系，深思熟虑后做出了一个与绝大多数同龄人迥异的重大决定：诀别城市与恋人，返乡继承父亲的道士职业——他最后重拾了传统，传承了文化。如果将李可的抉择置放在当代农民/乡村的关系史、五四以来知识分子/科学的稳固结盟上进行考量，他的探索与发现则呈现出独特的意义。首先，作为一个接受过高等教育的当代青年农民，他没有按照高加林等前辈蹚出的路数，进城去追求现代性的人生。他甚至与家境优渥、才貌双全的城市恋人王俐维分手了。也就是说，某种意义上，他异乎寻常的选择是"逆历史潮流而动"的，他在高加林等进城农民的谱系上毅然"出轨"了，进而开掘出了另一条隐约可见的路径，供日后的农民镜鉴。其次，作为一个现代知识者，在现实的意义上，李可从敞亮的科学之路转折到"迷信""古旧"的道士行当，着实令人费解（文本没有给出合适的动机、重大事件或者答案）。他在当下崇尚科学、鼓吹现代化、破除封建思想的语境中，显得特立独行，难以理喻。但是，从乡村文化复兴的角度，这或许是作家一次一厢情愿的想象，一次竭尽全力的鼓呼，其深沉的忧思、焦灼的呼唤清晰可辨。

在叹惋乡村小传统消逝的时候，往往我们担心它的衰败而忽视了乡土文化之根具有异常的韧劲和再生、同化能力，以及它历经千百年来所持有的文化形态和融合转化能力。陈思和先生认为，乡村文化"天然拥有超稳定的自我调节的文化价值体系，能够及时吸收各个时代的否定性因素，重新来调整自身的生命周期"。[①] 只是，在大时代的转型处，乡村文化是否依然顽强笃定，春风吹又生？历史的浪涛是否已经将它们淘尽？答案不得而知。

四

滕尼斯是德国著名社会学家，他区隔了"共同体"和"社会"。在他那里，共同体是一个自然的、古老的、整体主义的，以彼此间的天然默契而形成的持久亲密生活，在其中人们彼此熟悉并守望相助；而社会则是人

[①] 陈思和：《再论〈秦腔〉：文化传统的衰落与重返民间》，郜元宝编选《2005—2006 中国文学评论双年选》，花城出版社 2007 年版，第 171 页。

为的、新近的、个人主义的，以实现共同的利益目的而聚合并以契约来维系的人工体系，在其中人们彼此陌生并相互疏离。① 换而言之，滕尼斯认为人类生活经历了一个从共同体到社会的发展历程。进一步说，乡村是滕尼斯所谓的"通体社会"，包括了血缘、地缘和精神共同体这三种形式。乡村共同体是乡土中国前现代的主要结构形式，"联组社会"是现代城市的结构形式。改革开放以来，随着人口的流动和大量的农民进城，乡村共同体面临破产，而进城农民却又未能如期地融入城市社会，农民的现代体验呈现出进退失据的仓皇和寻根的冲动。王华的《天上种玉米》、王十月的《寻根团》讲述了这样的故事。

王十月的《寻根团》抒写了外出打工多年、已经功成名就的王六一等乡贤返乡寻根不得，再次失根去乡的故事。王华的小说《天上种玉米》铺排了"乡村共同体"与"都市社会"的对比。小说描写了三桥村从播州农村向北京六环城乡接合部整体迁移，村民孤独无依精神空虚，都市梦与田园梦交织而失败的往事。所谓"孤独"指的是农民由乡进城，实现了都市梦，也彻底改变了世代相传的生产生活方式，在北京这个超级大都市的边缘，乡村共同体趋于瓦解，人们失去了与乡间传统连接的能力和触角，于是幻想返乡寻根。王红旗是三桥村的村长，这个一度是乡村"强人""能人"的老农，此时也陷入了前所未有的巨大孤独之中，因为他所熟稔的乡村"通体社会"自迁移到北京郊外的善各庄，似乎失去了生机活力而分崩离析。面对日渐崩解失效的乡村共同体，王红旗找不到立身安命的依怙，只好向老朋友张冲锋诉说内心的失望与懊丧，因为在他的记忆里，三桥村是那么静谧安详，温暖包容，村庄就是人的魂舍，他身在其中安神宁、自由自在。他原本以为全村人整体异地搬迁到北京郊区，只不过是挪了个窝而已，大家伙儿还是一家人。可是久而久之，他仍然找不到曾经在三桥的感觉，他的曾经在三桥村的闲适笃定的安全感、融入感没有了，举目望去，四处都是陌生的、生硬的物象，他真的好想回去，回到他过去生死相依的三桥去，于是他抽抽噎噎地哭上了，后来索性放开声音哭了起来。张冲锋感到，这个曾经精明强干的老农王红旗变成在城市的钢筋水泥丛林里迷失道路的孩子，他哭闹着要回家，回到亲爹亲妈的身边。笔者认为，这

---

① ［德］费迪南德·滕尼斯：《通体社会与联组社会》，林荣远译，商务印书馆1999年版，第103页。

结语 户口还乡：新世纪农民的"后寻根"体验

里的"家"，既是王红旗朝思暮想的三桥村，也是心灵家园，它是乡土中国在当下"城市包围农村"大背景下的缩影，它民风朴素、乡邻守望，它相濡以沫、和睦互助，它地气氤氲、滋养心灵，它天人合一，宁静古朴，它硕果仅存，难以为继；这里的"亲爹亲妈"，就是王红旗在三桥村这一通体社会的父老乡亲、兄弟姐妹街坊邻居，他们彼此熟悉交好，血缘相通、地缘相连、文缘相合、法缘相近，业缘相同，他们都是这块古老土地上同一个先祖传承下来的枝枝蔓蔓、花果草籽，深深扎根其中，互相缠绕，难分你我，叶落归根，至死方休。考利在《流放者的归来》中写道："我们这些格林威治的新居民也在打算离开村子，如果我们有办法离开的话。漫长的除根过程达到了顶点。中学和大学使我们在精神上失去了根；战争使我们在物质上失去了根，把我们送到异国，最后把我们留在无根之人的大都会里……"[①] 考利在此表达了农民处于一种"无根"状态的无依漂泊与深深无奈、眷恋。王红旗们就是在感受到了失根的苦痛后执着寻根的。

在王红旗看来，虽然全村的人都还貌合神离地住在一起，但是，三桥村这个曾经的"通体社会"已经徒具其表，村民之间、代际之间已经出现了难以弥合的分裂：首先是家庭，成员由于必须适应新式的城市生活节奏，诸如各自上班、上学、打工等，他们行色匆匆聚少离多，成员之间的亲密交流、邻里间的和睦互访、朋友间的天然默契都变得可有可无、虚与委蛇，城市形形色色的"规矩"硬生生地楔入了共同体，在它的身上撕裂出许多鲜血淋漓的创口。其次，过去在乡村，农民遵循着日出而作日入而息的规则，一心扑在地里干活，没有多少娱乐，即使有限的娱乐，也是大家伙儿共襄盛举共享其欢的。进城后，男人上班小孩上学，孤独的女人就终日打麻将消磨时间，聚伙家长里短制造出很多口舌是非，破坏了共同体的整体团结与相助守望，比如张准准的姨婆本末倒置以麻将为生，置家庭于不顾，诱发了矛盾，带了个坏头，村里的风气好像变了。

所有这些事实让王红旗认识到，只有土地才可能重塑乡村通体社会，铸就乡村气韵；只有玉米地才能连接起农民，激活农民们内心深处的天然联系和阶级感情，于是他想出了在房顶上堆土种植玉米——这是农民试图寻根的最后努力，也是整个故事的高潮，具有非常强烈的隐喻色彩。三桥村的农民在屋顶种玉米当然引起了房东的反弹，可是，当房东们看到了屋

[①] ［美］马克科姆·考利：《流放者的归来》，张承谟译，重庆出版社2006年版，第70页。

顶一片片绿油油的玉米地,心中的某些情愫——田园梦突然被唤起了,竟然妥协和同意了。在此,农民的都市梦与城里人的田园梦是如此的吊诡和颠倒,它们交相辉映又彼此数落,泄露了各自隐藏的心事。这个情节让我们想起了赵本夫的小说《木城的驴子》的题记:"花盆是城里人对祖先种植的残存记忆"。是的,王红旗种植在屋顶的玉米,就是放大了的盆景,是农耕生活的不屈呈现。城里人的花盆一再提示我们:我们的先辈从远古洪荒走来,筚路蓝缕依靠刀耕火种繁衍后代、创造文明,在长达几千年的艰辛农耕生产生活中,把人类自己也深深植根在土地上,他们的情感、生命、身体、生活、未来都在土地上生根发芽、开花结果,他们与土地构建了海誓山盟、隐秘而坚实的盟约。直到工业社会,城市人只能通过在花盆的局促空间养花种草,来抵抗对先民农耕文明的彻底遗忘,这个残存的载体是农业社会草蛇灰线,伏脉千里的表征。肖江虹这样感慨:"城市化给中国带来的变化是深刻的,尤其在乡村,既定的秩序在无声无息中被无可逆转地改变,在物质层面得到极大丰富的同时,许多精神层面的东西却渐行渐远。那些关乎道德的、文明的、历史的,甚至是人心深处千百年沉淀下来的乡村气质,正被一点一点地挤压、流失:直至消亡。"①

五

对生态文明的重新寻找是"后寻根"的四维之一,体现在农裔城市人或者是进城农民身上就是近乎疯狂的对绿色乡土的复归、自然乡土的"复魅"渴求。西蒙娜·微依认为:"扎根也许是人类灵魂最重要也是最为人所忽视的一项需求。这是最难定义的事物之一。一个人通过真实活跃且自然地参与某一集体的生存而拥有一个根,这集体活生生地保守着一些过去的宝藏和对未来的预感。所谓自然的参与,指的就是由地点、出生、职业周遭环境所带来的参与。每个人都需要拥有多重的根。每个人都需要,以他作为自然成员的环境为中介,接受其道德、理智、灵性生命的几乎全部内容。"② 仿佛是一种心灵感应,作家赵本夫的"地母"系列小说就形象地抒写了农民对扎根自然生态、返乡寻根的极度热望与追求。

---

① 肖江虹:《触摸那些看不见的疼痛》,《中篇小说选刊》2009 年第 3 期。
② [法]西蒙娜·薇依:《扎根——人类责任宣言绪论》,徐卫翔译,生活·读书·新知三联书店 2003 年版,第 54 页。

结语　户口还乡：新世纪农民的"后寻根"体验

小说《木城的驴子》叙述了一个城市的变迁，它以"事实上，木城人已经失去对土地的记忆"来反写"庄稼化的城市"，表达了对乡村记忆遗忘的抵抗，对生态自然的无限向往。小说写了两个人物，一个是木城出版社总编辑石陀、政协委员。他对"土地""绿色"有着近乎病态的喜好，每天必干的事情就是用小锤子砸开城里的水泥砖，露出一小块黑土地，几天后便长出绿草。神经兮兮的石陀最大的参政执念，就是想唤起木城人对皇天后土、对自然绿色的记忆。每年的政协会上，他一成不变、怪诞不经的提案内容是：拆掉城市的高楼大厦、破除街上的柏油路水泥地，让人们脚踏实地接地气，种上四季分明的植物，让草木花果自由自在生长……。另一个是在木城当绿化工的青年农民天柱，天柱有着农民的本色和野心。他扬言，总有一天要将整个木城变成一片庄稼地，这让方村长全林胆战心惊。因为，在天柱看来，庄稼不仅带给人们种植的喜悦，而且它的岁月枯荣可以体现生命正常的生长韵律与生老病死。天柱坚守着自己的理想和本分，他认为，农民无论是进城还是在乡，看见一块土就想垦殖，恰恰符合农民的本分。所谓变态，就是改变常态，如果农民不事稼穑、远离农事才叫变态。对于城里人喜欢在花盆栽花种草，没有多少文化知识的天柱说出了极富哲理的分析。他说这叫记忆，是对人类祖先种植的记忆。而城里人以为历经数代人更迭，自己已经洗脚上岸，早已疏离土地，把种植丢却了，甚至还看不起农民。其实没忘，这种记忆还残存在血脉里，无意间就会表现出来，这是本能。

石陀对名不见经传、素未谋面、神龙见首不见尾的作家柴门非常欣赏，也是源于他俩志同道合的乡土情愫、后寻根心结。小说借助柴门的话说："城市是个培育欲望和欲望过剩的地方，城里人没有满足感没有安定感没有安全感没有幸福感没有闲适没有从容没有真正的友谊。……城市，那是个罪恶的渊薮。"柴门号召都市人重回大地，与乡土和自然为邻，过一种简单的生活——小说的批判锋芒和后寻根意味非常明显。后来，石陀派刚入职的大学生谷子去"寻找"柴门。"寻找柴门"是故事发展的动力，实际上这个倔强、执着的寻找的故事与"寻找自然"乃至"寻根"是同构同质的。小说将谷子设定为无父无母的"孤儿"，她认为终其一生就是要上路寻找，在无根无依，没有来处、缺乏滋养的处境中寻找自己的亲生父母，寻找她生命的源头。没有比这更重要的了。源于此，我们看到，寻找柴门—寻找父母—寻找本源—栽种庄稼，在小说的寓言化叙事中融为一体,聚合在一起指证着人们心中那份永不停息的,关于生命、关于乡土、自然的寻根,意义也就此明晰与升华:这是一个关于乡土、自然、生命、发展甚至是人类生存的寓言。正如作者赵本夫说,"我们离开土地太久了。失去了人对自然宗教般的情感。文明在建立一种秩序,但是秩序又在束缚着生命的自由。所以现代人总是活在矛盾当中。既要吞噬土地去扩展城市,又要在花盆里种土,保持对土地和祖先种植的记忆。"① 在小说中,出版社社长达克将柴门视为反现代、反文明、反社会的糟粕;而谷子作为改革开放进程中成长起来的"80后",她对以柴门为表征的乡土之根、自然之维的绝不放弃的、永远在路上的寻找,暗示了新生代农民对乡土的认同,可以视为对达克等"现代人"、城市人之流的反拨,是新生代农民的返璞归真和未来乡土振兴的希望所在。

随后,赵氏的《地母》三部曲之《无土时代》,讲述的仍然是"人与自然的关系",小说以"无土"来命名恰恰说明了"无根""无绿",展示了这是一部关于"无土"焦虑、失根悬置、寻根渴望,试图恢复生态自然的狂想曲。"作品把冷峻而又严酷、滚烫而又炽热的城乡生活进行变形和寓言式演绎,展现当代城乡民众对土地的执著与眷恋,表达现代人在城市生活中的焦躁和对美好田园生活的向往。作家把人类对大地的敬仰与回归之情描写得如此淳朴澄明,把对生存在历史与社会夹缝中的各种人物刻画得那样独特奇诡,令我们感动、厌恶而惊诧。"② 小说中,无论城市还是农村都沦为"荒原",现代化繁荣的表面潜隐着众多的危机,这就是"无土时代"里的景象,它成为对现代化、城市化表征最深刻有力的批判。"数万只黄鼠狼"在街上乱窜,这个数次出现的细节似乎在喻示危机的降临。石陀的理想最终由天柱偷梁换柱地实现了。为迎接文明城市检查,天柱趁机将小麦移植到城市的各处绿地。于是,春风吹拂的时候,木城几乎所有的绿地草坪上麦子欣欣向荣,庄稼猝然在城市大面积出现,引起市领导和木城人的阵阵骚动。后来换季时又栽上玉米,玉米棒子结实粗壮,茁壮成长,人们愉快地发现,玉米地里常常有市民出路玩耍,不知是有人偷情,还是有人偷玉米……——这是一个浪漫的遐想,构建了一个属于城市的美

---

① 孙小宁:《赵本夫:为土地而歌》,中国网,http://www.china.com.cn/book/txt/2008-06/02/content_ 15583388.htm,2008年6月2日。

② 聂震宁:《〈无土时代〉:一部忧思之作》,《人民日报》2009年1月18日第6版。

好童话。让城市种满庄稼，听起来像天方夜谭，但它表达了城市人，包括农民内心里对土地和自然的强烈渴望。或许，这真的是一种挽救现代病态城市人的妙法？小说的最后引述了一则新闻报道，说是全国的其他十多个大中城市争相效仿，也在城里空地种上了玉米、高粱和大豆。这是王华《在天上种玉米》的"2.0版"，也不啻为一个"绿色幽默"。显然，这是作家、有识之士和农民对现实中现代化的极力纠偏与呼求，而我们所能做的就是保持一颗敬畏之心：感恩自然，敬畏土地。学者唐小兵认为故乡情结的一个基本功能是补偿，"唯有对于那自觉无家可归的人，颓然坐在陌生的城市里，'故乡'才蓦然获得意义，不在场的风景才有可能浮现为欲望的他者、移情的所在"。①

六

斯宾格勒下面这段话针对的虽然是西方农民，但在指涉当下返乡创业、户口还乡乃至驻足城市回望乡村的方面，同样适合于中国农民："农民是永恒的人，不依赖于安身在城市中的每一种文化。它比文化出现得早、生存得久，它是一种无言的动物，一代又一代地使自己繁殖下去，局限于受土地束缚的职业和技能，它是一种神秘的心灵，是一种死盯着实际事务的枯燥而敏捷的悟性，是创造城市中的世界历史的血液的来源和不息的源泉。"②

"对当下的怀旧"是詹明信提出的概念，因为后现代社会的迅速发展使人在目不暇接的变迁过程中，感觉没几年的时间就仿佛超越了一个时代，怀旧感的产生不再仅仅是针对过去，也逐渐针对对当下发生的事情。③但是，新世纪的农民的"后寻根"与詹明信提出的"怀旧"不可同日而语，他们已经不仅仅满足在文化及其精神、观念意义上的寻根，而是奋起以实际行动作出了户口还乡的重大抉择，也是他们实实在在的现代体验的外化。费孝通先生当年痛惜的"乡村又失金钱，又失人才"的状况正在出现翻转。我们也在《胡不归》等乡土小说中看到了"现代新乡绅"等乡贤由城返乡逐渐向乡村集结，相信不久的未来，随着乡村振兴的全面展开，

---

① 唐小兵：《英雄与凡人的时代：解读20世纪》，上海文艺出版社2001年版，第356页。
② ［德］斯宾格勒：《西方的没落》（上），齐世荣等译，商务印书馆1963年版，第208页。
③ 陈涛：《拆迁、搬迁与变迁：中国当代电影对城市拆迁的再现》，《文化艺术研究》2011年第3期。

一个美丽乡村会如孟德拉斯描绘的"起死回生"的法国乡村一样,呈现在世人面前。学者王杰在谈论中国审美现代性时认为,"悲欣交集"正是中国审美现代性的一种表达,是中国现代化过程中情感结构的直观呈现,这是一种断裂、破碎的人生经验以及激扬理想在艺术追求中的交集,它们相互冲突撕裂又相互支撑凝聚,呈现于不同于西方的审美经验。[①] 新世纪乡土小说所表现出来的面对现代转型与"三农"未来的那种痛楚与悲壮、向往与欢乐、激扬与回瞥、沉静与怨美的复杂纷繁,无疑就聚合为一种"悲欣交集",或者说,正是这样一种特有的"悲欣交集"的现代体验与情感结构,造就了新世纪乡土小说的审美形态。

在本书的结尾,笔者仍然愿意不嫌"俗套"地引用詹明信的这段论述,以此来回应当下乡土中国变迁或者说新世纪乡土小说的某些喻示与深刻蕴含:"第三世界的文本,甚至是那些看起来好像是个人和利比多趋力的文本,总是以民族寓言的形式来投射一种政治:关于个人命运的故事包含着第三世界的大众文化和社会受到冲击的寓言,……讲述一个人和个人经验的故事最终包含了对整个集体本身经验的艰难叙述。"[②]

[①] 王杰:《中国悲人文主义的形成与发展——关于中国审美现代性的一项研究》,《马克思主义美学研究》2018年第2期。

[②] [美]詹明信:《处于跨国资本主义时代的第三世界文学》,张京媛译,《当代电影》1989年第6期。

参考文献

［美］E. A. 罗斯：《社会控制》，秦志勇、毛永政译，华夏出版社 1989 年版。

［英］T. S. 艾略特：《基督教与文化》，杨民生、陈常锦译，四川人民出版社 1989 年版。

［英］阿兰·德波顿：《身份的焦虑》，陈广兴、南治国译，上海译文出版社 2007 年版。

［美］阿列克斯·英克尔斯：《从传统人到现代人》，中国人民大学出版社 1992 年版。

［印度］阿比吉特·班纳吉、［法］埃斯特·迪弗洛：《贫穷的本质——我们为什么摆脱不了贫穷》，景芳译，中信出版社 2013 年版。

［法］阿兰库隆：《芝加哥学派》，郑文彬译，商务印书馆 2000 年版。

［美］艾恺：《世界范围内的反现代化思潮——论文化守成主义》，贵州人民出版社 1991 年版。

［英］安东尼·吉登斯：《现代性的后果》，田禾译，译林出版社 2000 年版。

［英］安东尼·吉登斯：《现代性与自我认同》，赵旭东、方文译，生活·读书·新知三联书店 1998 年版。

［美］埃弗里特·M. 罗吉斯、拉伯尔·J. 伯德格：《乡村社会变迁》，王晓毅、王地宁译，浙江人民出版社 1988 年版。

［俄］巴赫金：《长篇小说的话语》，白春仁、晓河译，《巴赫金著作集》，河北教育出版社 1998 年版。

［美］保罗·蒂里希：《政治期望》，徐钧尧译，四川人民出版社 1989 年版。

［美］彼得·奥斯本：《时间的政治》，王志宏译，商务印书馆 2004 年版。

［俄］别林斯基：《别林斯基选集》，满涛译，时代出版社 1953 年版。

［日］柄谷行人：《风景之发现·日本现代文学的起源》，赵京华译，生活·

读书·新知三联书店 2003 年版。
[匈] 波兰尼：《大转型：我们时代的政治与经济起源》，刘阳、冯钢译，浙江人民出版社 2007 年版。
[丹麦] 勃兰兑斯：《十九世纪文学主流》，张道真译，人民文学出版社 1980 年版。
[法] 布迪厄：《文化资本与社会炼金术：布迪厄访谈录》，包亚明译，上海人民出版社 1997 年版。
[美] 布莱克：《现代化的动力》，段小光译，四川人民出版社 1988 年版。
[法] 布罗代尔：《15—18 世纪的物质文明：经济与资本主义》，顾良译，施康强校，生活·读书·新知三联书店 1993 年版。
蔡翔：《革命/叙述：中国社会主义文学——文化想象（1949—1966）》，北京大学出版社 2010 年版。
蔡志海：《农民进城——处于传统与现代之间的中国农民工》，华中师范大学出版社 2008 年版。
曹锦清：《黄河边的中国》，上海文艺出版社 2000 年版。
陈平原：《在东西文化的碰撞中》，浙江文艺出版社 1987 年版。
程光炜：《文学讲稿：八十年代作为方法》，北京大学出版社 2009 年版。
[英] 大卫·哈维：《后现代的状况》，阎嘉译，商务印书馆 2003 年版。
[日] 大冢幸男：《比较文学原理》，陈秋峰、杨国华译，陕西人民出版社 1985 年版。
戴浚潭：《电视文化与农民意识变迁》，山东人民出版社 2012 年版。
[美] 戴维·波普诺：《社会学》，李强等译，辽宁人民出版社 1987 年版。
[英] 丹尼·卡瓦拉罗：《文化理论关键词》，张卫东、张生、赵顺宏译，江苏人民出版社 2006 年版。
[美] 丹尼尔·贝尔：《资本主义文化矛盾》，赵一凡等译，生活·读书·新知三联书店 1992 年版。
[英] 狄更斯：《双城记》，石永礼、赵文娟译，人民文学出版社 1993 年版。
[美] 蒂利希：《政治期望》，徐钧尧译，四川人民出版社 1989 年版。
丁帆：《中国乡土小说史》，北京大学出版社 2007 年版。
丁帆：《中国乡土小说的世纪转型研究》，商务印书馆 2013 年版。
[美] 杜赞奇：《从民族国家拯救历史：民族主义话语与中国现代史研究》，王宪明等译，社会科学文献出版社 2003 年版。

参考文献

［德］恩格斯:《共产主义在德国的迅速进展》,《马克思恩格斯全集》第 2 卷,人民出版社 1957 年版。

［德］费迪南德·滕尼斯:《通体社会与联组社会》,林荣远译,商务印书馆 1999 年版。

费孝通:《乡土中国生育制度》,北京大学出版社 1998 年版。

费孝通:《乡土中国》,上海人民出版社 2006 年版。

费孝通:《中国士绅》,赵旭东、秦志杰译,生活·读书·新知三联书店 2009 年版。

冯天瑜、何晓明、周积明:《中国文化史》,上海人民出版社 2005 年版。

冯健等:《乡村转型:政策与保障》,南京师范大学出版社 2009 年版。

冯凡彦:《舍勒价值秩序理论及当代启示研究》,中国社会科学出版社 2015 年版。

［美］弗里德曼:《美国法简史》,高鸿钧译,《清华法治论衡》第 4 辑,清华大学出版社 2004 年版。

［法］米歇尔·福柯:《性史》,姬旭升译,青海人民出版社 1998 年版。

［美］福莱克斯:《青年与社会变迁》,区纪勇译,台北:巨流图书公司 1975 年版。

郜元宝编选:《2005—2006 中国文学评论双年选》,花城出版社 2007 年版。

高王凌:《人民公社时期中国农民"反行为"调查》,中共党史出版社 2006 年版。

葛兆光:《中国作家与文学论集》,清华大学出版社 1998 年版。

龚群:《社会伦理十讲》,中国人民大学出版社 2008 年版。

［美］顾德曼:《家乡、城市和国家——上海的地缘网络与认同,1853—1927》,宋钻友译,上海古籍出版社 2003 年版。

谷显明:《乡土中国的当代图景:新时期乡土小说研究》,中国社会科学出版社 2016 年版。

管宁:《小说家笔下的人性图谱——论新时期小说的人性描写》,福建教育出版社 2001 年版。

郭于华:《倾听底层:我们如何讲述苦难》,广西师范大学出版社 2011 年版。

［德］哈贝马斯:《作为"意识形态"的技术与科学》,李黎、郭官义译,学林出版社 1999 年版。

［德］哈特穆特·罗萨:《新异化的诞生——社会加速批判理论大纲》,郑

作或译,上海人民出版社 2018 年版。

［美］赫伯特·马尔库塞:《单面人:发达工业社会意识形态研究》,左晓斯、张宜生等译,湖南人民出版社 1988 年版。

贺享雍:《代序·土地神》,重庆出版社 2005 年版。

贺雪峰:《乡村社会关键词》,广西师范大学出版社 2003 年版。

贺雪峰:《新乡土中国:转型期乡村社会调查笔记》,广西师范大学出版社 2003 年版。

贺雪峰:《什么农村,什么问题》,法律出版社 2008 年版。

贺雪峰:《乡村社会关键词:进入 21 世纪的这个乡村素描》,山东人民出版社 2010 年版。

贺仲明:《中国心像:20 世纪末作家文化心态考察》,中央编译出版社 2002 年版。

黄灯:《大地上的亲人——一个农村儿媳眼里中的乡村图景》,台海出版社 2017 年版。

［德］霍克海默、阿多诺:《启蒙辩证法》,洪佩郁、蔺月峰译,重庆出版社 1990 年版。

［澳］杰华:《都市里的农家女》,吴小英译,江苏人民出版社 2006 年版。

［法］吉尔·利波维茨基、［加］塞巴斯蒂安·夏尔:《超级现代时间》,谢强译,中国人民大学出版社 2005 年版。

［德］卡尔·马克思、恩格斯:《马克思恩格斯全集》第 3 卷,人民出版社 1985 年版。

［德］卡尔·曼海姆:《卡尔·曼海姆精粹》,徐彬译,南京大学出版社 2002 年版。

［德］卡尔·雅斯贝斯:《时代的精神状况》,王德峰译,上海译文出版社 1997 年版。

李宝嘉:《文明小史》,《李伯元全集》,江苏古籍出版社 1997 年版。

李超平、徐世勇:《管理与组织研究常用的 60 个理论》,北京大学出版社 2019 年版。

李欧梵:《中国现代文学与现代性十讲》,复旦大学出版社 2002 年版。

李杨:《抗争宿命之路:社会主义现实主义(1942—1976)研究》,时代文艺出版社 1993 年版。

李杨:《50—70 年代文学经典再解读》,山东教育出版社 2003 年版。

参考文献

李银河：《中国人的性爱与婚姻》，中国友谊出版公司2002年版。

李泽厚：《己卯五说》，中国电影出版社1999年版。

李泽厚：《伦理学纲要》，人民日报出版社2010年版。

李自芬：《现代性体验与身份认同》，成都巴蜀书社2009年版。

李欧梵：《上海摩登———一种新都市文化在中国1930—1945》，北京大学出版社2001年版。

李莉：《中国新时期乡族小说论》，中国社会科学出版社2008年版。

刘绍棠、宋志明：《中国乡土文学大系》（当代卷），农村读物出版社1996年版。

廉思：《蚁族：大学毕业生聚居村实录》，广西师范大学出版社2009年版。

梁鸿：《中国在梁庄》，凤凰出版传媒集团2011年版。

梁鸿：《出梁庄记》，花城出版社2013年版。

梁漱溟：《乡村建设理论》，山东人民出版社1990年版。

梁启超：《饮冰室合集》，中华书局1989年版。

刘铁芳：《乡土的逃离与回归——乡村教育的人文重建》，福建教育出版社2008年版。

刘小枫：《沉重的肉身》，华夏出版社2007年版。

刘旭：《底层叙述：现代性话语的裂隙》，上海古籍出版社2006年版。

［美］刘易斯·芒福德：《城市发展史》，宋俊岭、倪文彦译，中国建筑工业出版社2005年版。

刘应杰：《中国城乡关系与中国农民工人》，中国社会科学出版社2000年版。

柳冬妩：《乡村到城市的精神胎记——中国"打工诗歌"研究》，花城出版社2006年版。

鲁迅：《中国新文学大系·小说二集》，上海文艺出版社1981年版。

鲁枢元：《自然与人文：生态批评学术资源库》，学林出版社2006年版。

路遥：《路遥文集》，甘肃人民出版社1998年版。

路遥：《平凡的世界》，人民文学出版社2004年版。

［美］路易斯·沃斯：《作为一种生活方式的都市主义》，《现代性基本读本》，汪民安主编，河南大学出版社2005年版。

［美］露丝·本尼迪克特：《文化模式》，王炜译，生活·读书·新知三联书店1998年版。

［美］罗芙芸：《卫生的现代性》，向磊译，江苏人民出版社2007年版。

罗岗：《记忆的声音》，学林出版社1998年版。

罗岗、王中忱编著：《消费文化读本》，中国社会科学出版社2003年版。

罗荣渠等编：《中国现代化历程的探索》，北京大学出版社1992年版。

罗荣渠：《现代化新论》，北京大学出版社1993年版。

［英］马克·J.史密斯：《文化——再造社会科学》，张美川译，吉林人民出版社2005年版。

［德］马克思：《1844年经济学—哲学手稿》，人民出版社1985年版。

［德］马克思、恩格斯：《马克思恩格斯选集》，人民出版社1995年版。

［德］马克斯·舍勒：《道德建构中的怨恨》，刘小枫选编《舍勒选集》，上海三联书店1996年版。

［德］马克斯·舍勒：《资本主义的未来》，刘小枫译，上海三联书店1997年版。

［德］马克斯·舍勒：《哲学人类学》，《舍勒作品系列》，刘小枫选编，北京师范大学出版社2014年版。

［德］马克斯·韦伯：《学术与政治》，冯克利译，上海三联书店1998年版。

［美］马歇尔·伯曼：《一切坚固的东西都烟消云散了：现代性体验》，徐大建、张辑译，商务印书馆2003年版。

［美］马斯洛：《动机与人格》，许金声、程朝翔译，华夏出版社1987年版。

［美］马克科姆·考利：《流放者的归来》，张承谟译，上海外语教育出版社1986年版。

［美］马泰·卡林内斯库：《现代性的五副面孔》，顾爱彬、李瑞华译，商务印书馆2002年版。

［英］迈克·费瑟斯通：《消费文化中的身体》，汪民安、陈永国译，《后身体：文化、权力和生命政治学》，吉林人民出版社2003年版。

毛泽东：《毛泽东选集》第2卷，人民出版社1991年版。

茅盾：《子夜》，长江文艺出版社2010年版。

［法］孟德拉斯：《农民的终结》，李培林译，社会科学文献出版社2010年版。

［美］帕克：《城市社会学》，宋俊岭、吴建华、王登斌译，华夏出版社1987年版。

彭维锋：《三农题材文学创作与社会主义新农村建设》，光明日报出版社2015年版。

参考文献

[英] 齐格蒙特·鲍曼:《流动的现代性》,欧阳景根译,上海三联书店2002年版。

秦晖:《耕耘者言——一个农民学研究者的心路》,山东教育出版社1999年版。

秦晖:《传统十论》,复旦大学出版社2003年版。

秦晖:《农民中国:历史反思与现实选择》,河南人民出版社2003年版。

全国13所高等院校《社会心理学》编写组:《社会心理学》,南京大学出版社1995年版。

[法] 让·弗朗索瓦·利奥塔:《后现代状态:关于知识的报告》,车槿山译,生活·读书·新知三联书店1997年版。

[日] 三浦展:《第四消费时代》,马奈译,东方出版社2014年版。

施津菊:《中国当代文学的死亡叙事与审美》,中国社会科学出版社2007年版。

[德] 斯宾格勒:《西方的没落》,吴琼译,上海三联书店2006年版。

[美] 斯蒂芬·贝斯特、道格拉斯·科尔纳:《后现代转向》,陈刚译,南京大学出版社2002年版。

[美] 苏珊·桑塔格:《反对阐释》,程巍译,上海译文出版社2003年版。

[美] 苏珊·朗格:《艺术问题》,腾守尧、朱疆源译,中国社会科学出版社1983年版。

孙海:《中华经典藏书:庄子》,中华书局2007年版。

谭光辉:《症状的症状:疾病隐喻与中国现代小说》,中国社会科学出版社2007年版。

谭桂林:《当代中国文学与宗教文化》,岳麓书社2006年版。

唐小兵:《英雄与凡人的时代:解读20世纪》,上海文艺出版社2001年版。

童强:《空间哲学》,北京大学出版社2011年版。

[美] 托克维尔:《论美国的民主》(上),董果良译,商务印书馆1991年版。

王德威:《想象中国的方法》,上海三联书店1998年版。

王磊光:《在风中呼喊——一个博士生的返乡笔记》,复旦大学出版社2016年版。

王先霈、王又平:《文学理论术语汇释》,高等教育出版社2006年版。

王晓明主编:《批评空间的开创》,东方出版中心1998年版。

王一川:《中国现代性体验的发生》,北京师范大学出版社2003年版。

王一川：《文学理论讲演录》，广西师范大学出版社2004年版。

汪丁丁：《回家的路》，中国社会科学出版社1998年版。

汪曾祺：《汪曾祺散文》，人民文学出版社2005年版。

韦政通：《伦理思想的突破》，中国人民大学出版社2010年版。

吴治平：《中国乡村妇女生活调查：随州视角》，长江出版社2008年版。

[美]西里尔·E.布莱克：《比较现代化·译者前言》，杨豫等译，上海译文出版社1996年版。

[德]西美尔：《大都会与精神生活》，汪民安主编《现代性基本读本》，河南大学出版社2005年版。

[法]西蒙娜·薇依：《扎根：人类责任宣言绪论》，徐卫翔译，生活·读书·新知三联书店2003年版。

[美]希尔斯：《论传统》，傅铿、吕乐译，上海人民出版社1991年版。

[俄]谢·卡拉-穆尔扎：《论意识操纵》，徐昌翰等译，社会科学文献出版社2004年版。

谢纳：《空间生产与文化表征：空间转向视域中文学研究》，中国人民大学出版社2011年版。

许倬云：《中国古代文化的特质》，新星出版社2006年版。

[英]亚当·斯密：《国富论》，谢祖钧译，孟晋校，新世界出版社2007年版。

杨伯峻译注：《中国古典名著译注丛书：孟子译注》，中华书局2010年版。

杨庆堃：《中国社会中的宗教——宗教的现代社会功能与其历史因素之研究》，范丽珠译，上海人民出版社2007年版。

杨元松：《中国留守儿童日记》，江苏文艺出版社2012年版。

杨义：《中国现代小说史》，人民文学出版社2005年版。

殷海光：《中国文化的展望》，中国和平出版社1988年版。

余英时：《历史与思想》，台北：联经出版事业公司1981年版。

袁银传：《小农意识与中国现代化》，武汉出版社2008年版。

叶南客：《边际人——大过渡时代的转型人格》，上海人民出版社1996年版。

叶舒宪：《高唐女神与维纳斯：中西文化中的爱与美主题》，中国社会科学出版社1997年版。

[美]詹明信：《晚期资本主义的文化逻辑》，陈清侨等译，生活·读书·新知三联书店1997年版。

参考文献

[美]詹姆斯·C. 斯科特：《弱者的武器·序言》，郑广怀、张敏、何江穗译，译林出版社 2011 年版。

张德明：《西方文学与现代性的展望》，中国社会科学出版社 2009 年版。

吴义勤：《中国新时期小说研究资料》，山东教育出版社 2006 年版。

张连义：《新时期小说的农民意识现代转型》，中国社会科学出版社 2017 年版。

张意：《文化与符号权力：布迪厄的文化社会学导论》，中国社会科学出版社 2005 年版。

张鸣：《乡土心路八十年——中国近现代过程中农民意识的变迁》，生活·读书·新知三联书店 1997 年版。

赵园：《地之子》，北京大学出版社 2007 年版。

赵树理：《赵树理文集》，人民文学出版社 2005 年版。

赵园：《地之子——乡村小说与农民文化》，北京十月文艺出版社 1993 年版。

郑小琼：《郑小琼诗选》，花城出版社 2008 年版。

周宪：《审美现代性批判》，商务印书馆 2005 年版。

周晓虹：《文化反哺：变迁社会中的代际革命》，商务印书馆 2015 年版。

周晓虹：《中国体验：全球化、社会转型与中国人社会心态的嬗变》，社会科学文献出版社 2017 年版。

朱智贤、林崇德：《儿童心理学史》，北京师范大学出版社 1988 年版。

Angelica Michel is and Antony Rowl and Eds., *The Poetry of Carol Ann Duffy*: "*Choosing Tough Words*", Manchester: Manchester University Press, 2003.

H. Lefebvre, *The Production of Space*, Oxford: Blackwell Press, 1991.

后　记

　　中国是一个传统农业大国,正历经着从传统向现代的巨大转型。我出生、成长在闽北乡村,直到大学毕业后才"离开"农村,见证且还在经历着这段刻骨铭心、撕心裂肺的历史。家乡的山山水水、一草一木,都留下了我的记忆和梦想,儿时的抓泥鳅、捕蜻蜓、罩萤火虫、喝山泉水、下田割稻、上山砍柴等最"乡村化"的农活或游戏,早已成为回响。我孤独的童年时期、怯弱的少年时代、躁动的青春期都在那里度过。我的亲戚、朋友、同学,至今也还有零星留守在乡村,沉默地扎根农村大地的。他们是奄奄一息的乡村残存的表征,也是农耕文明赓续的微茫希望所在。面对着沉沦、凋敝的乡村,见证着现代繁华与日新月异的乡村,哪一个是真实的当下乡村?哪一个又代表了乡村的未来?广袤乡土中国现代化发展的复杂性、丰富性、差异性、共生性、错位性以及由此带来的撕裂感、矛盾感一直苦苦纠缠着我,时时促使我要通过学院派的某种方式使自己获得答案与解脱,而从事相关的学术研究,似乎是最适合于我的路径。

　　"三农"问题是历朝历代执政者最为关心的国计民生的大问题。"无农不稳""手中有粮,心中不慌""要把十四亿人的饭碗牢牢端在自己手里"……,这些平实质朴的道理,无不说明"三农"问题的极端重要性。从每年中共中央一号"涉农"文件的出台便可一窥全豹。农村、农业、农民安稳了,则天下基本太平了。改革开放之后,中国乡村复又迈上了现代化征程,开眼看世界的农民被全球化、城市化的景观所震惊,自然不免生发出怨艾、浮躁、焦虑的现代体验,而他们浩浩荡荡地进入现代城市后,又为城乡差异、身份认同、乡村凋零所苦,站在陌生的城市回望乡村,怀慕、悼挽之情油然而生,甚至进退不得只能在暗疾中挣扎……。上述这些情状,既是真真切切的现实,又是文学迫切需要表达的课题,是小说家必须直面的新

后 记

问题。换而言之，乡土中国从传统进入现代的巨大转型中，新世纪乡土小说是如何参与其中的？农民作为"边际人"，其现代体验是怎样的？当代乡土小说从中获得的"中国经验""中国体验"有哪些？这些都拷问着小说家们的智慧——希冀作家们的如椽大笔能够记录下一个时代农民的精神史、心灵史。乡土文学是中国文学的大宗，书写农村、农业、农民的小说不绝如缕，新世纪乡土小说家们时刻保持着与乡土、农民血脉相连的联系，他们的乡村书写以史为证，文史互参，定格下了这四十多年乡村及农民的变迁：从"废乡"到"新乡"，从"农民"到"农民工"再到"市民"，从"乡下人进城"到"户口还乡"，从"村霸"到"贫农"再到"新乡绅"，从"留守儿童"到"留守妇女"再到"城市化的孩子"，从"美丽乡村建设"到"精准扶贫"再到"乡村振兴"……。这些异彩纷呈、主题各异、各具特色的书写也都一一进入我的系列研究当中，成为揭开我心中的谜团，重返与温故曾经失却的乡村生活的特殊仪式——某种意义上，它具有神奇的疗愈性质，也成为今天我求学问道再出发的原点。

这本小书是我于2015年6月申请获批的国家社科基金一般项目"转型视域下新世纪乡土文学与农民体验研究"（项目批准号：15BZW042）的最终结项成果。全书40多万字，已经有四分之三的篇幅都作为系列单篇论文在各级各类的学术杂志上发表。在提交结项申请之后，匿名评审专家们给予了良好的评价，现摘要如下敬奉读者：

> 本课题在注重把握文学外部的社会文化变革的基础上，展开详细而具体的文本阅读，提炼出农民身上的怨羡、焦虑、浮躁、疾病四种宏观的现代心理体验。在此基础上，将研究的视角伸向乡村内部，分析中国农民的土地意识、性观念、人际关系、宗教信仰，和中国农村社会的民主意识、法制观念、知识观念、乡村文化和消费观念等表现载体，全面呈现了新世纪以来中国农民身上的文化心理冲突、文化人格嬗变和乡村的秩序变革，体现了研究者较为宏阔的视野。成果既能着眼于乡村世界的内在特质来研究乡土文学的表现形式，又深入新世纪以来农民内在的心理冲突与文化症候，较为准确地把握中国农民的心理流变，并加以现代性的反思。
>
> 该成果始终贯穿纵向的历史意识，将新世纪中国农民的现代体验置于历史的"国民性"中加以考察。同时，又将其纳入横向的城乡二

元空间,整个论述过程紧扣中国农民的生存事实来展开,体现了研究中坚持"人的观念"的理解和把握。研究方法上,成果注重文学的外部研究和内部研究相结合,将宏观的社会心理把握和微观的文本细读紧密结合,体现了乡土文学研究一定程度的创新。

该成果以作品细读为基础,通过对大量新世纪乡土文学作品的文本解读,对新世纪乡土文学的整体风格与发展走势做出整体把握,进而以文学创作为窗口,考察社会转型背景下新世纪农民的现代体验。该成果既关注农民的心理与情感状态,又关注其日常意识、行为方式和价值观念,注意到现代体验的混合性,现代因素和传统因素、外来因素和本土因素、城市因素和乡村因素在多元冲突中共生互动。在考察新世纪乡土文学作品中的农民形象时,既分析"返乡新农民"和"现代新乡绅",又剖视新的"贫农"和"村霸",充分注意到研究对象的丰富性和复杂性。值得肯定的是,作者在梳理了新世纪乡土文学和新世纪农民发展的新现象之后,透视新问题背后的文化根源,并进行深入的理论反思。书稿第五章中重点讨论的城乡"边际人"、现代性追求的代际差异、分层与流动、"新国民性"等问题有较高的学术价值与理论意义。

《现代转型体验:新世纪乡土文学研究》以新世纪乡土文学创作的实际现状为研究对象,从现代化转型视域出发,来观照、审视和思考农民的现代体验和心理嬗变,具有较大的创新性。这种创新体现在以下几个方面:一是专著对新世纪中国乡土文学中的各个最新类型进行了划分、梳理和总结,如对扶贫文学、新乡绅、村霸形象、边际人形象的分析,具有较大的创新性价值;二是从社会学、心理学和伦理学等角度出发,分析农民现代心理及其体验的类型、特征,具有一定的创新性价值;三是该专著结合当代西方马克思主义、后现代主义、生态主义和"加速社会理论"等理论视角,来审视和思考当代中国农民形象及其演变的内在精神性意蕴,观点较为恰切、客观、中肯,有一定社会启发性价值。

该成果的学术价值主要在于对新世纪以来当代中国农民心理体验的分析,分别从人与自我的心理体验、人与天地世界人际的关系体验、人与民主法制知识文化的心理体验等角度,分析当代中国农民现代体验的不同类型、层面及其内在意蕴,较完整建构了一个中国农民

后　记

当代社会学、心理学、伦理学等层面的文学书写分析，具有较高的精神深度；尤为突出的是，该专著在分析农民现代体验的时候，时刻从文本出发，以具体作品中的人物形象出发，进行分析探究，从而奠定较为坚实的文本基础，进而得出令人较为信服的逻辑结论。该研究具有较好的文学史研究视野，体现出较好的文学史阅读积累。

上述专家学者的评审意见是我前行的动力，也为我的学术路指明了方向。我要感谢这五位匿名评审专家的辛勤劳动和热情鼓励！还要感谢在承担项目过程中给予我帮助与支持的学界前辈与同好！感谢我的太太薛海燕女士对我生活无微不至的照拂！感谢各专业期刊的编辑给予我发表的机会！感谢中国社会科学出版社文学艺术编辑室的郭晓鸿博士，她博学多才又坚持原则，没有她的慧眼鉴定和加班加点，就没有这本小书的如期面世。

廖　斌

2020 年 11 月 16 日于了凡斋